教育部人文社会科学研究青年基金项目
（17YJC751031）

李之仪文集笺注

（上）

〔宋〕李之仪 撰
史月梅 笺注

中国水利水电出版社
www.waterpub.com.cn
·北京·

图书在版编目（CIP）数据

李之仪文集笺注 : 全二册 / (宋) 李之仪撰 ; 史月梅笺注. -- 北京 : 中国水利水电出版社, 2019.4
ISBN 978-7-5170-7728-2

Ⅰ. ①李… Ⅱ. ①李… ②史… Ⅲ. ①李之仪(1038-1117) —文集 Ⅳ. ①I214.412

中国版本图书馆CIP数据核字(2019)第101399号

书　　名	**李之仪文集笺注（上）** LI ZHIYI WENJI JIANZHU
作　　者	〔宋〕李之仪　撰　史月梅　笺注
出版发行	中国水利水电出版社 （北京市海淀区玉渊潭南路 1 号 D 座　100038） 网址：www.waterpub.com.cn E-mail：sales@waterpub.com.cn 电话：（010）68367658（营销中心）
经　　售	北京科水图书销售中心（零售） 电话：（010）88383994、63202643、68545874 全国各地新华书店和相关出版物销售网点
排　　版	中国水利水电出版社微机排版中心
印　　刷	天津嘉恒印务有限公司
规　　格	150mm×230mm　16 开本　52.5 印张（总）　755 千字（总）
版　　次	2019 年 4 月第 1 版　2019 年 4 月第 1 次印刷
印　　数	0001—1000 册
总 定 价	**120.00** 元（上、下册）

前　言

李之仪，字端叔，号姑溪居士，苏门文士之一，有文集七十卷传世。他以词翰著名元祐间，其《姑溪词》在当时及后代都广为流传，尤其是那首《卜算子·我住长江头》，至今仍脍炙人口。他的诗文也颇为人们所推崇，如苏轼读其诗后称赞道：“暂借好诗消永夜，每逢佳处辄参禅。”❶ 其尺牍亦被苏轼称为“入刀笔三昧”❷；明毛晋曾编《姑溪题跋》单行；清王士祯也说“其题跋自是胜场”❸；《四库全书总目·姑溪居士文集提要》称：“今观集中诸诗，虽魄力雄厚不足敌轼，然大抵轩豁磊落，实无郊、岛钩棘艰苦之状。”❹ 然而就是这样一位重要作家，其身后却非常寥落。没有人为他撰写墓志或行状，史料中有关他的文字也少得可怜：《宋史·李之仪传》仅有112个字；《东都事略·李之仪传》的记载含糊不明，有许多内容需要重新考证。学术界对李之仪也是相当漠视，其文集没有校注本，通行的是文渊阁《四库全书》本和《丛书集成初编》本。直到20世纪80年代，他才引起人们的关注，一些研究文章相继出现。

一

因史料中关于李之仪的记载不多，其人生轨迹因此显得极为模糊，如他的籍贯、生卒年与及第时间等，至今仍众说纷纭，莫衷一是。

---

❶ 宋·苏轼：《苏轼诗集》卷三十《夜直玉堂，携李之仪端叔诗百余首，读至夜半，书其后》，清王文诰辑注，孔凡礼点校，中华书局1982年版，第1616页。

❷ 元·脱脱等：《宋史》卷三百四十四《李之纯传》附《李之仪传》，中华书局1977年版，第10941页。

❸ 清·王士祯：《带经堂诗话》卷六，人民文学出版社2006年版，第146页。

❹ 清·永瑢等：《四库全书总目》卷一五五，中华书局1992年版，第1336页。

李之仪的籍贯，从宋代至今，有“姑熟”“赵郡”“乐寿”“景城”“沧州无棣”等五种说法。宋王偁《东都事略·李之仪传》云：“李之仪字端叔，姑熟人也。”❶ 其依据可能是李之仪晚年居当涂姑熟溪畔，此说显然有误。宋陈振孙《直斋书录解题》卷十七云：“《姑溪集》五十卷，《后集》二十卷，朝请大夫赵郡李之仪端叔撰。”❷ 所据当为李之仪《天禧寺新建法堂记》《欧阳文忠公集后序》皆自署“赵郡李之仪”。曾枣庄先生考证说：“《直斋书录解题》作赵郡人，此乃郡望。”❸ 故“赵郡”说亦误。至于“乐寿”“景城”“沧州无棣”说，《四库全书总目·姑溪居士文集提要》云：“《宋史》称沧州无棣人，而吴芾作《文集》序，乃曰景城人。考《元丰九域志》，熙宁六年省景城入乐寿，则当为乐寿人。史殆因沧州景城郡横海军节度，治平九年，尝由清池徙治无棣，遂误以景城即无棣也。”❹ 近代学者多沿袭此说，杨武泉先生考证说：“治平无九年（仅四年），检《元丰九域志》卷二‘沧州景城郡横海军节度’条，乃治平元年，‘元’‘九’形近而讹也。《姑溪居士文集》卷五〇《李氏归葬记》云：‘李氏世葬沧州无棣，自先祖出仕，从于楚州，即卜以葬。’可知之仪祖籍，确为沧州无棣。吴芾序曰景城，或指郡，即沧州。《总目》坐实为景城县，未必为吴序意。李之仪之祖籍，终当从其自述。”❺

李之仪的生年，目前有三种说法：张仲谋先生认为是宋仁宗庆历六年（1046）：“之仪《次韵子瞻追和渊明归去来》当作于1100年夏秋之间。其中有云：‘予行年五十有五，盖知五十四年之非。’由此推知，之

---

❶ 宋·王偁：《东都事略》卷一一六《李之仪传》，影印文渊阁《四库全书》本。

❷ 宋·陈振孙：《直斋书录解题》卷十七《姑溪集》，徐小蛮、顾美华点校，上海古籍出版社1987年版，第511页。

❸ 曾枣庄：《李之仪年谱》，《宋代文化研究》（第四辑），四川大学出版社1994年版，第211页。

❹ 清·永瑢等：《四库全书总目》卷一五五，第1336页。

❺ 杨武泉：《四库全书总目辨误》，上海古籍出版社2001年版，第212页。

仪生于1046年。”❶ 王兆鹏先生另持一说，认为李之仪《次韵子瞻追和渊明归去来》作于1101年，这一年“李之仪‘行年五十有五’，其生年自当在仁宗庆历七年（1047）”。❷ 曾枣庄先生则说应是庆历八年（1048）：“（之仪）《寄耀州毕九》：‘我初与子未束发，长我一岁今皆翁。’耀州毕九即毕仲游，《毕仲游墓志铭》：‘改秘阁校理、知虢州，未行，知耀州。’又云：‘宣和三年七月二十八日以疾卒，享年七十五。’宣和三年，即1121年，则毕当生于庆历七年（1047）。毕长李一岁，故李当生于此年。”❸ 邓子勉先生亦认同曾枣庄先生的说法，但认为“曾先生在文中未能充分说明”❹。

李之仪的卒年，史传亦失载，今人说法不一。张仲谋先生认为是宣和七年（1125）❺。曾枣庄先生没有确切地考证出来，只推测可能是建炎二年（1128）：“李之仪卒年不详，《东都事略·李之仪传》：‘年八十余。’则当卒于此年以后。”❻ 邓子勉先生则详细推定为“卒于宋钦宗靖康二年（1127），享年八十”❼。

李之仪的及第时间，今亦无定论。《四库全书总目提要》认为李之仪当为元丰年间（1078—1085）进士；《全宋诗》依据民国《无棣县志》，定为熙宁六年（1073）❽；张仲谋先生、曾枣庄先生则依据《宋史·

---

❶ 张仲谋：《李之仪年表》，《徐州师范学院学报》（哲学社会科学版）1986年第3期，第60页。

❷ 王兆鹏：《李之仪年表补正》，《河北师范学院学报》（社会科学版）1991年第1期，第80页。

❸ 曾枣庄：《李之仪年谱》，《宋代文化研究》（第四辑），第215页。

❹ 邓子勉：《李之仪生卒年考辨》，《文教资料》1998年第1期，第118页。

❺ 张仲谋：《李之仪年表》，《徐州师范学院学报》（哲学社会科学版），第65页。

❻ 曾枣庄：《李之仪年谱》，《宋代文化研究》（第四辑），第232页。

❼ 同注❹。

❽ 傅璇琮等：《全宋诗》卷九五〇《李之仪小传》，北京大学出版社1995年版，第11151页。

李之仪传》将其定为治平四年（1067）[1]。

通过以上学者的考证，李之仪的人生轨迹逐渐清晰明朗起来，但仍有不少模糊未明之处，需要继续深入研究下去。

二

关于李之仪的交游，杨胜宽、黄永一的《李之仪与苏轼交谊散论》[2]、付嘉豪的《李之仪交游考论》[3] 等文有详尽探讨，兹不赘述。下面仅对同李之仪关系较为密切的几位苏门文人进行研究，通过对他们私人交谊与诗文唱和的探究，寻绎李之仪的人生轨迹。

庆历八年（1048）[4]，李之仪出生于楚州山阳（今江苏淮安），十岁时被父亲李颀送进“山阳学宫”读书。张耒在《送李端叔赴定州序》中记载了与李之仪的初次会面：“某为儿童，从先人于山阳学宫，始见端叔为诸生。某虽未有知，意已相亲。”[5] 据此可推知二人当相识于宋仁宗嘉祐三年（1058）前后。张耒（1053—1114），字文潜，淮阴人，和李之仪算是同乡，还是亲戚：“端叔与予外家通谱，于我舅行也。”[6] 但除张耒的这篇序外，有关二人交游的其他文字资料非常少，检阅二人文集，互赠诗文也不多，李之仪作有《和张文潜赠杨姝》（《姑溪居士文集》卷一〇）、《和张文潜喜东坡过岭》（《姑溪居士后集》卷三）二诗，张耒作有《寄李端叔二首》（《张耒集》卷八）与《送李端叔赴定州序》（《张耒集》卷四八）。

---

[1] 张仲谋：《李之仪年表》，《徐州师范学院学报》（哲学社会科学版），第61页。

[2] 杨胜宽、黄永一：《李之仪与苏轼交谊散论》，《乐山师范学院学报》2002年第1期。

[3] 付嘉豪：《李之仪交游考论》，宁夏大学2004年硕士论文。

[4] 李之仪的生卒年、及第时间皆依曾枣庄先生《李之仪年谱》而定。

[5] 宋·张耒：《张耒集》卷四十八《送李端叔赴定州序》，李逸安、孙通海点校，中华书局1990年版，第746页。

[6] 宋·张耒：《张耒集》卷四十八《送李端叔赴定州序》，第747页。

宋英宗治平四年（1067），李之仪进士及第，时年二十岁，真可谓少年得志，多年后他在《跋沈睿达帖》中仍不无得意地说："予官四明，与睿达为僚时，才二十余。"（《姑溪居士文集》卷四一）从此便开始了长达半个多世纪的仕宦生涯。

一、少年意气（1067—1087）

鉴于唐末五代武人专权割据之祸，北宋统治者崇文抑武，改善科举制度，吸引士人投身功名。在这种文官政治的大环境中，李之仪亦不甘心只做一介书生，而想成为济苍生、安社稷的政治家。由于没有文字记录，他从十岁入"学宫"到进士及第这段时间的生活，我们不得而知，但其心态无疑应是积极用世的。这点从《回贺新及第》中可以窥见端倪："才当数面，笔扫千军。早岁飞声，头角已竦于同队；青春射策，文章果中于甲科。"（《姑溪居士文集》卷一三）虽是赞美对方才气，但亦可视为李之仪的"夫子自道"，意气风发之态跃然纸上。

怀着满腔的报国热情，李之仪早年游宦四方，虽仅做过万全县令、权知开封县等一类的地方小官，但这并没有打消他从政的积极性，元丰四年（1081），他主动请缨从军鄜延，入了折可适[1]幕，"元丰中，之仪在鄜延幕下，亲睹诏旨，观先帝所以规画必取之意，可谓深矣"（《折可适墓志铭》，《姑溪居士后集》卷二〇）。李之仪在折可适幕下，颇受知遇，"予辱公知为深"（《折渭州文集序》，《姑溪居士文集》卷三五），后来他屡次自豪地言及在鄜延的生活，如《读渊明诗效其体十首》之四曰："操檄乌延府，已复十五年。年当三十余，事事随精坚。"（《姑溪居士后集》卷六）《与友人手简》也说："鄜延之别，三十年矣。"（《姑溪居士后集》卷二六）这段"铁马冰河"的从军经历也为他赢得了一次出使机

---

[1] 折可适（1051—1110），字遵正，宋朝边将，党项族，《宋史》卷二百五十三有传。宋仁宗庆历元年（1041）将陕西分作六路安抚司，鄜延路是其中之一，治所位于延安府（今陕西延安）。

会，《续资治通鉴长编》卷三百四十一载："元丰六年（1083）十二月壬申，上批：'祭奠高丽国使杨景略等奏辟李之仪书状官，闻之仪虽谙达吏方，随器可使，然文章之称，不著士论。缘高丽俗喜文，中夏词格乃彼所视效，宜得问学博洽、用字整秀者乃称兹选。可诏赴中书试拟用书状进呈，吊慰蕃辟官准此。'"❶ 李之仪到底有没有成行，由于无相关文字记载，至今还存在争论，但其中却透露了一个重要信息，那就是他"谙达吏方"，即很有政治头脑，故元祐二年（1087）被从边塞调回京城任枢密院编修官，前途还是很光明的。

二、中年忧患（1087—1101）

当时的北宋政坛，在"庆历新政"和"熙宁变法"之后，与高度封建集权相伴而生的政治腐败、军事无力和财政困难等问题，不仅没有得到解决，反而造成了士大夫阶层无休止的党争，且愈演愈烈。如果说王安石变法初期产生的新旧党争还是由于政见不一、立场不同引发的进步与保守观念之争的话，那么，熙宁九年（1076）王安石再度罢相之后，就完全演变成了一种恶劣的权力之争、门户之斗，苏轼所遭受的"乌台诗案"正是如此。残酷的现实让李之仪变得灰心丧气，能给他带来一些慰藉的就是与友人的交游唱和了。元祐三年（1088），苏轼、苏辙、黄庭坚、郑嘉会、陈景元、王钦臣、刘泾、李之仪、蔡肇、张耒、秦观、晁补之、米芾、李伯时、圆通大师等人雅集于驸马王诜在洛阳的西园，当场由李伯时作画，米芾写记，以记其盛会。文章开头写道："李伯时效唐小李将军为着色，泉石云物，草木花竹，皆妙绝动人。而人物秀发，各肖其形，自有林下风味，无一点尘埃气，不为凡笔也。其乌帽黄道服捉笔而书者为东坡先生，仙桃巾紫裘而坐观者为王晋卿，幅巾青衣据方几而凝伫者为丹阳蔡天启，捉椅而视者为李端叔。后有女奴，云鬟

---

❶ 宋·李焘：《续资治通鉴长编》卷三百四十一，中华书局 1986 年版，第 8205 页。

翠饰，侍立自然，富贵风韵，乃晋卿之家姬也。”❶ 这就是著名的“西园雅集”。

元祐八年（1093），苏轼帅中山（今河北定州），李之仪从辟，那一年他四十六岁。在定州的日子可以说是李之仪一生中最为惬意的时光了，他流连诗酒，作画题咏，将“少年意气”转化成了“花间风情”。王安中在《跋李端叔帖》中说：“端叔从故侯苏公来乡闾，倡酬题记，处处有焉，端叔亦自有苏、李同时之语。”❷ 这段生活李之仪多年后仍念念不忘：“开府延辟，多取其气类，故之仪以门生从辟，而蜀人孙子发实相与俱。于是海陵滕兴公、温陵曾仲锡为定倅，五人者每辨色会于公厅，领所事竟，按前所约之地，穷日力，尽欢而罢。或夜，则以晓角动为期。方从容醉笑间，多令官妓随意歌于坐侧，各因其谱，即席赋咏。”（《跋戚氏》，《姑溪居士文集》卷三八）

可惜好景不长，绍圣元年（1094）四月，苏轼被贬岭南，五月，李之仪从定州回到京师，继续担任枢密院编修官。此时，李之仪似乎还没被目为“苏轼一党”，直到绍圣四年（1097），他还被任命为原州（今宁夏固原）通判，虽仅为从八品，但“凡兵民、钱谷、户口、赋役、狱讼听断之事，可否裁决，与守臣通签书施行。所部官有善否及职事修废，得刺举以闻”❸，可见职位还是很重要的。此时已年届半百的李之仪，少年时的满腔豪气已经荡然无存了，在《次韵家室送别》中说：“平生惯草衣，岂堪事戎行。强歌出塞曲，夭矫参龙章。蝇因逸骥速，马为秦瑟昂。尚期鼙鼓操，奋力起病床。”（《姑溪居士后集》卷五）可见这次守边让他焦虑不安却又无可奈何。在这种心态底下，他在原州的日子是百无聊赖的，正像他在《读东坡诗》中所描述的那样：“边州守御谢沉机，独喜身闲是道师。狱吏难堪非素料，病怀无计复何辞。空惭南郡三

❶ 宋·米芾：《宝晋英光集》卷四《西园雅集图记》，《丛书集成初编》本，中华书局1985年版。

❷ 宋·王安中：《初寮集》卷七《跋李端叔帖》，影印文渊阁《四库全书》本。

❸ 元·脱脱等：《宋史》卷一百六十七《职官志》七，第3974页。

家学，赖有东坡一集诗。永日风埃惟惬睡，到头不比在家时。”（《姑溪居士后集》卷八）

可是这样的生活也未能持久，命运再一次把他推上了政治斗争的风口浪尖。《续资治通鉴长编》卷四百九十一载：“（绍圣四年九月）丁丑，刑部言：‘原州勘到，皇城使、诚州防御使折可适，泾原路进筑，充同统制官，听王文振节制，可适擅遣文思副使曲充作先锋，继领人马追贼，失一百三十三人，获一百六十级。勘官通判、朝请郎李之仪根勘卤莽。都总领通远军蕃兵辛叔献照应折可适等，轻易出寨，致亡失士马。熙河路同统制官苗履增差人骑，致伤折数多。’诏以两经赦宥，可适、叔献特追诸司副使已上官，勒停，候合叙日叙见存官外，更不用叙法。曲充特降两官。李之仪特差替。”❶ 由之可知，此案是由折可适擅自派人追敌（当时规定追敌不能超过一百里），致使伤亡一百三十三人引起的，因而他与有关将领被降职。而作为勘官的李之仪，因“根勘卤莽”也受牵连。李之仪这样做并不是因折可适是昔日的上司而徇私，而是因为他比较了解此案的前因后果。原来，折可适派先锋追敌前，曾征得统制官王文振的同意和许可，但待追兵入坑谷迷失道路而损兵折将后，王文振为保全自己先发制人地弹劾折可适，将自己应负的责任推诿得一干二净（此事详见《折公墓志铭》，《姑溪居士后集》卷二〇）。李之仪见其中有冤情，于公于私都是要仗义执言的，便没有按照朝廷的意旨去审讯，因而被认为是“根勘卤莽”。

元符元年（1098），李之仪从原州又回到了京城，任“监内香药库”，但第二年朝廷加大了对元祐党人的打压力度，苏轼及其门人都在劫难逃，李之仪也受到了株连。《续资治通鉴长编》卷五百十一载：“（元符二年六月）甲午，权殿中侍御史石豫言：‘监内香药库李之仪，因苏轼知定州日，荐辟管勾机宜文字。之仪既为奸臣心腹之党，岂可更

---

❶ 宋·李焘：《续资治通鉴长编》卷四百九十一，第 11663 页。

居此职？欲令有司放罢。’从之。”❶ 不过，他并没有被外放或贬谪。元符三年（1100），哲宗驾崩，徽宗即位，太后听政，为调和新旧两党的矛盾，元祐党人陆续被赦北归，苏轼、苏辙兄弟亦在其内。时李之仪提举河东常平，住在颍昌（今河南许昌）。当时苏辙之子在颍昌，不久苏辙北归，即以颍昌为家。苏轼北归途中写信给李之仪说：“儿侄辈在治下，频与教督之。”❷ 李之仪欣喜万分，多次去信问候，力邀其来颍昌居住，苏轼也同意了：“某本以囊装罄尽，而子由亦久困无余，故欲就食淮浙。已而深念老境，知有几日，不可复作多处。又得子由书，及见教语，尤切至，已决计归许下矣。”❸ 但由于蔡京重新掌权，又开始迫害元祐党人，苏轼便决定留在常州：“颇闻北方事，有决不可往颍昌近地居者。……今已决计居常州。”❹ 这一年的秋天，同门师友陈师道远道来访，李之仪欣然提笔写道：“下直来天禄，柴荆故远求。论心日恨短，归路雨无忧。红叶缤纷晚，黄花烂漫秋。会须寻此况，击节再相酬。”（《谢陈无己相访》，《姑溪居士文集》卷八）

徽宗建中靖国元年（1101），李之仪除提举河东常平外，又兼任了“转漕河东”。经历了仕途挫折和生活磨难的考验之后，他似乎看到了希望的曙光。但这一年改元的第二天，范仲淹次子范纯仁去世了。范纯仁病危时，曾口占《遗表》，李之仪作为门生，为之整理成文，即《代范忠宣公遗表》（《姑溪居士文集》卷一三）。撰成后传诵一时，就连徽宗也因范纯仁忠言恳挚，奖誉有加，特谥“忠宣”，并赐墓碑之额曰“世济忠直”❺。范纯仁去世后，李之仪又作了洋洋万余言的《范忠宣公行状》（《姑溪居士文集》失载，见《范忠宣公集》卷一九至卷二〇），为

---

❶ 宋·李焘：《续资治通鉴长编》卷五百十一，第12156页。

❷ 宋·苏轼：《苏轼文集》第五十二卷《答李端叔十首》之三，孔凡礼点校，中华书局1986年版，第1540页。

❸ 宋·苏轼：《苏轼文集》第五十二卷《答李端叔十首》之十，第1543页。

❹ 宋·苏轼：《苏轼文集》第六十卷《与子由弟十首》之八，第1837页。

❺ 元·脱脱等：《宋史》卷三百一十四《范纯仁传》，第10293页。

日后的被贬埋下了祸根。也是在这一年的七月二十八日，苏轼因病逝世，这对李之仪无疑又是一记心灵重创。李之仪与苏轼自元丰三年（1080）结交以后❶，便书信往来不绝，唱酬之作亦有不少：苏轼作有《次韵答李端叔》（《苏轼诗集》卷六）、《夜直玉堂，携李之仪端叔诗百余首，读至夜半，书其后》（《苏轼诗集》卷三十）、《立春日小集呈李端叔》（《苏轼诗集》卷三十六）等6首诗，以及《答李端叔书》（《苏轼文集》第四十九卷）、《答李端叔十首》（《苏轼文集》第五十二卷）等书简。李之仪则作有《次韵东坡沉香石诗》（《姑溪居士文集》卷四）、《次韵东坡还自岭南》（《姑溪居士文集》卷四）、《观东坡集》（《姑溪居士文集》卷五）等29首诗，以及《跋东坡大庾岭所寄诗》（《姑溪居士文集》卷三八）、《跋东坡帖》（《姑溪居士文集》卷三八）、《跋东坡诸公追和渊明归去来引后》（《姑溪居士后集》卷一五）等题跋文15篇。当然，由于二人诗文均有散佚，以上所列远非全部。自定州别后，李之仪一直渴望能再与苏轼相聚，谁知等到的却是苏轼离世的噩耗，悲痛之情可想而知。

三、老年处穷（1102—1112）

崇宁元年（1102）六月，苏辙葬苏轼于汝州郏城县（今河南郏县），李之仪“郊外致奠”（《与赵仲强兄弟》，《姑溪居士文集》卷二五）之后，接到了要他回京的诏书，便匆匆赶往京师。谁知刚一入京门，便被逮进了御史狱。《宋史》卷三百一十四载：“（蔡京）及当国，……又谓李之仪所述《纯仁行状》，妄载中使蔡克明传二圣虚伫之意，遂以正平逮之仪、克明同诣御史府。”❷ 由于中使蔡克明和范氏子弟能够提供并非矫撰遗表、行状的证据，“狱遂解”。❸ 然而一心报复的蔡京是不会轻

---

❶ 参见杨胜宽、黄永一：《李之仪与苏轼交谊散论》，《乐山师范学院学报》，第17页。

❷ 元·脱脱等：《宋史》卷三百一十四《范纯仁传》，第10294页。

❸ 同注❷。

易放过他们的，李之仪在《柏台自述》中写道："谁谓纯诚无感格，会逢公议报私仇。"(《姑溪居士文集》卷九）但可能蔡京根本就没把他当作打击报复的主要对象，再加上家人的上下打点，李之仪被判"羁管太平"。后来他在《上执宰手简》中写道："壬午岁，闻被召，自颍昌亟来，获见于国门外舟中，蒙问劳甚渥，矜恻相仍。未几，自以罪去，流落江上，十五六年。方其来时，一妻、一女、子与其妇、一孙、并身而六，相继哭之。"(《姑溪居士文集》卷二〇）

就这样李之仪携妻带子来到了当涂。这一年黄庭坚领太平州事，亦至当涂，"七日而罢，又数日乃去"(《跋山谷二词》，《姑溪居士文集》卷三九）。关于李、黄的相识，郑永晓先生考证为"至迟在元丰二年(1079)"❶。现存二人互赠诗文不多：李之仪作有《次韵黄鲁直晁尧民游马颊归》(《姑溪居士后集》卷五）、《次韵晁尧民黄鲁直苏子瞻同赋丰粲字韵十往返而不倦者》(《姑溪居士后集》卷五）、《次韵鲁直留别》(《姑溪居士后集》卷五）等诗4首，《跋苏黄众贤帖》(《姑溪居士文集》卷三九）、《跋山谷草字》(《姑溪居士文集》卷三九）、《跋山谷所书药方后》(《姑溪居士文集》卷三九）等跋文14篇，《好事近》(《姑溪居士文集》卷四七）等词3首。黄庭坚作有《行行重行行赠别李之仪》(《山谷外集》卷一一）、《别李端叔》(《山谷外集》卷五）、《次韵答李端叔》(《山谷外集》卷一三）诗3首，《与李端叔手简》(《山谷别集》卷一三）1札，《好事近》(《山谷词》)词3首。

这次与好友异乡重逢，无疑给了李之仪莫大的安慰，二人同在当涂花园石洞听名妓杨姝弹《履霜操》，"鲁直有词，因次韵"(《好事近》词序，《姑溪居士文集》卷四七）。但不久黄庭坚就离开了当涂，"六月十七日，罢姑熟，解舡至江口"❷，遂流寓鄂州（今湖北武昌）。当时李之

---

❶ 郑永晓：《黄庭坚年谱新编》，社会科学文献出版社1997年版，第98页。

❷ 宋·任渊：《山谷年谱》，《黄庭坚诗集注》第一册附录，刘尚荣校点，中华书局2003年版，第38页。

仪的生活也几乎陷入了绝境，一连串的打击接踵而至："某到太平四周年，第一年丧子妇；第二年病悴，涉春徂夏，劣然脱死；第三年亡妻，子女相继见舍；第四年初则癣疮被体，已而寒疾为苦。"（《与祝提举无党手简》，《姑溪居士文集》卷二一）尤其是相濡以沫近四十年的妻子的离世，更让他痛不欲生："老境流落，不图遽遭此酷，永日如梦寐中，夜间则申旦目不得交，力量不充，固深自愧。维是四十年艰苦相依，平时家事取给已不易堪，而有一急难，则委曲经营，不遗余力。情则夫妇，义则朋友，既使之到此地，终不得同归，念念只欲下见。"（《与龚侍郎深之手简》，《姑溪居士文集》卷一八）命运的巨大落差使李之仪心灰意冷，因其家临姑熟溪，便自号"姑溪居士"，埋首书卷，醉心禅学，一心一意做个方外之士。他还置下田产，亲自耕种，"踪迹出入，多在邻邑，或在田亩间"（《与龚平国手简》，《姑溪居士文集》卷二三），希望用努力的劳作来抚平心灵创伤。

四、晚节难守（1113—1128）

正当李之仪安心做"姑溪老农"时，朝廷却又给了他一线从政的希望。崇宁五年（1106），李之仪复了官，并娶当涂名妓杨姝为妻，准备安享晚年。但树欲静而风不止，政和三年（1113），他第三次被贬官。据《宋会要辑稿·职官六八》载，"（政和三年）九月二十六日，管勾成都府玉局观李之仪除名勒停"，原因是"与杨姝踰滥及信凭杨姝所生男为己子，增乞岁补"❶。此事起因，宋王明清《挥麈后录》卷六载："适郭功父祥正亦寓郡下，文人相轻，遂成仇敌。郡娼杨姝者，色艺见称于黄山谷诗词中。端叔丧偶无嗣，老益无憀，因遂畜杨于家。已而生子，遇郊禋，受延赏。会蔡元长再相，功父知元长之恶端叔也，乃諓豪民吉生者讼于朝，谓冒以其子受荫，置鞫受诬，又坐削籍。"❷ 即他与当涂

---

❶ 清·徐松辑：《宋会要辑稿》（第四册），中华书局 1957 年影印本，第 3922 页。

❷ 宋·王明清：《挥麈后录》卷六，影印文渊阁《四库全书》本。

诗人郭祥正争名，郭便指使人进行诬告。现代学者孔凡礼则说，在郭、李二人关系恶化的问题上，郭祥正的责任确实要大些，但郭并不是一个揭人隐私的小人，“王明清的记载有明显的痕迹表明因为他父亲（王铚）的关系，偏于李之仪一旁”，“失去了平衡和冷静”❶。但不管怎样，此事给了李之仪很大的打击，作有《延之问及当涂近事云君殆能容忍我不及也胡不迁居于此便治馆因口占为谢》一诗，言及在当涂的近况，充满了委曲求全的无奈：“胯下淹时岂不知，故人疑我似阳痴。一廛固愿授陈相，只恐锋车便见追。”（《姑溪居士文集》卷一〇）如果说前两次贬官仅是让他对仕途绝望的话，那么这次就让他对人性产生了怀疑，甚至对自己的价值观、人生观产生了怀疑。如他在《题柳子厚三戒后》中悲愤地写道：“余读柳子厚《三戒》，未尝不反覆而屡叹，窃谓伦类中岂复有是事，特子厚出奇以为警尔。晚迁江上，遂于衣冠中遍见之，乃知子厚所戒为不诬。初有疑于异类，而今辄见之于人，而又傲然歆艳一隅，方且有临之者，是可骇也，可胜叹邪！虽贤者于祸，可得而逃哉?”（《姑溪居士文集》卷四二）

政和六年（1116），秦观之子秦湛（处度）将其父棺柩从江苏高邮迁葬至无锡惠山旁的蔡龙山❷，李之仪无法亲往祭奠，便提笔写下《祭秦少游文》（《姑溪居士文集》卷四三）。秦观（1049—1100），江苏高邮人，字少游，又字太虚，号淮海居士。李之仪与秦观于元丰三年（1080）相识❸，有关他们生前交游的文字，观二人文集，所记甚少：李之仪作有《金山寄怀秦太虚用建除体》（《姑溪居士后集》卷四）、《再登斗野亭路旧韵寄太虚》（《姑溪居士后集》卷五）、《秦太虚出鲁直所寄诗因次其韵》（《姑溪居士后集》卷五）等诗4首，《祭秦少游文》（《姑

---

❶ 宋·郭祥正：《〈郭祥正集〉序》，孔凡礼点校，黄山书社1995年版，第3页。

❷ 参见周义敢、程自信、周雷编注：《秦观集编年校注》所附《新编秦观年谱》，人民文学出版社2002年版，第919页。

❸ 参见付嘉豪：《李之仪交游考论》，第8页。

溪居士文集》卷四六）1篇，《朝中措·望新开湖有怀少游》《采桑子·席上送少游之金陵》词2首。秦观作有《送李端叔从辟中山》（《淮海集》卷四）、《寄李端叔编修》（《淮海集》卷八）、《秋夜病起怀端叔作诗寄之》（《淮海后集》卷二）等诗5首。虽然不多，但从中仍可窥见二人深厚交谊之一斑。如秦观已离世近二十年，而李之仪却"未尝一日忘于胸次也。想像展转，一嚬一笑，拱揖步骤，折旋俯仰，至于眉须肤发已来，历历可数可袭"（《祭秦少游文》，《姑溪居士文集》卷四三），如果没有深厚的交情，断难如此。

宋高宗建炎二年（1128），李之仪去世了，留在世间的，只有那首深情款款的《卜算子》（《姑溪居士文集》卷四五）：

我住长江头，君住长江尾。日日思君不见君，共饮长江水。

此水几时休，此恨何时已？只愿君心似我心，定不负相思意。

李之仪诗、文、词、书、画无所不通，有才华有抱负，可险恶的政治风浪使他仕途坎坷、屡遭贬谪，饱尝世态炎凉和人生忧患。他晚年屡屡向当权宰执投书递简，好像完全忘记了这些新党中人对自己有过怎样残酷的迫害和打击。这种让正直文人汗颜的做法，为其晚年添上了极为不光彩的一笔，甚至有人把这归结为他身后寥落的原因之一。《姑溪居士文集》的编者、南宋人吴芾为之辩护道："或谓端叔晚节锐于进取，有所附丽。虽若可疑，然范忠宣公《遗奏》，极于鲠切，诋斥不顾一时。用事者欲置忠宣之子于理，端叔慨然自列，谓实出其手。既而公所为《忠宣行状》复出，由是得罪南迁，废锢终身，曾不少悔。其勇于义若此，讵可以微瑕掩之哉？"❶ 故尔，对于李之仪，我们应怀着"与人为善"的态度相待，不能因其晚年的干谒之举而否定其一生及文学创作。

---

❶ 南宋·吴芾：《姑溪居士文集序》，《丛书集成初编》本，中华书局1985年版。

相反，重新认识和正确评价他的一生，实事求是地考察造成其人格蜕变的时代原因，亦是全面解读古代知识分子命运时不容回避的一个重要命题。

三

笺注之难，古来共知，加之李之仪文集历来没有注释校点本，故这项工作基本是在全无依傍的条件下开始的，难度之大可想而知。再加上史料的缺失，使李之仪的人生轨迹扑朔迷离，有许多内容需要重新考证。面对这样的复杂情况，要想弄清楚他的生平、籍贯、交游等具体情况，对其行年事迹进行详尽勾勒，可谓荆棘遍布，几无措手处，不是三言两语就能概括得清楚的，欲求尽当，实属不易。李之仪出身诗礼簪缨之家，成年后博览群书、涉猎广泛，晚年更是逃禅入道、精研法术，整日沉醉于吟诗作对与琴棋书画，故其诗文中颇多佛道、文艺方面的特殊用语。再加上仕途遭际的坎坷不遇，政治社会环境的风云变幻，使其仕宦南北，人生起伏不定，看尽人情风物，也备尝沧桑炎凉。交游往来的既有苏轼、范纯仁这样的名流显宦，也有许多声名不显、官位不高的方外僧道与乡野人士。这些主客观因素使得其作品中颇多难以明言的隐讳譬喻，呈现出看似平淡实则含意曲致的特点。读之辄感晦涩难解，以致误会其浅显平庸者有之，茫然不晓所谓者有之。因此，笔者认为，在进行注释时，有必要从多层面进行论析阐述，以求得出比较深刻、明晰的认识，从而真正彰显李之仪作品的独特风格。这是本书写作的重点，也是最大的难点，若不能有所发覆与突破，则辑佚、考订、编年便无从谈起，更遑论成郑笺之功了。故惟有增广见闻，以材料说话，方能在援引论列之时减少谬误，在考证笺注之时独具只眼。

本书以《丛书集成初编》本《姑溪居士全集》（商务印书馆 1936 年版）为底本，参校影印文渊阁《四库全书》本，上海辞书出版社、安徽教育出版社 2006 年版《全宋文》本进行研究。据此，《李之仪文集笺注》一书的总体构思是充分利用李之仪的存世作品，并结合相关文献，将其纳入到宋代文学发展流变的体系中，着重文本细读与内涵阐释，把广阔的研究视野与细致的语言纹理紧密结合，从更深广的文化角度，全面展示李之仪的文学成就。因此，首先要“全”，能使读者见到李之仪现存的全部作品；其次要“真”，努力做到在注释时不曲解文意，不过度阐释；再次要“清”，即条理清晰、明白，作品编年要明确，不做无谓猜测与牵强附会之议。

作为2017年教育部立项课题的成果之一，《李之仪文集笺注》的成书过程颇为艰辛，前期准备达十数年之久，可谓穷尽心力才敢冒昧示人。此皆因注释者学识荒浅，见闻不广，故每注一字、一词都非常谨慎。即便如此，书中仍有许多错漏之处，希望学界通人和广大读者多多批评指正。

编者

2018年10月

凡　例

一、关于版本。李之仪文集今存七十卷，其中《姑溪居士文集》五十卷，南宋吴芾编；《姑溪居士后集》二十卷，亦南宋人编，编者不详。本书以《丛书集成初编》本《姑溪居士全集》（商务印书馆 1936 年版）为底本，参校影印文渊阁《四库全书》本及上海辞书出版社、安徽教育出版社 2006 年版《全宋文》本。

二、关于编次。本书按文体分部，分为赋、表启、序跋、杂书、记、铭、赞、行状、墓志铭、祭文、青词、疏文、书简，文后列出原集出现卷数。

三、关于校勘。本书在校勘过程中，为避免过于繁琐，对异体字、通假字、避讳字以及某些明显刻误之字，除必须加按语说明者外，一般径改不作校记。

四、关于注释。本书对难词、名物、典故、地名、人物、历史事件等作简要注释，并适当注明根据。引据之材料，文简者照录，文繁者概述，注明出处。句意难懂者，注释之后稍作串释。注释内容注意篇次间前后照应，典故重出、词语屡见者，若不影响理解文意，不再注出；若需再次注出，则言“见某篇某注”。

五、关于附录。本书附录为“人名索引”“地名索引”，对文集中出现的人名、地名按首字拼音顺序进行分类排列，标明在书中的页码，以方便读者查阅。

目　录

序·跋

杂书

记

铭

赞

行状

墓志铭

祭文

青词

疏文

姑溪居士文集序

李公端叔，以词翰著名元祐间，余始得其尺牍，颇爱其言思清婉，有晋宋人风味，恨未睹他制也。乾道丁亥，假守当涂[一]，因访古来名士。居此邦而卓然有声于世者，惟李太白、郭功父与端叔三人。郡旧有太白、功父集，而端叔独阙然。求于其家，而子孙往往散落，无复遗稿。间得之邦人，类而聚之。命郡士载羣订正，釐为五十卷，锓板于学。昔二苏于文章少许可，尤称重端叔，殆与黄鲁直、晁无咎、张文潜辈颉颃[二]于时，今观其文，信而知已。或谓端叔晚节锐于进取，有所附丽。虽若可疑，然范忠宣公《遗奏》，极于鲠切，诋斥不顾一时。用事者欲置忠宣之子于理，端叔慨然自列，谓实出其手。既而公所为《忠宣行状》复出，由是得罪南迁，废锢终身，曾不少悔。其勇于义若此，讵可以微瑕掩之哉？余固爱其文，又表其行谊之可嘉者，并以诏于后云。端叔，名之仪，其先景城人，既谪而南，始居姑溪，自号姑溪居士，今以名其集。天台吴芾序[三]。

【笺注】

［一］假守，代理郡守。

［二］颉颃（xié háng），本指鸟上下飞翔，此谓两相比较，不相上下。

［三］吴芾（1104—1183），字明可，号湖山居士，浙江台州府（今浙江台州市天台县）人。绍兴二年（1132）进士，官秘书正字，因忤秦桧罢官，后任监察御史。乾道五年（1169），以龙图阁直学士致仕，著述以终。谥康肃。有表奏五卷、诗文三十卷。

赋

闲 居 赋

呜呼，闲居之为乐也，乐其所可乐也，乐非其可乐，不为闲居也。乐其居之闲，然后知闲居之为可乐也。迹虽是而心不在焉，与夫故为其迹，而资以藉口者，乃闲居之戮民[一]。非乐闲居者也。乐其乐者，君子之乐也；未始知其乐，而盗有其名者，小人之乐也。潘岳之赋[二]，名则是矣，而心则不闲也。失志自寓，其无可奈何，而形容其不得已者也，戮民不足以言之也。陶渊明《归去来》[三]，似无顷刻休息，而超然自放于造物之外[四]，陶然自得于言意之表[五]，居不闲而得闲居之乐也。有一念不为闲，有一境界不为居。形如槁木，心如死灰[六]，尸居而龙见，雷声而渊默[七]，得其一未知其二也[八]。终日言而未尝言，终日行而未尝行，其庶几乎[九]！孔子居乡党，似不能言者[一〇]，其言曰："毋意，毋必，毋固，毋我。"[一一]又曰："予欲无言。"[一二]又曰："吾与回言，终日不违，如愚。"[一三]申申如也，夭夭如也[一四]。累累然如丧家之犬也[一五]。鲁人则曰："此东家丘耳。"[一六]夫是谓之闲居，而乐不足以言之也。汉儒所记闲居燕居[一七]，是其日用之常，而非其所得之乐也。惟彼不类，造次必伪[一八]。于以行己[一九]，狼藉自弃[二〇]。蒙不洁而反以炫鬻[二一]，蹈荆棘而不知所避。务浅陋之为夸，而不识人间有羞耻事。方且忽娄猪艾豭之歌[二二]，而拥宋朝之敝帚[二三]；安燕婉籧篨之刺[二四]，而屿河水而高峙。杜门却扫[二五]，而闾里坐视其左右[二六]；动容变色，而肉食率怀其可畏[二七]。一颦一笑[二八]，惟我之从，则言发而利害随之；一动一静，立我之异，则颐指而百罹斯值[二九]。以是而日输月赋如征焉[三〇]，以是而山积海纳如归焉。乃曰："我闲居者也。"是又潘岳之罪人，而谓圣日在上为可免[三一]，则予不知其所以也[三二]。《姑溪居士文集》卷一

【笺注】

［一］戮民，罪人。《庄子·大宗师》："丘，天之戮民也。"

［二］晋潘岳作有《闲居赋》。

［三］晋陶渊明作有《归去来兮辞》。

［四］自放，自我放逸。韩愈《与崔群书》："思自放于伊、颍之上。"

［五］陶然，形容悠闲快乐的样子。韩愈《送区册序》："投竿而渔，陶然以乐。"自得，自己得意，感觉舒适。《史记·管晏列传》："意气扬扬，甚自得也。"

［六］枯干的树木与冷却的灰烬，形容心态颓废消沉，对一切事情都无动于衷。语出《庄子·齐物论》："形固可使如槁木，而心固可使如死灰乎？"

［七］安静如尸一动不动而精神飞扬如龙，深沉不言却有如隆隆雷声般撼人的气势。语出《庄子·在宥》。

［八］语出《庄子·天地》："识其一，不识其二。"

［九］庶几，差不多，很接近。《易·系辞下》："颜氏之子，其殆庶几乎？"

［一〇］语出《论语·乡党》："孔子于乡党，恂恂如也，似不能言者。"

［一一］语出《论语·子罕》。毋意，不主观臆测。毋必，不绝对肯定。毋固，不固执己见。毋我，不自以为是。

［一二］语出《论语·阳货》。

［一三］语出《论语·为政》。

［一四］语出《论语·述而》。申申，舒适。夭夭，和颜悦色。

［一五］语出《史记·孔子世家》："累累若丧家之狗。"累累然，形容瘦弱疲惫、失魂落魄的样子。

［一六］北齐颜之推《颜氏家训·慕贤》："世人多蔽，贵耳贱目，重遥轻近，少长周旋，如有贤哲，每相狎侮，不加礼敬……所以鲁人谓孔子为东家丘。"

［一七］燕居，闲居。

［一八］造次，原意为匆忙、轻率，此为造作之意。

［一九］行己，谓立身行事。《论语·公冶长》："其行己也恭。"

［二〇］因自身行为不检，以致名声不好而自暴自弃。

［二一］蒙不洁，沾染上污秽之物。《孟子·离娄下》："西子蒙不洁，则人皆掩鼻而过之。"炫鬻（yù），炫耀卖弄。

［二二］方且，尚且，还要。忽，忽略，不以为意。娄猪，母猪，用以比喻淫乱的女子。艾豭（jiā），老公猪，指好色无行之人。《左传·定公十四年》："卫侯为夫人南子召宋朝……过宋野。野人歌之曰：'既定尔娄猪，盍归吾艾豭？'"

［二三］宋朝，春秋时宋国公子，以貌美风流闻名，受卫灵公宠幸，又与卫灵公夫人南子有私。敝帚，破旧的扫帚，指无用之物。《论语·雍也》："不有祝鮀之佞，而有宋朝之美，难乎免于今之世矣。"

［二四］燕婉，仪态安详温顺。籧篨（qú chú），有丑疾不能俯身的人。语出《诗·邶风·新台》："燕婉之求，籧篨不鲜。"

［二五］杜门却扫，闭门谢客，隐居起来。杜，堵塞。唐李延寿《北史·李谧传》："遂绝迹下帷，杜门却扫。"

［二六］闾里，乡里，此指邻里。

［二七］肉食，指达官贵人。晋葛洪《抱朴子·逸民》："退士不居肉食之列。"率，都。

［二八］谓忧伤和欢乐。颦，皱眉。《韩非子·内储上》："吾闻明主

之爰，一颦一笑。”

［二九］颐指，抬动下巴示意、指挥别人，形容态度傲慢。唐元稹《追封李逊母崔氏博陵郡太君》：“颐指气使，无不随顺。”百罹，种种不幸遭遇。罹，忧。《诗·王风·兔爰》：“我生之后，逢此百罹。”斯，助词，相当于“之”“的”。值，遇上，遭遇。

［三〇］日输月赋，指日月轮转、岁月变迁。输，运转。赋，此同“敷”，指月光洒落、铺陈。征，行，指时光流逝。陶渊明《停云》其三：“人亦有言，日月于征。”

［三一］圣日，圣明天子。

［三二］其，虚指代词。所以，这么做的原因。

梦游览辉亭赋[一]

霜下木落，天宇澄彻。日欲倾颓[二]，蝉方凄咽。姑溪居士杖筇步屧[三]，临阶之绝[四]。顾视节物[五]，推迁岁月[六]。感览辉之昔游，咏生尘之罗袜[七]。惝怳差池[八]，踌躇骚屑[九]。御者不进，将谁与说[一〇]？既鹄立以不怡[一一]，疑株枸之无别[一二]。已而人断风怵，月出云裂。繁星不能蔽其光，万籁于此号其穴。兹欲遣而不暇，益百纠而千结。于是解衣就枕，寤寐才分。红舒绿卷，兰郁麝薰。更笑语于莺燕，袅环珮于烟云。恨秀绝之不与，方展转而疑魂。忽若星坠，倏如鸾停。拊背藉以相款，极情柔而见文。谓予之约何爽[一三]，叩予之实弥勤。顾倚玉之未及[一四]，俄司晨之遽闻[一五]。呜呼，梦邪觉邪，则亦莫知其然哉！今已非是，昔安可追？惩梦幻于逐物[一六]，割昵网于顽痴[一七]。庶几梦觉与今昔，不能俯仰于群迷[一八]。《姑溪居士后集》卷一

【笺注】

［一］览辉亭，位于今南京市东南。苏辙《和孔武仲金陵九咏·览辉亭》：“城里最高处，坡陀见一城。”周必大《送子开弟还江西》：“却

登览辉亭，下瞰白鹭洲。”

［二］倾颓，下落、西斜。

［三］杖筇（qióng），拄着竹杖行走。唐韩偓《江岸闲步》：“一手携书一杖筇，出门何处觅情通。”步屧（xiè），行走，漫步。屧，鞋。《南史·袁粲传》：“（袁粲）又尝步屧白杨郊野间。”

［四］绝，绝顶，最高处。

［五］节物，季节物象。陆机《拟明月何皎皎》：“踟蹰感节物，我行永已久。”

［六］推迁，推移变迁。陶渊明《荣木》序：“日月推迁，已复九夏。”

［七］语出曹植《洛神赋》：“凌波微步，罗袜生尘。”

［八］惝（chǎng）恍，恍惚。差池，此形容心绪不宁。

［九］骚屑，风声，此谓心神不宁。元稹《遣病》其三：“白日速如飞，佳晨亦骚屑。”

［一〇］御者，驾驭车马的人。曹植《洛神赋》：“睹一丽人，于岩之畔，乃援御者而告之。”

［一一］鹄立，像鹄一样引颈直立。《后汉书·袁谭传》：“瞻望鹄立。”不怡，不乐。曹植《洛神赋》：“心振荡而不怡。”

［一二］株枸（jū），指近根盘错处。《庄子·达生》：“吾处身也，若厥株拘。”

［一三］爽，爽约。

［一四］倚玉，指攀附贤者。南朝宋刘义庆《世说新语·容止》：“魏明帝使后弟毛曾与夏侯玄共坐，时人谓‘蒹葭倚玉树’。”

［一五］司晨，雄鸡报晓。陶渊明《述酒》：“流泪抱中叹，倾耳听司晨。”

［一六］逐物，追求外物，指沉湎于世俗。语出《庄子·天下》：“惜乎！惠施之才，骀荡而不得，逐万物而不反。”

[一七] 昵，同“溺”，沉迷不悟。顽痴，劣顽愚痴。

[一八] 俯仰，周旋、应付。《史记·货殖列传》：“尽椎埋去就，与时俯仰，获其赢利。”群迷，佛教语，意为迷失本性的众生。

表·启

代人贺德音表[一]

上帝降康[二]，已胙无疆之祉[三]；大君有命[四]，俄覃在宥之仁[五]。精诚已格于天人[六]，德泽遂均于动植。中贺[七]。窃以视民如伤[八]，则纤悉毕烦于一览[九]；舍己从众，则勤劳兼任于人难(一)[一〇]。既思虑之弗忘，故节宣之或爽[一一]。皇天后土[一二]，灼知宵旰之所因[一三]；珍剂妙工[一四]，为得晨昏而促效[一五]。不更累日，遽已亲朝。嘘枯吹生[一六]，大布风霆之令；涤瑕荡垢，一新雨露之恩。欢忻虽阻于周行，抃蹈实同于蠢类[一七]。恭惟皇帝陛下平恕御下[一八]，清明在躬[一九]。发挥累圣以收功[二〇]，度越百王而图治[二一]。幸今亲睹，亘古未逢。自然协气之符[二二]，致滋勿药之喜[二三]。仰惟魏阙[二四]，愈知舜日之明[二五]；嘉与邦人[二六]，载效华封之祝[二七]。《姑溪居士文集》卷一三

【校记】

（一）难：原缺，据四库本、《全宋文》补。

【笺注】

［一］德音，赦令的一种，用以施惠宽恤，即恩诏。白居易《杜陵叟》："白麻纸上书德音，京畿尽放今年税。"

［二］上天降下安康。《诗·商颂·烈祖》："自天降康，丰年穰穰。"

［三］胙（zuò），保佑，赐福。祉（zhǐ），福。

［四］大君，天子、君王。《易·师·上六》："大君有命，开国

承家。”

［五］覃（tán），覃恩，广施恩泽，指帝王对臣民的封赏、赦免。在宥，宽宥、饶恕。《庄子·在宥》：“闻在宥天下，不闻治天下也。”

［六］格，至。《尚书·尧典》：“光被四表，格于上下。”

［七］中贺，表示祝贺。宋周密《齐东野语·中谢中贺》：“今臣僚上表，所称惟诚惶诚恐，及诚欢诚喜、顿首稽首者，谓之中谢中贺。自唐以来，其体如此。盖臣某以下，亦略叙数语，便入此句，然后敷陈其详。”

［八］视民如伤，看待老百姓如同看待自身的伤痛。一说把人民当作有伤的病人一样照顾，恩恤抚慰而不惊扰。《左传·哀公元年》：“臣闻国之兴也，视民如伤，是其福也。”

［九］纤悉，细微之事。烦，此为表示请托的敬辞。

［一〇］人难，急人所难。

［一一］节宣，节制宣泄。

［一二］指天地神祇。唐令狐德棻《周书·武成》：“告于皇天后土。”

［一三］灼知，明白了解、深知。宵旰（gàn），即宵衣旰食，称颂帝王勤于政事，此借指帝王。

［一四］珍剂，良药。妙工，专治、擅长。

［一五］晨昏，早晨和晚上。

［一六］呵气使枯木重生、繁树干枯。《后汉书·郑太传》：“清淡高论，嘘枯吹生。”

［一七］抃（biàn）蹈，手舞足蹈，形容欢欣感激之状。柳宗元《终南山祠堂碑》：“喜气充溢，抃蹈布野。”蠢类，罪人。刘禹锡《代贺赦吴少诚复官爵表》：“敷鸿霈而覃及蠢类。”

［一八］恭惟，表达祈愿的发起词。平恕，持平宽仁，宽厚仁慈。唐吴兢《贞观政要·公平》：“古称至公者，盖谓平恕无私。”御下，治

理天下。

［一九］形容人内心光明，能明辨是非。躬，身体、自身。《礼记·孔子闲居》："清明在躬，气志如神。"

［二〇］累圣，历代圣贤。收功，取得成功。《孔子家语·屈节》："今子欲收功于鲁实难。"

［二一］百王，历代帝王。

［二二］协气，和气。司马相如《封禅文》："协气横流，武节猋逝。"

［二三］勿药，指病愈。《旧唐书·裴度传》："果闻勿药之喜，更俟调鼎之功。"

［二四］魏阙，古代宫门外高大的建筑，用作朝廷的代称。《庄子·让王》："身在江海之上，心居乎魏阙之下。"

［二五］舜日，指帝王的盛德。

［二六］嘉与，奖掖优待。《汉书·武帝纪》："朕夙兴夜寐，嘉与宇内之士臻于斯路。"

［二七］华，古地名。封，疆界。典出《庄子·天地》："尧观乎华。华封人曰：'嘻，圣人！请祝圣人。''使圣人寿。'尧曰：'辞。''使圣人富。'尧曰：'辞。''使圣人多男子。'尧曰：'辞。'"

代人贺正表[一]

端辰谨始[二]，盛典正容[三]。表万里之咸宁[四]，肃群工而在御[五]。荣敷动植[六]，庆浃华夷[七]。中贺[八]。恭惟皇帝陛下六艺之宗，百世所俟。润色大成之业[九]，发挥通骏之声[一〇]。故于会图籍之朝[一一]，而乃修礼乐之事。景风适应[一二]，方蛰户之回春[一三]；黼座中严[一四]，灿繁星之拱极[一五]。非特知天子之贵，于是识圣人之时。就日瞻尧[一六]，已幸跻仁而共域[一七]；同心戴舜[一八]，更期保寿于无疆。臣偶假麾符[一九]，阻趋轩陛[二〇]。嘉与肖翘之类[二一]，交深忭舞之诚[二二]。《姑溪居士文

集》卷一三

【笺注】

［一］贺正，也称“拜正”“走春”“贺岁”，农历正月初一，人们拜访亲友，互致问候。参见宋高承《事物纪原·正朔历数·贺正》。

［二］端辰，良辰。谨始，慎之于始。

［三］正容，使容颜仪态端庄严肃。

［四］万里，万方，指天下。咸，都。

［五］群工，群臣。御，用。《诗·郑风·女曰鸡鸣》：“琴瑟在御，莫不静好。”

［六］荣敷，草木茂盛，这里用作动词。

［七］浃，泽及、惠及。

［八］见《代人贺德音表》注［七］。

［九］润色，增加光彩。《汉书·终军传》：“必待明圣润色，祖业传于无穷。”大成，大的成就。《易·井·象》：“元吉在上，大成也。”

［一〇］遹（yù），同曰、聿，表提示的发语词。骏之声，盛誉。《诗·大雅·文王有声》：“文王有声，遹骏有声。”

［一一］图籍，地图和户口册，指疆土和人口。《战国策·秦策一》：“据九鼎，按图籍，挟天子以令天下。”

［一二］景风，四时祥和之风。

［一三］蛰户，蛰虫伏处的洞穴。《后汉书·马融传》：“刊重冰，拨蛰户。”

［一四］黼（fǔ）座，因天子座后设黼扆，故称帝座，借指天子。中严，谓中庭戒严，古代帝王元旦朝会或郊祀等大典的仪节之一。《隋书·礼仪志四》：“梁元会之礼，未明，庭燎设，文物充庭……侍中奏中严，王公卿尹各执珪璧入拜。”

［一五］拱极，即拱辰，拱卫北极星，以喻拱卫君王或四裔归附。《旧唐书·礼仪志二》：“叶台耀以分辉，契编珠而拱极。”

［一六］即瞻云就日，指亲近贤明如尧舜的圣明天子。《史记·五帝本纪》："帝尧者，放勋。其仁如天，其知如神。就之如日，望之如云。"

［一七］跻仁，跻身仁人之列。

［一八］戴舜，此谓拥戴圣明天子。

［一九］麾符，旌旗及符节。

［二〇］轩陛，殿堂的台阶。

［二一］肖翘，细小的飞虫。《庄子·胠箧》："惴耎之虫，肖翘之物。"

［二二］忭舞，高兴得手舞足蹈。又作"抃舞"。晋张华《博物志》卷八："一里老幼喜欢抃舞。"

代人贺圣节表[一]

惟天降命[二]，为民作君，式届今辰[三]，挺生元圣[四]。瞻重瞳于舜日[五]，想盛礼于汉廷。讴歌蚤协于当时。夷夏同倾于此日。恭惟皇帝陛下仁舒化日，道御时龙[六]。如大川之方增，出庶物而独运[七]。善述宁丰之典则，久符尧禹之安荣。故能广文王遹骏之声[八]，备既醉太平之福。卜年过历[九]，保寿无疆。臣尝忝从班[一〇]，适叨帅节[一一]。赖一人之庆，方均被于群黎[一二]；上万年之觞[一三]，阻进陪于列辟[一四]。但同华祝，遥庆嵩呼[一五]。《姑溪居士文集》卷一三

【笺注】

［一］圣节，帝王生日。唐李洞《喜鸾公自蜀归》："归来逢圣节，吟步上尧阶。"

［二］《尚书·酒诰》："惟天降命，肇我民，惟元祀。"

［三］式，句首语气词，无实义。

［四］挺生，挺拔生长，形容杰出。《后汉书·西域传论》："贤懿之所挺生。"元圣，大圣人。《尚书·汤诰》："聿求元圣，与之戮力。"

［五］重瞳，一只眼里有两个瞳仁，被认为是圣人之相。《史记·项羽本纪》："舜目盖重瞳子。"

［六］时龙，良马，骏马。《后汉书·光武帝纪下》："其王者受命，信有符乎？不然，何以能乘时龙而御天哉！"

［七］庶物，众物，万物。《易·乾·彖》："首出庶物，万国咸宁。"独运，帝王独立运用威权，圣裁。《宋书·恩幸传序》："孝建、泰始，主威独运。"

［八］见《代人贺正表》注［一〇］。

［九］占卜国运年数。《左传·宣公三年》："成王定鼎于郏鄏，卜世三十，卜年七百，天所命也。"过历，享国年数超过预期。《汉书·诸侯王表》："周过其历，秦不及期，国势然也。"

［一〇］忝（tiǎn），谦辞，意为有辱、有愧。从班，列于朝班，谓做官。

［一一］叨，承受，对受人恩惠表示感谢的谦辞。

［一二］群黎，万民，百姓。《诗·小雅·天保》："群黎百姓，遍为尔德。"

［一三］万年觞，指御用的酒杯，祝天子万寿无疆之词。

［一四］列辟，公卿百官。王维《京兆尹张公德政碑》："然天子犹日省三揖列辟。"

［一五］嵩呼，山呼，形容声音很大。汉元封元年春，武帝登嵩山，从祀吏卒皆闻三次高呼万岁之声。事见《汉书·武帝纪》。后臣下祝颂帝王，高呼万岁，亦谓之"嵩呼"。

代范忠宣公遗表[一]

生也有涯[二]，难逃定数[三]；死之将至，愿毕余忠。辄留垂尽之期[四]，仰渎盖高之听[五]。中谢[六]。伏念臣赋性拙直[七]，禀生艰危[八]。忠孝虽得之家传，利害率同于人欲。未始苟作以干誉[九]，不敢患得以营私[一〇]。盖尝先天下之忧[一一]，期不负圣人之学。此先臣所以教子[一二]，而微臣资以事君。粤自治平[一三]，擢为御史[一四]；继逢神考[一五]，进列谏垣[一六]。荏苒五十二年，首尾四十六任。分符拥节[一七]，持橐守边[一八]。晚叨宥密之求[一九]，再席钧衡之任[二〇]。遇事辄发，曾不顾身；因时有为，止欲及物。固知盈满之当戒[二一]，弗思祸衅之阴乘[二二]。万里风涛，仅脱江鱼之腹；三山瘴疠，几从山鬼之游。忽逢睿圣之临朝[二三]，首及纤芥之旧物。复官易地，遣使宣恩。而臣目已不明，无复仰瞻于舜日；身犹可免，或能亲奉于尧年。岂事理之能谐，果神明之见啬。未获九重之入觐，卒然四体之不随[二四]。空惭田亩之还，上负乾坤之造。犹能强亲药石[二五]，贪恋岁时。傥粗释于沉迷，或稍舒于报效。今则膏肓已逼[二六]，气息仅存。泉路非遥，圣时永隔。恐叩阍之靡及[二七]，虽结草以何为！是以假漏偷生[二八]，刳心沥恳[二九]。庶皇慈之俯鉴，亮愚意之无他。臣若不言，死有余恨。伏望皇帝陛下清心寡欲，约己便民。达孝道于精微，扩仁心于广远。深绝朋党之论，详察邪正之归。搜抉幽隐[三〇]，以尽人材；屏斥奇巧[三一]，以厚风俗。爱惜生灵，而无轻议边事；包容狂直[三二]，而无易逐言官。若宣仁之诬谤未明[三三]，致保佑之忧勤不显。本权臣务快其私忿，非泰陵实谓之当然[三四]。以至未宽流人之往愆[三五]，悉以赦恩而特叙。尚使存没，犹污瑕疵。又复未解疆场之严，遂空帑藏之积[三六]。有城必守，得地难耕。凡此数端，愿留圣念。无令后患，常轸渊衷[三七]。臣所惜者，陛下上圣之资；臣所爱者，宗社无疆之业[三八]。苟斯言之可采，则虽死而犹生[三九]。泪尽辞穷，形留神往[四〇]。《姑溪居士文集》卷一三

【笺注】

[一]《宋史·范纯仁传》："（纯仁）疾革，以宣仁后诬谤未明为恨。呼诸子口占遗表，命门生李之仪次第之。"范纯仁（1027—1101），字尧夫，南京应天府（今河南商丘）人，范仲淹次子。曾从胡瑗、孙复学，

父殁后出仕知襄邑县，累官侍御史、同知谏院，出知河中府，徙成都路转运使。哲宗立，官给事中，元祐元年（1086）同知枢密院事，后拜相。哲宗亲政，累贬永州安置。徽宗立，官复观文殿大学士，后以目疾乞归。追赠开府仪同三司，谥忠宣。有《范忠宣公集》。

［二］《庄子·养生主》："吾生也有涯，而知也无涯。"

［三］定数，定则、气数。南朝梁刘孝标《辩命论》："将荣悴有定数。"

［四］垂，接近，快要。

［五］渎，谦辞，冒犯。盖高，指天，亦称帝王。《诗·小雅·正月》："谓天盖高，不敢不局。"

［六］见《代人贺德音表》注［七］。

［七］伏，敬辞。念，念及，想到。伏念，多用以致书于尊者的章表中。韩愈《上宰相书》："伏念今有仁人在上位。"

［八］禀生，受生。艰危，艰难危急。曹丕《寡妇赋》："惟生民兮艰危。"

［九］干誉，干求名誉。《尚书·大禹谟》："罔违道以干百姓之誉。"

［一〇］患得，患得患失，看重个人利害得失。《论语·阳货》："其未得之也，患得之。既得之，患失之。苟患失之，无所不至矣。"

［一一］范仲淹《岳阳楼记》："先天下之忧而忧，后天下之乐而乐。"

［一二］先臣，臣于君称自己的祖先、先父为"先臣"。此范纯仁用以称范仲淹。

［一三］粤，助词，通"曰"。治平（1064—1067），英宗年号。

［一四］《宋史·范纯仁传》："治平中，擢江东转运判官，召为殿中侍御史，迁侍御史。"

［一五］神考，神宗的代称。苏轼《司马温公神道碑》："匪公之思，神考是怀。"

［一六］谏垣，谏官官署，亦作谏院。《宋史·范纯仁传》："神宗问陕西城郭、甲兵、粮储如何，……拜兵部员外郎，兼起居舍人、同知谏院。"

［一七］分符，帝王封官授爵，分与符节的一半作为信物。孟浩然《送韩使君除洪州都曹》："述职抚荆衡，分符袭宠荣。"拥节，执持符节，指出任地方。《隋书·高祖纪上》："拥节杖旄，任当连率。"

［一八］橐（tuó），口袋。《汉书·赵充国传》："持橐簪笔，事孝武皇帝数十年。"后遂以"持橐簪笔"指侍从之臣携带书和笔，以备顾问，亦省作"持橐"。

［一九］宥密，指枢密院。《宋史·范纯仁传》："元祐初，进吏部尚书，数日，同知枢密院事。"

［二〇］钧衡，指担负国家政务重任。范仲淹《遗表》："因悬避于钧衡。"

［二一］盈满，骄傲自满。《北齐书·平秦王归彦传》："（归彦）志意盈满，发言陵侮。"

［二二］衅，祸。阴乘，暗中乘隙（侵入）。

［二三］《宋史·范纯仁传》："徽宗即位，钦圣显肃后同听政，即日授纯仁光禄卿，分司南京，邓州居住。遣中使至永赐茶药，谕曰：'皇帝在藩邸，太皇太后在宫中，知公先朝言事忠直，今虚相位以待，不知目疾如何，用何人医之。'纯仁顿首谢。道除右正议大夫、提举崇福宫。不数月，以观文殿大学士、中太一宫使诏之。有曰：'岂唯尊德尚齿，昭示宠优；庶几鲠论嘉谋，日闻忠告。'纯仁以疾，捧诏而泣曰：'上果用我矣，死有余责。'"

［二四］卒然，突然。卒，同"猝"。

［二五］强，勉强。药石，药剂和砭石，泛指药物。《列子·杨朱》："及其病也，无药石之储。"

［二六］如今病重将不治。

［二七］叩阍，扣打宫门，指面圣。

［二八］假漏，趁着机会。

［二九］刳（kū）心，挖出心脏，以表忠心。韩愈《潮州刺史谢上表》："圣恩弘大，天地莫量；破脑刳心，岂足为谢。"沥恳，披露诚心。沥，竭尽全力。唐司空图《华帅许国公德政碑》："沥恳固让，拜章累陈。"

［三〇］幽隐，隐士。《后汉书・郎顗传》："改元更始，招求幽隐。"

［三一］奇巧，奇技淫巧，指无益之物。

［三二］狂直，此指忠心直言的谏官。

［三三］宣仁后，即高太后，哲宗祖母。元丰八年（1085）哲宗立，高太后听政，以司马光为相，尽废王安石新法。宣仁之诬谤，指"车盖亭诗案"。《宋史・范纯仁传》："知汉阳军吴处厚傅致蔡确安州《车盖亭诗》，以为谤宣仁后，上之。谏官欲置于典宪，执政右其说，唯纯仁与左丞王存以为不可。……及确新州命下，纯仁于宣仁后帘前言：'圣朝宜务宽厚，不可以语言文字之间暧昧不明之过，诛窜大臣。今举动宜与将来为法，此事甚不可开端也。且以重刑除恶，如以猛药治病，其过也，不能无损焉。'又与王存谏于哲宗，退而上疏，其略云：'盖如父母之有逆子，虽天地鬼神不能容贷，父子至亲，主于恕而已。若处之必死之地，则恐伤恩。'确卒贬新州。"

［三四］泰陵，指宣仁太后。

［三五］流人，被流放的人。愆，罪。

［三六］帑（tǎng）藏，国库。《后汉书・杨秉传》："帑臧空虚，浮食者众。"

［三七］轸（zhěn），伤痛。渊衷，渊深的胸怀，多用来称颂皇帝。

［三八］宗社，宗庙和社稷，借指国家。

［三九］形容了无牵挂，没有遗憾。晋常璩《华阳国志・汉中士女志・文姬》："先公为汉忠臣，虽死之日，犹生之年。"

［四〇］谓不胜向往、思慕。三国魏郭遐叔《赠嵇康》之二："驰情运想，神往形留。"

贺致政太傅启[一]

伏审宠辞宰铉[二]，荣陟公槐[三]。从优佚于燕申[四]，称褒荣之典策[五]。式扬大号[六]，允服舆情[七]。窃以经为帝师，而辅太平之基；行应世表，而全廉尚之节。载籍所纪[八]，振古罕传[九]。都门祖二疏之行[一〇]，功名孰见；昌黎贤佐臣之去[一一]，体貌未隆[一二]。又曷若伊尹致尧舜之君[一三]，告归于亳[一四]；周公成文武之事，请老于丰[一五]？兹大臣出处之远猷[一六]，实达人止足之高致[一七]。恭惟致政太傅相公受天闲气[一八]，为国元臣[一九]。德茂典型[二〇]，智周体用[二一]。蚤由旧学，夹圣日于虞渊[二二]；进秉鸿钧[二三]，调化元于商鼎[二四]。泰山北斗[二五]，雅望素高；昆玉秋霜[二六]，清标可仰[二七]。济功成名遂之遇(一)[二八]，激顽廉懦立之心[二九]。神明相其寿考[三〇]，华夷想其丰采。大雅卓尔[三一]，荣观超然[三二]。某假守江滨[三三]，窃依钧芘[三四]。徒剧向风之慕[三五]，阻修拥彗之诚[三六]。属炎景之届辰[三七]，蕲天倪之多祉[三八]。《姑溪居士文集》卷一三

【校记】

(一)"遇"字原缺，据四库本、《全宋文》改。

【笺注】

［一］致政，致仕。致，归。《礼记·王制》："五十而爵，六十不亲学，七十致政。"太傅，帝王辅弼官之一。《汉书·百官公卿表上》："太傅，古官，高后元年初置，金印紫绶……位在三公上。"启，公文的一种。汉服虔《通俗文》："官信曰启。"

［二］伏审，获悉，听闻。宰铉，比喻三公等重臣。

［三］公槐，三公之位。

［四］优佚，富裕安逸。佚，同“逸”。燕申，称道尊者的闲居生活。语出《论语·述而》：“子之燕居，申申如也，夭夭如也。”

［五］典策，亦作“典册”，指帝王的册命。《陈书·高祖纪上》：“今将授公典策，其敬听朕命。”

［六］大号，帝王号令。《易·涣·九五》：“涣汗其大号。”

［七］允，宽容。服，习惯。舆情，常理，常情。

［八］载籍，书籍，典籍。《史记·伯夷列传》：“夫学者载籍极博。”

［九］振古，远古。振，极。《诗·周颂·载芟》：“匪今斯今，振古如兹。”

［一〇］祖，设祖道，饯行的一种隆重仪式，为出行者祭祀路神后，又在路上设宴送行。二疏，指汉宣帝时名臣疏广与兄子受。广为太傅，受为少傅，同时以年老乞致仕，时人贤之。归日，送者车数百辆，设祖道，供张东都门外。晋张协《咏史》：“蔼蔼东都门，群公祖二疏。”

［一一］昌黎，韩愈自称“郡望昌黎”。贤，以之为贤。韩愈作《送孟东野序》《送温处士赴河阳军序》《送董邵南序》等文，表达自己对佐臣处境的看法。

［一二］体貌，形容，描绘。南朝梁刘勰《文心雕龙·书记》：“体貌本原，取其事实。”隆，尽。

［一三］曷若，何如，用反问的语气表示不如。伊尹，辅助商汤灭夏朝，历事商朝商汤、外丙、仲壬、太甲、沃丁五代君主五十余年，百岁殁，帝沃丁以礼致葬于亳（今河南商丘）。《史记·殷本纪》：“（沃丁）既葬伊尹于亳，咎单遂训伊尹事，作《沃丁》。”

［一四］告归，告老还乡。

［一五］《尚书大传·洛诰》：“周公摄政，一年救乱，二年克殷，三年践奄，四年建侯卫，五年营成周，六年制礼乐，七年致政。”周公致

政三年之后，居住在丰京（丰京、镐京并称“丰镐”，位于今陕西长安县沣河两岸。丰京在西，镐京在东）。

［一六］出处，出仕与归隐。远猷，长远的打算、谋划。《诗·大雅·抑》：“讦谟定命，远猷辰告。”

［一七］达人，通达事理之人。《左传·昭公七年》：“圣人有明德者，若不当世，其后必有达人。”止足，凡事知止知足，不贪心。语出《老子》第四十四章：“知足不辱，知止不殆，可以长久。”

［一八］相公，丞相。韩愈《皇帝即位贺宰相启》：“相公翼亮圣明，大庆资始。”闲气，亦作“间气”，旧说圣人上应星象，禀天地特殊之气，间世而出。王安石《贺韩魏公启》：“伏惟某官受天闲气，为世元龟。”

［一九］元臣，重臣、老臣。苏轼《上神宗皇帝书》：“晋之王导，可谓元臣。”

［二〇］德茂，德行高尚、美盛。

［二一］智周，知周。《易·系辞上》：“知周乎万物，而道济天下。”体用，事物的本质与表象。

［二二］虞渊，古代神话传说中日没处。《淮南子·天文训》：“(日)至于虞渊，是谓黄昏。”

［二三］鸿钧，原指天或自然，此喻国柄、朝政。

［二四］化元，造化、教化。唐皇甫曾《送王相公赴幽州》：“台衮兼戎律，勤忧秉化元。”商鼎，商朝鼎器，以喻国家礼制文化。唐贾岛《感令狐相公赐衣》：“即入调商鼎，期分是与非。”

［二五］比喻道德高、名望重，为众人所敬仰的人。《新唐书·韩愈传赞》：“自愈没，其言大行，学者仰之如泰山、北斗云。”

［二六］昆玉秋霜，又作琨玉秋霜，形容人的品质坚贞、意趣高洁。《后汉书·孔融传论》：“懔懔焉，皜皜焉，其与琨玉秋霜比质可也。”

［二七］清标，明月，形容清美出众。《南齐书·杜栖传》：“贤子学

业清标，后来之秀。”

［二八］遂，就。《墨子·修身》：“功成名遂，名誉不可虚假。”

［二九］顽廉懦立，使贪婪之人廉洁，让怯弱之人自立。《孟子·万章下》：“故闻伯夷之风者，顽夫廉，懦夫有立志。”

［三〇］寿考，长寿。《诗·大雅·棫朴》：“周王寿考，遐不作人。”

［三一］卓尔，超出众人。《汉书·景十三王传赞》：“夫唯大雅，卓尔不群，河间献王近之矣。”

［三二］荣观，宫阙。《老子》第二十六章：“虽有荣观，燕处超然。”

［三三］假守，权宜派遣而非正式任命的地方官。《史记·南越列传》：“因稍以法诛秦所置长吏，以其党为假守。”

［三四］芘，同“庇”。

［三五］向风，谓仰慕某人的品德或学问。南朝梁陆倕《石阙铭》：“于是天下学士，靡然向风。”

［三六］彗，扫帚。手持扫帚，清扫道路，表示对来访者的敬意。晋郭璞《尔雅序》：“辄复拥彗清道，企望尘躅者。”

［三七］炎景，炎热的日光。曹植《槐赋》：“覆阳精之炎景。”

［三八］蕲，同“祈”。天倪，天边，远方。

贺枢相转官启[一]

恭审孚号扬廷[二]，策勋锡命[三]，岩瞻胥悦[四]，燕贺均欢[五]。窃以国家发政施仁，均布《蓼萧》之泽[六]；修文偃武，一陶《行苇》之风[七]。岂险固之是图[八]，偶关防之弗戒。蕞尔蚁聚[九]，肆彼狼贪[一〇]。上轸渊衷，佥言谋帅[一一]。灵旗直指[一二]，过者化而存者神[一三]；庙算出奇[一四]，战必胜而攻必取[一五]。爰整鹰扬之旅[一六]，坐观鼠技之穷[一七]。雪见晛而曰消[一八]，竹迎刃而自解[一九]。迅驱雷电，谁当赫赫之王师[二〇]；生致渠魁[二一]，岂漏恢恢之天网[二二]？带砺益壮[二三]，衮绣有辉[二四]。恭惟枢密相公蕴命世之宏材[二五]，韬经邦之远略[二六]。敦诗书德义之本[二七]，密告嘉猷[二八]；兼将相威仪之多，式昭异数[二九]。挺忠诚以许国，运精神而折冲[三〇]。勋德俱高，邦家永赖。用锡尔祉[三一]，召公扬江汉之休[三二]；惟断乃成，裴相建淮蔡之绩[三三]。某备员远部[三四]，窃仰焚躔[三五]。欣闻七德之定功[三六]，共庆万邦之为宪[三七]。《姑溪居士文集》卷一三

【笺注】

［一］枢相，宋代宰相兼任枢密使者称枢相。转官，升迁官职。《宋史·选举志六》："俟至半年，类考较前三年定为三等，中者无所赏罚，上者转官、或减磨勘，下者降官、展磨勘，各有等差。"

［二］孚号，帝王号令。《易·夬》："扬于王庭，孚号有厉。"

［三］策勋，记功勋于策书之上。《左传·桓公二年》："凡公行，告于宗庙；反，行饮至，舍爵策勋焉，礼也。"锡命，天子有所赐予的诏命。《易·师·九二》："王三锡命。"

［四］岩瞻，景仰，用以称颂宰辅德行高尚，为人所景仰。语出《诗·小雅·节南山》："节彼南山，维石岩岩。赫赫师尹，民具尔瞻。"胥，全，都。

［五］燕贺，祝贺。

［六］《蓼萧》，指《诗·小雅·蓼萧》，表达了诸侯朝见周天子时的尊崇、歌颂之意。

［七］一陶，在一窑中陶冶，比喻在同一教化之下。《行苇》，指《诗·大雅·行苇》。《毛诗序》："《行苇》，忠厚也。周家忠厚，仁及草木，故能内睦九族，外尊事黄耇，养老乞言，以成其福禄焉。"

［八］险固，险阻坚固。《吕氏春秋·长利》："海阻山高，险固之地也。"

［九］蕞（zuì）尔，形容很小。嵇康《养生论》："夫以蕞尔之驱，

攻之者非一涂。”蚁聚，如蚂蚁般聚集，形容集结者多。《陈书·华皎传》：“蚁聚巴、湘，豕突鄢、郢。”

［一〇］狼贪，如狼一样贪得无厌，比喻侵略者的嚣张气焰。杜甫《有事于南郊赋》：“秦失之于狼贪蚕食。”

［一一］佥（qiān）言，众言。佥，都，皆。谋帅，寻求元帅的人选。《左传·僖公二十七年》：“作三军，谋元帅。”

［一二］灵旗，战旗。出征前必祭祷之，以求旗开得胜，故称。《史记·孝武本纪》：“其秋，为伐南越，告祝泰一，以牡荆画幡日月北斗登龙，以象天一三星，为泰一锋，名曰‘灵旗’。为兵祷，则太史奉以指所伐国。”直指，直趋。《后汉书·朱儁传》：“故相率厉，简选精悍，堪能深入，直指咸阳。”

［一三］本句意为君子所过之地均受感化，所居之处皆有神奇的变化。语本《孟子·尽心上》：“夫君子所过者化，所存者神，上下与天地同流。”

［一四］庙算，国家发动战争之前，指挥者要在庙堂占卜吉凶、进行战略筹划。《孙子·计篇》：“夫未战而庙算胜者，得算多也；未战而庙算不胜者，得算少也。”出奇，出奇兵，用奇计。《孙子·势篇》：“凡战者，以正合，以奇胜。故善出奇者，无穷如天地，不竭如江河。”

［一五］语出《史记·高祖本纪》：“连百万之军，战必胜，攻必取，吾不如韩信。”

［一六］爰，于是。鹰扬，如鹰之飞扬，形容威武。《诗·大雅·大明》：“维师尚父，时维鹰扬。”

［一七］鼠技，比喻才能有限。典出《荀子·劝学》：“梧鼠五技而穷。”

［一八］见晛（xiàn），天晴日暖。晛，太阳的热气。《诗·小雅·角弓》：“雨雪瀌瀌，见晛曰消。”

［一九］《晋书·杜预传》：“今兵威已振，譬如破竹，数节之后，皆

迎刃而解，无复着手处也。”

［二〇］当，抵挡。赫赫，形容气势盛大。

［二一］生致，活着送到，即活捉。《史记·李将军列传》：“得李广必生致之。”渠魁，首领。《尚书·胤征》：“歼厥渠魁，胁从罔治。”

［二二］《老子》第七十三章：“天网恢恢，疏而不失。”

［二三］带砺，亦作“带厉”，指衣带和砥石。语本《史记·高祖功臣侯者年表》：“封爵之誓曰：‘使河如带，泰山若砺。国以永宁，爰及苗裔。’”益壮，更加雄壮。《后汉书·马援传》：“穷当益坚，老当益壮。”

［二四］衮绣，即衮衣绣裳，帝王与上公的礼服。

［二五］命世，著名于当世，多用以称誉有治国之才者，语出《汉书·楚元王列传》：“圣人不出，其间必有命世者焉。”宏材，即宏才，大才。晋夏侯湛《东方朔画赞》：“远心旷度，赡智宏材。”

［二六］韬，谋。

［二七］敦，推崇，崇尚。诗书，即《诗经》《尚书》。《左传·僖公二十七年》：“诗书，义之府也；礼乐，德之则也。德义，利之本也。”

［二八］嘉猷，优良的治国方略。嘉，善；猷，道。《尚书·君陈》：“尔有嘉谋嘉猷，则入告尔后于内，尔乃顺之于外。”

［二九］异数，特殊的礼遇。唐钱珝《代史馆王相公谢加食邑实封表》：“讵谓圣慈，忽被异数。”

［三〇］折冲，使敌人的战车折返，即打败、击退敌人。冲，即冲车，一种高大的攻城战车。《吕氏春秋·召类》：“夫修之于庙堂之上，而折冲乎千里之外者。”

［三一］锡，通“赐”。

［三二］召公，姬姓，名奭，西周宗室，与周武王、周公旦同辈。《诗·大雅·江汉》记叙了召公平淮夷，受周宣王赏赐之事：“江汉浮浮，武夫滔滔。……虎拜稽首，对扬王休。”扬，颂扬。休，美，此处

指美好的赏赐册命。

［三三］韩愈《平淮西碑》："凡此蔡功，惟断乃成。"裴相，即裴度（765—839），字中立，河东闻喜（今山西闻喜东北）人，唐宪宗时为相，亲自出镇，平定淮西节度使吴元济叛乱。

［三四］备员，凑足人员的数，充数。《史记·平原君虞卿列传》："愿君即以遂备员而行矣。"远部，偏远的职部。

［三五］焚躔（chán），用焚林的方法把野兽赶出来，再循迹追寻。躔，足迹，行迹。

［三六］七德，武功的七种德行。定功，建立功业。《左传·宣公十二年》："夫武，禁暴、戢兵、保大、定功、安民、和众、丰财者也。……武有七德，我无一焉，何以示子孙？"

［三七］《诗·小雅·六月》："文武吉甫，万邦为宪。"宪，榜样。

贺枢密太宰启[一]

伏审宠膺帝制[二]，正领枢廷[三]。涣号式班[四]，师言允协[五]。恭惟枢密太宰相公学通精祲[六]，才赡经纶[七]。衮衣绣裳[八]，久系岩瞻之重[九]；高牙大纛[一〇]，夙严阃寄之威[一一]。遂膺梦卜之求[一二]，入总谋猷之要[一三]。文武是宪[一四]，允为百辟之师[一五]；将相多仪，实作万邦之屏[一六]。折冲帷幄[一七]，论道庙堂[一八]。俾庶物各遂其生[一九]，无匹夫不获其所。某希风有素[二〇]，依厦实深[二一]。虽叱驭以驱驰[二二]，尚据鞍而矍铄[二三]。逖闻除命[二四]，倍切欢悰[二五]。《姑溪居士文集》卷一三

【笺注】

［一］太宰，为百官之长，徽宗时改尚书左仆射太宰，右仆射为少宰。

［二］为旧时接受录用或号令时表示感谢、感动之词。膺，受。宠膺，恩赐录用。帝制，朝廷法制。《鹖冠子·泰录》："帝制神化，治之

期也。”

［三］枢廷，亦作“枢庭”，政权中枢、内廷。

［四］涣号，帝王的旨令，恩旨。苏轼《赐新除太中大夫吕大防辞免恩命不允诏》：“涣号已行，佥言惟允。”班，同“颁”。

［五］师言，众人之言。允协，符合，恰当。《尚书·说命》：“允协于先王成德。”

［六］精祲（jìn），阴阳灾害之气。《淮南子·泰族训》：“万物有以相连，精祲有以相荡也。”

［七］经纶，治理国家的才能。

［八］古代天子祭祀时所穿的绣有龙的礼服，形容衣着华丽奢华，借指显宦。《诗·豳风·九罭》：“我觏之子，衮衣绣裳。”

［九］岩瞻，见《贺枢相转官启》注［四］。

［一〇］高牙大纛（dào），古时军队或仪仗队的大旗，用来形容显赫的声势。高牙，高矗之牙旗。牙旗，将军之旌，竿上以象牙饰之，故称。

［一一］阃（kǔn）寄，寄以阃外之事，即委以军事重任。唐张说《赠凉州都督上柱国郭君碑》：“故入奉期门，而出分阃寄。”阃，此指领兵在外的将帅或外任的大臣。

［一二］担当重任。梦卜，传说殷高宗因梦见傅说，周文王占卜得吕尚，后因以喻帝王求得良相。唐吕颂《贺陆相公拜相启》：“叶一人梦卜之求，副四海具瞻之望。”

［一三］谋猷，计谋、谋略。《尚书·文侯之命》：“越小大谋猷，罔不率从。”

［一四］语本《诗·小雅·六月》：“文武吉甫，万邦为宪。”

［一五］百辟，百官。《宋书·孔琳之传》：“（徐羡之）位任隆重，百辟所瞻。”

［一六］万邦，所有诸侯国，引申为天下。《诗·大雅·文王》：“仪

刑文王，万邦作孚。”屏，屏障。

［一七］谓料敌制胜。折冲，见《贺枢相转官启》注［三一］。帷幄，将帅的幕府、军帐。《史记·太史公自序》：“运筹帷幄之中。”

［一八］庙堂，本指太庙的殿堂，借指君王接受朝见、议论政事的殿堂。《淮南子·主术训》：“而君人者不下庙堂之上，而知四海之外者。”

［一九］俾（bǐ），使。

［二〇］希风，仰慕风操。

［二一］谓仰慕之情颇深。厦，高大的房屋。

［二二］叱驭，叱马急行，意谓不畏艰险。王勃《梓州郪县兜率寺浮图碑》：“下岷关而叱驭。”驱驰，策马快跑，喻奔走效力。诸葛亮《出师表》：“遂许先帝以驱驰。”

［二三］谓虽年老而壮志不衰。典出《后汉书·马援传》：“二十四年，武威将军刘尚击武陵五溪蛮夷，深入，军没，援因复请行。时年六十二，帝愍其老，未许之。援自请曰：‘臣尚能披甲上马。’帝令试之。援据鞍顾眄，以示可用。帝笑曰：‘矍铄哉是翁也！’”

［二四］逖（tì）闻，在远处听到，表示恭敬。王安石《贺韩魏公启》：“逖闻新命，窃仰遐风。”除命，授官的诏令。

［二五］倍切，愈加亲切。欢悰（cóng），欢乐。

贺运使大卿转官赐金紫启[一]

伏审光膺宸命[二]，峻陟华资[三]。焕然章绶之便蕃[四]，穆若丝纶之褒拂[五]。凡蒙庇赖，实倍欣愉。恭惟运使大卿岳降时才[六]，天生良佐。骞翔棘寺[七]，绰著声猷[八]；总领漕台[九]，独高筹画[一〇]。不绝粮道[一一]，如见钱流[一二]。洊被涣恩[一三]，荣加晋锡[一四]。德可久而业可大[一五]，自结主知[一六]；衣之美而佩之光[一七]，允符舆议[一八]。伫闻降召[一九]，亟践禁严[二〇]。某代匮下僚[二一]，久依属部。未展望尘之

拜[二二]，已驰贺厦之诚[二三]。《姑溪居士文集》卷一三

【笺注】

［一］运使，官名，水陆运使、转运使、盐运使等的简称。大卿，宋代俗称中央各寺的正职长官为大卿。宋赵与时《宾退录》卷三：“世俗称列寺卿曰大卿，诸监曰大监，所以别于少卿、监。”金紫，原指“金印紫绶”，唐宋时指金鱼袋及紫衣，是高官的官服和佩饰，用以借指贵宦显爵。

［二］光膺，荣受。韩愈《贺册皇太后表》：“皇太后光膺令典，受册宫闱。”宸命，皇帝的委命。

［三］意谓荣登显位。

［四］便蕃，亦作“便繁”“便烦”，频繁，屡次。《左传·襄公十一年》：“便蕃左右，亦是帅从。”

［五］穆若，形容舒适和畅。南朝梁萧统《文选序》：“吉甫有穆若之谈。”丝纶，此谓帝王诏书。典出《礼记·缁衣》：“王言如丝，其出如纶。”褒拂，褒奖、拂扬。

［六］岳降，天降。语本《诗·大雅·崧高》：“维岳降神，生甫及申。”时才，治世之才。欧阳修《荐王安石吕公著札子》：“安石久更吏事，兼有时才。”

［七］骞翔，飞翔，比喻仕途得意。唐黄滔《代郑郎中上令狐相启》：“相公怜其拙滞，忽此骞翔。”棘寺，古代听讼于棘木之下，大理寺为掌刑狱的官署，故称“棘寺”。又泛指九卿官署。《北齐书·邢邵传》：“槐宫棘寺显丽于中。”

［八］声猷，声誉和业绩。《周书·萧督传论》：“朝宗上国，则声猷远振。”

［九］漕台，漕运总督，主管漕粮的取齐、上缴、监押、运输等。

［一〇］筹画，谋划。

［一一］使运粮的道路畅通，粮食得以源源不断。语出《史记·高祖本纪》：“镇国家，抚百姓，给馈饷，不绝粮道，吾不如萧何。”

［一二］形容善于理财，钱财充盈。《新唐书·刘晏传》：“使天下无甚贵贱而物常平，自言如见钱流地上。”

［一三］洊，同“荐”，屡次，再。涣恩，盛恩，大恩。

［一四］晋锡，晋升、赏赐。

［一五］宋张载《张子正蒙·三十篇》：“法立而能守，德则可久，业可大。”

［一六］自结，有自然取得之意。主知，君王知晓。

［一七］韩愈《送陆歙州傪》：“我衣之华兮，我佩之光。”

［一八］允符，符合。韩愈《祭裴太常文》：“莫不允符天旨，克协神休。”舆议，舆论。唐陆贽《奉天改元大赦制》：“固辞不获，俯遂舆议。”

［一九］伫闻，肃立恭听，敬闻。

［二〇］亟践，急登。禁严，门禁森严，借指帝王宫禁。苏轼《杭州谢上表》：“伏念臣起自废黜，骤登禁严。”

［二一］代匮，谓匮乏时取以代用。宋刘攽《知襄州谢上表》：“思皇之际，亦代匮于细微。”下僚，职位低微的官吏。晋左思《咏史》之二：“世胄蹑高位，英俊沉下僚。”

［二二］望尘之拜，望车尘而拜，形容恭敬。

［二三］驰，传扬、传播。贺厦，庆贺大厦落成。唐刘兼《秋夕书怀》之一：“守方半会蛮夷语，贺厦全忘燕雀心。”

谢发解举人启[一]

颁贻瑰玮[二]，光贲衡茅[三]。载佩谦冲[四]，弥深感戢[五]。□以先辈道惟务本，学必逢源。广坐剧谈[六]，固已折经生之角[七]；运斤善斫[八]，盖尝汗巧匠之颜[九]。挟万选万中之文[一〇]，励一飞一鸣之

志[一一]。登龙好语[一二]，方倾耳以听之；画绣言归[一三]，更拭目于观者。《姑溪居士文集》卷一三

【笺注】

[一] 唐宋时应贡举合格者，谓“选人”，由所在州郡发遣解送至京参与礼部会试，称“发解”。《宋史·选举志一》：“（崇宁三年诏）天下取士，悉由学校升贡，其州郡发解及试礼部法并罢。”

[二] 颁贻，赐给。瑰玮，瑰丽奇伟。司马相如《子虚赋》：“若乃俶傥瑰伟，异方殊类。”

[三] 光贲，光临。刘禹锡《谢兵马使朱郑等官表》：“荣分右职，光贲遐藩。”衡茅，衡门茅屋，指简陋的居室。陶渊明《辛丑岁七月赴假还江陵夜行涂口》：“养真衡茅下，庶以善自名。”

[四] 谦冲，谦虚谨慎。唐魏征《谏太宗十思疏》：“念高危，则思谦冲而自牧。”

[五] 感戢（jí），感激。司马光《与范尧夫经略龙图书》：“其感戢固不在言。”

[六] 广坐，亦作“广座”，众人聚坐的场所。《战国策·赵策三》：“众人广坐之中。”剧谈，畅谈。《汉书·扬雄传上》：“口吃不能剧谈。”

[七] 经生，汉称经学博士。折角，将别人驳倒。典出《汉书·朱云传》：“五鹿岳岳，朱云折其角。”

[八] 比喻技艺高超。典出《庄子·徐无鬼》：“匠石运斤成风，听而斫之，尽垩而鼻不伤。”

[九] 语本韩愈《祭柳子厚文》：“不善为斫，血指汗颜。”

[一〇] 万选万中，指文章文辞美妙，立意新奇，每次都能被选中。《新唐书·张荐传》：“（张）鷟文辞犹青铜钱，万选万中。”

[一一]《史记·滑稽列传》：“此鸟不飞则已，一飞冲天；不鸣则

已，一鸣惊人。”

［一二］登龙，即登龙门。好语，善言、忠言。

［一三］画绣，犹言锦衣。言归，回归。言，语助词。《诗·周南·葛覃》：“言告言归。”

任河中府万全县令谢太守举启[一]

雪见晛而自消[二]，鱼随阳而必跃。盖公明而仁恕，俾恶沮而善扬。辄倾悃诚[三]，上黩严听[四]。伏念某学惭制锦[五]，政谢割鸡[六]。第知王事之勤劳[七]，宁恤众情之翕訾[八]？卓茂废置，尝贻笑于密人[九]；子产章程，亦见讥于郑国[一〇]。矧兹绵薄[一一]，骤领剧烦[一二]。才既无长，性多忤物[一三]。孰能饭蔬而无怨[一四]，固多射影以司蠛[一五]。利舌如刀[一六]，斐辞若锦[一七]。原其所自[一八]，请试叙陈。大姓强宗[一九]，挟门资以凌贫弱[二〇]；假衣诡辩[二一]，托儒名而蔑善良[二二]。外则游谈过客之邀需[二三]，下则浮惰末业之纵博[二四]。一切杜绝，俾迪规绳[二五]。非曰能之[二六]，盖其职也[二七]。然寒乡寡与(一)[二八]，弱植易摇[二九]。投杼可虞[三〇]，市虎足畏[三一]。傥非特达之眷[三二]，孰推芘覆之仁[三三]？伏惟知府待制盛德兼容，华□博炤[三四]。菲葑不遗于下体[三五]，荼苦必察于人言[三六]。荐祢之章[三七]，已蒙提掖[三八]；与点之志[三九]，不替初终[四〇]。某敢不铭嘉惠于肌肤[四一]，书格言于绅带[四二]？勉听驱策[四三]，用答生成[四四]。《姑溪居士文集》卷一三

【校记】

（一）寡与：原作“僻宇”，据四库本、《全宋文》改。

【笺注】

［一］李之仪罢官四明之后，因谢太守推荐，于熙宁九年（1076）

任河中府万泉（今属山西）县令。举，荐举。

［二］见《贺枢相转官启》注［一八］。

［三］悃（kǔn）诚，诚恳之心。

［四］黩，黩烦，黩犯。

［五］制锦，喻贤者出任县令。《左传·襄公三十一年》："子有美锦，不使人学制焉。大官大邑，身之所庇也，而使学者制焉，其为美锦不亦多乎？"

［六］割鸡，杀鸡，常以比喻处理小事，此指县令之职。典出《论语·阳货》："子之武城，闻弦歌之声。夫子莞尔而笑，曰：'割鸡焉用牛刀？'"袁宏《后汉纪·顺帝纪二》："虽有割鸡之效，然齿以老矣。"

［七］第知，但知。王事，王命差遣的公事。《诗·小雅·北山》："王事傍傍。"

［八］翕訾，谓小人相互勾结，朋比为奸。语出《尔雅·释训》："翕翕訿訿，莫供职也。"

［九］卓茂（？—28），字子康，南阳郡宛县人。汉元帝时人，曾任密县（今河南新密）令，离任时，"密人老少皆涕泣随送"。事见《后汉书·卓茂传》。贻笑，见笑。

［一〇］姬侨（？—前522），字子产，春秋时期郑国人，相郑简公、郑定公二十余年。《史记·循吏列传》："郑昭君之时，以所爱徐挚为相，国乱，上下不亲，父子不和。大宫子期言之君，以子产为相。为相一年，竖子不戏狎，斑白不提挈，僮子不犁畔。二年，市不豫贾。三年，门不夜关，道不拾遗。四年，田器不归。五年，士无尺籍，丧期不令而治。"章程，制度、法规。

［一一］矧（shěn），何况、况且。绵薄，形容力量小，没有什么才能。

［一二］剧烦，繁杂的事务。

［一三］忤物，指触犯别人，与人不合。《魏书·邢昕传》："昕好忤

物，人谓之牛。”

［一四］饭蔬，吃简陋的食物。语出《论语·述而》：“饭疏食饮水，曲肱而枕之，乐亦在其中矣。”疏，通“蔬”。

［一五］射影，即含沙射影，喻暗中攻击或陷害别人。晋干宝《搜神记》卷十二：“有物处于江水，其名曰‘蜮’，一曰‘短狐’，能含沙射人。所中者，则身体筋急，头痛发热，剧者至死。”司巇（xī），即伺隙、伺机。司，通“伺”；巇，间隙，比喻可乘之机。汉扬雄《法言·重黎》：“贤者司礼，小人司巇。”

［一六］利舌，指能言善辩。汉魏伯阳《周易参同契》卷下：“令苏秦通言，张仪结媒，发辩利舌，奋舒美辞。”

［一七］斐辞，有文采的言辞。

［一八］推究所从何来。原，推究。自，从，由。

［一九］大姓，世家大族。《汉书·陈咸传》：“豪猾吏及大姓犯法，辄论输府。”强宗，豪门大族。《汉书·赵广汉传》：“其后强宗大族，家家结为仇雠。”

［二〇］挟，倚仗，依恃。《孟子·万章下》：“不挟长，不挟贵，不挟兄弟而友。”门资，门第。

［二一］假衣，借着华丽的服饰外表。诡辩，颠倒是非黑白。

［二二］托，假托。儒名，大儒之名声、名望。蔑，轻视，轻侮。

［二三］游谈，言谈浮夸不实。邀需，谓钻营。

［二四］浮惰，游荡怠惰。末业，指与农业相对的手工业、商业。《史记·货殖列传》：“夫用贫求富，农不如工，工不如商，刺绣文不如倚市门，此言末业，贫者之资也。”纵博，淫滥。

［二五］迪，遵循。扬雄《法言·先知》：“为国不迪其法而望其效。”规绳，规矩绳墨。《孔子家语·五仪解》：“所谓贤人者，德不逾闲，行中规绳。”

［二六］非曰能之，不敢说能做到。《论语·先进》：“非曰能之，愿

学焉。”

［二七］职，职务，职责。

［二八］寒乡，贫穷荒僻之地。南朝宋鲍照《代东武吟》：“仆本寒乡士，出身蒙汉恩。”寡与，寡合，不合世俗。

［二九］弱植，弱小的植物，喻出身寒微、势单力孤之人。

［三〇］投杼，抛下织布的梭子逃走，比喻听信毫无根据的诽谤之言。典出《战国策·秦策二》：“昔者曾子处费，费人有与曾子同名族者而杀人，人告曾子母曰：‘曾参杀人。’曾子之母曰：‘吾子不杀人。’织自若。有顷焉，人又曰：‘曾参杀人。’其母尚织自若也。顷之，一人又告之曰：‘曾参杀人。’其母惧，投杼逾墙而走。夫以曾参之贤，与母之信也，而三人疑之，则慈母不能信也。今臣之贤不及曾子，而王之信臣又未若曾子之母也，疑臣者不适三人，臣恐王为臣之投杼也。”虞，担心、忧虑。

［三一］市虎，市中的老虎，比喻流言蜚语。典出《韩非子·内储说上》：“庞恭与太子质于邯郸，谓魏王曰：‘今一人言市有虎，王信之乎？’曰：‘不信。’‘二人言市有虎，王信之乎？’曰：‘不信。’‘三人言市有虎，王信之乎？’王曰：‘寡人信之。’庞恭曰：‘夫市之无虎也明矣，然而三人言而成虎。今邯郸之去魏也远于市，议臣者过于三人，愿王察之。’”

［三二］特达，特殊知遇。唐刘商《送庐州贾使君拜命》：“特达恩难报，升沉路易分。”

［三三］推，推恩。

［三四］炤，同“昭”，明显。

［三五］菲葑，两种植物名，可食用，但因其根部有时味苦，常被丢弃。《诗·邶风·谷风》：“采葑采菲，无以下体。”

［三六］荼苦，苦楚。荼，苦菜，味道苦涩。《诗·邶风·谷风》：“谁谓荼苦，其甘如荠。”

［三七］荐祢之章，即孔融《荐祢衡表》。

［三八］提掖，提拔扶持。

［三九］典出《论语·先进》："子曰：'何伤乎？亦各言其志也。'曰：'莫春者，春服既成，冠者五六人，童子六七人，浴乎沂，风乎舞雩，咏而归。'夫子喟然叹曰：'吾与点也！'"

［四〇］不替，不改。初终，始终。

［四一］铭，刻。嘉惠，对他人所给予恩惠的敬称。

［四二］书格言于绅带，把要牢记的话写在绅带上。典出《论语·卫灵公》："子张书诸绅。"

［四三］勉，努力。听，听从。驱策，驱使，役使。

［四四］生成，保全性命。谷神子《博异志·敬元颖》："谢以生成之恩。"

谢郭枢密启[一]

一麾出守[二]，惭应变之非长；千室鸣弦[三]，蔼余风之未远[四]。有规于前者，必随于后；图政于旧者，当告于新。仰黩高明，辄伸悃素[五]。恭惟枢密大中学探性妙[六]，识造觉先[七]。仁也柔而义也刚[八]，直其内而方其外[九]。至诚格物[一〇]，踵尚父之风猷[一一]；遗泽在民[一二]，乐细侯之惠化[一三]。首燕台之众俊[一四]，揭汉鉴之高标[一五]。左掖南台[一六]，践扬滋久[一七]；北门东马[一八]，敷纳居多[一九]。粤自出殿大邦[二〇]，逢时多故[二一]。惟蕃垣屏翰之重寄[二二]，资爪牙心膂之元臣[二三]。扞御实勤[二四]，寇攘远屏[二五]。眷滋潜邸之旧[二六]，简于侧席之求[二七]。俄名节之促临[二八]，庆绣裳之入觐[二九]。某迂疏无取[三〇]，矜式有依[三一]。丁兹报政之初[三二]，采于遗老之诵[三三]。汰砾在后[三四]，徒劳捬字之循循[三五]；着鞭已先[三六]，景仰声光之赫赫[三七]。驰咏良剧[三八]，罔既敷宣[三九]。《姑溪居士文集》卷一三

【笺注】

［一］郭枢密，其人不详，据文中“恭惟枢密大中学探性妙”一句，“大中”当为其字。

［二］一麾，古代郡太守、州刺史别称。南朝宋颜延之《五君咏·阮始平》：“屡荐不入官，一麾乃出守。”

［三］千家万户奏响欢乐的弦乐，形容官吏理政有道，百姓安居乐业。《后汉书·循吏传赞》：“一夫得情，千室鸣弦。”

［四］蔼，盛。余风，过去传留下来的风教、风习。《尚书·毕命》：“余风未殄，公其念哉。”

［五］伸，陈述，表白。悃素，一直以来的诚心。

［六］学探，钻研学问。性妙，性理精妙。

［七］识造，见识造诣。觉先，思维敏捷。

［八］扬雄《法言·君子》：“君子于仁也柔，于义也刚。”

［九］《易·坤·文言》：“君子敬以直内，义以方外。”

［一〇］至诚，儒家指道德修养的最高境界。《礼记·中庸》：“唯天下至诚，为能经纶天下之大经。”格物，探究事物的道理。《礼记·大学》：“致知在格物。”

［一一］踵，追随，继承。尚父，周朝吕望，即姜子牙。风猷，风教德化。《晋书·傅玄传论》：“傅祗名父之子，早树风猷。”

［一二］遗泽，留下的德泽。《宋书·孝武帝纪》：“属承景业，阐扬遗泽。”

［一三］乐，乐于，安于。郭伋（前39—47），字细侯，扶风茂陵（今陕西兴平）人，汉光武帝时曾任并州牧，所到县邑，老幼相携，逢迎于道。事见《后汉书·郭伋传》。惠化，地方官为人所称道的政绩和教化。《三国志·魏志·卢毓传》：“迁安平、广平太守，所在有惠化。”

［一四］首，以之为首。燕台，战国时燕昭王为招贤纳士所筑的黄金台，故址在今河北易县东南。众俊，群英。晋陆云《与陆典书》：“聆

音察微，智越众俊。”

［一五］揭，高举，高扬。汉鉴，东汉末年品鉴选拔人才的活动。高标，清高脱俗的风范。

［一六］左掖，唐时门下省的代称。南台，御史台，以在宫阙西南故称。《通典·职官六》：“后汉以来谓之御史台，亦谓之兰台寺。梁及后魏、北齐或谓之南台。”

［一七］践扬，扬历，谓仕宦所经历。滋久，渐久，长久。

［一八］北门，唐宋学士院在禁中北门，因以为学士院的代称。苏轼《上清储祥宫碑》：“臣以书命，待罪北门。”东马，东宫洗马，即太子洗马，官名，秦始置。

［一九］敷纳，谓臣下陈奏善策，天子择善采纳。《尚书·益稷》：“敷纳以言，明庶以功。”

［二〇］出殿，出镇、出守。殿，镇抚，镇守。《诗·小雅·采菽》：“殿天子之邦。”大邦，此谓大的州郡。苏轼《祭魏国韩令公文》：“入赞兵政，出殿大邦。”

［二一］谓正赶上多难之时。

［二二］谓国家重臣。语出《诗·大雅·板》：“价人维藩，大师维垣。大邦维屏，大宗维翰。”重寄，重大的托付。《史记·龟策列传》：“盛德不报，重寄不归。”

［二三］爪牙心膂（lǚ），比喻亲信或近侍武臣。《三国志·吴志·周瑜传》：“入作心膂，出为爪牙。”膂，脊骨。爪牙，喻得力武将。

［二四］扞（gǎn）御，防御，抵抗。《左传·僖公二十四年》：“扞御侮者，莫如亲亲。”

［二五］寇攘，劫掠，侵扰，引申指由兵匪劫掠侵夺所造成的祸乱。

［二六］潜邸，又称潜龙邸，指皇帝即位前的住所。欧阳修《代人辞官状》：“属潜邸之署官。”

［二七］侧席，指谦恭以待贤者。《后汉书·章帝纪》：“朕思迟直

士，侧席异闻。”

［二八］促临，快速降临。

［二九］绣裳，即衮衣绣裳。见《贺枢相转官启》注［二四］。

［三〇］迂疏，迂远疏阔。无取，不足取。

［三一］矜式，示范。司马光《与吕公著同举程颐札子》：“足以矜式士类。”

［三二］丁，遭遇，赶上；兹，此，这个。报政，陈报政绩，亦用以称颂地方官政绩卓著。典出《史记·鲁周公世家》：“周公卒，子伯禽固已前受封，是为鲁公。鲁公伯禽之初受封之鲁，三年而后报政周公。周公曰：‘何迟也？’伯禽曰：‘变其俗，革其礼，丧三年然后除之，故迟。’”

［三三］此句谓采集民间歌谣，用以观风俗、知得失。

［三四］语出《晋书·孙绰传》：“沙之汰之，瓦砾在后。”

［三五］循循，遵循规矩。

［三六］着鞭，挥鞭催马。

［三七］景仰，仰慕。语出《诗·小雅·车辖》：“高山仰止，景行行止。”声光，声誉。

［三八］驰，向往。咏，想念。

［三九］罔既，不尽。敷宣，传播，宣扬。秦观《代贺蔡相公启》：“系颂实深，敷宣罔既。”

回贺新及第启[一]

被恩北阙[二]，擢第南宫[三]。凡与交游，举增庆慰。伏惟新恩宣德，才当数面，笔扫千军[四]。早岁飞声[五]，头角已竦于同队[六]；青春射策[七]，文章果中于甲科。愧贺牍之未遑[八]，辱高文之先及。铭怀感篆[九]，幅楮奚陈[一〇]。《姑溪居士文集》卷一三

【笺注】

[一] 回贺，答谢。

[二] 北阙，古代宫殿北面的门楼，是臣子等候朝见或上书奏事之处，用为宫禁或朝廷的别称。李白《忆旧游寄谯郡元参军》："北阙青云不可期，东山白首还归去。"

[三] 擢第，科举考试及第。唐封演《封氏闻见记·贡举》："进士初擢第，头上七尺焰光。"南宫，尚书省的别称。因进士考试多在礼部举行，故此指尚书省六部中的礼部。唐韦承贻《策试夜潜纪长句于都堂西南隅》："才唱第三条烛尽，南宫风月画难成。"

[四] 形容笔力雄健，如同有横扫千军万马的气势。杜甫《醉歌行》："词源倒流三峡水，笔阵横扫千人军。"

[五] 早岁，早年。飞声，扬名。南朝宋王僧达《祭颜光禄文》："惟君之懿，早岁飞声。"

[六] 头角，比喻青少年的气概或才华。竦，耸立。

[七] 射策，一种以经术为内容的选士方法。《汉书·萧望之传》："望之以射策甲科为郎。"颜师古注："射策者，谓为难问疑义书之于策，量其大小署为甲乙之科，列而置之，不使彰显。有欲射者，随其所取得而释之，以知优劣。"

[八] 未遑，没空顾及，来不及。遑，闲暇。《文心雕龙·时序》："虽礼律草创，诗书未遑。"

[九] 感篆，感恩不忘，铭刻于心。

[一〇] 幅楮（chǔ），即幅纸。楮，纸的代称，楮可制纸，故称。韩愈《毛颖传》："颖与绛人陈玄、弘农陶泓及会稽褚（楮）先生友善。"奚，怎么。陈，诉说。

权知开封府开封县回章丞启[一]

士论推称[二]，久钦雅望[三]。官涂南北[四]，未觏清标[五]。方嗟会遇之难，遽有参承之便[六]。倾依所激[七]，瞻咏弥深。恭惟知丞宣德地胄高华[八]，天姿爽拔[九]。温温之德[一〇]，裕然而有容[一一]；荦荦之才[一二]，卓尔而无敌。早登膴仕[一三]，亟著能声[一四]。岂惟契合于当涂[一五]，伫见翱翔于要路[一六]。暂丞一邑[一七]，聊畜远图。某幸此同僚，将获连事[一八]。协心戮力[一九]，期共济于公家[二〇]；妙语高谈[二一]，当款陪于暇日[二二]。《姑溪居士文集》卷一四

【笺注】

［一］权知，暂代。熙宁十年（1077），李之仪权知开封县。章丞，不详何人，从文中“某幸此同僚，将获连事”一句来看，当为开封县县丞。

［二］士论，士大夫间的评论、舆论。推称，推奖称许。

［三］久钦，久仰。钦，钦慕。

［四］谓仕宦南北。涂，通“途”。

［五］觌（dí），见。

［六］参承，参见侍候。王羲之《明府帖》：“前从洛至此，未及就彼参承。”

［七］倾依，敬重依赖，向往。欧阳修《与韩忠献王书》：“乞为朝自重，以副倾依。”

［八］地胄，南北朝时称皇族帝室为天潢，世家豪门为地胄，后泛指门第。高华，高贵显要。

［九］爽拔，豪爽出众。《隋书·王世积传》：“风神爽拔，有杰人之表。”

［一〇］温温，柔和、谦和的样子。《诗·小雅·宾之初筵》：“宾之初筵，温温其恭。”

［一一］裕然，丰足的样子。有容，有所包容，谓宽宏大量。《尚书·君陈》：“有容德乃大。”

[一二] 荦荦（luò），卓越、高超。

[一三] 膴（wǔ）仕，高官厚禄。膴，厚。《诗·小雅·节南山》：“琐琐姻亚，则无膴仕。”

[一四] 能声，能干的名声。

[一五] 当涂，重要的权位。

[一六] 要路，显要的地位。

[一七] 丞，管理。

[一八] 连事，共事。

[一九] 同心协力，共同努力。《新唐书·韦陟传》：“知吾等协心戮力，则无以成功。”

[二〇] 公家，朝廷、国家。《汉书·食货志下》：“财或累万金，而不佐公家之急。”

[二一] 高谈，高明的谈吐、言论。萧统《讲解将毕赋三十韵诗依次用》：“高谈属时胜，寡闻终自恧。”

[二二] 款陪，奉陪。

回谢泾州教授启[一]

诵风雨之诗[二]，恨未识面[三]；辱琼瑶之赠[四]，旷若披云[五]。谅惟公余[六]，默有神相。伏惟教授宣义性天清昶[七]，门地高华。学深游、夏之渊源[八]，文掞卿、云之黼黻[九]。早扬令闻[一〇]，自陟巍科[一一]。谓当金马之游[一二]，尚屈绛纱之拥[一三]。伫膺紫诏[一四]，即步丹墀[一五]。愧贺幅之未修，辱飞缄之先及。永言感佩[一六]，曷竟敷陈[一七]？《姑溪居士文集》卷一四

【笺注】

[一] 回谢，答谢。泾州，今甘肃泾川北，治安定县，州因泾水得名。教授，学官名。高承《事物纪原·抚字长民·教授》：“宋朝神宗元

丰中，兴太学三舍，以经术养天下之才，又于诸大郡府，始各置教授一人，掌教导诸生。”

［二］风雨之诗，指《诗·郑风·风雨》：“风雨如晦，鸡鸣不已。既见君子，云胡不喜。”

［三］识面，见面，相见。韩愈《答张彻》：“首叙始识面，次言后分形。”

［四］辱，谦辞，犹承蒙。琼瑶之赠，谓深情厚意。《诗·卫风·木瓜》：“投我以木桃，报之以琼瑶。”

［五］旷若，光明的样子。披云，拨开云层。汉徐干《中论·审大臣》：“文王之识也，灼然若披云而见日，霍然若开雾而观天。”

［六］公余，公务之余暇。

［七］性天，天性。清昶（chǎng），声音清亮悠扬。晋成公绥《啸赋》：“冽飘眇而清昶。”

［八］游、夏，指孔子弟子子游、子夏。张说《赠吏部尚书萧公神道碑》：“四科得游夏之门。”

［九］掞（shàn），舒展，铺张。卿、云，指汉辞赋家司马相如（字长卿）、扬雄（字子云）。《南齐书·文学传论》：“卿云巨丽，升堂冠冕。”黼黻（fú），原指礼服上的华美花纹，借指辞藻华美的文章。

［一〇］令闻，美誉。《尚书·微子之命》：“尔惟践修厥猷，旧有令闻。”

［一一］巍科，高第，科举考试名列前茅者。

［一二］金马，即汉代金马门，学士待诏之处。《史记·滑稽列传》：“金马门者，宦署门也。门傍有铜马，故谓之曰‘金马门’。”

［一三］绛纱，绛帐，对师门、讲席的敬称。刘禹锡《送赵中丞自司金外郎转官参山南令狐仆射幕府》：“相府开油幕，门生逐绛纱。”

［一四］紫诏，紫泥诏，指诏书。汉卫宏《旧汉仪》：“皇帝六玺……皆以武都紫泥封，青布囊，白素里。”

[一五] 丹墀（chí），宫殿前的石阶，因其以红色涂饰，故名丹墀。《宋书·百官志上》："以丹朱色地，谓之丹墀。"

[一六] 永言，长言，吟咏。《尚书·舜典》："诗言志，歌永言。"感佩，感动于心。

[一七] 曷，怎么。敷陈，详尽地陈述。《淮南子·要略》："分别百事之微，敷陈存亡之机。"

任河中府万全县令转宣德郎谢漕使启[一]

窃以仕版官联[二]，蔑有丝毫之补[三]；司勋考绩[四]，误收岁月之劳。法虽循常[五]，恩实忝冒[六]。此盖伏遇运使郎中兼容有德，延誉及人[七]。肆如衰朽之微[八]，亦辱吹嘘之重[九]。致蒙帝渥[一〇]，滥被官踪[一一]。某祇奉简书[一二]，莫遂登门之谢；仰瞻棨戟[一三]，但增引领之诚[一四]。《姑溪居士文集》卷一四

【笺注】

[一] 宣德郎，散官名，隋置，宋代沿置，为文官第十九阶，正七品。

[二] 仕版，旧指记载官吏名籍的簿册，借指仕途或官场。官联，官吏联合治事，此指代官职。

[三] 蔑有，没有。《左传·昭公元年》："封疆之削，何国蔑有？"

[四] 司勋，隋吏部有司勋侍郎，炀帝以侍郎为尚书副职的官名，改各司侍郎为郎，唐改为郎中，宋沿置，掌官员勋级，计算资历。

[五] 循常，遵守常规。

[六] 忝冒，自谦之辞，犹言滥竽充数。白居易《初授拾遗献书》："但言忝冒，未吐衷诚。"

[七] 延誉，宣扬美名。《国语·晋语七》："使张老延君誉于四方。"

[八] 肆，谦辞，表示冒犯。衰朽，老朽，自称之谦辞。

［九］吹嘘，过度推重、褒奖。

［一〇］帝渥，帝王的厚恩。

［一一］滥，谦词，言自己才不胜任。

［一二］祇奉，敬奉。《北齐书·祖珽传》："遂深自结纳，曲相祇奉。"简书，书简，书信。

［一三］棨戟，古代官吏所用的仪仗，此代指漕运使郎中的威仪。

［一四］引领，伸颈远望，形容殷切期望。

主管定州安抚司机宜文字回谢诸县知县启[一]

英声夙著[二]，未谐披雾之瞻[三]；谦柄自持[四]，遽辱朵云之赐[五]。退循孱琐[六]，第切惊惭[七]。伏惟知县宣义间气受天[八]，清标映物。冰鉴洞知其宿弊[九]，炼刚淬发于新硎(一)[一〇]。月转花阴，不闻一犬之吠[一一]；风摇麦浪，即看双雉之驯[一二]。行奉玺书[一三]，入趋丹禁[一四]。某衣冠冷裔[一五]，蓬梗余生[一六]。惭无霹雳之才[一七]，猥赞芙蓉之幕[一八]。仁邻可伏，愿分霄烛之光[一九]；德宇非遥，更丐灵河之润[二〇]。《姑溪居士文集》卷一四

【校记】

(一)"炼"字原缺，据四库本、《全宋文》补。

【笺注】

［一］元祐八年（1093），李之仪入苏轼定州（今河北定州）幕府。机宜文字，为各路帅臣辟举的幕僚。

［二］英声，好名声。司马相如《封禅文》："蜚英声，腾茂实。"

［三］披雾，拨开云雾，得见青天，比喻人的神情清朗。《南史·孔休源传》："不期忽觌清颜，顿祛鄙吝，观天披雾，验之今日。"

［四］谦柄，谦逊的德行。语出《易·系辞下》："谦，德之柄也。"

［五］朵云，美称别人的书信。典出《新唐书·韦陟传》："（韦陟）常以五采笺为书记，使侍妾主之，其裁答受意而已，皆有楷法，陟唯署名，自谓所书'陟'字若五朵云，时人慕之，号'郇公五云体'。"

［六］孱琐，猥贱无能。欧阳修《谢进士及第启》："致兹孱琐，及此抽扬，敢不慎服官箴。"

［七］第，但。切，深切。惊，受宠若惊。惭，惭愧才庸学浅。

［八］宣义，同"宣德"。间气，亦作"闲气"，详见《贺致政太傅启》注［一七］。

［九］冰鉴，像冰一样透彻的明镜，形容鉴别事物的眼力。

［一〇］淬，淬火。《汉书·天文志》："火与水合为淬。"发于新硎（xíng），像新磨出的刀一样锋利，形容出手不凡，展现了出色的才干。《庄子·养生主》："刀刃若新发于硎。"

［一一］语本柳宗元《答韦中立论师道书》："仆往闻庸、蜀之南，恒雨少日，日出则犬吠。"

［一二］典出《后汉书·鲁恭传》："建初七年，郡国螟伤稼，犬牙缘界，不入中牟。河南尹袁安闻之，疑其不实，使仁恕掾肥亲往廉之。恭随行阡陌，俱坐桑下，有雉过，止其傍。傍有童儿，亲曰：'儿何不捕之?'儿言'雉方将雏'。亲瞿然而起，与恭诀曰：'所以来者，欲察君之政迹耳。今虫不犯境，此一异也；化及鸟兽，此二异也；竖子有仁心，此三异也。久留，徒扰贤者耳。'还府，具以状白安。是岁，嘉禾生恭便坐廷中，安因上书言状，帝异之。"后因以"驯雉"称颂地方官仁政爱民、泽及草木鸟兽。

［一三］玺书，皇帝的诏书。

［一四］丹禁，指帝王所住的紫禁城。因以丹涂壁，故称。李白《江夏使君叔席上赠史郎中》："凤凰丹禁里，衔出紫泥书。"

［一五］衣冠，衣和冠。古代士以上戴冠，因用以代指缙绅、士大

夫。李白《登金陵凤凰台》："吴宫花草埋幽径，晋代衣冠成古丘。"冷裔，形容官位不显、无人问津。

［一六］蓬梗，飞蓬断梗，比喻漂泊不定。

［一七］霹雳之才，惊天动地的大才干。

［一八］芙蓉之幕，即俭府，指南朝齐王俭的府第。俭于高帝时为卫将军，领朝政，用才名之士为幕僚。《南齐书·庾杲之传》："时人呼（王）俭府为入芙蓉池。"后世以"芙蓉幕"为幕府的美称，亦称"芙蓉府"。

［一九］此句意谓分沾荣耀，借光。

［二〇］丐，求。

回贺越州黄通判启[一]

伏审显膺帝诰[二]，荣贰侯邦[三]。公论攸归[四]，舆情胥悦。伏惟通判学士才兼文武，学洞古今。睿眷益隆[五]，宸衷简在[六]。未遂攀龙之志，少施展骥之才[七]。虽遇盘根[八]，岂劳游刃[九]？致海沂之大治[一〇]，深赖王祥[一一]；与岘首以并传[一二]，当嗤邹湛[一三]。某向风惟旧，慕义实深。未遑柔讷之修[一四]，先辱华缄之贶[一五]。《姑溪居士文集》卷一四

【笺注】

［一］越州，今浙江绍兴。通判，宋王孝迪《哲宗正史·职官志》："（通判）凡兵民、钱谷、户口、赋役、狱讼听断之事，可否裁决，与守臣通签书施行。"

［二］显膺，荣受。

［三］贰，辅佐。

［四］公论，公众之论。攸归，所归。

［五］睿眷，亦作"睿睠"，指皇帝的眷顾。晋庞觉《希夷先生传》："臣敢期睿眷，俯顺愚衷。"

［六］宸衷，帝王的心意。《旧唐书·杨发传》："礼之疑者，决在宸衷。"简在，存在。《论语·尧曰》："帝臣不蔽，简在帝心。"

［七］展骥，施展才能。《三国志·蜀志·庞统传》："庞士元非百里才也，使处治中、别驾之任，始当展其骥足耳。"

［八］盘根，盘曲的木根，喻难办之事。

［九］游刃，指运刀自如，比喻做事从容自如、轻松利落。典出《庄子·养生主》："恢恢乎其于游刃必有余地矣。"

［一〇］海沂，海边，即天下。大治，政治修明，局势安定。《礼记·礼器》："是故圣人南面而立，而天下大治。"

［一一］《晋书·王祥传》："王祥字休徵，琅琊临沂人，祥性至孝。……徐州刺史吕虔檄为别驾，祥年垂耳顺，固辞不受。览劝之，为具车牛，祥乃应召，虔委以州事。于时寇盗充斥，祥率励兵士，频讨破之。州界清静，政化大行。时人歌之曰：'海沂之康，实赖王祥。邦国不空，别驾之功。'"

［一二］岘（xiàn）首，即湖北襄阳县南的岘山。

［一三］《晋书·羊祜传》："祜乐山水，每风景，必造岘山，置酒言咏，终日不倦。尝慨然叹息，顾谓从事中郎邹湛等曰：'自有宇宙，便有此山。由来贤达胜士，登此远望，如我与卿者多矣！皆湮灭无闻，使人悲伤。如百岁后有知，魂魄犹应登此也。'湛曰：'公德冠四海，道嗣前哲，令闻令望，必与此山俱传。至若湛辈，乃当如公言耳。'"

［一四］柔讷（nè），谓柔顺而不直言。

［一五］华缄，亦作"华椷"，对他人书信的敬称。唐崔致远《龙州裴岘尚书》："远劳专介，特枉华缄。"贶，赐，赏赐。

谢人启事并寄诗启[一]

湖海地偏，云泥路绝[二]。已分废人之沦落，难忘圣日之光华。间遇便风[三]，获承近问。惟方今取舍之惟义[四]，知吾君亲信之得人。矫矫天马之轶群[五]，堂堂宝鼎之瑞世[六]。独先流辈[七]，允属高明[八]。恭惟某官以自天降之材，值不世出之主[九]。精神会聚，无非道德之几微[一〇]；朝夕讨论，博尽典谟之渊懿[一一]。展衍绪余之暇[一二]，低回吟咏之娱[一三]。篇篇可奴仆以命《骚》[一四]，句句真瑚琏之为器[一五]。始终于学，词林由是而愈光[一六]；远近趋风[一七]，善类倚之而增重[一八]。载惟晚偶，叨此亲逢。居常想像以驰情[一九]，几叹滞留而莫觌。敢图委瞻[二〇]，遽辱赐书。何啻贤十部之夸[二一]，不觉在万人之上[二二]。伯乐既顾，几成冀北之空[二三]；毛遂何堪，顿感囊中之效[二四]。门庭敻阻[二五]，岁月易遥。尚稽参际之荣[二六]，倍剧倾依之悰[二七]。江干犹热，都下已凉[二八]。益卫寝兴[二九]，永扶昌盛。《姑溪居士文集》卷一四

【笺注】

［一］启事，此指信函。

［二］云泥，云在天，泥在地，比喻相去甚远，差异很大。南朝梁荀济《赠阴梁州》："云泥已殊路，暄凉讵同节。"

［三］便风，顺风。

［四］语出《孟子·告子上》："舍生而取义者也。"

［五］矫矫，形容卓然不群。《汉书·叙传下》："贾生矫矫，弱冠登朝。"

［六］堂堂，庄严大方。宝鼎，形容人物出众、地位尊贵。

［七］先，超出。流辈，同辈。南朝梁沈约《奏弹王源》："玷辱流辈，莫斯为甚。"

［八］允属，实属。

［九］不世出，世间少有。《史记·淮阴侯列传》："此所谓功无二于天下，而略不世出者也。"

［一〇］道德，即《道德经》，此代指道家经典。几微，征兆、

迹象。

［一一］典谟，原指《尚书》中《尧典》《舜典》和《大禹谟》《皋陶谟》等篇，此代指儒家经典。渊懿，渊深美好。

［一二］展衍，延伸。绪余，残余。《庄子·让王》："道之真以治身，其绪余以为国家。"

［一三］低回，徘徊，流连。

［一四］此句形容文采卓异，词彩华美。杜牧《李贺诗集序》："使贺且未死，少加以理，奴仆命《骚》可也。"

［一五］瑚琏（liǎn），古代祭祀时盛黍稷的尊贵器皿，比喻人特别有才能，可以担当大任。《论语·公冶长》："子贡问曰：'赐也何如?'子曰：'女，器也。'曰：'何器也?'曰：'瑚琏也。'"

［一六］词林，词坛、文坛。

［一七］趋风，追随仿效。

［一八］善类，有德之士。

［一九］驰情，神往。

［二〇］睠，同"眷"。

［二一］何啻（chì），亦作"何翅"，何止，岂止。十部，谓众多辅助官吏。晋孙盛《晋阳秋》："（刘弘）每有兴发，守书郡国，丁宁款密，故莫不感悦，颠倒奔赴，咸曰：'得刘公一纸书，贤于十部从事也。'"

［二二］《六韬》："屈一人下，伸万人上，惟圣人能行之。"

［二三］韩愈《送温处士赴河阳军序》："伯乐一过冀北之野，而马群遂空。"

［二四］《史记·平原君虞卿列传》："毛遂曰：'臣乃今日请处囊中耳。使遂蚤得处囊中，乃颖脱而出，非特其末见而已。'"

［二五］敻（xuàn）阻，远隔。《梁书·张充传》："关山敻阻，书罢莫因。"

［二六］稽，到，至。

［二七］愫，诚意，真心实意。

［二八］都下，京都。《南史·顾越传》："弱冠游学都下。"

［二九］寝兴，起居。

贺薛左辖移镇洛阳启［一］

伏审光奉命书［二］，宠司留钥。便道将承于密对［三］，疏恩还序于近班［四］。夷夏所期，天人胥庆。恭惟某官以自得之学，值有为之时。即之也温［五］，无一瑕之可指；屹然不转，经百汰以弥精［六］。故能进退之间，尤见表仪之正［七］。暂均劳于巨屏［八］，已报政于再期。虫鱼草木，靡不识其至诚；教令条章，皆可师为永法。方歌廉而有托［九］，欲借寇而未遑［一〇］。虽衮衣赤舄［一一］，久已伫于公归；而白叟黄童［一二］，想难胜于绨恋［一三］。某本为弃物，适寄异乡。追路莫从，遡风增喜［一四］。行见制麻之降［一五］，续申贺牍之勤。残暑未除，履宁是祝。《姑溪居士文集》卷一四

【笺注】

［一］薛左辖，生平不详。左辖，即左丞。左右丞管辖尚书省事，尚书左丞佐尚书令。移镇，移藩。

［二］命书，诏书，诏令。《仪礼·觐礼》："诸公奉箧服加命书于其上。"

［三］密对，隐秘地回答皇帝的垂问。《后汉书·延笃传》："帝数问政事，笃诡辞密对。"

［四］近班，近臣之列。

［五］语出《论语·子张》："君子有三变：望之俨然，即之也温，听其言也厉。"

［六］百汰，多次淘洗，喻精选。《晋书·袁宏传》："精金百汰，在割能断。"

[七] 表仪，即仪表，指风度。

[八] 巨屏，借指镇守一方的藩臣。

[九] 歌廉，典出《后汉书·廉范传》："廉范字叔度，京兆杜陵人，赵将廉颇之后也。……建初中，迁蜀郡太守，其俗尚文辩，好相持短长，范每厉以淳厚，不受偷薄之说。成都民物丰盛，邑宇逼侧，旧制禁民夜作，以防火灾，而更相隐蔽，烧者日属。范乃毁削先令，但严使储水而已。百姓为便，乃歌之曰：'廉叔度，来何暮？不禁火，民安作。平生无襦今五绔。'"

[一〇] 借寇，典出《后汉书·寇恂传》："寇恂字子翼，上谷昌平人也，世为著姓。……即日车驾南征，恂从至颍川，盗贼悉降，而竟不拜郡。百姓遮道曰：'愿从陛下复借寇君一年。'"恂前曾为颍川太守，故曰复借。

[一一] 衮衣赤舄（xì），指代王公大臣。赤舄，古代天子、诸侯所穿的一种赤色重底鞋。《诗·豳风·狼跋》："公孙硕肤，赤舄几几。"

[一二] 白叟黄童，白头发的老人和黄头发的孩子，指老老少少。

[一三] 绨恋，眷念。绨（tí），指绨袍。《史记·范雎蔡泽列传》载，魏人范雎先事魏中大夫须贾，遭其毁谤，笞辱几死。后改名张禄，逃秦为相。须贾使秦，范雎敝衣见之，须贾怜其贫，取绨袍以赐。后遂以"绨袍"为眷念旧情之典。

[一四] 遡风，向风。

[一五] 制麻，皇帝的命令。原用白纸书写，唐高宗上元间，因白纸多蠹，改用黄麻纸书写诏书，故称"制麻"。也称"诏黄"。《新唐书·李栖筠传》："帝心善之，故制麻自中以授。"

贺王宪解元启[一]

平世往还[二]，不过数时，怀咏常有余思。乐驰骛者世之本情[三]，安退常者人之难事[四]。盖有诸中者则无所萦怀(一)[五]，务在外者或未免役物(二)[六]。是故举朝之心[七]，以在家必闻为可贤；所以科场之设，乃因时制宜而不废。果谐遴选[八]，首得吉人[九]。恭惟某人言行相章[一〇]，气质甚茂[一一]。非知之而亦允其蹈，是达也而不苟于闻。榜名既传，士论胥乐。皆谓积年之考察，宁免有妨[一二]；遂收一日之优长，未为过举[一三]。式符贤路之兼取，不碍学制之审求[一四]。然此时遇窘于他从，但闻报喜；至于不寐欲图庆，属以戒行。庶申不腆之陈[一五]，获托承言之际[一六]。用辄蹭蹬[一七]，尤剧倾驰。不虞舣楫之初[一八]，遽辱长笺之贶[一九]。雍容盛服，若投先进之绝伦[二〇]；璀璨高文，弥愧过情而非据[二一]。读之而饱足人意，服之而增重心期[二二]。由余入秦[二三]，惊府库之未□[二四]；宣子适鲁[二五]，知典礼之具存[二六]。仅逃舞马之成妖[二七]，劣似飞蝇之识赦[二八]。虽已严于报谢，尚有负于修裁。低回抱麦鞠鱼之嗟，荏苒几风马牛之逸。文献不类，愧赧何堪！于是勉焉，其已晚矣。实来虚往[二九]，固难琼玖之酬；诚确望专，行听云龙之会[三〇]，愿附霜钟之应[三一]，别驰□燕之私。《姑溪居士文集》卷一四

【校记】

（一）无所萦怀：原作“固分金”，据四库本、《全宋文》改。

（二）役物：原作“于丝萝”，据《全宋文》改。

【笺注】

［一］王宪，生平不详。解元，乡试第一名。因举进士皆由地方解送入京，故称乡试第一名为“解元”“解首”。

［二］平世，太平之世。汉王褒《四子讲德论》：“幸遭圣主平世而久怀宝。”

［三］驰骛，奔竞逐利。《史记·李斯列传》：“此布衣驰骛之时而游说者之秋也。”

［四］退常，隐退不仕。

［五］有诸中者，追求思想修养。

［六］务在外者，追求身外之物。役物，指役使外物为我所用。《荀子·修身》："君子役物，小人役于物。"

［七］是故，因此，所以。

［八］谐，达成。遴选，择优选拔贤才。

［九］吉人，善良的人。《易·系辞下》："吉人之辞寡，躁人之辞多。"

［一〇］章，通"彰"，显著。

［一一］茂，美好。

［一二］宁免，未免。

［一三］过举，错误擢用。《战国策·楚策一》："王过举而已，不然，无以至此。"

［一四］审求，仔细探求。

［一五］不腆，自谦之辞，意谓不丰厚、微薄。《左传·僖公三十三年》："不腆敝邑，为从者之淹。"

［一六］承言，承诺之言。

［一七］蹭蹬，困顿，失意。杜甫《上水遣怀》："蹭蹬多拙为，安得不皓首。"

［一八］舣楫，划船靠岸。

［一九］长笺，长的信笺，指书信。曾巩《回泉州陈都官启》："岂期厚眷，特枉长笺。"

［二〇］先进，首先仕进。《汉书·萧育传》："始育与陈咸俱以公卿子显名，咸最先进。"

［二一］过情，超过实际情况，即言过其实。《孟子·离娄下》："故声闻过情，君子耻之。"非据，才不称职的谦辞，犹不敢当。韩愈《为裴相公让官表》："岂可叨居，以彰非据。"

［二二］心期，期望。《南齐书·豫章文献王传》："居今之地，非心

期所及。”

［二三］由余，字怀忠，周武王少子唐叔虞十五世孙，晋鄂侯曾孙，因战乱流亡戎地，后入秦，助秦穆公伐西戎，并国十二，开地千里。事见《吕氏春秋·不苟》。

［二四］府库，旧指收藏财物、兵甲的处所。《孟子·梁惠王下》：“君之仓廪实，府库充。”

［二五］韩起（？—前514），史称韩宣子，春秋时期晋国卿大夫。《左传·昭公二年》：“春，晋侯使韩宣子来聘……观书于太史氏，见《易象》与《鲁春秋》，曰：‘周礼尽在鲁矣。吾乃今知周公之德，与周之所以王也。’”

［二六］典礼，典章礼制。

［二七］典出唐郑处诲《明皇杂录·补遗》：“玄宗尝命教舞马，四百蹄各为左右，分为部，目为某家宠，某家骄。时塞外亦有善马来贡者，上俾之教习，无不曲尽其妙。……其后转为田承嗣所得，不之知也，杂之战马，置之外栈。忽一日，军中享士，乐作，马舞不能已。厮养皆谓其为妖，拥篲以击之。马谓其舞不中节，抑扬顿挫，犹存故态。厩吏遽以马怪白承嗣，命箠之甚酷。马舞甚整，而鞭挞愈加，竟毙于枥下。”

［二八］典出《晋书·苻坚载记》：“坚之将为赦也，与王猛、苻融密议于露堂，悉屏左右。坚亲为赦文，猛、融供进纸墨。有一大苍蝇入自牖间，鸣声甚大，集于笔端，驱而复来。俄而长安街巷市里人相告曰：‘官今大赦。’有司以闻。坚惊谓融、猛曰：‘禁中无耳属之理，事何从泄也？’于是敕外穷推之，咸言有一小人衣黑衣，大呼于市曰：‘官今大赦。’须臾不见。坚叹曰：‘其向苍蝇乎？声状非常，吾固恶之。’”

［二九］无所知而往，有所得而归。《庄子·德充符》：“王骀，兀者也，从之游者，与夫子中分鲁。立不教，坐不议。虚而往，实而归。固有不言之教，无形而心成者邪？”

[三〇] 云龙，《易·乾·文言》："云从龙，风从虎；圣人作而万物睹。"后因以"云龙"喻君臣风云际会，此用以喻朋友相得。

[三一] 霜钟，钟声。语本《山海经·中山经》："（丰山）有九钟焉，是知霜鸣。"

谢韦深道贺复官启[一]

伏念某间关晚节[二]，流落倦途。加之忧患相仍[三]，所以志气顿尽[四]。虽然竹柏之操，不以时迁；其如岁月之遥，何以自处[五]？尚赖二三君子[六]，方怀九万鹏程，每容接翼以扶摇[七]，惟恐素志之摧折。笑谈委曲[八]，简牍周旋[九]。遂忘失路之嗟[一〇]，岂复异乡之感？烟云朝暮，坐视去来[一一]；鱼鸟林泉，分甘终始[一二]。凡得此处，莫非见贻。不图例奉于诏音[一三]，骤使复还于仕籍[一四]。衣冠颠倒[一五]，无复仪形；宾客过从[一六]，恍疑梦寐。载循忝冒，敢昧依归。此盖伏遇深道居士资粹中和[一七]，学非俯仰。好义若饥之欲食，设心如水之在盘[一八]。因其自得之长，致此爱忘之过。首颁庆问，备写至情。字字有经，真可谓之辞达[一九]；句句不苟，尤佩服于风期[二〇]。适作应于群来，故稍稽于修报[二一]。庶几全度[二二]，未遽严诛[二三]。春物正繁[二四]，德门密跂[二五]，更希调御，下副倾驰[二六]。《姑溪居士文集》卷一四

【笺注】

[一] 韦许，字深道，芜湖（今属安徽）人，徽宗时在世，终身不仕，与苏轼、黄庭坚、李弥逊等人有交往。以下"深道"如无特殊说明，皆为此人。复官，崇宁五年丙戌（1106），李之仪五十八岁，遇赦复官，由当涂移居金陵。

[二] 间关，崎岖、辗转。《汉书·王莽传》："间关至渐台。"晚节，晚年。杜甫《遣闷戏呈路十九曹长》："晚节渐于诗律细，谁家数去酒杯宽。"

［三］相仍，相继、相从。苏轼《贺蒋发运启》："某窜流已久，衰病相仍。"

［四］志气，决心和勇气。韩愈《祭十二郎文》："毛血日益衰，志气日益微。"

［五］自处，安置、保全自身。《史记·李斯列传》："人之贤不肖譬如鼠矣，在所自处耳。"

［六］《汉书·楚元王传》："与二三君子比意同力，冀得废遗。"

［七］扶摇，旋风。《庄子·逍遥游》："（鹏）抟扶摇而上者九万里。"接翼，翅膀挨着翅膀，形容关系亲近。汉枚乘《梁王菟园赋》："翱翔群熙，交颈接翼。"

［八］委曲，殷勤周至。

［九］简牍，书简、书信。周旋，交往，往来。曹操《与荀彧追伤郭嘉书》："郭奉孝年不满四十，相与周旋十一年。"

［一〇］失路，迷失道路，喻不得志。扬雄《解嘲》："当涂者升青云，失路者委沟渠。"

［一一］坐视，坐看，谓清闲。鲍照《代陈思王》："坐视青苔满，卧对锦筵空。"

［一二］分甘，分享甘美之味，喻关系亲密友善。《通纬·孝经援神契》："母之于子也，鞠养殷勤，推燥居湿，绝少分甘。"

［一三］不图，不料，没想到。《论语·述而》："不图为乐之至于斯也。"诏音，诏命。柳宗元《礼部为文武百寮请听政表》："西汉诏音，前王所奉。"

［一四］仕籍，记载官吏名籍的簿册。

［一五］即颠倒衣裳，喻匆忙情急之中举止失措。《世说新语·言语》："边文礼见袁奉高，失次序。奉高曰：'昔尧聘许由，面无作色。先生何为颠倒衣裳？'"

［一六］过从，来访，往来。

［一七］资粹，天资纯粹。

［一八］设心，用心。《孟子·离娄下》："其设心以为不若是，是则罪之大者。"

［一九］辞达，指言辞不矫饰。语出《论语·卫灵公》："辞达而已矣。"

［二〇］风期，风度品格。《晋书·习凿齿传》："其风期俊迈如此。"

［二一］稽，延迟。修报，修书回报。

［二二］全度，保全救护。

［二三］严诛，严厉责罚。

［二四］春物，春日景物。南朝齐谢朓《直中书省》："朋情以郁陶，春物方骀荡。"

［二五］德门，仁德之门。韩愈《祭左史李员外太夫人文》："胄于茂族，配此德门。"

［二六］另附有书信诉说倾慕之情。副，副启。

谢陶师中贡士启[一]

天下之患，常系乎不得其人；圣王之心，所贵乎无为而治[二]。虽名分之必正[三]，或事理之相违。诘所以驯至此途[四]，盖在乎未尝留意。先皇帝肇新科举之制[五]，今天子嗣成教育之方。谨其月书季考之文[六]，参以里评巷议之实[七]。讨论如是以明备，俊造自然而次升[八]。靡一介之滥居[九]，果多才之汇进。况乎首贡[一〇]，岂是常珍[一一]！乃所谓鸣则惊人，似非徒学以干禄[一二]。伏惟某人身虽家食[一三]，心则天游[一四]。白黑中分，故谈者之辨卓尔而默识[一五]；英雄外发[一六]，盖君子之道闇然而日章[一七]。陋弹铗之兴嗟[一八]，不辍耕而取用[一九]。彼勤谨积成其效，我才出便占其先。糊名既开[二〇]，士论胥庆。乡先生则云见面有数[二一]，郡太守亦曰闻风甚高。不辱其劝驾之恭[二二]，将表乎绝类之举。宁拘中下，径躐优长[二三]。伫腾大对之雄[二四]，深切当世之务[二五]。黄香来从江夏，终号无双[二六]；杜牧赋就《阿房》，岂止第五[二七]？某早蒙垂顾[二八]，继幸通名。适期款曲以相从[二九]，孰谓仓卒而引去[三〇]。修途兹戒，大轴遽临[三一]。感佩不遗之诚，但深非据之愧。寒暄未定，保卫善持。钦迟光辉[三二]，别图裁叙。《姑溪居士文集》卷一四

【笺注】

［一］陶师中，生平不详。贡士，唐宋时州（府）、县科举考试中试者。

［二］《论语·卫灵公》："无为而治者，其舜也与？"

［三］《论语·子路》："子路曰：'卫君待子而为政，子将奚先？'子曰：'必也正名乎！'"

［四］驯至，逐渐使（其）达到，有招致之意。至，通"致"。《易·坤·象》："驯致其道，至坚冰也。"

［五］肇新，始新。苏轼《皇帝达太皇太后贺大辽皇帝正旦书》："岁律肇新，邻欢载讲。"

［六］月书，宋代太学每月私试，孟月经义，仲月论，季月策，按文理优劣，逐月书于簿籍，以决升降。《宋史·职官志五》："崇宁初，立月书、季考法。"

［七］里评巷议，指民间的评论，舆论。

［八］俊造，此指科举。《礼记·王制》："司徒论选士之秀者而升之学，曰俊士。升于司徒者，不征于乡；升于学者，不征于司徒，曰造士。"

［九］靡，无。一介，一个。滥居，居于不恰当之位。

［一〇］况乎，何况。首贡，贡士之首。

［一一］常珍，日常美味。扬雄《法言·吾子》："弃常珍而嗜乎异馔者，恶睹其识味也。"

［一二］干禄，求禄位，求仕进。《论语·为政》："子张学干禄。"

［一三］家食，在家自食，不食公家俸禄，即赋闲。《易·大畜》："大畜：利贞，不家食，吉。"

［一四］天游，放任自然。

［一五］默识，暗中记住。语出《论语·述而》："默而识之。"

［一六］外发，神采焕发。

［一七］闇然，隐晦深远，不易为人所见。章，同"彰"。《礼记·中庸》："故君子之道，闇然而日章。"

［一八］弹铗，弹击剑把，谓处境窘困而又欲有所干求。典出《战国策·齐策四》："居有顷，（冯谖）倚柱弹其剑，歌曰：'长铗归来乎！食无鱼。'"

［一九］辍耕，停止耕作。《史记·陈涉世家》："陈涉少时，尝与人佣耕，辍耕之垄上，怅恨久之，曰：'苟富贵，无相忘。'"

［二〇］糊名，在科举考试中，为公平起见，阅卷时要将考生姓名、籍贯和初定等第封住。陆游《老学庵笔记》卷五："本朝进士，初亦如唐制，兼采时望。真宗时，周安惠公起，始建糊名法，一切以程文为去留。"

［二一］乡先生，辞官居乡或以教学为业的老人。

［二二］劝驾，劝人任职或做某事。《汉书·高帝纪下》："其有意称明德者，必身劝，为之驾。"

［二三］躐（liè），超越。

［二四］大对，对答天子询问或策问，即殿试。

［二五］当世，用世，治世。《史记·刘敬叔孙通列传》："叔孙生诚圣人也，知当世之要务。"

［二六］《后汉书·黄香传》："黄香字文强，江夏安陆人也。年九岁，失母，思慕憔悴，殆不免丧，乡人称其至孝。年十二，太守刘护闻而召之，署门下孝子，甚见爱敬。香家贫，内无仆妾，躬执苦勤，尽心奉养。遂博学经典，究精道术，能文章，京师号曰'天下无双，江夏黄

童'。"

[二七] 宋尤袤《全唐诗话》卷四："（杜牧）牧为御史，分务洛阳。……吴武陵以《阿房宫赋》荐于崔郾，遂登第。"

[二八] 垂顾，关心照顾。

[二九] 款曲，殷勤酬应。《南史·齐纪下·废帝郁林王》："接对宾客，皆款曲周至。"

[三〇] 孰谓，谁料。引去，离去。

[三一] 大轴，谓高文。

[三二] 钦迟，恭敬地等待。

贺人转官启

切审显被命书，宠迁连帅[一]，伏惟庆慰。窃以赏罚人主之纲纪，用舍要在乎适中[二]；是非国论之权衡，轻重务归于至当。故居上者操之以御其众，在下者体之以见其长。实万类之低昂[三]，系一时之休戚。今天子别邪辨正，有如皎日之当中；诸近侍效德协忠，何异大川之方至。既抑扬之无愧，顾授受以宁惭。恭惟某官色正而芒寒[四]，业茂而器博[五]。总五材而并用[六]，驾六艺以相先[七]。片言之传，得之者率皆心服；每事之举，闻之者莫不景从[八]。是宜朝夕以辅圣明[九]，讵应顷刻而远左右？天下望之如山岳，众流赴之犹江湖。伫观麻制之行[一〇]，超进斋坛之拜[一一]。某寄身穷壤，托芘后尘[一二]。虽未识荆州之贤[一三]，然不废子虚之诵[一四]。衰颓末路，瞻望何时。适逢隆盛之期，独郁赞扬之愿。尚应余日，获遂趋风[一五]。欣忭所深，仰驰滋甚。《姑溪居士文集》卷一四

【笺注】

[一] 连帅，原指十国诸侯之长，后泛称地方长官。《礼记·王制》："十国以为连，连有帅。"

［二］用舍，被任用或不被任用。

［三］万类，万物。《鬼谷子·捭阖》："筹策万类之终始。"

［四］色正芒寒，指星光清冷而颜色纯正，用以称颂人的品行高洁正直。刘禹锡《尚书礼部员外郎柳君集纪》："粲焉如繁星丽天，而芒寒色正。"

［五］谓才高学博、气度不凡。

［六］五材，五种德性。《六稻·龙韬·论将》："所谓五材者：勇、智、仁、信、忠也。"

［七］六艺，六种技能。《周礼·保氏》："养国子以道，乃教之六艺：一曰五礼，二曰六乐，三曰五射，四曰五御，五曰六书，六曰九数。"相先，相让。《礼记·儒行》："儒有闻善以相告也，见善以相示也，爵位相先也。"

［八］景从，如影随形，喻趋从之盛。汉贾谊《过秦论》："天下云集响应，赢粮而景从。"

［九］圣明，皇帝的代称。刘琨《劝进表》："或殷忧以启圣明。"

［一〇］麻制，见《贺薛左辖移镇洛阳启》注［一五］。

［一一］斋坛，帝王祭天地的场所。

［一二］后尘，在他人之后。晋张协《七命》："余虽不敏，请寻后尘。"

［一三］李白《与韩荆州书》："生不用封万户侯，但愿一识韩荆州。"

［一四］李白《秋于敬亭送从侄耑游庐山序》："余小时，大人令诵《子虚赋》，私心慕之。"

［一五］趋风，疾行至下风，引申指瞻仰风采。

谢金陵举人启[一]

顷从眉山兄弟之游[二]，获承礼部文章之美[三]。窃谓龙蟠虎踞之地[四]，信多金声玉振之英[五]。萍泛异时[六]，怅余尘之已隔；风流别壤[七]，惊晚秀之方荣。典刑如存[八]，叹慕何已！亟欲乘闲而会面，又虑以暗而投人[九]。展转此时，相咏增忾。殆四百数之较艺[一〇]，始一二人之中程[一一]。凛乎谁敢自期，巍然果在高选[一二]。遂将趋贺客之后，冀能纾积日之怀。有田一廛[一三]，适居收成之际；闻风数舍[一四]，遽兴留滞之嗟[一五]。不虞还家解鞍之初[一六]，辄当盛服长笺之礼[一七]。造语警拔[一八]，蔚有绪风[一九]。寓言周旋[二〇]，过委无似[二一]。惟素期之已晚，幸来日之可图。伏惟某人先辈不愧名家，善缉新学[二二]。绝黏颈缀尾之陋[二三]，有矢口载笔之成[二四]。乡校久居[二五]，诸生固已敛衽[二六]；礼闱既辟[二七]，齐声皆谓得人[二八]。上不负朝廷养育之深，下足慰有司考定之审[二九]。伫观轩陛，鼎传赐第之优[三〇]；越在里闾[三一]，独能侧耳以候。《姑溪居士文集》卷一四

【笺注】

［一］金陵举人，不详何人。

［二］眉山兄弟，指苏轼、苏辙。因二人是眉州眉山（今属四川）人，故称。

［三］礼部文章，科举考试中的会试，由礼部主办，故称。

［四］龙蟠虎踞，形容地势雄伟险要，特指南京。语出晋吴勃《吴录》："钟山龙盘，石头虎踞，此帝王之宅。"

［五］金声玉振，音韵响亮、和谐，此喻人的知识渊博，才学精到。《孟子·万章下》："集大成也者，金声而玉振之也。"

［六］萍泛，萍随水漂浮，形容人行止无定，四处漂泊。唐王棨《贫赋》："先生迹似萍泛。"

［七］风流，流风余韵，遗风。《汉书·赵充国辛庆忌等传赞》："其风声气俗自古而然，今之歌谣慷慨，风流犹存耳。"

［八］典刑，常规、旧法。《诗·大雅·荡》："虽无老成人，尚有

典刑。”

［九］即明珠暗投。语出《史记·邹阳列传》：“臣闻明月之珠，夜光之璧，以暗投人于道路，人无不按剑相眄者。何则？无因而至前也。”

［一〇］较艺，考较技艺。唐符载《上巳日陪刘尚书宴集北池序》：“献奇较艺，钩索胜负。”

［一一］中程，符合要求。程，规章、法式。

［一二］高选，高榜，即高中。

［一三］一廛，一块土地。柳宗元《柳长侍行状》：“无一廛之土以处其子孙。”

［一四］舍，古以三十里为一舍。

［一五］留滞，停留，羁留。《史记·太史公自序》：“是岁天子始建汉家之封，而太史公留滞周南，不得与从事，故发愤且卒。”

［一六］解鞍，解下马鞍，表示停驻。

［一七］盛服，华丽隆重的服饰。《左传·宣公二年》：“宣子盛服将朝。”

［一八］造语，指行文中选词用句。警拔，形容诗文警策拔俗。南朝梁钟嵘《诗品》卷中：“文虽不多，气调警拔。”

［一九］蔚，文采华丽。

［二〇］寓言，借重之言。

［二一］过委，过于推重。

［二二］新学，新倡导的学术。

［二三］黏颈缀尾，联系下面的对句，当指文思不畅，行文涩滞、拖沓。

［二四］矢口，不改口，形容才思敏捷。载笔，记录，写作。《梁书·任昉传》：“昉雅善属文，尤长载笔。”

［二五］乡校，地方学校。《左传·襄公三十一年》：“郑人游于乡校，以论执政。”

［二六］诸生，在学读书的学生。韩愈《进学解》："晨入太学，招诸生立馆下。"敛衽，整理衣襟，表示恭敬。《战国策·楚策》："一国之众，见君莫不敛衽而拜，抚委而服。"

［二七］礼闱，科举考试之会试，因其为礼部主办，故称。刘禹锡《宣上人远寄贺礼部王侍郎放榜后诗因而续和》："礼闱新榜动长安，九陌人人走马看。"

［二八］得人，得到有才德之人，即用人得当。《汉书·公孙弘传赞》："汉之得人，于兹为盛。"

［二九］有司，主管官吏。《尚书·立政》："惟有司之牧夫。"

［三〇］鼎传赐第，即"鼎赐"，形容极厚的赐予。

［三一］越，传播，传扬。里闾，乡里。

谢君俞启[一]

比阶敕旨[二]，例改官称。恩出非常，愧莫能已。窃以浮沉江上，粗安鱼鸟之游[三]；缱绻籍中[四]，何异缧绁之系[五]。自知罪大而不赦，聊从漏尽以偷生[六]。虽天日无咫尺之违，而气息仅须臾之保。灶不烟者屡矣[七]，衣不时则常然[八]。尚恃仁圣之足依[九]，终无魑魅之或御[一〇]。不谓匪人乘间，凶焰辄加。幸其疾病之余，几成锋刃之迫。残龄不负，毒手遽回。偶逃出胯之羞[一一]，尚虚尝胆之效[一二]。方且散收魂魄，粗葺田园，誓将老焉[一三]，岂复他也。果吾君之轸虑[一四]，因□礼以推恩(一)[一五]。既使名不挂于刑书[一六]，又畀泽均蒙于士类[一七]。固常情无足道者，在鄙分不其荣哉[一八]！非交游曲赐周全[一九]，则衰堕宁容叨忝[二〇]。此盖某人先辈高明绝俪[二一]，道义相先。以其常参博约之余[二二]，遂乃频借齿牙之论[二三]。指陈人而窃笑[二四]，孰不为曹[二五]；闵失路以无徒[二六]，或能加恤。疾风劲草[二七]，独不顾以见收[二八]；吊影孤鸿[二九]，获相依而苟免。适图申叙，遽辱宠临。端蔓苦腴[三〇]，真词人之法则[三一]；包罗引据，备前辈之工夫。岂惟礼意之俯投，抑亦楷模之远借[三二]。续膏反复[三三]，夕鼠怪其惊嗟[三四]；缓笔抄誊，邻鸡忽尔弹唱[三五]。既已成诵[三六]，更当深藏。蔼然祥光之烛人，当知至宝之在笥[三七]。永言委眷[三八]，未易为酬[三九]。《姑溪居士文集》卷一五

【校记】

（一）□：原无，据《全宋文》补。

【笺注】

［一］君俞，生平不详。

［二］敕旨，帝王诏书、命令。《新唐书·百官志二》：“五日敕旨，百官奏请施行则用之。”

［三］鱼鸟，泛指隐逸景物。《隋书·隐逸传序》：“狎玩鱼鸟，左右琴书。”

［四］缱绻，纠缠萦绕，不能解脱。《诗·大雅·民劳》：“无纵诡随，以谨缱绻。”籍，罪籍。

［五］缧绁，捆绑犯人的绳索。

［六］漏尽，刻漏已尽，谓夜深或天将晓。汉蔡邕《独断》卷下：“夜漏尽，鼓鸣则起；昼漏尽，钟鸣则息也。”

［七］灶不烟，不做饭。

［八］衣不时，不按时添换衣物。

［九］仁圣，对皇帝的尊称。

［一〇］魑魅，害人的鬼怪，喻指坏人或邪恶势力。

［一一］出胯之羞，形容极大的羞辱。典出《史记·淮阴侯列传》：“于是信孰视之，俛出胯下，蒲伏。”

［一二］尝胆，喻刻苦自励，发愤图强。典出《史记·越王勾践世家》：“吴既赦越，越王勾践反国，乃苦身焦思，置胆于坐，坐卧即仰胆，饮食亦尝胆也。”

［一三］老焉，终老于此。

［一四］轸虑，忧虑。

［一五］推恩，帝王对臣属推广封赠，以示恩典。白居易《与王承宗诏》："在法虽有推恩，相时亦恐非便。"

［一六］刑书，罪籍。

［一七］畀（bì），给以。《诗·鄘风·干旄》："彼姝者子，何以畀之。"

［一八］鄙分，谦辞，形容地位低下。不其，不正是。骆宾王《与博昌父老书》："别易会难，不其然也！"

［一九］交游，朋友。《管子·权修》："观其交游，则其贤不肖可察也。"曲赐，承蒙赐予、关照。北周庾信《又谢赵王赉息丝布启》："昨蒙恩引曲赐丝布等五段。"

［二〇］衰堕，懈怠、颓废。袁宏《后汉纪·明帝纪下》："大夫其对以孤宠爵以来，志意衰堕。"叨忝，忝列、叨光。《北齐书·陈元康传》："元康叨忝或得黄门郎。"

［二一］绝俪，独一无二。

［二二］博约，指文章内容广博，言简意明。

［二三］齿牙，称誉，推许。苏轼《与王荆公书》之二："愿公少借齿牙，使增重于世。"

［二四］陈人，陈旧之人，谓老朽。

［二五］为曹，为伍。《史记·滑稽列传》："六博投壶，相引为曹。"

［二六］闵，同"悯"。失路，谓不得志之人。无徒，没有同伴。《大戴礼记·子张问入官》："故水至清则无鱼，人至察则无徒。"

［二七］疾风劲草，比喻立场坚定，经得起考验。语出《东观汉记·王霸传》："颍川从我者皆逝，而子独留，始验疾风知劲草。"

［二八］见收，被捕。

［二九］吊影，形容孤独寂寞。吊，慰问。谢朓《拜中军记室辞隋王笺》："轻舟反溯，吊影独留。"孤鸿，孤单的鸿雁。阮籍《咏怀诗》之一："孤鸿号外野，翔鸟鸣北林。"

［三〇］苦腴，肥瘦。此指文辞清新雅致。

［三一］词人，擅长文辞的人。

［三二］抑亦，或许。

［三三］膏，灯油。

［三四］夕鼠，晚上的老鼠。

［三五］弹唱，报晓。

［三六］成诵，读书熟，能背诵。汉杨修《答临淄侯笺》："若成诵在心，借书于手。"

［三七］笥（sì），竹制容器。

［三八］委眷，留恋，眷慕。

［三九］未易，不易，难于。司马迁《报任安书》："事未易一二为俗人言也。"

又谢仲辉启[一]

伏蒙仁私以某例进一官，特赐庆问者。窃以用不用固有其时，才不才各言尔志[二]。然昧者多失于遁之尾厉[三]，而君子常罹乎羿之彀中[四]。匪兕匪虎[五]，而终乐于不容之相安；如玉如莹[六]，则未免乎爰变之或异[七]。盖得自是而不得自是，故知亦嚣而不知亦嚣[八]。就使再思而后行[九]，未若三已而无愠[一〇]。莫莫葛藟，惟条枚是施[一一]；泛泛杨舟，姑浮沉与俱[一二]。诵言冀保于终身[一三]，改过务勤于爱日[一四]。间关白首，黾勉清时[一五]。敢兴牛后之嗟[一六]，但有鸡鸣之畏[一七]。窃谓庶几免矣，不图忽尔及之。自触骇机[一八]，上蒙恩贷(一)[一九]。迁之善地[二〇]，假以余生。方逮系之初，骇闻中外；及既行之后，孰不叹嗟？才辞缧绁之艰，遽揽溪山之胜。实畴昔愿到而不可得，岂羁累所在而辄见投。出处不疑，人人略无少间；循习既久[二一]，种种靡不相宜。所赖者方时善类之尤亲，所得者昔人陈迹之可见。遂使六年之久，不殊三组之归[二二]。殆此序迁[二三]，出于望外。求其冒昧，亦有端倪。此盖某人先辈气识曲敦[二四]，矜怜俯逮。察其介而不僻，忘其老以奚为。每至游从之间，遇辱吹嘘之重。淄渑何辨[二五]，要乃同流。笙磬各音[二六]，终成合奏。致兹孱陋，更得褒扬。载搜子建之波澜[二七]，宛若燕公之黼黻[二八]。字字有据，如古人特为推排[二九]；表表愈工，非衰绪所能窥测[三〇]。但惊口角之流沫[三一]，又如笔下之生风[三二]。用谨家传[三三]，永为文格。《姑溪居士文集》卷一五

【校记】

（一）蒙：原缺，据四库本、《全宋文》补。

【笺注】

[一] 仲辉，生平不详。

[二] 才不才，语出《论语·先进》："才不才，亦各言其子也。"各言尔志，语出《论语·公冶长》："盍各言尔志？"

[三] 遁之尾厉，意为明哲保身，退隐不仕。语出《易·遁·象》："遁尾之厉，不往何灾也？"

[四] 彀（gòu）中，弩射程所及的范围。《庄子·德充符》："游于羿之彀中。"

[五] 语出《诗·小雅·何草不黄》："匪兕匪虎，率彼旷野。"兕（sì），兽名，一说为雌犀牛。

[六] 语出扬雄《法言·吾子》："或问：'屈原智乎？'曰：'如玉如莹，爰变丹青。如其智！如其智！'"

[七] 爰变，改易。

[八]《孟子·尽心上》："人知之，亦嚣嚣；人不知，亦嚣嚣。"嚣，

自得、不在乎。

［九］再思，两思。《论语·公冶长》：“季文子三思而后行。子闻之，曰：‘再，斯可矣。’”

［一〇］语出《论语·公冶长》：“令尹子文三仕为令尹，无喜色；三已之，无愠色。”已，罢免。愠，怒，怨恨。

［一一］语出《诗·大雅·旱麓》：“莫莫葛藟，施于条枚。”

［一二］语出《诗·小雅·菁菁者莪》：“泛泛杨舟，载沉载浮。”

［一三］诵言，诵读经书之言。《诗·大雅·桑柔》：“听言则对，诵言如醉。”

［一四］爱日，珍惜时日。《吕氏春秋·上农》：“敬时爱日，非老不休。”

［一五］黾（mǐn）勉，勉力，努力。清时，清平之时，太平盛世。

［一六］牛后，比喻处于从属地位。《战国策·韩策一》：“宁为鸡口，无为牛后。”

［一七］鸡鸣，典出晋孙盛《晋阳秋》：“逖（祖逖）与司空刘琨俱以雄豪著名。年二十四，与琨同辟司州主簿，情好绸缪，共被而寝。中夜闻鸡鸣，俱起，曰：‘此非恶声也。’”

［一八］骇机，突然触发的弩机，喻猝发的祸难。《后汉书·皇甫嵩传》：“今将军遭难得之运，蹈易骇之机。”

［一九］恩贷，君王施恩宽宥。《汉书·王欣传》：“不如时有所宽，以明恩贷。”

［二〇］善地，好地方。《史记·高祖本纪》：“项羽皆王诸将善地。”

［二一］循习，因循，沿袭。

［二二］三组，谓三颗印。组，结印章的丝带。《汉书·杨仆传》：“怀银黄，垂三组，夸乡里。”后用以表示身兼数职，官高位显。

［二三］序迁，按等级次第升迁。

［二四］由敦，厚道，笃厚。

[二五] 淄渑，淄水和渑水，在今山东省。相传二水味道不同，混合之后则难以辨别，比喻截然不同的事物也能融合为一。

[二六] 笙磬，笙和磬，喻人与人之间关系融洽。《诗·小雅·鼓钟》："鼓瑟鼓琴，笙磬同音。"

[二七] 语出杜甫《追酬故高蜀州人日见寄》："文章曹植波澜阔，服食刘安德业尊。"

[二八] 燕公，指唐燕国公张说，其诗文以辞藻华丽著称。

[二九] 推排，排列推算。

[三〇] 衰绪，谦辞，犹不才。

[三一] 口角飞溅唾沫，形容说话时慷慨激昂的样子。李商隐《韩碑》："愿书万本诵万过，口角流沫右手胝。"

[三二] 运笔如风，喻才思敏捷，声势逼人。

[三三] 家传，家家传诵，谓家喻户晓。

答人谢解启[一]

伏睹解名，可谓精选。眷言歆艳[二]，莫不叹嗟。凡在流传，犹为企仰[三]。况与游从之末[四]，惟深欣忭之私。窃以经术取人[五]，其效固以久矣；文章选士[六]，方时尤见卓然[七]。非有司所养不凡，则贤者安能至此？先皇帝作新善类[八]，王荆公启迪士心[九]。尚贻未尽之谋，鼎传将圣之子。发挥大智，协济徽猷[一〇]。遂使青都紫府之仙[一一]，于时辈出；坐令黄茅白苇之论[一二]，无复误谈。光昭三代之风[一三]，超出百王之上。念场屋之有素[一四]，未欲骤更；幸罗网之无遗，特存此举。孰光吾党，果获当仁[一五]。伏惟先辈天马轶群[一六]，宝鼎瑞世[一七]。笔端稼穑[一八]，未尝螟蜮以伤年[一九]；腹里阳秋[二〇]，能使蛮髦之右衽[二一]。虽无上舍下帷亲切之对[二二]，乃有东奔北备纵横之才[二三]。鲁人易丘[二四]，盖亦流俗之常态；吴军入郢[二五]，始知智士之收功[二六]。更期体此以自强，会见排空而直上[二七]。禹门三级[二八]，已观头角之成；魏阙九重，行接羽仪之次。窃怜衰陋，雅荷眷存。泛听乡评[二九]，实逾已得。崎岖猥事[三〇]，适惭修庆之未遑；焕烂雄文[三一]，遽辱宠临而俯及。既余光之旧挹，非鄙语之能酬[三二]。但惊肯首之屡形[三三]，可信击节之不暇[三四]。敢辄腾于纸贵[三五]，姑自谨于家藏。庶几儿孙，得为资借。《姑溪居士文集》卷一五

【笺注】

［一］解，即解名，又称解额。唐制，进士举于乡，给解状有一定名额，故称解额。

［二］歆艳，歆羡，羡慕。

［三］企仰，踮起脚来仰望，引申指景仰、仰慕。《陈书·宣帝纪》："朕企仰前圣，思求讼平。"

［四］游从，朋友。唐戴叔伦《留别宋处士》："乡里游从旧，儿童内外亲。"

［五］经术，经学，指注解经书的学问。《史记·太史公自序》："仲尼悼礼废乐崩，追修经术，以达王道。"

［六］选士，选拔士人。《旧唐书·杨绾传》："国之选士，必藉贤良。"

［七］卓然，卓越，突出。刘向《说苑·建本》："尘埃之外，卓然独立。"

［八］作新，移风易俗。

［九］荆公，神宗封王安石为荆国公。他在新法实施期间，颁布了多项措施，对科举进行改制。

［一〇］徽猷，美善之道。《诗·小雅·角弓》："君子有徽猷，小人与属。"

［一一］青都紫府，即清都紫府，又作"清都紫微"，传说中天帝的宫阙。《列子·周穆王》："王实以为清都、紫微、钧天、广乐，帝之

所居。”

［一二］黄茅白苇，连片生长的黄色茅草或白色芦苇，形容齐一而单调的情景。语出苏轼《答张文潜书》：“惟荒瘠斥卤之地，弥望皆黄茅白苇，此则王氏之同也。”

［一三］光昭，彰明显扬，发扬光大。《左传·隐公三年》：“光昭先君之令德。”三代，即夏、商、周。语出《论语·卫灵公》：“三代之所以直道而行也。”

［一四］场屋，科场。欧阳修《送徐生之渑池》：“名高场屋已得隽，世有龙门今复登。”

［一五］当仁，当之无愧。《晋书·石苞传论》：“若夫经为帝师，郑冲于焉无愧；孝为德本，王祥所以当仁。”

［一六］天马轶群，形容英武不凡，才智超群。

［一七］即瑞世之宝鼎，形容人物贵重。

［一八］稼穑，春耕为稼，秋收为穑，即播种与收获，此指著述勤勉。

［一九］螟蜮（míng yù），食稼害虫。伤年，害年，使无收成。

［二〇］同“皮里春秋”，指藏在心里不说出来的褒贬抑扬之辞。腹里，内心。阳秋，即《春秋》，因晋简文帝母名郑阿春，晋人避讳改作“阳秋”。《世说新语·赏誉》：“桓茂伦云：‘褚季野皮里阳秋’，谓其裁中也。”

［二一］蛮髦，犹蛮夷。语出《诗·小雅·角弓》：“如蛮如髦，我是用忧。”右衽，衣襟向右掩。《汉书·终军传》：“票骑抗旌，昆邪右衽。”

［二二］上舍，上等馆舍，此指太学上舍。下帷，放下室内悬挂的帷幕。《史记·儒林列传》：“（董仲舒）下帷讲诵，弟子传以久次相受业。”

［二三］纵横之才，指有纵横天下的大才略。《晋书·刘琨传》：“琨少负志气，有纵横之才。”

［二四］易丘，轻视孔丘。易，轻慢。见《闲居赋》注［一六］。

［二五］吴军入郢，指春秋时吴军大败楚军，攻入楚国都城郢。《史记·伍子胥列传》："始伍员与申包胥为交，员之亡也，谓包胥曰：'我必覆楚。'包胥曰：'我必存之。'及吴兵入郢，伍子胥求昭王。……于是申包胥走秦告急，求救于秦。秦不许。包胥立于秦廷，昼夜哭，七日七夜不绝其声。秦哀公怜之，曰：'楚虽无道，有臣若是，可无存乎！'乃遣车五百乘救楚击吴。"

［二六］智士，有智谋之士。《管子·法法》："既不知古而易其功者，无智士焉。"

［二七］会见，将会见到。《晋书·索靖传》："会见汝在荆棘中耳。"排空，凌空。南朝梁何逊《赠韦记室黯别》："无因生羽翰，千里暂排空。"

［二八］禹门三级，即"禹门三级浪"，形容声势浩大。宋汪洙《神童诗》："禹门三级浪，平地一声雷。"

［二九］乡评，乡里公众的评论。

［三〇］猥事，琐碎烦杂之事。

［三一］焕烂，文采斑斓。《晋书·索靖传》："忽班班而成章，信奇妙之焕烂。"雄文，气势雄浑的诗文，常用为对他人诗文的美称。唐李逢吉《送令狐秀才赴举》："子有雄文藻思繁，齠年射策向金门。"

［三二］鄙语，谦辞，鄙陋之语。

［三三］肯首，点头表示同意。

［三四］击节，打拍子，形容十分赞赏。《三国志·蜀志·马良传》："虽非钟期，敢不击节。"

［三五］腾，传。纸贵，比喻作品广为流传。《晋书·左思传》："于是豪贵之家竞相传写，洛阳为之纸贵。"

上少傅相公启[一]

伏审惟天降命，随世效珍。克协令辰[二]，肇登至宝[三]。眷言国器[四]，通禀睿谟[五]。遂膺诞告之荣[六]，兼迈声华之宠[七]。非他人之可得，盖此义之与俱。是岂苟然者哉[八]，定应卓尔故也。窃以荆人之璞[九]，夐出古今[一〇]；秦相之书[一一]，实侈图画。尤为旷世之遇，独高传国之称。曾未若地贡而时乘之，天作而圣名者。昔未尝睹，斯能有闻。审昭锡于时钟[一二]，置灵承于显佑[一三]。适丁元日[一四]，方丕创之增严[一五]；临受端朝，拥寰区之交忭[一六]。信乃非常之盛事，允为不朽之宏规。洪惟六艺之宗[一七]，迥超一旦之选。果阶幽赞[一八]，首被畴庸[一九]。殆无官可以为酬，姑易地稍兹序拜。叨光有素，伸庆宜先[二〇]。仅能踊跃于锄犁之间[二一]，不获俯伛于宾客之后[二二]。门庭在望，诚意则通。恭以少傅相公以天下第一之材，参域中寡二之举[二三]。经纶康济[二四]，莫非行可之逢[二五]；缉熙光明[二六]，率皆自得之学。每奏则如水赴壑[二七]，凡用则犹陶转钧[二八]。可谓腹心之亲[二九]，何止羽翼而已。粤自荐令名于上帝(一)[三〇]，奠懿册于方丘[三一]。合宫奏功[三二]，路寝侈旧[三三]。尽前人之所覃思[三四]，恢历代之所靡遑。以至总覈便御之储[三五]，发挥太上之秘[三六]。遂致天人交格[三七]，用能教化廓新[三八]。竟符河洛之祥[三九]，益隆庙社之镇[四〇]。余才兼暨，小物必勤[四一]。炳如耳目之传[四二]，杰出诗书之载[四三]。然画九州者禹也[四四]，尧享其成；而播百谷则弃焉[四五]，舜因以重。君臣相遇之如是，道德不谋而自同。但知叹颂于无穷，讵复形容而可究？暄融已届[四六]，参侍尚遥。永介寿祺[四七]，愈康贤业。《姑溪居士文集》卷一五

【校记】

（一）令：原缺，据四库本、《全宋文》补。

【笺注】

［一］少傅，九卿之一，夏朝始设，与少师、少保合称三孤。

［二］克协，能够谐和，符合。曹植《帝舜赞》："克协顽嚣，应唐

莅政。”令辰，吉日。《仪礼·士冠礼》：“吉月令辰，乃申尔服。”

[三] 肇，始。至宝，此指尊贵的地位。

[四] 国器，治国之才。

[五] 睿谟，皇帝圣明的谋略。柳宗元《为王京兆贺雨表》：“睿谟潜运，甘雨遂周。”

[六] 诞告，广泛告知。《尚书·汤诰》：“诞告万方。”

[七] 声华，好名声。

[八] 苟然，偶然。

[九] 荆人之璞，指和氏璧。荆人，楚人，南人。《春秋·庄公二十三年》：“公至自齐，荆人来聘。”

[一〇] 敻（xiòng），远。

[一一] 秦相之书，指秦相吕不韦集合门客们编撰的《吕氏春秋》一书。

[一二] 昭锡，盛大的赏赐。时钟，常常遇到。

[一三] 灵承，善于顺应。《尚书·多方》：“惟我周王，灵承于旅。”

[一四] 适丁，适逢，恰遇。韩愈《原鬼》：“适丁民之有是时也。”元日，农历正月初一。

[一五] 丕创，盛创。丕，大。

[一六] 寰区，天下，人世间。

[一七] 洪惟，深思。《尚书·多方》：“洪惟图天之命。”

[一八] 幽赞，暗中受神明赞助。语出《易·说卦》：“昔者圣人之作《易》也，幽赞于神明而生蓍。”

[一九] 畴庸，选贤任用。语出《尚书·尧典》：“畴咨若时登庸。”

[二〇] 伸庆，庆贺。伸，同“申”。

[二一] 锄犁，指耕作务农。

[二二] 俯伛（yǔ），低头曲背。

[二三] 域中，国中。《老子》第二十五章：“域中有四大。”寡二，

很少有第二个，形容极其突出。《汉书·吾丘寿王传》：“以为天下少双，海内寡二。”

［二四］经纶，指筹划治理国家大事。康济，指安民济世。《北齐书·武帝纪》：“君有康济才。”

［二五］行可，可以行道。《孟子·万章下》：“孔子有见行可之仕，有际可之仕，有公养之仕。”

［二六］缉熙，光明，光辉。《诗·大雅·文王》：“穆穆文王，于缉熙敬止。”

［二七］如水赴壑，像水流向沟壑一样，形容纷纷趋奔而去。唐李观《与处州李使君书》：“开阁延士，如水赴壑。”

［二八］陶转钧，指制造陶器时用的转轮，比喻陶冶、造化。

［二九］腹心，至诚之心。《史记·淮阴侯列传》：“臣愿披腹心，输肝胆。”

［三〇］令名，美名。《世说新语·自新》：“人患志之不立，亦何忧令名不彰邪?”

［三一］懿册，美德之册。方丘，古祭地祇之坛。《晋书·武帝纪》：“并圜丘、方丘于南北郊，二至之祀合于二郊。”

［三二］合宫，相传为黄帝的明堂。《尸子·君治》：“夫黄帝曰合宫，有虞氏曰总章，殷人曰阳馆，周人曰明堂，皆所以名休其善也。”

［三三］路寝，天子、诸侯的正殿。《诗·鲁颂·閟宫》：“路寝孔硕。”

［三四］覃思，深思。

［三五］覈（hé），查核。

［三六］太上，最上，最高。《墨子·亲士》：“太上无败，其次败而有以成。”

［三七］交格，抗拒。

［三八］用能，任用有才干的人。三国魏何晏《景福殿赋》：“纳贤

用能，询道求中。”

［三九］河洛，指河图洛书。《易·系辞上》：“河出图，洛出书，圣人则之。”

［四〇］庙社，宗庙和社稷。镇，安定。

［四一］小物，小事。《国语·晋语九》：“夫君子能勤小物，故无大患。”

［四二］炳如，明显昭著。扬雄《太玄·文》：“炳如彪如，尚文昭如。”

［四三］诗书，专指《诗经》和《尚书》。

［四四］画，同“划”。《左传·襄公四年》：“芒芒禹迹，画为九州。”

［四五］后稷，周朝始祖，名弃。《尚书·舜典》：“帝曰：‘弃，黎民阻饥，汝后稷，播时百谷。’”

［四六］谓天气转暖。

［四七］介，求。寿祺，长寿吉祥。

覃恩谢时宰启

驹犊虽从[一]，既已还于天性；乾坤委鉴，盖深察于人情。眷言资借之阶，敢昧依投之素。是为再造[二]，固非徒然。伏念某顷失防闲[三]，自贻罪累。荏苒桑榆之迫[四]，逡巡沟壑之归[五]。先世之传，才余一子。孤老所托，更无两倪[六]。零丁门户之仅存[七]，展转蒸尝之可惧[八]。切谓兴灭继绝者[九]，本先王之盛事，且复祈哀请命，则幸先主之亲逢。加之庙堂辅相之臣，志同伊尹；与夫帷幄亲信之士，道契唐尧。莫非忠厚以畴咨[一〇]，悉系仁孝而将顺[一一]。辄忘幽远[一二]，莫效诚忱。重惟缘木以求鱼[一三]，孰为脱罝而解网[一四]？载念势可乘而易失，深虞辰去速而难回。然支离攘臂[一五]，已自分于终捐[一六]；而象罔求珠[一七]，几无心而偶得。比腾符报[一八]，宛类梦惊。雪涕拜恩[一九]，何啻死生而肉骨[二〇]？有识更叹，亦知造物之因人。此盖伏遇某官遂万物以为心，耻一夫之弗获。举鼎绝膑[二一]，而不遗余力；操刀必割[二二]，而适契斯时。于事如饮食之须，以身任风教之率。从容宥密[二三]，得众人之所未闻；润色渊微[二四]，皆旷古之所不到。辅成一王之法[二五]，蔚为百世之师[二六]。倘非杰出之差同，安能相遇之至此？云间可想[二七]，行自慰于扫门[二八]；泉下有知，岂不怀于结草。况在孱琐，已誓糜捐[二九]。何止今生，更期他世。《姑溪居士文集》卷一五

【笺注】

［一］驹犊，小马与小牛，泛指幼畜。

［二］再造，再生，多用作感激别人的救助。《宋书·王僧达传》："再造之恩，不可妄属。"

［三］防闲，防备和禁阻。防，水堤；闲，畜栏。

［四］桑榆，日落时光照桑榆树端，因以指日暮，故用以喻晚年。《隋书·王韶传》："加以今年六十有六，桑榆云晚。"

［五］逡巡，顷刻。沟壑，山沟，借指困厄之境。《孟子·滕文公下》："志士不忘在沟壑。"

［六］倪，小孩。

［七］零丁，孤独无依。《陈书·沈炯传》："母子零丁，兄弟相长。"

［八］蒸尝，祭祀。《国语·楚语下》："国于是乎蒸尝。"

［九］兴灭继绝，使衰亡的事物重新兴起，延续下去。《论语·尧曰》："兴灭国，继绝世。"

［一〇］畴咨，访问，访求。《汉书·武帝纪赞》："遂畴咨海内。"

［一一］将顺，顺势。《史记·管仲列传》："将顺其美，匡救其恶。"

［一二］幽远，幽居草野之士。《后汉书·鲁丕传》："既显岩穴以求仁贤，无使幽远独有遗失。"

［一三］爬到树上去找鱼，比喻方向或办法不对。《孟子·梁惠王

上》："以若所为求若所欲，犹缘木而求鱼也。"

［一四］罝（jū），网。

［一五］支离，瘦弱，衰弱。攘臂，捋起袖子，露出胳膊。《老子》第三十八章："上礼为之而莫之应，则攘臂而扔之。"

［一六］自分，自料，自以为。终捐，离世。

［一七］《庄子·天地》："黄帝游乎赤水之北，登乎昆仑之丘而南望。还归，遗其玄珠。使知索之而不得，使离朱索之而不得，使吃诟索之而不得也。乃使象罔，象罔得之。"象罔，人名，意为似有象而实无，喻无心。

［一八］符报，符书，敕命文书。

［一九］雪涕，擦拭眼泪。《列子·力命》："公雪涕而顾晏子。"

［二〇］何啻，何止，岂只。死生肉骨，使死者复生，白骨长肉，形容恩惠极大。《左传·襄公二十二年》："吾见申叔夫子，所谓生死而肉骨也。"

［二一］举鼎绝膑，双手举鼎，折断胫骨，比喻做力所不能及之事。《史记·秦本纪》："王与孟说举鼎，绝膑。"

［二二］手里拿着刀，一定要割物，比喻行事应果断，及时而动。《六韬·文韬·守土》："日中必彗，操刀必割，执斧必伐。"

［二三］从容，斡旋，周旋。宥密，枢密院。见《代范忠宣公遗表》注［十九］。

［二四］渊微，深沉精微。《后汉书·张衡传论》："故知思引渊微，人之上术。"

［二五］语出《史记·太史公自序》："孔子之时，上无明君，下不得任用，故作《春秋》，垂空文以断礼义，当一王之法。"

［二六］蔚，盛大，壮观。百世之师，世世代代的老师，指才德高尚，可永为师表之人。《孟子·尽心下》："圣人，百世之师也。"

［二七］云间，天上，此形容声名远播。萧统《锦带书十二月启·

姑洗三月》："声驰海内，名播云间。"

[二八] 典出《史记·齐悼惠王世家》："及魏勃少时，欲求见齐相曹参，家贫无以自通，乃常独早夜扫齐相舍人门外。相舍人怪之，以为物，而伺之，得勃。勃曰：'愿见相君，无因，故为子扫，欲以求见。'于是舍人见勃曹参，因以为舍人。一为参御，言事，参以为贤，言之齐悼惠王。悼惠王召见，则拜为内史。"

[二九] 糜捐，粉身碎骨，舍弃生命。

贺时相除少保[一]

伏审诞告在庭，宠优建节[二]。既重元戎之贵[三]，增严亚保之崇[四]。弼予一人[五]，荣被四表[六]。流传所暨，欢忭实均。辱记齿牙之间，可量顶踵之庆[七]。肖翘虽类，踊跃遽知。窃以有为之君，必得有为之助；非常之事，必协非常之谋。是以雷动而风行[八]，故曰云腾而雨降[九]。方冠百王而绝诣，将超万世以永图。若非周公其人，曷副成王之志[一〇]？堂堂宏构[一一]，肇新帝者之居；翼翼旧章[一二]，举出圣谟之断[一三]。上侔乾象[一四]，俯合礼经[一五]。先皇帝神灵在天，固应显佑；诸执事智慧乘势[一六]，自然景从。初无亿兆之离心[一七]，允属二三之同德[一八]。总提制度，尤仰高明。伏惟对越恩书[一九]，鼎开华观。歆激士夫之劝[二〇]，阐扬宗社之储。孰不奔走于下风，可谓希阔之盛际[二一]。恭以少保相公惇大闳远[二二]，充实辉光。自始继承，即荷腹心之寄；迢跻秘近[二三]，愈隆旦暮之亲。所与者润色之先驱，所临者辈流之殊轨[二四]。主上倚多闻之益[二五]，学者宗独步之师[二六]。盖非尧舜，道德弗陈于前；而舍文武[二七]，谟烈不启于用[二八]。代天工而惟一[二九]，赞皇极以履中[三〇]。矢言皆载籍之精微[三一]，动容真列位之标则[三二]。譬之射者[三三]，至之又能中之；况于乐焉[三四]，尽矣不可加矣。信一代之豪杰，乃六艺之津梁[三五]。适丁斯时，爰契休命[三六]。祖述宪章之大备[三七]，篑已无亏[三八]；裁成辅相以得宜[三九]，美兹为久[四〇]。人事至此[四一]，物理可期[四二]。体貌固殊，都俞斯在[四三]。眷言德望之集，岂特私淑之归[四四]。庚伏正炎[四五]，钧履增卫[四六]。倾驰向往，倍万等夷[四七]。《姑溪居士文集》卷一五

【笺注】

［一］少保，即太子少保。

［二］建节，执持符节。古代使臣受命，必建节以为凭信。《史记·司马相如列传》："乃拜相如为中郎将，建节往使。"

［三］元戎，主将，统帅。南朝陈徐陵《移齐王》："我之元戎上将，协力同心。"

［四］亚保，少保。

［五］弼，辅。予一人，天子的自称。《尚书·汤诰》："尔万方有众，明听予一人诰。"

［六］四表，四方极远之地，泛指天下。

［七］顶踵，头顶与足踵。此谓不顾身体，不畏劳苦，尽力报效。《孟子·尽心上》："墨子兼爱，摩顶放踵利天下。"

［八］即雷厉风行，喻行动严厉迅猛。

［九］如云腾涌，如雨下降，喻奋发有为。

［一〇］周成王姬诵，武王之子，继位时年幼，由周公旦辅政，代理天子职权，巩固了周王朝的统治，并为"成康之治"奠定了基础。

［一一］堂堂，形容盛大。宏构，宏伟的建筑。

［一二］翼翼，形容庄严雄伟。《诗·大雅·緜》："缩板以载，作庙翼翼。"旧章，昔日的典章。《尚书·蔡仲之命》："无作聪明乱旧章。"

［一三］圣谟，圣人、帝王的谋略。语出《尚书·伊训》："圣谟洋洋，嘉言孔彰。"

［一四］侔，齐，相等。乾象，天象。

［一五］礼经，礼学经典，多指《仪礼》。

［一六］执事，有职守之人。《尚书·盘庚下》："邦伯师长百执事之人。"

［一七］亿兆，极言其数之多。《尚书·泰誓中》："受有亿兆夷人，离心离德。"

［一八］二三，表示人数少。《国语·吴语》："勾践用帅二三之老。"

［一九］对越，对扬，答谢颂扬。《诗·周颂·清庙》："对越在天，骏奔走在庙。"恩书，此指任命诏书。

［二〇］歆激，激昂。士夫，士大夫。

［二一］希阔，不平常，罕见。苏轼《伊尹论》："一为希阔之行，则天下群起而诮之。"

［二二］惇大，敦厚宽大。《尚书·洛诰》："明作有功，惇大成裕。"闳远，博大深远。

［二三］秘近，禁中。唐李峤《让鸾台侍郎表》："夫以琐闼崇严，玉堂秘近。"

［二四］辈流，流辈，同辈。《北史·李穆传》："惇于辈流中特被引接。"殊轨，不同的轨道。比喻差距甚大。《后汉书·曹褒传》："三（皇）、五（帝）步骤，优劣殊轨。"

［二五］主上，臣下对君主的称呼。《韩非子·孤愤》："主上卑而大臣重。"多闻，学识广博。

［二六］独步，超出群伦，独一无二。《后汉书·戴良传》："独步天下，谁与为偶。"

［二七］舍，除了。

［二八］谟烈，谋略与功业。

［二九］代天工，古以为王者法天而建官，代天行职事。

［三〇］皇极，帝王统治天下的准则，即所谓大中至正之道。《尚书·洪范》："皇极，皇建其有极。"履中，躬行中庸之道。汉刘向《说苑·修文》："彼舜以匹夫，积正合仁，履中行善，而卒以兴。"

［三一］矢言，正直之言。《宋书·刘怀肃传》：“情不违顺，屡进矢言。”精微，精深微妙。《礼记·经解》：“洁静精微，《易》教也。”

［三二］动容，举止仪容。列位，位次，次第。

［三三］射者，语出《礼记·射义》：“射者，仁之道也。”

［三四］况于，何况。

［三五］津梁，桥梁，此喻能起桥梁作用的人。

［三六］休命，美善的命令，多指天子或神明的旨意。《易·大有》：“君子以遏恶扬善，顺天休命。”

［三七］祖述，效法，遵循。宪章，遵从，效法。《礼记·中庸》：“仲尼祖述尧舜，宪章文武。”大备，一切具备，完备。《庄子·徐无鬼》：“夫大备矣，莫若天地。”

［三八］篑，盛土的筐。亏，缺少。《尚书·旅獒》：“为山九仞，功亏一篑。”

［三九］裁成，亦作“财成”，筹谋而成就之。辅相，辅助，帮助。《易·泰·象》：“辅相天地之宜。”得宜，得其所宜，适宜。语出《史记·秦始皇本纪》：“治道运行，诸产得宜。”

［四〇］兹，同“滋”，更加。

［四一］人事，人力所能及的事。《南史·虞寄传》：“匪独天时，亦由人事。”

［四二］物理，事理。《鹖冠子·王鈇》：“愿闻其人情物理。”

［四三］体貌，体制，规矩。《国语·楚语上》：“体貌以左右之。”都，赞美；俞，同意。语出《尚书·益稷》：“禹曰：‘都！帝，慎乃在位。’帝曰：‘俞！’”

［四四］私淑，没有得到某人的亲身教授而又敬仰他的学问并尊之为师。《孟子·离娄下》：“予未得为孔子徒也，予私淑诸人也。”

［四五］庚伏，三伏。因三伏中的初伏、中伏分别自夏至后的第三、第四个庚日开始，而末伏自立秋后的第一个庚日开始，故三伏亦

称“庚伏”。

[四六] 钧履，对尊长的敬称，犹谓足下。增卫，保重。

[四七] 倍万，万倍。白居易《腊日谢恩赐口蜡状》：“感跃之诚，倍万恒品。”等夷，同等，此指同辈或同等的人。《韩诗外传》卷六：“遇长老则修弟子之义，遇等夷则修朋友之义。”

答监司启[一]

窃伏海滨，闻暴公子之名惟旧[二]；不愿侯爵，识韩荆州之面为难[三]。异时旄节之来临[四]，适幸里闾之托芘。方行台之便道[五]，偶南亩之告工[六]。阻陪父老之迎[七]，倍结蓬茅之恨[八]。继图申款[九]，获奉误加。敢虞名姓之疏，辄与齿牙之录。退惟忝冒，进有依承。某人表瑞特钟[一〇]，为时间出[一一]。所过则化[一二]，每举则优。独高众允以安修，常觉化人之患少。固当垂绅正笏[一三]，都俞轩陛之崇[一四]；孰谓掌漕即戎[一五]，辗转江湖之外[一六]。定应有待，少俟奏成。将幕府之暂开，已锋车之促驾[一七]。雍容法从[一八]，细绎庙谟[一九]。尽将未究之奇，申锡无疆之祉。侧闻去旆[二〇]，行就过家[二一]。有可望之程而复此差池[二二]，怀危得之逢而何当慰浣[二三]。情斯愈固，心弗谓遐。某例窘漂浮，适从逃避。愿承宾客之后，辄拘道路之难。犹意俯存，曲垂矜亮[二四]。其为恋慕，实异等伦[二五]。火老金柔[二六]，山悠川远。更希保重，以大光明。《姑溪居士文集》卷一五

【笺注】

[一] 监司，有监察州县之权的地方长官的简称。宋代转运使、转运副使、转运判官与提点刑狱、提举常平都兼有监察本路各级地方官吏之责，统称监司。

[二] 暴，显露。惟旧，旧属。《尚书·毕命》：“兹殷庶士，席宠惟旧。”

［三］见《贺人转官启》注［一三］。

［四］异时，往时，从前。旄节，此指代地方长官。

［五］行台，地方大吏的官署与居住之所，此用来尊称对方。便道，顺道。

［六］南亩，农田。《诗·小雅·大田》："俶载南亩，播厥百谷。"

［七］阻陪，古时贺启中的套语。犹言僻守遐荒，不获随例拜贺。

［八］蓬茅，蓬草和茅草，比喻低微、贫贱。

［九］申款，表达诚意。《晋书·周该传》："汝其成吾之志，申款于谯王乎？"

［一〇］表瑞特钟，形容仪表不凡。

［一一］间出，偶出。此句经谓世间少有。

［一二］化，此谓受到感化、教化。

［一三］垂绅正笏，垂下衣带的末端，恭敬地拿着朝笏。欧阳修《相州昼锦堂记》："垂绅正笏，不动声色。"

［一四］都俞，见《贺时相除少保》注［四三］。轩陛，代指朝廷。

［一五］即戎，用兵，作战。《易·夬》："告自邑，不利即戎。"

［一六］江湖，指僻远之地，与上句"轩陛"相对。

［一七］锋车，即追锋车，常指朝廷用以征召贤士的疾驰之车。促驾，催车速行。《孔子家语·颜回》："公闻之，越席而起，促驾召颜回。"

［一八］雍容，从容。《史记·司马相如列传》："从车骑，雍容闲雅其都。"法从，跟随皇帝车驾，追随皇帝左右。《汉书·扬雄传上》："又是时赵昭仪方大幸，每上甘泉，常法从，在属车间豹尾中。"

［一九］紬（chōu）绎，引出端绪，整理出头绪，引申为阐述。《汉书·谷永传》："燕见紬绎，以求咎愆。"

［二〇］侧闻，从旁听到，犹"窃闻"。去旆（pèi），代指车驾。

［二一］行就，行将。过家，还乡。

［二二］差池，差错。韩愈《寄崔二十六立之》："每旬遗我书，竟岁无差池。"

［二三］何当，何日，何时。李商隐《夜雨寄北》："何当共剪西窗烛，却话巴山夜雨时。"慰浣，即浣慰，宽慰，快慰。

［二四］曲垂，敬辞，用于称君上的颁赐，犹言俯赐、俯降。庾信《谢赵王赉丝布启》："远降圣慈，曲垂矜赈。"矜亮，同情、谅解。亮，通"谅"。

［二五］等伦，同辈，同类。

［二六］火老，指残夏。火旺于夏，故云。金柔，指初秋。秋季五行属金，故云。韩愈、孟郊《纳凉联句》："金柔气尚低，火老候愈浊。"

序·跋

送郑颖叔入京序[一]

物所取则为富，富而特异则为贵。天地粹和之气无不在也[二]，盖有所专焉[三]，故四方之产不同，而于其所专，则斯可以贵矣。于其贵又聚而为富，则才一二数；而于其所富之品，卓然绝出者，惟信一州尔[四]；于一州又有所产之地焉(一)，贵溪是也[五]。凡产于其地者。金银、水晶、空青、石碌[六]，怪奇伟丽之物，是皆得而用之。虽贵且富，苟为所用，则尚安得而贵哉？惟能用其贵，然后为贵，不曰其人欤？予私疑夫明天子在上(二)，辟三舍教养天下士[七]，举三代之坠典[八]，而嗣成先志，而岁贡[九]，特信未有以异于他州，岂其怪奇伟丽之物胜，而有以掩之邪？盖怪奇伟丽之物，天融地结，非一朝夕而成，况人也哉！亦必待时而后出，是不独贵其富，抑亦贵其贵也。予得罪，居太平久之(三)，既归，道金陵，乐其江山风物而不能去，因家焉。间以事来太平，久之，遂有生游死葬之意。邂逅贵溪郑君颖叔为州学教授，时得一接语，则魁然若不可得而同[一〇]，渊然若不可得而测[一一]。既徙家焉，乃得屡从之游。而予所舍适在天宁寺侧，颖叔投闲，多过其地，予得从容袭之。则前所谓不可者非难同也，盖有所观焉；非难测也，盖有所择焉。观与择，予固不足以当之，而似有以见委之重。予尝私淑诸人而夷考之[一二]，则高明疏通[一三]，练达而不苟，殆非规规于尺寸锱铢之近者[一四]。已而访其在事之详，则强者下之，弱者振之，程校低昂[一五]，如权衡之于轻重，不踰绳墨。而学者得肆其才，随所区别而条制[一六]，举适其用。上能承教养之义，下能合同异之众，信乎能用其贵，而贵其所贵者也！夫资其所贵矣，其于人也孰御焉？比受代，将如京师。方明天子网罗俊杰，极天下之选，而布之周行[一七]，颖叔之贵，必有识而荐之于上者。予独虑予所私淑与夷考之而信者，或未尽知，故于其行序而申之，以告夫识之者，以备顾问之所及。《姑溪居士文集》卷三五

【校记】

（一）地：原作“比”，据四库本、《全宋文》改。

（二）予：原作“子”，据《全宋文》改。

（三）久之：原无，据《全宋文》补。

【笺注】

[一] 郑颖叔，生平不详。序，送别赠言的文字。

[二] 粹和，精纯和美。唐陆龟蒙《读因作五百言寄皮袭美》：“不知粹和气，有得方大受。”

[三] 专，宠爱。

[四] 信，专一。

[五] 贵溪，今江西贵溪。

[六] 空青，空青石，传说能用石中的水治眼疾。石碌，铜矿石。

[七] 三舍，神宗元丰以后，太学分三舍：上舍、内舍、外舍。

[八] 三代，见《答人谢解启》注 [一三]。坠典，指已废亡的典章制度。沈约《侍皇太子释奠宴》：“坠典必修，阙祀咸荐。”

[九] 岁贡，每年挑选府、州、县生员（秀才）中成绩或资格优异者，升入京师国子监。

[一〇] 魁然，形容卓然突出的样子。韩愈《祭窦司业文》：“魁然厚重，长者之风。”

[一一] 渊然，形容深远的样子。

[一二] 夷考，考察。《孟子·尽心下》：“夷考其行，而不掩焉

者也。”

［一三］疏通，通达。《周书·梁台传》：“台性疏通，恕己待物。”

［一四］规规，浅陋拘泥。

［一五］程校，规矩、校正，有平衡之意。

［一六］条制，制定条例制度。

［一七］布，传播。周行，大道，大路。《诗·小雅·鹿鸣》：“人之好我，示我周行。”

送戴道人序 并诗

戴道人，金陵富家。家破得命术[一]，与常所论者不同，学士大夫多从授其术者，所论不差毫发。奉祖母由庐山涉江州、南康府、芜湖县[二]，久之，凡沿江诸名士待之如朋友，一皆称其长，且誉其为人。过太平，予一见知其不凡，已而称誉维至。予所不自知者寿，而晚日可期，固不足问，又无志思以同授者。然心实爱之，眷眷不欲其去。既告别，辄作诗以送之，并示其所向所负如此，而汩没于穷荒以老，良可惜也。政和二年二月二十日，姑溪老人。

［诗附］

懒将身世问穷通，邂逅僧轩一席同。已叹故家如坠叶，可堪白发共飘蓬[三]。冥搜固出能言外[四]，妙用都归指掌中[五]。咫尺京师莫辞远，有云何患不乘风。《姑溪居士文集》卷三五

【笺注】

［一］命术，算命之术。宋释文莹《玉壶清话》卷七：“刘童子者，幼瞽，善声骨及命术。”

［二］江州，今江西九江。南康府，太平兴国七年（982），置南康军，隶属江南东道，以星子县（今江西星子县）为军治，隶江南路。天禧四年（1020），江南路分东西两路，南康军属江南东路。

［三］飘蓬，飘飞的蓬草，比喻漂泊无定。南朝梁刘孝绰《答何记室》："游子倦飘蓬，瞻途杳未穷。"

［四］冥搜，穷搜，极力搜寻，即深思苦想。晋孙绰《游天台山赋》："非夫远寄冥搜，笃信通神者，何肯遥想而存之。"

［五］指掌，比喻对事情非常熟悉了解。语出《论语·八佾》："或问禘之说。子曰：'不知也。知其说者之于天下也，其如示诸斯乎？'指其掌。"

折渭州文集序[一]

师旷之聪[二]，离娄之明[三]，非得之天[四]，则岂能见之于视听？庖丁之解牛[五]，轮扁之斫轮[六]，非得之心，则岂能应之于手？其用虽不同[七]，要之非勉强而至者也。昔之能文之士，亦莫不然。司马相如、扬雄之于词赋，司马迁、刘向之于叙事[八]，李陵、苏武之于诗，是以其所长自得，而因其所自得者发之于言耳。至于离娄之视，不能代师旷之聪，轮扁、庖丁不能互任其手[九]。故能叙事者未必工于诗，而善词赋者未必达于叙事，盖各有所专，而其他虽通，终不得而胜也[一〇]。诸葛孔明崎岖戎马间，本以经纶为事[一一]，而《出师表》《木栾曲》，读之者不得而优劣，岂任重迈远之气，开物成务之才[一二]，不期于言而言自至，非若视听与手与诸能文者系于一偏，而不可以交举而相先[一三]？信矣，天下之奇才也！公生将家，便马善射[一四]，制胜料敌，乃其所事[一五]。而文词论议，骎欲与古作者并驱争驰[一六]，岂非天得而心通之，忠义激于中，利害动于外，亦不自知其抑扬顿挫，交举相先，而见于笔下邪？于是知公于前人，几可以无愧矣。既以世业遗其子彦野屡立战功[一七]，崭然出头角[一八]，号名将。彦质介之[一九]，遵公所令，笃于艺学，妙蕴而英发，落笔即在人上。天子得其所为文，而欲遂易文阶，又使从天禄、石渠之游[二〇]，殆若王良、造父秣骥子而问途[二一]，其志气已在万里外矣。公薨，介之缉公遗稿，得诗若干，《阴符经颂》一，边议若干，奏议若干，总为若干卷，藏于家，而以序见属。公一时伟人也，功在朝廷，名在四夷，德泽被于所至之地，而军民如赤子之慕父，复其言皆足以耸动后世，不止苟为文词之工而已，岂待予言而后传邪？然予辱公知为深，窃幸托名其传，故不得而辞也。《姑溪居士文集》卷三五

【笺注】

[一] 折可适，字遵正，府州（今陕西府谷）人，名将折克行从子。累官至皇城使、成州团练使、知岷兰州镇戎军。后迁为东山阁门使、洛州防御使、泾原钤辖、知州事，拜和州防御使，进明州观察使，为副都总管。大观四年卒，年六十一。因曾为泾原路经略安抚使、马步军都总管，知渭州（甘肃平凉），故称。

[二] 像师旷那样听力灵敏。师旷，春秋时代晋国的乐师，名旷，字子野，善于辨别乐音。

[三] 像离娄那样目力极强。离娄，即离朱，相传为黄帝时人，能于百步之外望见秋毫之末。

[四] 天，天生，天赋。

[五] 喻做事得心应手，运用自如。典出《庄子·养生主》："庖丁为文惠君解牛。"庖丁，庖人，厨师。

[六] 形容技艺极为精湛。典出《庄子·天道》："桓公读书于堂上，轮扁斫轮于堂下。"轮扁，春秋时齐国有名的造车工人。斫轮，用刀斧砍木制造车轮。

[七] 用，功用，功能。

[八] 叙事，即史学。

[九] 互任，互换。

[一〇] 不得而胜，不能够或没有办法精通。得，能够。

[一一] 经纶，筹划治理国家大事。《易·屯·象》："云雷，屯；君

子以经纶。”

［一二］开物成务，通晓万物之理，得以办好各种事情。《易·系辞上》：“夫《易》开物成务。”

［一三］交举相先，谓融会互通。

［一四］便马，娴于骑术。三国吴袁晔《献帝春秋》：“向有紫髯将军，长上短下，便马善射，是谁？”

［一五］事，本职。

［一六］骎欲，几欲。骎，马跑得很快。

［一七］折彦野，折可适长子。徽宗时官西染院使，为秦凤路第一副将，屡立战功。

［一八］崭，突出。头上的角已明显地突出来了，指初步显露才华。韩愈《柳子厚墓志铭》：“虽少年，已自成人，能取进士第，崭然见头角焉。”

［一九］折彦质（1080？—1160），字仲古，别号介之，折可适次子。

［二〇］天禄、石渠，西汉皇家图书典藏之所。

［二一］《荀子·王霸》：“王良、造父者，善服驭者也。”王良，春秋时赵国的驽马能手。造父，西周时善御车者。秣，喂。骥子，良马。

夹山语录序[一]

以如是因，作如是果，作如是见，说如是法，不离当处而尽未来际[二]，由无始有以至遍周沙界[三]，然皆本于如是。然虽如是，有一丝头即是一丝头[四]，又况一问一答，提唱展演[五]，若偈若颂者哉[六]？夹山长老既以如是来，复以如是去，又以是而再住。为日既久，随时示现[七]，因物流布[八]，门人缉之以为《后录》，乃相谋曰：我师之道，既已行矣，其说不可以不广。遂命工镂板[九]，将使在在处处，皆得而有之。钻龟打瓦固知是[一〇]，成佛作祖亦如是。或曰随缘应感靡不周[一一]，

何假此而后广邪？曰以色见吾，以音声求我，皆非所以见夹山也[一二]。然则夹山何从而见邪？如是如是。《姑溪居士文集》卷三五

【笺注】

［一］夹山善会（805—881），广州岘亭人。俗姓廖，九岁于潭州（今湖南长沙）龙牙山剃度，二十岁受具足戒。初住润州（今江苏镇江）京口鹤林寺，后赴浙中华亭县，嗣船子德诚法，后又居湖南澧州夹山。

［二］当处，本处。

［三］无始有，什么都没有。沙界，佛教语，谓多如恒河沙数的世界。苏轼《观湖》之一："回首不知沙界小，飘衣犹觉色尘高。"

［四］一丝头，形容极少。

［五］展演，演绎、推演。

［六］偈、颂，佛经中的唱颂词。

［七］示现，显示，显现。《华严经·十地品》："（世尊）善能示现种种神通。"

［八］因物流布，因物所感而作语。流布，流露，表达。

［九］镂板，雕版印刷。

［一〇］钻龟打瓦，指占卜。钻龟，钻刺龟里甲，并以火灼，视其裂纹以断吉凶。《荀子·王制》："相阴阳，占祲兆，钻龟陈卦。"打瓦，即瓦卜，击瓦而视其裂纹以定吉凶。

［一一］靡不周，无不合，无不至。

［一二］此句谓仅凭样貌或言语并不能真正了解夹山。语出《金刚经》："若以色见我，以音声求我，是人行邪道，不能见如来。"

仇池翁南浮集后序[一]

元祐末，予从辟中山[二]，实东坡先生幕府。后先生到官，先生谓予曰："子近离京师，时事如何？"予对曰："必有所更张。"[三]先生曰：

“有所闻乎?”予曰:“无所闻,以意得之尔。”先生曰:“何以得之?”予曰:“是固不难得。盖平日未有为先生言者。”先生曰:“人有言,我未尝不听,我岂拒人者哉?”予曰:“先生固不拒人,而人自难言尔。”又曰:“愿为我言之。”予曰:“斯言近迷[四],而不免谓之有二心。挟二心以幸其术之必售[五],是可陈于先生长者之前耶?此人所以难言,而先生所以无从而有闻也。且垂帘共政,八年于此[六],主上未尝可否一事[七]。诸公奏行[八],特太母之令。太母权为正,而正固在位也;其未尝可否者,退托而有所待也[九]。方其政之在我也,岂无舍其旧而求同于我[一〇]?或有所不纳,既不得同,必退而为异日之谋。今日乃其所谋之时。以八年之所待,则圣志固以定矣。一旦群然而进[一一],如所定者,十有八九,欲不信,渠可得乎?”先生曰:“太母受先帝顾托[一二],保佑圣躬[一三],主上孝养不匮,承顺尽道,共成先帝之志,以图至治[一四],故八年之间,朝廷清明,天下无事。但惟恐不与其事者,或有所不知尔。又况人各有心,其可得而同耶?”予曰:“先生父子弟兄,超自穷远[一五]。文学议论(一),流布四方,莫非据古而切于事[一六]。比立朝[一七],遂将力行其所言,虽见险犹不止也。今日之事已可知,然而君子消息盈虚[一八],与时偕行[一九],盍居易以俟之[二〇]?”先生曰:“子之言是也。”又曰:“自是与子相从之日益难得期,与子游戏于文词翰墨间,以予其乐。”予曰:“敢不加勉。”既而先生南迁[二一],予亦蹭蹬,禄仕声闻遂不相接。其家子弟,岁必一至贬所定省,且资其养生之给[二二]。其归,间与予相值,颇能道先生所处之详。而岭海之人,时亦随其所得者告人,盖摆落万类[二三],超然几与造物者游[二四],殆与世相忘矣,非形器中可得而议也(二)。其绪余土苴,则纵横造次[二五],落笔皆为人所取。所到之处,人人得而有之。海熟而珠富,山辉而玉出,凡所采择,并皆满足而去。是以残章断简,片文只字,侈如前日之家有藏也。蔡君家世辇毂之下[二六],轩轾无所系[二七],而能以退为进,父子之间自为知己,独于先生南迁已后所见于抑扬者,博访兼收,所较他日之得为备。吾友汝阴王性之实与讨论，仍为手自抄录，总若干篇，集成若干卷。性之将适宣城，道太平，蔡君以书并其总目出性之以相示，邀予为之序。先生即世十余年矣，门人之在者无几。方其南迁，予适在左右，而又畴昔相期，盖有独得之重者。予虽老且病矣，而承颜接辞[二八]，表里相尽[二九]，凡在今日，固莫予若也[三〇]。因以予所遇本末并论次之，乃世所未知者，是亦先生之志也。《姑溪居士后集》卷一五

【校记】

（一）学议：原作“学业”，据《全宋文》改。

（二）自“得期”至此句“非”字共一〇九字原缺，据《全宋文》补。

【笺注】

［一］仇池翁，苏轼别号。《南浮集》，苏轼晚年南迁之作。

［二］见《主管定州安抚司机宜文字回谢诸县知县启》注［一］。中山，定州的古称。

［三］更张，重新张设，比喻变更。

［四］述，据下文当作“术”，权术，计谋。

［五］售，施展。张衡《西京赋》：“挟邪作蛊，于是不售。”

［六］哲宗及位时年仅十岁，太皇太后高氏垂帘听政。元祐八年，高太后去世，哲宗始亲政。

［七］可否，同意或者反对，此有裁决之意。

［八］奏行，奏请施行。

［九］退托，退让。有所待，等待时机。苏轼《贾谊论》：“君子之所取者远，则必有所待。”

［一〇］旧，旧臣。同，赞同，拥护。

［一一］群然，一致，共同。《大戴礼记·四代》：“群然、戚然、颐

然、睾然。”

［一二］先帝，指神宗。顾托，嘱托。袁宏《三国名臣序赞》：“及其临终顾托，受遗作相。”

［一三］圣躬，圣体，此代指皇帝。袁宏《后汉纪·顺帝纪下》：“恐左右忠孝，不欲屡劳圣躬。”

［一四］至治，指安定昌盛、教化大行的政治局面。

［一五］谓声名远播。

［一六］据古，遵依古道。《汉书·贡禹传》：“守经据古，不阿当世。”切事，切合时事。

［一七］立朝，在朝为官。

［一八］消息盈虚，此指行为的出处进退。《易·剥》：“君子尚消息盈虚，天行也。”

［一九］变通趋时，趁着时机，作出正确的判断和选择。《易·损·彖》：“损益盈虚，与时偕行。”

［二〇］居易，平安，平易。

［二一］见《与王性之手简一九》注［二］。

［二二］养生，维持生计。韩愈《与李翱书》：“衣服无所得，养生之具无所有。”

［二三］摆落万类，超脱世俗。

［二四］与大自然相交游，谓达到了天人合一的境界。柳宗元《始得西山宴游记》：“洋洋乎与造物者游，而不知其所穷。”

［二五］谓信手拈来，随手涂抹。纵横，肆意。造次，随便。

［二六］蔡君，当为蔡致君。辇毂，皇帝的车舆，代指京城。

［二七］轩轾，车前高后低叫轩，前低后高叫轾，引申为褒贬抑扬。《新唐书·杨虞卿传》：“以口语轩轾事机。”

［二八］承颜，顺承尊长的颜色，谓侍奉尊长。《晋书·孝友传序》：“柔色承颜，怡怡尽乐。”

[二九] 谓把事情的内外情况、一切原委都叙述清楚。

[三〇] 莫予若，没有人能像我这样了。

李方叔济南月岩集序[一]

吾宗方叔[二]，初未相识，得其文于东坡老人之座。读之，如泛长江，溯秋月，直欲挐云上汉[三]，不知其千万里之远也，为之愕眙久之而不能释目。东坡笑相谓曰："子何谛观之不舍耶[四]？斯文足以使人如是。谢安蹈海[五]，至于风涛荡而不知返。徐问舟人曰：'去将何之？'子岂涉是境界以追谢公乎？"又曰："吾尝评斯文如大川湍注，昼夜不息，不至于海不止。"余曰："不腆所得亦几然[六]。"东坡曰："闻之欧阳文忠公曰：'文章如金玉，固有定价。'不能异人之目也。"已而曰："或者患其多，子颇觉乎？"余曰："觉则殆矣，惟其不觉其殆，所以为斯文也。"比从其游，稍吃[七]，至于论事，则亹亹不穷，而语亦不甚才[八]。信乎，其呐于言而富于文也[九]。从容既久，赋目所更体制，不得而一，乃杂举而争长随定[一〇]，若不出一人之手。伟丽璀璨，无异入秦府库，千奇万骑，目为之眩瞀而不能已[一一]。又若泛剡溪，交流竞秀[一二]，几应接不暇[一三]。退之谓"人皆劫劫，我独有余"者[一四]，渠不谅哉[一五]！间与之即席分韵，余方点笔据纸，则已烂然满幅，倾坐赏叹，为不可跂及矣。未论其工，其敏妙绝伦，殆天赋也。方天下承平，讲明六艺，招来一时人物，宜得《过秦》《罢击珠崖》之议论[一六]，《上林》《广成》之赋颂[一七]，以绘藻形容，铺张扬厉[一八]，为一代之所华焕。昔王勮当仪具众集之际，五吏分授册词[一九]，灿然皆给。刘敞下直，且就马，命遽出，乃倚马却座，一挥九制[二〇]。此皆方叔之任也[二一]。不幸不及禄以卒，天下知为文者，莫不惜之。柳子厚谪死穷荒，独退之祭之以文曰："子之文章，而不用世，乃令吾徒，掌帝之制。"[二二]呜呼，后之视今，犹今之视昔也[二三]。当有读其文，或至掩卷流涕，重叹前人一何幸[二四]，而退之之言为不妄发也。方叔没后八年，其子颖秀川集其文为若干卷，号《月岩》，以书抵余曰：“愿有以序之。”余得方叔之文多矣，集之成，则恨未见也。姑道畴昔之所欣慕，与夫闻之先生长者之言以报之。秀川卓特英发，甚似其先人，盖骎骎其未已也[二五]。政和六年八月十一日，赵郡李之仪序[二六]。《永乐大典》卷二二五三七

【笺注】

［一］李廌（1059—1109），字方叔，号太华逸民、济南先生，华州（今陕西华县）人。元祐三年（1088），苏轼知贡举，得试卷以为廌作，置之首选，但廌却未被取。后再举亦失利，遂绝意仕进，定居长社。有《济南集》（一名《月岩集》）二十卷，已佚。

［二］吾宗，我的同宗、同族。《左传·僖公五年》：“晋，吾宗也，岂害我哉?”

［三］拏云，凌云。李贺《致酒行》：“少年心事当拏云，谁念幽寒坐呜呃。”

［四］谛观，审视，仔细看。

［五］谢安晚年准备了海船，想回东山游玩。

［六］几然，差不多这样。

［七］稍吃，稍微有些口吃。

［八］句谓口才不是很好。

［九］呐（nè），同“讷”，说话迟钝。《史记·李将军列传》：“广讷口少言。”

［一〇］杂举，谓多种多样。争长，争先。

［一一］眩瞀（mào），迷乱。

［一二］《世说新语·言语》：“千岩竞秀，万壑争流。”

［一三］《世说新语·言语》：“从山阴道上行，山川自相映发，使人应接不暇。”

［一四］韩愈《贞曜先生墓志铭》：“唯其大翫于词而与世抹摋，人

皆劫劫，我独有余。”

［一五］谁能不相信呢。谅，信。

［一六］《过秦》《罢击珠厓》，指贾谊《过秦论》、贾捐之《罢击珠厓对》。

［一七］《上林》《广成》，指司马相如《上林赋》、马融《广成赋》。

［一八］竭力铺陈渲染，力求发扬光大。韩愈《潮州刺史谢上表》：“铺张对天之闳休，扬厉无前之伟绩。”

［一九］王勮（？—697），王勃兄，绛州龙门人。弱冠进士登第，累除太子典膳丞。长寿中，擢为凤阁舍人。《旧唐书·王勮传》：“时寿春王成器、衡阳王成义等五王初出阁，同日授册。有司撰仪注，忘载册文。及百僚在列，方知阙礼，宰相相顾失色。勮立召书吏五人，各令执笔，口占分写，一时俱毕。词理典赡，人皆叹服。寻加弘文馆学士，兼知天官侍郎。”

［二〇］刘敞（1019—1068），史学家、文学家。《宋史·刘敞传》：“刘敞，字原父，临江新喻人。举庆历进士，廷试第一。……为文尤赡敏。掌外制时，将下直，会追封王、主九人，立马却坐，顷之，九制成。欧阳修每于书有疑，折简来问，对其使挥笔，答之不停手，修服其博。”

［二一］任，能，擅长。《韩非子·定法》：“术者，因任而授官。”

［二二］语出韩愈《昌黎集祭柳子厚文》。

［二三］语出王羲之《兰亭集序》。

［二四］一何，多么。汉乐府《陌上桑》：“使君一何愚。”

［二五］骎骎，比喻进步很快。

［二六］赵郡，今河北邯郸。

跋东坡四诗

近时以笔墨为事者，无如唐彦猷[一]，其雅致自将，故所录皆绝俗。

其子坰(一)，行笔无家法[二]，而近类蔡君谟[三]，然亦自可喜。家世相因，所有多佳墨，未尝妄与人，盖非东坡不可得。孙莘老作字至不工[四]，每得佳墨，必怅然思见东坡。方时初入讲筵[五]，例有所赐，乃以为寄尔。东坡捉笔近下[六]，特善运笔，而尤喜墨。遇作字，必浓研[七]，几如糊，然后濡染[八]。蓄墨最富，多精品。自海外归至广州，失船，举为水所坏，良可惜也。《姑溪居士文集》卷三八

【校记】

（一）坰：原作“峒”，据《全宋文》改。

【笺注】

［一］唐询（1005—1064），字彦猷，钱塘（今浙江杭州）人。以父荫为将作监主簿，仁宗天圣中赐进士及第。好收藏名砚，著有《砚录》。

［二］家法，指学术、文艺流派的风格、传统。《宋书·王弘传》：“（弘）书翰仪体，后人皆依仿之，谓为王太保家法。”

［三］蔡襄（1012—1067），字君谟，福建路兴化军仙游县人，政治家、书法家，擅长正楷、行书和草书，书风浑厚端庄，淳淡婉美，自成一体。

［四］孙觉（1028—1090），字莘老，高邮（今属江苏）人。

［五］讲筵，特指天子的经筵。

［六］捉笔，执笔。近下，靠近笔管的下方。

［七］研，研墨。

［八］濡染，浸湿。李商隐《韩碑》：“公退斋戒坐小阁，濡染大笔何淋漓。”

跋东坡大庾岭所寄诗[一]

予从东坡游旧矣，其所作字，每别后所得，即与相从时小异[二]，

盖其气愈老，力愈劲也。自海外归，至大庾岭上作二诗见寄，其字政与后二帖相类。临卷慨然，几至流涕。《姑溪居士文集》卷三八

【笺注】

［一］大庾岭，古名塞上、台岭，相传汉武帝有庾姓将军筑城于此，因有大庾之名。又名东峤、梅岭，在今江西大余、广东南雄交界处。元符三年四月，苏轼遇赦北还，过大庾岭。

［二］相从，跟随，在一起。

又跋东坡与杜子师书[一]

杜子师，临淮胜士[二]。予未尝识其面，颇闻其特立好义，不妄许可。寄食于人门馆[三]，与妻孥辈卒岁相保[四]，裕如也。雅善东坡老人[五]，酬唱往来甚款曲。东坡谪儋耳[六]，遂欲尽鬻其家所有，携妻以往相依。未及行，会东坡内徙，乃已。惜其老矣，意其已与世相忘也。此东坡自海外归时所与书。东坡尤喜渊明诗，在扬州因饮酒，遂和渊明《饮酒二十首》。序其和诗之因，则曰："将尽和其诗而后已。"既留海外，卒践其志。虽《归去来》亦次韵，今别为一集[七]，子由作序[八]。《姑溪居士文集》卷三八

【笺注】

［一］杜子师，生平不详。苏轼有《与杜子师四首》。

［二］临淮，即临淮郡，郡治徐县（今苏北泗洪县南）。

［三］寄食，依赖别人过日子。《战国策·齐策四》："愿寄食门下。"门馆，权贵招待宾客、门客的馆舍。沈约《冬节后至丞相第诣世子车中作》："廉公失权势，门馆有盈虚。"

［四］妻孥，亦作"妻帑"，妻子儿女的统称，同妻小。《诗·小雅·

常棣》:“宜尔室家,乐尔妻帑。”相保,相守,在一起。曹丕《与吴质书》:“谓百年已分,可长共相保。”

[五] 雅善,关系非常好。

[六] 见《与王性之手简一九》注[二]。

[七] 别,分类编次。

[八] 子由,苏辙字。

跋东坡书多心经[一]

苏少公尝为其先公书是经[二],与人以荐冥福[三]。长公则因张安道述梦中事[四],作《楞伽经》[五],已镂板矣,今在金山[六]。其他皆未尝见也。在中山时[七],谓予曰:“早有意写《华严经》,不谓因循,今则眼力不逭矣[八],良可惜者。子能勉之否?”予亦仅分黑白,每有愧于斯言也。后偈近似郭功甫家《张长史帖》[九]。《姑溪居士文集》卷三八

【笺注】

[一]《多心经》,即《摩诃般若波罗蜜多心经》。

[二] 苏轼为长子,人称苏长公,其弟苏辙人称苏少公。

[三] 荐,祭神以求福。冥福,阴福。

[四] 张方平(1007—1091),字安道,应天府南京(今河南商丘)人。景祐元年中茂才异等科,历任知谏院、知开封府、翰林学士等职,以及滁州、杭州、益州等地方官,神宗朝拜参知政事。与苏轼交好,有《乐全集》四十卷。

[五]《楞伽经》,即《楞伽阿跋多罗宝经》。

[六] 金山,今江苏镇江市区西北部。

[七] 见《主管定州安抚司机宜文字回谢诸县知县启》注[一]。

[八] 不逭,不及,不行。

[九] 郭祥正(1035—1113),字功父(甫),当涂人。皇祐五年进

士，历官秘书阁校理、太子中舍、汀州通判等。有《青山集》三十卷。张长史，唐书法家张旭，曾官金吾长史，世称“张长史”。

为杨元发跋东坡所书兰皋亭记[一]

明窗净几，笔砚纸墨，皆极精妍[二]，是人间之至乐，六一居士尝以是为自得[三]。至于一时胜流，相与周旋，随时草木，荣悴参次[四]，则今日之遇，惜乎六一不得而与也。然是乐也，正如朝菌与夏虫尔[五]，尚何足为元发道邪？因载所自得者，以系岁月。《姑溪居士文集》卷三八

【笺注】

[一]《兰皋亭记》，一名《灵壁张氏园亭记》。

[二] 精妍，精良，精美。鲍照《芜城赋》：“士马精妍。”

[三] 欧阳修《试笔·学书为乐》：“明窗净几，笔砚纸墨皆极精良，亦为人生一乐。”

[四] 荣悴，荣枯，喻人世的盛衰。《后汉书·邓禹传论》：“荣悴交而下无二色。”

[五] 朝菌，菌类植物，朝生暮死，借喻生命极为短暂。典出《庄子·逍遥游》：“朝菌不知晦朔，蟪蛄不知春秋。”夏虫，夏天的虫子，喻指见识短浅的人。典出《庄子·秋水》：“夏虫不可以语于冰者，笃于时也。”

又跋东坡兰皋园记

世传《兰亭》[一]，纵横运用，皆非人意所到，故于右军书中为第一[二]。然而能至此者，特心手两忘，初未尝经意，是以僚之于丸[三]，秋之于奕[四]，轮扁斫轮[五]，庖丁解牛[六]，直以神遇而不以力致也[七]。

自非出于一时乘兴淋漓醉笑间[八]，亦不复能尔。故曰以瓦注者全，以钩注者巧，以黄金注之则昏[九]。东坡此字，其亦得之于是欤！不然，岂复度越常日之书远甚也！《姑溪居士文集》卷三八

【笺注】

［一］《兰亭》，即王羲之所书《兰亭集序》。

［二］右军，王羲之曾任右军将军，故称。

［三］僚，宜僚，春秋时人，善于弹射。《庄子·徐无鬼》："昔市南宜僚弄丸。"

［四］秋，奕秋，春秋时鲁国人，善于下棋。《孟子·告子上》："弈秋，通国之善奕者也。"

［五］典出《庄子·天道》。

［六］典出《庄子·养生主》。

［七］神遇，谓从精神上去感知事物或事理。语出《庄子·养生主》："臣以神遇，而不以目视。"

［八］淋漓，形容非常痛快。

［九］《庄子·达生》："以瓦注者巧，以钩注者惮，以黄金注者殙。"注，作为赌注。钩，带钩，多用青铜制成。巧，心思灵巧。昏，心志错乱。

跋东坡玉盘盂诗后[一]

东坡守东武[二]，得异花于芍药品中，既已名之，又即席赋二诗以志其事。异时闻其语并得其诗，花则未之见也。崇宁四年冬至后七日，阳翟人傅君仲训偶出花图相示[三]，而东坡小楷二诗书其下，盖当日本也。予得此花，又见其字，泫然流涕[四]，因次其韵[五]。《姑溪居士文集》卷三八

【笺注】

［一］苏轼作《玉盘盂并引》，其引曰："东武旧俗，每岁四月，大会于南禅、资福两寺。以芍药供佛，而今岁最盛。凡七千余朵，皆重跗累萼，繁丽丰硕。中有白花，正圆如覆盂，其下十余叶，稍大，承之如盘，姿格绝异，独出于七千朵之上。云：得之于城北苏氏园中，周宰相莒公之别业也。而其名甚俚，乃为易之。"其一："杂花狼藉占春余，芍药开时扫地无。两寺妆成宝璎珞，一枝争看玉盘盂。佳名会作新翻曲，绝品难逢旧画图。从此定知年谷熟，姑山亲见雪肌肤。"其二："花不能言意可知，令君痛饮更无疑。但持白酒劝嘉客，直待琼舟覆玉彝。负郭相君初择地，看羊属国首吟诗。吾家岂与花相厚，更问残芳有几枝。"

［二］东武，即宋时密州（今山东诸城）。汉高祖六年（前201），封郭蒙为东武侯。吕后七年（前181），置东武县，因境内有东武山故名。熙宁七年（1074）秋，苏轼由杭州通判调任密州知州。

［三］阳翟，今河南禹州。傅仲训，生平不详。

［四］眼泪止不住地流下来。《礼记·檀弓上》："孔子泫然流涕曰。"

［五］李之仪的次韵之作为《旧怀二首》。其一："陈迹回头似梦余，花应长好但人无。诗成固已名千古，墓上谁倾饭一盂。流落丹青惊始见，形容笔墨竟难图。公孙自是天同派，漫托周人载硕肤。"其二："花存人往祇天知，日暗心摇却自疑。尚想汉庭传诏令，如登鲁庙见樽彝。一时鹦鹉娱宾赋，百世甘棠美召诗。安得残春逢海上，尽须衰泪洒新枝。"

跋东坡帖

东坡从少至老，所作字聚而观之，几不出于一人之手。其于文章，在场屋间与海外归时[一]，略无增损。岂书或学而然[二]，文章非学而然邪？《姑溪居士文集》卷三八

【笺注】

［一］海外归时，指苏轼于元符三年遇赦由儋州北还。

［二］或学而然，或许可以通过学习而达到这样（的境界）。

跋东坡观音赞

余将卜葬亡妻，爱金陵山水之胜，觊得卜以成所志。或传南城有其地，遂访焉。早饭于崇因，其长老钦，余二十年之旧也。谓余曰："子胡不祷于吾观音大士？"余即如之[一]。既作礼，钦曰："东坡南迁，尝祷而应，遂颂之，前人为刻石。后有诏，所在东坡文皆毁弃，前人不敢违。"余问石所在，曰："几碎矣。"索之力，乃得于库中米廪后，尘土深数寸。稍曳出，加湔洗[二]，而灿然如未尝毁者。盖是石先刻马祖、庞居士像[三]，用其余刻颂像，已断裂，而颂独完。相与赞叹曰："大士妙智力，其验无所不见。"钦曰："毁之人固在也。"呼出问焉。方毁时，惟恐其不碎，用巨斧，击数下，应斧断裂矣。因指示[四]，辄大惊曰："今安得如是？"不觉礼十拜余而复归故处。恭惟大士之灵，岂独坚信心于人，遂此示现，殆与吾东坡畴昔作大缘事，故相感如是。钦邀余记其事，余亦幸其有应于得卜，于是乎书。《姑溪居士文集》卷三八

【笺注】

［一］如之，按照他的话去做。

［二］湔（jiān）洗，洗刷，清洗。

［三］马祖，马祖道一，禅宗洪州宗的祖师。庞居士，庞蕴，字道玄，有"东土维摩"之称。

［四］指示，以手指点表示。《史记·廉颇蔺相如列传》："璧有瑕，请指示王。"

跋苏黄众贤帖

东坡帖，乃其子迈所作[一]，亦自可喜。大抵苏氏诸子，源同派异，种种皆有过人处。鲁直成就诸甥之意[二]，可谓尽矣，故率然自知[三]，类不相远，盖一本于舅氏也。少游自以书名，行笔有秀气，无咎骎欲度骅骝[四]，要亦不凡。睿达特立不群[五]，遂能名家，虽未可入神，盖可入妙。然未尝以书经意者，未易窥籓篱也[六]。《姑溪居士文集》卷三八

【笺注】

［一］苏迈（1059—1119），字维康，苏轼长子，曾为酸枣尉，后为潮州安化令。事见《东都事略》卷九三七、《宋史·苏轼传》。

［二］成就，造就，成全。《汉书·张禹传》："禹成就弟子尤著者。"

［三］率然，形容洒脱、飘逸的样子。《晋书·嵇康传》："（康）高情远趣，率然玄远。"

［四］晁补之（1053—1110），字无咎，济州钜野（今山东巨野）人，苏门四学士之一。度，超过。骅骝，骏马。《南齐书·王僧虔传》："弟书如骑骡，骎骎恒欲度骅骝前。"

［五］睿达，即沈辽。后有《跋沈睿达帖》。

［六］籓篱，门户，喻书法造诣、境界。

跋苏黄陈书[一]

东坡岭外归[二]，所作字多他人诗文，似是有所避就然也。鲁直晚喜荆公行笔，其得意处，往往不能真赝，此乃未入川时所作。莹中作小楷，有秀气，时拘窘，自为羞涩[三]，或未免堕羊欣域中[四]；是帖辄放肆有精神[五]，盖与之相别六七年，岂所谓隔宿不问道欤[六]？《姑溪居士文集》卷三八

【笺注】

［一］陈瓘（1057—1124），字莹中，号了翁，南剑州沙县（今属福建）人。

［二］岭外，指五岭以南地区。

［三］羞涩，拘束，不自然。

［四］羊欣（370—442），字敬元，泰山南城人，王献之之甥，书法家。南朝梁袁昂《古今书评》："羊欣书如大家婢为夫人，虽处其位，而举止羞涩，终不似真。"唐张怀瓘《书断》："沈约云：'敬元尤善于隶书，子敬之后可以独步，时人云：买王得羊，不失所望。今大令书中风神怯者，往往是羊也。'"域中，谓寰臼。

［五］放肆，放纵，不拘束。

［六］《古尊宿语录》卷三十二："大凡行脚学道参寻，莫痴坐，就人决择。此法难了，唤作隔宿不问道。若得了，便别也。昨日也吃粥吃饭，今日也吃粥吃饭。岂昔人耶！别也，不同也。"

跋东坡先生书圆觉经十一偈后[一]

诸佛菩萨以慈悯故，发大誓愿[二]，度脱一切有情[三]，随所因地而生见于世。是以愿力昭示[四]，不谋而同，种种利益，无一毫发自吝。东坡老人以文学议论师表一代，忠孝强果，独立不惧[五]，盖其尊主爱民之心笃于诚悫[六]，岂非愿力昭示，随其所因而出见者欤？不然，安得雍容纯熟，略无退转之如是也？政和五年四月二十三日，门人李之仪谨题。《姑溪居士文集》卷三八

【笺注】

［一］《圆觉经》，又名《大方广圆觉修多罗了义经》。

［二］亦作"大愿"，佛教指普度一切众生的广大的愿心。《千光眼

观自在菩萨秘密法经》："先发大誓愿，欲度一切众。"

［三］度脱，超度、解脱。有情，众生，指人和一切有情识的动物。《坛经·行由品》："善自护念，广度有情。"

［四］愿力，佛教语，誓愿的力量，多指善愿功德之力。

［五］《易·大过·象》："君子以独立不惧，遁世无闷。"

［六］诚慤，诚朴，真诚。柳宗元《与吕恭论墓中石书书》："诚悫之道少损，故敢私言之。"

跋戚氏[一]

中山控北虏[二]，为天下重镇[三]，异时选寄[四]，皆一时人物。然轻裘缓带[五]，折冲樽俎[六]，韩忠献、宋景文公而已[七]。元祐末，东坡老人自礼部尚书，以端明殿学士加翰林院侍读学士，为定州安抚使。开府延辟[八]，多取其气类，故之仪以门生从辟，而蜀人孙子发实相与俱[九]。于是海陵滕兴公、温陵曾仲锡为定倅[一〇]，五人者每辨色会于公厅[一一]，领所事竟[一二]，按前所约之地，穷日力[一三]，尽欢而罢。或夜，则以晓角动为期[一四]。方从容醉笑间，多令官妓随意歌于坐侧，各因其谱，即席赋咏。一日，歌者辄于老人之侧作《戚氏》，意将索老人之才于仓卒，以验天下之所向慕者。老人笑而颔之，邂逅方论穆天子事[一五]，颇摘其虚诞，遂资以应之。随声随写，歌竟篇就，才点定五六字尔[一六]。坐中随声击节，终席不间他辞，亦不容别进一语。临分曰："足以为中山一时盛事，前固莫与比，而后来者未必能继也。"方图刻石以表之，而谪去，宾客皆分散。政和壬辰八月二十日夜，葛大川出此词于宁国庄，姑溪居士李之仪书。《姑溪居士文集》卷三八

【笺注】

［一］《戚氏》，词牌名，始见于柳永《乐章集》。

［二］控，控制。王勃《滕王阁序》：“控蛮荆而引瓯、越。”

［三］重镇，军事要地。

［四］选寄，选任。

［五］轻裘缓带，轻暖的皮袍，宽松的衣带，形容态度从容镇定。《晋书·羊祜传》：“祜在军常轻裘缓带，身不披甲。”

［六］折冲樽俎，指不用武力而在酒宴上克敌制胜。折冲，见《贺枢相转官启》注［三〇］。

［七］忠献，韩琦（1008—1075）谥号。景文，宋祁（998—1061）谥号。

［八］成立府署，征辟僚属。

［九］孙子发，生平不详。

［一〇］海陵，今江苏泰州下辖区，地处江苏省中部。滕兴公，生平不详。苏轼有《与滕兴公三首》。温陵，今福建泉州。仲锡，曾孝广（1040—1100）字。元祐八年，苏轼知定州军事，曾孝广馈送泉州土产。苏轼有《次韵曾仲锡承议食蜜渍生荔支》《再和曾仲锡荔支》诗。倅（cuì），副。

［一一］辨色，黎明，谓天色将明、能辨清东西的时候。《礼记·玉藻》：“朝，辨色始入。”公厅，官衙。

［一二］谓公事处理完毕。

［一三］日力，指一天的力气。《孟子·公孙丑下》：“去则穷日之力而后宿哉。”

［一四］晓角，报晓的号角声。沈佺期《关山月》：“将军听晓角，战马欲南归。”

［一五］穆天子，周穆王（前1054？—前949），姬姓，名满。昭王之子，世称“穆天子”。

［一六］点定，修改使成定稿，犹改定。《世说新语·文学》：“书札为之，无所点定。”

跋山谷帖 一

绍圣中[一]，诏元祐史官甚急[二]，皆拘之畿县[三]，以报所问，例悚息失据[四]。独鲁直随问为报，弗随弗惧，一时慄然[五]，知其非儒生文字而已也。既而得罪迁黔南，从戎凡五六年而后归[六]，展转嘉、眉，谒苏明允墓[七]，上峨嵋山，礼普贤大士[八]，下巫峡，访神女祠，寓荆渚[九]。久之，召为吏部郎[一〇]，辞不拜，就假太平守[一一]。逾年方到官[一二]，才七日而罢。所至遮道迎观[一三]，如李泰和[一四]；其去也见思，如文翁[一五]。自是屹屹宇宙间[一六]，几与三苏分路扬镳矣[一七]。呜呼，充之至此，可无憾于践形者[一八]。然书法亦足耸动后世，固以人为重，要亦自能名家也。草第一，行次之，正又次之，篆又次之。《姑溪居士文集》卷三九

【笺注】

[一] 绍圣（1094—1098），哲宗年号。

[二] 元祐中，黄庭坚受命和范祖禹等人同修《神宗实录》。绍圣元年（1094），章惇为相，蔡卞为国史编修官，认为黄、范所修实录附会奸言，诋熙宁以来政事。诏下，黄庭坚被贬为涪州别驾，黔州（今重庆彭水）安置。

[三] 畿县，京都近旁的县份。

[四] 例，大都。悚息失据，惊惶失措。

[五] 慄然，形容震惊的样子。

[六] 绍圣四年丁丑十二月二十三日，黄庭坚表兄张向提举夔州路常平，因黔州属于夔州路管辖，张向启奏朝廷移迁山谷以避嫌，于是诏移戎州（今四川宜宾）安置。黄庭坚于次年（1098）二月离开黔州，六月抵达戎州。

[七] 嘉、眉，嘉州（今四川乐山）、眉州（今四川眉山）。明允，

苏洵字。

［八］普贤大士，即普贤菩萨，大乘佛教的四大菩萨之一，与文殊菩萨同为释迦牟尼佛的左、右胁侍。

［九］荆渚，代指江陵。渚，渚宫，楚国宫名，在今湖北江陵。

［一〇］建中靖国元年（1101），黄庭坚被召为吏部员外郎，以病辞免，乞知太平州，留荆南待命。

［一一］假，代。

［一二］崇宁元年六月初九，黄庭坚领太平州事。

［一三］遮道，拦路。《史记·陈涉世家》："陈王出，遮道而呼涉。"

［一四］李邕（678—747），字泰和，广陵江都（今扬州江都区）人。书法家，善行书。因曾任北海太守等职，人称"李北海"。

［一五］文翁（前187—前110），名党，字仲翁，庐江舒（今安徽庐江）人。《汉书·循吏传》："景帝末，为蜀郡守，仁爱好教化。"杜甫《将赴荆南寄别李剑州》："但见文翁能化俗，焉知李广不封侯。"

［一六］屹屹，形容高大挺立的样子。

［一七］三苏，宋王辟之《渑水燕谈录》卷四："苏氏文章擅天下，目其文曰'三苏'，盖洵为老苏、轼为大苏、辙为小苏也。"分路扬镳，并驾齐驱。

［一八］践形，体现人所天赋的品质。《孟子·尽心上》："形色，天性也；惟圣人然后可以践形。"

跋山谷帖 二

鲁直于亲旧间，上承下逮，一以恩意为主[一]。故先生长者，往往为之敛衽者[二]，不独以其文词翰墨。而张向者[三]，其从母兄也[四]，为夔路转运判官[五]，辄奏徙鲁直以避嫌，而向亦不能显。呜呼，圣日其可欺邪！《姑溪居士文集》卷三九

【笺注】

［一］恩意，恩情，情意。

［二］敛衽，同“敛衽”。

［三］张向，黄庭坚表兄。

［四］从母，姨母。《尔雅·释亲》：“母之姊妹为从母。”

［五］夔路，夔州路，真宗咸平四年（1001）置，治所夔州（今重庆奉节）。

跋山谷晋州学铭[一]

荆公解美字从羊从大[二]，谓羊之大者方美。今同、华间[三]，羊之胡头者，其重至百斤，食之，信天下之美味不能过也。赵景修独以为不然，云：“四方之味，惟适口者为美[四]，何独羊之大者哉?”此固非通论[五]，盖贵公子辈特以人为轻重高下，未尝毫发出于己。审如是[六]，予将从天下之所同，以回其迷妄，虽得罪且无憾。是犹鲁直之文见挤于今之学者，可胜叹邪!《姑溪居士文集》卷三九

【笺注】

［一］晋州，今河北晋州。

［二］王安石《字说·释兽》：“羊大则充实而美。”

［三］同，同州（今陕西大荔）。华，华州（今陕西渭南华州区境内及周边地区）。

［四］适口，适合口味。《宋书·孔琳之传》：“适口之外，皆为悦目之费。”

［五］通论，通达的议论，犹定论。苏轼《林学士表》之一：“言不适时，岂朝廷之通论。”

［六］审，果然，果真。

跋山谷草字[一]

鲁直晚年草字尤工，得意处自谓优于怀素[二]，此字则曰：“独宿僧房，夜半鬼出，来助人意，故加奇特。”虽未必然，要是其甚得意者尔。《姑溪居士文集》卷三九

【笺注】

［一］草字，草书。

［二］怀素，唐永州零陵（今湖南零陵）人，自幼出家为僧，以“狂草”名世，与张旭齐名。

跋山谷书摩诘诗[一]

曾子固谓苏明允之文，丰而不余一言，约而不失一辞，虽《春秋》立言[二]，亦不过如是。概而论之，惟明允可以当此，非子固亦不能形容至此也。鲁直以摩诘六言诗方得其法，乃真知摩诘者。惟其能知之，然后能发明其秘要[三]。须咀嚼久[四]，始信其难。然则何独诗邪？凡落笔皆能如明允，斯可以论文矣。鲁直此字又云：“比他所作为胜。”盖尝自赞，以为得王荆公笔法，自是行笔既尔，故自为成特之语。至荆公飘逸纵横，略无凝滞，脱去前人一律[五]，而讫能传世，恐鲁直未易到也。《姑溪居士文集》卷三九

【笺注】

［一］王维（701—761），河东蒲州（今山西运城）人，字摩诘，号摩诘居士。

［二］立言，著书立说。《左传·襄公二十四年》：“太上有立德，其次有立功，其次有立言。”

［三］发明，阐明。秘要，奥旨精义。《后汉书·任文公传》："明晓天官风角秘要。"

［四］咀嚼，比喻反复体会、玩味。

［五］一律，模式，程式。

跋山谷读中兴颂诗[一]

元结云[二]：天子幸蜀，太子即位于灵武，上皇还京师[三]。杜甫《杜鹃》诗云："杜鹃暮春至，哀哀叫其间。我见常再拜，重是古帝魂。"又云："生子百鸟巢，百鸟不敢嗔。仍为喂其子，礼若奉至尊。"又云："君看禽兽情，犹解事杜鹃。"书天子幸蜀者，犹天王狩河阳也[四]。书太子即位者，犹不当即位也。书上皇还京师者，不应尊而尊之，非其志也。"还"犹来归[五]，而京师者，上皇之故物也[六]。哀哀叫其间者，哀其播迁而终不返正也[七]。见而再拜者，痛愤其失所也。非其巢而辄生子与喂之者，谓能知恩而识序也[八]。卒云犹解事之云者，嫉之之甚也。语言出于二人，而忿世嫉邪，互相表发，出于一律。盖甫而后，未足与议先后也。圣人之言以法万世，故能呻吟情性，以讽其上。而《春秋》不没其实，以示一字褒贬者，正在于此。《姑溪居士文集》卷三九

【笺注】

［一］《中兴颂》，即《大唐中兴颂》，元结撰，颜真卿书。

［二］元结（719—772），字次山，河南鲁山人。唐玄宗天宝时进士，曾任道州（今湖南道县）刺史。有《元次山文集》。

［三］天宝十四年（755），发生了"安史之乱"，次年，长安沦陷，玄宗南逃至四川，太子李亨即位于灵武（在今宁夏境内），是为肃宗。至德二年（757），玄宗由成都返回长安，居兴庆宫（南内），称太上皇。

［四］狩，巡狩，谓天子出行，视察邦国州郡。天王，周王。河阳，

今河南孟州。《左传·僖公二十八年》:“天王狩于河阳。”

［五］来归，归顺，归附。

［六］故物，旧居。

［七］播迁，流离。晋卢谌《赠刘琨》:“王室丧师，私门播迁。”

［八］识序，懂得礼数。

跋山谷草书渔父词十五章后

家贫不办素食，事忙不及草书[一]，此特一时之语尔。正不暇则行[二]，行不暇则草，盖理之常也。间有蔽于不及之语[三]，而特于草字行笔，故为迟缓，从而加驰骋以遂其蔽。久之，虽欲稍急，不复可得。今法帖二王部中[四]，多告哀问疾，家私往还之书。方其作时，亦可谓迫矣。胡不正而反草邪[五]？此其据也。然而非所造直与神遇，则安能至是？亦足以自成一家而名于世也。崇宁二年九月三十日。《姑溪居士文集》卷三九

【笺注】

［一］时间仓促，不能作草书。因为草书不能写得太快，故有此语。

［二］正，正书，即楷书、真书。行，行书。

［三］间，偶尔。

［四］二王，王羲之、王献之。

［五］不正，不写正书。反草，反而写草书。

跋山谷书

前三帖，元祐中在京师时所书；后一帖，似是离西川后所作[一]。尝自谓后来之字方近古人，亦必自有得处，他人不得而低昂也[二]。《姑溪居士文集》卷三九

【笺注】

[一] 西川，西川路，代指四川。

[二] 低昂，此谓褒贬，即评论。

跋山谷二词

当涂僻在一隅，与淮南、两浙皆接境[一]，距京师亦不甚远。溪山之秀，饮食之富，他处未易过之。异时为守者，多荐绅间知名士[二]，来者往往爱之，以故流传以为胜地。然独无文词翰墨表发其胜，不免或有异同之论。鲁直自放废中起吏部郎[三]，再辞不起，遂请无为、当涂，而得当涂，犹蹭蹬几一年方到官。既到，七日而罢，又数日乃去。其章句字画，所留不能多，而天下固已交口传诵，欲到其地，想见其真迹及其所及之人物，皆不可得为不足。由是当涂鼎然真东南佳处矣。事固有幸不幸者，其来已久。卓然自起，足以见称而有托，特无有力者以发明之[四]，则沦落湮没，遂同腐草者固不少。如苏小、真娘、念奴、阿买辈[五]，不知其人物技能果何如，而偶借文士，一时笔次夤缘，以至不朽，则所谓幸者，讵不谅哉！如欧与梅者[六]，斯又幸之甚者焉。余居当涂凡五六年，鲁直所寓笔墨无不见之，独求此二词竟不知所在。比迁金陵又二年，一日杨君庶之以书见抵[七]，并以之相示而求记其后，方知在杨氏，深藏不妄示人也。杨君岂以余与鲁直厚，故见诿[八]，而久之方出者，亦或别有所谓邪？

所谓欧与梅者，皆当涂官奴也。鲁直赋二词，且有诗云：“欧靓腰枝柳一窝[九]，大梅推拍小梅歌[一〇]。舞余细点梨花雨，奈此当涂风月何！”盖为是也。《姑溪居士文集》卷三九

【笺注】

[一] 淮南，淮南路。两浙，浙东和浙西的合称。

［二］荐绅，缙绅，为高级官吏的装束，多用来指代有官职或做过官的人。

［三］放废，放逐罢黜。《汉书·昌邑哀王刘髆传》：“贺嚚顽放废之人。”

［四］发明，称扬、传播。

［五］苏小，即苏小小（479—502?），南朝齐时钱塘名妓，常乘油壁车。真娘，唐时吴中名妓，本名胡瑞珍。唐范摅《云溪友议》卷中：“真娘者，吴国之佳人也，时人比于钱塘苏小小，死葬吴宫之侧，行客感其华丽，竞为诗题于墓树，栉比鳞臻。”念奴，唐天宝年间著名歌女。宋王灼《碧鸡漫志·开元天宝遗事》：“念奴每执板当席，声出朝霞之上。”阿买，韩愈侄。韩愈《醉赠张秘书》：“阿买不识字，颇知书八分。”

［六］欧、梅，当涂官奴。

［七］杨庶之，生平不详。

［八］见诿，委托，托付。

［九］腰枝，亦作“腰支”，即腰肢，指腰身、身段、体态。柳一窝，形容像柳条一样绵软。

［一〇］推拍，执板打拍。拍，即拍板，是演奏中用来打拍子以合节奏的乐器，有的用檀香木制作，故又叫檀板。

跋鲁直颐庵记后

古人谓“一句合头语，万古系驴橛”[一]。鲁直铭法清道人颐庵，引《颐》卦中义，作合头语，予窃疑之。鲁直具正遍知[二]，为世矜式，不应如是。然予与之厚，雅爱其善游戏[三]，而于游戏中未尝不出眼目[四]。清不知何许人，而其去不知几何时，今逢老又葺以待灵源老人[五]，使鲁直而在，不知复作何语，以为回互[六]。而灵源既居，人亦将何以拈鲁直之语也，鲁直不得而见矣。灵源又与予相远，予昔与李道甫相遇于洪觉范之坐[七]，或问道甫曰："觉范将升清凉高坐，道甫不可不出问话，可以递相布施，开人天眼目。"道甫曰："何问之有，我当推倒禅床，拗折拄杖，喝散大众而退。"觉范曰："真作家手段，但恐徒有其语尔。"[八]觉范既不及升座[九]，而此段因缘傥尚在也，试为予呈示灵源，遂请拈鲁直之语，因书见报。隔宿不问道，兼欲知道甫别后进退如何尔。《姑溪居士文集》卷三九

【笺注】

［一］合头，即了解、体会之意。"合头语"是指非常正确地道破禅宗玄理的语言。禅理高妙，但若拘泥于此，不知变通，便同栓驴的橛子没有两样。

［二］正遍知，佛教语，谓具一切智，于一切法无不了知。

［三］雅爱，素爱。《颜氏家训·慕贤》："吾雅爱其手迹，常所宝持。"

［四］眼目，喻义理关键之处。《圆觉经》："十二部经清净眼目。"

［五］逢老，颐庵住持。葺，修整。灵源老人，高僧，其事见后《炤默堂记》《灵源禅师真赞》。

［六］回互，回护。陆贽《奉天论萧复状》："从一等倘自回互，则萧复不当受疑。"

［七］李道甫，字孝遵，生平不详。

［八］作家，佛教禅宗对善用机锋者之称。苏轼《水陆法象赞·下八位·一切阿修罗众》："是真作家，当师子吼。"

［九］升座，指师家登高座说法。《六祖大师法宝坛经》云："（韦璩）请师出于城中大梵寺讲堂，为众开缘说法。师升座。"

跋山谷所书药方后

凡物以资品为上[一]，此造之者所命，而未易一毫发低昂也[二]。鲁

直第一等人，其可见者皆如之，斯人不可得而见矣。流传到眼，几至出涕。崇宁五年十月十九夜。《姑溪居士文集》卷三九

【笺注】

［一］资品，资格和品级。

［二］低昂，此指议论、褒贬。

跋米元章书储子椿墨梅诗

予尝评元章书，回旋曲折，气古而韵高，上攀李泰和、颜清臣为不足[一]，下方徐季海、柳诚悬为有余[二]，未易咫尺论也。《姑溪居士文集》卷三九

【笺注】

［一］清臣，颜真卿字。

［二］徐浩（703—783），字季海，越州（今浙江绍兴）人，中唐书法家，著有《论书》，擅长多种书体，楷书最工。柳公权（778—865），字诚悬，京兆华原（今陕西铜川市耀州区）人，中唐书法家，以楷书著称，与颜真卿齐名，人称“颜柳”。

跋元章所收荆公诗

荆公得元章诗笔，爱之而未见其人。后从辟金陵幕下，既到，而所主者去，遂不复就职。荆公奇之，挽不可留，后亲作行笔[一]，录近诗凡二十余篇寄之[二]。字画与常所见不类，几与晋人不辨[三]。顷见此字，乃知荆公未尝不学书者也。元章怀旧恋知，故过其坟为之□形容，读其诗可见其意也。《姑溪居士文集》卷三九

【笺注】

［一］行笔，行书。

［二］凡，总共。

［三］不辨，没有区别。

跋元章书 一

服古衣冠[一]，凡所运用，必欲绝俗，故往往以戏谑之名加之[二]。苟尽弃是等事，一切如行笔，则其可以砍额望邪[三]？《姑溪居士文集》卷三九

【笺注】

［一］古衣冠，此代指古人笔法。

［二］戏谑，用诙谐有趣的话开玩笑、取笑。《诗·卫风·淇奥》："善戏谑兮，不为虐兮。"

［三］砍额，即斫额。见《与孙肖之手简二》注［六］。

跋元章书 二

米元章为蔡州拨发[一]，王元龙为京西北路常平[二]，盖当日所通书也。元章与余甚善，余于其字，每心期之而终不能一到，一见一为之注目久之。《姑溪居士文集》卷三九

【笺注】

［一］元符二年，米芾由涟水军使改任蔡州拨发运。蔡州，今河南汝南。拨发，掌拨发漕船的职官。

［二］王元龙，生平不详。京西北路，位于开封府的西部，大致相当于今天的安徽北部、河南大部。常平，即提举常平，熙宁初年设置，

负责管理常平仓救济、农田水利等。

跋元章与术人刘思道帖[一]

是非邪正，亦可以移于好恶[二]，至黑白曲直，则不得而移也[三]。于是乃有以曲为直，以白为黑者，往往从而和之。盖不得而诘[四]，非诘之难，知所诘为难。元章作字，信所谓曲直白黑，而好恶辄为之易位，余尝病之[五]。近吾友张文潜评其书[六]，几在钟、王季孟间[七]，然后余所病者，不药而愈[八]。思道好古喜善类，藏其书过于尺璧寸珠[九]。异时非其人，勿妄出。一出当使击节不已，则余与文潜实在其末光焉。崇宁五年正月二十四日。《姑溪居士文集》卷三九

【笺注】

[一] 米芾帖曰："饶阳刘君得郭璞之道，行珞琭之术，荣辱之兆见于顷刻。相值姑孰邂逅，题记岁月。乙酉天宁前一日。"术人，以占卜、星相等为职业的人。葛洪《抱朴子·行品》："步七曜之盈缩，推兴亡之道度者，术人也。"

[二] 移于好恶，谓因一己之好恶而改变评判是非邪正的标准。

[三] 不得而移，没有办法去改变。

[四] 不得而诘，没有办法去指责。

[五] 病，不满，诟病。

[六] 张耒（1054—1114），字文潜，亳州谯县（今安徽亳州）人。苏门四学士之一。

[七] 钟，即钟繇（151—230），字元常，颍川长社（今河南长葛东）人。三国魏著名书法家，官至太傅。王，王羲之。季孟间，犹伯仲之间，谓不相上下。唐罗隐《途中逢刘知远》："吴楚烟波里，巢由季孟间。"

[八] 生病不用吃药而自行痊愈，此指疑惑、不满全消。

[九] 尺璧寸珠，形容极其珍贵。尺璧，直径一尺的大璧。寸珠，直径一寸的大珠。

跋黄米书[一]

子贡一出[二]，存鲁乱齐，破吴强晋而霸越[三]。或以谓景修其庶几乎[四]。予曰：子贡，孔门之高弟，亦孔门之罪人也。方是时，彼五国者，特无人耳；不然，匹夫安能摇唇鼓舌[五]，遂获逞于其间者哉？黄米以书名天下，亦景修之希骥也[六]，可不谨邪！《姑溪居士文集》卷三九

【笺注】

[一] 黄、米，黄庭坚、米芾。

[二] 端木赐（前520—前456），字子贡。卫国（今河南浚县）人，孔子弟子。

[三]《史记·仲尼弟子列传》："故子贡一出，存鲁，乱齐，破吴，强晋而霸越。"

[四] 其，指子贡。

[五] 摇唇鼓舌，耍嘴皮，嚼舌头，卖弄口才，形容耍弄嘴皮进行挑拨煽动。鼓舌，诡辩。《庄子·盗跖》："摇唇鼓舌，擅生是非。"

[六] 希骥，仰慕才俊。《后汉书·赵壹传》："缙绅归慕，仰高希骥。"

跋采石三亭诗[一]

王德循[二]，余见其初胜冠时[三]，如王良、造父秣骥子而问途[四]，气已无万里矣。异时夭矫盘薄[五]，遂欲从八龙游于瑶池之上[六]，信余所初见为不谬也。瑞竹后堂，当暑如在冰壶间，四五可人实相周旋，而

循携茶见饮，因出此纸邀余作此字。方采石僧作三亭，求名与诗，乃用以报之。或者谓我诗之遂题破此寺矣[七]，故返其狂率而扶持之[八]。未知果可以扶持否邪？要之，三亭既新，陈迹炳然[九]，亦未易能破也。所谓四五可人者，释景祥、惠日、丁希韩、释文举。姑溪居士书。《姑溪居士文集》卷四〇

【笺注】

［一］采石三亭，指采石江边的三座亭，即捉月亭、赏咏亭、鉴然亭。

［二］王德循，生平不详，著有《地理真传》。

［三］胜冠，成年。古代男子成年可以加冠，因用以指成年。司马光《辞知制诰第六状》："臣自胜冠以来，投牒应举，入朝求仕。"

［四］见《折渭州文集序》注［二一］。

［五］夭矫，形容纵恣有气势。盘薄，即槃礴，形容不拘形迹、旷放自适。典出《庄子·田子方》："宋元君将画图，众史皆至，受揖而立，舐笔和墨，在外者半，有一史后至者，儃儃然不趋，受揖不立，因之舍，公使人视之，则解衣槃礴蠃。君曰：'可矣，是真画者也。'"

［六］八龙，神话中的八匹龙马。屈原《离骚》："驾八龙之婉婉兮，载云旗之委蛇。"瑶池，神话中昆仑山上的池名，西王母所住的地方。

［七］题破，题遍，题尽。

［八］返，更换，更改。扶持，此有补救之意。

［九］炳然，此形容光明灿烂、焕然一新的样子。

跋吴思道诗 一

东坡常谓余曰："凡造语贵成就，成就则方能自名一家，如蚕作茧，不留罅隙，吴子华、韩致光所以独高于唐末也。"[一]吴君诗咄咄殊逼近时人，未易接武。余虽未识其面，呻吟所传，感叹不已。聊摘其警策，

以实来素[二]。姑溪李之仪。《姑溪居士文集》卷四〇

【笺注】

[一] 成就，指认真揣摩，细细选定。罅（xià）隙，缝隙。吴融（850—903），字子华，越州山阴（今浙江绍兴）人。韩偓（842—923），字致光，陕西万年县（今樊川）人。

[二] 实，满足。来素，指素来仰慕之心。

跋吴思道诗 二

文章要当先凌历而后收敛[一]，正如坐而后立，立而后走也，岂遂以得坐立间者，便期于行走？自下图高，固余所病，而嘉甫乃以是置定论于予[二]，不其虐哉[三]！思道近诗，度越唐人多矣，岂融、偓所能仿佛[四]？其妙处，略无斧凿痕[五]，而字字皆有来历。论诗如舒王[六]，方可到剧挚之地[七]。编四家诗，从而命优劣[八]，兹可见也。政和五年二月十四日，之仪书。《姑溪居士文集》卷四〇

【笺注】

[一] 凌历，即凌厉，形容气势逼人。收敛，指收束归于平和。

[二] 嘉甫，人名。文末原注：张大亨字嘉甫。

[三] 虐，过分。

[四] 融、偓，吴融、韩偓。

[五] 斧凿痕，比喻诗文刻意造作的痕迹。释惠洪《冷斋夜话》卷三："诸葛孔明《出师表》、刘伶《酒德颂》、陶渊明《归去来词》、李令伯《乞养亲表》，皆沛然从肺腑中流出，殊不见斧凿痕。"

[六] 舒王，徽宗时追封王安石为舒王。

[七] 剧挚，真挚。

[八] 命，评定。

跋吴思道小词

长短句于遣词中最为难工[一]，自有一种风格，稍不如格[二]，便觉龃龉。唐人但以诗句，而下用和声抑扬以就之，若今之歌《阳关词》是也[三]。至唐末遂因其声之长短句，而以意填之，始一变以成音律，大抵以《花间集》中所载为宗[四]，然多小阕。至柳耆卿始铺叙展衍[五]，备足无余，形容盛明，千载如逢当日。较之《花间》所集，韵终不胜，由是知其为难能也。张子野独矫拂而振起之[六]，虽刻意追逐，要是才不足而情有余，良可佳者。晏元宪、欧阳文忠、宋景文[七]，则以其余力游戏，而风流闲雅，超出意表，又非其类也。谛味研究，字字皆有据。而其妙见于卒章[八]，语尽而意不尽，意尽而情不尽，岂平平可得仿佛哉？思道覃思精诣，专以《花间》所集为准，其自得处，未易咫尺可论。苟辅之以晏、欧阳、宋，而取舍于张、柳，其进也将不可得而御矣。《姑溪居士文集》卷四〇

【笺注】

[一] 长短句，即词。

[二] 格，法式，标准。

[三]《阳关词》，词牌名。因王维《送元二使安西》"西出阳关无故人"句而得名。

[四]《花间集》，五代后蜀赵崇祚编纂的词集。

[五] 柳永（987—1053），字耆卿，福建崇安人。他运用敷陈其事的赋法和铺叙白描手法，大力创作慢词，对宋词的发展产生了深远影响。

[六] 张先（990—1078），字子野，乌程（今浙江湖州）人，有《张子野词》。清陈廷焯《词坛丛话》："（张子野）才不大而情有余，别于秦、

柳、晏、欧诸家，独开妙境，词坛中不可无此一家。”矫拂，纠正。

［七］元宪，当为元献，晏殊谥号。

［八］卒章，终章。白居易《新乐府序》：“首句标其目，卒章显其志。”

跋石曼卿《二疏墓》诗[一]

曼卿跌荡不羁[二]，剧饮，尚气节[三]，视天下无复难事，不为小廉曲谨以投瓦合[四]。非独不为而已，一有相值，藐然不少降意[五]。若此等辈，终身不敢辄窥藩篱也。方时天下无事，尝感慨论列[六]，引物连类[七]，一切取律古人[八]。君相心奇之[九]，而适以多事为戒，故不果用。虽在秘书[一〇]，不屑夜游[一一]，浮沉里巷间[一二]，见者如遇于烟云中。与所善饮酒家，其爵至无算[一三]，竟席不交一语引去，至今指其地为神仙所降。方大醉，开省西门[一四]，卧大庆殿庑下[一五]，卫士前呵，问已，而知为曼卿也，率辟易[一六]，以手加额上，嗟侧而去。年才五十余，竟死于小官。大鹏斥鷃[一七]，九万里而图南[一八]，与夫自决于抢榆枋者[一九]，固不可同日语。横海之鳣[二〇]，睍睍于蹄涔盂杓之间(一)[二一]，欲求合一辙，盖难矣，安得不从惊聚骇[二二]，或讥且骂邪？要亦如吾所素而无愧焉可也。文词翰墨，乃其余事。既不得用，聊复谫谫所好[二三]，姑玩胜日。而流传相夸，览之亦足以仿佛其平生尔。崇宁三年八月初一日。《姑溪居士文集》卷四〇

【校记】

(一) 睍睍：原作“鲵睍”，据四库本改。

【笺注】

［一］石延年（994—1041），字曼卿，一字安仁。先世幽州人，徙

宋城（今商丘）。屡举进士不第。有《石曼卿诗集》《扪虱庵长短句》。二疏，指汉宣帝时名臣疏广与兄子受。《梦溪笔谈》卷四："海州东海县西北有二古墓，《图志》谓之'黄儿墓'。有一石碑，已漫灭不可读，莫知黄儿者何人。石延年通判海州，因行县见之，曰：'汉二疏，东海人，此必其墓也。'遂谓之'二疏墓'，刻碑于其旁，后人又收入《图经》。"

［二］跌荡，亦作"跌宕"，放纵不拘。《后汉书·孔融传》："又前与白衣祢衡跌荡放言。"

［三］气节，志气和节操。《史记·汲郑列传》："（汲黯）然好学，游侠，任气节。"

［四］小廉曲谨，细微的廉洁谨慎，指注意小节而不识大体。瓦合，即瓦全，比喻丧失气节而保全生命。

［五］藐然，形容轻视的样子。葛洪《抱朴子·畅玄》："藐然不喜流俗之誉。"

［六］论列，罗列事实，评论是非。《汉书·司马迁传》："乃欲卬首信眉，论列是非。"

［七］指引证或引喻某一事物，而连带及于同类的其他事物。韩愈《送权秀才序》："其文辞引物连类，穷情尽变。"

［八］取律，取法，效法。

［九］君相，国君与国相，代指朝廷。

［一〇］秘书，康定二年（1041），石延年任秘阁校理。

［一一］不屑，不顾。

［一二］指混迹于市井。

［一三］爵，饮酒器，此指行觞，饮酒。无算，不计较多少。《孔子家语·观乡射》："脱屦升坐，修爵无算。"

［一四］省，秘书省。

［一五］大庆殿，是北宋皇宫的正殿，也是举行大典的地方。庑（wǔ）下，廊下。

［一六］辟易，退避，避开。《史记·项羽本纪》："人马俱惊，辟易数里。"

［一七］斥鷃（yàn），即鷃雀。《庄子·逍遥游》："斥鷃笑之曰。"

［一八］见《谢人寄诗并问诗中格目小纸》注［一一］。

［一九］决，形容快速飞起。抢，撞，碰，触。榆枋，榆树与枋树，比喻狭小的天地。语出《庄子·逍遥游》："我决起而飞，抢榆枋而止，时则不至而控于地而已矣。"

［二〇］语出贾谊《吊屈原赋》："横江湖之鳣鲸兮，固将制于蝼蚁。"

［二一］睍睍（xiàn），过分小心、谨慎地看，形容怯懦，不敢正视。韩愈《鳄鱼文》："刺史虽驽弱，亦安肯为鳄鱼低首下心，伈伈睍睍。"盃杓，酒杯与勺子，借指饮酒。

［二二］丛惊聚骇，指众人大惊小怪。

［二三］谫谫（jiǎn），形容十分浅薄，此为自称之谦辞。

跋曼卿帖

宝元、康定间［一］，上方励精政事（一），招徕天下贤俊，故得人之盛，超轶前古。其遗风余烈［二］，使后之人一历耳、一到眼，莫不颓然追诵［三］，耸然兴起，恨不得亟与之俱，而遂相上下也［四］。曼卿用虽不尽其才，然文词笔墨，照映流辈。人有得之者，不异南金大贝［五］，什袭珍藏［六］，以为子孙不朽之传。况其先世从游从之旧迹同，而情相好者哉？宜其尺牍交驰，委曲展转，由是以见其倾尽。而一时传玩［七］，不独其风流趣尚可以互相表发，且以知当时文物之胜［八］，信非前世所能先后也［九］。《姑溪居士文集》卷四〇

【校记】

（一）上：原作"王"，据《六艺之一录》《全宋文》改。

【笺注】

［一］宝元（1038—1040）、康定（1040—1041），仁宗年号。

［二］遗风余烈，前人留传的风教和业绩。《汉书·礼乐志》："虽经乎千载，其遗风余烈尚犹不绝。"

［三］颓然，形容和顺的样子。苏轼《保母杨氏墓志铭》："年三十，始隶苏氏，颓然顺善也。"追诵，追述。《史记·秦始皇本纪》："原念休烈，追诵本始。"

［四］上下，交往。

［五］南金，南方出产的铜，借指贵重之物。《诗·鲁颂·泮水》："元龟象齿，大赂南金。"

［六］什袭，见《上时宰慰疏三》注［六］。

［七］传玩，传递观赏。《晋书·明帝纪》："因以鞭示之。五骑传玩，稽留遂久。"

［八］文物，礼乐制度。《旧唐书·褚无量传》："天下知文物之盛。"

［九］先后，超越。

跋黄正叔帖[一]　一

胡昭、索靖、韦诞俱学书于张伯英[二]，羊欣谓昭得其骨，靖得其肉，诞得其筋[三]。盖以肥瘠为定[四]，则肉不胜骨，骨不胜筋明矣。钟繇问蔡邕笔法于诞，而诞不与，以至捶胸呕血，魏太祖以五灵丹救之得活。诞死，使人发其墓方得之[五]。是知用笔之法，正所谓如锥画沙，如印印泥[六]，乃为极挚[七]。余历览近日号能书者，独于正叔得之。不惟得用笔之妙，其位置典刑[八]，于诞几何而不相先后邪[九]？鲁直辄以圣美之评少之[一〇]，以余所见，鲁直乃自谓尔。惜乎，正叔今已失明，则此书不复可得，亦如伯时右手之废，而画笔自绝也。崇宁三年八月十日，之仪题。《姑溪居士文集》卷四〇

【笺注】

［一］黄正叔，生平不详。

［二］胡昭（161—250），字孔明，颍川（今河南禹州）人。三国魏隐士、书法家，善隶书，与钟繇并称“钟胡”。索靖（239—303），字幼安，敦煌龙勒（今甘肃敦煌）人。西晋书法家，善章草，传张芝之法，其章草书，自名“银钩虿尾”。韦诞（179—253），字仲将，京兆（今陕西西安）人，三国魏书法家、制墨家，擅长各种书体。张芝，字伯英，瓜州县渊泉镇（今甘肃瓜州）人，善章草。

［三］张怀瓘《书断》：“羊欣云：‘胡昭得其骨，索靖得其肉，韦诞得其筋。’”

［四］肥瘠，肥瘦，指字的形体复杂和简单，即字笔画的少和多。《文心雕龙·练字》：“单复者，字形肥瘠者也。”

［五］羊欣《笔阵图》：“魏钟繇，字元常。少随刘胜入抱犊山，学书三年，遂与魏太祖、邯郸淳、韦诞等议用笔。繇乃问蔡伯喈笔法于韦诞，诞惜不与。乃自捶胸呕血。太祖以五灵丹救之，得活。及诞死，繇令人盗掘其墓，遂得之。由是繇笔更妙。”

［六］锥画沙、印印泥，形容书法笔力匀整而不露锋芒。黄庭坚《论书》：“王氏书法，以为如锥画沙，如印印泥。盖言锋藏笔中，意在笔前耳。”

［七］极挚，所达到的最高程度。《汉书·叙传上》：“伏周、孔之轨躅，驰颜、闵之极挚。”

［八］典刑，此指书法用笔的规矩法度。

［九］几何，几乎，差不多。不相先后，谓相匹敌。

［一〇］圣美，王子韶，字圣美，太原人。少，轻视。

跋黄正叔帖 二

正叔高标清致[一]，虽在烈日尘埃中，见其字，想见其人，清风飒然[二]，不召自至。然其少所许可，介洁不挠[三]，独于鲁直委曲倾尽，每见一语，必手录，因而其字所流传者，多鲁直语。正叔既病目废，而鲁直死矣，读之惨然流涕[四]。《姑溪居士文集》卷四○

【笺注】

[一] 清致，清雅有风致。《南史·柳世隆传》："长子悦，字文殊，少有清致。"

[二] 飒然，形容爽利的样子。

[三] 介洁，耿介高洁。唐孙郃《古意二首》其一："介洁世不容，迹合藏蒿莱。"

[四] 惨然，形容心里悲伤。《史记·外戚世家》："汉王心惨然，怜薄姬。"

跋《小重山》词[一]

右六诗，托长短句，寄《小重山》。是谱不传久矣，张先子野始从梨园乐工花日新度之[二]，然卒无其词[三]。异时秦观少游谓其诗有琴中韵，将为予写其欲言者，竟亦不逮。崇宁四年冬，予遇故人贺铸方回[四]，遂传两阕，宛转紬绎，能到人所不到处。从而和者凡五六篇，后得游酢定甫一篇，并予所继者次第之[五]。会沈端卿彦国六人于瑞竹方丈[六]，彦国出此纸，因以识之。诸上善人，随喜作观，定似天津桥上看弄猢狲[七]，不知忠国师见之如何下语？《姑溪居士文集》卷四○

【笺注】

[一] 小重山，词牌名，又名《小重山令》。

[二] 花日新，生平不详。度，谱写（乐曲）。

[三] 卒，始终，一直。

[四] 贺铸（1052—1125），字方回，号庆湖遗老，卫州共城（今河

南辉县）人，有《庆湖遗老集》《东山词》。

［五］次第，排比编次。元结《文编序》："乃次第近作，合于旧编。"

［六］瑞竹，寺名。方丈，住持的居处。

［七］天津桥，横跨洛阳城中洛河上，为连接洛河两岸的交通要道，亦为繁华之所。弄猢狲，耍猴子。

再跋《小重山》后

予与方回相别五六年，邂逅江上，未及见，首折简问劳[一]，甚勤恳。其末云："比多长短句，安得与君抑扬于尊俎间，以寻平日美况？"未几遽以相及，每为之呻吟䌷绎[二]。未必中律[三]，要将披写倦滞，如与之周旋时，有仿佛其妙处。辄次第之，庶几知所警策也。《姑溪居士文集》卷四〇

【笺注】

［一］折简，写信。

［二］䌷绎，此指写作。

［三］中律，合乎格律。

题贺方回词

右贺方回词。吴女宛转有余韵[一]，方回过而悦之，遂将委质焉，其投怀固在所先也。自方回南北垢面蓬首，不复与世故接，卒岁注望[二]，虽传记抑扬一意不迁者[三]，不是过也[四]。方回每为吾语，必怅然恨不即致之。一日莫夜，叩门坠简，始辄异其来非时，果以是见讣[五]。继出二阕，予尝报之曰："已储一升许泪，以俟佳作。"于是呻吟不绝韵，几为之堕睫[六]。尤物不耐久，不独今日所叹。予岂木石哉？

其与我同者，试一度之。《姑溪居士文集》卷四〇

【笺注】

[一] 宛转，谓缠绵多情，依依动人。白居易《长恨歌》："宛转蛾眉马前死。"

[二] 卒岁，终年，整年。李白《赠友人》之一："余芳若可佩，卒岁长相随。"注望，瞩目，期望。《三国志·蜀志·许靖传》："自华及夷，颙颙注望。"

[三] 传记抑扬，指无论世事如何变换。一意不迁，谓矢志不移。

[四] 不是过，不过是，不超过这样。

[五] 见讣，报丧。

[六] 堕睫，落泪。欧阳修《舟中望京邑》："挥手嵇琴空堕睫，开樽鲁酒不忘忧。"

跋《凌歊引》后[一]

凌歊台，表见江左[二]，异时词人墨客形容藻绘，多发于诗句，而乐府之传则未闻焉[三]。一日会稽贺方回登而赋之[四]，借金人捧露盘以寄其声[五]，于是昔之形容藻绘者，奄奄如九泉下人矣[六]。至其必待到而后知者，皆因语以会其境，缘声以同其感，亦非深造而自得者，不足以击节。方回又以一时所寓，固已超然绝诣，独无桓野王辈相与周旋[七]，遂于卒章以申其不得而已者，则方回之人物[八]，兹可量也。《姑溪居士文集》卷四〇

【笺注】

[一] 贺铸《凌歊·控沧江》："控沧江，排青嶂，燕台凉。驻彩仗、乐未渠央。岩花蹬蔓，妒千门、珠翠倚新妆。舞闲歌悄，恨风流、不管

余香。繁华梦，惊俄顷，佳丽地，指苍茫。寄一笑、何与兴亡！量船载酒，赖使君、相对两胡床。缓调清管，更为侬、三弄斜阳。”凌歊，台名。《广舆记》云：“凌歊台在太平府黄山之巅，刘宋建离宫于此。”歊，热气也。凌歊，谓台高可以涤除暑气。贺铸约于徽宗崇宁四年（1105）至大观二年（1108）通判太平州，这首词约作于此间。

［二］江左，也叫江东，指长江下游南岸地区。

［三］乐府，此指长短句，即词。

［四］会稽，今浙江绍兴。

［五］金人捧露盘，词牌名。李贺《金铜仙人辞汉歌》序：“魏明帝青龙元年八月，诏宫官牵车西取汉孝武捧露盘仙人，欲立置前殿。宫官既拆盘，仙人临载，乃潸然泪下。”乐家取以制曲，故多苍凉激楚之音。寄其声，寄托心声。

［六］形容气势顿消，黯然失色。

［七］桓伊，字叔夏，小字子野（一作野王），谯国铚县（今安徽濉溪）人，东晋军事家、音乐家。

［八］人物，指品格、才干。李肇《唐国史补》卷中：“贞元中，杨氏、穆氏兄弟，人物气概，不相上下。”

跋鲁公帖[一]　一

鲁公墨迹传于今者，惟此数帖，予皆得而临之。后每见，每为之展转肝膈间[二]。以扣其佳处[三]，竟不能仿佛[四]，乃知古人用意精微，非今人所可到也。《姑溪居士文集》卷四〇

【笺注】

［一］唐代宗时颜真卿官至吏部尚书、太子太师，封鲁郡公，故世称“颜鲁公”。

［二］肝膈，犹肺腑，比喻内心。《三国志·吴志·周鲂传》：“拳拳

输情，陈露肝膈。”

［三］扣，推敲。

［四］仿佛，指得其大略。

跋鲁公帖 二

鲁公以正书取重[一]，然不见其行[二]，亦不知其超然远韵[三]。盖不如是，不足为鲁公也。《姑溪居士文集》卷四〇

【笺注】

［一］正书，楷书、真书。取重，得到重视。

［二］行，行书。

［三］远韵，高远的风韵。《晋书·庾敳传》：“（敳）雅有远韵。”

跋鲁公题记后

文词书画，入人易深[一]，然于立身行己[二]，了不相干。鲁公忠义，皎如星日，独以字画，几至蒙昧。要之，精于艺者，不可不谨也。《姑溪居士文集》卷四〇

【笺注】

［一］入人，谓打动人，为人所感受、理解。

［二］立身行己，存身自立，行为有度。《三国志·魏志·王昶传》：“欲使汝曹立身行己。”

跋《瘗鹤铭》[一]

赵景修归自金陵，会于瑞竹藏院[二]，凡七人：陈元俞、杨元发、

明叔、张德夫、觉夫、李端叔。觉夫出此书相示，世以为右军书，或谓其语不类晋人，然卒不能辨也。自欧阳文忠公指华阳真逸乃顾况道号[三]，遂知为唐人书尔。后袭前说者，必相与排诋，殆不复容是正。其如知耳而不知目，天下之公患。吾知为佳字耳，何必纷纷于唐晋也？《姑溪居士文集》卷四〇

【笺注】

［一］瘗（yì）鹤铭，摩崖刻石，华阳真逸撰，上皇山樵书，在今江苏省镇江市焦山崖石上。其时代和书者众说纷纭，但均无确据。苏舜钦《丹阳子高得逸少瘗鹤铭于焦山之下》："山阴不见换鹅经，京口今存《瘗鹤铭》。"

［二］瑞竹，寺名。

［三］顾况，字逋翁，苏州人。唐肃宗至德二年（757）进士，德宗时隐居茅山，自称华阳山人。有《华阳集》。

跋《乐毅论》[一]

高伸为湖北转运使[二]，道中闻砧声清远[三]，因得此本于其覆口[四]，而已断裂矣。遂载以归，完理缉缀[五]，椟以木箱[六]，所可辨者如此。后世之传布，皆至于"海"字，则其碎而不缉者，良可惜也。《姑溪居士文集》卷四〇

【笺注】

［一］《乐毅论》，王羲之楷书，真迹不存，仅有石刻。

［二］高伸，生平不详。湖北，即荆湖北路，荆州湖北路的简称，是北宋十五路之一，治所在江陵府（今荆州市荆州区），因其大部在洞庭湖以北，故民间称之为湖北路。转运使，主管运输事务的官员。《宋

会要辑稿·方域一〇》:“(真宗大中祥符)七年八月,荆湖北路转运使高伸乞开辰、鼎州路,画图进呈。”

[三] 砧声,捣衣声。唐李颀《送魏万之京》:“关城曙色催寒近,御苑砧声向晚多。”

[四] 覆口,容器的盖子。

[五] 完理,修整。欧阳修《王彦章画像记》:“岁久磨灭,隐隐可见,亟命工完理之也。”缉缀,整理缀合。《水经注·河水一》:“书策落次,难以缉缀。”

[六] 椟,装。

跋荆公《金刚经》书[一]

骨多肉少则瘦,肉多骨少则肥。惟骨肉相称,然后为尽善。或谓荆公知骨而不知肉,今见此经,则知传者不识荆公书,遽以常所见清劲为瘦也。《姑溪居士文集》卷四〇

【笺注】

[一] 金刚经,即《金刚般若波罗蜜经》。

跋李卫公书[一]

予读《红拂妓传》[二],得卫公之为人,盖此书已落第二也。《姑溪居士文集》卷四〇

【笺注】

[一] 李靖(571—649),字药师,雍州三原(今陕西三原县东北)人。原为隋将,归唐后封卫国公。

[二] 红拂,李靖之妻,本名张出尘,原为杨素侍妓,后夜奔李靖。

事见唐杜光庭《虬髯客传》。

跋荆国公书

鲁直尝谓学颜鲁公者，务期行笔持重，开拓位置[一]，取其似是而已。独荆公书得其骨，君谟书得其肉。君谟喜书多学，意尝规摹，而荆公则固知其未尝学也，然其运笔如插两翼，凌轹于霜空雕鹗之后[二]。此其晚年所作，纸上直欲飞动，信所谓得之心而应之手，左右逢其原者也[三]。《姑溪居士文集》卷四一

【笺注】

［一］位置，此指行笔的布局。

［二］霜空，秋冬的晴空。雕鹗，喻才望超群者。

［三］左右逢原，原指学问工夫到家后，则触处皆得益，后泛指做事得心应手。原，同“源”。《孟子·离娄下》：“资之深，则取之左右逢其原。”

跋荆公所书药方后

用药如用人，非知其必可以任此责，则未尝辄用[一]，故能终始以收其功。古之人多用单方[二]，盖识病知药乃如是。后人浸昧兹理[三]，遂杂用诸品，至有君有臣有使[四]，强自主宰，以文其所昧，良可叹也！《姑溪居士文集》卷四一

【笺注】

［一］辄用，随便使用。

［二］单方，指单味药，与复方（两种或两种以上的药物混合）相对。

［三］浸昧，渐渐不明白。

［四］君、臣、佐、使，原指君主、臣僚、僚佐、使者四种人分别起着不同的作用，后指中药处方中的各味药所起的不同作用。《神农本草经》："上药一百二十种为君，主养命以应天；中药一百二十种为臣，主养性以应人；下药一百二十种为佐使，主治病以应地。……药有君臣佐使，以相宣摄合和者。"

跋荆公所书药方后 二

作字为文，初必谨严于时，造语须有所出，行笔须有所自，往往涉前人辙迹，则为可喜。久之，语以不蹈袭为工[一]，字则纵横皆中程度，故能名家传世，自成标准。凡学者从此卷首尾求之，当知吾言为不妄发也。宛陵巨孝叔书[二]，余三十年前曾见于李正叔家，宛陵乃其人也。最后一绝，集中不载，故未尝见。《姑溪居士文集》卷四一

【笺注】

［一］蹈袭，因袭，沿袭。

［二］宛陵，宣城的古称。

跋荆公荐医生德余奏章

始余居当涂，萧然环堵间[一]，人不堪之日，一人秀眉明目，持刺字前见[二]，如有位与有闻于时者[三]，逡巡前后[四]，却而不敢进。余亟与之接，则以医自名，稍即之，盖有识，能文词，表表秀出一时之士也[五]。云："我以君流落至此，邂逅此行，故相过焉。"又云："我家金陵，世以医行。先人从王荆公游，寓于家学，实则雅相师友者。荆公屡勉其进取[一]，而辞焉，曰：'是亦为政，奚其为为政[六]？医与仕何择[七]？能不愧于人，不怍其行足矣！'荆公曰：'子果不凡也。'即以其术上之，其所草奏，则当时亲笔，我以是藏之。非谓荆公而有夸也，姑

志一时之事，以见我先人之所不可夺。”余未之信，遂请见其藏，而聊识于后。比徙金陵，居久之，而后信其所守为不妄，相与周旋，日愈亲而愈可爱。然其相过(二)，不辨色，则烛下。问之，乃以病告者户外之足相踵也[八]。其来至奔走旁数百地，得一脉，死生无所憾；得一药，无异自天而下。巧发奇中，药入病去，如易置肘腋。独不与在事者俱，而在事者亦莫之知也。余与所待哺者[九]，皆恃以安。而日下徐德父兄弟亦深知之[一〇]，尝曰：“德父兄弟，君子也，我得其知，而君实先焉，他不复计。”其名修，字德余。大观二年八月十一日书。《姑溪居士文集》卷四一

【校记】

(一) 公：原无，据四库本、《全宋文》补。

(二) 其：原无，据《全宋文》补。

【笺注】

[一] 见《与李去言手简四》注 [九]。

[二] 刺字，名刺，名帖。

[三] 有位，有地位。有闻，有名望。

[四] 逡巡，因为有所顾虑而徘徊不前。贾谊《过秦论》：“逡巡而不敢进。”

[五] 表表，形容人才出众。秀出，美好特出。《世说新语·方正》：“风流秀出，臣不如恭。”

[六] 见《与储子椿手简七》注 [十三]。

[七] 何择，有什么区别呢？

[八] 相踵，足踵相接，谓人多。

[九] 待哺者，指急需得到救助的人。

[一〇] 日下，见《与金马部中玉手简一五》注 [三]。

跋荆公补成良臣充太医生奏草后[一]

山涛启事[二]，盖以一时人物为己先务，故上自朝廷公相[三]，下至草泽方会[四]，山所启者，往往名世。荆公自任以天下之重，固不可与涛比，然其所因与夫因之者则异也。崇宁三年十月二十四日。《姑溪居士文集》卷四一

【笺注】

［一］成良臣，生平不详。

［二］《晋书·山涛传》："涛再居选职十有余年，每一官缺，辄启拟数人，诏旨有所向，然后显奏，随帝意所欲为先。……涛所奏甄拔人物，各为题目，时称'山公启事'。"

［三］公相，指公卿、宰相等显官。韩愈《祭十二郎文》："虽万乘之公相，吾不以一日辍汝而就也。"

［四］草泽，草野，民间。《史记·仲尼弟子列传》："孔子卒，原宪遂亡在草泽中。"方会，指隐士，在野之士。

跋君谟帖

东坡老人谓君谟书为世第一。要之，知书为难，能者乃信此语[一]。《姑溪居士文集》卷四一

【笺注】

［一］能者，精通、擅长者。

跋君谟荔支帖

学书主于行笔，苟不知此，老死不免背驰。虽规摹前人，点画不离

法度，要亦气韵各有所在，略不系其工拙也[一]。君谟自少以能书得名，至老以作字为悦。然行笔迟[二]，肉胜骨。而此帖乃反是，疑得之仓卒间，或粉纸枯涩[三]，运墨不胜而然。其如坚劲不挠[四]，备尽众体，信一代之师表也。《姑溪居士文集》卷四一

【笺注】

［一］系，在于。工拙，此指字的优劣。

［二］迟，缓慢。

［三］枯涩，粗糙，不润滑。

［四］坚劲不挠，形容笔力雄健。

跋韩次玉家君谟隶真行草书[一]

君谟善书多学，绝备众体。盖前辈善作字者类如此，惟不为笔所制，故无不适宜也。建中靖国元年某月日，次玉具饭，仲孺述之[二]，端叔作客，并试常和旧墨[三]，饮小凤团茶[四]。时久雨乍霁，霜天阴彻，极为胜遇也。《姑溪居士文集》卷四一

【笺注】

［一］韩次玉，生平不详。

［二］仲孺，人名。

［三］苏轼《书孙叔静常和墨》："常和，盖少室间道人也。卖墨，收其赢以起三清殿。墨甚坚而黑，近岁善墨，唯朱觐及此耳。"

［四］小凤团茶，茶名，茶饼上印有凤纹。欧阳修《归田录》卷二："茶之品，莫贵于龙、凤，谓之团茶，凡八饼重一斤。"

跋文安国篆[一]

景修谈金陵近事，亹亹皆可人意，非紬绎展转[二]，不能中程度[三]，

谐律吕[四]。文安国，予与之游三十年，善论难[五]，剧谈切中[六]，尤得于樽俎间为多。尝谓其宿构预计[七]，不如是，必有脱略可指议处。然篆笔方严劲正，未尝妄立一笔，岂舌端笔次，自应相契故如是，抑机警爽悟[八]，不谋而然邪？听言观书，如会兹境，可胜慨叹！《姑溪居士文集》卷四一

【笺注】

［一］文勋，字安国，官太府寺丞，工篆画，苏轼作有《文勋篆赞》。

［二］细绎展转，指细心揣摩。

［三］中，符合。

［四］律吕，音律。

［五］论难，辩论诘难。苏轼《司马温公行状》："公于上前，反覆论难。"

［六］切中，切合中肯。

［七］宿构，预先构思、草拟。《三国志·魏志·王粲传》："善属文，举笔便成，无所改定，时人常以为宿构。"

［八］爽悟，聪颖、明达。《水经注·河水一》："爽悟多智，事无不达。"

跋《兰亭记》[一]

贞观中[二]，既得《兰亭》，上命供奉搨书人赵模、韩道政、冯承素、诸葛贞等各搨数本[三]，分赐皇太子、诸王、近臣，而一时能书如欧阳、虞、褚、陆辈人皆临搨相尚[四]，故《兰亭》刻石流传最多。尝有类今所传者，参订独定州本为佳，似是镌以当时所临本模勒[五]，其位置近似类欧阳询[六]，疑询笔也。此石已为薛向取去[七]，见在向家，而定州石刻又从而传模者，然亦不能辨真赝。若谛观锱铢[八]，则较然

相远矣。此乃向家本也。《姑溪居士文集》卷四一

【笺注】

［一］兰亭记，王羲之行书《兰亭序》。

［二］贞观（627—649），唐太宗年号。

［三］搨，同“拓”。

［四］欧阳，欧阳询。虞，虞世南。褚，褚遂良。陆，陆柬之。相尚，相互推崇、崇尚。

［五］模勒，仿照原样雕刻。元稹《白氏长庆集序》：“至于缮写，模勒，炫卖于市井。”

［六］位置，结构布局。

［七］薛向，字师正。以祖荫任太庙斋郎，为永寿主簿，权京兆户曹。

［八］锱铢，此指细微之处。

跋《遗教经》[一]

书学盛于魏晋，至唐渐衰。然当时犹以为事，故卓然名家者班班可纪。中叶以后，如徐季海辈号能名，以欧、虞诸人概之[二]，则殆不可同日语。顷见季海所作《圆觉经》[三]，字如菉豆大[四]，精神位置[五]，无一毫发可以指议[六]。则其所学，非一朝夕而能至此也。大抵唐人喜写经，而写经字多出一律。欧阳文忠公谓此经为经生所作[七]，恐未必然。其格韵顿挫[八]，非士人知书学、解行笔者不能到。谓之晋人书则不可，惜其名氏不传也。《姑溪居士文集》卷四一

【笺注】

［一］《遗教经》，《佛遗教经》的省称。

［二］欧、虞，欧阳询、虞世南。概之，较之。

[三]《圆觉经》,《大方广圆觉修多罗了义经》的省称。

[四] 菉豆,绿豆。

[五] 笔势布局。

[六] 指议,指摘议论。

[七] 经生,以抄缮经书为业的人。

[八] 格韵,格调气韵。顿挫,指运笔的跌宕起伏、回旋转折。

跋麻姑坛记[一]

作字大至方丈,小至粟粒,其位置精神,不差毫发,然后为尽。如以此字与《中兴颂》参校[二],当知余言为信。《姑溪居士文集》卷四一

【笺注】

[一] 麻姑坛记,即《麻姑仙坛记》,颜真卿撰并书。

[二] 参校,参照比较。《颜氏家训·音辞》:"参校方俗,考核古今。"

跋陈伯修帖[一]

吾友陈瓘莹中尝谓予曰:"行己有耻,不懈于位,建安陈师锡伯修异日当近之。"[二]余固未识伯修,姑以莹中之言俟之。一日,清羸少年后,一大面长人邂逅于唐懿中美之座。既去,中美曰:"是少年则陈伯修,而大面则某人也,颇识之否?"予曰:"伯修得之莹中已久,而彼将奈何?"中美反唇而不答。后伯修登上第,一命湖州掌书记[三],特表见于东坡老人。赴逮之际,天下识与不识,已想见其人。比权御史[四],论事不合,亟去。已而校秘书[五],历中台[六],出使为州,再践御史,坚劲岂弟,所至卓然,予遂与之甚厚。而泛观夷考,则吾莹中之言反近之,而未尽也。《姑溪居士文集》卷四一

【笺注】

［一］陈师锡，字伯修，时称闲乐先生，建州建阳（今属福建）人。熙宁九年进士，为监察御史。哲宗、徽宗时出知州县，后坐党论，削籍置郴州。

［二］行己有耻，一个人行事，凡自己认为可耻的就不去做。《论语·子路》："行己有耻，使于四方，不辱君命，可谓士矣。"不懈于位，尽职尽责。建安，今福建建瓯。

［三］掌书记，掌表奏书徽等文书工作的官员。

［四］权，代。

［五］校秘书，秘书省校书郎。

［六］中台，尚书省。

跋赵汝霖帖[一]

赵君学《九成宫》《刻漏铭》[二]，于正书尤工，刻出，殆咄咄逼真矣。其行书则别是一家，不知何所从来也。《姑溪居士文集》卷四一

【笺注】

［一］赵汝霖，生平不详。

［二］《九成宫》，即《九成宫醴泉铭》，碑刻，魏征撰文，欧阳询正书，记唐太宗在九成宫避暑时发现醴泉事。《刻漏铭》，南朝梁陆倕的《新刻漏铭》，借铭新器以称颂功德。

跋慎伯筠书[一]

治平中，钱塘元积中子发守山阳[二]，乐士[三]，喜谈笑。山阳介东南舟车之冲[四]，以故客至殆不容馆谷[五]。伯筠尝岸幅巾[六]，著芒鞋[七]，见子发于清晨盛服听览之际[八]，子发为之倒屣[九]。即谢他客，

辍所事，命酒三斗，挹大觥以沃之[一〇]。语谆谆劳苦[一一]，钦拥之不已[一二]。伯筠直视取釂[一三]，了不与酬对，酒尽，翻然引去[一四]。州人讙传曰："吾使君有客，可不往敬邪？"[一五]户外之屦，至无少间。伯筠多作字，出度词为谢[一六]，而口未尝启也。予为儿童时，亦往见之，辄谓予曰："家何在？将奉报。"明日既至，索酒满引，挥满壁而去[一七]。方时子发募州人作新桥，甫成矣，请伯筠记之。适据一大几，随请题几上。州人亟模之石，相与率百金为谢[一八]。伯筠怒目叱去，清晨拏小舟径归[一九]，子发走十余辈挽之不回。呜呼，世岂复有斯人哉！《姑溪居士文集》卷四一

【笺注】

［一］慎伯筠，名东美，生平不详，王令、王安石、徐积有赠诗。

［二］元积中，字子发，钱塘（今浙江杭州）人。有《江湖堂诗集》一卷，已佚。

［三］乐于接交士人。

［四］介，位于。舟车之冲，指水陆交通要道。

［五］馆谷，居其馆，食其谷，指食宿。《左传·僖公二十八年》："晋师三日馆谷。"

［六］岸幅巾，头巾高戴，前额外露，形容态度洒脱或衣着简率不拘。

［七］芒鞋，草鞋。张祜《题灵隐寺师一上人十韵》："朗吟挥竹拂，高揖曳芒鞋。"

［八］听览，听事览文，谓处理政务。《北史·魏纪三·孝文帝》："听览政事，从善如流。"

［九］倒屣，急于出迎，把鞋倒穿，形容热情迎接。《三国志·魏志·王粲传》："（蔡邕）闻粲在门，倒屣迎之。"

［一〇］挹，舀。大觥，大杯。觥（gōng），酒器，腹椭圆，上有提

梁，底有圈足，兽头形盖。沃，灌，此指大口饮酒。

[一一] 劳苦，慰劳。《史记·萧相国世家》："上数使使劳苦丞相。"

[一二] 拥，推举，爱护。

[一三] 釂（jiào），饮尽杯中酒。《汉书·郭解传》："解姊子负解之势，与人饮，使之釂。"

[一四] 翻然，形容飘然离去。

[一五] 讙（huān）传，众声传说，哄传。

[一六] 廋词，廋辞，隐语，谜语。《国语·晋语》："有秦客廋辞于朝，大夫莫之能对也。"周密《齐东野语》卷二十："古之所谓廋词，即今之隐语，而俗所谓谜。"

[一七] 挥，挥毫书写。

[一八] 率，聚敛、征收。

[一九] 挐，牵引。

跋论坐位图[一]

鱼朝恩擅国卖权[二]，后世言恶则必稽焉。然鲁公名重一时，特降意交接而拳拳以约于正[三]，固曰"既明且哲，以保其身"[四]，要亦未始辄忘其本也。《姑溪居士文集》卷四一

【笺注】

[一] 论坐位图，即《争座位帖》，亦称《论座帖》《与郭仆射书》，颜真卿行草书帖。定襄王郭英义为了献媚宦官鱼朝恩，在菩提寺行及兴道之会，两次把鱼朝恩排于尚书之前。代宗广德二年（764）十一月，颜真卿致书郭英义，争论文武百官在朝廷宴会中的座次问题，对其进行了严正告诫和斥责。

[二] 擅国，独揽国政。《逸周书·史记》："擅国而主断。"

[三] 交接，结交。约，约束。

［四］明智的人善于保全自己。语出《诗·大雅·烝民》。

跋沈睿达帖[一]

予官四明[二]，与睿达为僚时，才二十余。虽□□□□□□好书，而漫不识其径路[三]，始问津于睿达[四]，而特展转开晓。后不能副其勤[五]，要亦不忘所自。其所见晓，至于近古舞蹈姿媚[六]，以悦可世俗为工[七]。今则没溺[八]，殆不容出头矣，每有愧于斯言也。《姑溪居士文集》卷四一

【笺注】

［一］沈辽（1032—1085），字睿达，钱塘（今浙江杭州）人。熙宁初，为审官西院主簿，出监明州市舶司，迁太常寺奉礼郎，改监杭州军资库，摄华亭县事。后削职为民，筑室池州秋浦齐山。有《云巢编》。

［二］熙宁五年（1072），李之仪官四明（今浙江宁波）。

［三］径路，方法、途径。苏轼《上张安道养生诀论》："文章书口诀，多枝辞隐语，卒不见下手径路。"

［四］问津，请教。沈约《桐柏山金庭馆碑》："寻师讲道，结友问津。"

［五］勤，殷切期望。

［六］姿媚，妩媚。韩愈《石鼓歌》："羲之俗书趁姿媚，数纸尚可博白鹅。"

［七］悦可，取悦、认可。《新唐书·柳宗元传》："日为新奇，务相悦可。"

［八］没溺，沉迷。《新唐书·礼乐志三》："学者由此牵惑没溺。"

跋怀素帖

草书以精神为主[一]，传模既已失真，又恐流传分布，才见行笔次

序尔。要知骨肉俱无安，可语精神邪？怀素字颇肉多，当时固已调之[二]，云憨肥和尚，岂能作清劲字？是后稍就瘦硬[三]，盖亦非其故步矣[四]。《姑溪居士文集》卷四一

【笺注】

[一] 精神，风采神韵。王安石《读史》："糟粕所传非粹美，丹青难写是精神。"

[二] 调，调侃，嘲弄。

[三] 瘦硬，字体瘦细劲健。杜甫《李潮八分小篆歌》："苦县光和尚骨立，书贵瘦硬方通神。"

[四] 故步，旧法。

跋《古柏行》后[一]

或谓子美作此诗，备诗家众体，非独形容一时君臣相遇之盛，亦可以自况[二]，而又以悯其所值之时不如古也。第深考之，信然。作者苟能周旋于其命意造语之际，于诗、于履践皆可追配昔人[三]，不当止谓之诗而易之。盖自《风》《雅》之后[四]，正宜有取于此。世无孔子，故单见浅闻[五]，有所分别，良可叹也。政和元年十二月二十二日，积雪初霁，希韩、德循携茶相期于天宁圆若虚首座之天竺轩，希韩出此纸见邀作字，辄以是应之。既终，二君又作山药、芋头、萝卜、晚菘号甜羹为润笔[六]，真一段佳事。会者天宁庆西庵琳禅、鉴仁。姑溪老农。《姑溪居士文集》卷四一

【笺注】

[一] 杜甫《古柏行》。

[二] 自况，自比。《南史·陶潜传》："著《五柳先生传》，盖以自况，时人谓之实录。"

［三］追配，谓与前人相匹敌、媲美。

［四］《风》《雅》，代指《诗经》。

［五］单见浅闻，指见识短浅。

［六］晚菘，秋末冬初的大白菜。《南史·周颙传》："春初早韭，秋末晚菘。"润笔，请人写诗文、作书画的报酬。《隋书·郑译传》："上令内史令李德林立作诏书，高颎戏谓译曰：'笔干。'译答曰：'出为方岳，杖策言归，不得一钱，何以润笔。'"

跋画赞《洛神赋》[一]

《画赞》在丁文简公家[二]，熙宁初[三]，予与公之孙义叟上民游，尝密以相示，锦囊什袭，非甚款，不妄出也。后十余年，始见石刻，流落讹缺，无复完本，不知真迹果何在邪？《洛神赋》乃绢上书，在周安惠家[四]。安惠之孙延年翁孺尤见厚，每过其家，必传玩久之，其后无闻矣。是书亦莫知所托，可胜怅然！《姑溪居士文集》卷四二

【笺注】

［一］画赞，一种以赞颂画像中的人物为主旨的文体。洛神赋，此指晋顾恺之《洛神赋图》。

［二］丁度（990—1053），字公雅，开封（今河南开封）人，曾官端明殿学士、任枢密副使，庆历七年拜参知政事，卒谥文简。

［三］熙宁（1068—1077），神宗年号。

［四］周起（970—1028），字万卿，山东邹平人。曾官尚书礼部侍郎、枢密副使。卒溢安惠。

跋《春秋》后[一]

春秋之世，先王之迹犹在，故一言之出，盛衰存亡系之。孔子因而

是是非非[二]，以诏后世。左丘明随事而解之[三]，炳如星日。孔子作《春秋》，而乱臣贼子惧[四]，丘明与有力焉[五]。然《诗》《书》所述，训其未然之教[六]；而《春秋》之法，示其已然之实[七]。至文辞之所研，纪叙之该贯，学者所当洗心[八]，不独惟法之可信也。《姑溪居士文集》卷四二

【笺注】

[一]《春秋》，编年体史书名，相传孔子据鲁史修订而成。

[二] 肯定正确的，否定错误的，指评定是非。《荀子·修身》："是是非非谓之知。"

[三] 左丘明，鲁国太史，作《春秋左氏传》。

[四] 语出《孟子·滕文公下》："孔子成《春秋》，而乱臣贼子惧。"

[五] 与有力焉，指有功劳。《史记·孙子吴起列传》："北威齐晋，显名诸侯，孙子与有力焉。"

[六] 未然，未成事实。《韩非子·难四》："责以未然，而不诛昭昭之罪。"

[七] 已然，既成事实。贾谊《治安策》："凡人之智，能见已然，不能见将然。"

[八] 洗心，比喻除去恶念或杂念。《易·系辞上》："圣人以此洗心。"

跋邵仲恭书[一]

邵仲恭字秀有余而老不足[二]，余以是知其为不寿也[三]。诸帖皆陕西转运使时与李献父者[四]，语严意重，所以事尊亲前辈当如此。《姑溪居士文集》卷四二

【笺注】

[一] 邵仲恭，生平不详。

［二］老，指老劲、后劲。

［三］不寿，不长寿。

［四］转运使，见《跋〈乐毅论〉》注［二］。李琮，字献父，江宁（今江苏南京）人。元丰二年以发遣户部判官使江浙。迁淮南转运副使，徙梓州路。

跋醉吟先生书[一]

醉吟老人固善书，而未尝以书自名，真善书者也。正行盖尝见之矣[二]，独小字今始得之。使古人复作，余未知其先后也[三]。《姑溪居士文集》卷四二

【笺注】

［一］醉吟先生，白居易别号。

［二］正行，正书、行书。

［三］先后，犹高下。

跋欧阳率更书[一]

此碑于欧阳率更书中为第一，于今所传正书为第二，从一点一画求之，无一毫发差舛[二]，信所谓如锥画沙，如印印泥者。旧藏西京范忠献家[三]，今则破碎，殆不胜摹印矣[四]。此亦近所摹者，其补葺仅能成帙，而不知他日又何如也！拊卷增感。《姑溪居士文集》卷四二

【笺注】

［一］欧阳询官至太子率更令，世称“欧阳率更”。

［二］差舛，差错。蔡邕《上汉书十志疏》：“请太师田注考校连年，往往颇有差舛。”

［三］西京，洛阳。范雍（979—1048），字伯纯，真宗咸平三年（1000）进士。曾为洛阳县主簿，累官河南通判。官终礼部尚书，卒谥忠献。

［四］不胜，禁不起。

跋古帖

叙事有法度，殆无一字虚设，非老成于文学者不能至是。似是吕文靖公所书[一]，元方、嘉问皆吕氏子弟名字[二]。余尝见文靖书，故不敢直以为是。《姑溪居士文集》卷四二

【笺注】

［一］吕夷简（979—1044），字坦夫，淮南路寿州（今安徽凤台）人，仁宗朝两次拜相。卒谥文靖。

［二］吕元方，生平不详。吕嘉问，字望之，寿州（今安徽凤台）人，吕公弼从孙，以荫入官，熙宁初权户部判官，绍圣中擢户部侍郎，知开封府、怀州，徽宗时责郢州安置。

跋吴仲鹿书[一]

前辈于所事无不尽[二]，仲鹿作此字时已老矣，想见其人，览之增敬。《姑溪居士文集》卷四二

【笺注】

［一］吴仲鹿，生平不详。

［二］尽，详备、周尽。

跋储子椿藏书帖

凡书精神为上，结密次之[一]，位置又次之。杨少师度越前古[二]，而一主于精神。柳诚悬、徐季海纤悉皆本规矩，而不自展拓，故精神有所不足。或谓习字正如习马，步骤驰骋，各有先后，一失其节，御者所愧，至其奔轶绝尘，则乃能见其材。鲁直草字有类诚悬、季海与夫马之在御者，正书、行书则爽秀为多，要之，足以名世也。大观二年八月四日，姑溪居士题。《姑溪居士文集》卷四二

【笺注】

［一］结密，紧密。苏轼《跋王晋卿所藏莲华经》："大字难于结密而无间。"

［二］杨凝式（873—954），字景度，号虚白，陕西华阴人。书法家，唐昭宗时进士，官秘书郎，后历仕后梁、唐、晋、汉、周五代，官至太子太保，世称"杨少师"。

跋梅圣俞与郭功父诗　一

余为儿童时，诵《采石月》诗[一]，爱其诗，想见其人。既见其人，则知圣俞仅能识其诗尔。今得尽观其所与诗帖，亦与余畴者所期无以异，岂所谓仁者见之谓之仁[二]？崇宁二年十月十九日汝坟刘晦叔、建安游定甫、赵郡李端叔[三]。《姑溪居士文集》卷四二

【笺注】

［一］梅尧臣《采石月》，一名《采石月赠郭功甫》："今观郭裔奇俊郎，眉目真似攻文章。"

［二］谓不同的人有不同的看法。语出《易·系辞上》。

［三］汝坟，指汝水之滨。刘晦叔，生平不详。

跋梅圣俞与郭功父诗　二

圣俞以诗名世，一时伟人合力挽之[一]，而竟不得进，晚始为国子监直讲[二]，唐书置局[三]，仅得与讨论。书成，将用为馆职而死矣[四]。命不可控，乃至是邪！或者云亦可为功父三叹，余以为不然。圣俞得名如是，故如是而止；功父之名不止如是，将不止于是，孰谓命终不可控哉？崇宁二年十一月一日。《姑溪居士文集》卷四二

【笺注】

［一］挽，举荐、推举。

［二］国子监直讲，官名，辅助博士讲授经学。《新唐书·百官志三》："直讲四人，掌佐博士助教，以经术讲授。"

［三］唐书置局，指为编撰《唐书》设置官署。

［四］馆职，此指史馆《唐书》修撰一职。

题柳子厚三戒后[一]

余读柳子厚《三戒》，未尝不反覆而屡叹，窃谓伦类中岂复有是事[二]，特子厚出奇以为警尔。晚迁江上[三]，遂于衣冠中遍见之[四]，乃知子厚所戒为不诬。初有疑于异类，而今辄见之于人，而又傲然歆艳一隅，方且有临之者[五]，是可骇也，可胜叹邪！虽贤者于祸(一)，可得而逃哉？《姑溪居士文集》卷四二

【校记】

（一）贤者：原缺，据四库本、《全宋文》补。

【笺注】

［一］《三戒》为柳宗元贬谪永州时所作，包括《临江之麋》《黔之驴》《永某氏之鼠》。

［二］岂复，哪会有，岂能有。

［三］迁，贬谪。

［四］衣冠，衣和冠。古代士以上戴冠，因用以代指缙绅、士大夫。

［五］临之，遭遇到这样的事。

题所和丁希韩诗后

姑溪居士将有坟山之役[一]，车载脂[二]，马已勒[三]，仆夫以日暮途远为告[四]。甫命驾矣，有当其前者，头不裹而发鬅鬙[五]，颔无须而立踉跄，持短封顾余，欲持而不能语。诘之，亦不答。比发封展玩，则吾希韩之诗。噫，数十语之间，铺叙一场佛事，了无毫发可间其隙[六]。虽欲不报，其可得邪？既报之，又接武而至，盖愈多而其语益工，愈穷之而愈不可测。昔王勮为凤阁舍人[七]，一时号为敏丽[八]，尝大庭班齐[九]，同日七八制下[一〇]，勮命数笔吏环立而口授之。笔吏曰："舍人少从容[一一]，我辈笔不能给，惧恐失事。"既而制出，中外传诵。其后过于其前，信作者之工，必在于是。余今而后，将阁笔矣[一二]。苟或见宽，幸以此为约，庶几追逐，获借余地，希韩以为如何？余既录所和诗，因附见其意。法家者流[一三]，愿无以请求见束。《姑溪居士文集》卷四二

【笺注】

［一］坟山之役，指迁徙父母坟茔之事。

［二］涂油使车轴润滑。杜甫《赤谷》："乱石无改辙，我车已载脂。"

［三］已为马戴上笼头与缰绳，指整饬停当。

［四］仆夫，车夫，御夫。《诗·小雅·出车》："召彼仆夫，谓之载矣。"

［五］鬅鬙（péng sēng），形容头发散乱的样子。段成式《酉阳杂俎续集·支诺皋上》："忽见一小鬼鬅鬙，头长二尺余。"

［六］谓丁希韩诗谨严细密，无可指议。

［七］王勮，王勃兄，长寿中擢为凤阁舍人。见《李方叔济南月岩集序》注［十九］。

［八］敏丽，机敏华丽。欧阳修《举章望之曾巩王回等充馆职状》："（章望之）学问通博，文辞敏丽。"

［九］大庭，朝廷。《逸周书·大匡》："王乃召冢卿、三老、三吏、大夫百执事之人，朝于大庭。"

［一〇］制，诏命，法令。

［一一］从容，此谓慢一些。

［一二］阁笔，停笔，放下笔。三国魏鱼豢《典略》："皆阁笔不能措手。"

［一三］《汉书·艺文志·诸子略》："法家者流，盖出于理官。"

题高平杂诗后[一](一)

绍圣四年夏，鞫狱原州[二]，四月□□□推，五月二十二日出院[三]，人事不复关与。盖独游息于一堂之上，凡三□□□□不能平，由聊寓笔墨，以遗其□□□□□□不精而择，庶几与□□□□□晤语，亦足以见倾倒紬绎，若□□□□□□谐诡谲[四]，无所不有，而卒归之□□□也。忽□早衰，人所不及者(二)，往往绵□□□□谓且免矣，今复见临，则所谓险阻艰难，□直备尝之矣，不在我者乎？则□险阻艰难者，果可以见窘，非耶？览之者□□知也。**宣统本《姑溪居士文集》卷四二**

【校记】

（一）此文底本缺，仅“所谓险阻艰难”以下文字误刻在卷四九《郡太君林氏墓志》后，此据《全宋文》补。

（二）自“谲”至“人所不及者”，据《全宋文》补。

【笺注】

［一］高平，因文缺较多，不详何指。

［二］鞫狱，审理案件。鞫，通“鞠”。《汉书·刑法志》：“今遣廷史与郡鞠狱。”原州，时属陕西路，今属宁夏固原。

［三］出院，指罢枢密院之职事。

［四］诡谲，怪诞，虚妄。《晋书·王坦之传》：“其言诡谲，其义恢诞。”

跋黄拟山所藏刘君锡太尉画[一]

刘琢为宣武节度使[二]，每大飨[三]，互进歌童舞女。琢以为非是，乃更用壮士，介甲胄[四]，挟剑戟，相搏刺，使观者增气，史氏韪之[五]。殊不知投壶雅歌，轻裘缓带，真古昔名将之事也。尚何累于歌童舞女哉？刘侯以椒房近亲[六]，致位通显[七]，而耻以之自下[八]，辄感慨激厉，取名戎马间，卒提卫兵，倦得钺[九]，遽不幸。视其趣尚幽远，动有典则，虽笔墨流传，人争得而宝之，与夫习膏粱以玩于无所事而然者[一〇]，不可同日语也。呜呼，天下太平日久矣，斯人者不得崛起于功名，使卫青、霍去病辈独高于前世而死，可胜叹邪！盖将有拊卷想像，欲作而不可得者。建中靖国元年六月二十四日，姑溪李之仪(一)。《姑溪居士文集》卷四二

【校记】

（一）《全宋文》：“署名可疑，李之仪崇宁二年编管太平州，居姑

熟，始自号姑溪居士。此姑溪二字，或为后人妄加。”

【笺注】

［一］黄拟山，生平不详。刘永年（？—1084），字君锡，彭城（今江苏徐州）人，真宗刘皇后侄孙，善绘鸟兽虫鱼及道释人物。

［二］刘瑑，徐州彭城人，字子全，唐文宗开成进士，累官河东节度使、同中书门下平章事。宣武，指宣武军，辖四州（宋州、汴州、颍州、亳州）。节度使，唐代开始设立的地方军政长官，因受职之时，朝廷赐以旌节，故称。

［三］大飨，合祀先王的祭礼。《礼记·礼器》："大飨其王事与？"

［四］介，披甲。

［五］史氏，史家，史官。韪，是，对。《左传·昭公二十年》："君子韪之。"

［六］椒房，西汉未央宫皇后所居殿名，后亦用为后妃的代称。《后汉书·延笃传》："大将军椒房外家。"

［七］致位，达位。《后汉书·鲁恭传》："方致位侍中。"通显，官高名显。《后汉书·应劭传》："至瑒七世通显。"

［八］自下，位居人下，谓退让。韩愈《答冯宿书》："故至此已来，克己自下。"

［九］谓刘瑑依仗改变仪礼的方法来实现自己的抱负。佹（guǐ），依。钺，借指礼仪用的仪仗兵器。

［一〇］膏粱，指富贵人家。袁宏《后汉纪·顺帝纪二》："诸侍中皆膏粱之余，势家子弟。"

书林逋处士诗后[一]

西湖风物固不迁[二]，但无和靖辈人物尔，览之怅然。姑溪老农。

《姑溪居士文集》卷四二

【笺注】

［一］林逋（967—1028），字君复，杭州钱塘人。隐居西湖孤山二十年，不仕不娶。仁宗赐谥和靖先生。处士，有德才而隐居不仕之人。

［二］不迁，不改，不变。

题范巨卿传后[一]

朋友之道废久矣，托生犹不可得，况托死邪？凛凛若人[二]，至今尚有生气，思道独友之于千有余年之后，岂其金石不渝，真有志于是者欤？遂假一时善书录以置座右，而时用以自警策，且复告诸气类。孰不知有是道，孰不知有是人，而未仿佛于议论商榷者，讵能雍容履践，将与之并驱争先乎？吾知勉矣，亦由思道而发之也。《姑溪居士文集》卷四二

【笺注】

［一］范式，字巨卿，山阳郡金乡县（今山东济宁金乡）人。东汉名士，与汝南郡人张劭交好，有“鸡黍之交”之誉。事见《后汉书·独行列传》。

［二］若人，这样的人。

跋董安期帖[一]

余始至当涂，得见讲院壁间题字[二]，不觉失声曰：“吾元章何时过此耶？”主僧曰：“是诸董所留下。”余然后知其为祖习[三]，然咄咄相逼[四]，殆不复能真赝。后得是数帖，稍索其妙处，是往往过之，盖金陵董君安期所作。元章行笔，为一时之冠，推而上之，柳诚悬、徐季海俱在下风。董君时年少尔，使年加长，笔力愈老劲，则吾元章未必不为今日之徐、柳也。崇宁五年十二月二十四日，姑溪居士。《姑溪居士文

集》卷四二

【笺注】

［一］董安期，生平不详。

［二］讲院，讲经的寺院。

［三］祖习，宗奉学习。《陈书·何之元传》："自兹厥后，因相祖习。"

［四］谓极为逼真。

《欧阳文忠公别集》后序

蜀人梅贽公仪为滑州[一]，得残稿数纸，文义粲然[二]，而不知其所自。以类访之，得于人者，又数十纸，问诸所自，亦莫知。持归以质于公，公曰："此我通判滑州时学书，偶至于盈纸，不意流落犹在也。"文章犹日月之在天，莫不冒其照临，在地则犹水火也(一)，也万物必资焉以给，其可一日而无耶？故其随得随散，天地不能藏匿，而在在处处，必为神物护持。公尝语人曰："笔研我辈假以寓其趣，凡有所当寓，当随其所命意，紬绎展转而见于笔下，不独学书。因而可以增益其所未到处，久之，斯可乐也。"盖公之自乐者如此，故每见于翰墨者皆抑扬顿挫，可以为学者师法，信所谓矢口而成言，肆笔而成书也[三]。汝阴王乐道与其子性之皆博极群书，手未尝释卷，得公家集所不载者，集为二十卷。余幸得而观之，遂以尝闻人所诵公之言以记于后，亦足以告夫学者而为之劝也。政和四年三月廿三日，赵郡李之仪书。《姑溪居士后集》卷一五

【校记】

(一) 犹：原无。据四库本、《全宋文》补。

【笺注】

［一］梅贽，当为梅挚（995—1059），字公仪，成都新繁（今四川新都）人。仁宗天圣间进士，后以龙图阁学士知滑州（今河南滑县）。

［二］文义，文章的义理、内容。

［三］谓不假思索，语出扬雄《法言·五百》。

跋东坡诸公追和渊明《归去来引》后

欧阳文忠公谓诗非能穷人，殆穷而后工[一]。人知诵此语，而不知工果何在也？及观渊明之赋也，其穷可知。皦皦数百年间[二]，如孤云之游太清[三]，见者莫不引睇，将欲与追逐先后，岂复可得？东坡平日自谓渊明后身[四]，且将尽和其诗乃已。自知杭州以后，时时如所约，然此语未尝载之笔下。予在颍昌，一日从容[五]，黄门公遂出东坡所和[六]。不独见知为幸，而于其卒章始载其后身尽和平日谈笑间所及。公又曰："家兄近寄此作，令约诸君同赋。而南方已与鲁直、少游相期矣，二君之作未到也。"居数日[七]，黄门公出其所赋，而辄与牵强(一)。后又得少游者，而鲁直作与不作未可知，竟未见也。张文潜、晁无咎、李方叔亦相继而作，三人者虽未及见，其赋之则久矣，异日当尽见之。以是知穷而后工者，不为虚发。藏云秋日，周智臣以此纸见邀[八]，云："必满轴乃已。"因寻绎所得者，次第书之，而不腆之作[九]，遂托其后，真所谓淘之汰之者也[一〇]。政和元年八月二十日。《姑溪居士后集》卷一五

【校记】

(一)与：原作"无"，据四库本、《全宋文》改。

【笺注】

［一］语出欧阳修《梅圣俞诗集序》："写人情之难言，盖愈穷而愈

工。然则非诗能穷人，殆穷者而后工也。”

［二］皦皦（jiǎo），明亮洁白，形容光彩夺目。

［三］太清，天空。刘向《九叹·远游》：“载赤霄而凌太清。”

［四］后身，佛教谓转世之身。晋裴启《语林》：“张衡之初死，蔡邕母始孕。此二人才貌相类，时人云邕是衡之后身。”

［五］从容，闲暇，休息。

［六］黄门公，苏辙。见《与苏黄门子由手简》注［一］。

［七］过了几天。居，停止。

［八］周智臣，生平不详。

［九］浅陋之作，自谦之辞。

［一〇］淘之汰之，淘洗杂质。语出《世说新语·排调》：“淘之汰之，沙砾在后。”

杂题跋一

作诗字字要有来处，但将老杜诗细考之，方见其工。若无来处，即谓之乱道亦可也。王舒王解字云：“诗，从言从寺，寺者法度之所在也。”[一]可不信哉！近得蔡天启句法[二]，颇得其趣，尝记其一联云：“草长蝴蝶狂深见，兴尽黄蜂欲退飞。”乃“穿花蛱蝶深深见”[三]与“六鹢退飞过宋都”也[四]。然用之惟在不觉，若觉则不工矣。《姑溪居士后集》卷一五

【笺注】

［一］王安石著有《字说》。《宋史·王安石传》：“初，安石训释《诗》《书》《周礼》，既成，分布之学官，天下号曰‘新义’。晚居金陵，又作《字说》，多穿凿傅会。”

［二］蔡肇（？—1119），字天启，元丰二年进士，能诗文，工山水人物。有《丹阳集》。

［三］语出杜甫《曲江二首》其二。

［四］语出《公羊传·僖公十六年》。

杂题跋 二

晋右将军王逸少善草书[一]，为古今之魁。尝为越州内史[二]，永和九年三月上巳日[三]，同子侄辈游山阴之兰亭[四]，修禊事也[五]。各赋诗为乐，遂制《游兰亭叙》[六]，辞翰精绝，为世之宝。后唐太宗泊玉华[七]，大渐[八]，语高宗曰："吾有事语汝，汝必从之。"高宗涕泣引耳而听[九]，曰："吾身后得《兰亭》陪葬，吾无恨矣。"唐末乱离，贼发诸陵[一〇]，唯取其金玉，轴贤书画复落于人间，皆摹刻，失真远甚，唯长安薛真极为清绝[一一]。《姑溪居士后集》卷一五

【笺注】

［一］逸少，王羲之字。

［二］越州，当为"会稽"。《晋书·王羲之传》："羲之既拜护军，又苦求宣城郡，不许，乃以为右军将军、会稽内史。"

［三］晋穆帝永和九年（353）。

［四］山阴，今浙江绍兴。

［五］修禊，沐浴除灾祈福。

［六］事见《晋书·王羲之传》。

［七］玉华，即玉华宫，在陕西宜君县西北，唐太宗贞观二十一年（647）修建，高宗永徽二年（651）改宫观为庙宇，废为玉华寺。

［八］病危。渐，剧。《尚书·顾命》："疾大渐，惟几。"

［九］引耳，竖着耳朵，形容专注地听。唐何延之《兰亭始末记》："高宗哽咽流涕，引耳听命。"

［一〇］诸陵，唐代诸位帝王的陵墓。

［一一］薛真，生平不详。

书乐府长短句后

器之上人好事[一]，不立畦畛[二]，所到人多喜之，喜收予书，虽造次必录无择[三]。藏云岁杪，夜长灯暗，辄以此轴见邀。如醉梦中，随智臣口占，随得随书，不觉轴尽。又以岁月与其会人及其他见邀，云："将为异日之观。"[四]时大观四年十二月十日夜，释宝之、周智臣、葛大川、释子长、樊圣可并器之与予七人(一)，云际院东房火积中记[五]。《姑溪居士后集》卷一五

【校记】

(一) 七，原作"也"，据《全宋文》改。

【笺注】

[一] 器之上人，高僧。好事，此谓热心助人。汉应劭《风俗通义·穷通·司徒中山祝恬》："闻汲令好事，欲往语之。"

[二] 畦畛，界限，隔阂。韩愈《赠崔立之评事》："高士例须怜麴糵，丈夫终莫生畦畛。"

[三] 造次，此指匆忙急迫之作。

[四] 异日之观，谓来日之盛事。

[五] 云际院，寺名。

和山谷谢李邦直送斋云龙茶诗跋尾[一]

元丰八年九月，鲁直入馆[二]。是月裕陵发引[三]。前一日，百官集朝堂，与余适相值，邂逅邦直送茶。居两日，闻有诗，又数日，相见于文德班中[四]，为余口占。政和四年中元前一日，宣城周少隐出此诗相示[五]，盖二十有九年矣。感旧怆然[六]，因借其韵，书于卷尾。是日大

旱，久不雨而雨，黄昏月出，已而复雨。《竹坡诗话》

【笺注】

［一］李清臣（1032—1102），字邦直，魏（河北大名）人，神宗时为两朝史编修官，徽宗立，为门下侍郎。黄庭坚《谢李邦直送矞云龙茶诗》，一题作《谢送碾壑源拣芽》。

［二］元丰八年四月，黄庭坚奉诏为秘书省校书郎，九月到京入职。

［三］裕陵，指神宗。因神宗葬于永裕陵（位于今河南巩义），故称。

［四］《宋史·礼志十九》：“国朝之制：两省、台官、文武官员每日赴文德殿立班……至祥符初，始诏循故事，押文德班。”

［五］周紫芝（1082—?），字少隐，号竹坡居士。高宗绍兴十二年进士。历官右司员外郎、知兴国军，秩满，奉祠归，入居庐山以终。有《太仓梯米集》《竹坡诗话》。此事亦见于《竹坡诗话》：“余家藏山谷《谢李邦直送矞云龙茶诗》，所谓‘矞云从龙小苍壁，元丰至今人未识’者是也。用川麻矮纸作巨轴，书如拳许大，字画飞动，可与《瘗鹤铭》《离堆记》争雄。政和甲午携以示李端叔，端叔和山谷韵，又用此韵作诗见贻，且跋其尾云云。”

［六］怆然，形容悲伤的样子。

杂书

偶　书

俊杰廉悍[一]，雅健雄深，盖尝见其人矣。既独立于千仞之上，则下视万物如在掌握间；足一跌，遂致于讫死不复振。故曰知所爱，则知所养也[二]。不有其养，则无异自卧于地，以望百尺楼上，其免于物役固难矣[三]，所谓俊杰廉悍，雅健雄深者尚何足云？才一间耳[四]，而相反如是，所以择术不可不慎也[五]。《姑溪居士文集》卷一七

【笺注】

［一］廉悍，峻峭精悍。韩愈《柳子厚墓志铭》："俊杰廉悍，议论证据今古。"

［二］养，蓄养，保养。

［三］物役，外界事物所役使。

［四］一间，形容间隔很小。

［五］择术，鉴别立身处世之道。《荀子·非相》："故相形不如论心，论心不如择术。"

张觉夫字序[一]

自形之下者言之，高者必曰山，深者必曰海。谓山高几尺，海深几丈，则未免于亿计。要之，终不出于度量，则舍尺与丈，何适乎？至于锱铢毫发不差则妄矣，山果高几尺，海果深几丈邪？惟古人真积力

久[二]，推其自得之学以就圣人之事业[三]，则未始不若合符节[四]。圣人之事固不可以形论，则终见之于形者，以其器耳[五]。以形而论，如山之高，海之深，犹谓之亿计，而圣人之事业乃如是，是器不可以易也。令夫曲直长短，圆方大小，置之安则安，置之危则危，左右上下惟吾所命，此器之不易者，讵不信哉？伊尹耕于有莘[六]之野，曰："予天民之先觉也。"匹夫匹妇有不被尧舜之泽者，如己推而内之沟中。其自任以天下之重如此[七]，此其器也。方夏德之衰，桀之不道，人知其必亡，犹就之，就之而不售，则去而之汤。比五就而卒为汤所用[八]，何哉？非不知桀之不足与有为也，犹幸我君之或能用。用我乃汤也(一)，汤非不知伊尹也，亦五就而后用。君子未尝不谨，未尝不待时而后动[九]，知伊尹之必能相予[一〇]，吊民伐罪[一一]，亦必至于五而后用。既用矣，盖有所待也。其后果咸有一德，克享天心[一二]，遂济其美，以成其事业。则其自任之重，得不谓之若合符节邪？非独伊尹也，凡学者莫不由此。故曰学之为王者事，其已久矣。尧、舜、禹、汤、文、武汲汲，仲尼皇皇[一三]，其已久矣。学之不为王者事，不得谓之学。零陵张君仲先字觉夫[一四]，以其名问其字于余。余以是告之。觉夫明爽高秀，虽在场屋，而不专为场屋之学，旁探密取，自殖物而名之[一五]，将种种皆入吾用而后已。家世以文章行义表见士大夫间，零陵之张，海外率知之。而觉夫乃资其天得，以负荷家之传，放扩而达之，以见于事业。则夫名之所因，字之所训，其可得而已邪？苟不已矣，则伊尹之志其远哉？勉之，余将拭目以俟。崇宁五年五月二十八日，姑溪居士序。《姑溪居士文集》卷三五

【校记】

（一）用我：原作"我桀"，据《全宋文》改。

【笺注】

［一］张觉夫，生平不详。

［二］真积，认真积累。《荀子·劝学》："真积力久则入，学至乎没而后止也。"

［三］就，成就。

［四］若合符节，喻两者完全吻合。《孟子·离娄下》："（舜、文王）得志行乎中国，若合符节。"

［五］器，才能。

［六］有莘，古国名。

［七］以上语出《孟子·万章上》。

［八］五就，五次归于。《孟子·告子下》："五就汤，五就桀者，伊尹也。"

［九］等待时机然后行动。《易·系辞下》："君子藏器于身，待时而动。"

［一〇］相，辅佐。

［一一］慰问受苦的人民，讨伐有罪之人。语出《孟子·滕文公下》："诛其君而吊其民。"

［一二］咸有一德，都有纯一之德，为《尚书》篇名，又名《尹诰》，相传伊尹所作。克享天心，能合天意。文曰："惟尹躬暨汤，咸有一德，克享天心，受天明命。"

［一三］皇皇，形容彷徨不安的样子。《孟子·滕文公下》："孔子三月无君则皇皇如也。"

［一四］零陵，今湖南永州。

［一五］殖物，物产，此指自己创造。

祥瑛上人字序[一]

古之人所以自厚重其字者[二]，诚以其贤否丑美，必常与名字相上下而始终。昔邾娄片善可称[三]，《春秋》褒之曰仪父[四]。解者谓名不如字，以为极美之谈。故孔子作《春秋》，记人之行事，或名之，或字之，皆因其行事之善恶而贵贱之。是以二百四十二年之间，字而不名者十二人而已。祥瑛上人欲更其字，数以名来请。告之曰：许慎云：瑛，光莹玉色也。夫充实之谓美[五]，瑛则美之尽也。推此则瑛乃琼之精，其光莹特可见矣，宜字之曰莹中。莹中上人少启禅关，得佛三昧[六]，异日高提祖印[七]，特未可量也。然其心地真净明妙，虚彻灵通[八]，辉然而莹于中，又岂能掩之哉？庶几不失其贵者欤！戊戌三月六日[九]，姑溪老农书。《姑溪居士文集》卷三五

【笺注】

[一] 祥瑛上人，生平不详。

[二] 厚重，看重。

[三] 邾娄，即邾国，春秋时诸侯国名。《公羊传·隐公元年》："三月公及邾娄仪父盟于眛。"片善，微小的优点。鲍照《代放歌行》："一言分珪爵，片善辞章莱。"

[四] 仪父，春秋时邾国第十代君主邾克的字。

[五] 语出《孟子·尽心下》："充实之谓美，充实而有光辉之谓大。"

[六] 三昧，要领，真谛。

[七] 祖印，祖师法印。

[八] 虚彻，空明澄澈。

[九] 徽宗政和八年（1118）。

庄居阻雨邻人以纸求书因而信笔[一]　一

近日诏求遗书[二]，乃太平甚盛之举。本朝书最不备，臣庶之家亦多苟简[三]，不以为事。自昔隋兼南北，两朝经籍特富，其所藏之地号嘉则殿，其卷至三十七万。大业之乱[四]，存者无几，武德初才有八万卷[五]。又平王世充[六]，得嘉则旧书八千卷，自黄河水运入京师，至砥

柱舟覆而亡[七]。开元中，置使置院，专治其事。然著于录者，又减武德三分之一。通一时学者自为之书，仅补其阙，以甲乙丙丁分经史子集为四库。安禄山之乱[八]，尺简不存。元载当国[九]，请以千钱购一卷，分遣使遍天下搜索，稍稍全复。遂增四库为十二库，一目为四库矣。文宗尤所留意[一〇]，而十二库方充满。复经广明播迁[一一]，迄于天复迁都[一二]，乃荡然无遗。又更五代之乱，臣庶之家救死不暇，岂复以此自表见？故本朝书籍逮今未振。宋绶、李淑二家号藏书[一三]，亦不过一二万卷而已。绶家又为火所尽，其孙景年方辗转图足[一四]，未几辄死，岂其数耶[一五]，抑有所待也？《姑溪居士文集》卷一七

【笺注】

［一］信笔，随手书写，不甚经意。苏轼《答陈季常书》："信笔而书，纸尽乃已。"

［二］遗书，散佚的书籍。《汉书·艺文志》："至成帝时，以书颇散亡，使谒者陈农求遗书于天下。"

［三］臣庶，臣民。《尚书·大禹谟》："惟兹臣庶，罔或干予正。"苟简，草率简略。《庄子·天运》："食于苟简之田，立于不贷之圃。"

［四］隋炀帝执政中后期的混乱局面。大业（605—618），隋炀帝年号。

［五］武德（618—626），唐高祖年号。

［六］王世充（？—621），字行满，隋朝末年起兵群雄之一。

［七］砥柱，在今河南三门峡。《水经注·河水四》："砥柱，山名也，昔禹治洪水，山陵当水者凿之，故破山以通河，河水分流，包山而过，山见水中若柱然，故曰砥柱也。"

［八］指唐玄宗末年至代宗初年（755—763）安禄山、史思明发动的反唐之乱。

［九］元载（？—777），字公辅，凤翔岐山（今陕西岐山）人，代

宗朝宰相。

[一〇] 文宗，唐文宗李昂（809—840）。

[一一] 广明（880—881），唐僖宗年号。

[一二] 天复（901—904），唐昭宗年号。天祐元年（904），朱温挟持昭宗迁都洛阳。

[一三] 宋绶（991—1040），字公垂，赵州平棘（今河北赵县）人，藏书甚丰，笔札精妙。李淑（1002—1059），字献臣，徐州丰（今属江苏）人，详练朝廷典故，制作诰命，为时所称。

[一四] 宋景年，字遐蛳，哲宗元祐时人，曾官祠部员外郎。

[一五] 数，气数，命运。

庄居阻雨邻人以纸求书因而信笔　二

由拳纸工所用法[一]，乃澄心之绪余也[二]。但其料或杂，而吴人多参以竹筋，故色下而韵微劣[三]。其如莹滑受墨，耐舒卷，适人意处，非一种。今夏末涉秋，多暴雨，潮水大，墟田之水不能洩。吾之野舍浸及外限，户内著屐乃可行。会庄夫以收成告，既来，复值雨，寸步不能施，终日临几案，忽忽无况[四]。云破山出，时时若相慰藉者。邂逅邻人出此纸，见邀作字。既与素意相投，凡数十番，不觉写遍。安得能文词者相与周旋？既为之太息，而又字画不工，似是此纸厄会所招也。《姑溪居士文集》卷一七

【笺注】

[一] 由拳，纸名，又作“油拳纸”，出产于余杭一带的一种藤纸。

[二] 澄心，纸名，即澄心堂纸，产于五代十国南唐徽州，后主李煜特辟澄心堂来贮藏，故有此名。以肤卵如膜、坚洁如玉、细薄光润著称。梅尧臣《潘歙州寄纸三百番石砚一枚》：“澄心纸出新安郡，腊月敲冰滑有余。”

［三］色下，颜色不好看。

［四］无况，指无事可做。

庄居阻雨邻人以纸求书因而信笔 三

东坡每属词研墨，几如糊，方染笔[一]。又握笔近下[二]，而行之迟。然未尝停辍，涣涣如流水[三]，逡巡盈纸[四]。或思未尽，有续至十余纸不已。议者或以其喜浓墨，行笔迟为同异[五]，盖不知谛思乃在其间也[六]。杨文公与人对奕饮酒次[七]，人或以文为请，即以方角小纸，蝇头细字，运笔如飞，而与饮奕不相妨。其词又皆实以前世事，对偶精密，引据审确[八]，所命意灿然如掌握中，而利害明白，不容有所增损。二公皆一时异人，固未易优劣[九]。要之，东坡之浓与迟出于习熟[一〇]，而文公之小纸细字，亦非有所必也[一一]。故知熟则生之，生则熟之，贵乎无所滞阂尔[一二]。至其饮奕相参而各能办，则东坡不善饮奕，一小杯则径醉，睡或鼾，亦未尝放笔。既觉，读其所属词，有应东而西者，必曰错也。但更易数字，因其西而终之，初不辨其当如是也。《姑溪居士文集》卷一七

【笺注】

［一］染笔，蘸墨挥笔。陶弘景《冥通记》卷一："子良因染笔作七星形。"

［二］近下，靠近笔杆下端。

［三］涣涣，形容水流动的样子。《诗·郑风·溱洧》："溱与洧，方涣涣兮。"

［四］逡巡，从容，不慌忙。《庄子·秋水》："东海之鳖，左足未入，而右膝已絷矣，于是逡巡而却。"

［五］同异，异议。

［六］谛思，深思。

[七] 杨亿谥文，世称杨文公。次，谓在这个时候。

[八] 审确，详尽确实。

[九] 优劣，谓评定高下好坏。

[一〇] 习熟，熟悉，熟知。王充《论衡·超奇》："博览多闻，学问习熟。"

[一一] 必，标准。

[一二] 滞阂，停滞、阻碍，此指不通畅。

书赵凤事[一]

刘知几、吴兢撰《武后实录》[二]，书张易之、昌宗诬魏元忠子齐私谒庐陵王事[三]，尝邀张说为证[四]。而说已许诺，赖宋璟力止之[五]，说得冒以为忠[六]。后说当国[七]，读之而内自屈[八]，尝语兢曰："刘子元叙此事，太不假借[九]。"兢曰："子元已死，不可受诬于地下。此事实兢所书，其稿故在。"说后屡祈刊削[一〇]，而兢终不许，世皆以为今日之董狐也[一一]。至赵凤为《庄宗实录》，乃将何挺论刘昫疏不载[一二]。昫既相，遂引凤共政事。去古浸远[一三]，所谓董狐者，果何人哉？《姑溪居士文集》卷一七

【笺注】

[一] 赵凤（？—935），幽州人。少为儒，后唐庄宗李存勖即位，拜中书舍人。

[二] 刘知几（661—721），字子玄，彭城（今江苏徐州）人，武则天长安二年（702）任史官，撰起居注，兼修国史。吴兢（670—749），汴州浚仪（今河南开封）人，武周时入史馆，修国史。

[三] 张易之、张昌宗，武则天宠侍。魏元忠（？—707），宋州宋城县（今河南睢阳）人，历仕高宗、武后、中宗三朝，两次出任宰相。私谒，私自造访，谓勾结。庐陵王，唐中宗李显（656—710）于光宅元

年（684）被废为庐陵王。

［四］张说（667—730），字道济，一字说之，洛阳人，曾三次为相。

［五］宋璟（663—737），邢州南和（今河北邢台市南和县阎里乡宋台）人，玄宗时宰相。

［六］冒，假托。

［七］当国，执政，主持国事。

［八］内自屈，心里自知理亏。

［九］假借，宽假，宽容。《战国策·燕策三》："愿大王少假借之。"

［一〇］刊削，削除。任昉《齐竟陵文宣王行状》："即命刊削，投杖不暇。"

［一一］董狐，春秋晋国太史，亦称史狐，敢于秉笔直书，不阿权贵。《左传·宣公二年》："董狐古之良史也，书法不隐。"

［一二］何挺，后唐官吏。论，弹劾。刘昫（887—946），字耀远，涿州归义人。后唐庄宗长兴三年，拜中书侍郎兼刑部尚书、同中书门下平章事。后唐废帝入立，迁吏部尚书、门下侍郎，监修国史《唐书》（南宋之后称为《旧唐书》）。

［一三］浸远，渐远。

书牛李事[一]

长庆初[二]，钱徽典贡举[三]，李宗闵以所亲托之[四]，李德裕、李绅、元稹在翰林[五]，密启其事，宗闵坐贬[六]，嫌隙自此遂结[七]。至太和中[八]，宗闵为宰相，会德裕召为兵部侍郎，宗闵协牛僧孺併力挤之[九]，并罢裴度政事，而僧孺尤力。朋党至不可破，侵寻四十余年，缙绅之祸不能解，乃有牛李之号。武宗立，专任德裕，而为一时名相，唐祚几至中兴。力去朋党，卒为白敏中、令狐绹所中伤[一〇]。岂无心始可立事，而有心则讫不能济？使德裕不以前日为念，而一心所事，唐祚

固未艾也。《姑溪居士文集》卷一七

【笺注】

［一］牛李事，即牛李党争，指唐宪宗至宣宗时以牛僧孺、李宗闵等为首的牛党与李德裕、郑覃等为首的李党之间的争斗。

［二］长庆（821—824），唐穆宗年号。

［三］钱徽（755—829），字蔚章，浙江吴兴（今湖州）人，钱起子。长庆元年任礼部侍郎，主持科举。

［四］李宗闵（？—846），字损之，宗室，宰相。

［五］李德裕（787—850），字文饶，赵郡赞皇（今河北赞皇）人，牛李党争中李党领袖，中书侍郎李吉甫次子。李绅（772—846），字公垂，亳州谯县（今安徽亳州市谯城区）人，历任中书侍郎、尚书右仆射、淮南节度使等职，与元稹、白居易交游甚密。

［六］坐贬，因连坐被贬。

［七］嫌隙，仇怨。《三国志·魏志·胡质传》："今以睚眦之恨，乃成嫌隙。"

［八］太和（827—835），唐文宗年号。

［九］牛僧孺（779—848），字思黯，安定鹑觚（今甘肃灵台）人。牛李党争中牛党领袖。

［一〇］白敏中（792—861），字用晦，华州下邽（今陕西渭南东北）人，白居易从弟，宣宗时宰相。令狐绹（795—879），字子直，京兆华原（今陕西耀县东南）人，太尉令狐楚之子。文宗太和四年（830）进士，后召入知制诰，辅政十年，拜司空、检校司徒，封凉国公。

书杨绾事[一]

杨绾少孤贫，独处一室，左右图史凝尘满席，泊如也[二]。雅不好名，有所论著，未尝示人。后为相，时郭子仪再造唐室[三]，勋德方盛，特为之裁损骑从，以避其高名清节。名者实之宾也[四]，招之不来，麾之不去[五]，岂在汲汲自炫鬻以沽之耶？内不足者急于人知，讵不谅哉！是等人也，尚何足云？聊以知有其实而名自至，有之已非是，况无而自为有者乎？《姑溪居士文集》卷一七

【笺注】

［一］杨绾（718—777），字公权，华州华阴（今陕西华阴）人。唐代宗时任中书侍郎、同平章事。

［二］《新唐书·杨绾传》："（绾）性沉靖，独处一室，左右图史，凝尘满席，澹如也。"泊如，形容恬淡无欲。《汉书·扬雄传下》："时雄方草《太玄》，有以自守，泊如也。"

［三］郭子仪（697—781），华州郑县（今陕西渭南华州区）人，因平定安史之乱有功，被尊为"尚父"，进位太尉、中书令。

［四］语出《庄子·逍遥游》。

［五］语出《史记·汲郑列传》："使（汲）黯任职居官，无以逾人。然至其辅少主，守城深坚，招之不来，麾之不去，虽自谓贲育亦不能夺之矣。"

书刘元平事[一]

唐霍王元轨[二]，太宗子[三]，与处士刘元平为布衣交[四]。或问王所长于元平，答曰无长。问者不解。元平曰："人有所短，乃见其长。君王无所不备，吾何以称之？人不见其长，则为全人矣。盖其质既美，则动容周旋莫不如是[五]。譬之嘉木，本立则枝条、根节、大小、短长，皆中规矩绳墨，见者一一知其为可用也，又何择焉！"《姑溪居士文集》卷一七

【笺注】

［一］刘元平，唐处士。

［二］李元轨，唐高祖李渊第十四子，太宗异母弟。武后垂拱四年(688)，坐与越王李贞连谋叛，徙居黔州，行至陈仓卒。

［三］太宗，当为“太祖”之误。

［四］布衣交，不拘地位高低的平等之交。《后汉书·隗嚣传》：“嚣素谦恭爱士，倾身引接为布衣交。”

［五］见《与金马部中玉手简一一》注［八］。

书柳材笔[一]

元祐中，钱塘倪本敦复通守当涂[二]，一日抵书相问劳，藉以十笔，其签云河东柳材。予时方学书，得笔试之，颇相入[三]。是后访柳不可得，而念亦不少辍。异时予得罪流是邦，既到，首幸自偿所念。而材乃历阳人，死已久矣，为之怅然久之。过少广书室[四]，得柳东所艺[五]，宛转抑扬，二十年之负，恍然见慰。问之，盖材族人，于是知典型渊源不无所自来也[六]。但予老矣，字画日退，良有愧于畴昔，临纸一叹。《姑溪居士文集》卷一七

【笺注】

［一］柳材，善制笔的工匠。

［二］倪本，字敦复，生平不详。通守，官名，隋炀帝时置，职位次于太守，佐理郡务。苏轼《别天竺观音诗》序：“余昔通守钱唐，移莅胶西。”

［三］相入，佛教语，谓彼互相融入，而无乖隔。

［四］少广书室，当为书肆名。

［五］柳东，人名。艺，制作。

［六］典型，规矩、做法。

又试笔

手和笔调，作字乃佳，迫促取能，未见其可。前人任为一事，盖尝终身践蹈，悲欢穷通，未始不在也。退之序高闲[一]，谓僚之于丸，秋之于奕[二]，讵不谅哉！虽曰一技，要须如是方尽[三]。仆知而不能行[四]，故白首如逆风驾船，进寸退尺。不图误有见索，每临纸必为见夺[五]，况手未和，笔未调，又迫促勉强耶？似是此纸逢厄会，定将覆酱瓿矣[六]，可胜感叹。《姑溪居士文集》卷一七

【笺注】

［一］韩愈作有《送高闲上人序》。

［二］《送高闲上人序》："尧、舜、禹、汤治天下，养叔治射，庖丁治牛，师旷治音声，扁鹊治病，僚之于丸，秋之于奕，伯伦之于酒，乐之终身不厌，奚暇外慕夫外慕徙业者，皆不造其堂，不哜其胾者也。"

［三］尽，达到极致。

［四］仆，谦称，犹"我"。司马迁《报任安书》："仆非敢如是也。"

［五］见夺，谓丧失信心。

［六］言此作定将不被世人重视。见《与何给事手简五》注［一二］。

书陈格石刻[一]

予少时客庐山，见诸刻石字，皆有精神，退而求其真迹，率不逮也。乃知模勒之妙，有以假借致然。是后每作字，必叹息不得其人相与表发。比过金陵，所见如庐山时，至其画笔则又过之。迨诘其所自，盖南康人陈姓名格[二]，从事于此十二世矣。予固知他人必不能至是，又

以信予平日一见为不可易也。凡技之善，如庖丁解牛，轮人斫轮，直以神遇而不以力会，然后为得，况十二世传习之久耶？彼儌幸于一旦之遇者[三]，虽资藉展转，岂得不自愧哉？《姑溪居士文集》卷一七

【笺注】

［一］陈格，生平不详。

［二］南康，指南康军，在今江西省。

［三］儌，通“侥”。

戏杨元发

楚令尹子西将死[一]，家老请立子玉为之后[二]。子玉直视则则[三]，于是遂定。昭奚恤过宋[四]，有馈彘肩者[五]，昭奚恤阿阿以谢[六]。尔后“阿阿则则”更为叹息声，尝究其所自，乃得于此。元发偶有系念，苍黄失据[七]，屡诘之，辄阿阿则则。予固知元发非二人者，不知其声从何而至，请知者注出。《姑溪居士文集》卷一七

【笺注】

［一］令尹，春秋战国时楚国执政官名。《论语·公冶长》：“令尹子文，三仕为令尹。”子西，公子申，字子西，楚平王的庶长子，楚昭王的异母兄。事见《史记·楚世家》。

［二］家老，家臣中的长者。《国语·晋语八》：“且吾子之家老也。”

［三］成得臣（？—前632），芈姓，成氏，字子玉，斗伯比之子，子文之弟。楚成王三十五年（前637），因战功被推为令尹。则则，啧啧。

［四］昭奚恤，纪郢（今江陵纪南城）人，楚宣王时令尹。

［五］彘肩，猪肘子。《史记·项羽本纪》：“赐之彘肩。”

［六］阿阿，啊啊。

[七] 惊慌失措。苍黄，匆促慌张。

赠　人

丙戌正月九日[一]，过彦国，明窗稍理，蕴火取暖，焚香烹茶，翛然相向[二]。欲归而德威遽至[三]，复坐笑语。徐视几上散帙，得老杜诗、《五代史》《庐陵欧公集》《宋文选》[四]，不觉骇愕[五]，辄谓彦国曰："子之胆过身矣。"已而抵掌相顾[六]，曰："胆未足大，始我学屠龙为有罪。"[七]姑溪老人。《姑溪居士文集》卷一七

【笺注】

[一] 丙戌，徽宗崇宁五年（1106）。

[二] 翛然，无拘无束、自由自在的样子。《庄子·大宗师》："翛然而往，翛然而来而已矣。"

[三] 德威，人名。

[四]《五代史》，由宋太祖诏令编纂的官修史书，薛居正监修。《庐陵欧公集》，欧阳修文集。《宋文选》，三十二卷，编者不详。《四库全书总目提要》云："所选皆北宋之文，自欧阳修以下十四人，惟取其有关于经术、政治者，诗、赋、碑铭之类不载焉；中无'三苏'文字，而黄庭坚、张耒之文则录之；岂当时苏文之禁最严，而黄、张之类，则稍宽欤？又其中无'二程'文，盖不以文士目之也。"

[五] 骇愕，惊讶，惊愕。《晋书·赵王伦传》："百姓忽闻其尚主，莫不骇愕。"

[六] 抵（zhǐ）掌，击掌（表示高兴）。

[七] 屠龙，见《与友人往还手简九》注［五］。

书刘九思建茶砚屏[一]

番阳钟弱翁少有出尘意[二]，中间辄峥嵘戎马间[三]，以功名互表里，

晚乃致位通显。然无妻妾，所与俱者才一族子，似已不自得于半途之失矣。故每于世外人必从容展尽，若相气类者。上饶刘思道以术名于世[四]，尝得其建茶砚屏云："昔尝相遇于京师，临分以之为别，其义不可忘也。"遂命工成就之。予方有所适，思道冒大江特见访于历阳[五]，出以相示，因以记其所自来，亦以寻吾弱翁之旧也。崇宁五年九月十二日。《姑溪居士文集》卷一七

【笺注】

［一］刘九思，生平不详，李之仪有《赠刘九思山人》诗。建茶，茶名，因产于福建建溪流域而得名。

［二］番阳，今江西鄱阳。钟传，字弱翁，以举荐入仕，徽宗崇宁中起知河中府，历知河中府、渭州、延安府等，在渭州任内，曾参与对夏战争。

［三］峥嵘，形容岁月逝去。杜甫《敬赠郑谏议十韵》："筑居仙缥缈，旅食岁峥嵘。"

［四］上饶，今江西上饶。

［五］冒，冒涉，不顾艰险而跋涉。《后汉书·东平献王苍传》："帝以苍冒涉寒露，遣谒者赐貂裘。"

偶　述

胡文恭公知苏州[一]，蒋公希鲁致政归[二]。文恭昔为诸生，尝学于蒋公，因即其居第，表之为难老坊[三]。蒋公见之，愀然曰[四]："俚俗歆艳，内不足而假之人，以为夸者，非所望于故人也，愿即彻去。"文恭愧谢，欲如其请，则营缮已严[五]，乃资其尝获芝草之瑞，改为灵芝。文恭退而语人曰："识必德而后远达(一)。蒋公之德盖所畏，而其识如是，固无足疑，其如非吾所及也。"范忠宣公薨，朝廷赐其墓碑之额为"世济忠直"。时唐公君益知颍昌[六]，为表其居为忠直坊。忠宣之子子

夷、子默告君益曰[七]:“公意则诚厚矣。此朝廷所赐，施金石，揭于墓隧[八]，假宠于范氏子孙之传则可，若道途广陌，泛为往来之观，耸动流俗尔，事体不同[九]。”君益曰:“此官司之事也[一〇]，君家何与?”子夷、子默曰:“先祖先人，功在朝廷，名闻四夷。何待此而后显?且十室之邑，必有忠信[一一]。流俗所尚识者所当耻，异时不独吾家取笑于人，于公亦不免指议。流传寖久[一二]，不知意之所命，则是非混为一区[一三]，故不得不力请。”予适官其地，亦以蒋公之语告君益，遂彻去。子夷、子默辄相谢曰:“荷公为助。”复笑谓予曰:“凡以后能物货自营，图售于人(二)，则多曰元本某家。至于假供御供使土州为名者，殆与下缺。巷，一箪食，一瓢饮，人不堪其忧，回不改其乐[一四]，故与禹、稷同道[一五]。当时未闻表其巷为何坊。今在处以私恩相濡，间亦有之，然概之以理义，则廉耻之蠹。况自营土木，取之在事者一时言端句末，窃以为名，而使在事者不得而从之者乎?”《姑溪居士后集》卷一五

【校记】

(一) 德:原作“得”，据《全宋文》改。

(二) 售:原作“授”，据《全宋文》改。

【笺注】

[一] 胡宿(996—1067)，字武平，常州晋陵(今江苏常州)人。天圣二年(1024)进士。历官扬子尉、通判宣州、知湖州等职。卒谥文恭。有《文恭集》。

[二] 蒋堂(980—1054)，希鲁，号遂翁。大中祥符五年(1012)进士，累知应天府、杭州、益州等地，以礼部侍郎致仕。有《吴门集》。

[三] 表，旌表。

［四］愀（qiǎo）然，形容神色变得严肃或不愉快。《礼记·哀公问》："孔子愀然作色而对曰。"

［五］严，完整。

［六］唐君益，字彦猷，生平不详。据《北宋经抚年表》载，唐君益于崇宁五年至大观二年正月知颍昌。

［七］范正平，字子夷，范纯仁之子，著有《荀里退居编》。范正思，字子默，子夷弟，学行亦为士林所推，居忠宣忧，哀毁过甚，因感疾，释服不调者十年。

［八］揭，发表。墓隧，墓道。《水经注·清水》："刊石树碑，列于墓隧矣。"

［九］事体，事理，道理。

［一〇］官司，官府。葛洪《抱朴子·酒诫》："严令重申，官司搜索。"

［一一］即使是十户人家的地方，也一定有忠诚信实的人，指处处有贤人。语出《论语·公治长》："十室之邑，必有忠信如丘者焉，不如丘之好学也。"

［一二］寖（jìn）久，积久。《管子·君臣上》："行公道而托其私焉，寖久而不知。"

［一三］一区，一类，一团。张华《鷦鷯赋》："阴阳陶蒸，万品一区。"

［一四］语出《论语·雍也》。

［一五］禹、稷，夏禹与后稷。夏禹、后稷受尧舜命整治山川，教民耕种，世以为贤。《孟子·离娄下》："禹稷当平世，三过其门而不入，孔子贤之。"

记

分宁县厅双松道院记[一]

分宁治洪之西南[二]，距州城四百余里，四达皆山，县居众山间，自为一乐国。山刻露峭拔[三]，溪流回环，可鉴毫发。繁竹木，富茶、纸、蜜、蜡，人力田[四]，不外求以足。尚气[五]，一不相下[六]，父子兄弟至不相容。知刑名书[七]，颇善讼，多能文之士，以之名世者接武而出，然仕不大显。士大夫论议间喜为称道，而于其风俗则终有歉焉[八]。以故知为县者尤难，其人非才且明，笃于自信，而不为势力之所回夺[九]，则未易居也。吾友金陵李道甫调官吏部，睹是阙榜于部之门，而凡可以应格者立榜下[一〇]，睥睨而不敢占。道甫问所以然，皆能道其详，而相顾叹息，曰："非不欲也，三年其得一日安乎?"道甫笑曰："为政在人耳。"遂躐其前而占之，未出，人已望风怀服[一一]，父老相语曰："为吾邦者[一二]，多逡巡而不敢就，其风声何至是邪？是令不狃于传闻而来[一三]，必高议敏用，无所牵制。我曹得以是流传之非[一四]，而因可以破他日来者之惑也。"道甫既到，父老复相语曰："吾令果如是。"计一语之出，奔走趋承之不暇，一令之下，家至户到，肃肃如风雨[一五]。久之，道甫亦知其安吾之政，而信其风俗有时而可易也。居数日，诉牒无十之七八[一六]，案牍簿书如质物之插架[一七]，文移报应如水之赴壑[一八]，输委追炤[一九]，不失所期，讼庭几可张雀罗[二〇]，官舍与僧舍无异。道甫曰："是岂易得者？可无以自文其遇，而慰吾之所不惑而来欤？亦足以为后日欲来者之信也。"乃辟其东，伐离木数百株[二一]，得地十余亩，因二古松而为道院，凿池种莲，环小洲作亭其上，度以飞桥，临桥为轩，对轩为楼，面楼为堂，依堂为斋，以入皆抱两廊。楼前之松半分上耸，堂前之松樛曲下蔽如偃盖[二二]。疏泉注斋前，络石嘈杂，声若鸣琴。又浔山谷老人旧所书琴堂碣于楼下，即之以治事，种兰菊薝葡山茶数物。已既，成一方之胜，遂无以加。而道甫日读书赋诗治笔研，以延其胜，间与僚友宾客醉笑其中，又收其余日，与绝学二三友谈出世事[二三]。书来，历叙本末，且属予为之记。会大热，跧伏数椽地[二四]，仅有出入息。发书，超然如濯清风，饮冰雪，不觉插两翼而到其处也。图有以报之，而词藻振丽，殆不容间一语，姑借之为用耳。后之来者可不信乎？苟得予文，亦不待既到而后信。与虽不识道甫，固已得其为人也。《姑溪居士文集》卷三六

【笺注】

［一］分宁，今江西修水。

［二］洪，洪州，今江西南昌。

［三］刻露，毕露，完全显露。欧阳修《丰乐亭记》："风霜冰雪，刻露清秀。"

［四］力田，努力耕田，指勤于农事。《战国策·秦策五》："今力田疾作，不得暖衣余食。"

［五］意气用事。《南史·袁粲传》："粲负才尚气。"

［六］相下，互相谦让。汉路粹《为曹公与孔融书》："昔廉、蔺小国之臣，犹能相下。"

［七］刑名，刑律。《史记·秦始皇本纪》："秦圣临国，始定刑名。"

［八］歉，不满。

［九］回夺，犹左右，支配、控制。

［一〇］应格，合格，符合标准。

［一一］望风，听到消息。《后汉书·党锢传·李膺》："守令畏威明，多望风弃官。"怀服，亦作"怀伏"，内心顺服。《左传·襄公二十

八年》："小国不困，怀服如归。"

［一二］为，治理、管理。

［一三］狃（niǔ），因袭，拘泥。

［一四］我曹，我们。《东观汉记·张堪传》："堪张君养我曹，为今日也。"

［一五］肃肃，形容疾速的样子。

［一六］诉牒，诉状。

［一七］案牍，官府的文书、公文。簿书，官署中的文书簿册。质物，用作抵押之物。插架，置书于书架上。韩愈《送诸葛觉往随州读书》："邺侯家多书，插架三万轴。"

［一八］文移，文书，公文。《后汉书·光武帝纪上》："于是置僚属，作文移。"报应，指回复文书。宋代从中央到地方、路分，乃至州县，政令颁行和诸多事项的推动催促，通常都是通过文书行移。收到文移的被督促方，应该尽速予以回报，即为"报应"。如水之赴壑，像水流向大水坑一样。唐李观《与处州李使君书》："开阁延士，如水赴壑。"

［一九］输委，捐献财物。《史记·平准书》："有财者宜输委。"追炤，即追召、征召。

［二〇］讼庭，讼堂。可张雀罗，可以张设捕雀的网罗，形容门庭冷落。《晋书·会稽文孝王道子传》："时谓道子为东录，元显为西录。西府车骑填凑，东第门下可设雀罗矣。"

［二一］离木，茂树。

［二二］樛曲，弯曲。偃盖，形容松树枝叶横垂，张大如伞盖之状。

［二三］绝学，博学、精学。

［二四］跧伏，蜷伏。数椽地，形容地方狭小。

吴思道藏海斋记

昔之隐者有大隐，有中隐，有小隐。而大隐则不离朝市[一]，盖隐者非为岩居穴处[二]，与猿鸟居、麋鹿游，然后为隐也。利害不藏于中，纷华不役于外[三]，谓我为牛则与之为牛，谓我为马则与之为马，随所遇而安，因所得而胜，惟我之疏密而忘彼之厚薄。至于峨冠垂绶[四]，从容廉陛之间[五]，可进否退，密勿君臣之际[六]，而绰然有余裕[七]。夫是之谓能隐。余以是泛观于世，而知隐者之为难也。东坡老人云："惟有王城最堪隐，万人如海一身藏。"[八]信矣，其能知隐者。尝试言之，隐无不可也，能定则能隐矣，苟或未定，则岩居穴处，居猿鸟而游麋鹿，亦不得而隐。故知是之隐，则知朝市之隐；知朝市之隐，则无所不为隐。要之，固有渐焉[九]。既能藏，则能觉；既能觉，则能定；能定则能隐。以都城之浩穰[一〇]，而寄一身之微渺，初固以是而藏；既藏矣，触境可觉；既觉矣，则能定。久之，自然而隐矣。惟其处之久而后知其然，则东坡之语乃吾师也。吾友吴思道寓都累年，其职事在秘殿[一一]，其所闻见皆一时盛事，乃于所舍名之曰藏海。卓哉，能师东坡之语，而知朝市之隐也！余与思道游久矣，一日谒告归，余察其颜色，观其词气，殆不类处严近而寓繁会者[一二]。一日举如是，则岂特隐而已乎？凭凌八极[一三]，超出三界[一四]，不离座而照了一切矣。余尝谓东坡乃佛菩萨位中来，以所示见而寓报缘，接物利生，期于成等正觉[一五]。思道以文章节义名之时，终日翰墨议论间，未尝辄间断，而又所记乃如是非东坡一会中来，讵能尔邪？政和五年四月二十四日，姑溪老农李之仪记。《姑溪居士文集》卷三六

【笺注】

［一］朝市，尘世。张祜《金山寺》："因悲在朝市，终日醉醺醺。"

［二］岩居穴处，隐居深山洞穴之中，超然世外。语出《韩非子·诡使》："而士有二心私学，岩居穴处，托伏深虑。"

［三］纷华，繁华。《史记·礼书》："出见纷华盛丽而说。"

［四］峨冠垂绶，头戴高冠，腰垂大带，形容身居高官显位。

［五］廉陛，堂陛，指朝廷。

［六］密勿，犹“黾勉”，努力。《汉书·刘向传》：“密勿从事，不敢告劳。”

［七］绰然，形容坦然的样子。

［八］语出苏轼《病中闻子由得告不赴商州三首》其一。王城，都城。戴叔伦《送少微山人入蜀》：“世俗多离别，王城几日还？”

［九］有渐，有由，有因。

［一〇］浩穰，形容人众多。《汉书·张敞传》：“长安中浩穰，于三辅尤为剧。”

［一一］秘殿，宫殿。李华《含元殿赋》：“其后则深闱秘殿，曼宇疏楹。”

［一二］繁会，繁华都会。

［一三］凭凌，登高凭眺，凌驾其上。八极，八方极远之地。

［一四］三界，佛教语，指众生所居之欲界、色界、无色界，即俗世。

［一五］成等正觉，指得道。正觉，真正之觉悟。

善应轩记

善应轩，金陵成君德余之药肆也。凡新陈苦良[一]，对病而予，而户外之屦常满，无戚疏，无高下，来者以必能取效见责，而望倾东南[一]。其先人，王荆公以名闻，遂官太医，尝手写所藏得用方畀之。德余先从进士践场屋，游庠序[二]，晚乃世其家[三]，以所得于义理，从容出入，虽名者未易先后也[四]。偶过当涂，适与予相握手，倾盖欢若平生。自是往还无毫发间断，薰然懿好[五]，殆将卒岁不渝，固非艺术为归宿者也。崇宁五年冬，余将游吴越，道金陵，德余朝夕相从，间留宿，较语细绎[六]，往往达旦，于是讵可斯须忘邪？临分目其略，十月十九日。《姑溪居士文集》卷三六

【校记】

（一）望：原作“至”，据《全宋文》改。

【笺注】

［一］苦良，苦药、良药。

［二］庠序，学校。《孟子·滕文公上》：“夏曰校，殷曰庠，周曰序。”

［三］世其家，继承其家传。

［四］先后，匹敌，相比。

［五］懿好，（德行）美好。

［六］较语，直言。

炤默堂记

炤默堂，灵源老人之所居也。老人以三摩钵提[一]，会一切种智[二]，调御诸有缘[三]，而为一方大导师[四]。退黄龙祖席而居是堂[五]，山谷老人名之曰“炤默”。虽燕坐不动[六]，而来学者至奔走天下。老人不以其退自严，而开导诱掖[七]，惟恐其器之不成。堂在黄龙昔所住院，院去县一百四十里，险涉峻陟而后能到，来学者非一意，老人则未易命屦也[八]。吾友金陵李道甫为分宁令，既到，问道人之居，而将致礼。杂然进曰[九]：“道几绝，前为令者往往不到。”道甫不顾，既见老人，问讯相劳苦，已而眷眷不欲舍去，曰：“吾愿见老人久矣，今适在吾治境中，乃不得朝夕咨叩，真自弃也。且来学者间关而往[一〇]，则莫若使平易而得之？是亦方便也。又况一方之所依止。而香火得相寻于礼讯乎？”会云岩道场一新，即其后创为退居院[一一]，而咨于老人而请迁焉。老人察其诚至矣，又谓接物利生，患在不广，惟便且近而后可广，遂许其迁。而“炤默”之榜，因随以揭。于是邦人稽首赞叹，归德于令君[一二]。而来学者相与致其福惠之祝也。虽然，道无不在也。默则文殊师利不能措一词[一三]，炤则为八万四千阿耨多罗三藐三菩提偈[一四]。予得老人于惠林佛陀禅师会中[一五]，所得则尽像，佛陀为予诵老人[一六]，至不容口[一七]。尔后欲见而不可得。敢问老人：居是堂，炤耶是？默耶是(一)？离四方，绝百非[一八]，请致一答，庶几为异日相见之地[一九]。

《姑溪居士文集》卷三六

【校记】

(一)“炤耶是”二句：两“耶”字原作“即”，据《全宋文》改。

【笺注】

[一] 三摩钵提，指禅定时，身心经由定的势力所领受的平等安和之相。又作三摩钵底、三摩拔提、三摩跋提、三摩提。

[二] 一切种智，佛三智之一，指无所不知的佛智。

[三] 调御，调教驾驭。柳宗元《南岳般舟和尚第二碑》：“摄取调御，凡归于正真者，动而成群，不自知其教。”

[四] 导师，导引众生入于佛道者。

[五] 黄龙，即黄龙山，在今江西修水县。祖席，首座。

[六] 燕坐，安坐，闲坐。

[七] 诱掖，引导、扶持。司马光《酬胡侍讲先生》：“先生喜诱掖，贻诗极褒赍。”

[八] 命屦，原指帝王赐屦于命夫、命妇，此指传道。

[九] 杂然，都，共同。《列子·汤问》：“杂然相许。”进，进言，劝说。

[一〇] 间关，形容旅途的艰辛，崎岖、辗转。

[一一] 退居院，寺院中方丈的居所。

[一二] 令君，对县令的尊称，此指李道甫。王安石《慎县修路

者》："何言野人意，能助令君忧。"

［一三］文殊师利，即文殊菩萨，是大智慧的象征。

［一四］阿耨多罗三藐三菩提，意为无上正等正觉，即最高的智慧觉悟。阿耨多罗，无上；三藐，上而正；三菩提，普遍的智慧和觉悟。

［一五］得，得知，知道。佛陀，此泛此僧人。

［一六］诵，称述。

［一七］口，插口。

［一八］四方，当为"四句"。佛教之真理，非"四句"可释，亦超"百非"所明，故云"四句百非"。离四句，谓破执。百非，百种否定之意。

［一九］地，余地。

重修云岩寿宁禅院记

云岩寿宁禅院在分宁县中，据凤皇山[一]，修水流其前[二]。背山临流，真一方归向之地，而大善知识行道之区也。院废不治，虽在事者时因祷祈而至，然香火不继，亦莫之恤。县人谋曰："苟不得所主，院将终废乎!"乃谋于上，得今黄龙悟新禅师主之。既到，慨然有志于兴葺[三]，始作转轮经藏[四]，成之甚艰，而新之志愈励。藏成，新遽迁席，而事亦断续。已而，通直郎、金陵李君来知县事[五]。既入院，问其所以兴废本末，而叹曰："是在事者之过也，岂有为国焚修[六]，为民植福，为众化导，而官不晓谕奖劝而能成者乎?"闻者踊跃相告曰："吾令君之语如此，我辈其可缓邪?"输财献工，肩相穿，足相蹑[七]。君乃命蜀僧天游董之。游本儒者，又富家子，有才智，尤敏于是学。迁就更易，凡所以崇奉提唱，安集馆待[八]，庖厨储偫之所[九]，莫不完具。而无一椽一甓之旧[一〇]。又收其余，随景所叙而迎致之，以寄游息[一一]。既成，君曰："非本分人不可分付。"于是因众所愿，请今长老德逢，以承所付。逢又邀其所厚守直为之佐佑[一二]。二人者妙悟固相期，而资藉紬绎，互能表发。又于其后作灵源方丈，自黄龙惟清禅师居之，故来学者至无挂褡之次[一三]。县人又曰："微吾令君，不能主兹事。非二三善知识，不能相与维持。苟无以记之，则四方无闻，来者何以取信？殆将委诸草莽矣。"乃请于君，遣使至太平求予文以为记。予以为天下无难事，顾力行何如耳[一四]。谋之而不能行，行之而不能至，与不谋等。吾友黄庭坚鲁直，其里人也。于此因缘，尤所置力。初劝成转轮藏而为之记，叙置固已详尽，是才新禅师一则语尔，曾不知后来俊功伟绩，展衍振起如是，岂非默有所托，而实待于今日邪？君于鲁直则气类也，灵源与逢、宜二老，皆其平昔所先后者[一五]，不独一新壮观为不易得，是亦成吾鲁直之素也。兴工于大观四年冬，而落成于政和二年夏。院始于唐，不知其岁月与所因，其赐额则本朝太宗皇帝诞圣节名也[一六]，当在其时。李君名孝遵，字道甫，轩辟磊落[一七]，可人也。能举鲁直之殡，而葬于其先陇之侧[一八]，又能周旋诸老，以究竟一时极则之事，是皆可书。其位置之适其宜，参次之应其序，名实不爽，而奢俭得中[一九]，非到其地，则不能知。要之因人而推之，固不待见而已可信也。成之年七月二十一日[二〇]，姑溪老农李之仪记。《姑溪居士文集》卷三六

【笺注】

［一］凤皇山，即凤凰山，其山形像一只展翅飞翔的凤凰。

［二］修水，又名修河、修江，为鄱阳湖水系五大河流之一，以其水行修远而得名。

［三］慨然，形容情绪激昂的样子。《后汉书·范滂传》："（滂）慨然有澄清天下之志。"

［四］藏，藏院。

［五］通直郎，文散官名，从六品。李君，即李道甫。

［六］焚修，焚香修行。

［七］形容摩肩接踵。相穿，相通，挨着。蹑，踩。

［八］安集，安定敦睦。《汉书·曹参传》：“齐国安集。”馆待，招待。

［九］储偫（zhì），储备。扬雄《羽猎赋》：“然至羽猎，甲车、戎马、器械储偫。”

［一〇］甓（pì），砖。

［一一］游息，游玩与休憩。《孔丛子·嘉言》：“子以齐为游息之馆。”

［一二］守直，操守正直。白居易《薛中丞》：“中丞薛存诚，守直心甚固。”佐佑，辅助。《晏子春秋·问上七》：“夫子以佐佑寡人。”

［一三］挂褡，游方僧人投宿寺院。因悬挂衣钵于僧堂的钩上，故称。次，处所。

［一四］力行，竭力而行。《礼记·中庸》：“力行近乎仁。”

［一五］所先后者，所往来、交往之人。

［一六］诞圣节，帝王诞生的日子。宋赵彦卫《云麓漫钞》卷三：“诞圣节始于唐明皇，号曰千秋节，又改为天长节。”

［一七］轩辟，开阔，形容胸怀坦荡。苏舜钦《先公墓志铭》：“襟度轩辟，不屑细务。”

［一八］先陇，祖先的坟墓。

［一九］得中，适中，适当。

［二〇］联系前文，成文之日当为政和二年七月二十一日。

颍昌府崇宁万寿寺元赐天宁万寿勅赐改作十方住持黄牒刻石记

上即位初[一]，有司请以十月十日为天宁节[二]。是年，颍昌府奏乞以保寿院为十方住持[三]，仍乞以天宁万寿禅院为额，招徕四方学者，以其焚修上祝新天子千万岁寿。寻报可。复相与谋曰：“吾君以调御身应缘示现[四]，为诸有情作大饶益[五]，非其大成德，步步踏佛阶梯，在在处处依佛行道，而蒙覆退藏，如杜口于毗邪[六]，如待时于内院，其出也不遗余力，以振起万目[七]，融通一切种智[八]，同底于无上正因者，不足以主之。”皆曰：“南方有号普觉大师道和者，此其人也。”或曰：“彼方荫嘉木，濯清泉，金碧相辉，芬馥翳荟[九]，享天酥陀味[一〇]，印烁迦罗眼[一一]，与诸上善人同会一处，而直曲指迷，自为津梁[一二]，是安得而致哉?”曰：“是不知普觉者也[一三]。既已为大事因缘而出现，而受如来甚深(一)，付属固当以古人冢间林下[一四]、巡门行乞之心[一五]，而捏土成金，变浊恶而为清凉(二)，使诸随喜成等正觉[一六]，岂有不可致者哉?”遂遣使具丛林仪物[一七]，走二千八百里，即杭州临安之径山[一八]，于第一座下申致迎请，果符正验，临福一方。比至(三)，都人踏肩累足[一九]，夹道如山，香雾氤氲[二〇]，幡花杂出[二一]，欢呼赞叹曰：“见未尝有!”入院升座，潮音一振[二二]，百怪顿息，昔之谤者悔罪，笑者革心[二三]，疑者释情[二四]，信者加力。若斋若粥，凡可以供者，恨得次之晚，耻在人之后，奔走远近，殆无虚日。其轮至肩摩而毂击[二五]，其委至露积而不垣[二六]，其盛至无地可以容。然栋宇庳陋[二七]，舍次无序[二八]，莫不病之。窃自谓曰：“我师去彼即此，何啻霄壤之异，无乃不堪其居邪[二九]?”师闻而笑曰：“汝等以何事而致我？以何道而待我？既以不可思议[三〇]，如上所说之念而来，我以不退转、屹然山岳之心，而以是相契，复何彼此霄壤之异哉？我愿与汝等历阿僧祇劫[三一]，日进日励。阿僧祇劫有限，愿与汝等尽未来际，长居此地，同转大法轮[三二]，同建大法幢[三三]。此地有尽，此愿不穷。”既闻此语，皆曰：“禅师之愿，是我等所兴隆庄严[三四]，上祝吾君圣寿之意也。顾所谓千万者，可得而强名邪？我等愿以师之言以报吾君，愿吾君如师之言是为我等依止(四)。既皆信受奉行[三五]，以期必至。”即以所赐敕语黄牒刻之石[三六]，而谓臣与闻师言，目睹斯事，乃属笔于臣，使系而记之，盖所以达师之愿，而记来者之归向也。臣方感其所属，会臣南迁[三七]，遂不果书，而亦竟未刻石。后三年，诏京畿诸州军监皆建崇宁万寿禅寺，听因旧为新，遂改就今额。久之，普觉以一方所化为上所知，特加号祖照禅师。已而，移住大相国寺智海禅院[三八]，其都人曰："师则去矣，我之念无时而忘。"因追忆所欲记而未毕刻石者，走奔江上，以书见征，曰："子昔许我矣，不可以不践言。师虽改席，其化如师在也。"臣报之曰："无所不在者，师之道也；无时可书者，师之愿也。尚何待臣言而后传邪？"曰："都人之意也。"乃为之书。姑溪居士李之仪记。《姑溪居士文集》卷三七

【校记】

（一）如：原用"知"，据四库本、《全宋文》改。

（二）为：原用"无"，据《全宋文》补。

（三）至：原作"致"，据《全宋文》改。

（四）依：原作"以"，据四库本、《全宋文》改。

【笺注】

［一］上，徽宗。

［二］十月十日为徽宗诞辰。《宋史·徽宗纪一》："（建中靖国元年十月）丁酉，天宁节。"

［三］十方住持，即十方丛林。

［四］调御身，调御丈夫之身，谓能教化引导一切可度者。佛陀大慈大智，能以种种方便调御修行者的心性，使往涅槃正道，正如驯马师善于调御马性，故名"调御丈夫"。

［五］大饶益，大福利。

［六］杜口，闭口，谓不言。《汉书·杜周传》："自尚书近臣皆结舌杜口。"毗邪，维摩诘菩萨，比喻精通佛法、善说佛理之人。

［七］万目，大众。

［八］一切种智，佛三智之一，指无所不知的佛智。

［九］芬馥，香气浓郁。翳荟，草木茂盛，可为障蔽。

［一〇］天酥陀，甘露。唐玄应《一切经音义》卷四："须陀食，或云修陀，此天食也。"

［一一］烁迦罗眼，梵文 Cakra 的音译，意译为轮、金刚、精进。

［一二］津梁，比喻济渡众生。《世说新语·言语》："庾公尝入佛图，见卧佛，曰：'此子疲于津梁。'"

［一三］普觉，即普觉大师道和。

［一四］冢间林下，佛陀的大弟子迦叶尊者，在冢间、水边、林下禅坐修行，安然自如。

［一五］巡门，沿门，挨门挨户。《敦煌变文集·佛说阿弥陀经讲经文》："周游云水不为难，掌钵巡门化一餐。"行乞，此谓僧人托钵以求布施。沈约《述僧设会论》："出家之人，本资行乞。"

［一六］随喜，谓见到他人行善而生欢喜之意。沈约《忏悔文》："弱性蒙心，随喜赞悦。"等正觉，真正之觉悟。

［一七］丛林仪物，佛家用于礼仪的器物。

［一八］径山，位于杭州城西北五十公里处。

［一九］踏肩累足，即摩肩接踵，形容人很多。

［二〇］氤氲，烟气、烟云弥漫的样子。

［二一］幡花，亦作"幡华"，供佛的幢幡彩花。《旧唐书·王缙传》："幡花鼓舞，迎呼道路。"杂出，错杂出现，形容繁多。

［二二］潮音，指僧众诵经之声。

［二三］革心，改正错误思想。袁宏《后汉纪·安帝纪上》："令得改过自新，革心向道。"

［二四］释情，释怀，放心。

［二五］肩摩而毂击，肩膀和肩膀相摩，车轮和车轮相撞，形容行人车辆往来拥挤。《战国策·齐策一》："临淄之途，车毂击，人肩摩，连衽成帷。"

［二六］委，积聚。露积，露天堆积。《史记·平准书》：“太仓之粟陈陈相因，充溢露积于外。”不垣，不围。

［二七］庳（bì）陋，矮小简陋。《新唐书·卢怀慎传》：“望怀慎家，环堵庳陋。”

［二八］舍次，馆舍。

［二九］无乃，表示委婉反问，岂不是。

［三〇］此谓神秘奥妙。北魏杨衒之《洛阳伽蓝记·城内永宁寺》：“佛事精妙，不可思议。”

［三一］阿僧祇劫，佛教语，谓无数极长之时节。阿僧祇，在佛教中表示时间的概念。晋法显《佛国记》：“菩萨从三阿僧祇劫，苦行不惜身命。”

［三二］转大法轮，宣说佛法、普度众生。

［三三］建大法幢，建立遍一切法界的法幢。大法幢，表示法的高妙。

［三四］庄严，谓建筑寺塔，装饰佛像。北魏杨炫之《洛阳伽蓝记·明悬尼寺》：“有三层塔一所，未加庄严。”

［三五］信受奉行，谓接受教诲，虔敬奉行，比喻坚信不移，奉行不悖。《仁王经·末》：“一切大众闻佛所说，皆大欢喜，信受奉行。”

［三六］黄牒，宋代任命状的一种。有官品者给告身，无官品者给黄牒。

［三七］南迁，指贬谪当涂。

［三八］大相国寺，位于汴京。

代人作褒禅舍田记[一]

崇宁二年，荥阳郑公出守和州[二]。既到，访境内名山胜迹，参考图经所载(一)[三]，得褒禅由定明禅师而名(二)[四]，其山因得师显异，报应福临，一方之迹为详。乃曰：“吾为是州，所以承宣牧养之责[五]，实与师均[六]。而吾又被遇主上[七]，入陪法从[八]，出备守臣[九]，推吾及物之心[一〇]，夙夜不懈。是则为不愧所遇，知任其责，而上报于吾君矣。”于是以师之状白于朝廷[一一]，愿以上之诞圣节名冠其院额[一二]，而岁度一僧以继香火[一三]。寻报可。公又曰：“此特朝廷加被于师，而宠师之恩尔，于我之义未有所及。”即以私义付院僧，命买田，岁收其所得之利以严供施，日于师塔前点长明灯一盏[一四]，日斋一僧，以其僧诵《金刚般若经》一卷，有余则为塔下修葺之费与夫度僧之助。院僧既奉命，则书公命以审于公，而请其所愿。公亲书点长明灯之因曰：“愿无尽，法无尽，灯亦无尽。”书斋僧诵经之因曰：“愿一切含生离苦得乐。”[一五]异时院僧谓公之客某人曰：“公所施所命所愿既有其目，固足以永藏吾山，嗣守而相勉矣[一六]。然翰墨之传有时而尽(三)，不若刻之石，庶与吾山共垂不朽，能为我记之否？”某常为公之属官，辱公知为厚，而又家于是邦，目击盛事，其可辞也邪？田有顷，亩有界，至岁有征收之数，其奉命经始有其人(四)，皆具载于碑之阴。公去和[一七]，自翰林学士、金紫光禄入为同知枢密院事[一八]，遂知院事，今为观文殿学士、金紫光禄大夫至侍读、中太乙宫使[一九]。其黼黻斯文[二〇]，羽仪圣世[二一]，名在夷夏，德在生灵。施设固未艾，而报施所享，亦未易可量也。政和二年十月一日谨记。《姑溪居士文集》卷三七

【校记】

(一) 考、所：原无，据《全宋文》补。

(二) 由：原作“田”，据《全宋文》改。

(三) 翰墨：原作“默”，据《全宋文》改。

(四) 经：原无，据《全宋文》补。

【笺注】

[一] 褒禅，褒禅山，位于安徽含山。舍田，寺院的田产。

［二］郑居中（1059—1123），字达夫，荥阳开封（今河南开封）人，宰相王珪之婿。历任起居舍人、给事中、翰林学士等要职，后官拜同知、知枢密院事，封崇国公、宿国公、燕国公。卒谥文正。

［三］图经，附有图画、地图的书籍或地理志。

［四］由，四库本作“因”。定明禅师，生平不详。

［五］承宣，继承发扬。《汉书·匡衡传》：“继体之君，心存于承宣先王之德而褒大其功。”牧养，治理，统治。《汉书·鲍宣传》：“（陛下）为天牧养元元。”

［六］均，同，一样。

［七］被遇，蒙受恩遇。《世说新语·言语》：“李弘度常叹不被遇。”

［八］法从，跟随皇帝车驾，追随皇帝左右。

［九］守臣，镇守一方的地方长官。权德舆《哭刘四尚书》：“士友惜贤人，天朝丧守臣。”

［一〇］用自己的心意去推想别人的心意，指设身处地替别人着想。程颢《二程遗书》：“推己及物，恕也。”

［一一］状，行状，行述。白，禀报。

［一二］诞圣节，见《重修云岩寿宁禅院记》注［十六］。

［一三］度，度人为僧。

［一四］师塔，身塔，为僧人埋骨之所。

［一五］含生，一切有生命者。晋傅玄《傅子·仁论》：“含生无冻馁之忧矣。”

［一六］嗣守，继承并遵守和保持。《尚书·顾命》：“嗣守文武大训，无敢昏逾。”

［一七］去和，离开和州，谓离任。《宋史·郑居中传》：“初，居中自言为贵妃从兄弟，妃从蕃邸进，家世微，亦倚居中为重，由是连进擢。会妃父绅客祝安中者，上书涉谤讪，言者并及居中，罢知和州，徙颍州。”

［一八］金紫光禄，即金紫光禄大夫，阶官之名，为从二品官员。同知枢密院事，官名，知枢密院事之副，即枢密副使。《宋史·郑居中传》："大观元年，同知枢密院。"

［一九］观文殿学士，宋官名。庆历八年（1048）置，由曾任执政大臣担任。皇祐元年置观文殿大学士，由曾任宰相大臣担任，无职掌，仅出入侍从备顾问，示尊宠。《宋史·郑居中传》："（大观）四年，（蔡）京又罢。居中自许必得相，而帝觉之，不用。妃正位中宫，复以嫌，罢为观文殿学士。"侍读，即侍读学士，唐始设，初属集贤殿书院，职在刊缉经籍，后为翰林院学士之一，职在为皇帝及太子讲读经史，备顾问应对。太乙宫，亦作"太一宫"，道教庙宇，祭祀太一神的宫殿。宫使，主管之官。宋钱易《南部新书·九成宫使》："天宝七载，以给事中杨钊充九成宫使，宫使之名自此始。"《宋史·郑居中传》："时妃宠冠后宫，于居中无所赖，乃用宦官黄经臣策，以外戚秉政辞。改资政学士、中太一宫使兼侍读。"

［二〇］黼黻，辅佐。

［二一］羽仪，辅翼。

天禧寺新建法堂记[一]

事正则能立，位正则能安，人正则能举。事与位相须[二]，而惟其人之正，然后能举之而正耳。此物理之常，而苟不如是，则未有能成之者。故正者本也，本正则无不正矣。造物者以是付之人，而人由之以应于世，盖自然之理也。江宁府天禧寺及长干道场[三]，旧葬释迦真身舍利[四]。后寺废。至南唐时为营，庐舍杂比[五]，汙秽蹂践，无复伽蓝绪余。国初营废，鞠为榛莽[六]。久之，舍利数表见感应[七]。祥符中[八]，僧可政状其迹并感应舍利投进[九]，有诏复为寺。政即其表见之地建塔，赐号圣感舍利宝塔。至天禧中[一〇]，又赐今额。寺据山水形势(一)，坐乙向辛[一一]，以越王台为案[一二]。塔之后，地势倾下，政失于迁就，不能培筑相因，始以北廊造院，为安僧之地。虽规模仅足而狭，陋劣能庇风雨。事既不正，位亦不安，以故事不复振。元符二年，知府事温陵吕公升卿曰[一三]：“是一大丛林[一四]，特主之未得其人耳。”遂请于朝廷，改十方住持[一五]。既报可，即迎致大导师永公为初祖[一六]。永，法云圆通禅师高弟[一七]，缘契都城[一八]，大作佛事，名震四方。朝廷赐方袍[一九]，加号慧严大量[二〇]。大师慧严受请入寺(二)，顾瞻太息[二一]，曰：“真福地也，所以不振者，正坐不正耳。”乃于塔后塔筑福增叠，凡下而上，积二丈三尺，深入四十尺，横亘二十丈。将建法堂，次第以正其位。已而，信士南昌魏德宝同其妻王氏[二二]，见而喜曰：“如此更易，方见形胜。”慧严因道历其详，而德宝顾其妻曰：“此地不植福，更将何之?”乃独许作堂(三)[二三]，且曰不计其资，惟成是务[二四]。慧严即鸠材庀工[二五]。未几堂成，高明静深，万象俱发，宏丽雄特，为一方丛林之冠。俯视畴昔，无异发覆破暗[二六]，如出云霄之外。凡甓甃髹绘[二七]，总用钱五百万。慧严又建寝堂方丈[二八]，尽所增之深，资藉缔构。又建僧堂厨库[二九]，移经藏于故院，随向展衍，各适其正。焕然一新，直一大丛林矣。异时德宝再至，踊跃称赞曰：“非师正眼炤彻[三〇]，道力超异，则不能有举。非我信向经始(四)，则众缘何从而应?”遂请僧众转《大藏经》[三一]，修水陆斋[三二]，落成其事。又曰：“丛林既新，将不下五六百众，其将何以备斋粥?”慧严曰：“子于此地信有缘，而我与子殆非今日相遇者。傥知斋粥必继，则功德圆满，亦在子耳。”德宝曰：“请为师买田产，买芦场，收其所入之利以继之。”慧严曰：“子果有是愿，我将为子记之，以信不朽。”乃遣其徒道滋走太平(五)，属余为之记。余从慧严游久矣，又始终亲睹其事，当抑扬表发，以侈其甚盛之举。而余老且病，文思衰耗，故直书以报之。自余兴废本末，则有塔记存焉，兹得以略。政和六年九月十五日，赵郡李之仪记。《姑溪居士文集》卷三七

【校记】

（一）据：原作“拘”，据《全宋文》改。

（二）“大师慧严”四字原无，据《全宋文》补。

（三）乃：原无，据《全宋文》补。

（四）向：原作“间”，据《全宋文》改。

（五）道滋：原作“道之”，据《全宋文》改。

【笺注】

［一］法堂，演说佛法的场所。

［二］相须，亦作“相需”，互相依存，互相配合。《文心雕龙·丽辞》：“高下相须，自然成对。”

［三］江宁府，江南东路的首府，治所在江宁县和上元县。天禧寺，始建于三国吴孙权时期，后毁于火，晋太康年间（280—289）复建，改名长干寺，南朝陈又改为报恩寺，北宋改天禧寺，建圣感塔。

［四］释迦，僧人。舍利，僧人圆寂后所遗留的头发、骨骼、骨灰等。

［五］杂比，杂乱。

［六］鞠，穷困。

［七］感应，谓神明对人事的反响。《颜氏家训·归心》：“神通感应，不可思量。”

［八］祥符，即大中祥符（1008—1016），真宗年号。

［九］状其迹，描述其事迹。投进，上呈。

［一〇］天禧（1017—1021），真宗年号。

［一一］坐东向西。道家四方：东方甲乙木，南方丙丁火，中央戊己土，西方庚辛金，北方壬癸水。

［一二］越王台，位于今浙江绍兴市区卧龙山东南麓，系后人为缅怀越王勾践卧薪尝胆复国雪耻而建。《越绝书》卷八：“勾践小城，山阴

城也。……今仓库是其台处也。周六百二十步，柱长三丈五尺三寸，霤高丈六尺。宫有百户，高丈二尺五寸。”

［一三］吕升卿，吕惠卿弟。

［一四］丛林，见《与崇因钦长老手简一》注［三］。

［一五］十方，即十方制，不以本寺所度弟子住持，而延请诸方名宿。

［一六］初祖，此指第一任住持。

［一七］高弟，弟子之中的优良者。

［一八］缘契，缘分。苏轼《东坡志林·僧伽何国人》：“得非夙世有少缘契乎？”

［一九］方袍，僧人所穿的袈裟，因平摊为方形，故称。唐许浑《泊蒜山津闻东林寺光仪上人物故》：“云斋曾宿借方袍，因说浮生大梦劳。”

［二〇］大量，犹大德。

［二一］顾瞻，回视，环视。《诗·桧风·匪风》：“顾瞻周道，中心怛兮。”

［二二］信士，原称义士，指信仰佛教而出钱布施的人，宋因避太宗赵光义讳，改称“信士”。

［二三］作堂，建造法堂。

［二四］成，建成。务，致力于。

［二五］鸠材庀（pǐ）工，即鸠工庀材，招集工匠，准备材料。庀，准备、具备。唐李方郁《修中岳庙记》：“岂可不成耶？遂鸠工庀材，四旬而就。”

［二六］发覆，揭除蔽障。

［二七］甓甃，砖壁。髹（xiū）绘，以漆涂绘。

［二八］寝堂方丈，《禅林象器笺》：“凡禅刹堂舍位置，法堂后有茶堂，接茶堂而有寝堂，连寝堂而有方丈。盖寝堂者，住持讲礼之处。”

［二九］僧堂厨库，僧人饭堂、厨房。

［三〇］正眼，指正法眼藏。《景德传灯录·希运禅师》："得马师正眼者，止三两人。"炤彻，照彻。

［三一］《大藏经》，为佛教经典的总集，简称为藏经，又称为一切经。

［三二］水陆斋，即水陆道场，佛教法会的一种，僧尼设坛诵经，礼佛拜忏，遍施饮食，以超度水陆一切亡灵，普济六道四生。高承《事物纪原·岁时风俗·水陆》："今释氏教中，有水陆斋仪，按其事始出于梁武帝萧衍。初，帝居法云寺。一夕，梦僧教设水陆斋，觉而求其仪。"

张氏壁记[一]

崇宁四年立春日，会德夫西轩[二]。风回气暖，日转窗明，竹影动摇，梅花凌轹[三]。德夫烧御香，觉夫点团茶，听美成弹《履霜操》[四]，相顾超然，似非人间。昔有病其貌寝者[五]，常邑邑不自得。一日有异人过门，物色久之[六]，云："子得无有所求之欤？"病者遽请以实告，异人出一瓢如指大，命病者开口注之。后问其何所觉，对曰："冥冥不自知矣。"异人以刀支解[七]，徐收其骨肉，若捏塑然。既就，谛视[八]，乃一美丈夫矣。忽叩齿数下，噗之顿醒[九]。索异人，不复见矣。归语家人，皆迸走[一〇]，久方信而骇之。余尝陋此说诞甚，今辄于美成信为不诬。呜呼，易听而弹[一一]，适在今日，虽美成亦不得而知矣。异时洞户旁、书障畔[一二]，切记当头会者十人[一三]。姑溪老农记。《姑溪居士文集》卷三七

【笺注】

［一］壁记，嵌在墙上的碑记。封演《封氏闻见记·壁记》："朝廷百司诸厅皆有壁记，叙官秩创置及迁授始末。原其作意，盖欲著前政履历，而发将来健羡焉。"

［二］德夫，即张德夫。

［三］凌轹，此谓梅花冒寒盛开。

［四］美成，人名。《履霜操》，古乐府琴曲名。蔡邕《琴操》："《履霜操》者，尹吉甫之子伯奇所作也。"伯奇无罪，为后母谗而见逐，乃编水荷以为衣，采楟花以为食。晨朝履霜，自伤见放，于是援琴鼓之而作此操。曲终，投河而死。

［五］貌寝，亦作"貌侵"，状貌丑陋短小。

［六］物色，察看。

［七］支解，断其四肢。《战国策·秦策三》："（吴起）功已成矣，卒支解。"

［八］仔细察看。鱼豢《魏略》："此是也，君谛视之。"

［九］噀（xùn），将含在口中的水喷出。

［一〇］迸走，逃跑。迸，通"屏"。曹操《上言破袁绍》："绍与子谭轻身迸走。"

［一一］易听，改变听觉，谓使人耳目一新。

［一二］洞户，门户。书障，书帘。

［一三］当头，眼前，当前。

全州隐静堂记　绍圣二年[一]

清湘间山深水阔[二]，可耕而庐者[三]，十无二三。凡为生不渔则樵，土地风气虽与闽粤不甚相远[四]，而所为生理则易。盖取足于目前，得一温饱，更不知他图，故争讼亦少。《舆地纪胜》卷六〇

【笺注】

［一］全州，今广西全州，宋时领清湘、灌阳二县，隶荆湖南路。

［二］清湘，今广西全州。

［三］庐，居住。

［四］闽粤，福建、广东。相远，相异，差距大。

铭

铭予所携歙砚黄池张氏故物其子见遗[一]

有腆好事[二]，储以资玩。谓予可享，辄椟而荐。我不能书，亦匪能文。愧尔误投，时出于温。煤将童山[三]，笔或可冢[四]。庶吾之传，有儿必拱[五]。《姑溪居士文集》卷一二

【笺注】

［一］歙砚，因产于歙州而得名。黄池，今安徽当涂黄池镇。

［二］有腆，大方，慷慨。好事，喜欢某事。《汉书·扬雄传下》："时有好事者载酒肴从游学。"

［三］童山，砍伐林木，使山光秃。《管子·国准》："童山竭泽者，君智不足也。"

［四］典出张怀瓘《书断》："永公住吴兴永欣寺，积年学书，后有秃笔头十瓮，每瓮皆数石。人来觅书并请题额者如市。所居户限为之穿穴，乃用铁叶裹之。人谓为'铁门限'。后取笔头瘗之，号为'退笔冢'"。

［五］拱，拱手，以表敬意。

韦深道砚铭

马肝色[一]，荆玉璞[二]。烂然一星，如出海角。来万[三]。《姑溪居士文集》卷一二

【笺注】

［一］形容颜色漂亮。

［二］形容材质极好。荆玉，荆山之玉，即和氏璧。卢谌《览古》："连城既伪往，荆玉亦真还。"

［三］以下原缺。

圆砚铭

恶圆喜方，乃士之常。随方而圆，以救其偏。方圆以时，有矩有规。不失吾中，则方有时而不通；因以济用，则圆有时而为重。故君子方以守之，圆以行之，本末相权[一]，而自通于规矩之外。夫是之谓深道之研，而姑溪居士所以铭之而不疑。《姑溪居士文集》卷一二

【笺注】

［一］相权，相互平衡。

予所用旧砚已断复接相从三十年偶洗之觉其衰相已见为作铭[一]

分荆秀之所钟，漱荆湍之所激。腻理莹质[二]，如削瓜而加拭。售吾之所狂狷，共吾之所穷寂。间坠而裂，旋亦无隔。岂同吾朽壤之化乎[三]，抑奕世之所典则[四]。不吾见于发挥[五]，终安得而汝识？《姑溪居士文集》卷一二

【笺注】

［一］衰相，衰容，衰破之相。

［二］腻理，纹理。宋陈善《扪虱新话·蔡君谟论砚》："歙石多芒，惟腻理特佳。"

［三］朽壤，腐土。梅尧臣《依韵和刘敞秀才》："正如种青松，而欲托朽壤。"

［四］奕世，累世，代代。《国语·周语上》："奕世载德，不忝前人。"

［五］发挥，阐发。柳宗元《哭连州员外司马》："六学诚一贯，精义穷发挥。"

砚铭 一

理密而质坚[一]，体润而形圆。不知得墨之难易，但见随手亹亹生云烟[二]。心必资之而乃见[三]，言必俟之而后传。非吾人孰克有之[四]，永宝用之无穷年。《姑溪居士文集》卷一二

【笺注】

［一］理密，纹理细密。

［二］亹亹，形容美妙、美好。

［三］心，心意。

［四］孰克，谁能够。

砚铭 二

比德君子[一]，温润如玉。肉好略分(一)[二]，中实具足[三]。穷天下之智巧[四]，必资人以形容；尽万物之变迁，曾不系其盈缩[五]。惟其有以称之，庶几力行而不衄[六]。《姑溪居士文集》卷一二

【校记】

(一)肉，原作"内"。据《全宋文》改。

【笺注】

［一］德行可与君子相匹配。

［二］肉，边；好，中间的孔。《尔雅·释器》："肉倍好，谓之璧。好倍肉，谓之瑗。肉好若一，谓之环。"

［三］中实，里面坚实。具足，具备。王充《论衡·正说》："若此者，人道、王道适具足也。"

［四］智巧，智慧与技巧。枚乘《七发》："穷相御之智巧。"

［五］盈缩，指寿夭。曹操《步出夏门行》："盈缩之期，不但在天。"

［六］不衄，不畏缩。

砚铭 三

以相而见，圣逢之研。益之以铭，未免曲断[一]。虽则如是，事无一边。笔头落处，万象灿然。《姑溪居士文集》卷一二

【笺注】

［一］曲断，枉下判断。

歙砚铭

琢玉得月，惟点之珍。洞路下求，匪人能因。谓物必致[一]，有燥有润。一概之墨，其质始信。彬彬惟觉[二]，用发其藏，文心绣口[三]，波澜焜煌[四]。无窘方习[五]，无衄所长。物与人俱，灵璧之张。《姑溪居士文集》卷一二

【笺注】

［一］致，极致。

［二］彬彬，形容文质兼备。

［三］比喻文辞华丽。柳宗元《乞巧文》："骈四俪六，锦心绣口。"

［四］比喻文章气势雄健。焜煌，明亮，辉煌。沈约《弥陀佛铭》："琪路异色，林沼焜煌。"

［五］方习，才习，谓不熟练。

当涂砚铭

青山之英，采石之灵。上凌汗漫，下为坚青[一]。磨砻八极[二]，包容四溟[三]。烂若星日，隐然雷霆。挥洒之余[四]，沾丏后生[五]。永宝用之，尺璧可轻。《姑溪居士文集》卷一二

【笺注】

［一］坚青，坚硬的青色，即坚石。

［二］磨砻，磨治。

［三］四溟，四海。晋张协《杂诗》之十："云根临八极，雨足洒四溟。"

［四］挥洒，挥毫洒墨，谓书写。杜甫《寄薛三郎中》："赋诗宾客间，挥洒动八垠。"

［五］沾丏（miǎn），浸润，比喻使人受益。

丁希韩圆砚铭

润如玉，圆如盘。承以鼎足，贮之孔安。尔书钟、王[一]，尔文扬、韩[二]。濡毫其间[三]，弗羞尔颜。《姑溪居士文集》卷一二

【笺注】

［一］钟、王，钟繇、王羲之。

［二］扬，韩，扬雄、韩愈。

［三］濡毫，濡笔，即沾墨于笔，指蘸笔书写或作画。韦应物《酬刘侍郎使君》："濡毫意黾勉，一用写悁勤。"

宁先凝福院钟铭[一]

于皇惟觉，务施之博。肆及大声，以时而作。靡昏不惊[二]，无隐不擢[三]。一闻其举，振涤踊跃[四]。犹暗逢灯，如病得药。下彻幽冥[五]，旁周广莫[六]。濬哲吾君[七]，乃眷忠恪[八]。荐之焚修，爰命橐籥[九]。肇自尚方[一〇]，表以杰阁[一一]。念往既深，图今尤卓。去识弗昧，孝思永托。普暨有情，同资利乐。《姑溪居士文集》卷一二

【笺注】

［一］宁先，寺名。

［二］谓振聋发聩。

［三］隐，隐士。

［四］谓群情振奋激昂。

［五］幽冥，幽深极远之地。

［六］广莫，见《与俞叔通教授手简四》注［五］。

［七］濬哲，同"浚哲"，睿智。《诗·商颂·长发》："浚哲维商，长发其祥。"

［八］忠恪，忠诚恭谨。

［九］橐籥（yuè），冶炼时用以鼓风吹火的装置，犹风箱，此喻造化。

［一〇］尚方，制造帝王所用器物的官署。《史记·孝武本纪》："（栾大）为胶东王尚方。"

［一一］杰阁，高阁。

僧研铭

踏碓是向上机[一]，不识字是第一义[二]。遂乃传子传孙，至今为祥为瑞。有美了能比丘[三]，人上长出一头。名字半露消息，伎俩非闻思修[四]。发明前身不识字[五]，后身涌出江河流[六]。墨可泐[七]，一能两身[八]，具眼者识[九]。《春渚纪闻》卷九

【笺注】

[一] 踏碓（duì），踩踏杵杆一端使杵头起落舂米。《坛经》："我此踏碓，八个余月，未曾行到堂前，望上人引至偈前礼拜。"

[二]《坛经》："惠能不识字，请上人为读。"第一义，佛教称彻底圆满的真理为"第一义"。

[三] 比丘，僧人。

[四] 伎俩，技艺，本领。

[五] 发明，高明。前身，前生。《晋书·羊祜传》："时人异之，谓李氏子则祜之前身也。"

[六] 谓宗派兴盛。

[七] 泐（lè），铭。

[八] 能，指惠能。

[九] 眼，慧眼。

赞

自作传神赞[一] 李伯时画

似则似，是则不是。纵使挤之九泉下，也须出得一头地。休论捉月骑鲸[二]，到了众人皆醉[三]。

时雌时雄，时白时黑。不是徐翁异身[四]，又非丰干指出[五]。盖优哉游哉，聊以卒岁[六]。浮沉于物，而不胶于物者也。

孰从而图，孰从而状。大千俱空，况尔幻妄。直须壁立千仞[七]，要且事无一向。虽然觌面相呈[八]，便是本来形相。

意中迥有千般思，笔下原无一点尘。自笑顽冥一村老，忽从今日换精神。《姑溪居士文集》卷一二

【笺注】

［一］传神，肖像画，也叫写照、写真。

［二］此用李白事。

［三］语出《史记·屈原列传》："众人皆醉而我独醒。"

［四］异身，化身。

［五］丰干，唐开元间高僧，居天台国清寺，剪发齐眉，衣布裘，与寒山拾得友善。事见《景德传灯录》卷二七。指出，美好特出。指，通"旨"。

［六］语出《诗·小雅·采菽》。

［七］壁立千仞，峭壁陡立高耸，形容傲岸高洁。晋张载《剑阁铭》："是日剑阁，壁立千仞。"

［八］觌面相呈，明白直接地呈现本来面目。觌面，当面，迎面。《五灯会元》卷七："曰：'如何是觌面相呈？'师曰：'苍天！苍天！'"

折渭州画像赞

龙章凤姿[一]，燕颔虎颈[二]。巍巍堂堂，弗严而整。山纳海容，霜根雪节。可畏而亲，力莫之干。吾私淑诸，一代之英。多取益给，欲掩滋明。长庚未艾[三]，白气何来。精爽如在，佳城不开。出卯则角[四]，堕地而班。岂无所遗，骕骦方闲[五]。高牙赤舄[六]，惟叔惟虎。有之似之，千载一武。赳赳桓桓，彼徒见诮。他日凌烟，实先前诏。《姑溪居士文集》卷一二

【笺注】

［一］形容神采非凡。《晋书·嵇康传》："人以为龙章凤姿，天质自然。"

［二］形容王侯的富贵之相。《后汉书·班超传》："生燕颔虎颈，飞而食肉，此万里侯相也。"

［三］长庚，金星别名，亦名太白、启明，昏见者为长庚，旦见者为启明。艾，尽，止。《诗·小雅·庭燎》："夜如何其？夜未艾。"

［四］出卯，点卯，报到。因官署例定在卯时点名，故称。角，崭露头角。

［五］骕骦，良马名。

［六］高牙，见《贺枢密太宰启》注［一〇］。赤舄，见《贺薛左辖移镇洛阳启》注［一一］。

沈存中画像赞[一]

先天弗违[二]，圣时以乘。人谋鬼谋，其谁与能。彼虽渊密，我则

揆叙[三]。万目交张，维网之举。展也吾人，一世绝拟。孰友多文，宛在中沚[四]。用此以通，亦以是穷。自崖反矣，凛然孤风[五]。《姑溪居士文集》卷一二

【笺注】

［一］沈括（1031—1095），字存中，杭州钱塘人。嘉祐八年进士，神宗时参与熙宁变法，历任太子中允、检正中书刑房、提举司天监等职。元丰三年，出知延州，兼任鄜延路经略安抚使，后因永乐城之战被贬。晚年居润州（今江苏镇江）梦溪园。著有《梦溪笔谈》。

［二］先于天时而天不违背人意。语出《易·乾·文言》："先天而天弗违，后天而奉天时。"

［三］揆叙，本指百事合宜，后用为总述之意。《尚书·舜典》："百揆时叙。"

［四］沚（zhǐ），水中的小洲。语出《诗·秦风·蒹葭》："溯游从之，宛在水中沚。"

［五］孤风，孤高的风度、品格。宋沈与求《和靖诗集跋语》："和靖先生，孤风凛凛。"

保宁机道者传神赞[一]

一回拈起一回新，觌面相逢那处亲。口似含珠声似虎，情如止水意如春。一心为法无余事，四海如公有几人。祇恐丹青传未尽，更须圆相助精神[二]。

万点寒鸦[三]，一轮秋月。时节因缘，因谁漏泄。眼光如电舌如雷，绕颔须眉满头雪。若问人间大导师，踏着称锤硬似铁。《姑溪居士文集》卷一二

【笺注】

［一］保宁机道者，高僧。

［二］圆相，佛教语，指真理之圆满与绝对。

［三］隋炀帝《野望》："寒鸦千万点，流水绕孤村。"

崇因钦老赞

真如会中[一]，相见了也。崇因堂上，因甚出来。一滴曹溪[二]，初无二味。大冶精金，岂有他色。虽然画得分明，要须重新注出。十二面相忽然开，不是僧繇谁得会[三]。《姑溪居士文集》卷一二

【笺注】

［一］《圆觉经略疏》："圆觉自性，本无伪妄变易，即是真如。真谓真实，显非虚妄。如谓如常，表无变易。"

［二］唐高宗仪凤二年（676），六祖惠能住持曹溪宝林寺，曹溪因此被奉为禅宗祖庭。传说六祖惠能曾在曹溪沐浴净身，一夜之间顿悟佛理，曹溪水也因之成了圣水的代称。

［三］张僧繇，南朝梁画家，吴中（今苏州）人，擅绘寺院佛像，被称为"张家样"。

净慧璘老赞[一]

法云会中[二]，多闻第一[三]。瑞竹堂上[四]，说法无双。降径山龙，则雨必应候[五]。祝崇宁寿，则香不妄拈[六]。将谓有多少神通，元来只这般面目。《姑溪居士文集》卷一二

【笺注】

［一］璘老，净慧寺住持。

［二］法云，佛教语，谓佛法如云，能覆盖一切。《华严经·入法界品》："深入菩萨行，乐闻胜法云。"

［三］阿难尊者在佛十大弟子中以多闻称第一。

［四］瑞竹堂，生有瑞竹的堂院，形容吉祥之地。

［五］应候，顺应时令节候。陆云《寒蝉赋》序："应候守节，则其信也。"

［六］拈香，撮香而焚之，后多谓礼佛为拈香。

西庵璞老真赞[一]

一住姑熟溪头[二]，三据宝华玉座[三]。草木无不沾恩，缁素几多证果[四]。世人尽爱西庵璞，谁知屡试红炉火。虽然觌面相呈[五]，也要从头觑破[六]。咄，钝置杀人[七]。《姑溪居士文集》卷一二

【笺注】

［一］璞老，西庵寺住持。

［二］姑熟溪，即姑溪，水名，又称姑孰、姑浦，在安徽当涂县南。

［三］宝华玉座，指寺庙主持之位。

［四］缁素，指僧俗。僧徒衣缁，俗众服素，故称。证果，证入果位，即以正智契合真理，进入佛、菩萨、声闻、缘觉等之果位。

［五］见《自作传神赞》注［八］。

［六］觑破，看破。

［七］钝置，亦作"钝致"，折磨、折腾。《五灯会元·宝峰文禅师法嗣·泐潭文准禅师》："药山云岩钝置杀人，两父子弄一个师子，也弄不出。"

储居士真赞[一]

敏以自求，仁而乐施。乡党怀其恕，朋友畏其义。悟幻妄之不留，

惟精进之是利。故能告所厚而表其行，敛众美以昌其嗣。尚虑吾志之未孚[二]，遂复有形于梦寐。呜呼，斯岂今人之愿力欤，见者宁不知愧。《姑溪居士文集》卷一二

【笺注】

[一] 储居士，即储子椿。

[二] 未孚，未信。《左传·庄公十年》："小信未孚，神弗福也。"

李太白画像赞

举目一世空无人，当时何有高将军[一]。龙骞凤翥固莫群[二]，晴天万里惟孤云[三]。冥冥何地非埃尘[四]，我欲从之嗟此身。形容不到浪自分[五]，坐令鲁叟悲获麟[六]。《姑溪居士文集》卷一二

【笺注】

[一] 高将军，高力士。《旧唐书·宦官传》："天宝初，加力士冠军大将军、右监门卫大将军，进封渤海郡公。"此指李白在宫中醉酒后，目空无人，引足使高力士脱靴事。

[二] 龙骞凤翥，比喻神采飞扬。骞，翥，飞举的样子。张衡《西京赋》："凤骞翥于甍标，咸溯风而欲翔。"莫群，不群。

[三] 孤云，孤飞的片云，喻贫寒孤苦之人。陶渊明《咏贫士》："万族各有托，孤云独无依。"

[四] 冥冥，亦作"溟溟"，指遥空，亦谓昏暗。

[五] 浪，漫。

[六] 鲁叟悲获麟，鲁叟，指孔子。悲获麟，比喻贤才生不逢时，理想不能实现。典出《公羊传·哀公十四年》："麟者，仁兽也，有王者则至，无王者则不至。有以告者曰：'有麇而角者。'孔子曰：'孰

为来哉？孰为来哉？’反袂拭面，涕沾袍。颜渊死，子曰：‘噫，天丧予！’子路死，子曰：‘噫，天祝予！’西狩获麟，孔子曰：‘吾道穷矣！’”

东坡先生赞

东坡仙人，岷峨异禀[一]。道日而升，弗类斯摈[二]。有继皇皇[三]，期之奠枕[四]。谁其止之，成是贝锦[五]。天作人远，言何从谂[六]。闻已耸然，见孰不凛。

天作斯文，万物所印。时惨时舒[七]，与天同运。其谁特立，卓哉吾人。黄且落矣，蔚然常春。见险弗止，自信无闷。求仁得仁，于我何怨。光时显被，外薄四夷。载瞻载仰，百世之师[八]。《姑溪居士文集》卷一二

【笺注】

[一] 岷峨，山高峻的样子。异禀，非凡的天资。陈琳《答东阿王笺》：“此乃天然异禀。”

[二] 摈，弃。

[三] 皇皇，显明的样子。

[四] 奠枕，安枕。扬雄《法言·寡见》：“奠枕于京。”

[五] 喻诬陷他人、罗织成罪的谗言。《诗·小雅·巷伯》：“萋兮斐兮，成是贝锦。”

[六] 谂，知道。

[七] 惨，忧。舒，乐。张衡《西京赋》：“夫人在阳时则舒，在阴时则惨，此牵乎天者也。”

[八] 才德高尚而永远可为人师。语出《孟子·尽心下》。

灵岩愿老真赞[一]

法不孤起[二]，随处有人。一花既开，无地不春。现满月相，转大法轮[三]。似雷雨作解，如山川出云。不向人偏衫襟里吃饭[四]，而于孤峰顶上化身。《姑溪居士文集》卷一二

【笺注】

［一］愿老，灵岩寺住持。

［二］谓任何事情的发生都是有因才有果的。

［三］佛法如车轮，能转凡成圣，能碾摧一切烦恼，故佛说法，度众生，谓之转法轮。

［四］偏衫，僧尼之衣。

灵源禅师真赞

滔滔汩汩，莫知其出。汪汪洋洋，随圆随方。故八万四千偈不离于当处，而五千四十八卷皆作戏于逢场[一]。山谷老人所以强名之而无愧，姑溪居士又从而雪上加霜[二]。咄，只这便是灵源叟，何须更上炤默堂[三]。《姑溪居士文集》卷一二

【笺注】

［一］作戏于逢场，原指旧时走江湖的艺人遇到适合的场合就表演，后指遇到机会就有所表现。《景德传灯录》卷六："竿木随身；逢场作戏。"

［二］孔平仲《孔氏谈苑》卷二："或写此一段语寄示李之仪，曰：'冤哉法泉！被三姑摧折。'之仪答曰：'法泉所谓雪上加霜也。'"

［三］炤默堂，见《炤默堂记》。

报恩邦禅师真赞[一]

荆山美璞，霜天一鹗。可荐郊庙[二]，志存寥廓。逢场作戏，随病予药。信与祖佛齐肩，直是摸索不着。《姑溪居士文集》卷一二

【笺注】

[一] 报恩，寺名。邦禅师，高僧。

[二] 郊庙，古帝王祭天地的郊宫和祭祖先的宗庙，指代朝廷。蔡邕《玄文先生李子材铭》："匡复郊庙，锡封茅土。"

李伯时马赞

竹批双耳[一]，风激四蹄。振尾顿鬣[二]，会于一时。惟伯时父[三]，神而明之。千载相遇，非公而谁。《姑溪居士文集》卷一二

【笺注】

[一] 竹批，马的双耳象斜削的竹筒一样竖立着。批，割，削。古人认为这是千里马的标志。杜甫《房兵曹胡马诗》："竹批双耳峻，风入四蹄轻。"

[二] 鬣（liè），马颈上的长毛。

[三] 父，对有才德男子的美称。

画龟赞

鳞介所宗[一]，寿无与京[二]。纳锡以荐[三]，曳尾而行[四]。与其托之于死骨，孰若遂性以为生[五]。余私淑诸[六]，盖将卒岁以沉冥[七]。《姑溪居士文集》卷一二

【笺注】

［一］鳞介，指有鳞和介甲的水生动物。蔡邕《郭有道碑序》：“犹百川之归巨海，鳞介之宗龟龙也。”

［二］无与京，无比长。京，大。

［三］纳锡，入贡。《尚书·禹贡》：“九江纳锡大龟。”

［四］曳尾，拖着尾巴。典出《庄子·秋水》：“吾闻楚有神龟，死已三千岁矣，王巾笥而藏之庙堂之上。此龟者，宁其死为留骨而贵乎，宁其生而曳尾于涂中乎？”

［五］遂性，顺适性情。唐王毂《赠苍溪王明府》：“水云真遂性，龟鹤足齐年。”

［六］私淑，见《贺时相除少保》注［四四］。

［七］沉冥，幽居匿迹。扬雄《法言·问明》：“蜀庄沉冥。”

须菩提赞[一]

敷座而坐[二]，如日初晓。护念付属[三]，一时俱了。非此老人，其谁能表。漫自形容[四]，本无欠少。《姑溪居士文集》卷一二

【笺注】

［一］须菩提，佛陀十大弟子之一，原为古代印度舍卫国婆罗门之子，智慧过人。

［二］敷座，指展开座位。《金刚经》：“饭食讫，收衣钵，洗足已，敷座而坐。”此句指万缘放下，心无所著。

［三］护念，佛教语，加护、爱念的意思。

［四］漫自，随意。

慧林正老真赞[一]

高坐清凉道场，截断东南路口。一万菩萨列在下风，天下衲僧闻者稽首[二]。挺超佛越祖之意气[三]，有抽钉拔楔之妙手[四]。拶得额头汗出[五]，又向王舍城中哮吼[六]。《姑溪居士文集》卷一二

【笺注】

［一］正老，慧林寺住持。

［二］衲僧，和尚。黄滔《上李补阙》："谏草封山药，朝衣施衲僧。"

［三］挺，突出。

［四］抽钉拔楔，比喻解决疑难。

［五］拶（zā），逼迫。

［六］王舍城，佛教圣地，是印度次大陆佛陀时代（前6—前4世纪）十六大国之一的摩揭陀国早期的都城，释迦牟尼长期居此修行。

布袋和尚赞[一]

盛着底是病，拈出底是药。众生以相见我，却道风狂颠错。秋来叶落归根，春去鸟啼花落。只这便是生涯，说甚重重楼阁[二]。《姑溪居士文集》卷一二

【笺注】

［一］布袋和尚（？—916），五代时明州奉化县禅宗避方僧，常杖荷一布袋，内装随身用具，四处化缘，乞求布施。

［二］重重楼阁，指荣华富贵。

俞秀老画赞[一]

青山白云中人，对面若不相识。笑我吟咏自如，终□□□居士身得度，住平常人窠窟[二]。谁谓半山多□□[三]，却作丰干指出[四]。《姑溪居士文集》卷一二

【笺注】

[一] 俞紫芝，字秀老，金华（今属浙江）人，流寓扬州。少有高行，终身不娶。通佛理，工诗。为王安石爱重。哲宗元祐初卒。事见《石林诗话》卷中。

[二] 窠窟，栖身之所。王安石《雨霖铃》："孜孜矻矻，向无明里，强作窠窟。"

[三] 半山，王安石号。

[四] 见《自作传神赞》注 [五]。

俞清老画赞[一]

说着便知姓名，见者谁不欢喜。虽如自起自倒，要乃无此无彼。冥冥三板缘中[二]，随处逢场作戏，欲问涅槃一路[三]，头头只在这里[四]。《姑溪居士文集》卷一二

【笺注】

[一] 俞澹，字清老，紫芝弟。晓音律，能歌好酒，尝欲为僧，不遂而止。与王安石有交。有《敝帚集》，已佚。

[二] 冥冥，指神秘幽秘之中。三板缘，指佛缘。板，云板，也作"云版"，佛教法器，版形铸成云样，故称。云板多挂于斋堂前，用于召集僧众用膳。

［三］涅槃，佛教用语，指清凉寂静、众苦永寂，即随缘而不变的圆满境界。

［四］头头，条条，件件。

宝觉昕长老画赞[一]

法云地中得度，慧炬光里法身[二]。在处淘金撒拣玉，随缘运栰通津[三]。偏解抽钉拔楔，更能因语识人。且道有相无相[四]，休云是真非真。《姑溪居士文集》卷一二

【笺注】

［一］昕长老，宝觉寺住持。

［二］慧炬，佛教语，谓无幽不照的智慧。《涅槃经》卷二一："汝于佛性犹未明了，我有慧矩，能为照障。"

［三］运栰通津，指乘竹筏随水漂入大海。

［四］佛教主张万有皆空，心体本寂，称造作或虚假之相为有相。相，事物外部的形象状态。

寿宁宣老赞[一]

石霜山中二虎，后世见孙无数。堂堂大为古佛[二]，一身普照寰宇。别出寿宁一枝，又非慈云法雨。他时侍立坐边，往往呵佛骂祖[三]。《姑溪居士文集》卷一二

【笺注】

［一］宣老，寿宁寺住持。

［二］堂堂，形容有气魄的样子。

［三］谓打破学人偶像，开发自心佛性。《景德传灯录》卷十五：

"是子将来有把茅盖头，呵佛骂祖去在。"

为僧作石菖蒲赞[一]

叶磨数仞剑，惟有清风剪不断。根乱一窝丝，缠定白云寒不散。水无沙石无苔，师乎一片心清哉。《姑溪居士文集》卷一二

【笺注】

[一] 石菖蒲，禾草状多年生草本植物，其根茎有气味，常作药用。

为人作真赞

王良不作[一]，世绝麒麟。是可欺邪，岂无后人。谁其似之，维烈武孙。武则似矣，而济以文。气已万里，方尔就秣[二]。风云其时，会如兔脱[三]。俨然是则，现居士身。幅巾白拂，无一点尘。以无尘故，始终一如。显忠数功，固非两途。

茅茨为居，脱粟为餐。牛衣自暖，徒行亦鞍。凡人皆友，是酒可欢。略不践迹，未尝恤言。山林城市，随遇即安。一旦义重，杀生非难。彼强增饰，宁知吾全。盖庶几不淫不移不屈者[四]，而以乐吾之天。《姑溪居士文集》卷一二

【笺注】

[一] 王良，春秋时善御与善相马者。

[二] 就秣，马吃草。

[三] 兔脱，喻行动迅疾。语出《孙子·九地》："后如脱兔，敌不及拒。"

[四] 语出《孟子·滕文公下》："富贵不能淫，贫贱不能移，威武不能屈，此之谓大丈夫。"

文忠公画像赞[一]

霜空无云，秋天澄雾。照然政通，何劳钟簴[二]。俨然望之，希世一遇。万折方东，逢坡益注。《姑溪居士文集》卷一二

【笺注】

［一］文忠公，欧阳修。

［二］簴（jù），悬钟磬等乐器的木架。

为僧作真赞

虎头燕颔，将军之相。雪桧霜松，山僧之容。以是而见，胡来汉现。捩转面目[一]，瞻之不足。盛哉七百聚徒，何殊在网之鱼。若也向此提撕[二]，却成土上加泥。《姑溪居士文集》卷一二

【笺注】

［一］捩（liè）转，掉转，扭转。

［二］提撕，拉扯。《诗·大雅·抑》："匪面命之，言提其耳。"郑玄笺："我非但对面语之，亲提撕其耳。"

吴思道朝服画像赞[一]

可畏而亲，不扶而直[二]。艺表士林，望高王国。如在广庭，鹄立柱石。翼翼眉间，尝满黄色。《姑溪居士文集》卷一二

【笺注】

［一］朝服，也叫具服，朝会时使用。

[二] 语出《荀子·劝学》:“蓬生麻中,不扶而直。”

又道服赞[一]

浓眉深眼,出尘之相。幅巾燕服,经世之状。有时收沙界于一粒粟,忽然乘长风破万里浪[二]。固知透过六轮,可谓森罗万象。本谁鼻端挥斤[三],先生信是神匠。《姑溪居士文集》卷一二

【笺注】

[一] 道服,僧服。

[二] 见《与董无求手简一》注[六]。

[三] 典出《庄子·徐无鬼》。

观世音赞

大慈大悲大威德,补陀落山住孤绝[一]。三界轮回苦热恼[二],一闻我名自清凉。名虽可闻见不得,随所建立即如见。施者受者不退心,常如心在光明里。《姑溪居士文集》卷一二

【笺注】

[一] 补陀落山,补陀落迦,在印度南海岸,观音住处。

[二] 三界,仙、冥、人界。

维摩居士赞[一]

毗耶离城[二],此去几许?一睹慈光[三],如到其所。八万四千,翻风驾雨。枯者即荣,堕者斯举。周遍恒沙[四],了无一语[五]。《姑溪居士文集》卷一二

【笺注】

［一］维摩诘，佛教居士、在家菩萨。

［二］毗耶离，维摩诘居士住处，在今印度比哈尔邦南部。

［三］慈光，诸佛、菩萨大慈之光辉。

［四］恒沙，即恒河沙数，形容多到像恒河里的沙子一样。《金刚经·第十一品·无为福胜分》："以七宝满尔所恒河沙数三千大世界，以用布施。"

［五］《维摩经》载，释迦牟尼于毗耶说法时，维摩诘称病不去。释迦派文殊师利前往问疾。文殊师利问维摩诘："何等是菩萨入不二法门？"维摩诘默然不对。文殊师利叹曰："乃至无有文字语言，是真入不二法门。"后成为杜口不言而深得妙谛之典。

慧严永长老赞[一]

我昔同登法云地，道场不异耆阇山[二]。指出后身自在通，当日曾闻新受记[三]，秀眉明目坏色衣[四]。谁其写成比丘相，只这便是紫金容[五]，在在处处咸恭敬。《姑溪居士文集》卷一二

【笺注】

［一］永长老，慧严寺住持。

［二］耆阇山，在陕西省宝鸡市岐山县东北四十里，唐时建耆阇山寺，山有金仙洞，洞前有一卧佛。

［三］受记，佛教语，佛记弟子来生因果及将来成佛之事为记别，接受记别，为"受记"。李邕《嵩岳寺碑》："密意所传称十方之首，莫不佛前受记，法中出家。"

［四］坏色衣，僧衣，袈裟。坏色，非正色，常指僧衣的颜色。刘禹锡《佛衣铭》："坏色之衣，道不在兹。"

［五］紫金容，指佛之面容。

西庵琳老真赞[一]

西庵老人，谁不赞叹。东辙西蹊，路头坐点。维三昧力，化身千百。北雨南云，晴天霹雳。岂待形容，何处不见。须知闹市里，便是百草头荐[二]。《姑溪居士文集》卷一二

【笺注】

[一] 琳老，西庵寺住持。

[二] 百草，形容万象。头，加强语气的助词。宋释慧性《偈颂》："明明祖师意，明明百草头。"

常州存福琄老真赞[一] 院有梅甚古

无形而袭人之鼻者，香不谋而同人之舌者，名名因香而及远。香因名而有声，然则红梅老子固如是乎？投暗即暗，投明即明。随波逐浪，应物观形。夫是之谓驴手佛脚，而真得无学于保宁者也[二]？《姑溪居士文集》卷一二

【笺注】

[一] 常州，今江苏常州。琄老，存福寺住持。

[二] 保宁，金陵保宁寺。

云门大师真赞

织得蒲鞋无脚着[一]，大雪漫山却伸脚。赚人枉了三则语[二]，传家只用一字错。至今儿孙满天下，伸头缩头如鹳鹤[三]。捩转嘴面有商量，学得马骑被驴扑[四]。《姑溪居士文集》卷一二

【笺注】

［一］蒲鞋，蒲草编织的鞋子。

［二］嬲（niǎo），纠缠，搅扰。

［三］鹳鹤，鸟名，形似鹤，嘴长而直，顶不红，常活动于水旁，夜宿高树。

［四］《祖堂集》卷十六："师（赵州禅师）又到一老宿处，老宿云：'老大人何不觅取住处？'师云：'什么处是某甲住处？'老宿云：'老大人住处也不识！'师云：'三十年学骑马，今日被驴扑。'"

雪峰真赞

衮球输了一只脚[一]，答语失了一只眼。却将两只杀人手，不妨捞虾只摸蚬[二]。踏翻船子月是谁，撞破烟楼如掣电[三]。树倒藤枯笑呵呵[四]，春光更觉家家遍。《姑溪居士文集》卷一二

【笺注】

［一］衮球，踢球。

［二］蚬（xiǎn），沙蜊。

［三］破烟楼，比喻子辈胜过父辈，后人超越前人。烟楼，烟囱。苏轼《与陈季常书》之十六："在定日作《松醪赋》一首，今写寄择等，庶以发后生妙思，着鞭一跃，当撞破烟楼也。"掣电，闪电。

［四］《古尊宿语录》卷四十七："疏山问：'忽遇树倒藤枯时如何？'沩山呵呵大笑归方丈。"

晦堂宝觉真赞[一]

不勉而中，不思而得。从容中道[二]，是为极则。胡来胡现，汉来汉现。随所运用，莫非方便。在迩求远，知深昧浅。头上安头[三]，以

口为眼。以相而现，略无异同。一有所叩[四]，则犹撞钟[五]。缘不我契，漫尔形容[六]。稽首导师，如日方中[七]。《姑溪居士文集》卷一二

【笺注】

[一] 宝觉，晦堂寺长老。

[二] 语出《礼记·中庸》。

[三] 头上安头，比喻多余和重复。黄庭坚《拙轩颂》："头上安头，屋下盖屋，毕竟巧者有余，拙者不足。"

[四] 叩，问。

[五]《礼记·学记》："善待问者如撞钟，叩之以小者则小鸣，叩之以大者则大鸣。"

[六] 漫尔，随意。

[七] 比喻事物正发展到十分兴盛的阶段。《诗·邶风·简兮》："日之方中，在前上处。"

李太白赞

龙不可收，虎不可缚。矫矫世路，彼自清浊。醉遣脱靴[一]，孰贵孰贱。弄月沧波，万顷一线。图画如好，虽曰糟粕。对之超然，鲸尾欲捉[二]。《姑溪居士文集》卷一二

【笺注】

[一] 李肇《唐国史补·李白脱靴事》："后对御引足令高力士脱靴，上命小阉排出之。"

[二] 传说李白醉骑鲸鱼，溺死浔阳。

姑溪自赞

蒿目以游千世[一]，铁心以践其志。有时端委以即事[二]，忽尔卖针

而买醉[三]。岂所谓逆行顺行莫测者欤？盖得之自是不得，是以听天命而已。

偶乘扁舟，一日千里。若遇胜境，终年不移。故能屈御手调羹而亲饷[四]，命力士脱靴而不疑。予私淑诸人也，故欲与之同归。鸦然于思而不售[五]，羊然绕领而犹痴[六]。人固欲其售，尔谓之痴也，予方游戏以随时。《姑溪居士文集》卷一二

【笺注】

［一］蒿目，极目远望。《庄子·骈拇》："今世之仁人，蒿目而忧世之患。"

［二］端委，礼服。《左传·昭公元年》："吾与子弁冕端委，以治民临诸侯。"即事，任事，作事。《史记·封禅书》："洽矣而日有不暇给，是以即事用希。"

［三］买醉，沽酒痛饮。李白《梁园吟》："沉吟此事泪满衣，黄金买醉未能归。"

［四］唐李阳冰《草堂集序》："以七宝床赐食，御手调羹以饭之。"

［五］鸦然，形容非常静。

［六］羊然，形容温顺的样子。

李伯时画姑溪濯足图赞[一]

濯余足兮寒泉，振余衣兮古丘。洞胸中之滞碍[二]，眇云散而水流[三]。识此行之非祸，乃造物之予休。《姑溪居士文集》卷一二

【笺注】

［一］此赞文内容与秦观《和陶渊明归去来辞》同。

［二］滞碍，阻碍。韩愈《与孟尚书书》："要自胸中无滞碍。"

［三］眇，看。

董曼老画姑溪赞[一]

野老形容，公子刷研[二]。谓俗则数珠挂于臂上[三]，谓僧则髭须满于颔下[四]。以我为牛则为之牛，以我为马则为之马[五]。不妨随俗流通，何必分真辨假。《姑溪居士文集》卷一二

【笺注】

［一］董曼老，生平不详。

［二］刷研，原指用卵形或弧形的石块碾压或摩擦皮革、布帛等使密实而光亮。

［三］数珠，佛教徒诵经时用以计算诵经次数的串珠，也称“念珠”“佛珠”。

［四］髭（zī）须，胡须。

［五］听任人把自己或称为牛，或称为马，表现了不受外物牵累的心境。语出《庄子·应帝王》：“一以己为马，一以己为牛。”

李伯时画马赞

饮不以鼻，投不以趾。虽梦亦然，理自应尔[一]。吾师东坡尝有是语，天机所同，惟伯时父。东坡形容，伯时位置[二]，曹韩少陵俱落第二[三]。吾私淑诸，恨隔九泉，笔头落处，几至潸然。《姑溪居士文集》卷一二

【笺注】

［一］意谓顺应自然规律。

［二］位置，此指作画。

［三］曹，曹霸，谯郡（今安徽亳州）人，以擅画马及物著称。韩，韩干，京兆（今陕西西安）人，宫廷画师，初师曹霸，后自成一家。杜甫《丹青引赠曹将军霸》云：“干惟画肉不画骨，忍使骅骝气凋丧。将军画善盖有神，必逢佳士亦写真。”

行状

故朝请郎直秘阁淮南江浙荆湖制置发运副使赠徽猷阁待制胡公行状[一]

本贯常州晋陵县[二]。曾祖冧，故赠太师、沂国公。曾祖妣，沂国太夫人李氏。祖宿，故任枢密副使、赠太师、魏国公，谥文恭。祖妣，蜀国太夫人吴氏；祖妣，魏国太夫人何氏。父宗盾，故赠少师。妣，平原郡太夫人施氏。

【笺注】

［一］朝请郎，文散官名。隋始置，元丰改制用以代前行员外郎、侍郎史。直秘阁，淳化元年（990）置，以京朝官充任，掌秘阁事务。制置发运副使，掌漕运。徽猷阁，徽宗时建徽猷阁以藏哲宗御制、御集，增置直徽猷阁。待制，宋因唐制，于殿、阁均设待制之官，典守文物，位在学士、直学士之下。

［二］常州晋陵县，今江苏常州。

大观元年[一]，妖人张怀素谋叛[二]，蜀人范寥诣阙上其事[三]，有诏置狱。既伏诛，乃迹其昔所经行之地[四]，以赏以罚，而得其常寓苏州通判吕渊家[五]。寓时能以其术自晦[六]，而莫之谁何[七]。独两浙运判胡公察知其事状[八]，将取以付狱。既觉，即转徙他州。公命劾渊，捕获素，邂逅得罪去[九]，辄已。以故就起公为提举两浙常平等事[一〇]。俄还公旧物，或谓旧物不足以劝功[一一]，又进公一阶，贴直秘阁，迁转运使。

【笺注】

［一］徽宗大观元年（1107）。

［二］张怀素，道士，舒州（治今安徽潜山）人，号落魄野人。活动于苏州、真州、和州及京城等地，以“左术”游说于士宦之门，与蔡京、蔡卞、吕惠卿等有交往。欲与知和州事吴储等起事于东南，事败被钉杀。

［三］《京口耆旧传·范寥传》：“范寥，字信中，家丹阳，本范蜀公镇之族。”诣阙，到朝廷去。《汉书·朱买臣传》：“诣阙上书，书久不报。”

［四］迹，寻。经行，往来。

［五］通判，见《回贺越州黄通判启》注［一］。吕渊，生平不详。

［六］自晦，自隐才能，不使声名彰著。《旧唐书·韩滉传》：“以绘事非急务，自晦其能。”

［七］莫之谁何，没有谁敢对他怎么样。

［八］事状，事实情况。王充《论衡·四讳》：“诸工技之家，说吉凶之占，皆有事状。”

［九］邂逅，突然。

［一〇］提举常平，见《跋元章书二》注［二］。

［一一］劝功，勉励立功。《礼记·王制》：“民咸安其居，乐事劝功。”

先是公措置两浙盐事有劳[一]，复南东岁计[二]，方有所因革，而总其事者，久难其人。朝廷知公为可任，遂以公总六路[三]，为制置发运副使，而虚其所共事者不除[四]，意若责成于公[五]，而不欲分其权。续又命公兼六路茶盐事。公固强敏，至是愈感慨砥砺[六]。会两浙转运、提点刑狱、提举学事、提举常平、提举市舶、提举澳闸等司、知杭州事[七]，皆阙官、诏以公权杭州，仍兼领诸司。其地常天下舟车之所聚，又复上方营缮，凡数局泛遣须索，接武而至，冠盖旁午[八]，宾客满门，词诉参萃[九]。四方人物，情伪多岐[一〇]，证逮散漫[一一]，门阶陛户，骈肩累足[一二]，率待命于公。而公耳受目应，口酬手画，无不满足而去。才一顷久，而其迹如扫。早时狴犴充斥[一三]，至有累数年不能予夺者[一四]，公一语而决。未几，三院、诸邑狱遂空[一五]，比公去，无一囚之系。风闻诸路，不畏则恐，文移会应[一六]，交驰于道，毫发不敢隐，亦不敢踰晷刻[一七]。于是六路事巨细无不举，而东南所至，如公实临之。朝廷益知公才，而上亦屡对辅臣称奖。已而公去吴越，东南事非公所当领者，多特旨委公。公奔走祗命兼昼夜[一八]，惟恐有所不及。寝食几废，而不知有寒暑风雨之避。俄得疾，遂请致仕。未报而卒，享年五十一，大观二年八月九日也。上闻报，为之叹悼，庙堂尤以东南之计未知所托而嗟惜之[一九]。赠徽猷阁待制，常赙外加赐三百匹，敕所葬州具襄事[二〇]。诸孤以大观三年四月十七日葬公于常州宜兴县善继乡金钟之原。

【笺注】

［一］先是，在此以前，用于追述往事之辞。《史记·平准书》："初，先是往十余岁河决观。"有劳，有功劳。韩愈《董公行状》："天子念尔有劳，故下诏禁侵犯。"

［二］岁计，一年内收入和支出的计算。

［三］六路，东南六路，指江南东、西路，淮南路，两浙路和荆湖南、北路。

［四］除，授官。

［五］责成，指令专人或机构负责完成任务。唐温大雅《大唐创业起居注》卷三："庶绩群官，并责成于相府。"

［六］砥砺，激励，勉励。《荀子·王制》："砥砺百姓。"

［七］提点刑狱，淳化二年（991），设置各路提点刑狱公事，掌管所辖地区司法、刑狱。提举学事，崇宁二年在各路置提举学事司，掌管州县学政。提举市舶，又称市舶使，掌管市舶贸易。提举澳闸，掌管水闸事务。

［八］冠盖，指官员的冠服和车乘。《史记·魏公子列传》："平原君使者冠盖相属于魏。"旁午，亦作"旁迕"，交错，纷繁。《汉书·霍光传》："受玺以来二十七日，使者旁午。"

［九］词诉，诉讼。参萃，繁杂。

［一〇］情伪，真假。多岐，即"多歧"。

［一一］证逮，谓逮捕与案情有关联的人。语出《史记·五宗世家》："请逮勃所与奸诸证左。"

［一二］骈肩累足，肩并肩，脚印合脚印，形容人多拥挤。欧阳修《相州昼锦堂记》："夹道之人，相与骈肩累迹，瞻望咨嗟。"

［一三］谓诉讼之人众多。狴犴（bì àn），神话传说中的神兽，形似虎，平生好讼。

［一四］予夺，裁决，裁夺。《颜氏家训·省事》："竟无予夺。"

［一五］三院，指台院、殿院、察院。

［一六］即公文报应。

［一七］晷（guǐ）刻，片刻，谓时间短暂。《西京杂记》卷四："即下漏验之，晷刻无差。"

［一八］祇命，奉命。

［一九］庙堂，朝廷。

［二〇］襄事，协助办理丧事。

公讳奕修，字叔微。平原君梦异人降其室而生[一]。右股有黑痣，秀眉明目，表表群儿中，能自警拔[二]。文恭曰[三]："是必能世吾家。"

因命名以训其意。既就学，尤激昂奋勉。文恭每退朝，延诸孙列下坐，背诵所授书，而亲为策试。间摘其义以问，精而不失对者，设特榻置酒，相与劝酬如宾客，用以为别。公多在所别。胡氏中表[四]，遂不敢以常儿待公。

【笺注】

[一] 平原君，奕修母施氏封平原郡君。

[二] 警拔，拔俗。《梁书·王暕传》："暕年数岁，而风神警拔，有成人之度。"

[三] 文恭，见《偶述》注 [一]。

[四] 中表，指代亲戚。蔡邕《贞节先生陈留范史云铭》："九族中表，莫见其面。"

以文恭恩，授将作监主簿[一]。官制行，换承务郎[二]，十迁而至朝请[三]。起家监秀州税务[四]。姻党有为部使者[五]，绳州县甚急[六]，既到，公迎见曰："州守固长者，然务宽大，任僚属，皆得其所长，以举职事。愿使君少留，不惮毛数而发推之[七]。有一不如理，请以欺罔受责[八]。"使者曰："少年得无以姻契故[九]，绐我乎[一〇]？"公曰："度使君必不暇遍及。"即具曹目[一一]，邀其□而按之。使者笑指税务曰："姑以是观君之能，亦以验君之说。"又曰："第前往，行且至矣[一二]。"公曰："幸得从使君以往，庶几知我，不取具于临时也[一三]。"比按视[一四]，得自公到官后岁课生增三倍[一五]，簿书纤悉如律[一六]，使者叹息久之，固劳其守[一七]。而行监洛南稻田务[一八]，未行，改太府寺勾当公事[一九]，管勾出卖枢密院封椿物帛[二〇]，就差剗刷两浙大礼上供钱帛[二一]。先是朝廷每有事于郊庙[二二]，则有司预选官分遣，多因其人以私之，姑取文具以复命，至有冒请给至逾年不报者。公在太府封椿局，迁就贸易，屡奏成效，上信其能，下不为扰，乃以命之。公据籍诘索，无一毫得隐，徐为区处，取其所余而不夺其常计[二三]，欣然得其要领[二四]。遂先诸路以归，而所得之数辄倍之。

【笺注】

［一］将作监，掌管宫室建筑，金玉珠翠犀象宝贝器皿的制作和纱罗缎匹的刺绣以及各种异样器用打造的官署。

［二］承务郎，即员外郎，元丰改制用以代校书郎、正字、将作监主簿。

［三］朝请，即奉朝请。

［四］起家，从家中征召出来，授以官职。《史记·魏其武安侯列传》："荐人或起家至二千石。"秀州，包括旧嘉兴府（除海宁外的今嘉兴地区）与旧松江府（上海直辖市的吴淞江以南部分）。

［五］姻党，姻族。陆龟蒙《甫里先生传》："内外姻党。"部使，御使。因御使一般由中央各部郎官充任，故名。

［六］绳，绳劾，弹劾。

［七］毛数，形容细微之处。发推，理发，喻处理。

［八］欺罔，欺骗蒙蔽。语出《论语·雍也》："可欺也，不可罔也。"

［九］姻契，姻眷，姻亲。

［一〇］绐，欺诈，哄骗。《史记·项羽本纪》："田父绐曰：'左'。"

［一一］曹目，官署账目。

［一二］行且，将要。韩愈《答刘秀才论史书》："行且谋引去。"

［一三］取具，置办。韩愈《南海神庙碑》："牲酒瘠酸，取具临时。"

［一四］按视，查看。

［一五］岁课，一年的赋税。

［一六］簿书，官署中的文书簿册。

［一七］劳，慰劳。《诗·魏风·硕鼠》："三岁贯女，莫我肯劳。"

［一八］洛南，今陕西洛南。

［一九］太府寺，官署名，即大司农，掌钱谷金帛诸货币。勾当，主管。元稹《赵真长户部郎中兼侍御史等制》："勾当河南、淮南等道两税。"

［二〇］管勾，管理。欧阳修《举留胡瑗管勾太学状》："自瑗管勾太学以来，诸生服其德行，遵守规矩。"封椿，封椿库，后改名为左藏库，用以储存朝廷每年的国用盈余和各地贡物。

［二一］刬（chǎn）刷，搜集。王安石《乞制置三司条例》："至遇军国郊祀之大费，则遣使刬刷，殆无余藏。"

［二二］有事，祭祀。

［二三］常计，一定的计划。梅尧臣《真州东园》："国赋有常计，计者岂不贤？"

［二四］要领，关键。《北史·李远传》："周文以河东为国之要领，乃授河东郡守。"

河失故道，议者谓其流或东或北，□□以利害相乘，亦交相兴役，务胜其说，其费不赀，而至累年不能会。朝廷欲知数，而会者未知所命，佥谓非公不可。即命公以往，不踰时而上其实。监城南炭场，公因请不外[一]，执政曰："不欲君稍远，姑以是为命之地尔。第少安之。"仪鸾公帐之藉[二]，名存实亡，后故暗不足以备行在[三]，乃以公兼领。公曰："积弊殆不容钩致[四]，少验之，则主于役者皆当坐重辟[五]，愿舍其旧而新是图，请自今日为之正。"既报可，才两月，藏贮有地，出入有经，近以颜色增浣[六]，而灿然无一物不类创造者。下卸之役常不给[七]，而雇募夫力以足其数[八]，朝廷患其费而不能革其弊，又命公兼领，仍兼京东排岸司[九]。阅籍[一〇]，核得以贿免者数千人，置吏于法，而自是不复雇募。排岸狱系一舟兵至二年[一一]，晛晛械间且死矣[一二]，公见之，恻然涉其案[一三]，盖已三会赦矣[一四]。但官未尝省，而吏不以告闻，故如是，急命释之。迁司农寺丞[一五]，执政不悦公者，改公监进奏院[一六]，又以公通判延安府[一七]，然终以公议，不敢出公于外，而留公措置开封府界、京西上供柴炭。异时白波辇运司以所漕舟应他用[一八]，漫不收还，亦不能增置以登其额。省曹吏谨五日一催，而不责其报上，至禁廷从京邸高价旋市以应用，内外相持久之，莫之察。公上其弊，收散补坏，罢冗占兵三之一，于是舳舻衔尾[一九]，而岁计沛然有余矣。

【笺注】

［一］不外，不外任。

［二］仪鸾，即仪鸾司，掌管祀郊庙、出巡、宴会等所用帐幕。黄庭坚《观伯时画马》："仪鸾供帐饕虱行，翰林湿薪爆竹声。"

［三］行在，天子所在的地方。

［四］钩致，串通勾结。

［五］重辟，极刑，死罪。《陈书·孔奂传》："（沈炯）将陷重辟。"

［六］增浣，增新。

［七］下卸，下派。

［八］夫力，劳力。

［九］排岸司，官署名，属司农寺，掌有关各地至京师水运纲船运输事项。

［一〇］查阅簿册。

［一一］系，拘禁。

［一二］睍睍，见《跋石曼卿〈二疏墓〉诗》注［二一］。械问，械系拷问。

［一三］恻然，形容哀怜的样子。诸葛亮《诫外甥书》："恻然有所感。"

［一四］三会赦，三次遇赦。

［一五］司农寺丞，掌钱谷之事的佐吏。

［一六］进奏院，为各州镇官员入京时之寓所，并掌章奏、诏令及各种文书的投递、承转。

［一七］延安府，元祐四年（1089），升鄜延路为延安府置，治肤施（今陕西延安）。

［一八］白波，西京河南府河清县白波镇，位于今洛阳市孟津县白鹤镇一带。辇运司，宋官署名，掌按时起发纲运，供应京师。

［一九］舳舻（zhú lú），指首尾衔接的船只。《汉书·武帝纪》："舳舻千里，薄枞阳而出。"衔尾，谓前后相接。《汉书·匈奴传下》："如遇险阻，衔尾相随。"

崇宁初[一]，上意以谓先帝政事屡变[二]，更致祖述宪章之志[三]，狃于异同之论[四]，乃相今太师而置讲议司[五]，讨论润色，简置僚属，首以公为检讨文字。以公练达盐事，而东南为重，吴越之地利尤为重，乃以公提举措置两浙盐事。公以法坏之久，非家至而户晓之，则无以达上意，辄身自履之[六]，山行水迹，虽人迹罕到之地，亦不舍。乃严封宇，谨出纳，敛散以时[七]，火伏以限[八]，贾贩不得而私，而亡命皆转为良民矣。山谷间有至老不得盐食者，亦皆沾足。岁中羡课[九]，以缗计得数百万[一〇]，捕私贩赏，至不支一钱。杭州已停配军颜巽[一一]，元祐中为州校，主秋仓输租[一二]，专览输户米为代输。一日监官以其米恶甚，不为输。巽怒，集不逞数百辈[一三]，即所输地欧之[一四]。前为守者黥隶他州[一五]，御史希宰相旨[一六]，论守为不法，诏释之。自尔益无忌惮，广收请盐钞[一七]，以药涂之而用，既毁抹，贿主者，洗去药而再用，虽老于其事者亦不能辨[一八]。积累年，其欺数至不可计。人或知之，而终不敢发。公因会已毁抹数，得其奸而上之。特旨黥岭外，尽没其家财，以偿所欺[一九]。有司第课[二〇]，以公为诸路冠。就迁转运判官，仍兼盐事。

【笺注】

［一］崇宁（1102—1106），徽宗年号。

［二］先帝，指哲宗。

［三］祖述宪章，见《贺时相除少保》注［三七］。

［四］狃，因袭，拘泥。

［五］讲议司，崇宁元年置，以宰相提举，侍从为详定官，卿监为参详官。

［六］身自，亲自。《史记·吴王濞列传》："（吴王）乃身自为使。"

［七］敛散，买进和卖出。王安石《乞制置三司条例》："货贿之有无不可以不制，而轻重、敛散之权不可以无术。"

［八］火伏，谓心星（大火）隐没。《左传·哀公十二年》："丘闻之，火伏而后蛰者毕。"

［九］羡课，杂税和正式税赋。羡，正赋外的无名税收。

［一〇］缗（mín），用于成串的铜钱，每串一千文。

［一一］配军，因流刑发配各地军营服役的犯人。

［一二］输租，交纳租税。

［一三］不逞，因心怀不满而闹事捣乱的人。《左传·襄公十年》："故五族聚群不逞之人，因公子之徒以作乱。"

［一四］欧，通"殴"。《汉书·张良传》："良鄂然，欲欧之。"

［一五］黥隶，刺配。黥，墨刑，即在人脸上刺字并涂墨之刑。隶，配隶，流放发配。

［一六］希旨，亦作"希指"，迎合在上者的意旨。苏轼《上神宗皇帝书》："虽得户八十余万，皆州县希旨。"

［一七］盐钞，宋代官府发给商人支领和运销食盐的凭证，后称盐引、盐票。

[一八] 老，富有经验。

[一九] 陆游《老学庵笔记》卷四：“大观中，胡奕修为提举盐事，会计已毁抹盐钞，得其奸，奏之，黥窜化州，籍没赀产，一方称快。”

[二〇] 第课，考核官员等级。

睦州遂安县胥造大宅[一]，豪占民地[二]，民屡诉，州县惮其豪[三]，不为之直[四]。公命拆屋，迁其地。苏州吴江令操下严而察[五]，胥徒病之[六]，求所以去令之策不可得。有杨姓者，伪作书，留别其家人云：“令遣我造舟，怒不倍备，而楚毒备至[七]，我江死矣。”其子诉于州，州以闻部使者[八]。展转上彻，一路喧传[九]。运司具奏牍请公连书而上[一〇]，公曰：“苟欲就死，必不告人。且死，其尸讵何掩耶？遂以是罪令，则奸得以售，而官与吏将抗矣。”檄其县[一一]，多至购赏以捕之[一二]，果得于他处。

【笺注】

[一] 睦州，治新安县（今杭州淳安）。县胥，县吏。

[二] 豪占，仗势强夺。

[三] 豪，强横。

[四] 直，申雪（冤屈）。

[五] 吴江，今苏州市吴江区。操下，控制手下。

[六] 胥徒，官府衙役。

[七] 楚毒，酷刑，形容残酷。袁宏《后汉纪·顺帝纪上》：“系洛阳狱，考讯楚毒。”

[八] 以闻，将此事告诉了。《史记·滑稽列传》：“王夫人以闻武帝。”

[九] 喧传，哄传，盛传。唐张仲素《贺获刘辟表》：“万里喧传，

兆人鼓舞。”

［一〇］运司，盐运使司。奏牍，奏章。连书，联名书写。

［一一］檄，用檄文晓谕。

［一二］购赏，悬赏、奖赏。《汉书·张敞传》：“敞到胶东，明设购赏。”

公以职事当见上以禀，诏促公入觐。忌公者乘间起事[一]，胁言路交章(一)[二]。公腹背受敌，力不能解，遂坐废于家中扬州(二)[三]，杜门绝宾客几二年。或曰：“公胡不自直[四]，使朝廷知为仇人所醖造[五]？况曲折如立五指[六]，不待数而后知也。”公笑而不答。俄有诏起公，感激称谢曰：“非陛下因事加察，则草木蝼蚁之微，岂得至此地？况亲承顾问[七]，披眷奖之重耶？”具言怀素辈不足以况狐鼠，但久在江淮间，知我无披[八]，故尔狂率。遂陈天下承平久，但留意西北，而不复备东南。山川屈折，风涛出没，啸聚得以为险[九]，当知因循为害其大也。上又曰：“东南习俗獧狡[一〇]，因缘为吏，而又家世相资，在官者何以制之？吏强官弱，非痛惩之，则法令在其股掌间矣[一一]。方且图之，卿宜审察此患。”后有诏开帅府，置望堠(三)[一二]，修完城壁，教习水战，公实有助焉。既又尽逐监司州县胥[一三]，募等第人户充，而公亦入境，首取苏州二吏素为怀素、吕渊囊橐者奏黜之[一四]，以隶远恶处[一五]。昔之号为强狡者，多谢所事以去，至有更门户以避者。朝廷以怀素事，初有旨，申男女结社念经不茹荤之禁，不觉察者增其罪名。州县畏或累己，凡持数珠，偶同坐者，悉逮捕。吴越雅相习，至汹汹不相保[一六]。公令必夜聚晓散，十人以上，逾旬不罢者，先告而后执，下遂安。

【校记】

（一）胁：原作“协”，据四库本、《全宋文》改。

（二）扬：原作“杨”，据四库本、《全宋文》改。

（三）堠：原作“群”，据四库本、《全宋文》改。

【笺注】

［一］起事，生事，挑起事端。

［二］言路，言官。吕陶《辞免左司谏表》：“向自郎曹，擢居言路。”交章，官员交互向皇帝上书奏事。

［三］坐废，获罪罢职。

［四］自直，自行申辩，证明自己的清白。

［五］酝造，蓄意捏造、陷害。

［六］曲折，委曲，详细情况。《史记·魏其武安侯列传》：“吾益知吴壁中曲折，请复往。”如立五指，形容非常清楚。

［七］顾问，慰问。《北史·高颎传》：“其夫人贺拔氏寝疾，中使顾问不绝。”

［八］披，披露，此为上奏朝廷之意。

［九］啸聚，结伙为盗。

［一〇］獧（juàn）狡，狡猾。

［一一］股掌，比喻在操纵、控制的范围之内。《国语·吴语》：“大夫种勇而善谋，将还玩吴国于股掌之上。”

［一二］望堠（hòu），瞭望敌情的土堡。

［一三］监司，见《答监司启》注［一］。

［一四］囊橐，窝藏包庇。

［一五］远恶处，边远恶劣之地。《北齐书·崔季舒传》：“并流于远恶。”

［一六］汹汹，骚乱不宁。

有恃荫暴横闾巷间[一]，目之而不敢校者[二]，适至庭下，公号之曰：“尔非伏路虎耶？吾在此，正欲得尔以肃众人。苟能更心退悔，不害为善良。不然，必不以常法置。”尔后公过其家，呼出，果自闻令悛省刻约[三]，不敢辄出。配军因思乡而归，邻人每恃之以取货，又欲强娶其女。方犹豫中，遽殴之，反诬以杀己。逻者执与俱[四]，公得其情，贷配军而杖诬者。兄弟争田，县不能决而讼于公。公呼使前而告之曰：“吾君方以八行旌夸[五]，而乃夺天伦之戚，犯圣时之教，不期赏劝而务快私忿，是何意耶?”即相持挥涕，罗拜而去[六]。富人三兄弟，其季已死[七]，二兄欲并其资产，诬季妇以义绝，罪而出之，累诉不得理。公喻其父，使诉而还之。即分所有为三，命探于庭下，妇果得所欲者。闻者以手加额曰：“阴其可欺耶？特烦胡公生之尔。”狱囚有连逮至百余人，以情未明，故掩久，而瘐死过半矣[八]，在者亦仅存视息。公促具狱[九]，有司执以为不可，公叱曰：“推数年而不行，尚何待耶?”即出以待之，请于朝，俄报可。方时禁小黄钱如束至湿[一〇]，至有投隙伏之，以诬夺人物者，猖狂日炽，行旅几绝迹，而北阙为甚，公捕其魁，黥隶千里外，余皆籍为军[一一]，道路乃通。群盗白昼公取人物，相夸为能，号白日鬼，人不得安居。公召至庭下，命与逻者结为保任[一二]，令曰：“一有窃发，并坐尔曹[一三]，而先簿其资储[一四]，偿失物主，而后责其同捕贼。”用是屏息，居人至外户不闭。无赖辈以赌博为名，诱陷良家子，往往至破产，俗呼松子量，鲜衣美食，自相为曹，在处有之，而杭繁盛，故特甚。入其中者，初不自觉，计所得随手分散，以钤众口[一五]，而把持之，号分子钱。公张榜于市，立赏讦告，犯者给例物招刺为军[一六]，用是遂绝。昔被诱陷者，与其父兄出拜于道间，以谢公德。钱塘有善水者，结为私渡。所载可取，则至江中，故为覆溺，而取其物，岁以水死者甚众。公增置官渡而绝之。青龙之大姓陈晊，故司农卿倩之子，有官不出仕，凭所持，畜凶悍辈为厮仆，结连上下，广放私钱，以取厚息。苟失期会，则追呼执系，峻于官府。至虚立契券，没其赀产，甚则并取其妻女。间分遗所亲厚，远至广南、福建，至死不得脱。公请于上，诏取晊编管湖外[一七]，而黥诸仆以配恶弱之地。又索其所遗，虽远必致，移所在，因使人护之以归。狂人赵天启阴刺人长短[一八]，造为飞语[一九]，以幸中伤人，以是入官，亦以是所至事之如权要，又随其处题写窗壁，动摇讥讪，天下皆恶之，而无与对者。公密疏以闻，诏窜广西。杭人既德公甚，相率击登闻鼓[二〇]，请公即真[二一]。亘浙东西[二二]，多画公像于浮图而立祠之[二三]，或香火于其家，每食必祭。其去也，扶携涕泗[二四]，或遮道，或挽其车，不得出。公绐为暂出巡按，当复来，乃得登舟。而又争其舟，不得发，至安夜，闾关方能出[二五]。所过壶浆花红夹两岸[二六]，老者执手炉[二七]，少者顶柈[二八]，香烟相随不间断，呼曰："愿公无久于外，卒为我父母也。"公治杭，其政日有可纪，而其著者如此。大抵不为姑息，不立畦畛，不邀声誉，一切以身任之，而只知有是事而已。

【笺注】

［一］恃荫，倚仗祖先勋劳庇荫。暴横，横行不法。《后汉书·杜诗传》："时将军萧广放纵兵士，暴横民间。"

［二］校，拘禁、管束。

［三］悛省，悔改、反省。刻约，严格约束。

［四］逻者，巡逻的兵士。

［五］八行，八种品行，即孝、悌、睦、姻、任、恤、忠、和。《宋史·徽宗纪二》："甲辰，立八行取士科。"旌夸，表彰。

［六］罗拜，罗列而拜。《太平广记·李泌》："既坐，又见妻子出罗拜。"

［七］季，兄弟排行次序最小的。

［八］瘐（yǔ）死，在狱中因饥寒或疾病而死。《汉书·宣帝纪》："今系者或以掠辜，若饥寒，瘐死狱中，何用心逆人道也！"

［九］具狱，备文定案，即结案。

［一〇］小黄钱，又称小钞，是北宋时一种小面额的纸币。如東至

湿，捆扎使其潮湿。

［一一］籍，籍配，即充军。

［一二］保任，担保。

［一三］尔曹，汝辈，你们。

［一四］簿，登记。

［一五］钤，威慑管束。

［一六］例物，按规定发给的钱物。招刺，招收并刺字（以防逃亡）。

［一七］编管，谪放远方州郡，编入该地户籍，并由地方官吏加以管束。湖外，海外。

［一八］阴刺，暗中刺探。

［一九］飞语，流言。《汉书·灌夫传》："乃有飞语为恶言闻上。"

［二〇］相率，相继。登闻鼓，悬挂在朝堂外的大鼓，许臣民击鼓上闻。《晋书·卫瓘传》："于是繇等执黄旛，挝登闻鼓。"

［二一］即真，谓官吏由代理而转为正式职务。《三国志·蜀志·杨洪传》："亮于是表洪领蜀郡太守，众事皆办，遂使即真。"

［二二］亘，横贯。

［二三］浮图，佛塔。

［二四］涕泗，涕泪俱下，哭泣。扬雄《元后诔》："天下哀痛，号哭涕泗。"

［二五］间关，辗转。

［二六］壶浆，茶水、酒浆，以壶盛之，故称。《公羊传·昭公二十五年》："国子执壶浆。"花红，赠送的插花挂红礼品。

［二七］手炉，有把手的香炉。

［二八］柈，同"盘"。

虽家世荣显，履践如寒士。自少喜周人急，闻人有难处之事，必委曲营度，而期必于济。胸中无留物，人有不及，未尝不忠告，或护前文饰[一]，则面折之[二]，虽取怒不已。其归盖主于爱人之深，而惟恐其不返，以蹈悔咎也。事亲孝笃，于兄弟朋友，凡宗族乡党，一以诚意接之。方其盛时，遇之或有间；及其沦落，仓卒之间际，则周旋所之，无不尽力。不营生事，不侈长物[三]，在杭尤谨，日给饮食外，锱铢不及。有托于公者，亦以是谢绝。视其外若甚封殖[四]，而家人仅免饥寒。兄弟有无相通，后举公葬，诸孤力不足，而兄弟皆出力以相之。从叔父修简公欲以恩例及公[五]，公推与其长兄。平居遇盛冬雨雪，里巷间告饥，则必计供家外，尽散以给之，所活前后无虑万人。里人朱思之子死，无以敛[六]，公为买棺仍葬之，思之死后，如之。包孝肃公子绶与公进奏为代[七]，后以罪去，贫不能举，皆取给与公。所善曹百礼寓京师[八]，欲赴官而妻病，且方就蓐[九]，至衣食不继。公日过其家，物物应之，而又助其行。辟召徽问、李俨为盐香司属官[一〇]，徽问夫妇相继卒，子幼方病，公力办其后事，仍资其子而遣之。俨病几废，公兼其职事，第使食其俸，而俨固未尝去衽席。其卒于扬也[一一]，公时在迁责中，亦为之买棺具舟。贵人子以非嫡出[一二]，役于一庸僧，且殍矣[一三]，公为收养如子。女奴既售，知其家世，且犹处也[一四]，呼其父母，捐所直而厚遗，使嫁人。

【笺注】

[一] 护前，逞强好胜，不容许别人争先居前。《三国志·朱桓传》："桓性护前，耻为人下。"

[二] 面折，当面批评、指责。《史记·汲郑列传》："黯为人性倨少礼，面折，不能容人之过。"

[三] 长物，多余的东西。《世说新语·德行》："恭作人无长物。"

[四] 封殖，聚敛财货，此意为节俭。

[五] 胡宗愈（1029—1094），字完夫，胡宿侄。嘉祐四年（1059）

进士，哲宗元祐初，累进给事中、御史中丞，后徙成都府，召为礼部尚书。卒谥简修，一曰修简。事见《东都事略》卷七一《胡宿传》。恩例，指帝王为宣示恩德而颁布的条例、规定。

［六］敛，通“殓”，入殓安葬。

［七］包拯（999—1062），庐州合肥（今属安徽）人，字希仁。天圣五年（1027）进士，累擢监察御史。奉使契丹还，历三司户部判官，知扬、庐、江宁、开封等州府，迁右司郎中。权御史中丞，迁三司使，拜枢密副使。卒谥孝肃。有《包孝肃奏议》。包绶（1057—1105），包拯次子。

［八］曹百礼，生平不详。

［九］就蓐，临蓐，分娩。

［一〇］辟召，征召。《后汉书·郑均传》：“常称病家廷，不应州郡辟召。”徽问、李俨，人名。

［一一］扬，扬州。

［一二］贵人，富贵人家。

［一三］快要饿死了。

［一四］处，提供住处。

盐法既新，前日盘载脚乘之费[一]，责偿于主，枚举其家所有，犹不足于偿累，然相系出入官府，而无可免之期，公为奏而免之。再过其州，聚千余老幼妇女，相杂夹道，焚香迎公以谢，公在朝廷，改当五钱为当三，以制私铸，市肆尽闭，民间几至绝食。公曰：“良法而不能奉行，恨我不在其事也。”适有米斛[二]，尽出以救之，井市交易如初[三]。杭之公帑费倍他处[四]，责卖醋之息尤甚。故事，绕以数十羸老之卒[五]，巡门比市，日额不登[六]，则治之甚酷，至卖妻女以足之。公曰：“钱塘酒课[七]，岁以三十六万为数，人食醋多于饮酒，而区区近取给于有限之力，又复强所不能，徒使之坐困，而无以取盈。若募人买扑[八]，则所得何翅此数[九]?”即具以闻，村落闻追呼，多州县承帖家人[一〇]，三五为曹，被酒夜叩人门[一一]，驱曳叫呼[一二]，民不能堪。公曰：“募役之法，盖朝廷之美意，人不得以横议者[一三]。特节外害之[一四]，而不知禁也。”公命立赏擒捕，而请疏为令。二议皆未报，而公捐馆舍[一五]，后无继请者，人皆恨之。

【笺注】

［一］盘载，运载。脚乘，搬运。

［二］米斛，米粮。

［三］井市，做买卖的市街。

［四］公帑（tǎng），公款。《新唐书·裴胄传》：“有中使者，即悉公帑市欢。”

［五］羸老，衰老。

［六］日额，每日规定的数目。不登，收不够数。

［七］酒课，酒税。苏辙《论蜀茶五害状》：“所得茶税、杂税钱及酒课增羡。”

［八］买扑，宋时一种包税制度。宋初对酒、醋、陂塘、墟市、渡口等的税收，由官府核计应征数额，招商承包。包商（即买扑人）缴保证金于官，取得征税之权。后由包商自行申报税额，以出价最高者取得包税权。欧阳修《乞免蒿头酒户课利札子》：“臣窃见河东买扑酒户，自兵兴数年，不计远近，并将月纳课利，支往边上折纳米粟。”

［九］何翅，即何啻。

［一〇］承帖，官府文书，公文。

［一一］被酒，喝醉。《论衡·纪妖》：“被酒，夜经泽中。”

［一二］驱曳，驱逐、拉拽。《南史·虞愿传》：“帝大怒，使人驱曳下殿。”

［一三］横议，恣意议论。南朝齐王融《策秀才文第二问》：“若闲

冗毕弃，则横议无已。”

［一四］节外，谓事外复生事端。

［一五］捐馆舍，抛弃馆舍，去世的婉辞。《战国策·赵策二》：“今奉阳君捐馆舍。”

发运司藏百余艘以备奏计[一]，每出则延袤数里不绝[二]，平时兵坐食[三]，所至为困，而所遇无异螟蝗入境[四]。县镇之类，仓库几至一空。公计合用数外，才取十余艘而已。朝廷以转盘迂绕，命转运司直达，而上计所用舟多不足。公前期刷诸路积欠钱[五]，尽以造舟，得千艇，公济其乏。江宁界接真州[六]，江面充阔，而多暗石，风涛一作，无可避之地。前人开李家漾为备[七]，而岁久淤涸，虽鱼舟亦不能进。公首命浚治，不十日而巨舰可藏，到者无不感叹。公以先见之明，晚方进用，常若惜分阴以济所事[八]。间语人曰：“知无不为，臣子之分守也[九]。既委质而仕，则身非我有。若天假吾年，庶几不愧所遇。”不谓公随地抑扬[一〇]，大小施设，卓然一时之所难者，才见于杭州数月之政，此上自人主，所以叹息不已，而赠恤至于绝俪也。疾已革[一一]，犹若语人曰：“王事虽暑毒[一二]，岂敢惮劳[一三]？”闻者皆为之出涕，讣闻，钱塘人相与即僧舍发哀，受吊于生祠地，仍集众力度僧以荐冥福，岁以为常，濒海盐户有为之服丧者。

【笺注】

［一］发运司，即转运司。高承《事物纪原·节钺帅漕·发运》引王溥《五代会要》：“晋天福三年，韩延嗣配华州发运务，此始见发运之名。”奏计，向朝廷报送计簿。宋彭乘《墨客挥犀》卷五：“李溥为江淮发运使，每岁奏计，则以大船载东南美货结纳当途。”

［二］延袤，绵亘，绵延。《史记·蒙恬列传》：“（长城）延袤万余里。”

［三］坐食，不劳而食。

［四］螟蝗，螟和蝗，食稼害虫。

［五］刷，搜求。

［六］江宁，江宁府，江南东路首府，治所在江宁县和上元县。真州，大中祥符六年（1013）升建安军为真州，辖扬子县与六合县。

［七］李家漾，水名，位于今浙江长兴县和平镇。

［八］分阴，指极短的时间。《晋书·陶侃传》："大禹圣者，乃惜寸阴，至于众人，当惜分阴。"

［九］分守，职分。

［一〇］随地抑扬，因地制宜。

［一一］革，危急。《礼记·檀弓下》："若疾革，虽当祭必告。"

［一二］暑毒，劳苦。

［一三］惮劳，怕苦怕累。《晋书·苻坚载记下》："安得惮劳?"

娶郑氏，封仁寿郡君，尚书右丞雍之子[一]，有贤行。四子：绩、纬、绅、维。公为笃信因果，平生未尝杀活物。在杭时，因其人善食鲜，多细碎水类，日不下千万，公谆谆诱劝，食者遂绝，而业者为改。喜建立丛林[二]，请有名行僧住持。吴越号六伽蓝[三]，主之者多公所命。大通禅师迁化[四]，公以私力致供，邀其僚属，即其虚焚香作礼[五]，戒诸禅刹，次第荐严。特表其素，诏加谥号，赐塔名，岁度一僧以专洒扫。少尝得一疾，医不能工，日以为虞，默有所祷，期遇人以收其功。忽于通衢中逢一窭者[六]，鬻纸撚[七]，人争市之而不与[八]。偶见公，独授之，比开，乃公姓氏年甲[九]。公异之，遂约同过酒肆，追其步，相去才一尺许，逾时不可及。既饮，告公曰："汝有病，吾为汝治之必效。"出丹一粒，公服之立愈。酒阑，又语公曰："此去二十年，当再相见。非申年得申姓人，不可说。"果至申年，得申姓人，公始与语而遂传。比疾革，实二十年矣。又尝梦有所授，既得疾，有二衣如童子状，侍公左右，时有见之者。后因追荐，家人具黄箓[一〇]，醮于所结生天[一一]，堂上得甘露数斗，乡人多取而食之。呜呼，非自信不欺，积累深远，其报也可复如是耶？

【笺注】

[一] 雍，郑雍（1031—1098），字公肃，襄邑（今河南睢县）人。嘉祐二年进士，哲宗立，拜尚书右丞，进左丞。

[二] 丛林，见《与崇因钦长老手简一》注［三］。

[三] 伽蓝，寺院。

[四] 迁化，圆寂。《坛经·付嘱品》："（师）奄然迁化。"

[五] 虚，住所。

[六] 通衢，大道。窭（jù）者，贫者。

[七] 纸撚，亦作"纸捻"，用表芯纸搓成的细纸卷儿，用以点火或吸水烟。

[八] 市，购买。

[九] 年甲，年龄。

[一〇] 黄箓，指道士所做道场。

[一一] 醮，道士设坛念经做法事。生天，佛教谓行十善者死后转生天道。《法苑珠林》卷三一："我闻石室比丘尼，若能信心出家，一日必得生天。"

胡氏自文恭以清德懿学奋身遇主，方在位时，以一物不得其所为己忧，每推以教人曰："必以是为本。"故其子若孙[一]，多能行其所闻，则其阴功在人者可知矣。至公又能格以至诚不苟，虽不得年[二]，不得极其用，而四子端静敏克，森然平相发挥，则其所钟，固可表见矣，亦足以为学士大夫之劝也。谨状。大观四年三月十五日，赵郡李之仪状。《姑溪居士后集》卷一九

【笺注】

[一] 若，和，同。

[二] 得年，享有高年。

范忠宣公行状

公讳纯仁，字尧夫。幼警悟，五岁知读书，八岁从群儿戏，能以其所授书为之讲说，正席环侍，剖析有理，文正奇之[一]。十一楚国丧[二]，哀毁如成人[三]。文正仕渐显，一时知名士多所延揖，如孙复、石介、胡旦、李觏辈[四]，率命公从之游。乃博通群书，为文无有长语[五]，切于语事。文正曰："是必能世吾家。"以文正恩，起太常寺太祝[六]。皇祐元年进士及第，知常州武进县[七]，辞不行，改许州长葛[八]，复辞。文正曰："彼远固有名，此才数舍尔，何辞焉？"公曰："本不欲去亲侧，远近非所恤也[九]。"文正薨，家贫无归，借官屋以居，仅芘风雨。长兄早得心疾，不省事[一〇]，门内几百口，公实主之。人不堪其忧，而上下无一言之异。服除，始就仕。贾昌朝守大名，辟公掌安抚司机宜文字[一一]。公曰："方北道多事时，彼将以我为助，义不当免，其如吾兄相与为命何！"人固强之，曰："偕行何妨耶？"公曰："兄之疾一作，则数人不能制。未论官守，不得专在侧，此去隔大河，万一中流疾作，则我必与之俱溺矣。"再辞，遂已。宋庠荐公堪馆职[一二]，召试学士院，公以兄疾辞。再召，又辞，卒不赴。以著作佐郎知汝州襄城县[一三]。民不知蚕，公曰："是可缓耶？"乃课民种桑，后纺织比他郡为多。既去，思公不已，至者其地为著作林。签书许州观察判官事[一四]。会昌朝守许，事无巨细，待公而后决。知开封府贾显辟公知襄邑县[一五]。凡隶官屋舍，无一椽不更，而民不知劳。县有牧地，卫士岁牧马，率纵之，坏民田，前此莫之禁。或诉于公，即捕而杖之。主校抗声曰[一六]："今敢尔耶？"遽曰其事，诏劾公甚急。公曰："卫士非令所当杖，然民吾子也，又兵实资田以养，安忍坐视其抑哉？"亟自列以上[一七]，寻报免。

令遂兼领牧地，盖自公始。天久不雨，下将艰食，公命贾贩者辍他贷，一意积粟，而告之曰："异时之出，吾当为尔宰。"果如其计，赖以全活者甚众，利及旁境。大兴学校，号舍饮食[一八]，毕自区处，来学者益盛。比自公湖外归，邑人夹道焚香罗拜，逆挽公舟，唯恐其过之速也，距公去四十余年矣。

【笺注】

[一] 文正，范仲淹谥号。

[二] 楚国，纯仁母李氏，封金华县君，后追封楚国太夫人。

[三] 哀毁，谓居亲丧悲伤异常而毁损其身，形容居丧尽礼。《后汉书·韦彪传》："彪孝行纯至，父母卒，哀毁三年，不出庐寝。"

[四] 孙复（992—1057），字明复，晋州平阳（今山西临汾）人。举进士不第，退居泰山。治《春秋》，为时人推重，世称泰山先生，石介等皆师事之。石介（1005—1045），字守道，一字公操，兖州奉符（今山东泰安东南）人。尝讲学徂徕山下，学者称徂徕先生。胡旦（955—1034），字周父，滨州渤海（今山东滨县）人。太平兴国三年进士，后迁知制诰、史馆修撰。李觏（1009—1059），字泰伯，建昌军南城（今属江西）人。曾举茂才异等不第，创建盱江书院，教授生徒，学者称盱江先生。皇祐初，由范仲淹等荐，试太学助教，后为直讲。

[五] 长语，多余的话，废话。

[六] 太常寺，五寺（大理寺、太常寺、光禄寺、太仆寺、鸿胪寺）之一。《隋书·百官志》："太常，掌陵庙群祀，礼乐仪制，天文术数衣冠之属。"太祝，主管祭祀。

[七] 武进县，今江苏武进。

[八] 长葛，今河南长葛。

[九] 恤，担心、忧虑。

[一〇] 省事，管事，理事。

［一一］贾昌朝（998—1065），字子明，开封（今属河南）人。天禧元年（1017）赐同进士出身，庆历五年（1045）出判大名府兼北京留守司、河北安抚使。大名，今河北大名。机宜文字，即负责文书的幕僚。

［一二］宋庠（996—1066），字公序，开封雍丘（今河南杞县）人，后徙安州之安陆（今属湖北）。天圣二年进士，皇祐元年拜相。馆职，馆阁之职。宋时所谓馆，包括史馆、昭文馆、集贤院和秘阁。

［一三］著作佐郎，掌编撰国史。襄城县，今河南襄城。

［一四］许州，今河南许昌。观察判官，观察使之属官。

［一五］襄邑县，今河南睢县。

［一六］抗声，高声，大声。

［一七］自列，自陈，自白。《资治通鉴·晋简文帝咸安元年》："诣西堂叩头自列。"

［一八］号舍，学舍。

擢河南东路转运判官，召为殿中侍御史，未拜，迁侍御史、知制诰。钱公辅缴词头[一]，责滁州团练使[二]，公言："此其职事也，言虽有过，情则无他。陛下近诏求直言，而侍臣未闻有所献，得非以公辅为戒耶?"又言："自公辅贬谪以来，朝廷除授宁免失当[三]？臣下不敢言，亏损圣德，无甚于此。"京师大水，公请诏侍从官各上封事[四]，指陈时政阙失，余官依次转对如故事[五]。又乞罢秋宴，以承天戒。时更定江淮、荆湖、福建路盐法，公请并依两浙法减价，并下三司别定私贩之令[六]。又言日近杂学士、待制修撰太冗[七]，宜立定员数。又乞为颍王、东阳郡王择保傅[八]。又言岁上辛祀天南郊，致斋日当圣寿节[九]，乞上寿不用乐，以明克己奉天之意。有诏两制依典礼议濮安懿王称号[一〇]，封册已定，而政府议不同，复有诏权罢。公谓同列曰[一一]："此大事也，不可不辩，盖将有甚者焉。"乃上疏曰："陛下昨受仁宗诏命，亲许为仁宗之子，至于封爵，悉用皇子故事。以至纂承大统[一二]，天下以陛下为仁宗之子，与前代入继之主，事体不同，愿大公断之。”特降诏旨恭依两制所定。相次果议尊濮王为皇，夫人为后，公又疏曰：“仁宗当盛年，立陛下为子，皇太后不避六官之怨，力赞先帝，保育陛下，是皆欲陛下继统承祧[一三]，一意大业。不期陛下率然建为此议[一四]，上则违先帝之意，中则伤太后之心，下则失天下之望。”又奏：“欧阳修首开邪说，妄引经据[一五]，以枉道悦人主[一六]，以近利负先帝，请置于理。”累上章未报，公遂徼纳告身[一七]，居家待罪。皇太后俄出手书，申追尊殊号之议，寻降敕命奉行。公言：“此事始因中书之谋，陛下谦慎未行。闻太后曾下手书，切责政府，因此权罢。始末不同，天下将何以取信？此必权臣欲为非常之事，假母后之命以行其志，或乃出于逼胁。愿察臣言，凡系濮王典礼，陛下自可择而行之，何必以母后为说？”既而促公供职，公言：“太后与政府大臣并受先帝顾托，言犹在耳，永昭陵土犹未干[一八]，岂遂忘而弗顾？”再有旨起公，公言：“臣不能早悟陛下，罪益深重，岂可复居言路？臣之心有死无二。”又中书劄子督迫公出，公乃录前后未降出凡九章回申，又申御史台，殊号之议遂止。公犹未已，乃出公通判安州[一九]，移知蕲州[二〇]，改京西提点刑狱。未到，移陕西。未到，权陕西转运副使。未到，权京西转运使，复移陕西。

【笺注】

［一］钱公辅（1021—1072），字君倚，武进（今江苏常州）人。皇祐元年进士，神宗立，拜天章阁待制知邓州，复知制诰，知谏院。缴词头，封还词头，缄封退还诏敕，即封驳。词头，朝廷命词臣撰拟诏敕时的摘由或提要。宋费衮《梁溪漫志·学士不草诏》：“唐制，惟给事中得封驳，本朝富郑公在西掖，封还遂国夫词头，自是舍人遂皆得封缴。”

［二］滁州，今安徽滁州。

［三］除授，拜官授职。白居易《论孙璹张奉国状》：“则除授之间，

深宜重慎。”

［四］封事，密封的奏章。《文心雕龙·奏启》：“自汉置八能，密奏阴阳，皂囊封板，故曰封事。”

［五］转对，京师职事官每隔数日轮流上殿指陈时政得失。唐德宗贞元年间，诏令每于皇帝在延英殿视朝时，诸司长官二人奏本，司事常参官每日二人引见，询以政事得失，称“巡对”。

［六］三司，指主理财赋的盐铁、度支、户部。《资治通鉴·唐昭宣帝天祐三年》：“（三月）戊寅，以朱全忠为盐铁、度支、户部三司都制置使。三司之名始于此。”《续通志·职官四》：“三司起于唐末，五代特重其职，至宋而专掌财赋，皆以重臣领之。”

［七］杂学士，宋有龙图、天章等阁以藏累朝御集，诸阁皆有学士，统称杂学士，以别于翰林学士。

［八］神宗于治平元年（1064）封光国公，后进封淮阳郡王、颍王。东阳郡王，赵颢，字仲明，初名仲纠，英宗次子，神宗同母弟，初封安乐郡公，进祁国公，再进东阳郡王。保傅，辅导天子和诸侯子弟的官员。《大戴礼·保傅》：“保，保其身体；傅，傅其德义。”

［九］圣寿节，皇太后寿辰。

［一〇］濮安懿王，赵允让（995—1059），太宗第四子商王赵元份第三子。嘉祐四年追封濮王，谥号安懿。仁宗无子，以赵允让第十三子赵宗实为皇子，改名赵曙，是为英宗。英宗即位后，围绕赵允让是作为皇伯还是皇父的争议，被称为濮议。

［一一］同列，同僚。《史记·屈原贾生列传》：“上官大夫与之同列。”

［一二］纂承，继承。《后汉书·乐恢传》：“陛下富于春秋，纂承大业。”

［一三］承祧（tiāo），承继奉祀祖先的宗庙。沈约《立太子诏》：“莫不立储树嫡，守器承祧。”

［一四］率然，轻率，不慎重。

［一五］经据，载于经典的依据。韩愈《禘祫议》："事非经据，竟不可施行。"

［一六］枉道，邪曲之道。

［一七］告身，授官的凭信。元稹《为萧相谢告身状》："赐臣某官告身一通。"

［一八］永昭陵，仁宗寝陵，在河南巩义。

［一九］安州，江南安庆府陆安州（今安徽怀宁）。

［二〇］蕲州，今湖北蕲春。

召对，神宗问公曰："卿在陕西久，必精练边事，城郭甲兵粮储如何?"公对曰："城郭粗完，甲兵粗修，粮储粗备。"上愕然曰："卿才如此，朕所倚赖，而职事皆言'粗'，何也?"公曰："粗者未精之辞，然如是足矣。臣愿陛下无留意边意。陛下若留意边事，则边臣观望，要功生事，结衅夷狄[一]，残害生灵，耗竭财用，縻费赏爵[二]。不唯目前之害，又将贻他时意外之忧，愿陛下深留圣虑。"公又奏："王安石变更法度，物议沸腾[三]，人心不宁。《书》曰：'怨岂在明，不见是图。'[四]愿陛下图不见之怨。"上曰："卿才如此，善论事宜，为朕条陈古今治乱，可以为鉴戒者以闻。"公遂作《尚书解》以进："皆尧舜禹汤文武之事也，治天下无以易此，愿陛下深究而行之。"除尚书兵部员外郎兼起居舍人、同知谏院，公辞不允。边帅种谔坐擅兴[五]，谪湖外，亦无以戒励沿边生事之臣。又乞催促赍夏国封册诏书[六]，使人进发，所贵朝廷恩数速达异国，而疆场早得宁静。进集贤院、同修起居注。公五上章辞，不允，乃促公受敕。公既不获免，益思所以为报。公尝谓人主之劳既重，而又堂陛阻绝，非开广聪明，则下情无由周察。顷虽有言，止缘一时之事，事过即已。今须推而行之，以防壅蔽。乃上疏言："两府之下则有侍从官[七]，实古九卿之职，是宜朝夕论思，同国休戚。今则只将主判司存便为己之职事，宠亚四辅[八]，报同庶僚[九]。人情既习因循[一〇]，朝廷不知考核，或有时政得失，唯能退有后言，处之不惭，仅同胡越[一一]。愿降诏督责，凡朝廷阙失，并须论列[一二]。”其所上章疏，付政府诠定，量加赏罚。时上新即位，躬亲庶政[一三]，公言：“尽心所务，督察细事者，有司之职；经国阜民[一四]，选贤任官者，宰相之职；容载如天地，广大如江河，巍巍荡荡，无得而名者，王者之德。愿陛下潜晦颐养[一五]，择相而任，广听纳，察迩言，使愚智效力，上下尽心，自然端拱垂衣，太平可致。”又言：“近日御前拣退年老将校，皆是久历艰辛，累岁戍守之人。既因对御选择，将来殿前马步军司便为永例，此军政也，不可不察。望于其间取稍堪部率者，改隶已次军分，以示人主隐恤知难之意。”知秦州孙永以守边失策[一六]，诏以李师中为代[一七]，公言：“帅臣尤须久任，方能练习事。若屡更则难责其效，而又百事从而变易，兵民无不烦扰。兼永忠谨镇静，师中任术躁动[一八]，不若责永后效，依旧在在。”又请用庆历中故事[一九]，增置谏官，以广言路。又请重定县令考课之法，以防滥奏。

【笺注】

[一] 结衅，结仇。

[二] 縻费，耗费，浪费。縻，通“靡”。

[三] 物议，众议。《宋书·蔡兴宗传》：“师伯又欲止息物议。”

[四] 怨恨怎会表现在明处，要多提防那些看不见的地方。语出《尚书·五子之歌》。

[五] 种谔（1027—1083），字子正，祖籍洛阳，世居陕西，种世衡之子。初因父任荐知青涧城，以计迫降西夏将领嵬名山，得其军万人，归途击溃敌军围袭，进筑绥州城。累迁鄜延经略安抚副使，克米脂城，又败西夏援军八万于无定川。治平四年，因无诏收复绥州，吏部论罪，贬官秩四等，安置在随州居住。擅兴，无诏旨擅自发兵。《史记·太史

公自序》："哀王擅兴，发怒诸吕。"

［六］賫，同"赍"，赐。

［七］两府，行使宰辅权的中书省和枢密院。欧阳修《归田录》卷二："盖枢密使唐制以内臣为之，故常与内诸司使、副为伍。自后唐庄宗用郭崇韬，与宰相分秉朝政，文事出中书，武事出枢密，自此之后，其权渐盛，至今朝遂号为两府。事权进用，禄赐礼遇，与宰相均。"

［八］四辅，太师、太傅、太保、少傅。

［九］庶僚，僚庶，众官。沈约《齐故安陆昭王碑》："抚僚庶，尽盛德之容。"

［一〇］因循，沿袭成例，守旧。

［一一］胡地在北，越在南，比喻敌对关系。苏轼《韩愈论》："儒墨之相戾，不啻若胡越。"

［一二］论列，指言官上书检举弹劾。《旧唐书·孔戣传》："谏官论列，坐希光事出为淮南监军。"

［一三］庶政，各种政务。《易·贲·象》："君子以明庶政。"

［一四］阜民，富民。

［一五］潜晦，隐藏才能，不使外露。蔡邕《汉太尉杨公碑》："操清行庙，潜晦幽闲。"颐养，保养。《汉书·食货志下》："帝王所以颐养天下。"

［一六］秦州，今甘肃天水。

［一七］李师中（1013—1078），字诚之，楚丘（今山东曹县东南）人。举进士，擢广西提点刑狱，神宗时，累官至秦凤路经略安抚使、知秦州。上书极论时政得失，乞召用司马光、苏轼等。遭吕惠卿劾，贬和州团练副使。

［一八］任术，肆意运用权谋。《北史·僭伪附庸论》："梁主任术好谋。"

［一九］庆历（1041—1048），仁宗年号。

神宗切于求治[一]，臣下多自疏远召对，延访得失[二]。公言："小人之言，闻之似可采，行之必有累。盖其知小忘大，贪近昧远，急于奋身，不思害国，愿加深察。"又言："走马承受妄有论奏[三]，动摇帅臣，过索承奉[四]，其言不可轻信。"又请宣谕执政，如有妄奏边事及曾惹引生事之人，不得与边任。又请委监司体量走马承受[五]，不得于条约外妄陈边事及言人长短。其所入文字，乞降出公行。京东转运使陈汝羲进羡财[六]，及以官绵折还和买绢价，荆湖北路孔延之进纳入官[七]，本户不充则令三四户共买一官。公请重行贬谪，以戒聚敛辱国之臣。富弼再相，辄辞疾，家居谢客，屡诏不起。公言："弼起布衣，仁宗擢为宰相，先帝暨陛下倚为旧德[八]，四方士民以为贤臣。弼当自任天下之重，而尽陈其所欲为。而乃恤己深于恤物，忧疾过于忧邦，致主处身[九]，向背失宜。弼与先臣最顾[一〇]，臣待罪谏垣，不敢通私谒[一一]，以致忠告。愿陛下宣示此奏，使弼循省[一二]，以供厥职。"又奏："唐则天以僭窃之政[一三]，务求多士，以收人心，广令臣下，举荐兼人[一四]，亦得自举。选任虽冗，然犹多得人材。故姚崇、宋璟相继时出[一五]，开元之治，实相有赖焉。愿诏内外之臣各举所知，以备选任。"御史中丞吕诲以言事降黜[一六]，公言："诲，正人也，愿留之左右，以劝忠良。"又奏："臣前此面奉德音，令臣具陕西利害，今列十事以进。一、于邠宁二州移置帅事[一七]。二、择帅府通判，令兼经略判官、专董粮草[一八]。三、罢监牧，以其田为营田。四、委帅臣监司裁省冗占官兵。五、新城中武艺人于近里州军差使，候有警急，旋行勾抽[一九]。六、沿边次边乡村酒场，月课不满二万贯者，并停闭城寨酒课，不务增羡[二〇]。七、通解盐茶马于转运司。八、依秦汉军功爵级置散官及牙校名品，募人入粟[二一]，以实边备。九、沿边置榷场[二二]，以茶并杂货博易，仍通入解盐额。十、陕、解、虢、绛四州[二三]，岁差夫采斫黄河梢木，并以官钱收买。"

【笺注】

［一］切，急切。求治，想办法治理好国家。

［二］延访，延请求教，请教。

［三］走马承受，全称“都总管司走马承受公事”，为路级监察官员。

［四］承奉，奉承讨好。

［五］体量，监察、制约。

［六］羡财，多余的钱财。元稹《授王播中书侍郎兼盐铁使制》：“国有羡财，而民不加赋。”

［七］进纳，交纳钱粮买取官爵。

［八］旧德，指德高望重的老臣。蔡邕《焦君赞》：“惜哉朝廷，丧兹旧德。”

［九］处身，立身处世。

［一〇］先臣，指范仲淹。顾，顾重，顾念重视。

［一一］私谒，因私事而干谒请托。《史记·张丞相列传》：“嘉为人廉直，门不受私谒。”

［一二］循省，省察。韩愈《潮州谢孔大夫状》：“承命苟贪，又非循省之道。”

［一三］僭窃，越分窃取。李肇《唐国史补》卷上：“淮西贼将僭窃。”

［一四］兼人，才能超人之人。《论语·先进》：“由也兼人，故退之。”

［一五］时出，得其时而出。《礼记·中庸》：“溥博渊泉，而时出之。”

［一六］吕诲（1014—1071），字献可，吕端孙。登进士第，累为殿中侍御史。嘉祐六年（1061），召为侍御史，改同知谏院，论劾宦官任守忠、王昭明等罪。神宗时复知谏院，拜御史中丞。反对王安石变法，

出知邓州，以病提举宫观。

［一七］邠宁，邠州（今陕西彬县）、宁州（今甘肃宁县）。

［一八］董，监督，督察。《尚书·大禹谟》：“董之用威。”

［一九］勾抽，征调军队。欧阳修《乞许转运司差兵士捉贼》：“今后每遇勾抽，系路分管辖军马。”

［二〇］增羡，增加羡余。苏轼《论积欠六事并乞检会应诏所论四事一处行下状》：“商贾渐通，酒税增羡。”

［二一］入粟，纳粟于官府，用以买官或赎罪。《史记·平准书》：“弘羊又请令吏得入粟补官及罪人赎罪。”

［二二］榷场，边境所设的同邻国互市的市场。苏轼《论高丽买书利害札子》：“臣闻河北榷场，禁出文书，其法甚严。”

［二三］陕、解、虢、绛，陕州（今河南三门峡陕州区）、解州（今山西运城解州镇）、虢州（今河南灵宝）、绛州（今山西新绛）。

神宗一日谓公曰：“取士之法不均，行之虽久，不能无遗才。”命公条其利害，公曰：“祖宗以进士一科为盛，公卿以降，多此途出。然所举之业，东南、川陕之士最工。至礼部只合西北而考之，故东南、川陕多得而西北少。设欲明示区别，不无寄贯巧伪之弊[一]。愿诏郡邑严养士之法，每下诏责长吏与学官取本贯及曾入学满二百日有行者[二]，于解额中分三分之一送至礼部，则别为特举一科，只试论经义，明记路分，考校优，立所取之数，至御前赐第亦如之。若是则均矣。”又乞诏政府、台省、馆阁、经筵、监司并数路参取[三]，无拘有无出身。著作佐郎章辟光请岐王出居外第[四]，公言：“亲王居外，自有故事，岂容小臣辄生间言[五]？万一岐王闻之，不安其处，则伤陛下友爱。防微杜渐，不可不察。”三司判官张靖论陕西转运使薛向博买盐马不实事，诏靖就劾，而向已前知矣，兑换藏匿，唯意所任。靖至，而欺罔之迹已不可得，靖反坐谪，向迁发运使。公上疏极论：“赏罚之失，致天下疑。陛下责君子太重，奖小人太深。靖许风闻言事即坐左迁[六]，向违法罔上骤加进用。向在陕七八年，靖一旦体量，不能尽见虚实。责君子太重则忠臣难立，奖小人太深则奸邪易滋。微臣耻枉尺直寻[七]，陛下不可启宠纳侮[八]。望追还二人之命，以正赏罚。”又言：“陛下但爱向小有才，可备驱使，其诈佞不足深虑。此臣所以竭力陈论，死而后已。兼臣在陕西，亲见其奸，不独坏法，民实被害。上有大臣主张，下有小人鼓誉[九]。众虽深疾，在陛下无由得闻。今又被旨体量之人遽先坐谪，而小人奖用益深，复使均输六路，则必增其奸计巧于前日。且复人人以靖为戒，谁复有言？是纵裴延龄之诈妄[一〇]，极皇甫镈之诛求[一一]，为朝廷敛怨害民，使陛下财聚人散。”又言：“臣曾奉德音，欲修先王助补之政。今乃效桑羊均输之法[一二]，而使小人为之，必将剖割生灵，敛怨基祸[一三]。盖是中书不合差除[一四]，致累陛下圣德。”章十余上，展转详尽，其意欲人主之必听也。

【笺注】

［一］寄，依靠，依附。贯，籍贯。巧伪，虚伪不实。《庄子·盗跖》：“此夫鲁国之巧伪人孔丘非邪？”

［二］有行，有德行。《大戴礼记·盛德》：“能行德法者，为有行。”

［三］经筵，汉唐以来帝王为讲论经史而特设的御前讲席。北宋始称经筵，置讲官以翰林学士或其他官员充任或兼任，以每年二月至端午节、八月至冬至节为讲期，逢单日入侍，轮流讲读。宋沈作喆《寓简》卷二：“神宗皇帝御经筵，时方讲《周官》。”

［四］岐王，赵颢。神宗即位后，颢进封昌王，于治平四年至元丰三年为岐王。《续资治通鉴·宋纪》：“小臣章辟光献言，俾岐王迁居外邸。”

［五］间言，非议。

［六］左迁，降官。宋戴埴《鼠璞》：“汉以右为尊，谓贬秩为

左迁。”

［七］枉尺直寻，屈折的只有一尺，伸直的却有一寻，比喻在小处委屈一些，以求得较大的好处。《孟子·滕文公下》：“枉尺而直寻，宜若可为也。”

［八］启宠纳侮，开宠端而招致侮慢。《尚书·说命中》：“无启宠纳侮，无耻过作非。”

［九］鼓誉，吹嘘。

［一〇］裴延龄（728—796），河中河东（今山西永济西）人。德宗贞元八年（792）以户部侍郎判度支，以苛刻剥下附上为功。时陆贽秉政，反对由他掌管财赋。德宗信用不疑，反斥逐陆贽。

［一一］皇甫镈，唐德宗贞元间进士，为监察御史，后迁吏部员外郎、判度支，宪宗伐蔡，他勾削严急，克扣将士粮饷和牲畜草料，专事供奉。诛求，需索，强制征收。《左传·襄公三十一年》：“以敝邑褊小，介于大国，诛求无时。”

［一二］桑羊，桑弘羊（？—前80），洛阳人，汉武帝的顾命大臣之一。自元狩三年（前120）起，先后推行算缗、告缗、盐铁官营、均输、平准、币制改革、酒榷等经济政策。均输，在大司农属下置均输令、丞，统一征收、买卖和运输货物。《史记·平准书》：“桑弘羊为大农丞，筦诸会计事，稍稍置均输以通货物矣。”

［一三］基祸，肇祸。《国语·周语下》：“基祸十五，其不济乎！”

［一四］差除，官职任命。

是时王安石初秉政，置三司条例司，兴青苗、助役法，分遣专使诣诸路搜抉遗利，将尽变祖宗法度，同己者进，异己者逐。富弼、赵抃、唐介日交论于上前[一]，或以疾辞，或以事去，或以至发疽而死。司马光、吕诲、范镇章疏论辨[二]，每进对亦必极口指陈，中外纷然。公曰：“君子信而后谏，未信以为谤己，姑取必于听纳而已。逆耳之言可遽效耶？不若驯至于深切，则庶能售。”以故公自陕西召对，因事以及安石者，无一疏不反复开晓。至论薛向均输，则渐至于深切。于是上疏言：“臣自到谏垣，方见陛下进用王安石，与士大夫相庆，以谓儒者得用，必赞陛下行尧舜三代之政，修己安人之务。今安石台官，天子耳目，将使警察百辟，以防侥倖。今琦等一言柄臣[三]，便蒙降黜。况在廷大半趋附，陛下更以法令驱之，使畏大臣，则其势将无不至。然而道远者理当驯致[四]，事大者不可速成，人材不可以急求，积弊不可以顿革。所以景帝削七国之地而晁错戮[五]，东汉疾横议而党锢兴[六]，宋襄公急于求灵而致丧师[七]，唐文宗急于除奸而训注祸作[八]。故帝王之图治，必显仁藏用，从材以长育而成，功德以积累而大。通其变使人不倦，神其化使人不知，无为而天下自安矣。”又疏：“六路均输为害，借《周官》赊理市之法，谓可以夺，兼并百物，其实乃商贾贱买贵卖渔夺之术。久之不免抑配民间[九]，邀求羡息[一〇]，罔上毒下，有伤盛德。盖上率下以俭，上化下以勤，上下勤俭，则自然公私有余矣。愿速诏罢之。”

【笺注】

［一］赵抃（1008—1084），字阅道，号知非子，衢州西安（今浙江衢县）人。景祐元年（1034）进士，神宗立，擢参知政事。熙宁三年（1070），因反对青苗法去位。唐介（1010—1069），字子方，江陵（今属湖北）人。天圣八年进士，熙宁元年（1068）拜参知政事，反对重用王安石，及安石执政，数与争论。

［二］范镇（1008—1089），字景仁，成都华阳（今四川成都）人。宝元元年（1038）进士，神宗立，为翰林学士兼侍读。因与王安石政见不合，熙宁三年以户部侍郎致仕。

［三］琦，韩琦。柄臣，执掌政权的大臣。

［四］驯致，亦作“驯至”，指逐渐达到。

［五］汉景帝三年（前154），采用晁错之策，先后下诏削夺楚、赵

等诸侯国的封地，吴王刘濞联合刘姓宗室诸侯王，以“清君侧”为名起兵。为平息叛乱，晁错被腰斩于东市。

［六］党锢，指东汉桓、灵二帝统治时期官僚士大夫因反对宦官专权而遭禁锢。

［七］宋襄公，子姓，宋氏，名兹甫，春秋时期宋国国君宋桓公的次子。事见《左传·僖公二十二年》。

［八］大和九年（835），唐文宗和李训、郑注以观露为名，将宦官仇士良骗至禁卫军的后院欲斩杀，事发，李训、王涯等人被杀，一千余人株连而死，史称“甘露之变”。

［九］抑配，强行摊派。陆贽《贞元九年南郊大赦天下制》：“不得赊取抑配。”

［一〇］羡息，盈余。苏轼《策别·安万民一》：“出纳有常数，而以羡息为能。”

公以数言事未见听，因见上自陈曰：“臣言可用，愿加采纳。臣言不可用，愿罢臣言职，重行贬窜。”上曰：“官家留卿[一]，不可求去。”公曰：“臣为言事官，言不信于陛下，虽圣恩隆厚，臣愈难当。”遂居家待罪，上察公不可强，乃罢公谏职，移公管勾国子监。公求去愈坚，执政密遣人谓公曰：“议除知制诰，可出视事。”公曰：“斯言何为至哉？得用过于得美官，如不用，万钟非所愿也[二]。”又再乞早赐责降，不从。公言多激切，神宗每优容，而所上章疏未尝降出，左右近臣亦不得而知，盖防执政之或闻也。而公每宣乞付中书、枢密院施行。至是公尽录前后章疏申中书，安石见之怒甚，携以告上曰：“范某狂妄如此，不可不重贬。”上曰：“范某无罪。”安石争不已，上久之乃曰：“与一善地。”遂以公知河中府[三]。盖方用安石，故屈公，令少避也。未几，移成都府路转运使。安石憾不能释。而谓新法行之民间多不便，公盖尽论，仍戒州县不得遽行以待报。安石愈怒，命其客李元瑜为提举常平官，且伺察公，将遂害之。钩索掊摭[四]，无所不尽，卒亦无所得。公竟坐谢景初、李杲卿游宴事[五]，为失觉察，降知和州，移邢州[六]。未到，进龙图阁，权环庆路经略安抚使、知庆州[七]。因入觐，神宗见公，喜曰："卿父在庆有威名，卿今继之，可谓世职也。"公谢曰："臣不肖，何足继先臣！"又问曰："卿兵法必精。"公对曰："臣儒家，未尝学兵。"上曰："卿久随侍在陕西，必熟边事。"公对曰："先臣守边时臣尚幼，不复记忆。且今日事体恐不同。"公察上意，欲攘夷狄[八]，开边境，徐对曰："臣不才，陛下若使缮城垒，爱养百姓，不敢辞。开拓侵攘，愿别谋才帅。"因坚辞。上曰："卿才何所不能，但不肯为朕悉心尔。"公对曰："臣子之于君父，杀身且不避，岂有不尽心之理？但陛下所问，悉非臣所长，不敢上欺。"公又辞，上曰："不可。"明日上谓韩绛曰[九]："范某论边事一何疏耶？"绛退而问公，公即以对上之语语绛。绛叹曰："非我所及也。"上之谋，公、绛适与闻，故及之。庆大饥，道殣相枕籍[一〇]。公到，遽发常平米赈贷[一一]。僚属愿请而后行，以避不用赦原之令[一二]。公曰："报到则无及矣，当独任其责，何复累君等耶？"民遂苏复。敛殣为聚塚，已而惧无以继，忽蓬结实延袤原野，类粟而甘，食之可饱，境内以足。前此民谣曰："饭来即饱。"方公命下，民相告曰："范果来矣。"至是民德其祥，仍收所余以实仓廪，益市耕牛谷种，分贷垦殆遍。雨暘随祷而应，岁大熟。或谤公赈发过多，全活不实。朝廷遣使按视，皆曰："公实活我，其忍累公？"乃相与兼书夜输还，使到已无所负。其穷核至发冢数骨[一三]，卒无所中。

【笺注】

［一］官家，天子，皇帝。《资治通鉴·晋成帝咸康三年》胡三省注："西汉谓天子为县官，东汉谓天子为国家，故兼而称之。或曰：五帝官天下，三王家天下，故兼称之。"

［二］万钟，指优厚的俸禄。《孟子·告子上》："万钟于我何加焉！"

［三］河中府，今山西永济蒲州镇。

［四］钩索，探究搜寻。捃摭（jùn zhí），采取，采集，此谓搜罗材料以打击别人。苏轼《与郑靖老书》之四："某见张君俞，乃始知公中间亦为小人所捃摭。"

［五］谢景初（1020—1084），字师厚，富阳（今属浙江）人。庆历六年（1046）进士，熙宁初，上疏反对青苗、免役等法，遭劾免。李杲卿，官都官郎中。

［六］邢州，今河北邢台。

［七］环庆路，路名，北宋时环庆路统领庆州、环州、邠州、宁州、乾州。宋康定二年分陕西路置环庆路经略安抚使，治所在庆州（后升庆阳府，今甘肃庆阳）。

［八］攘，抵御。

［九］韩绛（1012—1088），字子华，开封雍丘（今河南杞县）人。庆历二年（1042）进士，神宗即位，与王安石共事，每言安石奏事"至当可用"。

［一〇］道殣（jìn），饿死于道路者。

［一一］常平，即常平仓，朝廷为调节粮价，储粮备荒以供应官需民食而设置的粮仓。

［一二］赦原，赦宥。曹操《短歌行》："后见赦原，赐之斧钺，得使征伐。"

［一三］穷核，详尽审核。《北齐书·薛琡传》："有犯法者，未加拷掠，直以辞理穷核，多得其情。"

公知环州，种古执属羌为盗[一]，奏流南方，过庆辄声冤。公以属吏果非盗，古乘间讼，公为挟情变狱[二]。朝廷遣御史制勘狱急而情不可得，古反诬告，然朝廷终不舍公。会鄜延吕惠卿密奏公擅回宥州牒[三]，坐是落职，知信阳军[四]。方公召对，合四州之民无虑数万，遮道涕泣，挽公马，不得前。皆曰："公擅回宥州牒而反坐狱，我生不如死。"至是有自投于河者。又有小儿数十号哭，以诗送公，西州至今传诵。移齐州[五]，或谓公齐俗凶悍，轻为盗劫屠贩，治不峻急不能戢[六]。公曰："我宽乃性也，矫以猛则不能久，适取玩尔[七]。"狱至不能容，公问其然，则皆不当系，不敢出。公曰："不出奈何？"曰："出则官所病也。"公曰："终如是安乎？"曰："姑待其瘐，用以除民害。"公曰："是，岂天理耶？"尽呼出立庭下，而令曰："尔等害民紊官，莫不欲尔为瘐者。苟能自新，我将生尔。"皆叩头如令，后犯法者至减常岁之半，而狱几空。以连丧子，请宫祠，诏以公管勾西京留司御史台，再知河中府。保甲教阅甚严[八]，非老弱不得在家。诸路专置官提举，督责按劾[九]，耸动天下。公曰："妨农无甚于此。"三上疏请辍其力，以应岁事之急。俟其隙，计日补之。遂乞计一岁应教之日，并就闲月余日，令并归业，请著为令。又乞选武艺精熟人材可观者，以次选用，其颓堕者刺充军。录事参军宋儋年暴卒[一〇]，公疑其非命。即遣子弟家人与后事，微得其遇毒，乃下吏[一一]，果如之[一二]。其谋琐细，悉如公所料。复直龙图阁，帅庆。

【笺注】

［一］种古，洛阳人，字大质，种世衡子。知原州，御羌有功，神宗召对，迁通事舍人。历环庆、永兴军路钤辖。坐讼范纯仁不当，知宁州。

［二］变狱，翻案。

［三］吕惠卿（1032—1112），字吉甫，晋江（今属福建）人。嘉祐二年进士，与王安石论经义多合，遂定交，后与王安石交恶，出知陈州、延州、太原府。绍圣中，历知延安府，筑米脂诸寨。宥州，今内蒙古鄂托克前旗。

［四］信阳军，太平兴国元年（976）改义阳军置，治信阳县（今河

南信阳），属京西北路，辖境约当今河南信阳、罗山等地。

［五］齐州，今山东济南。

［六］峻急，严酷，严厉。《搜神记》卷八："时吴政峻急，莫敢宣也。"戢，止，停止。

［七］玩，轻视，忽视。

［八］保甲，王安石设立的一种户籍编制制度，若干家编作一甲，设甲长；若干甲编作一保，设保长。

［九］按劾，查验弹劾。《文心雕龙·奏启》："若乃按劾之奏，所以明宪清国。"

［一〇］录事参军，官名，为王、公、大将军的属员，掌总录众曹文簿，举弹善恶。宋在京府为置司录参军，各州置录事参军。

［一一］下吏，交付司法官吏审讯。《史记·老子韩非列传》："秦王以为然，下吏治非。"

［一二］《宋史·范纯仁传》："（纯仁）曰：'岂有既中毒而尚能终席者乎？'再讯之，则僧年素不食鳖，其曰毒鳖肉者，盖妾与吏欲为变狱张本，以逃死尔。实僧年醉归，毒于酒而杀之。遂正其罪。"

哲宗即位，宣仁圣烈皇后权同听政[一]，诏中外实封言事。公上疏，请凡在官，各陈本职事及所经历利害，无间远近；仍设科条，须随事具因革，亦可因之以识其人。时边事未宁，绝西夏岁赐之物，方议还其所赐，或以谓夏国困弱不足虑。公乃录光武《报臧宫马武诏书》上之[二]，又引孟子"以大事小，可以保天下"[三]之语为据，并谓邈川首领温溪心所言夏国大旱无苗、难集人马为不足信[四]，务欲休兵息民。已而，夏人入贡极恭顺，然每顿市场过平日之数，谓恭顺为悔过，市场多为于我无疑间。公言："恭顺非本情，多市场似不为频来计。恐于分画地界之际，阻兵胁盟，愿戒边臣益加严备。"迁天章阁待制[五]，以兼侍讲召，道拜给事中[六]，辞不允。公以谓："人君当正心诚意，以仁为体，使邪僻浮薄之说无自而入。然后发号施令，为宗庙社稷之福，岂务章通句解，以资口舌之辨哉?”公每进讲，必反复开陈，期于人君可行而后已。于是司马光初相，将尽改熙宁、元丰以来法度，公闻而叹曰：“先帝励精求治，十九年间，寤寐尧舜三代之君，如旦暮相与紬绎[七]。但大臣用心太过，希合者不计可行与否[八]，趋风迎意[九]，私致先帝寤寐之求，旦暮之遇，转而之他。今特去其太甚者可矣。又须徐徐经理，乃为得计。”时与光同者，多指公为好名。公闻而叹曰：“是又一王安石矣。”又曰：“差役一事尤不可暴，当择人付之，使之施行，以审利害，方可去取。然而不独此也，贤者在位，能者在职，法度无不便者。”既见光，光即以所上役书稿示公，公曰：“方欲有请也。”力陈不售，又作书告光曰：“此法熟议缓行则不扰，急行则疏略而扰。委非其人，其扰滋甚。公忍以扰，重毒吾民耶？大不类公所举，或已奏难回，则可先行一路，以观其究竟。”光不从，而持之益坚，公曰：“不从容尚有说，遽尔以益坚之请，是使人不得言尔。不言，人孰不能，亦可以赞公苟取容悦者。若果尔，何如少年合介甫以速富？安用强颜于此，以媚公求合哉？公未可以我心至诚，便为民受其赐也，不胜忧惧。”光又欲进士得朝臣保任，乃许应举。公曰：“不可，此议已行，人不我同，则虚劳思虑，而失宰相体；若遂从，则众人莫如公者。正人退，而谄谀得乘其间。不独乘间，且将增饰以迎公意。推此以往，何所不至?”既而都堂召公计事[一〇]，退而上言曰：“三省枢密院召臣议边事[一一]，臣已随问略对矣。欲降诏，则臣对以解仇释怨，罢兵息民；欲审察敌情，则臣对以专委帅臣；欲弃地，则臣对以不可徒然便可与换易，陷蕃兵民。此安危所系，而执政所异同。计陛下深居九重，不易裁决。愿赐对上前，使得详尽。”上寻遣中使赐御膳及实对劄子问公曰：“夏人自升遐[一二]，累遣使入朝，外虽恭顺，中则未测。向日所得城寨，守之弃之，何者可久?”公对曰：“今闻夏人将到，请择押伴臣僚[一三]，使与推诚语，论圣政好生恶杀、舍己人人之德，以索其语。如其意在得地，则以换易谂之[一四]；如无说，则以此事付延州赵卨俟[一五]。其押生口至界上[一六]，乃迁入城寨居人，勾集虏到生口人，与地相交还。然后罢兵息民，以图无前之利。臣所以乞责之臣下者，虑其言不婉顺，有亏国体尔。”

【笺注】

［一］宣仁圣烈皇后，英宗高皇后，哲宗嗣位，尊为太皇太后。

［二］光武，汉光武帝。臧宫（？—58）、马武（？—61）上书光武帝，建议北击匈奴，但光武帝主张偃武息兵，与民休息，于是下诏书给臧宫、马武。

［三］《孟子·梁惠王下》：“齐宣王问曰：‘交邻国有道乎？’孟子对曰：‘有。惟仁者为能以大事小，是故汤事葛，文王事昆夷。惟智者为能以小事大，故太王事獯鬻，勾践事吴。以大事小者，乐天者也；以小事大者，畏天者也。乐天者保天下，畏天者保其国。’”

［四］邈川，今青海乐都。

［五］天章阁，阁名。天禧四年营建，以奉真宗御集御书，天圣八年置天章阁待制。

［六］给事中，官名，原为给事中寄禄官，元丰改制后，复为职事官，正四品，审读内外出纳文书，驳正政令、授官之失当者，日录奏章以进，纠治其违失。

［七］细绎，理出端绪，有商榷之意。

［八］希合，迎合，投合。苏轼《乞郡札子》：“而台谏诸人，皆希合光意以求进用。”

［九］迎意，迎合人意。《新唐书·玄宗杨贵妃传》：“且智算警颖，迎意辄悟。”

［一〇］都堂，尚书省长官处理政务的厅堂。

［一一］三省，中书省、门下省和尚书省。

［一二］升遐，帝王去世的婉辞，此指神宗皇帝升遐。

[一三] 押伴，陪伴客使。

[一四] 谂，劝告。

[一五] 延州，今陕西延安。

[一六] 生口，俘虏。《汉书·西域传上·鄯善》："捕得生口，知状以闻。"

又奏乞依嘉祐敕，重定案问举首之法[一]。又奏："四方谳请大辟案[二]，见依去年十一月二十三日诏书。臣窃校之，降诏以后，比旧断死者无虑数倍。罪疑惟轻，宁失不经。得失甚明，望委执政必决于上，而降除误奏之罪，则可无冤滥。"进吏部尚书，公再辞，未报，俄拜中大夫、同知枢密院事。有旨：诰命更不由门下省，径付外行下。时夏人在廷，上欲公遂任此责，而公与司马光联亲，虑光引嫌有言[三]，稍稽入院也。公既辞，又指此为嫌，不允。公知上意所托，乃力陈前议，而同列或难之，持久不下。公偶移赐告，遂上疏具三策以献。以地易人，一也；留兰州定西城，二也；并塞门吴堡、义合二砦与之[四]，三也。又乞还地之外，每送到一汉人，支绢十疋，以诱其利心，而人尽可得。章惇得罪去[五]，父年九十岁，议与一便郡，已行矣，而言者遽止之。帘中宣谕三省[六]，今后不得如此，似形责戒。公言："置往咎而念其亲，与夫从谏不惑，皆陛下甚盛之德。然戒约之言，君臣之间，不免形迹[七]。况二三大臣多是老于患难，进之犹恐不及，若更退之，不免顾避，自防翻怨，无所裨益，而偷合苟容之人进矣[八]。又闻宣谕：'假令私家尊长有所怒，卑幼岂容宽解？'臣愚以为不然。人主之量如天地，岂得更有喜怒好恶？臣恐佞人谗间，以或聪明。"乃引唐魏征对太宗语：君臣一体，若有形迹，邦之兴丧，未可知也。公自以不次被遇，尤思所以为报事。虽非所与，必亦竭尽启沃[九]。知邓州邓绾知扬州[一〇]，言者指绾旧事，论斥甚急，公于帘前极论以为非，退又上疏言："绾已经先朝责降，今来因人易地，岂可再有所贬？"三上章，反复开陈，期于必省。又言："臣曾蒙差知襄州，因绾奏罢。今日之言，盖上异朝廷事体，下以安人情反侧。尚恐进呈之际有所移易，不免再三冒渎。"上遣中使密赐批语，以谓："当时希合者众，若人人而责，则事无穷已，似非安静之道。欲作一诏书，谕以更不行遣[一一]，当各安职业，令改过自新。如何？卿更具可否奏入。"公奏："臣伏读批旨，不胜感叹，望只以此意付词润色，以成训诰之美[一二]。"学士院试馆职人苏轼草策题，言者论其引用不当，公言："轼乃临文周虑不至，本非有罪，而闻言者不已。臣深恐万一施行，则相与论辨纷纭，不免上烦处画。望召言者，谕以朝廷置谏官，盖欲补阙失，辨邪正。人臣小过，本无邪心，不须深论。若其引咎求去，则云朝廷不欲以小事轻去言者。"有司议太皇太后册礼[一三]，依明肃皇后故事[一四]，御文德殿受。公乞不用此例，又言："近日以久无雨，上心焦劳，群下利病宽恤殆遍。独禁军教阅主兵之官牵于赏罚，不复究察，颇闻嗟怨，有伤和气。望诏有司，并依祖宗故事，各量人力为石斗，察其偷堕而不系赏罚[一五]，则自然相济。"公在枢密，以进退人材，盖大臣之事，而地参丞弼[一六]，乃不得与闻，遂因旱上疏言："古者多因灾异求访直言，所以宣导人情，以防壅蔽。陛下即位之初，所得应诏章疏，其中必有可采。愿选官置局，随宜行下。"公奏："尚书六曹，诸路监司，多执文害事[一七]，以致冤无所诉，亦宜取索元案看详，求访边防利害，军民疾苦，务从宽恤。"韩维有旨与外任[一八]，公言："维论议赏罚，直前尽心，未闻别有大过。遽然罢去，必有人谮毁，致误陛下。任贤不终，失进退大臣之节，乞追寝前命[一九]。"《范忠宣公集》卷一八至卷一九

【笺注】

［一］举首，检举，告发。

［二］谳（yàn），审判定罪。大辟，死刑。语出《尚书·吕刑》："大辟疑赦，其罚千锾。"

［三］引嫌，避嫌。

［四］砦，同“寨”。

［五］章惇（1035—1106），字子厚，建州浦城（今属福建）人，徙居苏州。嘉祐四年进士，元丰二年参知政事，坐事罢知蔡州。哲宗即位，高太后听政，除知枢密院事。与司马光力辩免役法不可废，黜知汝州。

［六］帘中，高太后垂帘听政，其诏令故称帘中。

［七］形迹，拘泥于规矩。

［八］偷合，苟且迎合。苟容，屈从附和以取容于世。《荀子·臣道》：“偷合苟容以持禄养交而已耳，谓之国贼。”

［九］启沃，竭诚开导、辅佐君王。语出《尚书·说命上》：“启乃心，沃朕心。”

［一〇］邓州，今河南邓州。邓绾（1028—1086），字文约，成都双流（今属四川）人。举进士，为礼部第一。王安石去位，颇附吕惠卿，及王安石复相，又劾吕惠卿、章惇以取谀安石，神宗谓其奸回，斥知虢州。

［一一］行遣，处置，发落。苏轼《与朱鄂州书》：“若依律行遣数人，此风便革。”

［一二］训诰，训导告诫。

［一三］册礼，册立、册封的礼仪。《唐语林·补遗三》：“宣宗即位于太极殿，时宰臣李德裕行册礼。”

［一四］明肃皇后，即真宗献明肃皇后刘娥（968—1033）。

［一五］偷堕，苟且怠惰。《大戴礼记·盛德》：“小者偷堕，大者侈靡。”

［一六］丞弼，辅佐的大臣。

［一七］执文害事，拘泥于成文而妨害行事。

［一八］韩维（1017—1098），字持国，颍昌（今河南许昌）人。哲

宗元祐初，参与详定更革役法，为忌者所谗，分司南京。绍圣中，坐元祐党，安置均州。

[一九] 追寝，收回。苏辙《四论熙河边事札子》："朝廷既追寝成命，臣亦粗可以塞言责矣。"

是后朝廷议论，稍以朋党相目，公疏其害，并以欧阳修《朋党论》连进，以明善恶好恶，愿上深加照察[一]，无使滋蔓[二]，以败风俗。谏官王觌以言事忤旨[三]，遂坐朋党罢，公曰："觌不免则朋党兴矣。"乃与文彦博、吕公著辨于帝前[四]，上曰："朋党甚多，宜早施行，亦恐于卿等不便。"公对曰："朝廷本无朋党，但善恶邪正各以类分，臣已论之详矣。"又指彦博、公著曰："是皆累朝旧人[五]，陛下延之左右，岂容雷同罔上，庇护党人？只如臣向以言事不合，摈弃二十年，陛下拔擢，置之此地。惟一心事上，岂复怀私，自玷家世？臣先因面谢，曾具奏闻，先臣与韩琦、富弼同为仁宗柄任[六]，各举所知，引用忠良，当时造为飞语，指作朋党，三人者相继补外，造之者公然相庆，曰'一网打尽'。此事未远，愿陛下深以为戒。"次日，又与彦博、公著、大防等上前斥论[七]。公曰："彦博、公著以重德老成，特留共政。大防陛下亲自识拔，以为有闻望，可信之人。今同论一谏官差除，臣实忧惧。"觌由是得直龙图阁、知润州[八]。元祐二年[九]，经冬雨雪不止。明年春，积阴不解，下民失业。公又上疏言："君子为阳，小人为阴。或虑朝廷之上，君子少而小人多，以致阳不胜阴。愿诏三省选用正人，以迎协气。"公在枢府踰年[一〇]，边奏未宁，夏人唯受封册，而不遣使入谢，坤成节亦不贡举奉称贺[一一]，全失恭顺。公言："西贼之势可虑矣，皆臣窃位无效[一二]，以致如此。愿除臣陕西郡，万一用兵，则就近可以备任使。"再奏不报，公既不得去，而议事终不能同。虽罢兵远侵地已决，而虑边臣不切为备，议遣中使分诣陕西、河东，拊谕帅臣各尽心，无致因此或失守御。诏书所云"体量边事"，公言："元议无体量二字，若加之，恐失朝廷恩数，宜削去。”熙河俘蕃酋鬼章以献[一三]，上御便殿受俘，百官入贺，命从官告裕陵[一四]，即遣中使赐公黄金三百两，犀带两条[一五]。使者宣谕[一六]，以公指踪有劳[一七]，故尔赐赉。公辞所赐，不报。寻议质鬼章塞上[一八]，以招其子，公力陈不可，又条十利害事，请正典刑，使四夷闻之，彼虽怙强如此[一九]，卒为我擒，而其罪必诛无赦也。夏人空国寇镇戎，诸路赴援，到有先后，故所俘有多寡，议分麄赐银合茶药[二〇]。公曰：“均用命尔，今乃有全不及者，非所以激劝也。请不及麄亦赐。”知熙州刘舜卿因李宪故事[二一]，擅支金带银器与立功将佐及走马承受，朝廷议行戒约，公言：“方委帅臣理节制，而苛细责之[二二]，所失不少。”

【笺注】

［一］照察，明察。王充《论衡·吉验》：“前后气验，照察明著。”

［二］滋蔓，生长蔓延，喻祸患滋长扩大。《左传·隐公元年》：“无使滋蔓。”

［三］王觌，字明叟，泰州如皋（今属江苏）人。嘉祐四年进士，哲宗即位，擢右司谏，累上数十章劾蔡确、章惇等，请尽罢青苗法，以论事出知润州。

［四］文彦博（1006—1097），字宽夫，汾州介休（今属山西）人。天圣五年进士，神宗朝，反对王安石变法，出判大名、河南府。吕公著（1018—1089），字晦叔，寿州（今安徽凤台）人。仁宗时登进士第。熙宁初，知开封府，为御史中丞。反对行青苗法，言吕惠卿奸邪不可用，出知颍州。

［五］累朝，历朝。《南史·蔡廓传》：“况公威风先著，统戎累朝。”

［六］柄任，重臣。

［七］吕大防（1027—1097），字微仲，蓝田（今属陕西）人。皇祐元年进士，谏英宗勿追崇濮王。神宗时除知制诰，坐环庆兵变，降知临

江军。元祐三年，为尚书左仆射兼门下侍郎。与范纯仁等同掌国政，凡八年。绍圣中，以党论累贬舒州团练副使，循州安置。

［八］润州，今江苏镇江。

［九］哲宗元祐二年（1087）。

［一〇］枢府，枢密院。

［一一］坤成节，哲宗即位后，将其嫡母向太后生日定为坤成节。因《易·系辞上》有“坤作成物”语，故称。

［一二］窃位，才德不称，窃取名位。《论语·卫灵公》：“臧文仲其窃位者与?”

［一三］鬼章，鬼章青宜结，吐蕃青唐羌酋长。元祐元年，鬼章青宜结进犯边境。元祐二年，吕大防命洮州众将乘机致讨，活捉了鬼章青宜结。

［一四］裕陵，见《和山谷谢李邦直送蓊云龙茶诗跋尾》注［三］。

［一五］犀带，饰有犀角的腰带。白居易《元微之除浙东观察使喜赠长句》：“稽山镜水欢游地，犀带金章荣贵身。”

［一六］宣谕，宣布命令，晓谕。《隋书·长孙平传》：“上使平持节宣谕，令其和解。”

［一七］指踪，亦作“指纵”，发踪指示，比喻指挥谋划。《史记·萧相国世家》：“而发踪指示兽处者，人也。”

［一八］质，押。

［一九］怙强，以有强大力量而自恃。元结《管仲论》：“大国不敢怙强。”

［二〇］毷，同“牦”。

［二一］熙州，今安徽安庆。刘舜卿，父钧，监镇戎兵马。舜卿年十岁，录为供奉官，历昌州驻泊都监。谕降泸水蛮八百人，诛其桀鳌骜者。知水洛城。李宪（约1035—1086），宦官，字子范，开封祥符（今河南开封）人，皇祐年间补入内黄门，升供奉官。神宗时于西北边境数

次参与同西夏的战斗。

[二二] 苛细，要求严格且琐碎。《汉书·栾布传》："以苛细诛之，臣恐功臣人人自危也。"

上察公之忠，将以为相久矣，特以边事未定，故留公枢密，以责其成。至是乃拜公太中大夫、守尚书右仆射兼中书侍郎。是日降三麻[一]，在廷愕然延望，至唱公名，则举笏相贺曰："天下事无虑矣。"公辞至六七，上遣中使促公视事，不得已而就位。公前在枢密，欲诛鬼章以谢天下，同列深不为然，上亦未决。阿里骨使到[二]，文彦博欲令见之，庶几其子结兀捉知其父在，侥倖得其心。公曰："不可，鬼章既就擒，彼国已绝望。阿里骨纳款，因已归罪鬼章矣。若使之见，必别生觊望。而其子以必见为期，或未见，闻死，则嫌隙再生矣。"又欲鬼章为校尉，公曰："未正稿街之戮已为非是[三]，况可官之耶？前日曾以团练使命之，又宠以金带，且不顾，尚何校尉之能有？方受俘告陵之际，有志之士为先帝快意，而熙河死事之孤皆欲就食其肉于刀锯之下[四]。今乃一切倒置，何所示信？"元丰中河决小吴口[五]，水遂北流，神宗命因其性而导之。邀功之徒乘时射利[六]，辄谓北流害塘泺[七]，请塞小吴，使之东主。文彦博、吕大防是其说，公曰："水性固未易知，然水性就下，则不待讲而后信。"彦博、大防不悦。公曰："上初即位，母后垂帘，是岂宜兴大役时耶？"附会者益众，彦博、大防持益坚，乃议遣使按视，遂以吏部侍郎范百禄、给事中赵群锡为使[八]。既回，具言东流地高，水不可行，议遂罢。然起事者终不快也，辄密启，从中批出，再申前议，以河未复故道，终为河北之患，公言："先帝因议者以谓夏国微弱，若不早取，必为此虏所并。亦是从中批出，令边臣相度[九]。而希旨生事者，谓刻日取胜[一〇]，遂兴云武之师[一一]，后贻永乐之患[一二]。今日之议，正与之同。"又言："大河之役，休戚半天下。不先规度，便欲兴工，将来垂成，水势拥遏[一三]，上下危急，公私无备，欲罢不能矣。"

又言："既回之后，不免拥住北下，使之东向，则旧河不能吞纳，必致决溢。"附会者既不得逞，乃欲先开减水河以探水势[一四]。公曰："此不攻自破也。可回则回[一五]，不可则止，何用探焉！必其功料已有所费，万一不回，则以此为除破之名尔。"又言："水官骤乞计置稍草[一六]，中书舍人彭汝砺请见其可回[一七]，计置未晚。此安民惜费之所同也。"公因奏事，上遽曰："河事且熟讲[一八]。"公对曰："臣前后所论，无所易也。欲望收回批旨，一切付之朝廷。"上遂遣使收回所批，责大臣与水官参议。

【笺注】

［一］麻，见《贺薛左辖移镇洛阳启》注［一五］。

［二］阿里骨（1040—1096），亦名鄂特凌古，青唐唃斯啰政权第三代主。出生在于阗国（今新疆和田）。后被青唐主董毡收为养子。元丰六年（1083），董毡卒，他继为青唐主。元祐元年向宋朝报丧请封。执政初期，依夏抗宋。二年，联合夏国相梁乙逋，进攻熙河六州。是年四月，以大将鬼章与子结兀捉出兵占据洮州，亲率大军十万配合鬼章围攻河州，被宋将游师雄等击败，于三年上表宋廷谢罪。八年，进"藩"字，言与宋永不相犯。

［三］稿街，街名，在长安城南门内，为属国使节馆舍所在地。陆机《饮马长城窟行》："振旅劳归士，受爵稿街传。"

［四］死事，指死于国事者。《管子·问》："问死事之孤，其未有田宅者有乎？"

［五］《宋史·神宗纪三》载，元丰四年（1081）夏四月"乙酉，河决澶州小吴埽"。

［六］射利，谋取财利。左思《吴都赋》："乘时射利，财丰巨万。"

［七］塘泺（pō），北宋在河北平原修建的防御契丹的水工程，由沟渠贯通一系列河、泊、水泽、水田所构成的水网的总称。

［八］范百禄（1030—1094），字子功，成都华阳（今四川成都）人。范镇侄。皇祐元年进士，元祐元年，为刑部、吏部侍郎。

［九］相度，考虑、分析，观察估量。范仲淹《耀州谢上表》："臣相度事机，诚合如此。"

［一〇］刻日，即日，当日。

［一一］云武，北宋骑兵名。《宋史·兵志八》："大中祥符五年正月，帝谕知枢密院王钦若等：'……禁军逐指挥兵士内，捧日上三军要及三百人，龙卫上四军各二百五十人，拱圣、骁骑、骁胜、宁朔、神骑、云武骑各三百五十人，并于下次军营升填，须及得本额等样，及令军头司于诸处招拣到人内选填。'"

［一二］永乐之患，指宋与西夏的永乐城之战。元丰五年（1082）九月，西夏梁氏遣统军叶悖麻、咩讹埋等，领六监军司兵三十万攻永乐城，大败宋军。

［一三］拥遏，阻塞。拥，通"壅"。桓宽《盐铁论·褒贤》："道拥遏不得行。"

［一四］减水河，人工开凿用来控制水势的河道。《宋史·河渠志二》："若来年虽未大兴河役，止令修治旧堤，开减水河，亦须调发丁夫。"

［一五］回，指引导黄河回到故道。

［一六］计置，筹画措办。

［一七］彭汝砺（1041—1095），字器资，饶州鄱阳（今江西鄱阳）人。治平二年（1065）进士，元祐中为中书舍人。

［一八］熟讲，经常讨论。柳宗元《与杨京兆凭书》："士不预备而熟讲之，卒然君有问焉。"

知汉阳军吴处厚以蔡确知安州所为诗[一]，解释而进，以为讥讪，帘下助之[二]。公曰："不可长也。句端语隙，辄快私忿，而欲置人于死地。罗织党锢之祸，将起于此。”已而章疏交上，所以诋确者无所不至，遂流确新州[三]，公于帘前具言不可，以暧昧不根之过诛窜大臣[四]，今日举动，宜为将来之法。又上疏言：“臣知蔡确，众议不容，不可以不容之故，行希阔之事。”又谓：“父母之有逆子，虽天地鬼神所不容，至于父母亲置于必死之地，则不免伤恩。”又奏：“以重刑除害，正如以猛药治病，其过也不能无损，况国体久安，尤重审慎。”明日见上，公再三论列，吕大防曰：“蔡确之党甚盛，不可不治。”公曰：“朋党难辨，却恐误及善人，此事正宜详审。”公又上疏，极论朋党为国家之患，且如王安石喜同恶异，至今风俗以观望承迎为能事，愿陛下寝确命，下诏释附会者之罪，以安反侧[五]。又于上前期于必辨，方论次[六]，同列不顾公而退。王存议与公协[七]，因留存同议，卒不能回。或劝公引去，独明己之力尽，公曰：“我方慕古人，愿为良臣，安得楚楚以自见耶[八]?”言者果复论公，公遂与存俱待罪，不报。继请补外，竟亦同罢，而宰执内屈，不敢罪公，乃如公请，出公观文殿学士、知颍昌府。

【笺注】

[一] 汉阳军，属荆湖北路，治汉阳城（在今湖北武汉汉阳区）。吴处厚，邵武人，字伯固。皇祐五年（1053）进士，蔡确尝从其学赋。元祐中，蔡确知安州，作《车盖亭诗》，处厚笺释奏上，诬其攻击太后。有《青箱杂记》。蔡确（1037—1093），字持正，泉州晋江（今福建泉州）人。嘉祐四年进士，元丰元年（1078），为御史中丞。元祐元年，罢为观文殿学士、知陈州，徙安州、邓州。因游车盖亭赋诗涉谤讪太后，累贬英州别驾、新州安置。

[二] 帘下，指高太后。

[三] 新州，今广东新兴。

[四] 暧昧，含糊不明。不根，没有根据，荒谬。语出《汉书·严助传》：“朔、皋不根持论，上颇俳优畜之。”诛窜，诛杀放逐。

[五] 反侧，惶恐不安。《世说新语·方正》："旁人为之反侧，充晏然神意自若。"

[六] 论次，论辩。

[七] 王存（1023—1101），字正仲，丹阳（今属江苏）人。庆历六年进士，素与王安石交厚，熙宁中安石执政，却论事不合。元丰中王存进言息朋党论，忤任事者，出知杭州。

[八] 楚楚，形容忧戚、凄苦。《魏书·高宗纪论》："既而国衅时艰，朝野楚楚。"

公到颍，水灾之后，官私屋舍倒皆漂荡，井邑萧然[一]。公极力振补，上下康乂[二]。遂环城筑长堤，植榆柳，以防其害。后数年，水复至，堤遂有功。公因请将兵所驻，遇水火盗贼急难之际，协心拯救，仍许长吏不拘常制差使。公才罢相庙堂，复兴回河之议[三]，调发入颍昌，公得报，叹曰："是可已耶！"上疏言："尧舜之治，不过知人安民。知人则不轻信，安民则不妄动。小人希功好进，行险生事，以求爵赏，然其利口[四]，足以欺罔。劝更法令则曰，君臣千载一遇，时不可失；劝兴边事则曰，将为北虏所并，时不可失；劝回河则亦曰，河势方东，时不可失。故臣前日深畏其言而力陈之，今日之举，又必用时不可失说动摇天下，遂欲少快其意。如一路生灵何！如一路民力何！"上曰："范某之言有理，宜从其请。"议复少缓，其调发犹未已也。会公再相，绍圣初再遣中书舍人吕希纯、殿中侍御史井宽来相视[五]，亦言其不可。公罢，东流之役遂兴，骚费半天下，而不阅岁，果大河北几为一空，天下益以公为筮龟也[六]。颍昌岁料河役，每输七千则免一丁之行，或以为便，已奏得请，公曰："此有钱而不出力者之便，有力而无钱者何便之有？且用民之力，于古有限，而今其远不过五百里，乃一概催之，特在官者与上户为地尔。"复奏罢之。移鄜延路经略安抚使、知延安府。未行，进大学士、改河东路安抚经略使、知太原府。河东地狭民贫，至吝尺寸地，使死不得葬。公下令葬必如期，又拨官钱殓无主者放瘗之[七]，仍檄一路皆如此。熙河分画地界，边将以两不耕地为控扼而不与。以故持久不决，公请依元约，因上言："与司马光陈弃寨之策，与陛下议定大计，以示轻地爱人之德。今边将蓄疑败谋，留两堡之地，将再起事端，以招后患。望诏边臣，速令界画，悉依已行诏旨。"上三章，并乞录示边臣。夏人犯麟府神木寨[八]，无所得而去，朝廷犹诘责将吏，公一无所累，上章待罪。上曰："无所得而去，何罪之有?"公请不已，曰："非将吏失律，乃臣之罪也。人君赏罚必信，不可为老臣屈。"乃不得已，降公一官，移河南府，又知颍昌。未几，上遣中使赍诏抚问，仍赐银合茶药，召公赴阙，拜通议大夫，再为右相。公辞六七，不允。又遣中使促公就位，因入谢帘中，骤曰："卿此来，且与吕大防等同心协力。人言卿必先引用王觌、彭汝励。"公对曰："臣方欲荐此二人，望陛下早赐进用。"一日奏事次，帘中曰："卿父文正公在明肃皇后垂帘之初，仁宗亲政之后，忠厚正直，见于始终。卿名望众人所归，必能继绍前人[九]。"公顿首谢曰："臣不肖，何足以当陛下奖劝委任之意?"太皇太后崩，所赐遗留物，公再上章辞，不从，则又乞以助山陵之费[一〇]，亦不报。侍御史杨畏议除谏议大夫[一一]，公难之，吕大防曰："畏曾论公，必无所嫌。"公曰："初不知也，除自不敢与闻，容上前别有奏请。"上三章，乞避位，哲宗谓大防曰："范某有时望，不宜去，卿可为朕留之。"亦遣中使促公归府第，又遣中使促公入见。有间，上独问公曰："先朝行青苗法如何?"公对曰："先朝爱民之意本深，但王安石立法过当，激以赏罚，所以官吏急功，故为民害。"上曰："当时不须立赏罚。"公对曰："不唯赏罚不当立，付之尤宜得人。"遂又述此意上疏，引谕精确，卒言青苗非朝廷所能行，行之终不免扰人也。是时用二三大臣，皆从中出，而侍从言事官多不由进拟[一二]。公上疏言："陛下初亲政，四方拭目以观。知人举直之化小有失当，其系不细。"疏奏，上为之动。而中批之人，类由密启，上乃以所得姓名质之于公，公曰："天下治乱，实本于此，不可不慎。”又疏言：“舜举皋陶，不仁者远；汤举伊尹，不仁者远。圣政之初，选用人材，正宜如此。纵未能如古人，亦须极天下之选。”中书省以二疑狱为不可贷，已画可[一三]，门下省复奏贷之，公曰：“门下非取旨之地，就使未安，亦当各正其职，容无辨耶？”遂上疏言：“二囚一杀舅，一杀妻之父，皆已杀也，情虽可疑，如死者何！若论亲党，则全无渭阳之念[一四]，顿戾寡妻之刑[一五]，公然背义忘恩，弗思投鼠忌器[一六]。尤系朝廷风教，不可不慎也。请如已画。”又言：“王存可大用，彭汝励可任言责。”上曰：“王存如何人？”公曰：“忠厚正直，臣所信也。今年已七十，愿早用之。”

【笺注】

［一］井邑，城镇，乡村。《周礼·地官·小司徒》：“九夫为井，四井为邑。”

［二］康乂（yì），安治。《尚书·康诰》：“若保赤子，惟民其康乂。”

［三］回河之议，即前文朝臣所论对疏导黄河“东流”抑或“北流”所引发的争议。

［四］利口，口齿伶俐，能言善辩。

［五］吕希纯，字子进，寿州（今安徽凤台）人，公著第三子。第进士，元祐中擢起居舍人，权太常少卿。拜中书舍人，同修国史。

［六］筮龟，指占卜用的蓍草和龟甲。

［七］瘗，掩埋，埋葬。

［八］麟府，麟州（今陕西神木县北）、府州（今陕西榆林府谷县府谷镇东部）。

［九］继绍，继承。

［一〇］山陵，帝王或皇后的陵墓，此指太皇太后陵墓。《水经注·渭水三》：“秦名天子冢曰山，汉曰陵，故通曰山陵矣。”

［一一］杨畏，字子安，洛阳人。宣仁后崩，吕大防欲用杨畏为谏议大夫，范纯仁反对，迁为礼部侍郎。

［一二］进拟，奏呈，谓大臣奏呈事项，作为拟议，以备采用。秦观《录壮愍刘公遗事》："时陕西转运使员缺，执政方以公进拟真宗。"

［一三］画可，旧时帝王在臣属奏章上批"可"字，谓允准可行。《梦溪笔谈·故事一》："本朝要事对禀，常事拟进入，画可然后施行，谓之'熟状'。"

［一四］渭阳，渭水的北边，指代甥舅间的情谊。《诗·秦风·渭阳》："我送舅氏，曰至渭阳。"

［一五］戾，违逆。刑，以礼法对待，指夫妇和睦。《诗·大雅·思齐》："刑于寡妻，至于兄弟，以御于家邦。"

［一六］《汉书·贾谊传》："里谚曰：'欲投鼠而忌器。'此善喻也。鼠近于器，尚惮不投，恐伤其器，况于贵臣之近主乎！"

绍圣元年，言事者交章力排垂帘时事，人情大恐，公曰："太皇太后保佑圣躬，欲跻天质于尧舜之上，其功烈，其诚心，幽明共所鉴也[一]。今人主初亲政，而议者辄自为计，不恤国是，一何薄哉！"遂以明道二年五月癸酉诏书上之[二]，曰："望陛下稽仿而行，以戒薄俗。"已而赵天启作《拟试策》[三]，传播中外，御史章疏稍取以为用，其语何止诬罔也[四]。公曰："太皇太后勤劳公正，陛下尊奉备至。一旦策题出，小人侥幸临事，致误陛下。"又曰："狂妄诋计者已多矣，容之则累圣孝，惩之则恐塞言路。不若以诏书禁约，一遵仁宗故事。天启在元祐中已上书，诋熙宁政事为非道矣[五]，后见其书，编管邓州。"上不纳公言，亦不许公去。客省副使高士敦以太皇太后恩[六]，特旨改官，苏辙责知汝州[七]。御史来之邵言士敦任成都钤辖日不法事[八]，又论辙所谪太近。公言："之邵为成都府路监司，士敦有犯，自当按发[九]。辙执政累年，之邵已作御史，亦无纠正。乃继有二奏，其情可知。"公知不容于时，再上章乞去，语甚恳切，遂以公为观文殿大学士，加右正议大夫、知颍昌府。陛辞日，赐坐啜茶，慰劳甚渥。上曰："卿耆德硕望[一〇]，朝廷所赖，然坚不肯为朕留。卿虽在外，两为宰辅，凡有所以裨益于时政者，但入文字来，无事形迹[一一]。"公曰："敬受命。"既到官，值兴广武埽[一二]，役下颍昌、汝州，科稍草一百万。公曰："两处之民不习河役，方荐饥之后[一三]，加之道路阻远，乘此急难，又须数倍之价，何以堪？异时遂以为例，则永为深患。"力请至七八方免，然破产失业已十三四，有至非命而死者矣。报到，闾巷田野欢呼鼓舞，如脱机阱[一四]。方为公立生祠，会公南迁[一五]，畏事者止之。

【笺注】

［一］幽明，人神。李白《溧阳濑水贞义女碑铭》："镜照万方，幽明咸熙。"

［二］《宋史·仁宗纪二》："（明道二年五月）癸酉，诏中外勿辄言皇太后垂帘日事。"

［三］《宋史·哲宗纪二》："（绍圣元年）秋七月丁巳，以御史黄履、周秩、谏官张商英言，夺司马光、吕公著赠谥，王岩叟赠官；贬吕大防为秘书监，刘挚为光禄卿，苏辙为少府监，并分司南京；梁焘提举舒州灵仙观。戊午，诏：'大臣朋党，司马光以下各轻重议罚，布告天下。余悉不问，议者亦勿复言。'八月丙戌，召辅臣观稼后苑。日有五色云。壬辰，应制科赵天启以累上书狂妄，黜。"

［四］诬罔，诬陷毁谤。《后汉书·马援传》："横被诬罔之谗。"

［五］熙宁政事，即"熙宁变法"。

［六］客省，接待四方来使的官署。

［七］汝州，今河南汝州。

［八］来之邵，字祖德，开封咸平人。登进士第，元丰中御史中丞黄履荐为监察御史。哲宗即位，迁殿中侍御史。

[九] 按发，揭发。《梦溪笔谈·象数二》："予领太史，尝按发其欺。"

[一〇] 耆德，年高德劭、素孚众望者之称。《尚书·伊训》："远耆德，比顽童。"硕望，有重望之人。权德舆《齐成公神道碑铭序》："成天下重名硕望者，不可胜书。"

[一一] 无须拘泥规矩礼法。

[一二] 广武，今河南荥阳广武镇。埽，治河时用来护堤堵口的器材，用树枝、秫秸、石头等捆扎而成。

[一三] 荐饥，连年灾荒。《左传·僖公十三年》："晋荐饥。"

[一四] 机阱，设有机关的捕兽陷阱。《后汉书·赵壹传》："罼网加上，机阱在下。"

[一五] 指范纯仁被贬武安军节度副使、永州安置。

司马光、吕公著夺恩，数毁墓碑，凡元祐时大臣侍从官例皆贬窜。章惇以公尝断国论，遂以为党，而将因其例，上曰："范某非党也，但不肯为朕留尔。"惇曰："不肯留即党也。"上勉从其请，降公一官，移知河南府。公以疾辞，改陈[一]。相次大防等窜岭表。先是公未罢相，上尝问公曰："贬谪之人，几似永废。"公察上意甚善，特有所牵制而未果，因致贺曰："陛下语此，尧舜不如也。今重罪编配之人，尚理期叙复[二]，岂兹等人不与此比？愿陛下只用检举，候进呈，令依例条则。或有言者，亦易裁处，唯在陛下力主之尔。"是岁郊祀，上怀公语，将因赦稍理大防等冤，而惇近测上意，前期奏大防等难从恩宥，遂以为永例。公闻而忧愤，及斋戒累日，奏疏曰："大防等年老疾病，不习水土，炎荒非久处之地，而又忧虑不测，何以自存？迹其所罪，亦因持心失恕，好恶任情，以异己为怨雠，以疑似为讪谤，违老氏好还之戒[三]，忽孟轲反尔之言[四]，误国害公，覆车可鉴。然牛李之祸[五]，数十年沦胥不解[六]，岂可尚遵前轨，靡恤效尤[七]？兼臣与大防等共事，臣有所言，多相排斥，陛下之所亲见。臣之激切，只是仰报圣德，不为其他。兼今夏内地大热，炎方想不易处。向来章惇、吕惠卿虽为贬谪，不出里居，臣尚曾有言，深蒙陛下开纳[八]。又陛下常悯迁谪之人，几为永废。臣测知圣心，亦曾乞用检举之说。陛下以一蔡确尝轸至念，今赵彦若已死贬所[九]，将不止一蔡确矣。愿陛下断自渊衷，将大防等引赦原放。”奏上，亦感悟，惇持意益坚，反诋公为同罪未录，遂落职随州[一〇]。方草疏时，或以难回触怒为解，万一得远谪，非高年所宜。公曰：“我世受国恩，事至如此，无一人上言者。若上心遂回，所系不小；设有不从，含糊观望之际，体国爱群，亦曾有人力陈其非者。果得罪，死复何憾耶?”促家人束装以待。谪命在随几一年，州事毫发必亲，客至谈笑终日，无倦色。公素苦目疾，忽全失其明，因上表乞致仕。惇戒堂吏不得上，惧公复有指陈，终移上意，遂贬武安军节度副使、永州安置[一一]。命下，公怡然就道，切戒子弟，不得小有不平意。曰：“不见是而无闷[一二]，尔曹勉之!”间有嗲者[一三]，则曰：“我两为真相[一四]，报国无状，今日之贬，无所憾也。”或谓公近名[一五]，公闻而曰：“七十之年，两目俱丧，万里之行，岂其欲哉？但区区爱君之心不能自已，人若避好名之嫌，则无为善之路矣。”在永三年，人不堪其忧，公处之有余裕，非医药方书未尝经理，非修身行己不以语人。预作棺衾，以俟瞑目。

【笺注】

[一] 陈，陈州，今河南淮阳。

[二] 叙复，见《与祝提举无党手简七》注［五］。

[三] 好还，指天可主持公道，善恶终有报应。语出《老子》第三十章：“以道佐人主者，不以兵强天下，其事好还。”

[四] 反尔，指回报、报应。语出《孟子·梁惠王下》：“出乎尔者，反乎尔者也。”

［五］牛李之祸，见《书牛李事》注［一］。

［六］沦胥，相率牵连。《诗·小雅·雨无正》："若此无罪，沦胥以铺。"

［七］效尤，仿效过失行为。《左传·庄公二十一年》："郑伯效尤，其亦将有咎。"

［八］开纳，广泛采纳。

［九］赵彦若，字元考，青州临淄（今山东淄博东北）人。绍圣初以元祐党人贬安远军节度副使、澧州安置，卒。

［一〇］随州，今湖北随州。

［一一］武安军，治所在潭州（今湖南长沙）。永州，今湖南永州。

［一二］见《答李几仲司户书》注［三三］。

［一三］唁（yàn），同"唁"，表示慰问。

［一四］真相，宰相。

［一五］近名，好名，追求名誉。《庄子·养生主》："为善无近名，为恶无近刑。"

上即位[一]，皇太后权同听政[二]，南迁流人例徙内地。以公为光禄卿、分司南京、邓州居住。二圣将复用公，而意若未得伸，乃遣中使至永州，就赐银合茶药，问劳委曲，曰："二圣甚知相公在先朝言事忠直，已虚位待相公[三]，不知目疾如何？用何人医治？只为左右有不是当人阻隔相公[四]。"公顿首谢。又云："太后问相公，官家即位，行事如何？天下何说？"公谢曰："唯鼓舞圣德。"又云："天下有何不便，但奏取来。"公对曰："敢不奉诏。"又云："邓州莫且去否？"公对曰："已出望外，如归乡里。"又云："离阙日，二圣再三命某言，太后在宫中，皇帝在藩邸[五]，甚知相公是直臣。"公感泣不已。俄进公右正议大夫、提举嵩山崇福宫，许归颍昌。遂复观文殿大学士、充中太乙宫使。召赴阙供职，而公病矣。诏书有"岂唯尊德尚齿，昭示宠优；庶几骾论嘉谋[六]，日闻忠告”之语，公捧诏感泣，曰：“上果用我矣。目明全失，风痺不随[七]，恩重命轻，死有余责。”将到畿内，上又遣中使赐银合茶药，促公入觐，仍宣谕谒见之意。公曰：“老臣昏忘，不可勉强。”中使曰：“朝廷自有优礼。”公曰：“老臣命薄，虚蒙圣眷。”继又遣中使赐银绢各五百，以继道路之费，仍遣国医诊视，医药所须，并出内府，一钱不得取于公。又敕须公病愈，乃得归。公乞免供职，许归颍昌养疾。上不得已而许，后见辅臣，问公安否，乃曰：“范某得一识其面足矣。”久之，上知公决不能起，始命上宰。公既安里第，有间，疾少瘳，念医者在门，不许受私谢，乃以天宁节所得冠帔，请改其服色。上批其奏曰：“冠帔可留与骨肉，医者之服色已依所请。卿有忠言嘉谋，宜时陈奏，以副朕眷待耆德求治之意。”公上表谢，遂复告老，寻降诏不允。比诏到，而公薨矣，实建中靖国元年正月二日也，享年七十五岁。正旦坐受家人贺如平时，明日若熟寐，然家视之，则公逝矣。前期戒诸子殓如古人，周身之外，不得侈一物，葬务至约。口占遗奏以授诸子，历叙家世遭遇，晚被厚恩，不得一见上为不足。言不及私，唯指陈切务数端而已，读者益知公为不可及也。又令遍别庙堂及侍从诸公、内外知旧书，其大致则欲尊王芘民，竭诚尽瘁，以辅成圣世也。上览表震悼，时东朝晚出，中外缟素。辅臣进见，语及公，上为之出涕，尤叹恨不得用公也。得遗书，痛悼嗟惜，益期不负公之嘱。颍昌之人无不挥洒，而远近来哭者无虚日。上遣中使密赐银三千两，且宣谕曰：“非常典也。”抚慰诸孤，索其所须无纤悉。问欲敕葬否，诸孤以治命力辞[八]。寻敕颍昌、河南府经其葬事，赐其墓碑曰“世济忠直”。添差婿蔡毂通判颍昌府[九]，专督丧举及存恤丧家诸孤。卜以四月十日葬公于河南府河南县万安山下文正墓之西北。

【笺注】

［一］上，徽宗。

［二］皇太后，神宗向皇后（1046—1101）。

［三］虚位，空出职位以待贤能。任昉《为萧扬州荐士表》："养素丘园，台阶虚位。"

［四］是当，得当，恰当。《唐语林·补遗二》："出语不是当。"

［五］藩邸，藩王宅第。唐郑棨《开天传信记》："上于藩邸时，每戏游城南韦杜之间。"

［六］骾论，刚直的言论。骾，同"鲠"。

［七］风痹（bì），风湿之症。

［八］治命，生前遗言。《左传·宣公十五年》："尔用先人之治命，余是以报。"

［九］添差，宋制，凡授正官，皆作计给禄俸的虚衔，实不任事。内外政务则于正官外另立他官主管，称"差遣"；凡于差遣员额外增添的差遣，叫"添差"。

初，楚国之娠也[一]，梦步月中庭，有儿自月中下，以衣裾承得之，明日生公。既就学，昼夜不少休，夜坐帐中，灯烟所薰，帐顶如墨色。后公贵，魏国出以教子[二]。其在襄城，有贵公子挟进士第筮仕[三]，方初歆艳一时，公颓然其后[四]。政事之余，从诸公劝讲，赋咏为乐。尝赋"秋风吹汝水"，读者已知为公辅器也。文正墓碑石未得，而葬之日且逼，公衰服行哭[五]，密有所祷，遽得之道左。逮公将终，颍昌城内外林木俱冰。集贤殿修撰唐义问与公久游[六]，且相好也，亦起自谪籍，而归遇公于鄂[七]，相语甚款。公折简抵义问曰[八]："某非久就木[九]，后事愿公证明。"公捐舍馆，义问适守颍昌，凡经理陈请，切于己事。虽所类相求，亦公精诚，前有所托也。方文正即世，遗二稚子，一男一女，甫七八岁。公教养至于成人。男为名臣，官至龙图阁直学士。女嫁令族，封和义郡君。又公伯姊嫠居[一〇]，公为给事中，请以所得恩典改授冠帔。帝下谕政府曰："范氏，文正公女，宜特赐，何必改也!”公草谢表，曲尽感遇之意，后亦以公恩封高平郡太君。公有文集二十卷、台谏论事五卷、边防奏议二十卷。公内刚外柔，端亮不挠，其正身齐家，以至许国爱民，皆得之天资，而本于平易。不宿怨，不吝过，不苟近利，不邀虚名，未尝忽细故而不亲。常欲以天下如一堂之上，人心如己之心，利害休戚皆欲与之同。尝曰：“我平生所学，唯得忠恕二字耳[一一]。”食不重肉[一二]，亦无所择，衣才蔽形体，不事华靡。暑月必袭衣[一三]，见子孙必冠。所得锡赍，入手尽散。任子恩必先疏远[一四]，故其仲子垂五十而官未寄禄[一五]，幼子与五孙犹未仕也。位宰相如布衣时，无好恶，不以声色加人。在政府，赐予才在门，径以广义庄[一六]。归自南迁，家人衣食将不给，所赍金帛均给亲族，曰：“上不忘老臣之赐也，幸同此恩。”论事周旋，油油翼翼[一七]，唯理之得，唯陈请之通而后已，知无不言，言无不尽。上自人主信其忠，士大夫服其义，武夫悍卒、匹夫匹妇怀其德；外至夷狄，皆知其名。其为留台也，一时耆德多在洛，公与司马光皆好客而家贫，相约为真率会[一八]，脱粟一饭，酒数杯，过从不间一日，洛中夸以为胜事，而天下唯忧公不起也。方其在永也，天下固未尝一日忘公。其召而来，天下跂首以望其用[一九]。其病而归也，天下犹幸其复兴。至其薨也，莫不嗟咨太息，或至泪下。故其历事五朝，用舍出入踰五十年，朝廷以为轻重，天下系其安危。方晋叔向、唐裴度虽近是[二〇]，而彼则不能无少愧矣。夫人王氏，天章阁待制质之女，魏国夫人，卒于永州，今举以祔[二一]。五男：长正民，单州团练判官；次正平；次正思，宣德郎；次正路；次正国。五女：嫁将作监崔保孙，朝请郎、荆湖北路转运使庄公岳，奉议郎司马宏，承议郎蔡毂，通直郎郭忠孝。正民、正路、崔氏、马氏二女皆先公卒。孙七人：直彦，宣义郎；直方，郊社斋郎；直雍、直英、直清、直举、直孺。女一人，嫁长安李琥。曾孙一人。

【笺注】

［一］娠（shēn），怀孕。

［二］魏国，范纯仁之妻魏国夫人。

［三］筮仕，将出做官，卜问吉凶，代指初出做官。《左传·闵公元年》记："毕万筮仕于晋。"

［四］颓然，形容安静和顺的样子。《北史·庾信传》："容止颓然，有过人者。"

［五］衰服，穿着丧服。《旧唐书·顺宗纪》："上力疾衰服，见百僚于九仙门。"行哭，放声哭。沈约《齐故安陆昭王碑文》："齐陨晏平，行哭致礼。"

［六］唐义问，字士宣，唐介子，江陵人。

［七］鄂，湖北。

［八］折简，写信。抵义，诚心。

［九］就木，进棺材，谓去世。《左传·僖公二十三年》："我二十五年矣，又如是而嫁，则就木焉。"

［一〇］嫠（lí）居，寡居。

［一一］《论语·里仁》："夫子之道，忠恕而已矣。"

［一二］重肉，两种以上的肉食。《北齐书·杨愔传》："铜盘重肉之食。"

［一三］袭衣，穿上外衣。

［一四］任子，因父兄的功绩，得保任授予官职。苏洵《上皇帝书》："夫所谓任子者，亦犹曰信其父兄而用其子弟云尔。"

［一五］寄禄，寄禄官，阶官名，无实掌。

［一六］《宋史·范仲淹传》："置义庄里中，以赡族人。"

［一七］形容恭谨严肃的样子。

［一八］真率会，真诚坦率的友人集会。邵伯温《闻见前录》卷十："司马光罢政在洛，常与故老游集，相约酒不过五行，食不过五味。号

'真率会'。"

[一九] 跋首，形容殷切盼望的样子。

[二〇] 叔向，羊舌肸，字叔向，春秋时晋国大夫。

[二一] 祔（fù），合葬。

公虽笃于恩仁，然非其义，纤介不以假人。教子弟则曰："六经，圣人之事也，知一字则行一字，要须造次颠沛必于是[一]，则所以谓有为亦若是，岂不在人耶？"故皆表表自起，士大夫指以为劝。公尝曰："人材难得，欲随事有用，则缓急无以应手。七年之病求三年之艾[二]，非储之以待，其如病者何！"故虽以人材为己任，每有荐引，必先公议，内举有所不避。其不可，则人君所主，亦必争。元祐中尝实封手诏，委公荐士，公具十余辈上之，后皆进用，亦有至廊庙者[三]。上以为公知人。性不欲生事，不欲挠人。其归葬兄也，廊庙先以属河南府守，将以为助。公既葬而后见太守，守问公曰："卜葬定何日？"公曰："已葬矣，姑一见公而去。"守惊曰："何不一相及也？庙堂诸公皆有书以见托，今将何以报之？"比其薨也，前饬子弟无以后事累公上[四]，皆取给于私力，而亦不可以烦人也。公之再相也，帘下非特知公之贤，亦将有所托，故其引文正以赏公，其意可知也。公亦感激遭遇，期以身尽，而哲宗亦察公之忠，咨访眷待，不与他等。然退而寒之者至矣[五]，公虽披见肺肝，上亦无从可知也。呜呼，之仪既铨次公章疏，每至抑扬论列之际，未尝不掩卷而叹，亦或至于堕睫也。盖无一语不出于诚意，无一事不切于物情，或所指者小而所戒者大，所陈至近而所及至远。其言而未行也，亹亹如理棼丝[六]，必至于缉而后已也，丁宁反复，愈挫愈励，甚者如救焚溺。其已行者略[七]，而不行者详。窃以问公子，其子曰："此先公微意也。已行者，君臣一心而信矣，所以略；不行者，将以示吾君优容听纳，臣下屡渎而不厌，所以详。既互见君臣一时相与之盛，而又可以为来者之劝也。"使公之言行于熙宁、元丰间，必无元祐之更张；尽申于元祐中，必无绍圣、元符之已甚。至是上虚心必有待于公，而公病矣。所谓“君子万年，介尔景福”[八]，与有阴德者，必飨其乐，天下孰不有祷也？而公弗顾以往，百世以俟圣人而不惑者，于斯可以无憾矣。一时之语，固不得而加损[九]，姑撮其切于事者载之。盖非其语不见其实，故不得而简；尽其文不出其事，故不必备。使读之者耸然必作而欲有所为，则如公临之而致不朽之托，公既有所命矣。或曰，孔子作《春秋》，而定哀之间多微辞[一〇]，是不能无所避就也。然则“邦有道，危言危行；邦无道，危行言逊”[一一]。执笔者固当论世而言，亦当知尽万物，不能易己之重，庶几不负公之记，而异时可以下见于公而无憾也。谨状。《范忠宣公集》卷一九至卷二〇

【笺注】

[一] 造次颠沛，流离失所、生活困顿。语出《论语·里仁》：“君子无终食之间违仁，造次必于是，颠沛必于是。”

[二] 病久了才去寻找治这种病的干艾叶，比喻凡事要平时准备，事到临头再想办法就来不及。语出《孟子·离娄上》：“今之欲王者，犹七年之病，求三年之艾也。”

[三] 廊庙，殿下屋和太庙，指代朝廷。

[四] 饬，同“敕”，告诫。

[五]《孟子·告子上》：“虽有天下易生之物也，一日暴之，十日寒之，未有能生者也。吾见亦罕矣，吾退而寒之者至矣，吾如有萌焉何哉?”

[六] 棼（fén）丝，乱丝。《文心雕龙·附会》：“群言虽多，而无棼丝之乱。”

[七] 行，指意见被采纳。

[八] 君子长寿，赐你大福。语出《诗·大雅·既醉》。

[九] 加损，褒贬。《谷梁传·僖公十九年》：“梁亡，郑弃其师，我

无加损焉，正名而已矣。”

［一〇］定哀，鲁定公、哀公。微辞，隐晦的批评。《公羊传·定公元年》：“定、哀多微辞。”

［一一］危言危行，说正直的话，做正直的事，指正直的言行。危，正直。逊，退避，退让。语出《论语·宪问》。

墓志铭

罗大夫墓志铭[一] 崇宁五年七月

太平为州，当姑熟溪上。大江自东来，至西北别为支江，汇溪水于西。而南溪水清，支江之水浊，其分之略不相染。州人以其分，各有所况，而其清则公也(一)。公讳彦辅，字经世，世为太平人。少依青山读书，虽家人见之亦有时。人有就见者，非所愿见辄避去。书无所不读，下至杂家艺学，亦皆通贯。五与乡里奏名[二]，中嘉祐四年进士第，调建昌军南城尉[三]。以捕盗赏，移扬州江都令[四]。用荐者改著作佐郎、知江州湖口县[五]。丁父忧，服除，知江宁府溧阳县(二)。辟江南东路根究税役司勾当公事[六]，转秘书丞[七]，迁太常博士[八]，赐六品服，进屯田员外郎，通判宿州。未行，辟司农寺主簿[九]。降一官，监江州税。丁母忧，服除，还所降，升朝散郎、通判和州[一〇]。追税役，赏所得官。久之，还所追，知池州[一一]。以朝请郎知睦州。未行得请，管勾江宁府崇禧观[一二]，加朝奉大夫[一三]，遂告老。以元符三年七月六日卒于家，享年七十四，即以九月八日葬公于白纻山[一四]。崇宁五年七月十七日，改卜于山之南[一五]。

【校记】

(一) 公：原作“分”，据《全宋文》改。

(二) 溧：原作“漂”。据四库本、《全宋文》改。

【笺注】

[一] 罗彦辅，字经世，当涂人，嘉祐四年进士，曾任江苏溧阳知

县、安徽太平府知事，后通判和州，任满，知池州，复移知睦州，未行，得请主管崇禧观，进秩正郎，致仕。年七十四，卒于家。

［二］奏名，礼部将拟录取的进士名册送呈皇帝审核。《梦溪笔谈·故事一》：“嘉祐中，进士奏名讫，未御试，京师妄传王俊民为状元。”

［三］建昌军，太平兴国三年置，军治在南城（今江西南城）。

［四］江都，今扬州下辖区。太宗至道三年（997），江都县属淮南东路，与广陵县同属扬州府。

［五］著作佐郎，掌修纂日历之官。湖口县，今江西湖口。

［六］根究，监察。税役司，掌管税收与劳役。

［七］秘书丞，掌文籍等事之官。

［八］太常博士，见《与友人往还手简一七》注［九］。

［九］司农寺，北齐始建，历代沿置，掌粮食积储、仓廪管理及京朝官之禄米供应等事务。

［一〇］朝散郎，文散官名，元丰改制后以代中行员行郎、侍御史。

［一一］池州，今安徽池州。

［一二］崇禧观，即茅山崇禧宫，位于江苏省句容与金坛两县之间的茅山丁公山前。原是南北朝时所建“曲林馆”，后为陶弘景的“华阳下馆”。唐贞观九年（635），太宗在此为道士王法主建立“太平观”，中和年间（881—885）被火焚毁，后又重建。宋初赐名“崇禧观”。

［一三］朝奉大夫，见《与吴朝奉手简》注［一］。

［一四］白纻山，位于安徽当涂县城东姑溪河北岸。原名楚山，因东晋大司马桓温驻节姑孰时，常与佐僚携女乐登山宴会歌舞，好为《白纻歌》，故名之。

［一五］改卜，重新卜葬。

公曾祖讳德祖，祖讳明，父讳贯，皆不仕。父以公故，赠中散大夫[一]；母康氏，追封永康县太君；周氏，封寿安县太君。娶赵氏，封安福县君。五男子：成甫、正甫、忠甫，余未名，与正甫皆先公卒。成甫，饶州司理参军[二]，亦已卒。忠甫，以上舍生[三]，贯而未第[四]。三女子：长未行而卒[五]，次嫁里人邹鸿、诸彻。孙男五：曰泰，已卒；余尚幼。八女：嫁者六，二在室[六]。

【笺注】

[一] 中散大夫，文散官名，元丰改制后以换光禄卿至少府监各官。

[二] 饶州，州治为今江西鄱阳县。司理参军，宋初各州有马步院，以军人为判官，掌狱讼，太祖开宝六年（973）改各州马步院为司寇院，以文臣为司寇参军，后改司寇为司理。参见高承《事物纪原·司理》。

[三] 上舍生，宋行三舍法时，太学置外舍生二千人，内舍生三百人，上舍生一百人。合称“三舍生”。

[四] 贯，贯叙，按次序铨叙录用。

[五] 未行，未嫁。

[六] 在室，女子已订婚而未嫁。《仪礼·丧服》：“女子子在室为父。”

公介洁不苟合，精悍自励[一]，读书外无他嗜好。居乡里，口不挂州县事。与在官者疏，于乡人无少长贫富，戚之如骨肉[二]。有为不善者，必召而密教之；有一善，必委曲称诵之[三]。至其忘己之污而喜自炫，盗势力以欺惑愚众，因而有所利者，未尝扶同假借[四]，每见必面折之。以故莫不畏且爱，而善类则往往倚之以为重。其终也，哭之皆尽哀，到今思之不能已。其去南城也，有知其贫者，袖黄金十余两邀公于路而赆之[五]，公谢曰：“荷而知我，黄金非所可当也。”固邀之(一)，曰：“人无知者，受之何伤[六]？”公笑曰：“冥漠之间[七]，不远左右，安得为无知？尔亦非爱我也。”赆者负愧而去。湖口僚吏有讼公沽酒[八]，受所增之数[九]。是时刘公述知州事[一〇]，得所讼即付吏[一一]。或曰：“是至毫末，两置之可也。”刘公曰：“罗湖口[一二]，廉吏也，不穷见其实，则使终身被诬。”既曰：“多取一丝发亦不可。”果得其诬，而反坐之[一三]。先是溧阳岁不登[一四]，道殣至相枕藉[一五]，公至则曰：“此可缓耶？”亟请发常平米，又劝有米家量力而出，下皆乐输，而就哺者至不远百里地，赖公以生者不可胜计。部使者将条其施设而上之[一六]，公曰：“救灾，令之职也。饥者命在顷刻，况诏令具存，其可忽哉！人知惜人命，令知谨诏令而已，赏非所觊也。”司农长多便文自营[一七]，公事无巨细必争，长患之。公知不合，乃欲请去(二)。宰相直公而高其义，曰：“自择所欲而行。”会尉氏阙[一八]，乃得之。公到之三日，谒孔子庙，舍宇颓圮[一九]，塑像半为雨所侵。公愀然曰：“州县有学，风化之始也；吾师有像，尊所归向也。学不葺，像不严，何以施颜面以临斯民？”首出俸钱补治，邑人竞相率而应，像设馆次俄一新[二〇]，来学者至不能容，仍岁继有登第者。教阅保甲令下[二一]，擢通事舍人刘琯提举畿内[二二]，琯以骤得用，过自矜持，按视所到，吏属至不敢仰视。方辟教场[二三]，公从琯至其地，辄命公引绳以信丈尺[二四]。公比其下为引，琯色变，徐以三事将困公，公条叙详谛，琯遽敛衽，因厚为容而去。既或第其劳，为所隶之最。寻召对，比到阙下，会元丰末命，不果对[二五]，乃得少府簿[二六]。复与其长论不合，遂摭簿书失销凿二三事[二七]，用以中公[二八]。或强公求直，公曰：“九江去家近，奉亲良便。就使力图之，未必得直，将何求？”

【校记】

（一）固：原作“故”，据四库本、《全宋文》改。

（二）合、乃欲：原缺，据四库本、《全宋文》补。

【笺注】

［一］精悍，精明强干。《汉书·韩婴传》：“其人精悍，处事

分明。”

［二］戚，亲近，亲密。《尚书·金滕》：“未可以戚我先王。”

［三］称诵，称颂。诵，通“颂”。《汉书·董仲舒传》：“后世称诵，至今不绝。”

［四］扶同，附和。假借，谓借助他力或凭借势力。

［五］赆，临别时赠与（财物）。《梁书·杨公则传》：“赆送一无所取。”

［六］何伤，何妨，何害。张衡《思玄赋》：“彼无合而何伤兮，患众伪之冒真。”

［七］冥漠，玄妙莫测。南朝宋朱昭之《难顾道士夷夏论》：“夫鬼神之理，冥漠难明。”

［八］湖口，今江西湖口。僚吏，属吏，属官。沽酒，卖酒。桓宽《盐铁论·散不足》：“及其后，则有屠沽，沽酒市脯鱼盐而已。”

［九］增，盈利。

［一〇］刘公述，即刘述，字孝叔，湖州人。景祐元年进士，后疏论王安石奸诈专权，贬知江州。

［一一］付吏，交给官府，即逮捕。

［一二］罗湖口，即罗彦辅。

［一三］反坐，对诬告者处以刑罚。《唐律疏议》卷二三：“诸诬告人者，各反坐。”

［一四］不登，歉收。《礼记·曲礼下》：“岁凶，年谷不登。”

［一五］枕藉（jiè），纵横相枕而卧，形容多而杂乱。班固《西都赋》：“禽相镇压，兽相枕藉。”

［一六］条，罗列。上，上书请赏。

［一七］司农长，司农长使。便文，完全依照法令条文而不加更动。《汉书·赵充国传》：“诸君但欲便文自营，非为公家忠计也。”自营，为自己打算，营私。

［一八］尉氏，今河南尉氏。

［一九］颓圮，坍塌。

［二〇］馆次，馆舍。俄，短时间，很快。

［二一］教阅，教练，训练。保甲令，保甲法，王安石变法之一。乡村住户，每十家组一保，五保为一大保，十大保为一都保。熙宁三年司农寺颁布《畿县保甲条例》。

［二二］通事舍人，掌诏命及呈奏案章等事。畿内，京城管辖之地。

［二三］教场，操练和检阅军队的场地。

［二四］引绳，牵拉绳索。信，伸。丈尺，谓以丈、尺为单位来计量。

［二五］未能召对。

［二六］少府，掌制造门戟、神衣、旌节、祭玉、法物、牌印、朱记、百官拜表法物等事。

［二七］摭（zhí），挑剔。簿书，文书。销凿，确凿。

［二八］中，中伤。

公摄和州[一]，前为守者多市公使物[二]，吏累政负[三]，民间逋责多[四]。公不受一钱而率其下，未几偿足所负，皆曰："是终身不可得者，微公[五]，畴能有之？"至斋僧诵经祝公以为谢。真州有司以法不应支钱互用，发运司案其事[六]，主吏将自引决[七]。公被檄推治[八]，或从公报其州，令具推所[九]，公曰："应猝而互[一〇]，其得已耶？姑待之。"吏闻公语，曰："是生我也。"即他营以足之。公至，具已足报，吏卒获免。有请致仕者，黄牒到而疾且革，略能领之。赍牒者疑而不受[一一]，公曰："第受之，有累非尔及也。"又为具其后事，保奏其所得任子恩。池之地下[一二]，岁苦水患，加之沮洳不能城(一)[一三]。公萃逋逃卒得百人为役[一四]，日亲程之[一五]，兼责数千僧，募民力，伐九华山石为路[一六]。自后池有城，而水不为患，往来者利之，有作记以传其事者，强盗得财而无所伤，邂逅属县有诉旱者，公即以荒政从事[一七]，皆宽以谳之[一八]。奏课为本路第一[一九]。

【校记】

（一）城：原作“成”，据四库本、《全宋文》改。

【笺注】

［一］摄，治理。

［二］使物，日常使用的物品。

［三］政负，政府负债。

［四］逋责，亦作“逋债”，欠债。《三国志·吴志·诸葛恪传》：“原逋责，除关税。”

［五］微，无，非。范仲淹《岳阳楼记》：“微斯人，吾谁与归？”

［六］案，查讯、审问。

［七］引决，自杀。《汉书·司马迁传》：“及罪至罔加，不能引决自财（裁）。”

［八］被檄，奉诏。推治，审问治罪。

［九］推所，审讯之所。

［一〇］互，交接。

［一一］赍，带。受，同“授”。

［一二］池，池州。地下，地势低下。

［一三］沮洳（rù），低湿。

［一四］萃逋，集合。

［一五］程，监督进度。

［一六］九华山，古称陵阳山、九子山，位于安徽青阳县境内。

［一七］荒政，在遇到荒年时所采取的救济措施。《周礼·地官·大司徒》：“以荒政十有二聚万民。”

［一八］谳（yàn），审判定罪。

[一九] 奏课，把对官吏的考绩上报朝廷。任昉《王文宪集序》："为义兴太守，风化之美，奏课为最。"

公外虽严而中实平恕，乐成就而恶掊克[一]。在官饮食外，未尝买一物。遇公使应时送，他人如例，而己独不纳。居崇禧[二]，部使者以公清介，列名而上，请还公一州。公闻而叹曰："晚节末路，得从容家居，以尽余日足矣，为州岂所幸也？"俄有旨，还税役之赏，而有司执文[三]，置前岁月不为用，故大礼后一月方得，应任子官，或谓公理之必可得，公笑而不答。晚得摄生术[四]，强健如壮年，耽味禅说[五]，游心内典[六]，多得其要妙。平居策杖徜徉里巷间，见者必却文改容曰[七]："异日求如斯人，不复有矣，愿其寿考无穷也。"公一日微属疾，语家人曰："我家固寒也，但以一节自信，纵明日饿死不为介。每以人之急难勇于事(一)，而责之则常使有余地。虽不显，而白首退休，姑造履瞑目，何所憾邪？素爱白纻山，昔所偃泊以寄吾老者[八]，比筑庵号妙高，当即掩地以为葬。谨勿妄求铭志，设求，或昧平生而有请，及尔曹惮而托之，是秽我也。我既以清面遗而曹，万一至饘粥不继[九]，亦不可少屈以违我所戒。"言讫，索浴更衣而逝。后其家并日而食[一〇]，忠甫教授一时晚生，仰以奉偏亲[一一]，至藜藿不厌[一二]，及久不请铭者，皆所不敢违也。公即世十五六年矣，州之人每行溪上，俯流水而叹曰："罗公何在，溪流如故。公胡不留，永为吾邦之所矜式？"相与踌躇咏之而不忍去，至有流涕者。铭曰：

泾渭之殊，物理所概。畴谓于公，泾辄未艾。霜天皦日[一三]，而豕负涂[一四]。浮云何来，反说之弧？谓不我相，胡畀寿考？一其终初，居晦而长。孰得孰失，路人举知。琢词墓道[一五]，以昭其思。《姑溪居士文集》卷四八

【校记】

（一）勇：原缺，据四库本、《全宋文》补。

【笺注】

［一］掊（póu）克，聚敛，搜刮民财。《诗·大雅·荡》："曾是强御，曾是剖克。"

［二］崇禧，观名。

［三］执文，拘泥于字面之意。苏轼《应诏论四事状》："盖提举盐事司执文害意。"

［四］摄生，养生。《老子》第五十章："盖闻善摄生者，陆行不遇虎兕，入军不被甲兵。"

［五］耽味，深切体味。陆云《与兄平原书》："兄前表甚有深情远旨，可耽味，高文也。"

［六］内典，佛教经典。《南史·何胤传》："又入钟山定林寺听内典，其业皆通。"

［七］却文，改换言辞。

［八］偃泊，停留。

［九］饪粥，喻粗茶淡饭。

［一〇］并日，同日。

［一一］偏亲，寡母。王禹偁《送翟骧序》："归故里，侍偏亲。"

［一二］藜藿，藜和藿，指粗劣的饭菜。《韩非子·五蠹》："粝粢之食，藜藿之羹。"

［一三］皦日，明亮的太阳。《诗·王风·大车》："谓予不信，有如皦日。"

［一四］豕负涂，即见豕负涂，看见猪趴在路上，比喻肮脏污秽。语出《易·睽·上九》："睽孤，见豕负涂。"

［一五］琢词，雕琢文辞，谓写作。

杨判官墓志铭[一] 大观三年三月

无为杨氏，自杰次公以文学行义有闻于时[二]，外至殊方异国亦知之[三]，而以字行[四]，以故遂为东南望族。其论议激昂，举止淹雅[五]，不问可知为其家子弟，或席下诸生也。当次公时，各以其得之者互出头角，卓卓相见[六]。后于今有抑扬顿挫，自为一宗，而士论归之无异辞。君，次公叔弟[七]，讳所，字次文，与其仲兄伋次思[八]，能羽翼所学，差池上下[九]，冉冉云霄间，若不可得而亲，而愈久愈可爱。君时恢廓无停滞[一〇]，重然诺[一一]，从次公游宦[一二]，为一时知名士所钦向。随所至，较艺多占高等。晚登舒王门，益信其所传为不昧，乡校推为前辈。场屋以经术取士，君首中其选，再试复在第一，竟不第，遂无复进取意。久之，近日有以十科交荐者[一三]，于是相与勉君出仕。君谢曰："用之则行，舍之则藏[一四]。渠敢以退为进，而固自背驰邪?"后举经明行修[一五]，起家调吉州庐陵主簿[一六]，或谓君儒者，非剸剧之所长[一七]。君谨簿书，肃期会，剖析是非，无一毫发不及，上官以为能。邂逅永丰阙令[一八]，仍岁大歉[一九]，狱讼充斥，即以君摄其事。凡振贷招集[二〇]，悉能举其要。乃审所系，因得其乏食而自陷于强盗，君愀然曰："命在俄顷[二一]，而苟免罪之，法意不如是[二二]。"皆使之更新。既得出，欢呼涕泪曰："微吾令君，可复为良民邪?"比君去，卒遮道挽留，几不得行。再调池州司理参军(一)[二三]，未到辄感慨自叹，以谓时非不我与[二四]，而我自不勉，因上书自荐曰："骐骥已老，致远尚能；鸿雁失群，不鸣为耻。"得是语者壮之。辟西安州天都定戎寨主簿、管勾安抚司机宜文字[二五]。方时拓复境土，经理疆场，有志之士，辐辏砥砺[二六]。而新造之区，风俗异宜，君能以文采学术缘饰，以相其事。人物细惆[二七]，莫不师事之。兴盐池之利，肃重关之役[二八]，资其规画为多。第其最，积阶至儒林郎、补开封府考城令(二)[二九]。益有治声[三〇]，达官要人引道惟恐后，而君以去坟墓久，思得并家一官，以便洒扫[三一]。调和州防御判官，受八宝恩[三二]，加承直郎(三)[三三]。未几得疾，以大观三年二月中四日卒于官，享年六十五。即以其年三月二十八日葬君于无为乡东历村先茔之次(四)。

【校记】

(一) 参：原作“泰”，据四库本、《全宋文》改。

(二) 阶：原作“偕”，据《全宋文》改。

(三) 加：原作“如”，据四库本、《全宋文》改。

(四) 葬：原作“卒”，据四库本、《全宋文》改。

【笺注】

[一] 判官，为地方长官的僚属，辅理政事。

[二] 杨杰，字次公，自号无为子，无为军（今安徽无为）人。嘉祐四年进士。神宗元丰中官太常博士。元祐中为礼部员外郎，出知润州，除两浙提点刑狱。有《无为集》《乐记》。

[三] 殊方，远方，异域。班固《西都赋》：“逾昆仑，越巨海，殊方异类，至于三万里。”

[四] 以字行，以字行于世，即多称呼此人的字，而不及名。

[五] 淹雅，高雅。《宋书·王微传》：“卿少陶玄风，淹雅修畅。”

[六] 卓卓，高超出众。《世说新语·容止》：“嵇延祖卓卓如野鹤之在鸡群。”

[七] 叔弟，叔伯兄弟。

[八] 仲兄，次兄。

[九] 差池，参差，形容羽毛张开高飞的样子。

[一〇] 恢廓，宽宏，博大。《后汉书·马援传》：“今见陛下，恢廓大度。”

[一一] 然诺，许诺。《史记·游侠列传序》：“而布衣之徒，设取予

然诺。”

［一二］游宦，离家在外做官。

［一三］十科，宋代科举取士的十项科目。元祐元年，据司马光《乞以十科举士札子》奏设。名目是：一曰行义纯固可为师表科；二曰节操方正可备献纳科；三曰智勇过人可备将帅科；四曰公正聪明可备监司科；五曰经术精通可备讲读科；六曰学问该博可备顾问科；七曰文章典丽可备著述科；八曰善听狱讼尽公得实科；九曰善治财赋公私俱便科；十曰练习法令能断请谳科。参见《宋史·哲宗纪一》《宋史·选举志六》。

［一四］为世所用时，积极努力地去做；不为世所用时，退而隐居起来。语出《论语·述而》。

［一五］经明行修，指通晓经学，品德端正。经明，即明经，指通晓经学的要旨；行修，完好，端正。《三国志·魏书·高柔传》：“今博士皆经明行修，一国清选。”

［一六］庐陵，今江西吉安。

［一七］剸（tuán）剧，剸繁，裁处繁剧的政务。王安石《贺运使学士转官启》：“紬秘延阁，剸剧外司。”

［一八］永丰，今江西永丰。

［一九］仍岁，连年，多年。《南史·齐豫章文献王嶷传》：“旧楚萧条，仍岁多故。”

［二〇］振贷，赈济。《晋书·王羲之传》：“时东土饥荒，羲之辄开仓振贷。”

［二一］俄顷，片刻，一会儿。

［二二］法意，法令的意旨。《晋书·杜预传》：“今所注皆网罗法意，格之以名分。”

［二三］司理参军，掌管刑讼审，为从九品。

［二四］谓光阴不等人。语出《论语·阳货》。

［二五］西安州，宋置西安州，在今宁夏海原县城西约二十公里处，背靠天都山，前临锁黄川。天都，天都山，也称西华山，位于中卫市西安镇古城西十五里。机宜文字，负责管理与军事有关的机密文书。

［二六］辐辏，见《上宰执手简一二》注［二］。

［二七］麄（cū），同“粗”。

［二八］重关，险要的关塞。

［二九］儒林郎，文散官名，元丰改制用以代节度、观察掌书记，支使，防御判官、团练判官。考城，今已撤销，兰封县与考城县的西部合并，以二县首字为名，称兰考县；考城县的东部则与商丘市民权县合并。

［三〇］治声，为政有成绩而获得的声誉。《后汉书·王堂传》：“（王堂）曾孙商，益州牧刘焉以为蜀郡太守，有治声。”

［三一］洒扫，扫墓。唐王建《寒食行》：“牧儿驱牛下冢头，畏有家人来洒扫。”

［三二］八宝恩，皇恩。八宝，天子八种印玺的总称。《续资治通鉴·宋徽宗大观元年》：“名为镇国、受命二宝，合先帝六玺，是为八宝，命置官以掌之。”

［三三］承直郎，文散官名，崇宁初置，以代留守、节度使、观察使判官。

君曾祖讳果，祖讳明，具以文名[一]，官虽不显，为当世推重。父讳复，左朝散大夫[一]，母长寿县太君赵氏[二]。娶鄱阳姜氏[三]，再娶同郡侯氏。三男子：洵，蚤卒；汴、溱，举进士。四女子：抱全，适从事李敦颐[四]；抱真，适戴圯，皆进士；抱素，适□上舍出身□经；抱玉，适从事郎俞长源。君和而不苟，无所不尽诚，处己严而恕于接物。于内典盖家习也，而亦天资所超悟。尝结弥陀社，著《决定住往生西方论》，劝人修行。疾且革，语家人曰："生死本空，无甚悲恼。"诵西方佛名不绝口，端坐而逝。自号白云子，有《锦溪集》二十卷。呜呼，古人谓"松柏之下，其草不殖"[五]，又曰"部娄无松柏"[六]。信乎，造化所钟，各有其本，非咫尺可得而论也。次公之学既行于人，而君又能资藉䌷绎，以足于用，可谓盛矣！而说施之地，犹未能饱足人意，岂有所待而然耶？待之者，亦有所以也，积流源远，当知必有所在。铭曰：

得自是，行靡他[七]。而止此，如命何！弗稼穑，胡取禾[八]？后且显，铭不磨。《姑溪居士文集》卷四九

【校记】

（一）名：原作"明"，据《全宋文》改。

【笺注】

［一］朝散大夫，文散官名，隋时设置，唐宋时文阶官之制，从五品下称朝散大夫。

［二］长寿县，今湖北钟祥。

［三］鄱阳，今江西鄱阳。

［四］适，女子出嫁。《孔子家语·本命解》："女子十五嫁，有适人之道。"

［五］在松树和柏树之下，小草是不能繁殖的，比喻在强者面前，弱者很难生存。语出《左传·襄公二十九年》。

［六］部娄，小土山。语出《左传·襄公二十四年》。

［七］靡他，亦作"靡它""靡佗"，指无二心。《诗·鄘风·柏舟》："之死矢靡它。"

［八］弗稼穑，不耕作。语出《诗·魏风·伐檀》："不稼不穑，胡取禾三百廛兮？"

郡太君林氏墓铭 大观四年十一月

大观三年，朝奉大夫闳中罢吏部员外郎(一)[一]，得请监太平州酒税。明年到官，适与余相位[二]。余稍以迁谪劳之，乃曰："君恩厚矣，吾亲年八十四，此距家才隔一水，以所得禄为养升，斗犹万钟也。"余愧其语也。而完补舍次，掇拾器用，凡所以娱老之备，无所不尽。即其母就迎，而来有日矣，夫人遽得疾，吏部谒急归侍[三]，疗治祈祷，以夜继日，而忧戚憔悴，见者几为出涕，未几竟不起。余闻报，亟欲亲往以问饘粥[四]，未及行，而讣者且以铭见委，曰："吾亲以八月八日弃孤遗，卜以十一月祔先君中散之兆于和州历阳县顺天乡冷水涧之北原，愿有以铭之。"[五]先人与中散游，而余未及见。于治平间得吏部，虽晚，其义则曰弟也[六]，铭其可辞邪？

【校记】

（一）闳：原作"宏"，据《全宋文》改。

【笺注】

［一］朝奉大夫，见《与吴朝奉手简》注［一］。徐闳中，吴县（今江苏苏州）人，徙居和州历阳（今安徽和县），历任通直郎、卫尉寺丞等职，大观中监太平酒税。

［二］相位，相处于同一处。

［三］谒急，告急。《新唐书·狄仁杰传》："时太学生谒急，后亦报可。"

［四］问饘（zhān）粥，谓问候、慰问。饘粥，稀饭。

［五］中散，此谓闳中之父徐师回。徐师回，字望圣，神宗元丰中知南康军。

［六］弟，同"悌"，孝悌。

夫人姓林氏，建州建安人。自为女子，于所事不待教而能，事父母惟恐失其意，颖出流辈而不以之自异，宗族间每叹以为不可及，皆曰是难其配也。久之，户外之禽相继而委。于是，同郡徐氏方以文学政事接武华显，独中散奉偏亲，稚弟幼妹(一)，藜藿不厌，而隐然名重闾里。既从所委，建安叶夫人甚爱其子，而忧稚幼之未有托。比与夫俱，阃内之事无复经意[一]，佐佑奉承，无一毫不至。常所忧者，卒先期以缉，迨其婚姻，惟视成而已[二]。中散仕浸久[三]，交游多一时知名士，其至必命饮食，相与倾尽。夫人佐饔饬器[四]，不屑其劳[五]，亦不以昼夜为难。中散执丧[六]，夫人之年六十余矣，夫妇皤然履苫块[七]，弔者既哀之，且惧其不能胜。自历阳护其柩归葬乡域[八]，水陆无虑数千里[九]，不遗余力，以相见举。既老，专以佛事为日用，诵其书，礼其名，未尝间一日。或有以暂休为请者，辄曰："上以荐吾姑，中以报吾夫，下以备吾日后之资，幸可勉。俟其不能勉，休未晚也。"平居不妄笑语，御下宽而有法。间有延揖，必正容貌，整冠裳而后见。训导亹亹[一〇]，莫不本于为善。自奉养至约，喜周人之急，其于供施佛家，则卒先众人，而略不计有无。属纩之际[一一]，不留一语，惟合掌诵经以至瞑目。初以中散通籍[一二]，封永福县君，又以郎中进封永安(二)，以子时中通籍封永封县太君，以闳中任屯田令改封永康(三)。天子既受八宝[一三]，覃庆中外[一四]，特许命妇视夫秩为封(四)[一五]，而闳中在吏部，遂封普安郡太君。夫人之先隐德自晦，至皇考讳含章[一六]，始教子为学。曰衍，于夫人为兄，以进士起家，以材武自振[一七]，终左藏库副使[一八]，故赠其父率府副率[一九]，封其母吴氏寿光县太君。中散讳师回，以左朝议大夫捐馆舍，赠左中散大夫。四子：久中，藤州军事官(五)[二〇]；时中，承议郎；刚中，安州□□□□，先夫人以卒；季则闳中也。两□□□□□□□□天范峒，次嫁承议□□□勮(六)。□□□□郎□州来丞虢□直□知池州□□县□□(七)，珏林兹秝皆进□□□□□□□□□□□□孟子曰："王者迹息而《诗》亡，《诗》亡然后《春秋》作。"[二一]此特一时之论耳。王者之迹，盖无时不在也。自采诗之官不继，故深闺之美，无以为明[二二]。其随时自见，而达其天得以合于是道者，夫人其可以无愧矣。而又典刑所钟，显有令子[二三]，虽不克尽其养[二四]，亦庶几无所憾。无以愧至于无所憾，呜呼，夫人其贤哉！铭曰：

勤俭慈恕见于用，柔慧孝爱资之天。非天则用岂能见，非用而后知其然。偕君子之老，五福以备享[二五]，而又引之以修年[二六]。达梦觉于鹿人[二七]，明知下缺。《姑溪居士文集》卷四九

【校记】

（一）稚：原作“畜”，据四库本、《全宋文》改。

（二）郎：原作“即”，据《全宋文》改。

（三）令改：二字原作“政”，据《全宋文》改。

（四）许：原作“评”，据四库本、《全宋文》改。

（五）军事官：《全宋文》疑当作“军事推官”。

（六）敭：原作“剔”，据《全宋文》改，即“扬”。

（七）□□□□郎□州来丞兟□直□知池州□□县□□：原无，据《全宋文》补。

【笺注】

［一］阃内，家庭、内室。

［二］视成，谓责其成功。《论语・尧曰》：“不戒视成谓之暴。”

［三］浸久，渐久。

［四］佐饔（yōng）饬器，备办酒食、整治器具。

［五］不屑，不在乎。

［六］执丧，奉行丧礼，守孝。《礼记・檀弓上》：“伋，吾执亲之丧也。”

［七］皤然，形容发白的样子。《南史・范缜传》：“年二十九，发白皤然。”苫（shān）块，古礼，居父母之丧，孝子以草荐为席、土块为枕。苫，草席。块，土块。

［八］乡域，处所。

［九］无虑，指大约、大概。

［一〇］亹亹，谓言语恳切。

［一一］属纩，见《上宰执手简三》注［一五］。

［一二］通籍，做官。

［一三］受八宝，接受八个玉玺，以此证明自己是有史以来最伟大的君主。《宋史·徽宗纪二》："（大观）二年春正月壬子朔，受八宝于大庆殿，赦天下，文武进位一等。"

［一四］覃庆，举行重大庆典。范仲淹《乞召杜衍等备明堂老更表》："及覃庆之际，特加恩奖。"

［一五］秩，官职级别。

［一六］皇考，亡父。

［一七］材武，才能与武艺。《新唐书·李珙传》："又有李珙者，世儒家，珙独尚材武。"

［一八］左藏库，古代国库之一，以其在左方，故称。详见高承《事物纪原·东西使班·左藏》。

［一九］率府，太子属官，掌东宫兵仗、仪卫及门禁、徼巡、斥候等事。

［二〇］藤州，隋开皇十年（590）置石州，十二年（592）改石州为藤州，治永平县（今广西藤县东北）。

［二一］语出《孟子·离娄下》。

［二二］明，彰显。

［二三］令子，佳儿，贤郎。

［二四］克尽，竭尽。

［二五］《尚书·洪范》："五福：一曰寿，二曰富，三曰康宁，四曰攸好德，五曰考终命。"

［二六］修年，长寿。

[二七] 鹿人，仙人。

姑溪居士妻胡氏文柔墓志铭　大观四年十一月

文柔讳淑修，字文柔，姓胡氏，世为常州晋陵著姓。祖宿[一]，历位要显[二]，其子孙族属多能取美官，遂为大族。父宗质，娶宣城施元长之女[三]。元长娶丹阳刁氏(一)[四]，约之妹[五]。为馆阁旧人[六]，乐善喜宾客，公卿巨人多所亲厚，故相因习，以风范好事，互为表发。文柔当内外族盛时，独能于所闻见，择而不随，一时翕然以为贤[七]。选所宜归[八]，皆侈家达门[九]，文柔辞焉。于是先人蹭蹬禄仕[一〇]，敝车羸马奉朝请[一一]。余方从学者游，有以合姓为言者[一二]，先人难之。文柔谓其亲曰："此可托也。"乃归于我。事先人、先妣，能尽其所以事。嫁方数月，先人当赴远官，余将从举子试，皆不欲余相远。文柔曰："君无以我为重，而使君有新婚惜别之议。凡晨昏致养，我之职也，第勉之。"后先人得疾，文柔未尝去其侧，药饵非亲尝不进。甫属纩[一三]，谓文柔曰："吾幼女及行而不及见[一四]，以是累尔。"文柔涕泣承命。既佐先妣营葬事，治家外，一意掇拾，多取其自随物为其用，卒得佳配以行。余既出仕，奉偏亲，禄不给于养，文柔谨甘旨，均有无，脱粟不自厌[一五]，而门内无间言。施夫人卒[一六]，文柔即褫去服饰[一七]，不茹荤血。先妣屡强其反常[一八]，文柔每谢曰："内失吾舅[一九]，外失吾母，可复世间欣艳以相夸邪?"卒不回。先妣弃孤遗于京师[二〇]，余羸然在疚[二一]，傍无一力之助。文柔经理促办，追护丧归葬，无一事不至。凡穿穴封殖[二二]，率与余分任。每举其衰繻[二三]，运土以从事，而手实之。其松槚灌溉[二四]，则涕泪与水俱，无虑数十本，后无一不荣者。父感疾，善医者曰："非灼艾不能效。"固请不可，文柔泣曰："疾已至此，得不为儿女念?"辄炷香于臂曰[二五]："愿于一柱对一壮[二六]。"至十余，父始觉，至嗷呼[二七]，亲以手拨去，犹不已。既丧，摧毁几不胜衣[二八]，掖之乃能行。

【校记】

（一）氏：原作“民”，据《全宋文》改。

【笺注】

［一］胡宿，见《偶述》注［一］。

［二］历位，任职所达到的地位。《汉书·张延寿传》：“延寿已历位九卿。”

［三］施元长，字景仁，宣城（今属安徽）人。天圣五年进士，调饶州推官，累迁两浙提点刑狱，治平中知洪州。

［四］丹阳，今江苏丹阳。

［五］刁约（994—1077），字景纯，润州丹徒（今属江苏）人。天圣八年进士，宝元四年（1044），坐苏舜钦进奏院祠神饮酒事，出通判海州。嘉祐初使契丹，四年（1059），出为两浙转运使。治平中出知扬州，移宣州。熙宁初判太常寺。事见《京口耆旧传》卷一。

［六］馆阁，北宋以后掌管图书、编修国史之官署。宋沿唐制，置“昭文馆”“史馆”“集贤院”三馆和“秘阁”“龙图阁”等。

［七］翕然，形容一致的样子。

［八］归，嫁。

［九］侈家，豪奢之家。达门，高门。

［一〇］于是，这时。

［一一］敝车羸马，破旧的车，瘦弱的马，形容为官清廉，生活俭朴。

［一二］合姓，合二姓为婚姻，指婚娶。

［一三］属纩，见《上宰执手简三》注［一五］。

［一四］及行，将要出嫁。

［一五］脱粟，只去皮壳、不加精制的米，指糙米、粗粮。《晏子春秋·杂下第二十六》：“晏子相景公，食脱粟之食。”

［一六］施夫人，文柔母。

［一七］褫（chǐ），脱去，解下。

［一八］反常，恢复正常衣食。反，同“返”。

［一九］舅，公公。

［二〇］弃孤遗，谓去世。

［二一］羸然，形容衰弱的样子。在疚，居丧。潘岳《寡妇赋》：“自仲秋而在疚兮，踰履霜以践冰。”

［二二］封殖，堆土为坟，植树为饰。宋王观国《学林·封窆》：“所谓壤植，乃封植也。封者，封土为坟也；植者，植木为饰也。”

［二三］衰襦，丧服。

［二四］松槚，松树和槚树，常被栽植在墓前。

［二五］炷，烧，燃香。

［二六］一柱，即一炷。一壮，中医在穴位上用艾火灼一次称“一壮”。《梦溪笔谈·技艺》：“医用艾，一灼谓之一壮者，以壮人为法。其言若干壮，壮人当以此数，老幼羸弱量力减之。”

［二七］噭呼，高声叫呼。

［二八］不胜衣，形容身体瘦弱，连衣服都承担不起。语出《荀子·非相》：“叶公子高，微小短瘠，行若将不胜其衣。”

京师新辟禅刹，召名师主之，学者至奔走天下，然一方犹未全信。文柔著坏色衣[一]，一饭不粥，随诸学者参问[二]，而所谓明师者[三]，皆印其可[四]。上自宗室公卿家，往往化之，类中遂为领袖，而名闻京师。天下丛林，至今称之，文柔亦以是为己任。崇宁二年，余以撰故宰相范忠宣公行状，逮系御史狱，方大暑，文柔自颍昌兼程野宿，追余至京师，僦数椽地(一)[五]，手自执爨[六]，具狱中饮，当烈日烟焰中，斯须不暂[七]，过者为流涕。狱词有所追诏[八]，而所追偶寄一姻家[九]，其长雅不相习[一〇]，文柔曰：“彼若觉，则不可取。”辄绐曰：“久阔，幸一相见。”先厚赂其使令(二)[一一]，而得其处，入门则相与破鐍发箧，得所追以出。长大惊曰：“一何妙耶！”亦具以是诉于人间者曰：“富有是乎！”已而曰：“岂古所谓烈女者！”莫不首肯而嗟赏之不已。余既南迁，文柔相迎于御史府，顾余泣且喜曰：“图圄中何所不有[一二]，而君乃丰悦过于常时[一三]，岂不以之介然邪[一四]？我当与君俱贬所，未必恶也。”遂同涉阛阓[一五]，止旅邸，其修途所次，具已集矣。或曰：“陆趋良劳，又方庚伏中，且久雨，奈何?”遂附运粮空舟以行，而舟敝，上不能蔽，果大霆[一六]，至加雨衣相拥覆，兼昼夜者六七。比舍舟而陆，历深山大泽，夫妇形影相携。暑每增炽，率达旦命途，时藉草以休其乏[一七]。既即贬所，异乡人情龃龉，又以罪来，上下观望，几不相谁何[一八]，蓬荜萧然[一九]，惟薪水相给而已。文柔间谓余曰：“通塞自有其数[二〇]，苟不偶于今日[二一]，则合眼再开，未必无佳处。要须于向上事精进，当能必致其佳。”既到此，尤甚自策。一报缘中，不昧者有几？遂一意佛事，朝暮礼观音忏不懈[二二]，间邀余共之。先是(三)，文柔三弟各分俸为助，忽语余曰：“日月易得，食其所分行二年矣[二三]。此时以我故分，而元与之约，遇赦恩或得免，则还之。赦来而不及，彼不能无所望。”余曰：“姑少待以成其义[二四]。”文柔曰：“第还之，我亦欲履其约也。”家人辈窃疑其说。一日，二三禅者相过处(四)，遽留饭(五)，饔涤举馈[二五]，文柔皆不以委人。既彻，微觉疾作，居两日，遂革。辄自洮颒更衣[二六]，屡举身起，欲跏趺而行[二七]，家人辈幸其生，不为之掖，乃两手结弥陀印而逝[二八]，时四年二月四日也[二九]。气候已暄，犹停七日，以待其子。甫就木，颜色光润如笑。

【校记】

（一）僦：原作“就”，据《全宋文》改。

（二）厚：原作“后”，据《全宋文》改。

（三）先：原作“见”，据四库本、《全宋文》改。

（四）过：原作“遇”，据《全宋文》改。

（五）遽：原无，据《全宋文》补。

【笺注】

［一］坏色衣，见《慧严永长老赞》注［四］。

［二］参问，佛教语，谓参师问道。《古尊宿语录》卷五：“曾参问也无？”

［三］明师，贤明的老师。《韩非子·五蠹》：“文学习则为明师，为明师则显荣。”

［四］印其可，认可，许可。《维摩诘经·弟子品》：“若能如是坐者，佛所印可。”

［五］数椽地，形容地方狭小。

［六］执爨（cuàn），做饭。《诗·小雅·楚茨》：“执爨踖踖，为俎孔硕。”

［七］不暂，不停。

［八］追诏，谓召回的诏书。韩愈《顺宗实录二》：“陆贽、阳城皆未闻追诏，而卒于迁所。”

［九］姻家，联姻的家族或其成员。《后汉书·蔡邕传》：“与陟（羊陟）姻家。”

［一〇］长，长官。不相习，互相不熟悉。

［一一］使令，供使唤的人，指奴婢仆从。《汉书·外戚传上》：“虽宫人使令皆为穷绔。”

［一二］囹圄（líng yǔ），监牢。《礼记·月令》：“省囹圄，去桎梏。”

［一三］丰悦，丰润悦目。

［一四］介，介意，介怀。

［一五］阛阓（huán huì），民间。唐刘叉《雪车》：“阛阓饿民冻欲

死，死中犹被豺狼食。”

［一六］霪，连绵不停的大雨。

［一七］藉草，睡卧在柴草上。

［一八］不相谁何，互相不说话。谁何，问是什么人，即查问。

［一九］形容屋舍非常简陋。

［二〇］通塞，境遇之顺逆。《易·节·象》：“不出户庭，知通塞也。”

［二一］不偶，不遇，不合。王充《论衡·命义》：“行与主乖，退而远，不偶也。”

［二二］忏，经文。

［二三］所分，所分给的俸禄。行，将近。

［二四］成其义，成全他们的情分。

［二五］饔涤，做饭、洗刷。

［二六］洮颒（táo huì），盥手洗面。《尚书·顾命》：“王乃洮颒水，相被冕服。”

［二七］跏趺（jiā fū），佛教中修禅者的坐法，两足交叉置于左右股上。

［二八］结弥陀印，左手掌放右手掌上，放怀中。

［二九］徽宗崇宁四年（1105）二月四日。

呜呼，之仪不幸，事先人之日短，文柔间关相保于穷约中[一]，与先妣不异亲母子，无顷刻暂相舍。比终养，见遗像，必出涕。遇时享[二]，荐献必亲[三]。而历道其平生，咨嗟感咽不自禁。余仕不偶(一)[四]，偶又仰禄为生[五]，文柔能使不足为有余。既笃于其姑[六]，又不忘其父母之爱，周旋往来，常恐有所不及。二家中表，矜式其所践而严惮之。其二亲之葬，适在数千里外，皆轻装赴之。孤妹自襁褓拊育至及行[七]，又亲为纫制以待[八]。性高严，喜风节，自许与甚重[九]。练达世故，喜论事，于人物取舍则毫发不假借[一〇]。上自六经、司马氏[一一]，更及诸纂集[一二]，多所综识，于佛书则终一《大藏》，作小诗、歌词、禅颂，皆有师法，而尤精于算数[一三]。沈括存中，余少相师友，间有疑忘(二)，必邀余质于文柔，屡叹曰："得为男子，吾益友也。"余从辟苏轼子瞻府[一四]，文柔屡语余曰："子瞻名重一时，读其书，使人有杀身成仁之志，君其善同之。"邂逅子瞻过余，方从容笑语，忽有以公事至前，遂力为办理，以竟曲直。文柔从屏间叹曰："我尝谓苏子瞻未能脱书生谈士空文游说之蔽[一五]，今见其所临不苟，信一代豪杰也。"比通家[一六]，则子瞻命其子妇尊事之，常以至言妙道属其子妇，持以论难，呼为法喜上人。子瞻既贬，手自制衣以赆曰："我一女子，得是等人知我，复何憾？"雅不耐事[一七]，责己甚常，而待人御下必欲如己。自始蔬食，迄老不少辍，虽疾病亦不易。食无盐酪，终粗粝属餍尔[一八]。随禅者力行，受圆炤宗本师记，从其门弟子，别名守慧。两男子：长未名而卒，次尧行，未葬前一年亦已卒。一女子，嫁余杭虞奕，孝而义，甚似其母，而明丧疏通(三)，不胶于事[一九]，文字一过眼辄诵，为文多魏晋间人语，后文柔数日卒。内外孙儿女十三人。

【校记】

(一) 余：原作"于"，据《全宋文》改。

(二) 忘：原作"志"，据四库本、《全宋文》改。

(三) 丧：《全宋文》疑误。

【笺注】

[一] 间关，辗转，形容辛苦。穷约，穷困，贫贱。《晏子春秋·谏上五》："使民饥饿穷约而无告。"

[二] 时享，见《与龚平国手简一五》注[九]。

[三] 荐献，祭献。《诗·周颂·潜》：毛序"季冬荐鱼，春献

鲔也。”

［四］不偶，命运不好。苏轼《京师哭任遵圣》：“哀哉命不偶，每以才得谤。”

［五］仰禄，依靠俸禄。

［六］姑，婆婆。

［七］拊育，抚育。《三国志·魏志·王基传》：“以报叔父拊育之德。”及行，出嫁。

［八］纫制，缝衣制服，指备嫁妆。

［九］许与，称许。

［一〇］不假借，谓不借用他人之言，皆出自己意。

［一一］司马氏，司马迁所著《史记》，指代史籍。

［一二］纂集，别集，文集。

［一三］算数，算术。《汉书·律历志上》：“数者，一、十、百、千、万也，所以算数事物，顺性命之理也。”

［一四］见《主管定州安抚司机宜文字回谢诸县知县启》注［一］。

［一五］谈士，游说之士，辩士。《史记·日者列传》：“公见夫谈士辩人乎？”

［一六］通家，指彼此世代交谊深厚、如同一家。《后汉书·孔融传》：“我是李君通家子弟。”

［一七］耐事，谓以忍让处事。

［一八］粗粝，糙米，指粗劣的食物。杜甫《有客》：“竟日淹留佳客坐，百年粗粝腐儒餐。”

［一九］胶，拘泥。

李氏占数沧州无棣［一］，后徙楚州山阳，今得卜于太平州当涂县藏云山之致雨峰下，遂迁先人妣以葬，而以文柔从葬。先人讳颀，先妣田氏。享年五十八，其葬以大观四年十一月十八日。先以余通籍朝列，封蓬莱县君；再以余加大夫阶，进封南华；后以余复官，追封静安。嘉祐中尝从其祖母至内廷，见于柔仪殿[二]，中宫拊之曰[三]：“是乃胡氏有学能文之女乎？”后因上元节[四]，御宣德门观灯[五]，命妇皆在侍[六]，又顾胡夫人曰：“能文之女何不来？”文柔适在后，遂呼出而赐冠帔[七]。文柔生平可纪之事固多，惜非其地，而终不能超见其志，宜能文词者抑扬以信后世。然与余四十年伉俪，且复所履历，皆人所不能堪，亦人之所甚难，又多缘我而致，加之闺门之外，或不及遍知，苟非亲为直书其事，则九原之下所负深矣[八]。辄揽涕而铭之[九]，尚恨有所不尽也。铭曰：

生之非艰，行之则难。胡舍彼以即此，盖所遇之适然。达我行之必至，庶古人之莫能先。或谓此丈夫之事也，孔子不曰有妇人焉[一〇]。噫，求仁而得仁矣[一一]，亶吾铭之弗谖[一二]。《姑溪居士文集》卷五〇

【笺注】

［一］占数，上报家中人数，入籍定居。《汉书·叙传上》：“大臣名家皆占数于长安。”刘禹锡《唐故相国赠司空令狐公集纪》：“今占数于长安右部。”

［二］柔仪殿，在延庆殿北。初有殿无名，章献太后名曰崇徽，明道元年（1032）改宝慈，景祐二年（1035）改为柔仪殿。

［三］中宫，皇后，因皇后居住于中宫，故代称。《新唐书·冯元常传》：“尝密谏帝，中宫权重，宜少抑。”

［四］上元节，元宵节。

［五］宣德门，城门遗址位于今开封市新街口处。

［六］命妇，受有封号的妇女。《国语·鲁语下》：“命妇，成祭服。”

［七］冠帔（pèi），帽子和披肩。

［八］九原，九泉，黄泉。

［九］揽涕，挥泪。曹植《三良诗》：“揽涕登君墓，临穴仰天叹。”

［一〇］《论语·阳货》："子曰：'唯女子与小人为难养也，近之则不孙，远之则怨。'"

［一一］语出《论语·述而》："求仁而得仁，又何怨？"

［一二］亶（dǎn），实在，诚然，信然。弗谖（xuān），不忘。《诗·卫风·考槃》："独寐寤言，永矢弗谖。"

李氏归葬记　大观四年四月

李氏，世葬沧州无棣，自先祖出仕，从于楚州[一]，即卜以葬(一)。至先人捐馆舍，以其地不可以从葬，乃卜于州之西南安乐乡兴□里(二)。先妣殁，亦举以祔。地近河，复以流凿变更，间为河逼，议迁者久之而未果。之仪得罪居太平州，既许自便北归，道金陵，爱其江山胜丽，遂有卜葬之意。凡距城百里内外，求之殆遍，而不可得。邂逅复过太平(三)，得此地为葬，盖当涂县归乡尊宿社藏云山之致雨峰下也。以大观四年四月十八日，奉先人先妣合未葬四丧而葬焉。于是先人以之仪升朝[二]，累赠光禄大夫[三]，先妣追封永嘉郡太夫人。孙尧行以通仕郎、江州军事判官[四]；次尧光，方四岁。曾孙德师，郊社斋郎[五]；德孚，尚幼。先人之女，长嫁朝奉郎何景初，封德安县；次嫁显谟阁直学士、大中大夫林邵[六]，追封崇国夫人；次嫁朝请大夫郑亿，封同安县君。之仪之女嫁承议郎、河北西路提点刑狱虞奕[七]，封文昌县君；次方二岁，次生未满月。尧行之女，亦嫁虞氏孙彻，一未行。何氏孙钊，儒林郎、监秀州盐场；铸，将仕郎[八]；镇，承议郎、通判明州[九]。林氏孙摅，正奉大夫、中书侍郎[一〇]；郑氏孙耀，将仕郎、宣州司法参军；虞氏孙澈、浚、澐、渚。外孙十五人，已嫁，皆大族，七在室。呜呼，先人先妣积累之厚，其德泽所钟，当有承之者。而之仪无似[一一]，深惧不克负荷。然报施不昧，庶几有待焉。故详书之，以昭其成。其诸具载志铭，今并旧刻石，移置圹中，来者可以再见也。朝奉大夫、管句成都尉李之仪谨记[一二]。《姑溪居士文集》卷五〇

【校记】

（一）卜：原缺，据四库本、《全宋文》补。

（二）□：原无，据《全宋文》补。

（三）过：原作“遇”，据四库本、《全宋文》改。

【笺注】

［一］楚州，今江苏淮安。

［二］升朝，做官。唐颜师古《贤良策》四：“结发升朝，敷衽受职。”

［三］光禄大夫，阶官名，从二品。

［四］通仕郎，阶官名，正八品。

［五］郊社斋郎，掌郊祀、明堂、祠祀、祈祷及茅土、衣冠等事，属太常寺。

［六］显谟阁，元符元年（1098）建，藏神宗御集，置学士、直学士、待制等官。

［七］河北西路，为河北西南半部分，下分四府（真定、中山、信德、庆源）九州（相、浚、怀、卫、洺、深、磁、祁、保）军六（天威、北平、安肃、永宁、广信、顺安）县六十五。

［八］将仕郎，文散官名，从九品下。

［九］明州，今浙江宁波。

［一〇］正奉大夫，文散官名，元丰改制后停用。大观二年再置，为文官第七阶。

［一一］无似，不肖。《礼记·哀公问》：“寡人虽无似也，愿闻所以行三言之道。”

［一二］管句，亦作“管勾”，管理。

庐山承天罗汉院第九代南禅师塔铭

师一日晚沐浴，次日早更衣升座，白众，既归方丈，即跏趺而逝[一]。其语有“倒骑铁马，逆上须弥[二]。踏破虚空，不留朕迹[三]”之句，实绍圣元年三月二十四日也。时气候早热，居五日乃就木，俨如平时。传闻四方，为宗门希有之事。异时师友人上饶子章过余于京师，与之游久且相好也，有间出其所述师出处经行大略示余，余读而壮之，兹恨师不得而见也。已而，从余求铭，将刻之石，以诏未来之日。呜呼，师既不得而见矣，其示寂之际能结信心者如此[四]，其住世抑扬者又如此，余铭其可辞耶？师讳系南，汀州长汀人[五]，姓张氏。甫十岁，告其亲，愿从学佛者游。久之方得请[六]，既去，凡三年不归。其亲思之，因携酒馔就见，命其师同飨。师怒，亟请彻去，曰：“污蔑伽蓝，罪入无间[七]。”亲与其师皆有愧色。其后偶庭下初植柏秀茂可爱，师以一颂示其师，师始异之。遂不复以世谛事累师[八]，寻得度，受具戒[九]。尝与其属海评营所事，忽流涕语评曰：“吾佛有出妙世法，而我与若反局促于名相间，不求自利利他以达究竟，斯有负于一报身矣[一〇]。”乃相与遍参善知识。初见开元潭，又见隆庆间、仰山伟，三人者一时之所臻湊[一一]，皆谓法师器也。虽降意延挹，而师终不契，独于开元赋中秋月颂会中有百余众，悉为之敛衽。晚游湖湘，入道林元祐之室[一二]，然得蜜符心印[一三]，自是不复远矣。祐迁罗汉，师超据第一座。祐命立增[一四]，就学者日盛，祐退席，师遂继之，时年三十有九。□□年学者至顷东南，又以其余力，栋宇败陋若未及者(一)，皆一新之。寿四十有五，僧腊二十□□奉全身建塔于院之西。昔师与海评□□游历，同院惠深者梦二大蛇，一角黑章[一五]，长各数丈，绕院三帀[一六]，腾跃而去。黎明，师与评别，深以所梦告，且属之曰：“二子善护持，他日吾门龙象也。”后评住开元，与师相邻，俱得名丛林间，号庐山二龙云。铭曰：

作如是因，得如是果。只如是行，成如是事。于大总持，证如是义。不漏丝毫，不落第二。亘古亘今，普天帀地[一七]。若乃动着，不杂纷碎。所以倒骑铁马，逆上须弥，踏破虚空，不留朕迹。呜呼，如是如是。**《姑溪居士后集》卷一四**

【校记】

（一）“栋”原误作“拣”，“宇败”原缺，据《全宋文》改补。

【笺注】

［一］跏趺，见《姑溪居士妻胡氏文柔墓志铭》第二节注［二七］。

［二］须弥，古印度神话中的名山，为帝释天所居之处。

［三］朕迹，征兆，痕迹。李峤《宣州大云寺碑》：“察动用于神机，推朕迹于冥数。”

［四］示寂，圆寂。

［五］长汀，今福建长汀。

［六］得请，所请得到获准。《左传·僖公十年》：“夷吾无礼，余得请于帝矣。”

［七］无间，无间地狱，即“阿鼻地狱”。

［八］世谛，“二谛”之一，谓有关世间种种事相的真理。

［九］具戒，即具足戒，僧尼所受戒律，因与沙弥（尼）所受十戒相比，戒品具足，故称。

［一〇］一报身，自受用身。

［一一］臻溱，形容道行高深的样子。溱，同“臻”，至，到。

［一二］道林，今湖南宁乡道林镇。

［一三］蜜符，秘符。心印，佛教禅宗语，谓不用语言文字，而直接以心相印证，以期顿悟。

［一四］命，通“名”，声誉。《诗·周颂·赉》：“时周之命，于绎思。”

［一五］黑章，黑色花纹。

［一六］三帀（zā），亦作“三匝”，三周。

［一七］帀地，遍地，满地。

淮庆军节度蔡州营内观察处置等使持节蔡州诸军事蔡州刺史泾原路经略安抚使兼马步军都总管兼知渭州军州事兼管内劝农使西河郡国侯食邑一千四百户食实封四百户上柱国折公墓志铭[一]

政和元年二月

夏人自元昊以后[二]，服叛不常[三]。虽朝廷务为优容[四]，然疆场未尝弛备[五]。熙宁初，出师鄜延。方时公年十六七，已能从军斩获。至四十余年，无一日不在兵间。每战必克，屡立奇功，恩威并行，诸将无复居其右。故能被遇上主，秉旄仗钺[六]，专制一路。既去复来，迄终于位。兵民怀之如父母，朝廷倚之如长城，信一时之豪也。

【笺注】

［一］折公，折可适。

［二］李元昊（1003—1048），西夏开国皇帝。

［三］服叛，降服与反叛。不常，不固定。

［四］优容，宽容，宽待。《晋书·傅玄传》：“（玄）陈事切直，虽不尽施行，而常见优容。”

［五］弛备，放松戒备。苏辙《龙川别志》卷下：“时西边弛备已久。”

［六］手执指挥全军的旗帜和受命出征的黄钺，喻执掌军事大权。秉、仗，拿着；旄，古代军旗的一种；钺，古兵器，象斧。《尚书·牧誓》：“王左仗黄钺，右秉白旄以麾。”

公讳可适，字遵正，其先与后魏道武俱起云中[一]，世以材武长雄一方，遂为代北著姓[二]。后徙河西(一)[三]，有号太山公者，因其所居，人争附之。李克用为晋王[四]，知太山公可付以事，收隶帐下。凡力所不能制者，悉命统之。而能辑睦招聚[五]，横捍西北二虏[六]。封上柱国[七]，以其地为府谷镇[八]，又以为县，为节州，为节镇，更五代，皆许之相传袭。其世次至御卿(二)[九]，入本朝，尤为太祖皇帝所信任，数下诏书奖慰，赐赉不赀[一〇]。是生郑国公从阮，生礼宾副使德源，德源生讳惟让，赠左清道率府副率，则公之曾祖也。祖讳继长，内殿承制、阁门祗候、左千牛卫上将军。考讳克隽，文思副使、赠左领军卫上将军。公生数岁，尤羸弱，几不能胜衣，独千牛识之，曰："奇儿也，后未易量。"已而果耸拔绝类。沈厚有智略，敏决而断，以功名为己任，驰射超轶，殆不习而能。郭逵师鄜延[一一]，见公而叹曰："真将种也！"遂荐之，试其艺于廷中，补披带班殿侍，就充鄜延路经略司准备差使。从种谔出塞，遇敌于马户川[一二]，贼有以年易公者[一三]，公索与斗，即斩其首，获其所乘马。追葭芦川[一四]，辄大俘获，遂有名行阵间。

【校记】

(一) 后徙：原作"徙后"，据四库本、《全宋文》改。

(二) 其世：原作"某某"；卿：原作"鄉"，据《全宋文》改。

【笺注】

[一] 后魏，即北魏（386—534），是鲜卑族道武帝拓跋珪（371—409）建立的北方政权。云中，今内蒙古托克托东北。

[二] 代北，北魏。西晋末年，拓跋猗卢受封为代王。后其曾孙拓跋珪改国号为魏，迁都代郡平城（今山西大同），是为北魏，故后世兼以"代北"称之。

[三] 河西，指甘肃、青海两省黄河以西的地区。

[四] 李克用（856—908），字翼圣，本姓朱邪（又作朱耶），神武川新城人。唐末节度使，沙陀族人。因救唐昭宗有功，被封为晋王。

［五］辑睦，和睦。《管子·五辅》："和协辑睦，以备寇戎。"

［六］横捍，保卫，抵御。

［七］上柱国，即上柱国大将军，最高武官阶。

［八］府谷，今陕西府谷。

［九］折御卿（958—995），府州（今陕西府谷）人，静难军节度使折从阮之孙，永安军节度使折德扆次子，泰宁军节度使折御勋之弟。

［一〇］赉（lài），赏赐。

［一一］郭逵（1022—1088），字仲通，洛阳人。嘉祐三年（1058），征剿彭仕羲，平定湖北。熙宁九年，率军三十万征交阯李乾德，于富良江之战大破其军。因宋军病亡逾半，军粮耗尽，获罪被贬。卒后追赠雄武军节度使、司空。

［一二］马户川，今陕西米脂马湖峪。

［一三］易，轻视。

［一四］葭芦川，今陕西佳县。

朝廷既城绥德[一]，夏人遣其亲信杨已良者，分画地界。经略同命领军就收其要领[二]，而以公从行。公语其间，其反复屡折之[三]，已良至不敢仰视。立界堠，筑中山堡而归。即以领军治绥德，而留公为之助。新造之区，营置多目，地压贼境，所举非一朝一夕事。凡巨细，公必参议而后定，至今不能改易。领军捐馆舍，乃出仕为乌波川堡把截。旧用汉番捉生户更戍[四]，然有力者家居而自便，贫乏者长上而无粮。公曰："弊难遽革，姑令居者月输以饷上者，两以为便。"辟安南安抚司舟兵队将，勒所部过豁洞，肃然秋毫不敢犯。以便亲[五]，求为滋州永宁关[六]。元丰五年，鄜延追讨，辟副军，期为五队，将战三角岭[七]，收复米脂城，获级为多[八]。间自安定堡摺运粮草以赴军前[九]，贼邀我于蒲桃山，公独出击，败之。东兵久不得食，数千人于卢堤门，或曰掩杀可有功，公曰："饥不任役而苟为逃避者，非叛也。"单马就诘，辄彀镫相向[一〇]，公曰："尔辈何为而至是？得不为父母妻子念，而甘心于异域之鬼耶？"遽回所向而喏[一一]，或至流涕，曰："得公一言，遂再生矣。"公各遣归所隶。迁第一部将，从讨金扬白豹[一二]，战六掌平，下葭芦，入义合[一三]，皆先登斩级。辟环州洪德塞主[一四]，权第二副将，破讹子野鸡塞。先是平远塞番兵多逃匿，及已胜兵而未系籍，公钩索而籍之，得八百余人骑。自是无敢蔽隐，迁第三将。破曲律六掌平，又破安州川，改第七将。夏人将并兵入寇，公先得其守烽人姓名，乃给为界外默烽首领(一)，就以所得姓名，呼出而尽斩之。烽不传，因卷甲倍道，大破尾丁硙，斩获万计。回过柽杨沟，遽下令第三沟下营，皆曰："日方午，到汉界犹三百里。不即归，可无后虑耶？"公笑而不答，复选兵临沟持满[一五]，又分劲骑据山西。贼果蹑吾后，与选兵遇[一六]，而西山骑乘之，腹背受敌，遂败之(二)。贼既衄[一七]，乃大举而来，公所提兵才八千，自启楼铺逢游骑，转战至马岭(三)[一八]，公度贼未能深入，乃取他路趋洪德[一九]，邀其归路[二〇]，分遣二千骑屯肃达，入洪德川，公设伏以待。伏发。贼前军乱，后兵为肃远所制[二一]，几匹马只轮不得返。伪国母踰山而遁[二二]，众相蹂践，赴崖洞死者不可胜计。辎重尽弃，虽帷帐首饰之类，我皆得之。夏人之败，莫此为甚。

【校记】

（一）给：原作"绐"，据《全宋文》改。

（二）败：原缺，据《全宋文》补。

（三）马岭：《宋史·折可适传》作"高岭"。

【笺注】

［一］绥德，今陕西绥德。

［二］领军，即折可适之父折克隽。要领，关键之地。

［三］折，挫。苏轼《教战守策》："折其骄气。"

[四] 生户，指未入州城定居的人户。《宋史·兵志五》："西北边羌戎种落不相统一，保塞者谓之熟户，余谓之生户。"更戍，轮番戍守。苏轼《谢赐衣袄表》："边陲更戍，本为臣子之常。"

[五] 便亲，便于侍奉母亲。

[六] 滋州永宁关，位于今陕西延川县。

[七] 三角岭，今陕西佳县北。

[八] 级，首级。

[九] 摺运，聚集、运送。

[一〇] 彀镫，张开马镫，谓马不挂镫。

[一一] 喏（rě），同"诺"，表示敬意的呼喊。

[一二] 金扬，今陕西志丹。

[一三] 义合，今陕西绥德义合镇。

[一四] 环州洪德塞，今甘肃环县西北洪德寨。

[一五] 持满，拉满弓弦。《史记·绛侯周勃世家》："军士吏被甲，锐兵刃，彀弓弩，持满。"

[一六] 选兵，挑选出来的兵卒，精兵。《史记·魏公子列传》："得选兵八万人，进兵击秦军。"

[一七] 衄，损伤，挫败。

[一八] 马岭，即马岭关，秦汉以来北部边陲的一个重要关隘，位于今河北邢台西部太行山脉。

[一九] 洪德，即洪德川，位于今甘肃环县北三十公里处。

[二〇] 邀，阻。

[二一] 肃远，肃州肃远府，位于今甘肃酒泉西北部。

[二二] 伪国母，指西夏昭简文穆皇后梁氏。

进环庆路兵马都监[一]，时元祐六年也。移泾原第三将[二]，擢知宁州，改岷州兼安抚[三]，又改镇戎军[四]。与帅臣议不合，朝廷是公。初到而未备也，亟屯罗山以觇我兵[五]，以麾下兵大破之。由是累前后实功，积官至皇城使、成州防御使[六]，复知镇戎军。绍圣二年，以公知简州兼安抚[七]。时已未冬，诏促公行，须河未冻到官，将委公以事。未几章楶帅泾源[八]，请筑石石门峡好水川[九]，而谓其地当镇戎之冲，非公不能佐己以成其事，乃请公镇戎，章再上而后可。诏以熙河、秦凤、环庆三路兵会泾源之师[一〇]，无虑三十万，而听命于楶。近时出师之盛，未有其比。楶以总管王文振为统制，而以公为前军而副之。令曰："追贼不得过一百里。"又曰："事或警急，势难禀议，听行而后报。"前军伏路头重而求援于公，公即禀于文振，文振曰好。又恐一军不足以蓄其锐，再约文振发熙河兵。熙河兵骄而贪功，主将不能制，即报曰："已发二千矣。"偶失道，尽赴坑谷死。文振惧，为自全计，辄讳其好，而劾公以擅兴违节制。楶得所劾，即下公吏。奏到，宰相亦惧，具惜熙河之失，乃归罪于公，而请行军法。上曰："彼方治，俟案到未晚也。"案上(一)，而公追贼才四十里余，又得报而后行，宰相恚曰(二)："诞也[一一]，请从京师遣官以治。"上难之，争不已，即以审覆为名，实则再治也[一二]。既而不移前治，犹卒降公十三官，而罢楶请，留公以收后效力，以公权第十三将，守荡羌寨[一三]。

【校记】

(一) 案：原作"宰"，据四库本、《全宋文》改。

(二) 宰：原作"案"，据《全宋文》改。

【笺注】

[一] 都监，即"监军"。

[二] 泾原，路名。

[三] 岷州，今甘肃西和。

[四] 镇戎军，太宗至道三年（997）置军，治所在今宁夏固原。

［五］罗山，位于今陕西合阳县和家庄镇东马村南。觇（chān），偷偷地察看。

［六］皇城使，此为阶官名。成州，北宋属秦凤路，治所在今甘肃成县境内。

［七］简州，隋仁寿三年（603）置，治阳安（今四川简阳市简城镇），宋乾德五年（967）简州下辖阳安、平泉二县，属成都府路管辖。

［八］章楶（1027—1102），字质夫，建州浦城（今属福建）人。治平四年进士，元祐初以直龙图阁知庆州，败夏人于环州城下。绍圣四年知渭州，帅四路兵出葫芦河川，建平夏等二城，环庆、鄜延、河东、熙河诸路相继拓境筑城。元符元年袭溃围攻平夏之夏军。泾源，今宁夏泾源。

［九］好水川，今宁夏隆德西北。

［一〇］熙河，熙宁五年置熙河路经略安抚使，治所在熙州（今甘肃临洮）。秦凤，熙宁五年分陕西路西部置，治秦州（今甘肃天水）。环庆，康定二年分陕西路置环庆路经略安抚使，治所在庆州（今甘肃庆阳）。

［一一］诞，欺诈，虚妄。

［一二］再治，重审。

［一三］荡羌寨，今宁夏海原县郑旗乡东苋麻河谷西口撒台村。

贼兵出没葫芦川[一]，公曰："此至在平夏城也[二]。"日作乐享将士，使之不疑，夜出劲兵挠之。凡十余日，贼遁去。时贼中号统军嵬名阿埋及监军昧勒都逋(一)，皆西界用事桀黠首领也[三]，朝廷密诏公图之。邂逅以牧放为名，会境上，其意则瞰我乘间也。公既知，即请出兵，以所部兵分两路，衔枚以趋[四]，用夜半叩其巢穴，围帀。二酋始大惊曰："天兵何自而来？"又问曰："将之者谁？"曰："折安抚。"曰："我父也，幸免我死。”公即以上恩慰谕，俘其家属族部凡三千余人，皆许以不死。簿所得[五]，约十万余计。哲宗特御前受俘，百官称贺，即日遣中使赐公袍带兵器，及以内库白银衣币为籍，拜公西上阁门使、洺州防御使[六]、泾原路兵马钤辖。继以赏不称功，再迁东上阁门使[七]。其所得地，即天都山也。有诏，就委公经理。公以接连一带秋苇川、南牟会[八]，地适熙河、秦凤，形胜相控制，皆贼牧养要害处。若不乘利势据之，异时不能无患。遂以秋苇为寨，南牟为州。诏以寨名临羌，州名南安，而以公知州事兼安抚使。在治七年，止以所得部族丁壮为用，人人皆效死力，以捍边面[九]。累迁引进客省使[一〇]，正为和州防御使，进明州观察使，为泾原路副使、都总管。

【校记】

（一）“埋”原作“理”，“勒”原作“勤”，据《宋史·折可适传》改。

【笺注】

［一］葫芦川，发源于今宁夏西吉与海原交界处，因河床狭窄多曲折，形似“葫芦”得名。

［二］平夏城，位于今宁夏固原市原州区西北黄铎堡村，建于绍圣四年，北宋军事重镇之一。

［三］嵬名阿埋，西夏都统军，为元昊之弟，善用兵，又熟习边事。桀黠，凶悍狡黠。《史记·货殖列传》：“桀黠奴，人之所患也。”

［四］衔枚，行军时口中衔着枚（形似筷子），以防出声。《周礼·夏官·大司马》：“徒衔枚而进。”

［五］簿，统计。

［六］洺州，治所在今河北永年广府镇。

［七］东上阁门使，阁职，为武臣清要之选。

［八］秋苇川，在今宁夏海原县东。南牟会，今宁夏海原。

［九］边面，边境。

［一〇］客省使，掌款侍外国与少数民族使者，及文武官员朝见皇帝礼仪。

崇宁三年，钟传将师泾原，以万人出巡，贼出平夏州，围镇戎，分兵掠山外。传不得归，公以轻骑寻朱龙胜界，随贼所向而先夺其险。贼意初欲扼石佛峡以制官军[一]，而纵兵大掠，闻公之出也，乃不复逞。既而至银冶关[二]，而公适顿兵瓦亭寨[三]，遂一夕而遁。适上以传奏不通，密以手诏问公，而命公访传所在，仍许便宜从事。诏到，而贼已遁，公条上其略，上览奏嗟赏。传又请以本路兵直据灵州徐堡寨[四]，以接声援，上召公入覲，将面议。未行，而环庆请乘西贼无功而归、气沮疲乏之余际尾击之。诏以泾原之师，会于灵州川。帅司委选万骑以往，然报到后时，公取捷径，由葫芦川广独孤澜漫抵岱岭[五]，掠灵州川。贼携老幼趋灵州。时已半夜，火明如昼，门不得闭，城内外大扰，往往堕濠堑相枕籍而死。明日俘获甚众，牛马橐驼蔽川而下[六]。环庆失约，我军势孤，不可以留，命裨将当前[七]，公以精骑为殿而还。贼果见袭，公令少憩食而后行，分兵迎战，贼又以数百骑捣我于两胁间，以邀中军，公亲率兵，出其不意，贼果不利，将依山自保。官军掩其后[八]，得脱者才数十骑，俘斩几千人，而首领居三分之一。上即诏公入覲，既见，上慰谕甚数[九]，乃以传所请质于公。公曰："传知其一，不知其二。得之虽易，守之则艰。若不先削其地，弱其势，藩篱完固，馈运可以相接，而后图之，未见其可。"上曰："卿之言是也。"遂进公武安军节度观察留后，为步军都虞候[一〇]，赐赉有加。他日再力陈开垦广土，进筑要害之利，上皆嘉纳[一一]，俄促公还，以总其事。寻有旨，先城萧关[一二]。既与传议不同，而凡所报应，无不钼铻[一三]。夏人知之，稍点集为备。传又申前议，而同令未可筑，公执不可，传遣其辟客数辈强公[一四]，公曰："国事也，帅司将佐，义均一本。苟情不通，则不无胶柱。顷自冒矢石，是等事皆在所志。其如势有先后，设不审计，则噬脐何及[一五]！尤欲如帅司所议，未见其便。"传度公不可回，乃从萧关之役，终怏反覆，而诸将皆观望。传亟云："贼且至，不可不击。"帅司檄公曰："不管不击。"意将冒此以伸其灵武之请，径以他将统兵，兼尽夜出界。贼觉，遽袭其后，所得不补其失。传沮，反劾公为专，辄故败我事，乃罢公管军，仍令条具以报。公以所得传节制状上之，朝廷悟，即还公旧物，而上益知公为可委寄也。乃以公为泾原路经略安抚使、马步军都总管、知渭州。公谓减泊口、磨移隘、朱龙、乌鸡、三岔、减井子，皆藩篱之要也[一六]，遂筑五寨以控之，自是边面虽阔远，而如在一堂之上矣。又展西安州，增置定戎寨，广平夏贼，为怀德、安兴、定戎盐池，岁得盐七十万石。从始事至成功，未尝调发，而民间不知其役，辄更叹骇曰："是何神耶！"两被手诏，褒谕有"更其无扰，用副予怀"之语，在镇二年，拜淮康军节度使[一七]。又二年，公以守边分事已就序，将求解罢少休与安逸，未及请，而转运使有以边面既开拓，报饷不能无缺绝，请于平夏，通峡、镇戎、西安四处分置五百万粮草仓场。公以所费大，难之曰："如不得已，止可用旧舍屋为用。而平夏、通峡，相距无二十里，可省其一。"俄有诏，罢转运使，又借帅司系籍车户为运，又欲以十万斛助熙河之计，而以泾原随军中驴橐驼致之。公不从。叠是数端，故造为可虑之谤以申公。于是召公还朝，除佑神观使。既而所造皆诬，上疑遂解，寻命公对，拊谕委曲。公泣曰："臣老，以守边无状[一八]，致烦物议，以惑上听。赖陛下终始保全，万死何以报上？"无一语自辨。特赐钱叁百万，为京师居第之费。俄以其子换文除少府监丞[一九]，少日请归省坟墓，有诏许其行。明年诏还，复以公帅泾原。比入对，上尤敦勉，公力辞不可得，即以少府丞换贴直秘阁、书写机宜文字。到镇四月，感疾，遂告老。未报，而以十月二十九日薨，享年六十一，乃大观四年也。后数日，御宝批所奏，不许公去位，赐灵宝丹二十粒，勉以自卫。报到，上嗟怆不已，命本路走马承受问其家安葬之地及遗表陈乞恩例等[二〇]。公弟皇城使可通知岢岚军[二一]，应副葬事，即以政和元年二月七日葬公军之北安仁乡道生谷武家会领军墓之西。

【笺注】

［一］石佛峡，位于今河南渑池坡头乡汪坟村北侧。

［二］银冶关，位于今甘肃两当。

［三］瓦亭寨，今宁夏隆德东北。

［四］灵州徐堡寨，在今宁夏吴忠市境内。

［五］澜漫，分散、杂乱的样子。《淮南子·览冥训》："道澜漫而不修。"

［六］橐驼，骆驼。

［七］裨（pí）将，副将。

［八］掩，掩杀。

［九］甚数，甚重。

［一〇］都虞候，军事职官名，都指挥使之副。

［一一］嘉纳，赞许并采纳。《汉书·黄霸传》："天子嘉纳张敞言。"

［一二］萧关，在今宁夏固原东南。

［一三］钼铻，矛盾、抵触。

［一四］辟客，门客。

［一五］噬脐何及，咬自己肚脐，够不着。比喻后悔也来不及。

［一六］藩篱，边界。

［一七］淮康军，治今河南汝南。

［一八］无状，没有功绩。《史记·夏本纪》："（舜）行视鲧之治水无状。"

［一九］少府监丞，掌制造门戟、神衣、旌节、祭玉、法物、牌印、

朱记、百官拜表法物等事。

［二〇］走马承受，全名为“都总管司走马承受公事”，为路级监察官员。

［二一］岢岚军，太平兴国五年（980）于岚谷县置岢岚军，属河东路，熙宁二年（1069）废县入军，元丰六年复置县，仍名岚谷。

公夫人赵氏，继室王氏、梁氏，皆先公卒。两男子：彦野，西染院使、秦凤路第一副将[一]；次彦质，朝请郎，乃直阁君也。三女，左班殿直朱挺、李偁，内殿崇班郭浩，其婿也。孙男宗丞、三班奉职。两女尚幼。公平生不妄笑，望之若不可得而亲，而即之弥温。好学乐善，喜读书，虽医药占卜，无不通贯。论议衮衮，愈叩愈无穷。其忠义仁恕，不苟而自信，盖天得也。为文长于叙事，作诗有唐人风格。事亲孝，友爱兄弟，宗族间一以恩意周旋，惟恐失其欢。丁内外艰，皆以边制不许终丧，而请之每至三四。事间即请持余服，亦报宁。安南班师，遂归营阡陇，蔬食庐于墓次。永乐之变[二]，太夫人初不知，公径归，先见其弟，乃相与宁觐[三]。仲父早世，继有六丧皆在殡，悉举以葬。又官其从弟，嫁其二女。虽显贵，奉养不少加，不昵声色，不饰厨传[四]，以邀虚誉。归乡里，与亲旧握手相尽。出入才以四人肩舁[五]，遇辈行间长者必下[六]。轻财好施，所得赐予，必先族人，随亲疏缓急，以次而均。其尤不能自存者，分俸以给。保德、阳洒有世遗产[七]，诸父既离析[八]，而推所得分及公，公悉均入诸分。置别业于长安，以赒孤遗[九]。又置义庄于岢岚，以赡近亲，而为松楸洒扫之奉[一〇]。自始即戎，未尝妄戮一人。接物遇下，一以诚意。所与游淡以长，而所去必见思。其罢镇戎而待命于原州也，昔为将而驻扎，又尝摄州事，闻公之来，扶携出迎，不远数千里，至巷无居人。夜则望公所舍，焚香膜拜。其所履历之地，皆家画公像而生祠之，有至每食必祷者。

【笺注】

［一］染院使，太平兴国三年（978）置，分东、西二使，属西班诸司使，多不领本职，仅为武臣迁转之阶。

［二］元丰五年，西夏军攻破永乐城（又名银川砦，今陕西米脂县西），宋军大败。

［三］宁觐，返里省亲。罗隐《谗书·答贺兰友书》："家在江表，岁一宁觐。"

［四］厨传，供应过客食宿、车马的处所。

［五］肩舁（yú），即肩舆。

［六］辈行，辈分，行辈。

［七］保德，今山西保德。阳沔，今陕西勉县的旧称，因沔水（汉江的旧称）流经而得名。

［八］离析，离散，分离。苏轼《司马温公行状》："今乃母子离析，家事流落。"

［九］赒（zhōu），接济。

［一〇］松楸，坟墓。见《与米元章手简三》注［八］。

公不事权贵，不为势利所夺，不自矜伐[一]，有言必践。利害或不同，虽在人主前，亦必展转开陈[二]，期感悟。奏报往来，情不达已。灵武之议，钟传至，出政府私书示公，而以语撼公曰[三]："奈何舍节钺而就窜逐耶[四]？更不从，当以报政府。"公曰："所系甚大，非敢有所吝也。"寻已言其密奏曰："臣只知以忠义事陛下，今政府不知臣为，帅臣又务邀近功，坚持所见，臣迹不安，愿罢臣边任。"上遣中使报公曰[五]："我自主张。"夏人举国以城为练泉，诏公以一路兵破之。公曰："众寡不敌，难以奉诏。"又促公曰："若不行，当行军法。"将佐亦勉公如诏旨，公曰："我之首领不足惜，一有不虞，辱国为重。"亦以是报上曰："惟陛下幸察。"寻诏公曰："览卿所奏，诚如是言。"又界外聚材植[六]，将立保障，或诏公可引兵扑灭。公密遣人焚其所聚，彼但见烟焰属天，而不知其所自。尝与人同领兵讨荡已回军，而共事者方至，即推其功为先。与同僚约为婚姻，未定而同僚死，公往哭之，呼出其子而定婚。每行军，与士卒同甘苦。虽深入贼境，露宿不开壕。深达性命之理，视在官如传舍，于死生祸福略不少芥蒂。语子弟及戒将士，必曰："无贪赏生事，妄开边隙，重贻朝廷之忧。"又尝语其子曰："三世为将，道家所忌，况家世为之耶？尔曹当以业加自勉，无以箕裘为累[七]。"有文集十卷，奏议三十卷，晚著《边议》十篇，未及上而终。呜呼，天都又腹心之地也，据险隘而地宽平，水草丰美，粮饷屯聚，所以□□不敢中国抗，盖在于此。元丰中，之仪在鄜延幕下[八]，亲睹诏旨，观先帝所以规画必取之意，可谓深矣。俄而辍者，当时不副上意，所在曾不知上与天通，留遗圣嗣，故公既奉行天讨，不血刃而取之[九]。又复能随所控扼，且城且耕，使之略不得内向，而寖寻未归之地[一〇]，追窥玉关[一一]，以还都护之旧矣。以是求当日之中辍，难乃在今日也。而公上成先志，增重国威，天人合符，君臣相济，照映今古，于是为盛。铭曰：

天之降材，岂无所谓？若文若武，以时而至。乃圣乃神，有命承之。虽作规则，风虎龙云。憬彼残羌，游魂未殄。尚窃吾第，间辄鼻盱[一二]。奋天之威，时哉折公。推陷恢拓[一三]，所向必功。天子曰咨，予肘予臂。公曰忠臣，舍帝何恃？高牙大纛[一四]，拊有全师[一五]。孰去孰来，天子之知。河西朔方，暨安西府。郡县可期，公胡弗顾？轸帝之怀，汉蕃是悼。维其不亡，勒铭有诏。《姑溪居士后集》卷二〇

【笺注】

［一］矜伐，恃才夸功，夸耀。《淮南子·氾论训》："（周公）无擅恣之志，无矜伐之色，可谓能臣矣。"

［二］展转，详细。开陈，陈述、解说。《史记·平津侯主父列传》：

“每朝会议，开陈其端。”

［三］撼，打动。

［四］节钺，符节和斧钺，谓将帅之权。《孔丛子·问军礼》：“天子当阶南面，命授之节钺，大将受，天子乃东回西面而揖之，示弗御也。”

［五］中使，宫中派出的使者，多指宦官。《后汉书·张让传》：“凡诏所征求，皆令西园驺密约敕，号曰‘中使’。”

［六］材植，作房屋柱梁用的大木料。

［七］箕裘，比喻祖先的事业。《礼记·学记》：“良冶之子，必学为裘，良弓之子，必学为箕。”

［八］元丰四年，李之仪入折可适幕府。

［九］不血刃，兵器上没有沾上血，形容未经战斗就取得了胜利。《荀子·议兵》：“兵不血刃，远迩来服。”

［一〇］寖寻，渐及，逐渐到达。

［一一］玉关，即玉门关，位于甘肃敦煌西北九十公里处。

［一二］鼻肝，发难。

［一三］推陷，解救危难。恢拓，拓展。班固《封燕然山铭》：“恢拓境宇，振大汉之天声。”

［一四］指军中的旗帜，喻声势显赫。

［一五］拊有，即抚有，据有，占有。《左传·襄公十三年》：“抚有蛮夷，奄征南海。”

宋奉议郎监亳州永城县仓武骑尉王君墓志铭(一)[一]　元祐二年九月

上即位初，有诏求直言。言者务取称[二]，多浮其实。君曰：“不切于事而直焉，将何以信？”乃上书请有所训抑。宰相以君沮言路[三]，斥监亳州永城县仓[四]。明年道京师，得《司马温公谏草》[五]，尝指君考为奸邪。君泣谓所亲曰：“先人遭遇潜邸[六]，时宗室未有禁也，顾可与卫绾辞太子、饮张美、知世宗将入继而奉之同日语哉[七]？苟不得直，我死不瞑矣。”言未达，疽发于背，遂卒，元祐二年六月癸卯也。九月壬申，葬于郑州新郑县旌贤乡之贾村。君姓王氏，讳得君，字道弼，大名城安人[八]。今家郑州管城[九]。曾祖扶，尚书刑部员外郎、直集贤院。祖师颜，左侍禁，赠特进。考广渊，龙图阁直学士、尚书工部郎中，赠通议大夫。妣谯国郡太群盛氏。娶章氏，崇德县君。六男六女，男曰惟、忻、怿、憺、惕、悰。惟，试将监主簿。忻，河中府河东县尉。女皆未行。惟、怿及一未名，一女先君卒。

【校记】

（一）题下原署：“赵郡李之仪撰并书。”

【笺注】

［一］永城县，今河南永城。武骑尉，武散官名，从七品。王君，王得君，字道弼。

［二］取称，取得声誉。元稹《唐故工部员外郎杜君墓系铭》：“时山东人李白亦以奇文取称，时人谓之李杜。”

［三］宰相，谓司马光。沮，中伤，诋毁。

［四］斥，黜免。桓宽《盐铁论·利议》：“是孔丘斥逐于鲁君。”

［五］司马光卒赠太师、温国公，故称。谏草，谏书的草稿。杜甫《晚出左掖》：“避人焚谏草，骑马欲鸡栖。”

［六］潜邸，皇帝即位前的住所，借指太子尚未即位。

［七］顾，反而，却。卫绾（？—前131），代郡大陵（今山西文水县）人。汉文帝时，以弄车之技任郎官，出为河间王太傅。景帝时从平七国之乱，升太子太傅、御史大夫。武帝继位，官至丞相。张美（917—985），字玄圭，贝州清河人，其任澶州（今河南清丰西）粮料使时，周世宗柴荣率兵镇守澶渊，如有粮草缺乏，张美就私自供给。

［八］城安，今河北城安。

［九］郑州管城，今河南郑州管城回族区。

君慷慨有大志，视天下无难事，读书至功名之际，必掩卷嗟味，以不及为可惜。与人交，不间毫发。客至盛馔，惟所欲具。周人之急，无远近疏戚，盖无明日饭弗计也。至就木，衣不能更。雅善射，饮酒斗余。秀眉明目，论议俊伟，见者知其为奇男子也。尝会射，或出一留犁钟[一]，容可数升，令曰："能破的而釂此者[二]，予钟。"君笑曰："聊以为君欢。"手二矢起，一发中之，一座大呼。退，举钟无余，座复大骇，遂揖其钟。博揽敏思，每执笔，人以其方思也，而数千百言已在纸。字画端劲，善世其家。其小楷则又能得古人所用意。通议帅环庆[三]，士卒应得赏，既上而报不以时，遽夺库兵反。通议遣君招拊，君单马往谕，恩信曒然[四]，遂听命曰："微吾龙图老子而郎君语动人[五]，则屠其城必矣。"上闻之，以君可任大事。君以荫补将作监主簿，赐进士出身，历监下卸司、审官东院主簿、太仆寺丞、将作监主簿、军器监丞[六]。自下卸至将作，皆上亲择以命，最后军器复从中出。官制作，太仆事兼旧数司，颇难其责。宰相有所拟，上曰："已有人矣。"乃自怀中出君姓名。后朝正旦，帟人御幕不谨[七]，毁新王辂[八]，御史以君在宿[九]，不可独免。上不得已，罢君。未几，命还君故物[一〇]，宰相以无阙员对。久之，上特员外置君。将作君虽厚陵故人子[一一]，而尤为神宗所知，然其进常脱略恩旧，用其所自效。君亦淬砺激奋[一二]，思有以当上意。故其所见，率愤悱踊跃，无所避回[一三]。皆谓君且显矣，而官止于奉议郎，年不踰四十，则又为君哀也。君所为文，未尝留稿，亦时为人□得，读之者可以知其志也。余于君仲父弟承尝寮也[一四]，于是以其从子悚之状来请铭。余知君晚，恨有所不能尽，姑以是为铭。铭曰：

志于行则厉[一五]，才于用则余。我马我车，而弗畀之途。铭以哀之，以告不诬。**乾隆《新郑县志》卷二九**

【笺注】

［一］留犁，匈奴人使用的饭匕。庾信《周上柱国齐王宪神道碑》："挠留犁之酒，经略不前。"

［二］破的，箭射中靶子。《晋书·谢尚传》："卿若破的，当以鼓吹相赏。"

［三］通议，此谓王得君之父王广渊。

［四］暾然，形容显明的样子。

［五］龙图老子，王辟之《渑水燕谈录·名臣》："范文正公以龙图阁直学士帅邠、延、泾、庆四郡，威德著闻，夷夏耸服，属户蕃部率称曰龙图老子。"郎君，对官吏、富家子弟的通称。

［六］下卸司，宋官署名，属司农寺，掌受纳纲船所运物品。审官院是宋代选拔京朝官的机关，分东西二院，东院主文选，西院主武选。元丰后其职并入吏部。详见《宋史·选举志四》。太仆寺，为掌车马之官署。军器监，掌缮甲弩，以时输武库。

［七］帟（yì）人，掌帷幕幄帟绶之事的仆役。帟，指幄中座上的帐子。

［八］王辂（lù），帝王的乘舆。

［九］在宿，夜值。

［一〇］故物，旧职。

［一一］厚陵，英宗。因英宗葬永厚陵（在今河南巩义），故称。

［一二］淬砺，制造刀剑必须淬火和磨砺，比喻激励、磨炼。元稹《授田布魏博节度使制》："尔其淬砺勇夫，敬恭义士。"

［一三］避回，避忌。

［一四］从子，侄子。

［一五］厉，砥砺操行。《后汉书·张堪传》："志美行厉，诸儒号曰圣童。"

祭文

祭秦少游文[一]

呜呼少游，子不可得而见矣！而子之平生，未尝一日忘于胸次也。想像展转[二]，一嚬一笑，拱揖步骤[三]，折旋俯仰，至于眉须肤发已来，历历可数可袭，如扶携倾倒，论难抑扬之际也。昼而思，夜则往往发于梦寐，不在扁舟江湖之上，即并辔阙廷之下[四]，与委蛇班列之中[五]，或相与追逐樽俎之地也。呜呼，子一去，虽冥冥寂寂[六]，无路可从，然子之所寓，予已得之而无疑。其清都紫府，云衣玉简[七]，实子之素志，而今辄未及者，岂有以托之，而适乘其系累也？方其闻子之讣也，予哭之几不欲生。已而丹旐之归[八]，又得哭于江上，盖尝写子之哀而宣之以祭也。于是子之孤[九]，羸然衰服，执徐夫人之丧来讣之于予曰[一〇]，将迁子之柩，合葬于惠山之阴[一一]，而用予昔游之诗以定计也[一二]。呜呼，故乡义也。今子之藏，予固所愿归骨者(一)[一三]，似在其左右，而一语动摇，遽不能自果，亦初不谓子由此而来，遂夫阡陇为邻，使子孙岁时展省[一四]，永不相舍。命矣，乃天若有所制也。衰疲苟生，余日无几，既不得凭棺一恸，又不得从撼铎之声[一五]，以临其堋而雪涕也[一六]。不腆仪物[一七]，聊致一奠，庶几不忘畴昔，为子随所厚薄，属餍而尽醉也。《姑溪居士文集》卷四三

【校记】

(一)者：原无，据《全宋文》补。

【笺注】

［一］绍圣元年，苏轼、秦观等人遭贬，秦观出为杭州通判，道贬处州，任监酒税之职，后徙郴州，编管横州，又徙雷州。元符三年，徽宗即位，向太后临朝，秦观复命宣德郎，放还横州，至藤州（今广西藤县）卒。

［二］展转，形容忧思不寐，翻来覆去。刘向《九叹·惜贤》："忧心展转，愁怫郁兮。"

［三］指行动举止。

［四］并辔，并驰。阙廷，朝廷，借指京城。

［五］委蛇，形容雍容自得的样子。班列，朝班的行列。

［六］冥冥寂寂，形容杳不知何处。

［七］云衣，华服。

［八］丹旐（zhào），丹旌，即用写有逝者姓名的旗幡，出丧所用的红色铭旌，竖于柩前或敷于棺上，出丧时为棺柩引路。

［九］指秦观之子秦湛。湛字处度，号济川，官宣教郎。高宗绍兴二年（1132）添差通判常州，四年（1134）致仕。

［一〇］徐夫人，秦观之妻徐文美，潭州宁乡主簿徐成甫女。秦观《徐君主簿行状》："徐君女三人，尝叹曰：子当读书，女必嫁士人。以文美妻余，如其志云。"

［一一］惠山，在江苏无锡西郊。

［一二］昔游之诗，元丰二年，秦观将去会稽（今浙江绍兴）探视祖父及叔父，适逢苏轼从徐州迁任湖州知府途中经过扬州高邮看望他，遂与偕行，渡大江，登金山，过无锡，游惠山，与苏轼、参寥子作和唐人韵诗，后又经松江，至吴兴，泊西观音院，遍游诸寺，直到五月端午节后，才赴会稽。在与苏轼等游惠山时，秦观作《同子瞻赋游惠山》三首，表达了隐居此山的愿望。

［一三］归骨，归葬。汉班婕伃《自悼赋》："愿归骨于山足兮，依

松柏之余休。”

［一四］展省，省视坟墓。

［一五］撼铎，斋醮所用大铃，形如铙、钲而有舌。

［一六］堋（bèng），丧葬下土。

［一七］不丰厚的祭品。

祭折渭州文

理固可期，命或难制。天人之间，时有同异。虽公之出，逢世昌明。束发从军[一]，隐然其名。以忠得君，以仁得众。谈笑廓清[二]，弗鼓而勇。彼绝漠来[三]，天都其薮[四]。鸟窜鼠伏[五]，恃此以久。于赫先庙，神灵在天。既遗圣子，又委公贤。献俘重光，收功大观。高旌巨节，以极歆羡。方期都护，开府称觞[六]。公胡不淑[七]？正昼而亡[八]？上自朝廷，下至蕃汉，叹惜震悼，情无少间。矧我迂鄙(一)，早辱公知。发讣失声，既惊犹疑。十年江湖，望公天际。公不我遗，轸恤相继[九]。公今已矣，欲报不能。公有令子，实我弟昆[一〇]。临丧无从[一一]，又阻执绋[一二]。有泪如泉，淋浪胸臆[一三]。《姑溪居士文集》卷四三

【校记】

（一）迂：原作“以”，据《全宋文》改。

【笺注】

［一］束发，男孩成童时束发为髻，因以代指成童之年。《大戴礼记·保傅》：“束发而就大学。”

［二］廓清，澄清，肃清。汉荀悦《汉纪·高帝纪四》：“征乱伐暴，廓清帝宇。”

［三］绝漠，横渡沙漠。《后汉书·西域传序》：“浮河绝漠，穷破虏庭。”

［四］天都，天都山。

［五］如鸟飞窜，如鼠伏地，指逃散躲藏。《汉书·萧望之传》："如使匈奴后嗣卒有鸟窜鼠伏。"

［六］称觞，举杯祝酒。汉崔寔《四民月令》："称觞举寿，欣欣如也。"

［七］不淑，不幸，为吊问之词。《礼记·杂记上》："寡君使某，如何不淑。"

［八］正昼，大白天。《史记·龟策列传》："正昼无见，风雨晦冥。"

［九］轸恤，深切顾念怜悯。《旧五代史·梁书·太祖纪七》："史载葬枯，用彰轸恤。"

［一〇］弟昆，弟兄。杜甫《彭衙行》："誓将与夫子，永结为弟昆。"

［一一］无从，无随从之物，谓无外物以副其内诚。《礼记·檀弓上》："予恶夫涕之无从也。"

［一二］执绋（fú），谓丧葬时手执牵引灵柩的大绳以助行进。《礼记·曲礼上》："助葬必执绋。"

［一三］淋浪，流滴不止。陶渊明《感士不遇赋》："泪淋浪以洒袂。"

祭　文

嗟我晚生，犹及前辈。端厚沈懿[一]，莫或瑕颣[二]。固不妄发，发必有对。落羿彀中[三]，游岂在外？表柔里刚，如未尝淬[四]。一振其芒，万牛可脍。彼不知我，我何彼罪[五]？命非力胜，谁进谁退？尝谓涉世，有同硙硙[六]。运转循环，即分向背。惟我低昂，无彼殿最[七]。以是始终，一概诸内。白首归来，自信不昧。庶几百年，远与德配。如器琉璃，忽尔破碎。求仁得仁[八]，公则何憝[九]？彼谮之者，宁不知悔？方公之归，亟欲往会。杖履周旋，豁我蓊荟[一〇]。差池未及，奄隔明

晦[一一]。茹叹衔哀[一二]，荐此一醉。《姑溪居士文集》卷四三

【笺注】

[一] 沈懿，沉静美好。

[二] 莫或，没有。《后汉书·应劭传》："开辟以来，莫或兹酷。"瑕颣，比喻事物的缺点、毛病。瑕，玉上的斑点。颣，丝上的疙瘩。柳宗元《与吕道州温论非国语书》："思欲尽其瑕颣，以别白中正。"

[三] 见《又谢仲辉启》注［四］。

[四] 淬，磨炼。

[五] 彼罪，即罪彼。罪，怪罪。

[六] 硙磑（wèi），水磨。《资治通鉴·唐代宗大历十三年》："敕毁白渠支流碾磑以溉田。"

[七] 殿最，古时考核政绩或军功，下等称为"殿"，上等称为"最"，泛指等级的高低上下。

[八] 求仁德便得到仁德，无愧于心便没有什么可以遗憾的。语出《论语·述而》。

[九] 憝（duì），怨恨。《尚书·康诰》："暋不畏死，罔弗憝。"

[一〇] 蓊荟，形容草木繁密。陆云《逸民赋》："曾丘蓊荟，穹谷重深。"

[一一] 奄隔，去世。苏轼《与程正辅提刑书》之二十："老嫂奄隔，更此徂岁。"明晦，人世与阴间。唐李复言《续玄怪录·卢仆射从史》："且夫据其生死，明晦未殊。"

[一二] 茹叹，含恨。江淹《恨赋》："亦复含酸茹叹。"衔哀，心怀哀痛。韩愈《祭十二郎文》："闻汝丧之七日，乃能衔哀致诚。"

祭某氏夫人文

呜呼，不求而得，不思而至。自非积累，岂复如是？八十之年，临

终而仙。冥告之符[一]，孰不谓然？夫人之贤。乃其自出。端静柔闲[二]，不愧典则。来嫔君家[三]，实配我公。翕然宗之，有德有功。公且逝矣，奄然先之[四]。意将禊除[五]，以侍公归。茫茫青都[六]，表表净土。不仙则佛，固有其处。万世之后，瞻望何及？生者之情，徒啜其泣。殽羞罗列[七]，醆斝后先去声(一)[八]。庶与公俱，歆此一奠[九]。《姑溪居士文集》卷四三

【校记】

(一)“醆”原作“醉”，“去声”原作“失声”，据《全宋文》改。

【笺注】

[一] 即冥符，默契，暗合。

[二] 柔闲，温柔、娴淑。闲，通“娴”。《周书·宣帝陈皇后传》：“咨尔仪范柔闲。”

[三] 嫔，嫁。

[四] 奄然，忽然。《后汉书·侯霸传》：“未及爵命，奄然而终。”

[五] 禊除，修禊事以除不祥。梁简文帝《三月三日曲水诗》序：“窃以周城洛邑，自流水以禊除。”

[六] 青都，即青都紫府。

[七] 殽（yáo）羞，美味佳肴。羞，同“馐”。

[八] 醆斝（jiǎ），盏斝，泛指酒杯。

[九] 歆，飨，祭祀时神灵享受祭品、香火。《诗·大雅·生民》：“其香始升，上帝居歆。”

祭　文

呜呼，霜天之鹗[一]，雪野之骥。既得其时，斯动而锐。君相一德，

礼贤下士。知公有才，首擢已试。浮云虽作，旋亦昭示。事任遽隆[二]，宠荣斯洎。如何不享，使我增喟？呜呼，我登公门，公甫数岁。气已食牛[三]，信必达器。惟文恭公，每进诸稚[四]。指公语我，此郎特慧。他时可观，吾家或世。四十四年，利害多契。情好之笃，无异兄弟。我方南迁，为众所弃。公独不恤[五]，问劳相继。间遣其子，顾吾穷裔[六]。眷言恩勤，实自高义。比家金陵，公且适至。暮夜过门，握手出涕。谓我虽老，寿骨可恃[七]。鸡黍田园[八]，约我为备。我笑谓公，非公所议。愿公直前，无跋无疐[九]。公能信然，亦我之利。别未两月，忽讣已逝。不觉失声，公而止是。公有令子，敏洽而艺[一〇]。庶其绪余，必践无愧。虽不终享，足以为遗。独我报公，几至无地。敛不得亲，器不得致[一一]。用托长号(一)[一二]，侑公一醉。《姑溪居士文集》卷四三

【校记】

（一）用：原缺，据四库本、《全宋文》补。

【笺注】

［一］比喻出类拔萃。鹗，大雕。

［二］事任，职务。元稹《赠裴行立左散骑常侍》："累更事任，益见良能。"

［三］食牛，形容少年人气概豪迈。《尸子》卷下："虎豹之驹，未成文而有食牛之气。"

［四］诸稚，晚辈。

［五］不恤，不在乎。

［六］穷裔，荒远之地。韩愈《柳子厚墓志铭》："故卒死于穷裔。"

［七］寿骨，头盖骨，借指寿命。宋陈抟《神相全编·相头并发》："耳后有骨，名曰寿骨，起者长年，陷者寿夭。"

［八］鸡黍，指饷客的饭菜。语出《论语·微子》："止子路宿，杀

鸡为黍而食之。”

［九］谓不要犹豫。跋，踩，践踏。疐（zhì），绊倒，喻停滞，阻碍。《诗·豳风·狼跋》：“狼跋其胡，载疐其尾。”

［一〇］敏洽，敏捷广博。

［一一］器，祭器。

［一二］长号，大声号哭。卢谌《赠刘琨书》：“奚必临路而后长号。”

青词

癸巳三月二十七日还醮青词[一]

人无所知，有急则祷。天能必应，惟意是从。故祷应常为低昂[二]，而天人实相表里[三]。伏念臣男尧光[四]，比出疮疹，辄昧疗治。势甚缀旒[五]，遂兹叩请。报如答响，竟获痊安。因其日之受生[六]，谨乃心而致谢。仰冀高明显降，众圣普临。靡间蝼蚁之甚微，俾享丘山之永固。精诚昭格[七]，洪造难酬[八]。誓以始终，长依保佑。《姑溪居士文集》卷四四

【笺注】

［一］癸巳，徽宗政和三年（1113）。

［二］低昂，起伏。杜甫《观公孙大娘弟子舞剑器行》："天地为之久低昂。"

［三］表里，呼应，补充。

［四］尧光，李之仪之子。

［五］缀旒，用牦牛尾装饰的旗子，此形容病情明显加重。

［六］受生，投生，投胎。《坛经·定慧品》："一念断即死，别处受生。"

［七］昭格，显现。

［八］洪造，洪恩。唐常衮《谢赐鹿状》："上戴洪造，内愧素餐。"

疏文

藏云十二月十四日斋僧转经功德疏是日大雪[一]

岁月易遥，恍如梦断。音容虽隔，宛在目前。念去识之莫追，仗真乘而仰导[二]。适临讳日，恭诣灵园。延西竺之胜流，演贝叶之秘说[三]。山林震动(一)，俄瑞雪之来符；歌呗抑扬[四]，犹内官之化现[五]。光明说法之地，散漫雨花之天[六]。召此休征[七]，尤知显应(二)[八]。某人神游不昧，宝界安居[九]。经彻三摩[一〇]，永谢诸缘之漏；同会一处，长陪上善之人。《姑溪居士文集》卷四三

【校记】

(一) 山：原作“上”，据《全宋文》改。

(二) 应：原缺，据四库本、《全宋文》补。

【笺注】

[一] 转经，唱诵佛经。疏，僧道拜忏时所焚化的祝告文。

[二] 真乘，真实的教义。唐知玄《答僧澈》：“观君法苑思冲虚，使我真乘刃有余。”

[三] 贝叶，指佛经。秘说，奥义。

[四] 歌呗，诵经。语出《法华经·方便品》：“或以欢喜心，歌呗颂佛德。”

[五] 内官，内心。

[六] 雨花之天，传说佛祖说法，诸天降众花，满空而下。杜甫

《谒文公上方》："吾师雨花外，不下十年余。"仇兆鳌注："《续高僧传》：法云讲《法华经》，忽感天花，状如飞雪，满空而下，延于堂内，升空不坠。又胜光寺道宗讲《大论》，天雨众花，旋绕讲堂，飞流户内。"

［七］休征，吉祥的征兆。《尚书·洪范》："曰休征。"

［八］显应，显示感应。《后汉书·明帝纪》："公卿百官以帝威德怀远，祥物显应。"

［九］宝界，佛教语，净土。

［一〇］三摩，三昧。

先妣忌日斋疏

江山虽异，所利者葬书[一]；阡陇既营，适逢于忌日。载念劬劳之重[二]，难忘追慕之怀。祈哀觉皇[三]，正位新室。庶修崇之不昧，达增上以弥高。非徒致谨于庄严，兼亦告成于迁奉[四]。伏愿某人周旋饶益，资藉光明。即福地为万世之安，跻妙缘于三界之外。金沙布地，莹如清净之莲华；玉偈闻音，超证飞升之化佛[五]。《姑溪居士文集》卷四三

【笺注】

［一］《葬书》，风水书，晋郭璞撰。

［二］劬劳，劳苦，此指父母抚养儿女的辛劳。《诗·小雅·蓼莪》："哀哀父母，生我劬劳。"

［三］觉皇，指释迦牟尼佛。

［四］迁奉，奉侍灵柩迁葬。范仲淹《求追赠考妣状》："今为迁奉在近，未曾封赠父母。"

［五］化佛，为佛或菩萨应众生心念所现之法相。

二月四日坟山斋僧转经追荐

与人异辙，问佛知因。乃能所愿必从，是故有感斯应。言我氏既掩泉宫[一]，兹临属纩之辰[二]，尚昧应缘之地。恭依新垄，仰达真诚。凭斋修持诵之功[三]，荐资藉庄严之福。设犹沉滞[四]，遂获超升。如在功名，更期增上。伏愿藉平生之信向[五]，仗今日之修崇[六]。地布金沙，安居于净土；音闻玉偈，不舍于绀宫[七]。永辞浊恶轮回，常为般若眷属。《姑溪居士文集》卷四三

【笺注】

［一］泉宫，墓室。梅尧臣《端明李侍郎挽歌》之一：“今日泉宫启，师臣礼秩增。”

［二］属纩，见《上宰执手简三》注［一五］。

［三］斋修，斋戒修行。持诵，诵习。

［四］沉滞，隐退。《楚辞·九辩》：“愿沉滞而不见兮。”

［五］信向，信赖。《汉书·韩延寿传》：“历召郡中长老为乡里所信向者数十人。”

［六］修崇，筑坟。

［七］绀（gàn）宫，即绀园，佛寺的别称。唐刘言史《山寺看海榴花》：“琉璃地上绀宫前，发翠凝红已十年。”

癸巳二月四日斋僧疏

众生业力[一]，未免亿劫迷尘[二]；诸佛愿心，务救一切苦趣[三]。恭惟无上之正觉[四]，乃是去识之资粮[五]。明晦既殊[六]，荐严敢昧。伏愿某人以平时之素履[七]，仗今日之良因[八]。沈冥不滞于暗途[九]，安养常居于乐国。玉毫光里[一〇]，亲承解脱之音；金色界中[一一]，永陪清净之

众[一二]。《姑溪居士文集》卷四三

【笺注】

［一］业力，佛教语，谓不可抗拒的善恶报应之力。沈约《佛记序》："各随业力，的焉不差。"

［二］亿劫，千万亿劫，谓极长久的时间。佛经言天地的形成到毁灭为一劫。南朝宋宗炳《答何衡阳书》："何以决断天地之外，亿劫之表。"

［三］苦趣，佛教指地狱、饿鬼、畜生这三种"恶道"，均为轮回中的受苦之处。趣，同"趋"。前蜀杜光庭《黄齐助黄箓斋并然灯词》："尽超苦趣，永出冥津。"

［四］正觉，真正之觉悟。

［五］资粮，粮食为人生存之本，故佛教用以比喻善根功德。南朝萧子良《净住子净行法门·大忍恶对门》："以救苦为资粮，以拔恼为要行。"

［六］明晦，人世与阴间。

［七］素履，比喻质朴无华、清白自守的处世态度。《易·履·初九》："素履往，无咎。"

［八］良因，佛教语，好因缘。王融《净行诗》之六："令名且云重，岂若树良因。"

［九］沈冥，幽居匿迹。

［一〇］玉毫，指佛眉间白毫，佛教谓其有巨大神力。李白《秋日登扬州西灵塔》："玉毫如可见，于此照迷方。"王琦注："《法华经》：尔时佛放眉间白毫相光，照东方万八千世界，靡不周遍，下至阿鼻地狱，上至阿迦吒天。"

［一一］金色界，佛教三界之一，在欲界之上、无色界之下，有精美的物质而无男女贪欲。

［一二］清净，佛教语，指远离恶行与烦恼。南朝梁王僧孺《礼佛唱导发愿文》：“愿现前众等，身口清净。”

请悟老住隐静疏

碧霄胜地，杯渡道场[一]。乃东南第一丛林[二]，真佛祖第三境界[三]。宜得毗耶之士[四]，重开薝蔔之花[五]。啐啄既同[六]，机缘斯在。悟公长老，月涵众水，雨泽群生，烂然天下之名信矣[七]。僧中之宝，诸圣几回。推去高情，惟务退藏。虽巨漫明珠，自谓韬光之得便[八]；然疾风劲草，因应有目之难逃。法已在兹，理容必致。何劳飞锡[九]，见成行道之区。愿副倾心，同罄后天之祝[一〇]。《姑溪居士文集》卷四四

【笺注】

［一］杯渡，杯渡禅师，为南北朝刘宋时僧人。《佛祖通载》：“神僧杯渡，初出冀州，如清狂者，挈一木杯，渡水必乘之，因号焉。”

［二］丛林，见《与崇因钦长老手简一》注［三］。

［三］第三境界，禅悟的第一重境界是“落叶满空山，何处寻行迹”，第二重境界是“空山无人，水流花开”，第三重境界是“万古长空，一朝风月”。

［四］毗耶，指维摩诘菩萨，此比喻精通佛法、善说佛理之人。

［五］薝蔔，又作薝卜，梵语 Campaka 音译，意译为郁金花。卢纶《送静居法师》：“薝卜名花飘不断，醍醐法味洒何浓。”

［六］即啐啄同机。啐，雏鸡欲出时以嘴吮卵壳声。啄，母鸡欲使小鸡出壳而吃壳。小鸡要孵出时，母鸡和小鸡要共同努力啄破蛋壳，用来比喻机缘相合。《碧岩录》第十六则：“大凡行脚人，须具啐啄同时眼，有啐啄同时用，方称衲僧。如母欲啄，而子不得不啐；子欲啐，而母不得不啄。……所以啐啄之机，皆是古佛家风。”

［七］名信，名声与信誉。《后汉书·伏湛传》："累世儒学，素持名信。"

［八］韬光，隐藏声名才华。萧统《陶渊明集序》："圣人韬光，贤人遁世。"

［九］飞锡，佛教语，谓僧人等执锡杖飞空，借指僧人游方。《释氏要览》卷下："今僧游行，嘉称飞锡。此因高僧隐峰游五台，出淮西，掷锡飞空而往也。"

［一〇］罄，击罄诵祷。后天，后于天，极言长寿，为祝祷之词。晋王嘉《拾遗记·炎帝神农》："服之得道，后天而老。"

请辩老再住天宁疏

诸法各有因缘，常情强自起倒[一]。况无住真人[二]，祇于面门上出入；而好事君子，却于眼界外寻求。欲识今日主人，便是前时长老。辩公禅师，了这个事，得无碍才[三]。神通妙用，尽入钳锤[四]。世谛宗风，有同水乳。此地从来归向，其势再须住持。方朝廷普极修崇，于时节尤为际会。祝圣人寿，既同在处焚修，说祖师禅[五]，更为重新提掇[六]。《姑溪居士文集》卷四四

【笺注】

［一］起倒，谓随俗俯仰、浮沉。陈师道《宿柴城》："起倒不供聊应俗，高低莫可只随缘。"

［二］无住，佛教语，实相之异名，谓法无自性，无所住着，随缘而起，为万有之本。张说《杂诗》之四："应将无住法，修到不成名。"

［三］无碍，谓通达自在，没有障碍。梁简文帝《大法颂》："我有无碍，共向圆常。"

［四］钳锤，谓剃落头发，锤打身体，比喻禅家的授受点化。锤，同"锤"。苏辙《赠方子明道人》："钳锤橐籥枉心力，齑盐布被随

因缘。”

［五］祖师禅，南宗禅法，是禅宗初祖菩提达摩传来，传至六祖惠能以下五家七宗的禅法。它主张教外别传，不立文字，不依言语，直接由师父传给弟子，祖祖相传，心心相印，见性成佛，故称。

［六］提掇，提拉，振作。《坛经·行由品》：“惠明至，提掇不动。”

请祖灯禅师住崇宁疏[一]

祝圣人寿，无出上乘；说祖师禅，须归作者[二]。惟赐额改新未久，而当人适值为难。啐啄既已宴府[三]，建立自然相契。佥言斯允，今举是宜。祖灯禅师负天下名，如星中月。南北道靡不通达[四]，内外学悉能兼该[五]。大雄能仁，若到今时，解空多闻[六]，俱膺上首。可谓青天白日，凡眼亦知其清明；无论翠竹黄花[七]，有时毕资其运用。虽长袖难施于褊小，而慈航实计于通□[八]。眷言向德之诚，何异念家之客？既兹幸会，似应宿缘。虎步龙骤，愿赴群心之拭目[九]；云蒸雨泽，伫观万物之回春。法鼓一声[一〇]，潮音四彻[一一]。《姑溪居士文集》卷四四

【笺注】

［一］崇宁，寺名。

［二］作者，在艺业上有卓越成就的人。五代贯休《读刘得仁贾岛集》之一：“二公俱作者，其奈亦迂儒。”

［三］啐啄，谓机缘投合。见《请悟老住隐静疏》注［六］。宴府，疑当为“冥符”，暗合。

［四］通达，通晓，洞达。韩愈《柳子厚墓志铭》：“子厚少精敏，无不通达。”

［五］兼该，亦作“兼赅”，兼备。扬雄《交州牧箴》：“大汉受命，中国兼该。”

［六］在释迦牟尼佛十大弟子中，阿难陀，多闻第一，须菩提，解空第一。

［七］翠竹黄花，指眼前境物。《景德传灯录·慧海禅师》："青青翠竹，总是法身；郁郁黄华，无非般若。"

［八］慈航，谓佛、菩萨以慈悲之心度人，如航船之济众，使脱离生死苦海。

［九］群心，众心。扬雄《法言·五百》："浑浑乎圣人之道，群心之用也。"

［一〇］法鼓，佛教法器之一，举行法事时用以集众唱赞的大鼓。

［一一］潮音，僧众诵经之声。

请祖灯禅师住院疏[一]

大用现前[二]，因有投机时节；圆融斯事，须凭未分钳锤[三]。况此政通人和，已是风移俗易。尽出吾君之赐，不胜臣子之心。爰建法幢[四]，鼎延德器[五]。庶假一毫之善，仰裨万仞之崇。日月增辉，龙天共证[六]。祖灯禅师，四驰令誉[七]，三座道场。疑与历阳之人，同受灵山之记[八]。瓜烂蒂落[九]，缘熟可知；蜜就花存，因成敢昧。辄效观音之请，请遂见弥勒之下生。愿震雷音[一〇]，十方普应[一一]。《姑溪居士文集》卷四四

【笺注】

［一］住院，主持寺院。

［二］大用，重用，委以重任。《史记·孔子世家》："鲁人召求，非小用之，将大用之也。"

［三］钳锤，谓剃落头发，锤打身体，比喻禅家的授受点化。

［四］法幢，写有佛教经文的长筒形绸伞或刻有佛教经文、佛像等的石柱，喻指佛法。

［五］德器，道德修养与才识度量。《汉书·杜周传赞》：“德器自过，爵位尊显。”

［六］龙天，佛教语，即天龙八部，皆为护法神。

［七］四驰，谓传播四方。韩愈《知名箴》：“霈焉有余，厥闻四驰。”令誉，美好的声誉。《世说新语·言语》：“钟毓、钟会，少有令誉。”

［八］灵山，灵鹫山，释迦牟尼曾在此修行。

［九］即瓜熟蒂落，指时机一旦成熟，事情自然成功。宋张君房《云笈七签》卷五十六：“喻瓜熟蒂落，啐啄同时。”

［一〇］雷音，佛说法的声音如雷震，故称。

［一一］十方，十方无量无边的世界。《无量寿经》卷下：“佛告阿难，无量寿佛，威神无极。十方世界无量无边，不可思议，诸佛如来，莫不称叹。”

请祖灯禅师住天乘疏[一]

一性融和，本无系著。诸缘邂逅，遂有去来。方截断当涂要津，又复作历阳上首。丛林虽云小大，盛衰实系抑扬。聚散有时，盖非细事。而劝请之主，仍是作家[二]。幸垂难思议心，重据宝华玉座[三]。祖灯禅师如日正午，似地擎山。初不计其光明，遽自成之孤峻[四]。声名常在，掩覆固难。啐啄已分[五]，飞胜斯契。天高地厚，既同祝于万年；川纳海容，愿均慈于一宇。《姑溪居士文集》卷四四

【笺注】

［一］天乘，寺名。

［二］作家，佛教禅宗对善用机锋者之称。

［三］宝华玉座，谓主持之位。

［四］孤峻，孤岸严正。

［五］啐啄，见《请悟老住隐静疏》注［六］。

广慈青山建庵疏[一] 一

横挑拄杖，几年遍历诸方；高挂净瓶，今日却寻住处。既认得本来面目，又不妨建立门庭。珍重青山，齿摇发白。萧疏生计，囊乏钵空。维摩丈室未建修[二]，赵州绳床无处顿[三]。《姑溪居士文集》卷四四

【笺注】

［一］广慈，高僧。

［二］维摩，维摩诘。

［三］赵州，赵州禅师（778—897），法号从谂，曹州（今山东菏泽）人。行脚至赵州，受信众敦请驻锡观音院，弘法传禅达四十年。

广慈青山建庵疏 二

道人活计[一]，志在林泉[二]；禅客生涯，心栖云水。草以为菴，虽无丹雘之勤[三]；□□□□，粗有茅茨之费[四]。中扃基址[五]，已凭自己增工；外境庄严，须藉傍人著力。《姑溪居士文集》卷四四

【笺注】

［一］道人，佛教徒，和尚。活计，修行的功课。惠洪《冷斋夜话》卷六："然闻清修自守，是道人活计。"

［二］林泉，山林，指隐居之地。

［三］丹雘（wò），涂饰色彩，比喻君王的恩泽。

［四］茅茨，茅屋，指简陋的居室。袁宏《后汉纪·桓帝纪下》：

"不慕荣宦，身安茅茨。"

［五］中扃（jiōng），内心。

黄助教藏云山斋僧疏[一]

诸佛现前，有感斯应。至诚不昧，触处皆通。既因胜践以自期，实念长生而致祷。辄依福地，恭置堂羞。庶资饶益之仁[二]，同证圆明之果[三]。烁迦逻眼[四]，既由种种以普临；不退转心[五]，更冀重重而无尽。《姑溪居士文集》卷四四

【笺注】

［一］助教，学官名，协助国子祭酒、博士教授生徒。

［二］庶资，希望借助。

［三］圆明，彻底领悟。《大唐西域记·劫比罗伐窣堵国》："当证三菩提，圆明一切智。"

［四］烁迦罗，梵文 Cakra 的音译，意译为轮、金刚、精进。《楞严经》卷三："烁迦罗心无动转。"

［五］不退转，谓所修功德善根不再退失。

禅岳化修造小门钟楼佛殿疏

兜率陀天[一]，虽一心之可到；妙庄严品，舍众力以难图。眷兹拔榛莽以兴宗[二]，亦既历岁时之绵远。渐成保社，尚缺津梁。如人之身，面目最为大者；是役之务，殿阁岂宜缓哉。唯其费用之极多，所以经营之反后。转凭不退转之诚恳，博谋无滞碍之檀那[三]。此日世缘，暂尔破悭而见助[四]；他时佛会，莫云相识之未曾。更俟焚修，仰资报应。《姑溪居士文集》卷四四

【笺注】

［一］欲界六天的第四层天，是弥勒菩萨的弘法度生之处。

［二］榛莽，杂乱丛生的草木。

［三］檀那，施主。

［四］暂尔，暂且。尔，词缀。破悭，破费。

化度牒疏[一]

祝圣人寿，莫如度僧。现比丘身，是亦说法。能体一时之想，即得三昧之门。非昔日曾膺受记[二]，则今朝岂易发心[三]？辄放巡门之求[四]，以接开坛之便[五]。跋遮那相[六]，果获助缘；兜率陀天[七]，定须相见。《姑溪居士文集》卷四四

【笺注】

［一］度牒，官府发给僧尼的证明身份的文书。

［二］受记，见《慧严永长老赞》注［三］。

［三］发心，动念，特指萌动善心。《敦煌变文集·维摩诘经讲经文》："时阿难既闻佛语，遂即发心离谛，受已归依。"

［四］巡门之求，即化缘。巡门，沿门，挨门挨户。

［五］开坛，法师讲经说法。

［六］跋遮那，又作"哲那环"，僧人偏衫肩下的大扣环，也称钩纽。

［七］欲界六天的第四层天，是弥勒菩萨的弘法度生之处。

路西政和圩共修青山中元水府行宫疏[一]

俗谛自欺，异同相党。神工不宰，正直是师。眷盛德之威明，实吾邦之依止。每感必应，无隐不周。将有事于污莱[二]，复并受于侵冒[三]。

庶格终始之吉，尝邀辅佑之仁。果获奏成，敢忘昭报？非醪羞不足以答丕贶[四]，非象设不足以显至灵[五]。是用博谋食利之财，就启来临之馆。一则便圩农之祠祷[六]，一则表福善于无穷。窃图锡禹之圭，兼证吠尧之犬[七]。《姑溪居士文集》卷四四

【笺注】

[一] 路西政和圩位于今安徽芜湖。中元水府，原在翠螺山，始建于三国吴赤乌年间（238—251），相传昔日采石矶下有水府神，时常显灵，故建庙祀之。嘉祐八年，太平州知州朱从道建寝殿三间于祠后。

[二] 污莱，荒地。《晋书·乐志上》："曲台宣榭，咸变污莱。"

[三] 侵冒，侵害，侵犯。谢朓《忝役湘州与宣城吏民别》："四时从偃息，三省无侵冒。"

[四] 醪羞，醇酒美食。丕贶，丰厚的赐予。

[五] 象设，亦作"像设"，指神佛供像。《楚辞·招魂》："像设君室，静闲安些。"

[六] 圩农，乡民。

[七] 吠尧之犬，桀的犬向尧狂吠，比喻不分贤愚善恶。《史记·邹阳列传》："桀之狗可使吠尧，而跖之客可使刺由。"

路西圩成修水陆答谢疏[一]

大慈大悲，则光明四彻；无遮无碍，则平等一如。既能周遍河沙[二]，最为利益功德。上自诸佛菩萨，下至饿鬼畜生，靡间幽微[三]，普同供养。比举大役，时有异心。辄归命于上缘，冀协谋于兹事。果蒙明显，遂获奏功。谨揆日以修崇[四]，用酬恩于成就。众生差别，父子未免于交攻；至道坦夷[五]，胡越可回其不类[六]。更祈佑护，相与始终。《姑溪居士文集》卷四四

【笺注】

［一］水陆，水陆道场，为佛教法会。

［二］河沙，恒河沙。因恒河中沙细又多，故佛说法时，常用以譬喻极多之数。

［三］靡间，不分。

［四］揆日，选择时日。王安石《谢夏噩察推启》："方且揆日，以时造门。"

［五］坦夷，平易。

［六］胡越，胡地在北，越在南，比喻敌对关系。回，改变。

为毕悟宗求化为僧疏[一]

昔自在王[二]，应物以化，普为有情；今毕悟宗，顺俗而行，止求得度。念一佛出则是一时境界，必千人缘者乃千处津梁。故资一以投识，俟满千而示相。妙高孤绝，已知向上之阶梯；把臂摩挲(一)[三]，曾是本来之面目。庶凭愿力，同结正因。《姑溪居士文集》卷四四

【校记】

（一）把：原缺，据《全宋文》补。

【笺注】

［一］化，度化。

［二］自在王，对大日如来的尊称。

［三］摩挲（mā sā），抚摸。

天宁寺翻瓦藏殿印千佛求化疏

风雨其除，人事固为先务；斋粥之寄，禅林岂可后时？况龙宫海藏

之所流通，而檀那善友之所归向。既敝则安能不作，欲作则未免有求。辄觊信心。同圆妙果[一]，或专一佛而布施，或兼众力以修崇。庶资无尽光明，共证当来利益[二]。《姑溪居士文集》卷四四

【笺注】

[一] 妙果，佛果，正果。

[二] 当来，将来。《魏书·崔亮传》："但令当来君子，知吾意焉。"

还愿水陆斋疏

吾佛之于众生，犹亲之于爱子。凡呻吟之所及，必拯救以无违。是故作大医王[一]，务欲酬诸愿力。然转诵衬施[二]，则未免于偏系；而歌扬赞呗[三]，则仅足以庄严。惟无遮无碍平等之大斋，乃尽善尽美极至之胜事。普沾利乐，靡间幽微。比发诚心，仰投觉报。冀兹功德之重，遂蒙感应之符。果致危疑，远谐解释。谨奉阿难之教律[四]，备修天监之科仪[五]。如接晦明，悉依召请。既荷降临之不昧，更期保佑以相资。永赖慈恩，益绵世筭[六]。《姑溪居士文集》卷四四

【笺注】

[一] 大医王，指佛、菩萨。佛、菩萨善能分别病相、晓了药性、治疗众病。

[二] 衬施，施舍财物给僧道。杨衒之《洛阳伽蓝记·秦太上公寺》："僧舍常有中黄厅一人，监护衬施供具，诸寺莫及焉。"

[三] 赞呗，诵经。

[四] 阿难，佛陀十大弟子之一，以多闻称第一。

[五] 科仪，道场法事。

[六] 世筭，世运。筭，计算用的筹码。

南禅推藏疏

仰禄而食，悼既往之抟虚[一]；求田以归，庶将来之有托。比闻路西之役(一)，适符令下之新。经始之初，洁诚以祷。敢邀佛力之助，冀皆农事之成。谓一大藏教备载三乘，而十转地宫全收万善。果获光明之报，粗偿种植之劳。辄谨素心，奉酬夙愿。场圃方作，尚怀薄厚之疑；廪廥所储[二]，更冀圆满之益。余自今日，当保丰年；旁及众庄，永无后患。《姑溪居士文集》卷四四

【校记】

(一) 闻：原作“间”，据《全宋文》改。

【笺注】

[一] 抟（tuán）虚，空虚。

[二] 廪廥（kuài），贮藏粮食和草料的仓库。

采石修殿疏

丛林所居，殿宇为之冠冕；舍施之利，香火乃其津梁。一瞻一礼，必自是而精虔[一]；万法万缘，须乘此而发表。比将彻故而增葺，不免有求；设非笃信于庄严，岂能见助？惟兹地最当冲要[二]，凡上士常所经行。入口则多素愿欲还，出江则望好风相送。设诚良便，举眼有归。笔头果遂标题，世路倍增饶益。《姑溪居士文集》卷四四

【笺注】

[一] 精虔，诚敬。

[二] 冲要，同“要冲”，交通要地。袁宏《后汉纪·灵帝纪下》：

“今凉州，天下之冲要。”

为人作求三衣疏[一]

既见比丘身，当受甘露戒。沙弥之相尚染于深黄，如来之衣须同于坏色[二]。虽正法王之子，未沾施主之恩，愿舍诸漏以发心，使备三衣而得度。今日丝毫之助，他年狐貉之居[三]。若更一念出尘，便向三摩受记[四]。《姑溪居士文集》卷四四

【笺注】

[一] 三衣，佛教比丘穿的三种衣服，即僧衣。

[二] 坏色，见《慧严永长老赞》注［四］。

[三] 狐貉，指用狐、貉的毛皮制成的皮衣。

[四] 受记，见《慧严永长老赞》注［三］。

修黄山庙疏 一

岳镇安灵，随方显祐。嘉宁表异，无地不歆[一]。眷黄山之崇隆，实江国之依止[二]。祷祈虽远而必至，报应如响之答声。有赫威明，常在瞻仰。庙貌俨存于雄峻，栋宇良藉于庄严。岁月屡迁，风雨乘间。既有倾颓之虑，可忘完葺之图。是用遍谒于信心[三]，盖欲共成于盛事。至诚所格，幸偕喜舍之同；降福是承，式契冥符之验[四]。《姑溪居士文集》卷四四

【笺注】

[一] 歆，见《祭某氏夫人文》注［九］。

[二] 江国，江南。

[三] 信心，指虔诚的信众。

［四］冥符，神授的符命。《晋书·艺术传序》：“幽赞冥符，弼成人事。”

修黄山庙疏 二

天无私亲，盖委神而表著；神则正直，实代天而照临。恭惟仁圣之司，全分造化之寄。故在在处处，戴之如父母[一]；而冥冥蠢蠢[二]，因之托死生。既昭示以不诬，于钦承而敢后？适瞻翳暗，且复隳颓[三]。非徒邀福之未严，是乃吾邦之可耻。谨投诚于信慤[四]，将丕显于增完[五]。庶几不日而成，共致如心之报。《姑溪居士文集》卷四四

【笺注】

［一］戴，尊奉，推崇。

［二］冥冥蠢蠢，指众生。

［三］隳（huī）颓，衰败，毁败。

［四］信慤，诚实。《荀子·哀公》：“士信悫而后求知能焉。”

［五］丕显，大显。司空图《华帅许国公德政碑》：“皇帝中兴昌运，丕显耿光。”

修黄山庙疏 三

竭虔妥灵[一]，庙貌所以建立[二]；谋新改旧，檀施所以修崇[三]。洪惟德配于两仪[四]，久矣福临于兹地。靡间幽微之侧，常如俯仰之亲。凡念之兴，应期而答。虽慈亲一子之爱犹有异同[五]，而神威万变之酬略无厚薄。岂位置之浸敝，可营造之不图。敢竭丹诚，遍祈正信[六]。共致推心之感，相成协力之恭。毫发苟输，丘山必报。《姑溪居士文集》卷四四

【笺注】

[一] 妥灵，安置亡灵。韩愈《衢州徐偃王庙碑》："故制粗朴下窄，不足以揭虔妥灵。"

[二] 庙貌，庙宇及神像。

[三] 檀施，布施。

[四] 两仪，天地。《易·系辞上》："是故易有太极，是生两仪。"

[五] 慈亲，父母。

[六] 正信，笃信正法之心，此指信众。

采石广济院求化造塔疏

高显所示，来远目之信心；建立非难，托正缘于众力。眷兹胜地，俯瞰大江，实中元水府之镇临[一]，而前世名流之履历。舟楫之所辐辏[二]，人物之所追寻。固宜表见以发明，况复祈祷而感应？风涛不测，脱性命于须臾；名利是图，携妻孥而来往。方有求于佛力，忽孤出于云端[三]。何异父母之再逢，宛若迷途之有遇。顾饶益之如，是岂修奉之可违？辄募特达之檀那[四]，共成无尽之功德。妙庄严品，既知步步阶梯；不退转心，当证重重楼阁。《姑溪居士文集》卷四四

【笺注】

[一] 镇临，镇守。

[二] 辐辏，见《上宰执手简一二》注[二]。

[三] 孤出，独出，突出。

[四] 特达，明达，通达。《晋书·江统传》："殿下天授逸才，聪鉴特达。"

教育部人文社会科学研究青年基金项目
（17YJC751031）

李之仪文集笺注

（下）

〔宋〕李之仪　撰
史月梅　笺注

中国水利水电出版社
www.waterpub.com.cn
·北京·

图书在版编目（CIP）数据

李之仪文集笺注 ： 全二册 / （宋）李之仪撰 ； 史月梅笺注. -- 北京 ： 中国水利水电出版社，2019.4
ISBN 978-7-5170-7728-2

Ⅰ. ①李… Ⅱ. ①李… ②史… Ⅲ. ①李之仪（1038-1117）—文集 Ⅳ. ①I214.412

中国版本图书馆CIP数据核字(2019)第101399号

书　　名	**李之仪文集笺注（下）** LI ZHIYI WENJI JIANZHU
作　　者	〔宋〕李之仪　撰　　史月梅　笺注
出版发行	中国水利水电出版社 （北京市海淀区玉渊潭南路1号D座　100038） 网址：www.waterpub.com.cn E-mail：sales@waterpub.com.cn 电话：（010）68367658（营销中心）
经　　售	北京科水图书销售中心（零售） 电话：（010）88383994、63202643、68545874 全国各地新华书店和相关出版物销售网点
排　　版	中国水利水电出版社微机排版中心
印　　刷	天津嘉恒印务有限公司
规　　格	150mm×230mm　16开本　52.5印张（总）　755千字（总）
版　　次	2019年4月第1版　2019年4月第1次印刷
印　　数	0001—1000册
总 定 价	**120.00**元（上、下册）

前　言

李之仪，字端叔，号姑溪居士，苏门文士之一，有文集七十卷传世。他以词翰著名元祐间，其《姑溪词》在当时及后代都广为流传，尤其是那首《卜算子·我住长江头》，至今仍脍炙人口。他的诗文也颇为人们所推崇，如苏轼读其诗后称赞道："暂借好诗消永夜，每逢佳处辄参禅。"❶ 其尺牍亦被苏轼称为"入刀笔三昧"❷；明毛晋曾编《姑溪题跋》单行；清王士禛也说"其题跋自是胜场"❸；《四库全书总目·姑溪居士文集提要》称："今观集中诸诗，虽魄力雄厚不足敌轼，然大抵轩豁磊落，实无郊、岛钩棘艰苦之状。"❹ 然而就是这样一位重要作家，其身后却非常寥落。没有人为他撰写墓志或行状，史料中有关他的文字也少得可怜：《宋史·李之仪传》仅有112个字；《东都事略·李之仪传》的记载含糊不明，有许多内容需要重新考证。学术界对李之仪也是相当漠视，其文集没有校注本，通行的是文渊阁《四库全书》本和《丛书集成初编》本。直到20世纪80年代，他才引起人们的关注，一些研究文章相继出现。

一

因史料中关于李之仪的记载不多，其人生轨迹因此显得极为模糊，如他的籍贯、生卒年与及第时间等，至今仍众说纷纭，莫衷一是。

---

❶ 宋·苏轼：《苏轼诗集》卷三十《夜直玉堂，携李之仪端叔诗百余首，读至夜半，书其后》，清王文诰辑注，孔凡礼点校，中华书局1982年版，第1616页。

❷ 元·脱脱等：《宋史》卷三百四十四《李之纯传》附《李之仪传》，中华书局1977年版，第10941页。

❸ 清·王士禛：《带经堂诗话》卷六，人民文学出版社2006年版，第146页。

❹ 清·永瑢等：《四库全书总目》卷一五五，中华书局1992年版，第1336页。

李之仪的籍贯，从宋代至今，有“姑熟”“赵郡”“乐寿”“景城”“沧州无棣”等五种说法。宋王偁《东都事略·李之仪传》云：“李之仪字端叔，姑熟人也。”❶ 其依据可能是李之仪晚年居当涂姑熟溪畔，此说显然有误。宋陈振孙《直斋书录解题》卷十七云：“《姑溪集》五十卷，《后集》二十卷，朝请大夫赵郡李之仪端叔撰。”❷ 所据当为李之仪《天禧寺新建法堂记》《欧阳文忠公集后序》皆自署“赵郡李之仪”。曾枣庄先生考证说：“《直斋书录解题》作赵郡人，此乃郡望。”❸ 故“赵郡”说亦误。至于“乐寿”“景城”“沧州无棣”说，《四库全书总目·姑溪居士文集提要》云：“《宋史》称沧州无棣人，而吴芾作《文集》序，乃曰景城人。考《元丰九域志》，熙宁六年省景城入乐寿，则当为乐寿人。史殆因沧州景城郡横海军节度，治平九年，尝由清池徙治无棣，遂误以景城即无棣也。”❹ 近代学者多沿袭此说，杨武泉先生考证说：“治平无九年（仅四年），检《元丰九域志》卷二‘沧州景城郡横海军节度’条，乃治平元年，‘元’‘九’形近而讹也。《姑溪居士文集》卷五〇《李氏归葬记》云：‘李氏世葬沧州无棣，自先祖出仕，从于楚州，即卜以葬。’可知之仪祖籍，确为沧州无棣。吴芾序曰景城，或指郡，即沧州。《总目》坐实为景城县，未必为吴序意。李之仪之祖籍，终当从其自述。”❺

李之仪的生年，目前有三种说法：张仲谋先生认为是宋仁宗庆历六年（1046）：“之仪《次韵子瞻追和渊明归去来》当作于1100年夏秋之间。其中有云：‘予行年五十有五，盖知五十四年之非。’由此推知，之

---

❶ 宋·王偁：《东都事略》卷一一六《李之仪传》，影印文渊阁《四库全书》本。

❷ 宋·陈振孙：《直斋书录解题》卷十七《姑溪集》，徐小蛮、顾美华点校，上海古籍出版社1987年版，第511页。

❸ 曾枣庄：《李之仪年谱》，《宋代文化研究》（第四辑），四川大学出版社1994年版，第211页。

❹ 清·永瑢等：《四库全书总目》卷一五五，第1336页。

❺ 杨武泉：《四库全书总目辨误》，上海古籍出版社2001年版，第212页。

仪生于1046年。”❶ 王兆鹏先生另持一说，认为李之仪《次韵子瞻追和渊明归去来》作于1101年，这一年“李之仪‘行年五十有五’，其生年自当在仁宗庆历七年（1047）”。❷ 曾枣庄先生则说应是庆历八年（1048）：“（之仪）《寄耀州毕九》：‘我初与子未束发，长我一岁今皆翁。’耀州毕九即毕仲游，《毕仲游墓志铭》：‘改秘阁校理、知虢州，未行，知耀州。’又云：‘宣和三年七月二十八日以疾卒，享年七十五。’宣和三年，即1121年，则毕当生于庆历七年（1047）。毕长李一岁，故李当生于此年。”❸ 邓子勉先生亦认同曾枣庄先生的说法，但认为“曾先生在文中未能充分说明”❹。

李之仪的卒年，史传亦失载，今人说法不一。张仲谋先生认为是宣和七年（1125）❺。曾枣庄先生没有确切地考证出来，只推测可能是建炎二年（1128）：“李之仪卒年不详，《东都事略·李之仪传》：‘年八十余。’则当卒于此年以后。”❻ 邓子勉先生则详细推定为“卒于宋钦宗靖康二年（1127），享年八十”❼。

李之仪的及第时间，今亦无定论。《四库全书总目提要》认为李之仪当为元丰年间（1078—1085）进士；《全宋诗》依据民国《无棣县志》，定为熙宁六年（1073）❽；张仲谋先生、曾枣庄先生则依据《宋史·

---

❶ 张仲谋：《李之仪年表》，《徐州师范学院学报》（哲学社会科学版）1986年第3期，第60页。

❷ 王兆鹏：《李之仪年表补正》，《河北师范学院学报》（社会科学版）1991年第1期，第80页。

❸ 曾枣庄：《李之仪年谱》，《宋代文化研究》（第四辑），第215页。

❹ 邓子勉：《李之仪生卒年考辨》，《文教资料》1998年第1期，第118页。

❺ 张仲谋：《李之仪年表》，《徐州师范学院学报》（哲学社会科学版），第65页。

❻ 曾枣庄：《李之仪年谱》，《宋代文化研究》（第四辑），第232页。

❼ 同注❹。

❽ 傅璇琮等：《全宋诗》卷九五〇《李之仪小传》，北京大学出版社1995年版，第11151页。

李之仪传》将其定为治平四年（1067）[1]。

通过以上学者的考证，李之仪的人生轨迹逐渐清晰明朗起来，但仍有不少模糊未明之处，需要继续深入研究下去。

二

关于李之仪的交游，杨胜宽、黄永一的《李之仪与苏轼交谊散论》[2]、付嘉豪的《李之仪交游考论》[3] 等文有详尽探讨，兹不赘述。下面仅对同李之仪关系较为密切的几位苏门文人进行研究，通过对他们私人交谊与诗文唱和的探究，寻绎李之仪的人生轨迹。

庆历八年（1048）[4]，李之仪出生于楚州山阳（今江苏淮安），十岁时被父亲李颀送进"山阳学宫"读书。张耒在《送李端叔赴定州序》中记载了与李之仪的初次会面："某为儿童，从先人于山阳学宫，始见端叔为诸生。某虽未有知，意已相亲。"[5] 据此可推知二人当相识于宋仁宗嘉祐三年（1058）前后。张耒（1053—1114），字文潜，淮阴人，和李之仪算是同乡，还是亲戚："端叔与予外家通谱，于我舅行也。"[6] 但除张耒的这篇序外，有关二人交游的其他文字资料非常少，检阅二人文集，互赠诗文也不多，李之仪作有《和张文潜赠杨姝》（《姑溪居士文集》卷一〇）、《和张文潜喜东坡过岭》（《姑溪居士后集》卷三）二诗，张耒作有《寄李端叔二首》（《张耒集》卷八）与《送李端叔赴定州序》（《张耒集》卷四八）。

---

[1] 张仲谋：《李之仪年表》，《徐州师范学院学报》（哲学社会科学版），第61页。

[2] 杨胜宽、黄永一：《李之仪与苏轼交谊散论》，《乐山师范学院学报》2002年第1期。

[3] 付嘉豪：《李之仪交游考论》，宁夏大学2004年硕士论文。

[4] 李之仪的生卒年、及第时间皆依曾枣庄先生《李之仪年谱》而定。

[5] 宋·张耒：《张耒集》卷四十八《送李端叔赴定州序》，李逸安、孙通海点校，中华书局1990年版，第746页。

[6] 宋·张耒：《张耒集》卷四十八《送李端叔赴定州序》，第747页。

宋英宗治平四年（1067），李之仪进士及第，时年二十岁，真可谓少年得志，多年后他在《跋沈睿达帖》中仍不无得意地说："予官四明，与睿达为僚时，才二十余。"（《姑溪居士文集》卷四一）从此便开始了长达半个多世纪的仕宦生涯。

一、少年意气（1067—1087）

鉴于唐末五代武人专权割据之祸，北宋统治者崇文抑武，改善科举制度，吸引士人投身功名。在这种文官政治的大环境中，李之仪亦不甘心只做一介书生，而想成为济苍生、安社稷的政治家。由于没有文字记录，他从十岁入"学宫"到进士及第这段时间的生活，我们不得而知，但其心态无疑应是积极用世的。这点从《回贺新及第》中可以窥见端倪："才当数面，笔扫千军。早岁飞声，头角已竦于同队；青春射策，文章果中于甲科。"（《姑溪居士文集》卷一三）虽是赞美对方才气，但亦可视为李之仪的"夫子自道"，意气风发之态跃然纸上。

怀着满腔的报国热情，李之仪早年游宦四方，虽仅做过万全县令、权知开封县等一类的地方小官，但这并没有打消他从政的积极性，元丰四年（1081），他主动请缨从军鄜延，入了折可适[1]幕，"元丰中，之仪在鄜延幕下，亲睹诏旨，观先帝所以规画必取之意，可谓深矣"（《折可适墓志铭》，《姑溪居士后集》卷二〇）。李之仪在折可适幕下，颇受知遇，"予辱公知为深"（《折渭州文集序》，《姑溪居士文集》卷三五），后来他屡次自豪地言及在鄜延的生活，如《读渊明诗效其体十首》之四曰："操檄乌延府，已复十五年。年当三十余，事事随精坚。"（《姑溪居士后集》卷六）《与友人手简》也说："鄜延之别，三十年矣。"（《姑溪居士后集》卷二六）这段"铁马冰河"的从军经历也为他赢得了一次出使机

---

[1] 折可适（1051—1110），字遵正，宋朝边将，党项族，《宋史》卷二百五十三有传。宋仁宗庆历元年（1041）将陕西分作六路安抚司，鄜延路是其中之一，治所位于延安府（今陕西延安）。

会，《续资治通鉴长编》卷三百四十一载："元丰六年（1083）十二月壬申，上批：'祭奠高丽国使杨景略等奏辟李之仪书状官，闻之仪虽谙达吏方，随器可使，然文章之称，不著士论。缘高丽俗喜文，中夏词格乃彼所视效，宜得问学博洽、用字整秀者乃称兹选。可诏赴中书试拟用书状进呈，吊慰蕃辟官准此。'"[1] 李之仪到底有没有成行，由于无相关文字记载，至今还存在争论，但其中却透露了一个重要信息，那就是他"谙达吏方"，即很有政治头脑，故元祐二年（1087）被从边塞调回京城任枢密院编修官，前途还是很光明的。

二、中年忧患（1087—1101）

当时的北宋政坛，在"庆历新政"和"熙宁变法"之后，与高度封建集权相伴而生的政治腐败、军事无力和财政困难等问题，不仅没有得到解决，反而造成了士大夫阶层无休止的党争，且愈演愈烈。如果说王安石变法初期产生的新旧党争还是由于政见不一、立场不同引发的进步与保守观念之争的话，那么，熙宁九年（1076）王安石再度罢相之后，就完全演变成了一种恶劣的权力之争、门户之斗，苏轼所遭受的"乌台诗案"正是如此。残酷的现实让李之仪变得灰心丧气，能给他带来一些慰藉的就是与友人的交游唱和了。元祐三年（1088），苏轼、苏辙、黄庭坚、郑嘉会、陈景元、王钦臣、刘泾、李之仪、蔡肇、张耒、秦观、晁补之、米芾、李伯时、圆通大师等人雅集于驸马王诜在洛阳的西园，当场由李伯时作画，米芾写记，以记其盛会。文章开头写道："李伯时效唐小李将军为着色，泉石云物，草木花竹，皆妙绝动人。而人物秀发，各肖其形，自有林下风味，无一点尘埃气，不为凡笔也。其乌帽黄道服捉笔而书者为东坡先生，仙桃巾紫裘而坐观者为王晋卿，幅巾青衣据方几而凝伫者为丹阳蔡天启，捉椅而视者为李端叔。后有女奴，云鬟

---

[1] 宋·李焘：《续资治通鉴长编》卷三百四十一，中华书局 1986 年版，第 8205 页。

翠饰，侍立自然，富贵风韵，乃晋卿之家姬也。”[1] 这就是著名的“西园雅集”。

元祐八年（1093），苏轼帅中山（今河北定州），李之仪从辟，那一年他四十六岁。在定州的日子可以说是李之仪一生中最为惬意的时光了，他流连诗酒，作画题咏，将“少年意气”转化成了“花间风情”。王安中在《跋李端叔帖》中说：“端叔从故侯苏公来乡闾，倡酬题记，处处有焉，端叔亦自有苏、李同时之语。”[2] 这段生活李之仪多年后仍念念不忘：“开府延辟，多取其气类，故之仪以门生从辟，而蜀人孙子发实相与俱。于是海陵滕兴公、温陵曾仲锡为定倅，五人者每辨色会于公厅，领所事竟，按前所约之地，穷日力，尽欢而罢。或夜，则以晓角动为期。方从容醉笑间，多令官妓随意歌于坐侧，各因其谱，即席赋咏。”（《跋戚氏》，《姑溪居士文集》卷三八）

可惜好景不长，绍圣元年（1094）四月，苏轼被贬岭南，五月，李之仪从定州回到京师，继续担任枢密院编修官。此时，李之仪似乎还没被目为“苏轼一党”，直到绍圣四年（1097），他还被任命为原州（今宁夏固原）通判，虽仅为从八品，但“凡兵民、钱谷、户口、赋役、狱讼听断之事，可否裁决，与守臣通签书施行。所部官有善否及职事修废，得刺举以闻”[3]，可见职位还是很重要的。此时已年届半百的李之仪，少年时的满腔豪气已经荡然无存了，在《次韵家室送别》中说：“平生惯草衣，岂堪事戎行。强歌出塞曲，夭矫参龙章。蝇因逸骥速，马为秦瑟昂。尚期鼙鼓操，奋力起病床。”（《姑溪居士后集》卷五）可见这次守边让他焦虑不安却又无可奈何。在这种心态底下，他在原州的日子是百无聊赖的，正像他在《读东坡诗》中所描述的那样：“边州守御谢沉机，独喜身闲是道师。狱吏难堪非素料，病怀无计复何辞。空惭南郡三

---

[1] 宋·米芾：《宝晋英光集》卷四《西园雅集图记》，《丛书集成初编》本，中华书局 1985 年版。

[2] 宋·王安中：《初寮集》卷七《跋李端叔帖》，影印文渊阁《四库全书》本。

[3] 元·脱脱等：《宋史》卷一百六十七《职官志》七，第 3974 页。

家学，赖有东坡一集诗。永日风埃惟惬睡，到头不比在家时。”（《姑溪居士后集》卷八）

可是这样的生活也未能持久，命运再一次把他推上了政治斗争的风口浪尖。《续资治通鉴长编》卷四百九十一载：“（绍圣四年九月）丁丑，刑部言：‘原州勘到，皇城使、诚州防御使折可适，泾原路进筑，充同统制官，听王文振节制，可适擅遣文思副使曲充作先锋，继领人马追贼，失一百三十三人，获一百六十级。勘官通判、朝请郎李之仪根勘卤莽。都总领通远军蕃兵辛叔献照应折可适等，轻易出寨，致亡失士马。熙河路同统制官苗履增差人骑，致伤折数多。’诏以两经赦宥，可适、叔献特追诸司副使已上官，勒停，候合叙日叙见存官外，更不用叙法。曲充特降两官。李之仪特差替。”❶ 由之可知，此案是由折可适擅自派人追敌（当时规定追敌不能超过一百里），致使伤亡一百三十三人引起的，因而他与有关将领被降职。而作为勘官的李之仪，因“根勘卤莽”也受牵连。李之仪这样做并不是因折可适是昔日的上司而徇私，而是因为他比较了解此案的前因后果。原来，折可适派先锋追敌前，曾征得统制官王文振的同意和许可，但待追兵入坑谷迷失道路而损兵折将后，王文振为保全自己先发制人地弹劾折可适，将自己应负的责任推诿得一干二净（此事详见《折公墓志铭》，《姑溪居士后集》卷二〇）。李之仪见其中有冤情，于公于私都是要仗义执言的，便没有按照朝廷的意旨去审讯，因而被认为是“根勘卤莽”。

元符元年（1098），李之仪从原州又回到了京城，任“监内香药库”，但第二年朝廷加大了对元祐党人的打压力度，苏轼及其门人都在劫难逃，李之仪也受到了株连。《续资治通鉴长编》卷五百十一载：“（元符二年六月）甲午，权殿中侍御史石豫言：‘监内香药库李之仪，因苏轼知定州日，荐辟管勾机宜文字。之仪既为奸臣心腹之党，岂可更

---

❶ 宋·李焘：《续资治通鉴长编》卷四百九十一，第 11663 页。

居此职？欲令有司放罢。’从之。”❶ 不过，他并没有被外放或贬谪。元符三年（1100），哲宗驾崩，徽宗即位，太后听政，为调和新旧两党的矛盾，元祐党人陆续被赦北归，苏轼、苏辙兄弟亦在其内。时李之仪提举河东常平，住在颍昌（今河南许昌）。当时苏辙之子在颍昌，不久苏辙北归，即以颍昌为家。苏轼北归途中写信给李之仪说：“儿侄辈在治下，频与教督之。”❷ 李之仪欣喜万分，多次去信问候，力邀其来颍昌居住，苏轼也同意了：“某本以囊装罄尽，而子由亦久困无余，故欲就食淮浙。已而深念老境，知有几日，不可复作多处。又得子由书，及见教语，尤切至，已决计归许下矣。”❸ 但由于蔡京重新掌权，又开始迫害元祐党人，苏轼便决定留在常州：“颇闻北方事，有决不可往颍昌近地居者。……今已决计居常州。”❹ 这一年的秋天，同门师友陈师道远道来访，李之仪欣然提笔写道：“下直来天禄，柴荆故远求。论心日恨短，归路雨无忧。红叶缤纷晚，黄花烂漫秋。会须寻此况，击节再相酬。”（《谢陈无己相访》，《姑溪居士文集》卷八）

徽宗建中靖国元年（1101），李之仪除提举河东常平外，又兼任了“转漕河东”。经历了仕途挫折和生活磨难的考验之后，他似乎看到了希望的曙光。但这一年改元的第二天，范仲淹次子范纯仁去世了。范纯仁病危时，曾口占《遗表》，李之仪作为门生，为之整理成文，即《代范忠宣公遗表》（《姑溪居士文集》卷一三）。撰成后传诵一时，就连徽宗也因范纯仁忠言恳挚，奖誉有加，特谥“忠宣”，并赐墓碑之额曰“世济忠直”❺。范纯仁去世后，李之仪又作了洋洋万余言的《范忠宣公行状》（《姑溪居士文集》失载，见《范忠宣公集》卷一九至卷二〇），为

---

❶ 宋·李焘：《续资治通鉴长编》卷五百十一，第12156页。

❷ 宋·苏轼：《苏轼文集》第五十二卷《答李端叔十首》之三，孔凡礼点校，中华书局1986年版，第1540页。

❸ 宋·苏轼：《苏轼文集》第五十二卷《答李端叔十首》之十，第1543页。

❹ 宋·苏轼：《苏轼文集》第六十卷《与子由弟十首》之八，第1837页。

❺ 元·脱脱等：《宋史》卷三百一十四《范纯仁传》，第10293页。

日后的被贬埋下了祸根。也是在这一年的七月二十八日，苏轼因病逝世，这对李之仪无疑又是一记心灵重创。李之仪与苏轼自元丰三年（1080）结交以后[1]，便书信往来不绝，唱酬之作亦有不少：苏轼作有《次韵答李端叔》（《苏轼诗集》卷六）、《夜直玉堂，携李之仪端叔诗百余首，读至夜半，书其后》（《苏轼诗集》卷三十）、《立春日小集呈李端叔》（《苏轼诗集》卷三十六）等6首诗，以及《答李端叔书》（《苏轼文集》第四十九卷）、《答李端叔十首》（《苏轼文集》第五十二卷）等书简。李之仪则作有《次韵东坡沉香石诗》（《姑溪居士文集》卷四）、《次韵东坡还自岭南》（《姑溪居士文集》卷四）、《观东坡集》（《姑溪居士文集》卷五）等29首诗，以及《跋东坡大庾岭所寄诗》（《姑溪居士文集》卷三八）、《跋东坡帖》（《姑溪居士文集》卷三八）、《跋东坡诸公追和渊明归去来引后》（《姑溪居士后集》卷一五）等题跋文15篇。当然，由于二人诗文均有散佚，以上所列远非全部。自定州别后，李之仪一直渴望能再与苏轼相聚，谁知等到的却是苏轼离世的噩耗，悲痛之情可想而知。

三、老年处穷（1102—1112）

崇宁元年（1102）六月，苏辙葬苏轼于汝州郏城县（今河南郏县），李之仪“郊外致奠”（《与赵仲强兄弟》，《姑溪居士文集》卷二五）之后，接到了要他回京的诏书，便匆匆赶往京师。谁知刚一入京门，便被逮进了御史狱。《宋史》卷三百一十四载：“（蔡京）及当国，……又谓李之仪所述《纯仁行状》，妄载中使蔡克明传二圣虚伫之意，遂以正平逮之仪、克明同诣御史府。”[2] 由于中使蔡克明和范氏子弟能够提供并非矫撰遗表、行状的证据，“狱遂解”。[3] 然而一心报复的蔡京是不会轻

---

[1] 参见杨胜宽、黄永一：《李之仪与苏轼交谊散论》，《乐山师范学院学报》，第17页。

[2] 元·脱脱等：《宋史》卷三百一十四《范纯仁传》，第10294页。

[3] 同注[2]。

易放过他们的，李之仪在《柏台自述》中写道："谁谓纯诚无感格，会逢公议报私仇。"（《姑溪居士文集》卷九）但可能蔡京根本就没把他当作打击报复的主要对象，再加上家人的上下打点，李之仪被判"羁管太平"。后来他在《上执宰手简》中写道："壬午岁，闻被召，自颍昌亟来，获见于国门外舟中，蒙问劳甚渥，矜恻相仍。未几，自以罪去，流落江上，十五六年。方其来时，一妻、一女、子与其妇、一孙、并身而六，相继哭之。"（《姑溪居士文集》卷二〇）

就这样李之仪携妻带子来到了当涂。这一年黄庭坚领太平州事，亦至当涂，"七日而罢，又数日乃去"（《跋山谷二词》，《姑溪居士文集》卷三九）。关于李、黄的相识，郑永晓先生考证为"至迟在元丰二年（1079）"❶。现存二人互赠诗文不多：李之仪作有《次韵黄鲁直晁尧民游马颊归》（《姑溪居士后集》卷五）、《次韵晁尧民黄鲁直苏子瞻同赋丰粲字韵十往返而不倦者》（《姑溪居士后集》卷五）、《次韵鲁直留别》（《姑溪居士后集》卷五）等诗4首，《跋苏黄众贤帖》（《姑溪居士文集》卷三九）、《跋山谷草字》（《姑溪居士文集》卷三九）、《跋山谷所书药方后》（《姑溪居士文集》卷三九）等跋文14篇，《好事近》（《姑溪居士文集》卷四七）等词3首。黄庭坚作有《行行重行行赠别李之仪》（《山谷外集》卷一一）、《别李端叔》（《山谷外集》卷五）、《次韵答李端叔》（《山谷外集》卷一三）诗3首，《与李端叔手简》（《山谷别集》卷一三）1札，《好事近》（《山谷词》）词3首。

这次与好友异乡重逢，无疑给了李之仪莫大的安慰，二人同在当涂花园石洞听名妓杨姝弹《履霜操》，"鲁直有词，因次韵"（《好事近》词序，《姑溪居士文集》卷四七）。但不久黄庭坚就离开了当涂，"六月十七日，罢姑熟，解舡至江口"❷，遂流寓鄂州（今湖北武昌）。当时李之

---

❶ 郑永晓：《黄庭坚年谱新编》，社会科学文献出版社1997年版，第98页。

❷ 宋·任渊：《山谷年谱》，《黄庭坚诗集注》第一册附录，刘尚荣校点，中华书局2003年版，第38页。

仪的生活也几乎陷入了绝境，一连串的打击接踵而至："某到太平四周年，第一年丧子妇；第二年病悴，涉春徂夏，劣然脱死；第三年亡妻，子女相继见舍；第四年初则癣疮被体，已而寒疾为苦。"（《与祝提举无党手简》，《姑溪居士文集》卷二一）尤其是相濡以沫近四十年的妻子的离世，更让他痛不欲生："老境流落，不图遽遭此酷，永日如梦寐中，夜间则申旦目不得交，力量不充，固深自愧。维是四十年艰苦相依，平时家事取给已不易堪，而有一急难，则委曲经营，不遗余力。情则夫妇，义则朋友，既使之到此地，终不得同归，念念只欲下见。"（《与龚侍郎深之手简》，《姑溪居士文集》卷一八）命运的巨大落差使李之仪心灰意冷，因其家临姑熟溪，便自号"姑溪居士"，埋首书卷，醉心禅学，一心一意做个方外之士。他还置下田产，亲自耕种，"踪迹出入，多在邻邑，或在田亩间"（《与龚平国手简》，《姑溪居士文集》卷二三），希望用努力的劳作来抚平心灵创伤。

四、晚节难守（1113—1128）

正当李之仪安心做"姑溪老农"时，朝廷却又给了他一线从政的希望。崇宁五年（1106），李之仪复了官，并娶当涂名妓杨姝为妻，准备安享晚年。但树欲静而风不止，政和三年（1113），他第三次被贬官。据《宋会要辑稿·职官六八》载，"（政和三年）九月二十六日，管勾成都府玉局观李之仪除名勒停"，原因是"与杨姝踰滥及信凭杨姝所生男为己子，增乞岁补"❶。此事起因，宋王明清《挥麈后录》卷六载："适郭功父祥正亦寓郡下，文人相轻，遂成仇敌。郡娼杨姝者，色艺见称于黄山谷诗词中。端叔丧偶无嗣，老益无憀，因遂畜杨于家。已而生子，遇郊禋，受延赏。会蔡元长再相，功父知元长之恶端叔也，乃訹豪民吉生者讼于朝，谓冒以其子受荫，置鞫受诬，又坐削籍。"❷ 即他与当涂

---

❶ 清·徐松辑：《宋会要辑稿》（第四册），中华书局1957年影印本，第3922页。
❷ 宋·王明清：《挥麈后录》卷六，影印文渊阁《四库全书》本。

诗人郭祥正争名，郭便指使人进行诬告。现代学者孔凡礼则说，在郭、李二人关系恶化的问题上，郭祥正的责任确实要大些，但郭并不是一个揭人隐私的小人，“王明清的记载有明显的痕迹表明因为他父亲（王铚）的关系，偏于李之仪一旁”，“失去了平衡和冷静”❶。但不管怎样，此事给了李之仪很大的打击，作有《延之问及当涂近事云君殆能容忍我不及也胡不迁居于此便治馆因口占为谢》一诗，言及在当涂的近况，充满了委曲求全的无奈：“胯下淹时岂不知，故人疑我似阳痴。一廛固愿授陈相，只恐锋车便见追。”（《姑溪居士文集》卷一〇）如果说前两次贬官仅是让他对仕途绝望的话，那么这次就让他对人性产生了怀疑，甚至对自己的价值观、人生观产生了怀疑。如他在《题柳子厚三戒后》中悲愤地写道：“余读柳子厚《三戒》，未尝不反覆而屡叹，窃谓伦类中岂复有是事，特子厚出奇以为警尔。晚迁江上，遂于衣冠中遍见之，乃知子厚所戒为不诬。初有疑于异类，而今辄见之于人，而又傲然歆艳一隅，方且有临之者，是可骇也，可胜叹邪！虽贤者于祸，可得而逃哉？”（《姑溪居士文集》卷四二）

政和六年（1116），秦观之子秦湛（处度）将其父棺柩从江苏高邮迁葬至无锡惠山旁的蔡龙山❷，李之仪无法亲往祭奠，便提笔写下《祭秦少游文》（《姑溪居士文集》卷四三）。秦观（1049—1100），江苏高邮人，字少游，又字太虚，号淮海居士。李之仪与秦观于元丰三年（1080）相识❸，有关他们生前交游的文字，观二人文集，所记甚少：李之仪作有《金山寄怀秦太虚用建除体》（《姑溪居士后集》卷四）、《再登斗野亭路旧韵寄太虚》（《姑溪居士后集》卷五）、《秦太虚出鲁直所寄诗因次其韵》（《姑溪居士后集》卷五）等诗4首，《祭秦少游文》（《姑

❶ 宋·郭祥正：《〈郭祥正集〉序》，孔凡礼点校，黄山书社1995年版，第3页。

❷ 参见周义敢、程自信、周雷编注：《秦观集编年校注》所附《新编秦观年谱》，人民文学出版社2002年版，第919页。

❸ 参见付嘉豪：《李之仪交游考论》，第8页。

溪居士文集》卷四六）1篇，《朝中措·望新开湖有怀少游》《采桑子·席上送少游之金陵》词2首。秦观作有《送李端叔从辟中山》（《淮海集》卷四）、《寄李端叔编修》（《淮海集》卷八）、《秋夜病起怀端叔作诗寄之》（《淮海后集》卷二）等诗5首。虽然不多，但从中仍可窥见二人深厚交谊之一斑。如秦观已离世近二十年，而李之仪却“未尝一日忘于胸次也。想像展转，一嚬一笑，拱揖步骤，折旋俯仰，至于眉须肤发已来，历历可数可袭”（《祭秦少游文》，《姑溪居士文集》卷四三），如果没有深厚的交情，断难如此。

宋高宗建炎二年（1128），李之仪去世了，留在世间的，只有那首深情款款的《卜算子》（《姑溪居士文集》卷四五）：

我住长江头，君住长江尾。日日思君不见君，共饮长江水。
此水几时休，此恨何时已？只愿君心似我心，定不负相思意。

李之仪诗、文、词、书、画无所不通，有才华有抱负，可险恶的政治风浪使他仕途坎坷、屡遭贬谪，饱尝世态炎凉和人生忧患。他晚年屡屡向当权宰执投书递简，好像完全忘记了这些新党中人对自己有过怎样残酷的迫害和打击。这种让正直文人汗颜的做法，为其晚年添上了极为不光彩的一笔，甚至有人把这归结为他身后寥落的原因之一。《姑溪居士文集》的编者、南宋人吴芾为之辩护道：“或谓端叔晚节锐于进取，有所附丽。虽若可疑，然范忠宣公《遗奏》，极于鲠切，诋斥不顾一时。用事者欲置忠宣之子于理，端叔慨然自列，谓实出其手。既而公所为《忠宣行状》复出，由是得罪南迁，废锢终身，曾不少悔。其勇于义若此，讵可以微瑕掩之哉？”[1] 故尔，对于李之仪，我们应怀着“与人为善”的态度相待，不能因其晚年的干谒之举而否定其一生及文学创作。

---

[1] 南宋·吴芾：《姑溪居士文集序》，《丛书集成初编》本，中华书局1985年版。

相反，重新认识和正确评价他的一生，实事求是地考察造成其人格蜕变的时代原因，亦是全面解读古代知识分子命运时不容回避的一个重要命题。

三

笺注之难，古来共知，加之李之仪文集历来没有注释校点本，故这项工作基本是在全无依傍的条件下开始的，难度之大可想而知。再加上史料的缺失，使李之仪的人生轨迹扑朔迷离，有许多内容需要重新考证。面对这样的复杂情况，要想弄清楚他的生平、籍贯、交游等具体情况，对其行年事迹进行详尽勾勒，可谓荆棘遍布，几无措手处，不是三言两语就能概括得清楚的，欲求尽当，实属不易。李之仪出身诗礼簪缨之家，成年后博览群书、涉猎广泛，晚年更是逃禅入道、精研法术，整日沉醉于吟诗作对与琴棋书画，故其诗文中颇多佛道、文艺方面的特殊用语。再加上仕途遭际的坎坷不遇，政治社会环境的风云变幻，使其仕宦南北，人生起伏不定，看尽人情风物，也备尝沧桑炎凉。交游往来的既有苏轼、范纯仁这样的名流显宦，也有许多声名不显、官位不高的方外僧道与乡野人士。这些主客观因素使得其作品中颇多难以明言的隐讳譬喻，呈现出看似平淡实则含意曲致的特点。读之辄感晦涩难解，以致误会其浅显平庸者有之，茫然不晓所谓者有之。因此，笔者认为，在进行注释时，有必要从多层面进行论析阐述，以求得出比较深刻、明晰的认识，从而真正彰显李之仪作品的独特风格。这是本书写作的重点，也是最大的难点，若不能有所发覆与突破，则辑佚、考订、编年便无从谈起，更遑论成郑笺之功了。故惟有增广见闻，以材料说话，方能在援引论列之时减少谬误，在考证笺注之时独具只眼。

本书以《丛书集成初编》本《姑溪居士全集》（商务印书馆 1936 年版）为底本，参校影印文渊阁《四库全书》本，上海辞书出版社、安徽教育出版社 2006 年版《全宋文》本进行研究。据此，《李之仪文集笺注》一书的总体构思是充分利用李之仪的存世作品，并结合相关文献，将其纳入到宋代文学发展流变的体系中，着重文本细读与内涵阐释，把广阔的研究视野与细致的语言纹理紧密结合，从更深广的文化角度，全面展示李之仪的文学成就。因此，首先要“全”，能使读者见到李之仪现存的全部作品；其次要“真”，努力做到在注释时不曲解文意，不过度阐释；再次要“清”，即条理清晰、明白，作品编年要明确，不做无谓猜测与牵强附会之议。

作为2017年教育部立项课题的成果之一，《李之仪文集笺注》的成书过程颇为艰辛，前期准备达十数年之久，可谓穷尽心力才敢冒昧示人。此皆因注释者学识荒浅，见闻不广，故每注一字、一词都非常谨慎。即便如此，书中仍有许多错漏之处，希望学界通人和广大读者多多批评指正。

编者

2018年10月

凡　例

一、关于版本。李之仪文集今存七十卷，其中《姑溪居士文集》五十卷，南宋吴芾编；《姑溪居士后集》二十卷，亦南宋人编，编者不详。本书以《丛书集成初编》本《姑溪居士全集》（商务印书馆 1936 年版）为底本，参校影印文渊阁《四库全书》本及上海辞书出版社、安徽教育出版社 2006 年版《全宋文》本。

二、关于编次。本书按文体分部，分为赋、表启、序跋、杂书、记、铭、赞、行状、墓志铭、祭文、青词、疏文、书简，文后列出原集出现卷数。

三、关于校勘。本书在校勘过程中，为避免过于繁琐，对异体字、通假字、避讳字以及某些明显刻误之字，除必须加按语说明者外，一般径改不作校记。

四、关于注释。本书对难词、名物、典故、地名、人物、历史事件等作简要注释，并适当注明根据。引据之材料，文简者照录，文繁者概述，注明出处。句意难懂者，注释之后稍作串释。注释内容注意篇次间前后照应，典故重出、词语屡见者，若不影响理解文意，不再注出；若需再次注出，则言“见某篇某注”。

五、关于附录。本书附录为“人名索引”“地名索引”，对文集中出现的人名、地名按首字拼音顺序进行分类排列，标明在书中的页码，以方便读者查阅。

目　录

书简

书简

先　　状[一]

偶乘扁舟，将叩会府[二]。虽类剡溪之访戴[三]，实期荆渚之见韩[四]。参奉可涯[五]，欣荣无喻。《姑溪居士文集》卷一五

【笺注】

［一］先状，登门拜访前先以书信问候。状，书信。

［二］会府，节度使的别称。杜甫《八哀诗·赠左仆射郑国公严公武》："四登会府地，三掌华阳兵。"

［三］典出《世说新语·任诞》："王子猷居山阴，夜大雪，眠觉，开室，命酌酒。四望皎然，因起彷徨，咏左思《招隐诗》。忽忆戴安道，时戴在剡，即便夜乘小船就之。经宿方至，造门不前而返。人问其故，王曰：'吾本乘兴而行，兴尽而返，何必见戴？'"剡溪，水名，为浙江嵊州境内主要河流。

［四］见《贺人转官启》注［一三］。

［五］参奉，参拜，谒见。唐谷神子《博异志·岑文本》："上清童子元宝，故此参奉。"可涯，可知。

答李几仲司户书[一]

秋暑[二]，不审迩来起居何似[三]？不图变故，伏承遽钟艰罚[四]。相远[五]，且复未获披奉[六]，故情文有所不逮[七]，想蒙见察。某知先公才望久矣，得之于贤士大夫之评，每以未见为不足。今其已矣，何怆如

之！昆仲竞爽[八]，而足下峭岸人物之上[九]，其来亹见逼[一〇]。耳熟心摇[一一]，恨未能促膝握手，以慰欣慕。专门之令，昔闻其语，而今见其人矣。敢虞反我之怀，而遽先临问[一二]。六月十八日得所附书。未发已见其人而喜甚，亟发之不暇；既发乃绵连相属[一三]，前之以相问之久[一四]，申之以过情之语，终之以诸可人之诗文，且复见济于其间，而责其不腆之词。展转至此，不觉悚然汗下[一五]。衰晚不类，得罪废弃，浮沉鱼鸟间，不复自齿于抑扬之地。鼎焉惠顾[一六]，特相收采，茫然不知所以为控。方少年读书时，袛知古人所言为可师，所践履为必可力行以及之，故诸可人，皆畴昔相与厚善[一七]，相勉以至于是者。一旦奔迸流落，七八年间，在者无几。灿然到眼[一八]，恍如相接于梦寐之际。而紬绎其钦挹之语[一九]，则知高明不妄取予，凛凛然信不为外物一毫发低昂[二〇]，真我辈人也。足下所养既尔[二一]，而乃不远数千里，轻以人言，俯暨蹇浅[二二]。敏而好学，不耻下问[二三]，自期则重矣，委非所据，有类倒置。虽然，来贶不可以虚[二四]，故辄附诸可人，以报盛德之及。论省恕在人在我之厚薄[二五]，以远于不愧不怍[二六]，则至完之言是也[二七]。论以己责人，不若以己恕人，以责人之心责己，以恕己之心恕人，则子夷传家之言是也[二八]。论未尝以世不用而废学问，则鲁直之言是也[二九]。论尊所闻则高明，行所知则光大，而折衷于董子，而不可以足以贤于众人而画焉，则子开之言是也[三〇]。论乃所愿则学孔子，自期于孟子之志，则定国之言是也[三一]。论仅知古今，实愧博洽，而浪得名，遂以阮嗣宗之叹为之证，则明略之言是也[三二]。合诸可人之论而反之于遁世无闷，不见是而无闷，乐则行之，忧则违之[三三]，及其用也，有时而过涉灭顶[三四]。足下高材，远识固不待崎岖所献，而当以深造而自得之矣。然方且汲汲于此[三五]，而幸庶几焉者，不敢以不告也。适以疾悴，偶在坟山程督工役[三六]，邂逅元翼回使[三七]，姑致其略，嗣此当不辍交驰[三八]。惟敩学半[三九]，君子其无意否耶？瞻望未间[四〇]，千万抑节自重。《姑溪居士文集》卷一六

【笺注】

［一］李几仲，生平不详，黄庭坚作有《答李几仲书》。司户，即司户参军。宋代各州置司户参军，掌户籍、赋税、仓库交纳等事。

［二］秋天暑热。

［三］不审，不知。起居，日常生活作息。《汉书·哀帝纪》："臣愿且得留国邸，旦夕奉问起居。"何似，如何，怎样。唐张九龄《敕幽州节度张守珪书》："卿比疹疾，今复何似?"

［四］钟，适逢，当。刘琨《劝进表》："方今钟百王之季，当阳九之会。"

［五］相远，相隔遥远。

［六］披奉，陈述、奉告。

［七］情文，质与文，此谓礼意与礼物。《荀子·礼论》："故至备，情文俱尽。"

［八］昆仲，称人兄弟，长曰昆，次曰仲。竞爽，精明强干。

［九］嶒崒（qiú zú），高峻的样子。班固《西京赋》："岩峻嶒崪，金石峥嵘。"

［一〇］亹（wěi），美好。

［一一］耳熟心摇，心驰神往。

［一二］临问，亲临慰问。

［一三］相属，相连，相继。

［一四］相问，互相赠送。《礼记·杂记下》："相问也，既封而退。"

［一五］悚然，形容恐惧的样子。

［一六］鼎焉，形容隆重。

［一七］厚善，交情深厚。《三国志·魏志·毌丘俭传》："俭与夏侯玄、李丰等厚善。"

［一八］灿然，这里用以形容华丽可观的书信文辞。

［一九］钦挹，钦佩推崇。《晋书·乐广传》："裴楷尝引广共谈，自

夕申旦，雅相钦挹。”

［二〇］凛凛然，形容令人敬畏的样子。

［二一］足下，您，对对方的敬称。既尔，已经这样。

［二二］俯暨，俯至，下临。蹇浅，鄙陋浅薄。《庄子·列御寇》：“敝精神乎蹇浅。”

［二三］语出《论语·公冶长》。

［二四］来贶（kuàng），亦作“来况”，对来信的敬称。陆云《答车茂安书》：“前书未报，重得来况。”

［二五］厚薄，亲疏。《淮南子·主术训》：“岂其趋舍厚薄之势异哉。”

［二六］不愧不怍（zuò），形容光明正大，问心无愧。怍，惭愧。《孟子·尽心上》：“仰不愧于天，俯不怍于人。”

［二七］至完，最好、最完美。

［二八］以上语出署名林逋的《省心录》：“以责人之心责己，则寡过；以恕己之心恕人，则全交。”此书又名《省心杂言》，题为李邦献撰。

［二九］语出黄庭坚《答李几仲书》：“世实须才，而才者未必用，君子未尝以世不用而废学问；其自废惰软，则不得归怨于世也。”

［三〇］《汉书·董仲舒传》：“尊其所闻，则高明矣；行其所知，则光大矣。”曾肇（1047—1107），字子开，建昌南丰（今属江西）人，曾巩异母弟，有《曲阜集》。

［三一］《孟子·公孙丑上》：“可以仕则仕，可以止则止，可以久则久，可以速则速，孔子也，皆古圣人也，吾未能有行焉；乃所愿，则学孔子也。”王巩，字定国，王旦之孙，有《甲申杂记》《闻见近录》《随手杂录》等。

［三二］阮嗣宗之叹，典出《晋书·阮籍传》：“尝登广武，观楚汉战处，叹曰：‘时无英雄，使竖子成名。’”廖正一，字明略，号竹林居

士，安州（今湖北安陆）人，元丰二年（1079）进士，有《白云集》《竹林集》，已佚。

［三三］以上语出《易·乾初九·文言》，意为远离世事而心无烦忧，不被认可也不苦闷，乐意的事就去做，不乐意的事就不做。

［三四］《易·大过·上六》："过涉灭顶，凶，无咎。"

［三五］汲汲，形容急切追求的样子。《汉书·扬雄传上》："不汲汲于富贵，不戚戚于贫贱。"

［三六］坟山，坟地。程督工役，监督工程劳役。大观四年（1110），李之仪将父母坟茔从楚州山阳（今江苏淮安）迁于当涂藏云山致雨峰下。详见后文《李氏归葬记》。

［三七］元翼，当为人名。

［三八］交驰，交相奔走，往来不断。三国魏吴质《答魏太子笺》："军书辐至，羽檄交驰。"

［三九］教是学的一半。教（xiào），教。语出《尚书·说命下》。

［四〇］未间，书信中习语，指未相见期间。王安石《与李修撰书》："未间，良食自寿。不宣。"

答人求所为诗文书

久不获款近，秋暑，伏惟起居佳胜[一]。日者蒙面谕坟山诸石刻，欲尽见之，此自当墨以为献，偶刻字人招致不来，尚有未完，虑参差不足以奉省阅[二]，故尔蹭蹬[三]，因循晚矣[四]，负愧无量。山中去城市远，耳目有间，程督之外，随所遇辄牵课[五]，仅得十余诗、二赋、一铭、一青词、一书。欲录出以干斤斧[六]，然素非所工，加之老倦退缩，略无可意处，遂复犹豫。又以不待有求而遽进，则为炫鬻禽犊之学也[七]，君子之所深耻。不图过听[八]，特枉书问[九]，引据该洽[一〇]，见征甚勤[一一]。初则茫然不知其对，既谢不能，谓必见察，而来使接武[一二]，至于三四而不已。仰承厚义，愧汗如洗，遂不复自靳[一三]，而紬绎前日之所欲献者，以报专委之辱。资借畴昔，庶几匠手绳墨之余[一四]，或遂管中之窥[一五]，钦跂钦跂[一六]。顷未与执事相接[一七]，但闻在朝廷举职事，屡有所建明[一八]。不知者则谓有所谓，久而得其归，则皆一时之先务[一九]，不得而已者。比涉传一二稿[二〇]，则往往人所不敢言，异同之论，无时无之[二一]，要在我无愧足矣。其涉盖足以知一脔之珍[二二]，至于属餍于所鲭富[二三]，则寤寐不忘，而未有以见期者。一月前有录得《泛舟赋》《永慕堂诗》《清旷亭记》，读之累日，乃知鲭与富未易形容，端若快意于九鼎之烹。自非完养停蓄[二四]，发诸家之秘而加琢削砻砺[二五]，以会于瑰奇，则岂复能到？既而端倪探赜[二六]，果知留意于此甚笃，古人糟粕固已在所去。窃闻平居专以欧阳永叔、王介甫之文备肘后之索[二七]。甚矣，二人之文，乃一时之宗也，长江秋霁，千里一道，滔滔滚滚[二八]，到海无尽。其如风雷雨雹之骤作，崩腾汹涌之掀击，暂形忽状，出没后先，耸一时之壮气，极天地之变化，则吾东坡老人[二九]，未可以轻议。虽时所禁，要亦不得而舍。浅陋所造，妄尔尘渎[三〇]，实则于执事所游羿之彀中[三一]，中央之中地而得之，不审果以为然否？如其未也，无吝见教。未有参晤之涯，倍深倾想[三二]。《姑溪居士文集》卷一六

【笺注】

［一］佳胜，安好。是书札问候、祝颂习语。

［二］省阅，审阅。

［三］蹭蹬，此谓时间过得很快。

［四］因循，迟延，拖延。

［五］牵课，勉强，强作。

［六］干，求。斤斧，请人修改诗文的敬辞。

［七］禽和犊，古代用作馈赠的礼品，因以喻干禄进身之物。

［八］过听，谦词，错误地听取。唐骆宾王《上吏部裴侍郎书》：

“不图君侯忽垂过听。”

［九］枉，谦辞，谓使对方受屈。书问，书信、音问。曹丕《与朝歌令吴质书》：“足下所治僻左，书问致简。”

［一〇］该洽，广博。《北齐书·邢邵传》：“邵援笔立成，证引该洽。”

［一一］见征，征求。见，助词，表示被动。

［一二］接武，步履相接，谓前后相随。《文心雕龙·物色》：“古来辞人，异代接武。”

［一三］靳，吝惜。《后汉书·崔石传》：“悔不小靳，可至千万。”

［一四］匠手，技艺高明的能手。绳墨，木工画直线用的工具，此引申为矫正、修改。

［一五］管中之窥，即管中窥豹，谓见识片面或略有所得。《世说新语·方正》：“此郎亦管中窥豹，时见一斑。”

［一六］钦跂，同“钦企”，仰望、仰慕。

［一七］执事，您，对对方的敬称。《左传·僖公三十年》：“敢以烦执事。”

［一八］建明，即建白，对国事有所建议及陈述。

［一九］先务，首要的事务。《孟子·尽心上》：“尧舜之知，而不遍物，急先务也。”

［二〇］比涉，等到。

［二一］无时，随时。《仪礼·既夕礼》：“哭昼夜无时。”无之，不有。唐李华《吊古战场文》：“中州耗斁，无世无之。”

［二二］一脔，一块（肉）。

［二三］属餍，即属厌，饱足之意。《左传·昭公二十八年》：“愿以小人之腹为君子之心，属厌而已。”鲭（zhēng），鱼和肉合在一起的菜，形容美味佳肴。

［二四］自非，倘若不是。《左传·成公十六年》：“自非圣人，外宁

必有内忧。”完养，保养。停蓄，亦作“停滀”，停留蓄积，积累。

［二五］琢削，雕琢，修饰，此指锻炼文辞。砻（lóng）砺，磨炼，此指切磋研讨。

［二六］端倪，窥测，捉摸。探赜（zé），探究深奥隐秘之事理。《易·系辞上》：“探赜索隐，钩深致远。”

［二七］平居，平日，平素。永叔，欧阳修字。介甫，王安石字。肘后，谓随身携带。

［二八］比喻声势浩大。

［二九］以上诸句谓欧阳修、王安石之文气势雄壮，变幻莫测，有涵盖宇内之气象。东坡老人，苏轼。

［三〇］尘渎，谦辞，玷污。

［三一］见《又谢仲辉启》注［四］。

［三二］倾想，向往。《晋书·谢尚传》：“闻君能作鸲鹆舞，一坐倾想。”

答吴子阳问翰林学士带制诰书[一]

春末辱惠书，尔后欲作报，不暇及。来太平[二]，遂如在井底，姑随地苟生，聊复尔耳[三]，岂复更烦久游纪录？然亦未尝辄奉忘也[四]。忽披手示[五]，尤佩见存。伏审燕居雍容，动履清胜[六]，欣慰。所谕今翰林学士带知制诰，盖因唐故事耳[七]。昨奉行官制，未曾申明，姑相因而行。唐自开元末[八]，更翰林供奉为学士，宠遇益重，其地益亲。上自六曹尚书，下至秘书省校书郎[九]，皆可与选。入院一岁迁知制诰[一〇]，未知制诰，不作文书，但待诏备顾问[一一]，参侍行幸而已[一二]。其在廷班次，只随本官。若侍宴则位序极高，座在宰相下，一品上。虽弘文馆、集贤院各有所隶[一三]，独翰林院无所隶，学士号天子私人，又曰内相。今既行文书，遂带知制诰。某知制诰，则中书舍人职事也[一四]。中书舍人乃中书后省官，则是宰相属官，岂有天子私人号内相而反兼宰相属官职事乎？既专代人主敷告以言，主行制诰、批答、口宣[一五]，凡应和文书，自不相干，当时止谓知制诰，遂还中书舍人，犹以学士所当制为相妨，故不去。今泛谓中书舍人为外制，翰林学士为内制，则是也。舍人止行诰词押案[一六]，遇有所命，则因而申之于言词，以达所以命之之意而行下。至于制命则用白麻写，从内降[一七]，付外廷宣读。其诏书、批答、口宣等，或直批送三省[一八]，或径付所差使命，事体不同[一九]。官制行后，凡此等合改正未及者甚多。至赦书则曰尚书省牒刑部[二〇]。刑部，尚书省一曹耳[二一]，何牒之有？只当如麻制，学士行毕，从内降出，宣读罢，付尚书省，授刑部，符下诸道，乃为允当。足下谓不肖昔尝任兹事[二二]，故委曲见访[二三]，亦似有所见责。当时固尝力言之矣，会急欲成书，在上者云未暇及，故因循至今。论必也正名[二四]，则不得为小事，终必有类聚而时正之者，老废宁复及此[二五]？来意既厚，不敢不报，亦不须广也[二六]。未相见间，惟加爱。《姑溪居士文集》卷一六

【笺注】

［一］吴子阳，生平不详。翰林学士，官名。学士始设于南北朝，唐初常以名儒学士起草诏令而无名号。唐玄宗时，翰林学士多能升为宰相。北宋翰林学士承唐制，仍掌制诰。

［二］太平，五代南唐保大末置新和州，后改雄远军，宋改平南军，升为太平州。崇宁二年（1103），李之仪谪居太平州当涂县。以下地名“太平”，均指此地。

［三］姑且就这样罢了。表示对某事无可奈何，就只好应付一下。《晋书·阮咸传》：“未能免俗，聊复尔耳。”

［四］奉，敬辞，用于自己的举动涉及对方时。

［五］手示，对对方亲笔来信的敬称。

［六］动履，起居作息。欧阳修《与富文忠公书》：“伏承台候动履

清福。”

［七］因，因循。故事，旧例，先例。

［八］开元（713—741），唐玄宗年号。

［九］校书郎，掌校雠典籍，订正讹误。东汉朝廷藏书于东观，置校书郎中。后魏秘书省始置校书郎，唐秘书省与弘文馆皆置，宋属秘书省。

［一〇］知制诰，掌管起草诰命之官。唐初以中书舍人为之，掌外制。其后亦有以他官代行其职者，则称某官知制诰。开元末，改翰林供奉为学士院，翰林入院一岁，则迁知制诰，专掌内命，典司诏诰。

［一一］待诏，汉代置，使随时听候皇帝的诏令，谓之待诏，其特别优异者，待诏金马门，以备顾问。唐初置翰林院，凡文辞经学之士及医卜等有专长者，均待诏值日于翰林院，给以粮米，使待诏命，有画待诏、医待诏等。唐玄宗时遂以名官，称翰林待诏，掌批答四方表疏，文章应制等事。

［一二］行幸，皇帝出行。《三国志·魏志·明帝纪》：“丁未，行幸长安。”

［一三］弘文馆，官署名。唐武德四年（621）置修文馆于门下省。九年，太宗即位，改名弘文馆，置学士，掌校正图籍，教授生徒。集贤院，官署名。

［一四］中书舍人，官名。舍人始于先秦，本为国君、太子亲近属官，魏晋时于中书省内置中书通事舍人，掌传宣诏命。南朝沿置，至梁，除通事二字，称中书舍人，任起草诏令之职。隋唐时，中书舍人在中书省掌制诰。隋炀帝时称内书舍人，武则天时称凤阁舍人。宋初亦设此官，实不任职，另置知制诰及直舍人院起草诏令。元丰改制后，始仍掌其事。

［一五］批答，指君主对百官奏章书面批示答复。口宣，一种慰劳臣下的简短诏令。宋杨亿《杨文公谈苑·学士草文》：“土木兴建曰上梁

文，宣劳赐曰口宣。”

［一六］诰词，引证解释君王所颁文告。押案，在诏书上签名画押。

［一七］不按常规经中书等省议定，而由宫内直接发出诏令。

［一八］三省，指中书省、门下省、尚书省。

［一九］事体，体制。《北史·张普惠传》：“班劳所施，虑违事体。”

［二〇］牒，发文，行文。

［二一］一曹，同一官署、部署。

［二二］不肖，不才，对自己的谦称。《战国策·齐策二》：“故仪愿乞不肖身而之梁。”兹事，此职事。

［二三］委曲，迁就，曲从。《汉书·严彭祖传》：“何可委曲从俗，苟求富贵乎！”

［二四］语出《论语·子路》。

［二五］宁复，愿使如前。骆宾王《与博昌父老书》：“宁复惠存旧好，追思昔游？”

［二六］广，广为传播。

谢人寄诗并问诗中格目小纸[一]

伏读别纸，惇谕作诗之意，遂以佳句见宠。委非其据，流汗竟趾。不腆一介[二]，盖尝涉猎，而老无所就，但时得一章一句，或可人意，则如盲人索涂，而俄与之策。日者有传执事旧诗数篇，拭目而观，首前而吟[三]，充然饱足[四]，使一脔之尝，如快意于九鼎也。于是真有以宠之[五]，殆将属餍矣，钦佩何已[六]！亟欲有所形容，不免谓为过情，而取近谀之讦[七]。要之，是诗也，作者久不到此，当于贞元、元和以前求之[八]。而复过有延揖，使得条具前人所作之目[九]，而责其所以为是目。井蛙之生[一〇]，岂足副九万里而图南者[一一]？其如高议既及，不敢不报。《国风》《雅》《颂》分为四诗[一二]，言一国之事，言天下之事，形容盛德[一三]，以告于神明；又以政之大小而分《二雅》[一四]。此较然已见者[一五]。凡所谓古与近体，格与半格，及曰叹、曰行、曰歌、曰曲、曰谣之类，皆出于作者一时之所寓，比方四诗而强名之耳。方其意有所可，浩然发于句之长短，声之高下，则为歌。欲有所达，而意未能见，必遵而引之，以致其所欲达，则为行。事有所感，形于嗟叹之不足，则为叹。千岐万辙[一六]，非诘屈折旋[一七]，则不可尽，则为曲。未知其实，而遽欲骤见，始仿佛传闻之得，而会于必至，则为谣。篇者举其全也，章者次第陈之，至见而相明也。近体见于唐初，赋平声为韵，而平侧协其律[一八]，亦曰律诗。由有近体，遂分往体[一九]，就以赋侧声为韵，从而别之，亦曰古诗。格如律，半格[二〇]，铺叙抑扬，间作俪句[二一]，如老杜《古柏行》者。此管中之见，妄以为同异，恐古人自有佳处，既无所传，亦不可概知，姑以其妄意者区处为献[二二]。不惜委曲见教，幸甚幸甚。《姑溪居士文集》卷一六

【笺注】

［一］诗中格目，即诗格，诗的格式、体例与诗的风格、格调。小纸，短信、短笺。

［二］自谦之辞，意谓我这样一个微不足道之人。

［三］首前，把头伸向前面。

［四］充然，满足的样子。

［五］有以，有因，有道理。《诗·邶风·旄丘》：“何其久也？必有以也。”

［六］何已，不已，无尽。刘义庆《幽明录》：“昨厚贶，相感何已！”

［七］讶，责怪。苏轼《与郭功父》：“本欲往见，以下痢乏力，未果，想未讶也。”

［八］贞元（785—805），唐德宗年号。元和（806—820），唐宪宗

年号。

［九］条具，分条陈述。目，条目。

［一〇］井蛙，即井底之蛙，喻见识不广。语出《庄子·秋水》："井蛙不可以语于海者。"

［一一］此句谓志向高远的大鹏。语出《庄子·逍遥游》："鹏之徙于南冥也，水击三千里，抟扶摇而上者九万里，去以六月息者也。……而后乃今将图南。"

［一二］唐许尧佐《五经阁赋》："虞、夏、商、周之五典，《国风》《雅》《颂》之四诗。"

［一三］表现盛德。《诗大序》："颂者，美盛德之形容。"

［一四］《诗大序》："雅者，正也，言王政之所废兴也。政有小大，故有《小雅》焉，有《大雅》焉。"

［一五］较然，明显的样子。唐刘知几《史通·覈才》："文之与史，较然异辙。"

［一六］形容条目头绪繁多。

［一七］诘屈，曲折。折旋，曲折盘旋。

［一八］平侧，即平仄，诗词中用字的声调。中古汉语有四种声调，称为平、上、去、入。除了平声，其余三种声调有高低的变化，故统称为仄声。协律，符合格律。

［一九］往体，古体诗的别称。

［二〇］半格诗，诗体的一种，指与今律相谐的歌行体，以别于纯粹的古风。

［二一］俪句，对偶的句子，也称俪辞、俪语。

［二二］区处，筹划安排。

代人与薛金陵小纸二[一]

远去侍席，已复累月，粹然如春之和气[二]，俨然可畏之德威，翼翼然挽之不断之诚意[三]，未尝一日而忘于怀也。此特小己所得之私耳[四]，至其浅深不可以意测，形器不可以物拘[五]，习之者则曰善人君子也，骤见者则曰不挠而有常者也。曾不知刑不加峻而顽猾屏息[六]，谈笑自若而百废具举[七]。昔无夕不惊盗也，而今乃外户不闭[八]。昔一月率三四回火也[九]，今未尝有醉人横路，则歌笑扶携，无一语相凌拂[一〇]。方且雍容燕席，登览陈迹，与二三要人握手倾盖[一一]，周旋于气类中[一二]，而往来宾客无问细粗[一三]，莫不满足，而恋恋不忍舍去。是岂沽激而然乎[一四]？是岂缘饰而然乎[一五]？乃知小己之所得，乃众人之所得也。鲁使乐正子为政，孟子曰："吾闻之喜而不寐。"有问之者，则曰："其为人也好善。"[一六]好善之效，乃能如是耶？必曰至诚而已。至诚可以参天地之化育[一七]，于是益知昔人之言为可仰也。其曰惟是而行之于庙堂之上，则公已效之。旧但褊迫[一八]，自吝者率以迹求，而不知以道而观，是未足为知公者。又曰公将归正鼎铉[一九]，遂一德以享天心[二〇]，而沛然下膏泽于民[二一]，则今日之政，信可见于天下矣，是则有造物焉。其如"是以有衮衣兮，无以我公归兮，无使我心悲兮"[二二]，此愚与众人同也。早游门下，特不敢自许于见知(一)，而中间恩恤之勤，似非咫尺可得[二三]。而拟议虽仁厚，造次必于是，然蒙被之获[二四]，罔然不知其况也[二五]。不图晚暮获奉均劳之便，拊循有加[二六]，礼意愈厚，益信前日之不敢自许与夫辄谓造次必于是者，皆私己皮肤之见也[二七]。今夫寒暑之变，有生所同，而有得之深，有得之浅者，非天使然，其所遇之地适然耳[二八]。以是而推，则所谓皮肤之见者，亦非盛德之所期也。硕大光明，匹夫匹妇不得其所[二九]。则如推己而纳之沟中，此伊尹之志[三〇]，而乃公之心也。一介所吝，不复缱绻以致其感，然亦不得而已也。《姑溪居士文集》卷一六

【校记】

（一）特：原作"时"，据四库本、《全宋文》改。

【笺注】

［一］薛金陵，生平不详。

［二］粹然，纯粹、纯正。和气，天地阴阳交和之气。

［三］翼翼然，形容茂盛众多的样子。《诗·小雅·楚茨》："我稷翼翼。"

［四］小己，一己，个人。《史记·司马相如列传论》："《小雅》讥小己之得失。"

［五］形器，物质，形体，与精神相对。葛洪《抱朴子·广譬》："澄精神于玄一者，则形器可忘。"

［六］峻，严厉苛刻。顽猾，顽劣狡猾。

［七］百废具举，很多被废置的事业都兴办起来。

［八］外户，从外面关闭的门，指大门。语出《礼记·礼运》："是故谋闭而不兴，盗窃乱贼而不作，故外户而不闭，是谓大同。"

［九］率，大概，大略。

［一〇］凌拂，凌辱拂逆。

［一一］要人，此谓对自己重要之人，如亲朋故交。倾盖，途中相遇，停车交谈，双方车盖往一起倾斜，形容一见如故。《史记·鲁仲连邹阳列传》："白头如新，倾盖如故。"

［一二］气类，意气相投者。语出《易·乾·文言》："同声相应，同气相求……则各从其类也。"

［一三］细粗，好坏，高低贵贱。

［一四］是岂，这难道是，反问语气词。沽激，矫情求誉。《旧唐书·郑余庆传》："（余庆）虽行己可学，而往往近于沽激。"

［一五］缘饰，文饰，矫饰。《史记·平津侯主父列传》："习文法吏事，而又缘饰以儒术。"

［一六］以上诸句语出《孟子·告子下》。乐正子，复姓乐正，名克，鲁国人，孟轲的学生。好善，喜欢听取善言。

［一七］语出《礼记·中庸》："唯天下至诚，为能经纶天下之大经，立天下之大本，知天地之化育。"

［一八］褊（biǎn）迫，狭窄，不宽广。

［一九］鼎铉，喻宰辅重臣。铉，鼎耳，以代鼎。

［二〇］一德，始终如一，永恒其德。《易·系辞下》："恒以一德。"天心，天意。《尚书·咸有一德》："克享天心。"

［二一］沛然，形容充足的样子。《孟子·梁惠王上》："天油然作云，沛然下雨。"膏泽，滋润作物的雨水，比喻恩惠。《孟子·离娄下》："谏行言听，膏泽下于民。"

［二二］语出《诗·豳风·九罭》。

［二三］咫尺，此谓光阴短暂。

［二四］蒙被，受到。扬雄《长杨赋》："中国蒙被其难。"

［二五］罔然，同"惘然"。

［二六］拊循，亦作"拊巡"，安抚，抚慰。《荀子·富国》："垂事养民，拊循之。"

［二七］皮肤之见，肤浅的见解。

［二八］适然，当然。贾谊《治安策》："虑不得于耳目，以为是适然耳。"

［二九］匹夫匹妇，平民男女，泛指平民。《尚书·咸有一德》："匹夫匹妇，不获自尽。"不得其所，没有得到适当的安顿。汉荀悦《汉纪·文帝纪论》："男女有不得其所者，因而相与歌咏，各言其情。"

［三〇］司马光《与王介甫书》："伊尹为阿衡，有一夫不获其所，若己推而内之沟中。"

与苏黄门子由手简[一]

久不获修记师门[二]，虽穷在途，然窃借余光，不忘自振。惟是耳壅目枯(一)，求一毫发洗濯增新，无复可得，以故系咏拳拳[三]，不忘鉴寐[四]。秋深，江上犹有暑气，不审燕居却扫[五]，尊体动止何似[六]？恭惟神听冥符[七]，日有胜趣。万事既不复经意，则御风骑气(二)[八]，遂与造物者游矣[九]。不腆一介，尚冀投老余息，犹及款待。不胜系吝之私[一〇]，更祈加爱。《姑溪居士文集》卷一八

【校记】

（一）壅：原作“忘”，据四库本、《全宋文》改。

（二）骑：原作“忌”，据《全宋文》改。

【笺注】

［一］黄门，黄门侍郎、给事黄门侍郎的简称。苏辙曾任门下侍郎，故称苏黄门。

［二］修记，修书问候。

［三］系咏，挂念。

［四］鉴寐，假寐，不脱衣冠而睡，意谓勤奋自律，连睡觉时也很紧张。鉴，通“监”。《梁书·武帝纪中》：“兴言夕惕，无忘鉴寐。”

［五］意谓闭门谢客。

［六］动止，起居作息，谓日常生活，多用作书信中的问候语。韩愈《与华州李尚书书》：“比来不审尊体动止何似。”

［七］冥符，默契，暗合。《晋书·郭瑀传》：“心与至境冥符，志与四时消息。”

［八］喻逍遥自在。御风，乘风。《庄子·逍遥游》：“夫列子御风而行，泠然善也。”骑气，乘云气飞行。

［九］此句谓超脱世俗，天人合一。语出《庄子·天下》。

［一〇］系吝，谓有所眷恋，不能割舍。

与龚侍郎深之手简[一]

瞻望门墙[二]，仅隔一水。然声问不乏[三]，而岁时殷勤[四]，所当展

尽于师仰者，不应疏简如是[五]。临分虽不敢辄龃龉[六]，其驰情缱绻，不得为无憾也。春候已深，日来尊体动止何似？老境流落，不图遽遭此酷[七]，永日如梦寐中，夜间则申旦目不得交[八]，力量不充，固深自愧。维是四十年艰苦相依[九]，平时家事取给已不易堪，而有一急难，则委曲经营[一〇]，不遗余力。情则夫妇，义则朋友，既使之到此地，终不得同归，念念只欲下见[一一]。蒙眷深厚，未能执手号诉，临纸哽塞，不次[一二]。《姑溪居士文集》卷一八

【笺注】

［一］龚原（1043？—1110），字深之，一作深父，号武陵，遂昌（今属浙江丽水）人。时称括苍先生，嘉祐八年进士，后历任国子直讲、太常博士、两浙转运判官等职。

［二］门墙，师长之门。语出《论语·子张》："夫子之墙数仞，不得其门而入。"

［三］声问，音讯，音信。

［四］岁时，岁月。韩愈《赠族侄》："岁时易迁次，身命多厄穷。"

［五］疏简，粗疏简略。《魏书·刑罚志》："礼俗纯朴，刑禁疏简。"

［六］龃龉（jǔ yǔ），此谓说不合适、不协调的话。

［七］酷，痛苦。此谓丧妻之痛。徽宗崇宁四年（1105）二月四日，李之仪妻胡氏文柔卒。

［八］申旦，自夜达旦，犹通宵。《楚辞·九章·思美人》："申旦以舒中情兮。"

［九］维是，由于是。

［一〇］委曲，同"委屈"，曲意求全。经营，尽力经办。

［一一］念念，一心，一念。下见，谓黄泉下相见。

［一二］书信结尾用语，意谓不详说。王羲之《道护帖》："得二十三日书，为慰。及还，不次。"

与蔡侍郎宽夫手简[一] 一

不奉教晤，已复累月，怀咏重眷，朝夕以之。早夏清润，恭惟尊体万福[二]。于是迁徙已得所说，亟图躬问动止，属乍到，不无应接之冗，用辄蹭蹬。尚幸少休，获践鄙志，瞻望门第，可量依仰[三]。《姑溪居士文集》卷一八

【笺注】

［一］蔡启，字宽夫，历任检点试卷官、太学博士、侍郎，有《蔡宽夫诗话》。

［二］万福，多福。苏轼《与知郡朝散书》："信宿尊体万福。"

［三］可量，可知，可料。《玉台新咏·古诗为焦仲卿妻作》："自君别我后，人事不可量。"依仰，依恋景仰。

与蔡侍郎宽夫手简 二

衰晚无堪，实门下旧物[一]，永怀先公惇养之素[二]，与夫高谊延挹之勤[三]，每以身先朝露[四]，不能少见毫发为念。异时东坡老人则曰："拱把必可以至千丈。"[五]步骤方习[六]，定能万里者，于左右常一二数[七]。流落遐远[八]，地势日光明，一见岂复可得？不图倦绪，遽投挽引，虽未畏从容，景慕所期，然欣幸之深，未易展叙也。临笔耿耿。《姑溪居士文集》卷一八

【笺注】

［一］旧物，原指先代的遗物，此意为旧交、故人。

［二］惇，厚。养，教养。

［三］高谊，深情厚谊，多用于敬称别人的情谊。王安石《谢徐秘

校启》："忽承高谊，特损谦辞。"延挹，提携。唐薛用弱《集异记·邓元佐》："因谒长城宰，延挹托旧，畅饮而别。"

［四］身先朝露，指身体比早晨露水消失地还快，形容时日无多。

［五］拱把，合两手把之，形容树尚小。语出《孟子·告子上》："拱把之桐梓，人苟欲生之，皆知所以养之者。"

［六］刚学习行走。

［七］常数着"一、二"迈动左右脚，形容学步之初的形态。

［八］遐远，遥远，此指遥远的地方。《汉书·龚遂传》："海濒遐远，不沾圣化。"

与蔡侍郎宽夫手简　三

比到采石[一]，遽闻已过城中，辄投先书，具道欣怿[二]。持书人回，方审所得之妄。已而又传遂同何明道径过金陵矣[三]，怅然不知其况。久之，乃承尚留湖阴，颇得求田之适。即欲修谢[四]，不谓汩没[五]，竟尔淹晚[六]。初以此地或可少延，窃禄之顷[七]，褊陋易得以乘加之[八]。宿啄犹逞[九]，渠可一日苟安邪？虽坟墓所寄，亦将营葺就绪，再理旧辙。万一舍馆定[一〇]，庶获忝随杖履之后也[一一]。他俟躬致[一二]。《姑溪居士文集》卷一八

【笺注】

［一］采石，即采石矶，又名牛渚矶，位于今安徽省马鞍山市西南五公里处的长江东岸。以下地名"采石"，均指采石矶。

［二］欣怿，欣喜。

［三］何明道，人名。

［四］修谢，修书道谢。

［五］不谓，不意，不料。汩没，沉沦，沦落。

［六］竟尔，竟然。淹晚，迟缓。

［七］窃禄，无功受禄，多用于自谦。唐杜荀鹤《自叙》：“宁为宇宙闲吟客，怕作乾坤窃禄人。”

［八］褊陋，浅陋、狭隘。谦辞。《汉书·律历志上》：“臣等闻学褊陋，不能明。”

［九］逞，仗恃，倚仗。

［一〇］舍馆，住所。《孟子·离娄上》：“子闻之也，舍馆定，然后求见长者乎？”

［一一］忝，辱，谦辞。杖履，手杖和鞋子，此指对老者、尊者的敬称。苏轼《夜坐与迈联句》：“乐哉今夕游，复此陪杖履。”

［一二］躬，亲身，亲自。致，表达。

与蔡侍郎宽夫手简 四

不腆之役已满任，前期辄再请，犹未报可[一]。迟暮窃禄，靦颜何控[二]？然夤缘觊幸[三]，粗宽待哺者之责尔[四]。召用未间，尚冀周旋。胜践之余[五]，连蹇不类[六]，定应果慰此志否？向风增吝[七]。《姑溪居士文集》卷一八

【笺注】

［一］报可，批复照准。

［二］靦（miǎn）颜，面容羞愧。

［三］夤（yín）缘，攀援，攀附。觊幸，希图侥幸。

［四］粗宽，略微宽慰。

［五］胜践，胜游。唐杨炯《群官寻杨隐居诗序》：“极人生之胜践，得林野之奇趣。”

［六］连蹇，行走艰难，喻遭遇坎坷。《汉书·扬雄传下》：“孟轲虽连蹇，犹为万乘师。”

［七］增吝，多爱惜，多保重。

与吴朝奉手简[一]

前日郊外拜别后，有传舟人未解者[二]。比再出城，已不及见。相仍初稚多病[三]，未卜行李所之[四]。早失修记，可胜愧仰[五]。计程当已定馆[六]，乍脱尘垢利害之役[七]，而有溪山邻里之欢，想剧慰怀，不为加损，固非待晚生缕缕之献愚者[八]。竟不免西行[九]，冒暑就陆，其味可知。俟至关中[一〇]，时得通问次[一一]。《姑溪居士文集》卷一八

【笺注】

[一] 朝奉，即朝奉大夫，文散官名，元丰改制用以代后行郎中。

[二] 舟人，船夫。未解，没有解去系船的缆绳，指未开船。

[三] 相仍，接着。初稚，小孩子。

[四] 行李，此指行程、行踪。

[五] 可胜，不胜，岂能忍受。

[六] 计程，计算行程。定馆，安顿好居所。

[七] 尘垢，尘世，世俗。《庄子·齐物论》："游乎尘垢之外。"利害，利益与损害。《易·系辞下》："情伪相感而利害生。"役，役使，劳役。

[八] 晚生，在位高年长者之前的自称。缕缕，形容情意连绵不尽。

[九] 西行，绍圣四年（1097），李之仪通判原州（时属陕西路）。

[一〇] 关中，地名，位于今陕西省中部。

[一一] 通问，互通音信，互致问候。次，表示语句结束。

与叔伦提举朝奉手简[一]

久不亲承义问[二]，欲致一书，或复不果。所以系咏之深，固不如是也。比承终制还朝[三]，稍幸班著(一)，获奉余晤，进闻舍馆所寓，时

得通记。不谓前日方遂邂逅斯须[四]，仰奉教益，开浣亦多矣[五]。已而得家门伯母下世[六]，哀苦累日不胜。见在式假[七]，早来出就[八]。诸兄议成服归[九]，得坠刺[一〇]，乃辱临屈[一一]。谨谕重意，且失迎展，感激复深愧恨。向晚尊履何似[一二]？无缘造谒，尚觊促膝庸致[一三]。久别之怀，临纸不任眷眷[一四]。《姑溪居士文集》卷一八

【校记】

（一）著：原作“者”，据《全宋文》改。

【笺注】

［一］提举，掌管之意，宋代设主管专门事务的职官，以“提举”命名，如枢密院编修敕令所有提举，宰相兼；同提举，执政兼。另有“提举常平”“提举市舶”“提举学事”“提举茶盐”“提举水利”等官。叔伦，生平不详。

［二］义问，即善声，好的名声。《诗·大雅·文王》：“宣昭义问。”

［三］终制，父母去世服满三年之丧。元稹《南阳郡王赠某官碑文铭》：“遭太夫人丧，号叫请罢，遂克终制。”

［四］斯须，片刻，一会儿。《荀子·非相》：“斯须之言而足听。”

［五］唐代定制，官吏十天一次休息、沐浴，每月分为上浣、中浣、下浣，后来借作上旬、中旬、下旬的别称。

［六］家门，家族。

［七］见在，现在。元稹《悟禅》：“近见新章句，因知见在心。”式假，官员例假。宋赵升《朝野类要·杂制》：“除父母丧解官及承祖父母重服之外，余亲之丧只给式假。”

［八］即出就外傅，离家就学于师。《礼记·内则》：“九年，教之数日。十年，出就外傅，居宿于外，学书记。”

［九］服归，服丧完毕归来。

[一〇] 刺，名帖。宋孔平仲《孔氏谈苑》卷四："古者未有纸，削竹木以书姓名，故谓之刺。"

[一一] 临屈，即屈临，意为委屈您来看望。

[一二] 向晚，天色将晚，傍晚。李商隐《乐游原》："向晚意不适，驱车登古原。"尊履，古人向对方表问候之词，多用于书信。欧阳修《与苏编礼》："得书，承尊履休康。"

[一三] 庸，用，此有达到之意。致，通"至"，极，尽。

[一四] 不任，不胜，表示程度极深。沈约《谢赐甘露启》："不任欣荷。"眷眷，亦作"睠睠"，依恋、怀念。陶渊明《杂诗》之三："眷眷往昔时，忆此断人肠。"

与宋荣州手简[一]　一

伏审显膺宠数[二]，荣进崇资，叨顾有来，闻报增忭。伏恨阻远，不遑陪下客以相先[三]；窃借光明，但能知盛事之难值。谨具状贺。《姑溪居士文集》卷一八

【笺注】

[一] 宋荣州，生平名讳不详，此当是以任职地名为称。荣州，唐武德元年（618）置，因荣德山得名，治所在公井县（今四川省自贡市西十里贡井）。

[二] 宠数，帝王给予的礼数。《周书·宣帝元皇后传》："是用加兹宠数。"

[三] 下客，下等的宾客，此为自谦之辞。

与宋荣州手简　二

久不获嗣音门下[一]，每于思道书中[二]，得闻动静。疏远且复废弃

之余，色色生理[三]，几何其能自控也？不审一顾之旧[四]，尚且记录已否？初暄，恭惟日来台候万福[五]。新恩之宠，非才望有以称之，岂能至是？无缘从贺客之后，而又得之已晚，比复当前，而反兹蹭蹬[六]，惓惓倍深愧负[七]。想像一时歆艳，可量引咏。《姑溪居士文集》卷一八

【笺注】

［一］嗣音，连续传寄的音信。曾巩《送钱生》："去矣善自立，毋使嗣音稀。"

［二］吴可，字思道，一作师道，金陵（今江苏南京）人，官至团练使，曾谄附权宦梁师成。徽宗宣和末，师成败，黜致仕。宋室南渡后，流寓东南。吴可系武官，但潜心文翰，与李之仪交颇密，诗为苏轼、刘安世等人称誉。有《藏海居士集》《藏海诗话》，已佚。事见元《至正金陵新志》卷一三。以下人名"思道""师道"，皆为吴可。

［三］色色，样样。生理，生计。杜甫《春日江村》："艰难昧生理，飘泊到如今。"

［四］犹言一面之交。

［五］台候，敬辞，用于问候对方寒暖起居。

［六］蹭蹬，此谓因故难行而不至，犹谓蹉跎。

［七］惓惓（quán），念念不忘。王安石《奉酬许承权》："三秋不见每惓惓，握手山林复怅然。"

与宋荣州手简　三

乔松巨柏，非高峰绝壁，未易为托。以所托之如是，宜其干云霄直上而未已也[一]。又况日闻所未闻，日见所未见[二]，其资借宜何如哉！非肺腑惟义[三]，慰有自来[四]，岂能至此？更期际遇，终契超特，钦跂钦跂。《姑溪居士文集》卷一八

【笺注】

［一］干，冲。杜甫《兵车行》："牵衣顿足拦道哭，哭声直上干云霄。"

［二］形容新奇罕见。扬雄《法言·渊骞》："日闻所不闻，见所不见。"

［三］肺腑，内心。白居易《代书诗一百韵寄微之》："肺腑都无隔，形骸两不羁。"

［四］有自来，有其原因。《左传·昭公元年》："叔出季处，有自来矣。"

与宋荣州手简　四

晋卿家必常往还[一]，兄弟想皆显达矣。闻有尚主者[二]，得非宅相乎[三]？别当修庆次，因会聚为寄声[四]。平时班班一见之[五]，而未尝接语，料亦不复记省。但宝坊一抔土(一)[六]，未易忘怀也。临纸哽怆。《姑溪居士文集》卷一八

【校记】

（一）抔：原作"培"，据四库本、《全宋文》改。

【笺注】

［一］王诜，字晋卿，太原人，与苏轼交好。熙宁中尚英宗第二女魏国大长公主，拜左卫将军、驸马都尉，为利州防御使。元丰二年，授昭化军行军司马，均州安置，七年转置颍州。元祐元年始得召还。

［二］尚主，与公主成婚。《史记·孙子吴起列传》："公叔为相，尚魏公主。"

［三］得非，莫非是。杜甫《奉先刘少府新画山水障歌》："得非玄圃裂，无乃潇湘翻。"宅相，外甥的代称。《北齐书·李绘传》："河间邢晏，即绘舅也。与绘清言，叹其高远。每称曰：'若披云雾，如对珠玉，宅相之寄，良在此甥。'"唐赵元一《奉天录》卷四："王贲侍郎，即令公之宅相也，志大气雄，酷似其舅。"

［四］寄声，托人传话。《汉书·赵广汉传》："界上亭长寄声谢我，何以不为致问？"

［五］班班，明显、显著的样子。

［六］宝坊，贵府、贵宅。

与俞叔通教授手简[一] 一

暑中不审旅食何似(一)[二]？瞻企盛义[三]，无从请叩，区区可知。高文耸动荣观[四]，然未敢广传。朝入匦[五]，暮遍天下矣。何时再幸言款[六]？病茶[七]，修布疏略[八]。《姑溪居士文集》卷一八

【校记】

（一）食：原作"舍"，据《全宋文》改。

【笺注】

［一］俞叔通，四明教授。李之仪有《送俞叔通归四明》。

［二］旅食，客居、寄食。南朝齐江孝嗣《北戍琅琊城》："薄暮苦羁愁，终朝伤旅食。"

［三］瞻企，盼望，仰望。陆云《与戴季甫书》："瞻企勤恋，守以委重。"

［四］耸动，震动。耸，通"悚"。王禹偁《送薛昭序》："灿乎千言，耸动台阁。"

［五］匦（guǐ），匦函，匦匣，朝廷接受臣民投书的匣子，始置于唐。韩愈《赠唐衢》："当今天子急贤良，匦函朝出开明光。"

［六］言款，诉说情意。

［七］苶（nié），疲倦，精神不振。《庄子·齐物论》："苶然疲役而不知其所归。"

［八］修布，此指写信时的笔法与用词。

与俞叔通教授手简　二

寒色［一］，伏惟尊候清胜［二］，眷聚无恙［三］。至节日，阻陪罇下为寿［四］，可量倾祷。不肖职事粗尔，乍到冗琐，病苶不佳，每愧诲言［五］，驰情不已。早晚西来奉有道君子，引企旦旦［六］，不知其劳耳。盛寒珍重，时贶玉音［七］。《姑溪居士文集》卷一八

【笺注】

［一］天色寒冷。

［二］尊候，信中问候对方起居等情况的敬辞。苏轼《与王定国书》："计尊候安胜。"清胜，对人问候的敬辞。

［三］眷聚，家属。苏轼《与李之仪书》之四："比来尊体如何，眷聚各安胜？"

［四］罇下为寿，向尊长敬酒祝长寿。罇，同"樽"。《史记·项羽本纪》："沛公奉卮酒为寿。"

［五］诲言，教导之言。《尚书·洛诰》："拜手稽首诲言。"

［六］旦旦，诚恳的样子。《诗·卫风·氓》："言笑晏晏，信誓旦旦。"

［七］玉音，对别人书信的敬称。元稹《和乐天感鹤》："云貌久已隔，玉音无复传。"

与俞叔通教授手简　三

前日连获手教并盛文二篇[一]，曛黑索烛未及[二]，恍如在日围中矣。既而研味高致，如仆命骚人[三]，不知三代以来作者[四]，尚可分路扬镳已否[五]？神游不远，竦然数日[六]。脾气作[七]，愦愦如醉人[八]。无缘款曲承诲，以悉别后，牢结可知[九]。舟从定在何日启行？毒热[一〇]，跧伏不易处[一一]。吾生不如意事十常八九，每于左右眷眷[一二]。尚觊新春东去，再寻杖履之适，自余不惜[一三]。音驿交驰[一四]，惟君子勉强于我也，千万垂亮[一五]。《姑溪居士文集》卷一八

【笺注】

［一］手教，对来信的敬称。《北史·令狐熙传》："前总管皆以兵威相胁，今者乃以手教相谕。"

［二］曛黑，日暮天黑。谢灵运《拟魏太子邺中集诗·陈琳》："夜听极星阑，朝游穷曛黑。"

［三］仆命，像命令奴仆一样。骚人，屈原作有《离骚》，因称屈原或《楚辞》作者为骚人。

［四］三代，见《答人谢解启》注［一三］。

［五］分路扬镳，分路而行，此有分庭抗礼之意。《魏书·河间公齐传》："洛阳我之丰沛，自应分路扬镳。"

［六］竦然，形容恭敬的样子。

［七］脾气，脾脏之气。作，发作。《史记·扁鹊仓公列传》："所以知潘满如病者，臣意切其脉深小弱，其卒然合，合也，是脾气也。"

［八］愦愦（kuì），烦乱，纷乱。《素问·至真要大论》："厥阴之胜，耳鸣头眩，愦愦欲吐，胃鬲如寒。"

［九］牢结，纠结，挂念。

［一〇］酷热。王羲之《问慰诸帖下》："晚复毒热，想足下所苦并

以佳，犹耿耿。”

［一一］跧伏，蜷伏。

［一二］左右，对人不直称其名，只称左右，以表示尊敬，信札亦常用以称呼对方。司马迁《报任少卿书》：“是仆终已不得舒愤懑以晓左右。”

［一三］自余，其余，此外。

［一四］音驿，书信传递。《后汉书·马援传》：“前别冀南，寂无音驿。”

［一五］垂亮，见谅。

与俞叔通教授手简　四

近附递修记，当浼左右[一]。两日连捧赐教，烂然礼意，兼幅不能尽[二]。略其愚陋，寻绎所况[三]，浩乎若决天汉之渚[四]，而注之广莫之野[五]。难堪眷遇[六]，重为愧戴[七]。伏惟待敌里中[八]，德况佳裕[九]，眷聚宁胜[一〇]？昔庞士元为南州士人之冠[一一]，以世论之，则兵戈之际，与夫一道德[一二]，同风俗，盖今日之盛也。吾不知贤士大夫能相先高明，以掠士元之美否？区区愿亲之诚，非尺书可道，指日以俟言款[一三]。《姑溪居士文集》卷一八

【笺注】

［一］浼（měi），同“浼”，恳托。

［二］此句意为纸短情长。兼，加倍。

［三］寻绎，抽引推求。此处意为回想、回味。所况，指信中所描述的情况。

［四］浩乎，形容气势浩大雄壮。天汉，天河。渚（zhū），水积聚的地方。

［五］广莫之野，假想中的辽阔空旷之地。语出《庄子·逍遥游》：

“何不树之于无何有之乡，广莫之野?”

［六］眷遇，亦作“睠遇”，指殊遇，优待。《北史·房彦谦传》：“忝蒙眷遇，辄写微诚。”

［七］愧戴，愧谢领受，有不敢当之意。唐裴铏《传奇·张无颇》：“知君有神膏，倘或痊平，实所愧戴。”

［八］待敌，御敌。《南齐书·武帝纪》：“上以中流可以待敌。”里中，乡里，家中。

［九］德况，德赐，谓施恩德。汉王符《潜夫论·思贤》：“使无德况之人与皇天斗。”佳裕，形容生活舒适。

［一〇］宁胜，安宁，安好。

［一一］南州，今河南南阳。《三国志·蜀志·庞统传》：“庞统，字士元，襄阳人也。少时朴钝，未有识者。颍川司马徽清雅有知人鉴，统弱冠往见徽，徽采桑于树上，坐统在树下，共语自昼至夜。徽甚异之，称统当为南州士之冠冕，由是渐显。”

［一二］一，统一。

［一三］指日，为期不远。曹植《应诏》：“弭节长骛，指日遄征。”

与俞叔通教授手简　五

伏蒙不鄙孤陋[一]，过示盛文大编[二]，衍溢眩然[三]。虽前日蹈海[四]，未能若此。文章久不到此，惜乎先帝不与见也。然神游不远，固当有享。辄已传录，愿少宽假数日[五]。偶诵一二对于同舍中，征索者纷纷，日不自给。瑰杰伟丽，一至于此，尤剧赏慕。《姑溪居士文集》卷一八

【笺注】

［一］不鄙，不嫌弃。孤陋，见闻少，学识浅陋。

［二］过示，多次给（我）看。盛文大编，犹谓高文大册，形容文

章非常重要。

［三］衍溢，横溢，洋溢，指充分流露。眩然，耀眼的样子。

［四］蹈海，此谓到海边看到波澜壮阔的大海。

［五］宽假，宽容。扬雄《答刘歆书》："且宽假延期。"

与何给事手简[一]　一

违去门下，遽涉改岁[二]，咏德怀眷尤甚。平昔气候未定，不审台候起居何似？衰晚一介，虽托敝帚之末[三]，而从容执笃[四]，尚怀素志。其如倾倒绝世之蕴，钦慕出处之正[五]，盖尚为左右颂之矣。庶几锋车未命[六]，犹及旦暮之款。《姑溪居士文集》卷一八

【笺注】

［一］何给事，生平名讳不详。给事，官名，给事中的省称。此职秦始置，西汉因之，后诸朝代各有因革。神宗元丰改制后，复为职事官，正四品，四人，分治门下省日常公务。

［二］改岁，由旧岁进入新年。《诗·豳风·七月》："嗟我妇子，曰为改岁。"

［三］敝帚，形容年老无用。见《闲居赋》注［二三］。

［四］执笃，秉持忠心。

［五］出处之正，无论归隐或是出仕，都能坚守正道。

［六］锋车，见《答监司启》注［一七］。

与何给事手简　二

早以山阳旧坟稍低下[一]，不免雨甚，水不能洩，河涨凌注[二]，念欲迁者久之。于是得卜[三]，适介盛德临拊一方(一)[四]，与夫当涂令公部属之便[五]，固知仁人周恤，必以是为急难，而赴之必克。然常情所期，

近在咫尺，随事应见而已[六]。不图光明俯暨，委曲是同，而令公不遗余力，恐己事未必能尔。纤悉毕举[七]，上下翕然景随[八]，存殁仰佩，未知所以为报。虽已躬致其勤，如是此念，何时可忘？系咏之深，责具申展。《姑溪居士文集》卷一八

【校记】

（一）拊：原作“附”，据《全宋文》改。

【笺注】

［一］山阳，指楚州山阳（今江苏淮安），李之仪的出生地，其父母坟茔初亦在此。

［二］凌注，倾注，奔流。

［三］得卜，得到吉祥的卜兆。《尚书·召诰》：“厥既得卜，则经营。”

［四］介，此处犹“借”。拊，同“抚”。

［五］令公，对中书令的尊称。《魏书·高允传》：“于是拜允为中书令……高宗重允，常不名之，恒呼为令公。”

［六］随事，根据所担任的职务。

［七］细微详尽，全都完全办好。

［八］翕然，一致的样子。《汉书·杨敞传》：“宫殿之内翕然同声。”景随，景从，如影随形，比喻追随之紧或趋从之盛。

与何给事手简 三

急足回[一]，仓猝具书，当获尘浼[二]。稍不果，嗣音推重在先，引咏旧眷，不忘倾属[三]。早春，不审起居何似？久为人物所先[四]，加之有劳，简在渊密，岂外订可以迟回者[五]？流落倦途，尚期击节迅除[六]，

少慰向慕尔。遡风耿耿。《姑溪居士文集》卷一八

【笺注】

[一] 急足，急行送信的人。范仲淹《与中舍书》："某拜闻中舍三哥，急足还领书，承尊候已安，只是少力。"

[二] 尘浼，打扰，对人有所请求的客气话。

[三] 倾属，即"倾瞩"，倾心向往。《隋书·观德王杨雄传》："雄宽容下士，朝野倾瞩。"

[四] 人物，犹"人事"，指生活中的各种人和事。

[五] 外订，因见外而多次修改。迟回，迟缓。

[六] 迅除，快速变换。

与何给事手简 四

罪废沉溺，无复举头之望[一]；邂逅旧游，仍值提按之始[二]。恍如断梦，感慰可知[三]。归来幸毕葬事，然望德门，自是愈远矣。兴言所暨[四]，倍深依邑[五]。胡族沦落，闻振拂不惜力[六]，是亦仁厚所期。要之于时，犹不可及也。的便中卒尔驰附[七]，瞻望弭节[八]，仰冀善卫[九]。《姑溪居士文集》卷一八

【笺注】

[一] 举头，出头。

[二] 仍值，正值。提按，写毛笔字笔法，犹谓上下。

[三] 感慰，感激欣慰。李商隐《为荥阳公与京兆李尹状》："伏承荣膺新命，伏惟感慰。"

[四] 兴言，心有所感，而发之于言。陆云《答兄机》："衔思恋行迈，兴言在临觞。"

［五］依邑，因依恋而愁闷不安。邑，同“悒”。

［六］振，同“赈”，救济。拂，同“弼”，辅助。

［七］的，诚，确实。便中，有贸然之意。卒尔，忽然，突然。曹操《与荀彧书追伤郭嘉》：“何意卒尔失之。”驰附，驰寄。

［八］弭节，少顷，一会儿。阮籍《咏怀》五十二：“十日出旸谷，弭节驰万里。”

［九］仰冀，切望。善卫，多加保重。

与何给事手简 五

前日获侍樽俎[一]，新筑落成[二]，瑞应表发[三]，仰佩不遗。与观成美[四]，感激不在言也。低回里巷，虽侧闻盛事，而衰迟不振[五]，愧无以形容。芜陋之语，以致一时之遇，过蒙延挹[六]，置其不逮[七]，而曲与之进[八]。敢不矜勉[九]，以奉勤眷。持斧般门[一〇]，固已非据。而老笔在前[一一]，姑投一笑之地，而遂覆酱瓿[一二]，乃出望外矣。适在坟山，不果躬致贱恳(一)，仰冀深炤。《姑溪居士文集》卷一八

【校记】

（一）贱：原作“饯”，据四库本、《全宋文》改。

【笺注】

［一］樽俎，古代盛酒食的器皿，樽以盛酒，俎以盛肉，借指宴席。王安石《寄郎侍郎》：“久愿作公樽俎客，恨无三亩斫蓬蒿。”

［二］新筑，新居。落成，原指宫室建成时举行祭礼，后指建成、完工。

［三］瑞应，指帝王修德，时世清平，天降祥瑞。《西京杂记》卷三：“瑞者，宝也，信也。天以宝为信，应人之德，故曰瑞应。”

［四］此句谓能够参与观看新居落成之美。

［五］衰迟，衰年迟暮，谓年老。

［六］过蒙，过多蒙受。晋李密《陈情表》："过蒙拔擢，宠命优渥。"

［七］包容缺点与不足。

［八］曲，委曲、婉转。与之，给予。进，推荐。《吕氏春秋·论人》："贵则观其所进。"

［九］矜勉，庄敬奋勉。

［一〇］即班门弄斧。般，春秋时鲁国能工巧匠公输班，又称鲁班。柳宗元《王氏伯仲唱和诗序》："操斧于班、郢之门，斯强颜耳。"

［一一］老笔，老练娴熟的文笔。李白《题上阳台》："非有老笔，清壮何穷？"

［一二］覆酱瓿（bù），盖酱坛，此以比喻自己的文章毫无价值。典出《汉书·扬雄传下》："钜鹿侯芭常从雄居，受其《太玄》《法言》焉。刘歆亦尝观之，谓雄曰：'空自苦！今学者有禄利，然尚不能明《易》，又如《玄》何？吾恐后人用覆酱瓿也。'雄笑而不应。"

与何给事手简　六

分饷柔毛[一]，何以克当[二]？但恐饱德之余[三]，藏神见梦羊蹴蔬耳[四]。某物若干，谩实回奁[五]，非敢为报也。余迟旦夕面谢[六]。《姑溪居士文集》卷一八

【笺注】

［一］分饷，赠送。柔毛，毛笔，此指书信。

［二］克当，能当，敢当。

［三］饱德，承受许多德惠。

［四］藏神，即"五脏神"。白居易《感事》："睡适三尸性，慵安五

藏神。”羊蹴蔬，喻惯吃蔬菜的人偶然猛食羊肉，好像被羊踏破肚皮一样，比喻偶贪荤食而致腹疾。典出三国魏邯郸淳《笑林》：“有人常食蔬茹，忽食羊肉，梦五藏神曰：‘羊踏破菜园！’”黄庭坚《戏赠彦深》：“上丁分膰一饱饭，藏神梦诉羊蹴蔬。”

［五］谩，莫，不要。回奁，回礼。

［六］迟，稍后。旦夕，早晚，比喻很短的时间。

与何给事手简　七

某为公家客久矣[一]，雍容谈笑，虽粗领风味[二]，独未得于利害之途。盘旋多事之际，心固疑之，而诚或未尽倾向也。于是炳然[三]，乃知所疑为自失[四]。盖德度之接[五]，无不主于至诚[六]，而加惠衰蹇[七]，迥出常矩。古人谓感愧则有之，知己则未也[八]。不虞一旦兼获蒙，被而其自失者愈知为可愧矣。霜候盛寒[九]，恭惟台候起居万福。方远参近，更期以时保练，即庆迁擢。《姑溪居士文集》卷一九

【笺注】

［一］某，自称之谦辞，指代“我”或本名，如“某启”。公，敬辞，对男子的尊称。

［二］风味，风度，风采。

［三］炳然，明白。

［四］自失，内心若有所失。

［五］德度，德行气度。

［六］至诚，极其真挚诚恳的心意。《汉书·刘向传》：“其言多痛切，发于至诚。”

［七］加惠，施予恩惠。《战国策·魏策四》：“大王加惠，以大易小，甚善。”衰蹇，老迈迟钝。

［八］语出韩愈《上张仆射书》：“虽日受千金之赐，一岁九迁其官，

感恩则有之矣，将以称于天下曰：知己知己！则未也。”

［九］霜候，下霜季节，谓天寒。

与何给事手简　八

此来不谓已晚，汲汲所役[一]，仅能襄事[二]。故早时所愿，得于参承之日，三分不及其一。末路何堪，废于此念，或不见负，今亦尔耳，则其他可知。不审高明亦知梗概否[三]？浮云去来，星日固在。殊命之庆[四]，定在新正[五]。不妨激昂[六]，欢绪自收。未去之日，为邦人不可及之思也。独不果，竟投胜韵，执笔惓惓。《姑溪居士文集》卷一九

【笺注】

［一］所役，所事，指李之仪父母坟茔迁葬之事。

［二］襄事，成事，特指下葬。语出《左传·定公十五年》：“葬定公，雨，不克襄事。”

［三］高明，意谓高明之人，对对方的敬称。以下用法同者，不一一注出。

［四］殊命，特殊恩宠的诰命。《宋书·始平孝敬王子鸾传》：“宣贵妃既加殊命，礼绝五宫。”

［五］新正，新年正月。

［六］激昂，振奋激励。刘向《列女传·王章妻女》：“今疾病困厄，不自激昂。”

与何给事手简　九

稍不获瞻近[一]，怀咏高明，尤甚平日。冬候浸寒[二]，恭惟起居佳胜。衰晚待尽而已[三]，既遂参承之愿，则其诸一付度外。尚幸再约趋风，以竟款叩尔[四]。属心门墙[五]，笔下何可见也？《姑溪居士文集》卷

一九

【笺注】

［一］不获，不得，不能。《尚书·顾命》："恐不获誓言嗣。"瞻近，瞻谒、亲近。

［二］浸寒，渐寒。

［三］待尽，待死。《庄子·田子方》："吾一受其成形，而不化以待尽。"

［四］款叩，诚心请教。

［五］属心，归心。《后汉书·光武帝纪上》："由是识者皆属心焉。"

与楚守贾朝奉手简[一]　一

托姻畴昔[二]，尝谓沦落异地，无复参承之幸。迟暮何堪，遽在末轨[三]，欣佩固已不赀[四]。岁晚相求，可量钦系[五]。江上苦寒，履况当复何似[六]？借地为客，咫尺即在要显[七]。尚稽展晤[八]，倍剧倾驰。《姑溪居士文集》卷一九

【笺注】

［一］贾朝奉，名不详，徽宗崇宁间知荆门军，与李之仪有姻连。《姑溪居士文集》卷一一《谢荆州太守》诗序引其《白玉泉酒遗李端叔》诗一首："第一荆州白玉泉，兰舟载与酒中仙。且须捉住鲸鱼尾，恐怕醉来骑上天。"

［二］托姻，托附结为婚姻。沈约《奏弹王源》："而托姻结好，唯利是求。"

［三］末轨，末尘，喻别人之后。

［四］不赀，无从计量，表示多或贵重（多用于财物）。

［五］钦系，挂念。

［六］履况，日常起居。

［七］要显，显要的地位。

［八］展晤，会面。秦观《与黄鲁直简》："何时展晤，以尽所怀。"

与楚守贾朝奉手简　二

日者驰控[一]，特未卜见录已否？书来惇叙流渥[二]，岂胜愧戢[三]？里中人情易扰，风物饭食粗如人意。伏计坐啸之余[四]，居有多乐，老境何日获从？井上出遇，庶几政绩超腾[五]，径跻华近[六]。而缺甃之间[七]，击节为应也。《姑溪居士文集》卷一九

【笺注】

［一］驰控，驰马。控，用以控制马的器具，此用以指代马。

［二］惇叙，惇厚和顺以叙情。流渥，感情深厚。

［三］愧戢，怀藏愧心。《资治通鉴·晋愍帝建兴元年》："朕愧戢于心，何敢忘之。"

［四］坐啸，为官清闲或不理政事。《后汉书·党锢传》："南阳太守岑公孝，弘农成瑨但坐啸。"

［五］超腾，超越，凌驾。王勃《拜南郊颂》序："鼓动千载之下，超腾百王之上。"

［六］华近，显贵而亲近帝王的官职。《新唐书·韦昭度传》："擢进士第，践历华近，累迁中书舍人。"

［七］此句谓生活如在废井底，没有希望。缺甃（zhòu），废井。

与金马部中玉手简(一)[一]　一

愿亲固久，冗路低回，无阶自达，而复不当行李之便[二]，留连鄙

念[三]，盖不待说而后知也。于是遂有参承之幸，则畴昔湮郁[四]，殆将一洗无余矣。求之异时，端若有数。霜候早寒，棨戟间关[五]，迩来不审尊体动止何似？见上应恨相见之晚，斯民怀慕，非一朝夕。不妨就升显职，暂为一方之福。雍容少日，径席华近，以协佥言也。区区尤剧欣跂[六]。《姑溪居士文集》卷一九

【校记】

（一）金马部中玉：《全宋文》："疑当作'马金部中玉'，即马瑊。黄庭坚集中有与马金部中玉书简多篇，当即此人，盖尝为金部郎（属户部）。古来职官无'马部'之名。"

【笺注】

［一］马瑊，字中玉，合肥人。苏轼有《玉楼春·次马中玉韵》。

［二］行李，行旅。杜甫《赠苏四徯》："别离已五年，尚在行李中。"

［三］鄙念，谦辞，谓鄙意。

［四］湮郁，心情抑郁不畅快。唐孙樵《序陈生举进士》："久愤湮郁。"

［五］棨戟，此指代官宦生涯。

［六］欣跂，即欣企，欣慕企盼。唐吕温《代李侍郎与徐州张尚书书》："拳拳寸诚，夙夜欣企。"

与金马部中玉手简　二

自承命下，屡次属邸吏候大旆所舍[一]，皆报以未得其详。继闻已赴汝阴[二]，即纷走介修庆[三]，就问起居[四]。寻获邸申[五]，方知遂席新渥[六]，犹未谕取道之方[七]。今日睹公移[八]，乃知由亳、宿以赴国

门[九]。窃计朝晚入觐[一〇]，徐卜所向。区区上记淹迟[一一]，庶在矜恻[一二]。《姑溪居士文集》卷一九

【笺注】

[一] 属，通“嘱”。邸吏，古代地方驻京城办事机构的官吏。旆，旌旗。舍，谓休息停留之地。

[二] 汝阴，今安徽阜阳。

[三] 走介，供奔走的仆役。范仲淹《与韩魏公书》之十七：“近走介自浙中回，复枉钧翰。”修庆，修书庆问。

[四] 起居，居止之处，指住所、住地。

[五] 邸申，邸报。

[六] 新渥，新恩，新宠。

[七] 谕，告知。取道，所经由的道路。《谷梁传·成公五年》：“所以鞭我者，其取道远矣。”

[八] 公移，旧时行用于不相统属的官署间的公文的总称。

[九] 亳，亳州，属淮南路。宿，宿州，今属安徽省。

[一〇] 入觐，地方官员朝见帝王。

[一一] 上记，进呈奏记。苏轼《谢监司启》之一：“退属纷萦，遂疏上记。”淹迟，缓慢，迟缓。《西京杂记》卷三：“枚皋文章敏疾，长卿制作淹迟。”

[一二] 矜恻，怜悯恻隐。南朝梁任昉《奏弹曹景宗》：“早朝永叹，载怀矜恻。”

与金马部中玉手简　三

陕右古郡[一]，风物饮食[二]，皆可人意。虽日道御宾客，多自城外往来，可想及者有数。固左右即可之地，而偃藩之胜[三]，似亦少能过之者。笔吏已遣接人[四]，并什物供帐等[五]，一一如旨诲，谨已严备为

待矣。州宅深，睹老木颉颃相错[六]，北顾大河，天下之绝观也。不妨暂快登览之适[七]，遂还宠要[八]，在人实为兼尽[九]。他有所戒[一〇]，敬服来命[一一]。《姑溪居士文集》卷一九

【笺注】

[一] 陕右，陕西。古以西为右，故称。

[二] 风物，风俗物产。

[三] 偃藩，指地方长官安卧抚治之地，亦指卧治，无为而治。梅尧臣《送公仪龙图知杭州》："彼为公故乡，此为公偃藩。"

[四] 笔吏，指担任书写职务的低级官吏。

[五] 什物，各种日常生活用品。《后汉书·祭彤传》："衣被刀剑下至居室什物，大小无不悉备。"供帐，供宴饮之用的帷帐、用具、饮食等物。晋张协《咏史》："朱轩曜金城，供帐临长衢。"

[六] 老木，老树。颉颃相错，上下交错。

[七] 快，放肆，纵情。

[八] 宠要，荣要，居显要之位。《北齐书·刘逖传》："和士开宠要，逖附之。"

[九] 兼尽，并尽，兼有。

[一〇] 戒，通"诫"。

[一一] 敬服，恭敬服从。来命，对人来信的敬称。汉陈琳《为曹洪与魏文帝书》："来命陈彼妖惑之罪。"

与金马部中玉手简 四

日者得漕檄至长安[一]，既到，而诸公皆并边矣[二]。遽承此委，欲诉以免，不可得，且不谓住此许久。方其往[三]，尚有残暑，凡御冬之具皆不随，此已盛寒，营葺不及，甚以为怀。大旆之来，非特邦人耸跂[四]，而愚者参承为至幸[五]。遂获早归，自是私分上一不易得之事。

伏望稍促行轩[六]，不胜朝夕引咏。《姑溪居士文集》卷一九

【笺注】

［一］漕檄，水路传送的文书。

［二］并边，靠近边界。曾巩《王从伾知岢岚军制》：“矧岚谷并边，寄属尤慎。”

［三］方其，正当他们。

［四］耸跂，踮起脚尖，形容钦敬向往。

［五］愚者，对自己的谦称。

［六］行轩，高贵者所乘的车。

与金马部中玉手简 五

此距京西才数十里，界候最为浅促[一]，凡事邻邑不相关。如大旆果欲少慰斯民之望，敢期出郡之日，豫戒邸吏[二]，或随行人，急走一报。州郡迎候，自有常数[三]，不宜使之失备，且不及也。惶恐[四]。《姑溪居士文集》卷一九

【笺注】

［一］界候，即“界堠”。浅促，狭窄。

［二］豫戒，即“预诫”，预先告知。

［三］常数，惯常的礼数。

［四］惶恐，谦恭之辞。曾巩《答孙都官书》：“盛编尚且借观，而先以此谢。惶恐，惶恐。”

与金马部中玉手简 六

门中贵眷[一]，伏惟万福，今必同行矣。东玉金玉[二]，想不辍通

问[三]，二舍各计安胜。近皆相会已否？容另附承动静。《姑溪居士文集》卷一九

【笺注】

［一］贵眷，称对方之妻的敬语。苏轼《与郑靖老书》之一："贵眷令子各安。"

［二］东玉金玉，从文意看，应是马中玉之兄弟。

［三］想来没有断了音信。

与金马部中玉手简　七

近专遣人至京师上记，窃计尘浼[一]。瞻望来旆，我劳如何[二]？适得报，审将叩境上。方此盛寒，尊履佳胜。诸怀非侍坐不展，遡风眷眷。《姑溪居士文集》卷一九

【笺注】

［一］尘浼，打扰。欧阳修《与韩忠献王书》："向辄以拙诗尘浼台听。"

［二］我做这么多又有什么用呢。曹丕《与吴质书》："节同时异，物是人非，我劳如何！"

与金马部中玉手简　八

承大旆已过国门，日与斯民跂望玉趾[一]。淹回敬问[二]，盖不豫知远近，皇恐不能堪，亦望有以见亮。苦寒，伏惟步履之余，尊候万福。诸所欲言，略具前记，要非促膝不展[三]。前驱在吾眉睫间矣[四]，欣慰渠可名哉[五]！《姑溪居士文集》卷一九

【笺注】

［一］斯民，老百姓。《孟子·万章上》：“予将以斯道觉斯民也。”跂望，踮起脚后跟远望。玉趾，对人脚步的敬称。《左传·僖公二十六年》：“寡君闻君亲举玉趾，将辱于敝邑。”

［二］淹回，亦作“淹徊”，徘徊，迟缓。

［三］要非，若不是。

［四］前驱，前导，先锋。《诗·卫风·伯兮》：“伯也执殳，为王前驱。”眉睫间，比喻极近的距离。语出《庄子·庚桑楚》：“向吾见若眉睫之间。”

［五］名，形容。

与金马部中玉手简　九

方欲修问，专介遽被翰墨，存拊愈厚，感佩无已。牙兵卫从[一]，州郡常礼，但愧遣行差缓尔[二]。或尚缺用，当以见告应命。更伫委报[三]。《姑溪居士文集》卷一九

【笺注】

［一］牙兵，亲兵，卫兵。卫从，护卫侍从之人。

［二］差缓，缓慢。

［三］委报，委派。

与金马部中玉手简　一〇

违去门下，忽行役之拘，不时上记，亦意有以察其过，而怀咏眷存[一]，常在依邑。腊寒，比日不审尊候起居何似？高明岂今日持节，明日拥旄者[二]？从容上前，极口论天下事[三]，使在廷耸然[四]，有疑得质，遂皆信悉[五]，以席华近，以慰一时。倾想而久未我契者，顾岂远

哉？修庆紬绎。执笔敬咨。《姑溪居士文集》卷一九

【笺注】

［一］眷存，关注，垂念。

［二］持节、拥旄，指文武全才，治国安邦的栋梁。

［三］极口，竭尽口舌，谓尽力评说。苏轼《与章子厚书》："平时惟子厚与子由极口见戒。"

［四］在廷，指在朝者，即朝臣。耸然，形容敬畏的样子。

［五］信悉，相信。

与金马部中玉手简　一一

鄙拙早不如人[一]，萧飒异时[二]，讵敢觊幸于知遇？然往来伯仲间亦久矣，其如邂逅彩衣之余[三]，犹记仿佛。而契义自求[四]，又将辗转蒙冒[五]，迄未可得[六]。怅然此怀，每惧终失。孰谓一见欣然，遂叩资藉[七]。延揖之盛，以所获于动容周旋[八]，而遗灵假宠之如此[九]，兹岂平平可见其盛遇邪[一〇]？至于尊俎丰隆，祖帐华茂[一一]，倾一意于俯格，而至巷无居人[一二]，则剪焉弗类[一三]，其将何以为对？岁晚致效，幸或有得，向风耿耿。《姑溪居士文集》卷一九

【笺注】

［一］鄙拙，浅俗拙劣，此为谦辞。

［二］萧飒，萧条、凄凉。

［三］彩衣，衣饰亮丽光鲜。

［四］契义，友谊，情义。苏轼《答孙志康书》："自闻变故，即欲撰哀词，以表契义万一。"

［五］蒙冒，蒙蔽，庇护。《魏书·高道悦传》："尚书左丞公孙良职维枢辖，蒙冒莫举。"

［六］讫未，始终，一直。

［七］叩，叩问。资藉，凭借，依赖。

［八］动容周旋，举止仪容、交接酬对。《孟子·尽心下》："动容周旋中礼者，盛德之至也。"

［九］遗灵，留下灵验。夏侯湛《东方朔画赞》："昔在有德，罔不遗灵。"假宠，凭藉威望地位。《左传·昭公四年》："愿假宠以请于诸侯。"

［一〇］平平，随随便便。

［一一］祖帐，道旁设帐饯行，亦指送行的酒筵。

［一二］居人，居民。《旧唐书·食货志上》："赞请税京师居人屋宅。"

［一三］剪，断。弗类，不像。

与金马部中玉手简　一二

迂拙背驰[一]，自干吏议[二]。到蒲闻罢黜[三]，寻欲泊家[四]，一面赴调[五]。于法须候交代，不免迤逦西来[六]。所至亲旧留连，又继得漕檄，俾往长安，凡四十日方到。故复淹滞[七]，送还人不免有妨差使，恐悚无已(一)[八]。不审雅眷能复矜照否[九]？然路中虽苦寒，顾恤亦备尽，走失才数人耳。代者在蜀中，杳不闻耗[一〇]，势当春初，或得就道[一一]。此中与比近有干委事，敢幸不外[一二]，至祝至祷[一三]。《姑溪居士文集》卷一九

【校记】

(一) 悚：原作"怀"，据四库本、《全宋文》改。

【笺注】

［一］迂拙，守旧笨拙。白居易《晚归香山寺因咏所怀》："吾道本迂拙，世途多险艰。"

［二］吏议，指司法官吏关于处分定罪的拟议。司马迁《报任少卿书》："因为诬上，卒从吏议。"

［三］蒲，地名，即蒲城（位于今陕西关中平原东部）。唐开元四年(716)，蒲城改为奉先县，宋开宝四年（971），复名"蒲城"。

［四］泊家，停留在家。

［五］赴调，前往吏部听候迁调。

［六］迤逦，缓慢行进的样子。

［七］淹滞，拖延，久留。孟浩然《岘山送张去非游巴东》："去矣勿淹滞，巴东猿夜吟。"

［八］恐悚，惶遽不安。

［九］矜照，体察关照。

［一〇］耗，音信，消息。李商隐《即日》："赤岭久无耗，鸿门犹合围。"

［一一］就道，上路，动身。《后汉书·皇甫规传》："明诏不以臣愚驽，急使军就道。"

［一二］不外，不要见外。

［一三］多用于书信结尾，表示恳切的请求或希望。

与金马部中玉手简　一三

陕原僚友多佳士[一]，水镜固不能逃[二]，其如春首[三]，有将替及垂成者[四]，不得不仰图门下[五]，敢望留念[六]。吴节推真实有守[七]，敏而能文，以其直实[八]，故世人少知者。司理董君介廉强果[九]，事多赖之。二人乃将替者，其他尚可有待于异日[一〇]。僭易展转[一一]，惶恐惶恐。

《姑溪居士文集》卷一九

【笺注】

［一］陕原，古地名，即陕陌，在河南陕县西南。

［二］水镜，明鉴，明察。《隋书·高祖纪上》："公水镜人伦，铨衡庶职。"

［三］其如，怎奈，无奈。刘长卿《硖石遇雨宴前主簿从兄子英宅》："虽欲少留此，其如归限催。"春首，初春。韩愈《为宰相贺雪表》："今年春首，宿麦未滋。"

［四］将替，将要替代。垂成，将要成功。《晋书·谢玄传论》："降龄何促，功败垂成。"

［五］仰图，仰望依靠。

［六］留念，留心，关怀。

［七］节推，"节度推官"的省称，为节度使属官，掌勘问刑狱。真实，正直、真诚。有守，有操守。《新唐书·陆元方传》："弘景以直道进，议论持正有守。"

［八］直实，爽直实在。

［九］司理，司理参军的省称。宋初各州有马步院，以军人为判官，掌狱讼，太祖开宝六年（973）改各州马步院为司寇院，以文臣为司寇参军，后改司寇为司理。介廉，耿直廉洁。强果，坚毅果敢。《新唐书·杜伏威传》："少强果，膂力绝人。"

［一〇］异日，来日，以后。《庄子·德充符》："哀公异日以告闵子。"

［一一］僭易，谦辞，冒昧、轻慢。

与金马部中玉手简　一四

违去麾戟[一]，遽复逾时。归计既尔蹭蹬[二]，又军事拥来，意况实极恶[三]，有愧于牵窘[四]。书问不继，果信其如是哉？春候寝暄[五]，伏惟静镇之余，尊候动止万福。陈力四方，使节少休，便当阔步华近[六]。

尚尔低回[七]，是岂在我有不及邪？天人未始相远[八]，即庆褒异[九]，别对殊渥[一〇]。《姑溪居士文集》卷一九

【笺注】

［一］麾戟，犹麾下，喻将帅。

［二］归计，回家的打算。

［三］意况，心情、状态。

［四］牵窘，指自己处于会牵累别人的窘迫境地。

［五］寖暄，逐渐变暖。

［六］阔步，大步走。

［七］尚尔，仍然。

［八］未始，未曾。《庄子·齐物论》："有以为未始有物者。"

［九］褒异，特殊的褒扬嘉奖。

［一〇］殊渥，特别的恩惠。杜甫《寄李十二白二十韵》："文彩承殊渥，流传必绝伦。"

与金马部中玉手简　一五

愿亲固有日[一]，既幸资藉，乃不得为从容计，退讼歉然[二]。每自日下来者[三]，皆能道经由，瞻见比日起居之详，辄用为慰。区区代者不到[四]，四月中定获参展[五]，未间，更祈善卫。《姑溪居士文集》卷一九

【笺注】

［一］有日，有期。

［二］歉然，惭愧的样子。

［三］日下，京都。古代以帝王比日，因以皇帝所在地为"日下"。

典出《世说新语·排调》："陆举手曰：'云间陆士龙。'荀答曰：'日下荀鸣鹤。'"

[四] 区区，自称之谦辞，犹在下。代者，替代职事之人。

[五] 参展，参拜。张鷟《游仙窟》："比不相知，阙为参展。"

与金马部中玉手简 一六

蒙约意亦忽忽[一]，每图明窗软火[二]，清坐相向，间作无我语[三]，以披氛翳之梏[四]，定将早晚可遂也。陕服号当路[五]，然事绝简，应接亦稀，少向上工夫[六]，能不退转否[七]？《姑溪居士文集》卷一九

【笺注】

[一] 蒙约，受约。忽忽，恍惚。战国楚宋玉《高唐赋》："悠悠忽忽，怊怅自失。"

[二] 软火，文火。

[三] 无我语，此指谈禅论道。

[四] 披，拨开。氛翳（yì），阴霾之气。

[五] 陕服，指古荆州地。唐蔡希寂《陕中作》："西别秦关近，东行陕服长。"当路，执政，掌政。

[六] 谓缺少向上进取的修为。

[七] 退转，佛教用语，意为退堕、退失。

与金马部中玉手简 一七

昨日侍坐不甚款[一]，晚热犹可畏[二]，势难稍久，然所得于盛义亦多矣。清晨恭惟尊履佳胜，时序忽忽[三]，曝衣乞巧[四]，遽见节物，岂老境岁月易得然邪？可喜亦可叹也！早晚再图展近。《姑溪居士文集》卷一九

【笺注】

［一］款，周到，殷勤。

［二］晚热，秋天的暑热。王羲之《杂帖》二："秋日感怀深。……晚热盛，君比可不迟复问。"

［三］时序，节候，时节。忽忽，倏忽，急速。此形容季节变换很快。

［四］曝衣、乞巧，皆为旧时七夕（农历七月初七）习俗。唐沈佺期《七夕曝衣篇》："曝衣何许曛半黄，宫中彩女提玉箱。"

与萧季文知录手简[一]

比承当路或不相容[二]，不敢仰叩所自此者。遂知朝论取直[三]，公理终不能屈。果有是证，君子不苟避就[四]，又复时评在己邪[五]？然则超然远举[六]，似亦无足犹豫。要之，待其至而后动，无自皎皎，或取愧于从容也[七]。仰投气类[八]，辄尔借浼[九]。当涂风物，自可领略，果不屑其陋，则旦暮周旋，私幸一何多邪？襄阳固不恶[一〇]，盖剽闻余论[一一]，故利害因得自警，不胜翘跂[一二]。小儿官期未决[一三]，亦欲月终遣行[一四]。虽托庇不久，要亦资借契好[一五]，尤重攀缘之泽也。偶作十余书，不暇谨悉，别图申叙次。《姑溪居士文集》卷一九

【笺注】

［一］萧季文，生平不详。知录，知录事参军的省称，为属官，掌管文书，纠查府事等。

［二］当路，执掌政权的人。孟浩然《留别王维》："当路谁相假，知音世所稀。"

［三］朝论，朝廷上的议论。王勃《平台秘略论·善政》："守方雅以调蕃政，用公直而掌朝论。"

［四］避就，避开与趋就，指避祸就福。《庄子·盗跖》："夫欲恶避就，固不待师，此人之性也。"

［五］在己，自己努力。《荀子·天论》："君子敬其在己者，而不慕其在天者，是以日进也。"

［六］超脱世事，远游而去。

［七］从容，私下。欧阳修《归田录》卷二："其弟伺间，从容言之。"

［八］谓结交志同道合者。

［九］辄尔，任意。借浼，请托。

［一〇］襄阳，今湖北襄阳。

［一一］剽闻，传闻。余论，宏论。司马相如《子虚赋》："愿闻大国之风烈，先生之余论也。"

［一二］翘跂，同"翘企"，翘首企足，形容殷切盼望。《三国志·吴志·周鲂传》："不胜翘企，万里托命。"

［一三］小儿，谦称自己的儿子。《汉书·翟方进传》："方进曰：'小儿未知为吏也。'"

［一四］遣行，此指派遣付官。

［一五］契好，交好，友爱。

与彭丞手简[一]

久不获申致门下[二]，为力有限，而所应不一，忽忽易成荏苒。驰情眷旧，未易咫尺可论也。逼岁到家[三]，首辱流问[四]，所以不相忘之义，尤见惇笃。时序推迁，恭审庐次支胜[五]。瞻望一水，未果躬叙。其殷恳之深，尚冀并得展尽，向风惘然。《姑溪居士文集》卷一九

【笺注】

［一］彭丞，生平不详。

［二］申致，送达，此谓拜访。

［三］逼岁，逼近年关。岑参《岁暮碛外寄元撝》："别家逢逼岁，出塞犹离群。"

［四］流问，以书信问候。

［五］庐次，旧时丧礼大殓之后，将成服，掌事者先为庐于殡堂东廊下。

与孙知县希贤手简[一]

既不入城，无缘瞻谒[二]。来者颇能道见恤之语，感愧无喻。秋爽，伏惟动履清胜。旦夕遂归，系望轩屏[三]，倍深依向。被召北行，庶几迎谒。《姑溪居士文集》卷一九。

【笺注】

［一］孙希贤，生平不详。

［二］瞻谒，拜见，谒见。

［三］系望，系心企望。轩屏，堂阶旁的墙壁。

上宰执手简[一]　一

罪废苟生，屏息穷远，瞻望门仞[二]，如在云外[三]，固不当辄修记室之问[四]；然恩出一旦，义均存殁，是岂平平所得而拟议者[五]？虽分同腐草，其如余息未殄[六]，则其情可容自已邪？庶几怜悯[七]，特赐省录[八]。是身几何，顾不足以论报效[九]；期于结草，则犹未离乎类也[一〇]。窃谓随所爱生，此念常在。一语傥诬，天实临之[一一]。引咏恩施，形留神往。《姑溪居士文集》卷二〇

【笺注】

［一］宰执，又称“宰执官”，宰相与执政官的合称。

［二］门仞，高门，对人府第的敬称。范仲淹《与韩魏公书》：“门仞尚远，日增企望。”

［三］云外，高空，喻望而不可及之处。

［四］记室，指掌管文书的属官，此为敬称，犹门下。

［五］拟议，比拟。《晋书·左思传》：“至若此赋，拟议数家。”

［六］余息，余生，残生。殄（tiǎn），灭绝。

［七］庶几，有幸。《汉书·公孙弘传》：“朕夙夜庶几，获承至尊。”

［八］省录，省察。《后汉书·班超传》：“三年于今，未蒙省录。”

［九］顾，表示轻微的转折，相当于“而”“不过”。

［一〇］离乎类，违背、背离同类。

［一一］假如有一句话不实，上天自会降下惩罚。

上宰执手简 二

非意之酷[一]，莫此为甚。傥非姓名独在记录。则安能遽有兹幸？恩旨既临[二]，举家恸绝[三]。以所遇之如是，则其感激铭镂[四]，不待形容而后可谅。雨露不私于草木，而草木蒙被[五]，自有浅深。自非力回造化，未易有此。服天地之仁，佩钧陶之锡[六]，虽多言，不过于此。其惓惓所系，惟自信其无有穷尽也。《姑溪居士文集》卷二〇

【笺注】

［一］非意，恶意。

［二］恩旨，恩典，指恩赦的诏令。

［三］举家，全家。恸绝，因悲哀过度而昏厥，此借以形容高兴过度，喜极而后怕。

［四］铭镂，在器物上镌刻文字或图案，比喻感受极深，永志不忘。

［五］蒙被，此指受到雨露滋润。

［六］钧陶，用钧制造陶器，喻造就、成就。

上宰执手简 三

壬午岁[一]，闻被召，自颍昌亟来[二]，获见于国门外舟中，蒙问劳甚渥[三]，矜恻相仍[四]。未几[五]，自以罪去，流落江上，十五六年。方其来时[六]，一妻、一女、子与其妇、一孙、并身而六[七]，相继哭之。念一身独在，晚才有此儿，实相与为命。而交造者知其如是[八]，遂用以快意[九]。果得其实，固非所辞[一〇]，而乃系风捕影[一一]，巧为讼端[一二]。一堕横逆[一三]，又复五年。不惟父子生离，而特以官[一四]，年六十有八，豫计当叙之年则已七十，遂当致仕。禄食不继，固非所恤，遂将自此以至属纩[一五]，终不能脱于罪籍矣。钦承至恩大德[一六]，天地有尽，而此则无尽，使瞑目得为全人，舍恩地尚何望哉？向风不觉酸鼻[一七]。《姑溪居士文集》卷二〇

【笺注】

［一］崇宁元年（1102）六月，苏辙葬苏轼于汝州郏县，李之仪致奠后，因草范纯仁遗表被逮入京，贬谪当涂。

［二］颍昌，府名，设立于北周。元丰三年（1080）升许州置，治所在长社（今河南许昌）。

［三］渥，情意深厚。

［四］相仍，依然，仍旧。汉王符《潜夫论·救边》：“今苟以己无惨怛冤痛，故端坐相仍。”

［五］没有多久，很快。

［六］当我刚来（贬所）时。

［七］并身，加上我自身。

［八］交造者，捏造是非、构陷他人的人。

［九］快意，恣意所欲。

［一〇］如果了解事实，（就会知道）原本不是他们所说的那样。

［一一］而乃，而是。系风捕影，比喻说话做事以不可靠的传闻或表面现象作根据。《汉书·郊祀志下》："荡荡如系风捕影，终不可得。"

［一二］讼端，诉讼之事端。

［一三］横逆，横祸，厄运。

［一四］特以，只是图为。苏轼《荀卿论》："不知荀卿特以快一时之论。"

［一五］属纩，原指用新绵置于临死者鼻前，察其是否断气，喻临终。《礼记·丧大记》："属纩以俟绝气。"

［一六］钦承，恭承。曹丕《与钟大理书》："嘉贶益腆，敢不钦承。"

［一七］酸鼻，鼻酸，形容悲痛欲泣。宋玉《高唐赋》："孤子寡妇，寒心酸鼻。"

上宰执手简 四

暑候滋炽，恭惟雍容陟降[一]，钧履万福。某衰晚一介，于世不异疣赘[二]，流落既久，不自知其生理可乘[三]，而日期朝露之奄先[四]。每念获齿门墙[五]，虽未得从众人之后，承颜接词[六]，周旋盛德之遇，然所得所蒙固已如万钧之重，常在负荷，而若不能胜，端所谓"子在，回何敢死"[七]，尚以是黾勉而苟在也。隙驰荏苒，忽忽踰年，霄壤敻绝[八]，其交则气与识尔。盖无时不在光明中，亦间容僭易，辄通记室之问。其如破甑弊箒，不以废毁而居，有眷眷不忍终弃之意。佩戴之深，尤觉未即仰承旦暮为可憾，于是义益高矣，情益厚矣。瞻望恩席，翼翼不暂舍于眉睫间，咫尺将自慰其缱绻，且觊束胸以见从，而叙谢则方且图之。遡风，倍剧向往。《姑溪居士文集》卷二〇

【笺注】

［一］陟降，升降，上下。《诗·大雅·文王》："文王陟降，在帝左右。"

［二］疣赘，皮肤上生的瘊子，比喻多余无用之物。扬雄《法言·问道》："允治天下，不待礼文与五教，则吾以黄帝、尧、舜为疣赘。"

［三］生理，生存的希望。《宋书·王敬弘传》："年向九十，生理殆尽。"

［四］即奄先朝露，生命消失得比朝露还快，比喻很快死亡。

［五］获齿，得以列入或并列。

［六］侍奉尊长。《汉书·隽不疑传》："闻暴公子威名旧矣，今乃承颜接辞。"

［七］语出《论语·先进》："子畏于匡，颜渊后。子曰：'吾以女为死矣。'曰：'子在，回何敢死？'"

［八］霄壤，天和地，比喻相去极远，差别很大。敻（xiòng）绝，断绝，隔绝。《旧唐书·段秀实传》："既至其理所，人烟敻绝，兵无廪食。"

上宰执手简 五

比者伏蒙上恩[一]，特还愚息[二]，遂永祭祀之继祗奉[三]，俛伏挥涕[四]，不知其已。阖门悲感[五]，真若再生，九原不昧[六]，衔仰可知[七]。传闻里巷，一口嗟恻[八]，流布所及，莫不耸动。具承天地之德，不间幽侧[九]，至深至厚。而蝼蚁微生，草芥贱类，骤尔叨蒙[一〇]，果有是事邪，梦寐间也？眷言此义，倘非极竭展尽，渠能至于是哉？访古则或有之，于时实未之见。瞻咏门下，恨无羽翰可借[一一]，而缩地之无术[一二]。凡属枯株，但惊根叶顿有敷荣之向[一三]，亟将自效于躬，致一言之荐而未得尔。临纸哽噎，笔不得下者久之。《姑溪居士文集》卷二〇

【笺注】

［一］比者，近来。《陈书·宣帝纪》："比者所戮止在一身。"

［二］愚息，犹谓贱命。息，气息。

［三］永，延长。

［四］俛（miǎn）伏，弯下身子或趴在地上。《隋书·音乐志中》："具僚在位，俛伏无声。"

［五］阖门，全家。晋皇甫谧《高士传·荀靖》："阖门悌睦。"

［六］九原，九州大地。《国语·周语下》："汨越九原，宅居九隩。"

［七］衔仰，感激敬仰。

［八］嗟恻，叹息悱恻。

［九］幽侧，隐僻鄙陋之处。

［一〇］叨蒙，承蒙。

［一一］羽翰，翅膀。

［一二］谓两地相距遥远不能很快会面。缩地，传说中化远为近的神仙之术。事见葛洪《神仙传·壶公》《后汉书·费长房传》。

［一三］敷荣，开花。嵇康《琴赋》："若众葩敷荣曜春风。"

上宰执手简　六

自罹非横[一]，五年于兹。虽愚昧或致，分同腐草，而家世之传，无斯须少忘。困伏井底，惟饮恨忍死[二]，期于尺素之得伸[三]，而有再瞻天日之幸。然而舍门下其将何地可控耶？早日得报，备载生成之意[四]，出于特达。故缺甃间[五]，晛晛不知自已[六]。夜以继日，尤如在沸鼎中[七]。前月又得报，知德意已辄[八]，而天日遂将见矣(一)。目穷心匮，阅月而方得之于未得间[九]，其情可知；既得之，则其情又可知也。姑急驰此介[一〇]，略布其端[一一]，余俟迤逦申展次[一二]。《姑溪居士文集》卷二〇

【校记】

（一）见：原无，据《全宋文》补。

【笺注】

［一］罹，受，遭遇。非横，不测之祸。

［二］饮恨，抱恨含冤。南朝梁江淹《恨赋》："莫不饮恨而吞声。"忍死，临终不肯绝气，有所期待。李商隐《代仆射濮阳公遗表》："叩心恋阙，忍死封章。"

［三］尺素，书信。汉乐府《饮马长城窟行》："呼儿烹鲤鱼，中有尺素书。"

［四］备载，满载。韩愈《送穷文》："窃具船与车，备载糗粮。"

［五］缺甃，废井，形容落魄的境地。

［六］晛晛，明亮的样子。

［七］沸鼎，沸腾的鼎，形容水深火热的险绝境地。

［八］德意，布施恩德的心意。《周礼·秋官·掌交》："道王之德意志虑。"

［九］阅月，经一月。《新唐书·李景俭传》："阅月，拜谏议大夫。"

［一〇］介，通"价"，称被派遣传送东西或传达事情的人。

［一一］布，陈述。端，端由，原因。

［一二］迤逦，渐次，逐渐。

上宰执手简　七

人与己虽父子之戚矣，有时而不能同；地与势若风云之会矣，有时而不可合。何则[一]？人各有所见，而事亦有所碍。父子可同也，乃或号泣而随之；风云必合也，亦有去来而相背，况君臣朋友之际哉！以是为不易必[二]，又以甚贱至微，未尝接眉目[三]，通语言。遽蒙忘其不同与相背，而一语之发，如石投水，遂使挟山超海不为之难[四]，而枯木寒灰果至于再作[五]。理固莫穷，而世亦莫之遇也，今日之事是已[六]。蒙被已还，惟自嗟骇[七]，不报之恩，百身何据[八]？然上虽不期报，下其得而已耶？百身有尽，而志则无尽，神理其远哉[九]？《姑溪居士文集》卷二〇

【笺注】

［一］为什么。多用于自问自答。《史记·鲁仲连邹阳列传》："何则？知与不知也。"

［二］必，决定，肯定。

［三］接眉目，指拜见。

［四］挟山超海，用胳膊夹起泰山，跨越北海，比喻做绝对办不到的事。《孟子·梁惠王上》："挟太山以超北海，语人曰：'我不能。'是诚不能也。"

［五］作，兴起，振作。

［六］是已，所以，因此。

［七］嗟骇，嗟叹震惊。《南史·蔡廓传》："朝廷喧然，莫不嗟骇。"

［八］百身，一身死百次。语出《诗·秦风·黄鸟》："如可赎兮，人百其身。"

［九］神理，冥冥之中的力量。

上宰执手简　八

窃伏草莽十五年矣[一]，殆若根蒂连结，毫发不容相远。自冒齿录[二]，即有请见亲依之诚，初不谓蹭蹬至今。已而不腆之所恳恻[三]，或与之辗转资藉。上投拯援，既荷悯恤三二年，兹遂欲申其素志。心往形留，以日为岁[四]。尚尔差池，竟至不离尺寸[五]，而坐受大赐(一)[六]。虽高明照彻，其于形迹之间(二)[七]，可得不愧不怍已否？止候措置目前

猥琐[八]，坐图操帚平阳之门矣[九]。仰冀重德厚恩，终始矜察[一〇]。《姑溪居士文集》卷二〇

【校记】

（一）大：原作“天”，据四库本、《全宋文》改。

（二）于：原无，据《全宋文》补。

【笺注】

［一］草莽，草野，民间。与“朝廷”“廊庙”相对。《孟子·万章下》：“在国曰市井之臣，在野曰草莽之臣，皆谓庶人。”

［二］冒，忝冒。齿录，收录，录用。

［三］恳恻，诚恳痛切。曹操《手书答朱灵》：“来书恳恻，多引咎过。”

［四］以日为岁，谓度日如年。庾信《谢赵王示新诗启》：“下风倾首，以日为年。”

［五］尺寸，形容微小。

［六］坐受，白白地承受。

［七］形迹，礼法，规矩。唐张鷟《游仙窟》：“幸愿张郎，莫为形迹。”

［八］措置，处置，安排。猥琐，繁杂琐碎之事。

［九］操帚，即持帚，指洒扫。平阳，地势平坦明亮的地方。

［一〇］矜察，怜悯体察。刘禹锡《代请朝觐表》：“伏维圣明，俯赐矜察。”

上宰执手简　九

久欲一望见门墙，而沦废孤外[一]，犹未得为全人，故蹭蹬未果自达。

老日益迫，一旦奄先朝露[二]，则赍恨九原[三]，而自绝于一代人物也[四]。既付与遭遇之如是，而不畀之以早，其造物者果有意邪？抑无意邪？虽诵其诗，读其书，不失于心，期亦非得已而言尔(一)。幸同圣日，可使有憾于异时乎？溯咏之深[五]，惘然如失。《姑溪居士文集》卷二〇

【校记】

（一）言：原作“然”，据四库本、《全宋文》改。

【笺注】

［一］孤外，疏远。

［二］见《上宰执手简四》注［四］。

［三］赍恨，抱憾。九原，九泉，黄泉。《旧唐书·李嗣业传》：“忠诚未遂，空恨于九原。”

［四］自绝，自行断绝。《尚书·泰誓下》：“自绝于天，结怨于民。”

［五］溯咏，追念思慕。

上宰执手简 一〇

窃伏榛莽[一]，瞻望门墙，如隔霄壤。然圣日光明，同在一照，临而系怀。覆盆之下[二]，私淑为深[三]，尚稽参展[四]。伏冀上体眷注[五]，倍保崇重(一)[六]。《姑溪居士文集》卷二〇

【校记】

（一）保：原作“深”，据四库本、《全宋文》改。

【笺注】

［一］榛莽，丛杂的草木，比喻艰危之地。

[二] 覆盆，翻过来放的盆子，阳光照不到里面，形容无处申诉的冤屈。《抱朴子·辨问》："是责三光不照覆盆之内也。"

[三] 私淑，见《贺时相除少保》注［四四］。

[四] 稽，延迟。

[五] 眷注，垂爱关注。

[六] 崇重，古时书信末祝颂对方的用词，犹言贵体。范仲淹《与韩魏公书》："伏惟宴喜外，倍保崇重。"

上宰执手简　一一

恭审蔽自上心[一]，图用博器(一)，遂膺制拜[二]，迎受旌旄(二)[三]，中外欢忭[四]，一口翕如[五]。是乃储养有素[六]，理自应尔[七]。无阶进陪贺客之后[八]，延咏高牙[九]，倍驰丹悃[一〇]。《姑溪居士文集》卷二〇

【校记】

(一) 博：原作"传"，据《全宋文》改。

(二) 受：原作"爱"，据《全宋文》改。

【笺注】

[一] 蔽，同"庇"。上心，君心。白居易《贺雨》："上心念下民，惧岁成灾凶。"

[二] 制拜，承制拜官。

[三] 旌旄，泛指旗帜。

[四] 欢忭，喜悦，欢乐。元稹《贺诛吴元济表》："凡在生成，孰不欢忭。"

[五] 众口一词，交口称赞。翕如，形容和谐的样子。

[六] 是乃，这就是。储养，聚集人才并供养之。

［七］理所应当，顺理成章。

［八］无阶，没有门径。曹植《离思赋》："虑征期之方至，伤无阶以告辞。"

［九］高牙，此指代高官。

［一〇］丹悃，赤诚之心。刘禹锡《贺收蔡州表》："不获称庆阙庭，陈露丹悃。"

上宰执手简　一二

礼成乐作，德化日新，黼黻声名[一]，辐辏远近[二]。权衡所倚，则端蔓苦腴[三]，各得其适，真所谓粲然如繁星丽天[四]。而舍次之辨[五]，舍五行何分[六]？斯人望而畏者[七]，实仰盛德。何日亲被提振[八]？向风惘然。《姑溪居士文集》卷二〇

【笺注】

［一］美好盛大的名声。

［二］辐辏（còu），亦作"辐凑"，形容人或物像车辐集中于车毂一样聚集在一起。班固《东都赋》："平夷洞达，万方辐凑。"

［三］泛指形形色色、各种各样之人和物。苦，贫。腴，肥。

［四］丽天，附着于天。语出《易·离象》："日月丽乎天。"

［五］舍次，宿营，亦泛指临时住宿。语出《左传·庄公三年》："凡师一宿为舍，再宿为信，过信为次。"

［六］五行，即五行之术。

［七］斯人，斯民，百姓。唐元结《与瀼溪邻里》："斯人转贫弱，力役非无冤。"

［八］提振，提起、振作。

上宰执手简　一三

近者辄以专介[一]，上浼记室[二]。蕞尔蝼蚁之诚[三]，谅获尘控[四]。春阳不期于私[五]，而蒙被之归，实均纤草。疏外鄙朴[六]，不知恭事之容，但献芹炙背[七]，知其爱而不知其有犯。更在矜恤[八]，有以亮之。《姑溪居士文集》卷二〇

【笺注】

［一］近者，近日。专介，专使，专人。

［二］记室，见《上宰执手简一》注［四］。

［三］蕞尔，形容小。蝼蚁，蝼蛄和蚂蚁，比喻地位低微。

［四］尘控，打扰。

［五］春阳，喻帝王的恩泽。

［六］疏外，疏远见外。韩愈《与华州李尚书书》："宜密以上闻，不宜以疏外自待。"

［七］献芹炙背，形容赠人的礼品菲薄或所提的建议浅陋。炙背，晒背。典出《列子·杨朱》："（宋国田夫）顾谓其妻曰：'负日之暄，人莫知者，以献吾君，将有重赏。'里之富告之曰：'昔人有美戎菽、甘枲茎芹萍子者，对乡豪称之。乡豪取而尝之，蜇于口，惨于腹，众哂而怨之，其人大惭。子，此类也。'"

［八］矜恤，怜悯抚恤。《后汉书·周泽传》："奉公克己，矜恤孤羸，吏人归爱之。"

上宰执手简　一四

司勋张大亨[一]，旧学曾子固为文章[二]，整洁有程度[三]，而不妄形容[四]，盖一时之秀也[五]。颇闻收采，学者之幸。《姑溪居士文集》卷

二〇

【笺注】

〔一〕司勋，掌官吏勋级的官员。张大亨，字嘉甫，湖州（今属浙江）人，元丰八年进士，后为太学博士、司勋员外郎，官至直祕阁。其事见《春渚纪闻》卷一。

〔二〕子固，曾巩字。王安石《赠曾子固》："曾子文章世稀有，水之江汉星之斗。"

〔三〕整洁，谓行文整饬古雅。程度，法度。

〔四〕谓文章风格平直不矫饰。

〔五〕一时之秀，一代优秀人物。《周书·唐瑾传》："时六尚书皆一时之秀。"

上宰执手简 一五

继有所介，冒尘记室[一]，特以未遂参承，心如欲坠。虽可谓激切[二]，然势莫之应。恩地常有眉睫间，定将何日获瞻望？忽忽初暑日来，缉熙羽翼[三]，益被亲信，天人所符，台候动止万福。造物既有以钟之[四]，其必有以成之。一代光明，何啻六五帝而四三王也[五]？所以周旋至是者，复何人哉？草随风靡，不自知一介疏外之有间[六]，执笔耿耿。《姑溪居士文集》卷二〇。

【笺注】

〔一〕冒尘，玷污，此为谦辞。司马光《谢检讨启》："岂容冒尘。"

〔二〕激切，急切，迫切。《汉书·贾山传》："其言多激切。"

〔三〕缉熙，光明。唐李邕《赠安州都督王仁忠神道碑》："缉熙远略，绳准嘉言。"羽翼，辅佐。

［四］钟，钟爱。

［五］六五帝，与五帝并列成为六帝。四三王，与三皇并列变成四皇。

［六］一介疏外，一个被疏远贬谪之人。

上宰执手简 一六

伏承讨论之暇，储思前日翰墨游戏之迹[一]，流传所先，想已充牣缄袭[二]。而近时所期，如眉阳老人、龙眠宗子[三]，固非俗格[四]，而似亦不易得者。辄意列鼎之饫[五]，不能无涧沼之毛[六]，山林之茁[七]，投间而进[八]。旧有老人戏墨六扇、一砚屏、所寄所录诗两轴，龙眠所画松上道人一轴、御马粉本一轴[九]，乃尽所有，而得于散失之余者，举以投赏鉴。盖平日与二人稍款玩于朝夕[一〇]，不知为可贵，随得随失，不能保。回视既往，遂觉不能多取而谨藏之，深可憾者。别有家传吴生画天王一轴[一一]，此则开卷便可知。上乘恩遇，殆以先祖得之，迄今百有余年，甫为兹日尔[一二]。僭易尘控，谅矜赐察[一三]。《姑溪居士文集》卷二〇

【笺注】

［一］储思，集中心思，专心致志。扬雄《剧秦美新》："岂知新室委心积意，储思垂务。"

［二］充牣（rèn），形容丰足。司马相如《子虚赋》："珍怪鸟兽，万端鳞崪，充牣其中，不可胜记。"缄，束箧的绳子。《汉书·外戚传下》："使客子解箧缄。"袭，衣，此指信函的外皮。

［三］眉阳老人，即苏轼，他常自称"眉阳苏轼"。龙眠宗子，李公麟（1049—1106），字伯时，号龙眠居士，画家。

［四］俗格，世俗的情趣、格调。

［五］列鼎，陈列置有盛馔的鼎器。《孔子家语·致思》："累茵而

坐，列鼎而食。”饫（yù），原意为饱食，此指丰盛的宴席。

［六］涧溪毛，山涧中的草。《左传·隐公三年》：“涧溪沼沚之毛。”

［七］茁，生出，生长。

［八］投间，乘隙，趁机。

［九］粉本，画稿。古人作画，先施粉上样，然后依样落笔，故称画稿为粉本。韩偓《商山道中》：“却忆往年看粉本，始知名画有工夫。”

［一〇］款玩，款步赏玩。

［一一］吴生，即吴道子（约68—759），阳翟（今河南禹州）人，有“画圣”之称。此处所言画作，当指吴道子的《天王送子图》。

［一二］意谓冒昧、拘束之处。

［一三］意谓希望您能谅解明察。

上宰执手简　一七

窃谓既为门下士，则于门下种种不应有间[一]。方先公启手足以至奉窀穸[二]，皆不得自效于众人之后，哀挽所相，又已后时，衔恨抱惭，无以为控。乃僭易狂斐[三]，有托于记室[四]，不虞委眷逾厚，过形谦谢[五]。伏读愧畏[六]，莫知所容。又复一时迫于修附，不果亲写。虽情文未至钽铻[七]，而私怀不能无所负。谨缮写上呈[八]，伏冀恩私[九]，特垂矜亮。《姑溪居士文集》卷二〇

【笺注】

［一］有间，有隔阂。

［二］窀穸（zhūn xī），亦作“窀夕”，埋葬，引申为逝世。王安石《皇兄承简追封安定郡王制》：“不幸至于窀穸，用震悼于朕心。”

［三］狂斐，原指狂妄无知者率而操觚或肆言无忌，此用为谦辞。范仲淹《上执政书》：“狂斐之人，诛赦惟命。”

［四］记室，见《上宰执手简一》注［四］。

［五］过形，过多。谦谢，谦逊地表示谢意。

［六］愧畏，惭愧和畏惧。语出《诗·小雅·何人斯》："不愧于人，不畏于天。"

［七］鉏铻（jǔ yǔ），互相抵触，格格不入。《楚辞·九辩》："圆凿而方枘兮，吾固知其鉏铻。"

［八］缮写，誊写，抄写。李白《与韩荆州书》："然后退扫闲轩，缮写呈上。"

［九］恩私，恩惠，恩宠。李商隐《上尚书范阳公启》之三："感佩恩私，不知所喻。"

上宰执手简 一八

每承真翰[一]，未尝不反复吟讽，几至成诵。纸敝墨渝[二]，欲舍不得。语高而意尽[三]，藻缋见于随得[四]，信绝世之文雄也[五]。平日颇有味于此[六]，自获委眷，顿谕平日之习[七]，何止效颦愈陋[八]。端如欲避影而走于日中[九]，其超然自有到处，何可得耶？以是弥恨亲依之晚，而款席之尚远也[一〇]。《姑溪居士文集》卷二〇

【笺注】

［一］真翰，真迹，亲笔信。

［二］（因长久地拿在手上，以致）纸张破旧了，墨迹都变污了。

［三］言辞高雅有致，表述明白畅达。

［四］藻缋（huì），文辞，文采。

［五］信，诚，确实。文雄，文豪。

［六］有味，有意趣。

［七］顿谕，顿时明白。谕，同"喻"。

［八］效颦，盲目模仿而弄巧成拙。典出《庄子·天运》："西施病心而颦其里，其里之丑人见之而美之，归亦捧心而颦其里。其里之富人

见之，坚闭门而不出；贫人见之，挈妻子而去走。”

［九］避影，避匿形影。

［一〇］款席，款陪宴席，侍宴。

上宰执手简 一九

比者专人回，跪奉亲翰[一]，钦承隆厚[二]，揆非其据[三]。虽包荒固不遐遗[四]，而佩服之重，既荣且感。辄欲效俪句申展，又虑接武记室[五]，五技易穷[六]，其缱绻一介之诚[七]，则其勤不过如是。瞻望恩地，但剧归向[八]。《姑溪居士文集》卷二〇

【笺注】

［一］亲翰，亲笔信。

［二］隆厚，优厚、深厚之恩。鲍照《重与世子启》：“仆以常人，所蒙隆厚。”

［三］揆（kuí），度，揣测。

［四］包含荒秽，谓度量宽大。遐遗，疏远遗弃。《易·泰·九二》：“包荒，用冯河，不遐遗。”

［五］接武，追随。

［六］多能而不精一技。语出《荀子·劝学》：“螣蛇无足而飞，梧鼠五技而穷。”

［七］一介之诚，谓卑微的心意。

［八］归向，归依，趋附。司空图《潭州灵泉院记》：“远近道俗，莫不归向。”

上时宰手简 一

初暑，伏惟钧履万福。比者无前之宝[一]，鼎然杰出[二]，颖卓之才，

因事尤振，丕告列辟，辉映相盛。虽参以他务而并举之，然超轶绝尘[三]，则在是也。加之制语有法[四]，事词为称[五]，辱在题品，遂因谛味[六]，已复成诵。于所能诵，则如见其人，惟是不得从贺客之后，倍深依向。不宣[七]。《姑溪居士文集》卷二一

【笺注】

[一] 无前，前所未有。《陈书·姚察传》："姚学士德学无前。"

[二] 鼎然，显赫、盛大的样子。

[三] 超轶绝尘，比喻才力非凡，远超众人。超轶，指后车超过前车。轶，车辙。语出《庄子·徐无鬼》："若是者，超轶绝尘，不知其所。"

[四] 制语，制辞行文。

[五] 事词，遣词造句。

[六] 谛味，仔细品味。

[七] 不宣，不一一细说，旧时书信末尾套语。

上时宰手简 二

某自彻声迹[一]，濒二十年。固能时见一斑于管窥文豹[二]。然亲承謦策，如前人虽万户侯有所不愿者[三]，定能终有兹幸已否？门庭愈不可及，诸有志者投间互进所长，而规矩绳墨[四]，各得于一颦一笑。因其所有，亦或选抡之[五]，及拱把，便知其材可指日遂至于合抱也[六]。万牛回首[七]，一柱特表[八]，自揆则非其辈类[九]，如得一窃叹于众人之后足矣。临笔增吝。《姑溪居士文集》卷二一

【笺注】

[一] 彻，消失。声迹，音讯行踪。

［二］见《答人求所为诗文书》注［一五］。

［三］见《贺人转官启》注［一三］。

［四］指应当遵守的标准、法则。《管子·七臣七主》："法律政令者，吏民规矩绳墨也。"

［五］选抡，亦作"选论"，选拔，选择。

［六］拱把，合两手把之，形容树尚小。合抱，两臂环抱，形容树身粗大。《老子》第六十四章："合抱之木，生于毫末。"

［七］语出杜甫《古柏行》："大厦如倾要梁栋，万牛回首丘山重。"

［八］一柱，喻能担当重任、独力支撑局面的人。张祜《读狄梁公传》："五丁扶造化，一柱正乾坤。"特表，特别突出。

［九］辈类，同辈，同类。

上时宰手简 三

某衰悴[一]，且复拙于养生，而又旁无佽助[二]，故家食之日少[三]，而农务之力多，是亦造物者所以付之。要之，窃慕末轨[四]，其目寓手应[五]，固当因时以勉者。气已不振，而牵制复乘之，真见负于幸得之际，而有憾于无穷之瞑矣。尚资竿牍之赐[六]，时辄兴起，愿亲之勤，尤觉既高益远矣。《姑溪居士文集》卷二一

【笺注】

［一］衰悴，衰弱憔悴。

［二］佽（cì）助，帮助。

［三］家食，家中之食。汉焦赣《易林·无妄之讼》："不耕而获，家食不给。"

［四］窃慕，暗自景仰。汉李陵《答苏武书》："区区之心，窃慕此耳。"

［五］目寓，即寓目，过目。

［六］竿牍，书札。《庄子·列御寇》："小夫之知，不离苞苴竿牍。"

上时宰慰疏[一]　一

某疏言[二]：日月流逝，伏审先政太傅已经除祥[三]，恭惟攀号擗踊[四]，五内分崩[五]，糜溃烦冤[六]，何所逮及。孝思奈何[七]！罔极奈何[八]！某伏限在远，不获诣钧屏[九]，祗候申慰[一〇]，瞻望摧哽[一一]，可胜钦系。谨具疏不次。《姑溪居士文集》卷二一

【笺注】

［一］慰疏，慰问信函。

［二］疏言，为书前套语，以引起下文。

［三］先政，亦作"先正"，前代贤臣。《尚书·说命下》："昔先正保衡，作我先王。"除祥，不再祥祭。苏轼《答范纯夫书》："子功之丧，忽已除祥。"

［四］攀号，攀龙髯而哭，谓哀悼帝丧。刘禹锡《慰国哀表》："伏惟皇帝陛下，孝思至性，攀号罔极。"擗（bì）踊，捶胸顿足，形容非常哀痛的样子。

［五］伤心得连内脏都破碎了，形容极度哀痛。五内，五脏，指内心。

［六］糜溃，腐烂，腐败。烦冤，烦躁愤懑。《楚辞·九章·思美人》："蹇蹇之烦冤兮，陷滞而不发。"

［七］孝思，孝亲之思。《诗·大雅·下武》："永言孝思，孝思维则。"

［八］罔极，无极，无穷尽，此指人子对于父母的无穷哀思。《世说新语·言语》："陛下圣恩齐于哲王，罔极过于曾闵。"

［九］谓不能登门拜访。

［一〇］祗候，恭候。申慰，表示慰问。《颜氏家训·风操》："南人

冬至岁首，不诣丧家；若不修书，则过节束带以申慰。”

［一一］摧哽，伤痛哽咽。王羲之《建安帖》：“无繇言告，临纸摧哽。”

上时宰慰疏　二

不审近日钧履何似？伏冀上体眷注，无或追远之过[一]。与时御宜，益茂久大[二]。《姑溪居士文集》卷二一

【笺注】

［一］无或，不要。《吕氏春秋·贵公》：“无或作好，遵王之道；无或作恶，遵王之路。”追远，追念前贤。汉班昭《东征赋》：“入匡郭而追远兮，念夫子之厄勤。”

［二］久大，久远宏大。《文心雕龙·史传》：“王霸之迹，并天地而久大。”

上时宰慰疏　三

比者以所赐二经并宁先赐钟铭见寄者，钦承至性[一]，知无以为泉下之报，而上凭佛力，以严因地[二]，可胜畏仰。先公履践之素[三]，不待资崇，固应超特。其如纯孝之笃[四]，深体增上有教[五]，而恨无以自竭也。谨当什袭[六]，时出而读诵之，少助勤至，亦自效其涓埃也[七]。钟铭辄忘其鄙，而夤缘于诸作者之次，僭易呈浼[八]。《姑溪居士文集》卷二一

【笺注】

［一］至性，天赋卓绝的品性。《后汉书·东平宪王苍传》：“陛下履有虞之至性。”

［二］严，尊敬，尊重。因地，菩萨尚未证得佛果前的地位。

［三］履践，指立身行事。

［四］纯孝，至孝。《左传·隐公元年》："颍考叔，纯孝也。"笃，忠实。

［五］增上，佛教术语，即增上缘。能促成其他事物生起的条件，如阳光、空气、雨水、肥料等，皆可称之为增上缘。

［六］什袭，亦作"十袭"，把物品一层又一层地包裹起来，以示珍贵。欧阳修《谢赐表》："十袭珍藏，但誓传家而永宝。"

［七］涓埃，细流与微尘，比喻微小。《周书·萧撝传》："恩深海岳，报浅涓埃。"

［八］冒昧地呈上我的诚挚心意。

上时宰慰疏　四

祥除之及[一]，以僻远豫不得其日，故修叙独后[二]。然礼意不得而略，庶几恩照有以加亮[三]。不遑致恭焚席[四]，仰承变服，但引咏巨怆，遥深哽塞。《姑溪居士文集》卷二一

【笺注】

［一］祥除，大祥期满除服。

［二］修叙，修书问候。

［三］恩照，恩惠普照。

［四］焚席，焚烧纸帛，于席前祭奠。

与祝提举无党手简[一]　一

昨日庶几展晤，不图钼铻[二]，良眷眷也。早来伏惟起居佳胜。专介被问[三]，所以慰藉甚款[四]，感愧无谕。行李稍遽[五]，不获瞻望，倍深

约结[六]。介还方食[七]，具记草率，皇恐皇恐。《姑溪居士文集》卷二一

【笺注】

［一］祝无党，生平不详。提举，见《与叔伦提举朝奉手简》注［一］。

［二］钮铻，抵触、冲突。此谓时机不凑巧。

［三］被问，馈赠。

［四］甚款，非常恳挚。

［五］稍遽，刚安顿好。遽，就，竟。

［六］约结，郁结，闷闷不乐。

［七］介还，刚还。

与祝提举无党手简　二

早来辱访别[一]，少亲妙晤，尤慰披写[二]。日高尚寒，恭惟起居佳胜。于是大旆经行，首赐临问遂获周旋燕俎[三]，所以存拊款尽[四]，鄙陋何以为据[五]？非气类曲敦，畴克如此[六]！感服铭佩[七]，倍深缱绻[八]。适到津亭[九]，已失浮骖[一〇]，度其势，不得申敬行色[一一]。系恋之迫[一二]，庶几见亮。《姑溪居士文集》卷二一

【笺注】

［一］访别，来访。唐权德舆《送襄阳卢判官赴本使序》："驲骑萧萧，访别蓬门。"

［二］披写，倾吐，抒发。晋桓玄《致会稽王道子笺》："是以披写事实。"

［三］燕俎，宴饮，此代指宴席。

［四］款尽，款待殷勤。

［五］鄙陋，庸俗浅薄，谦辞。汉杨恽《报孙会宗书》："言鄙陋之

愚心。”

［六］畴克，谁能。张衡《思玄赋》：“神逵昧其难覆兮，畴克谋而从诸?”

［七］铭佩，感念钦佩，铭记不忘。江淹《建平王谢玉环刀等启》：“奉垂光既深，铭佩更积。”

［八］缱绻，缠绵，谓情意深厚。白居易《寄元九》：“岂是贪衣食，感君心缱绻。”

［九］津亭，建于渡口旁的亭子。

［一〇］浮骖，奔走的骏马。谢灵运《九日从宋公戏马台集送孔令诗》：“河流有急澜，浮骖无缓辙。”

［一一］申敬，表示敬意。《北史·房豹传》：“每牧守初临，必遣致礼，官佐邑宰皆投刺申敬。”行色，行旅。

［一二］系恋，依恋，留恋。

与祝提举无党手简　三

某流落屏处[一]，不复通好[二]。游旧虽钦咏不少忘[三]，然门地日益远矣[四]。比辱暂屈使指[五]，但窃为一方致庆[六]，而不敢辄投缱绻[七]。于是弭节[八]，尚意犹在省录。踟蹰愿致之勤[九]，滋恨无地[一〇]。不图加惠鼎临，遽先翰墨[一一]，敦谕款悉[一二]，如接盛遇。秋冷，感激而已[一三]，他俟续贡[一四]，不次。《姑溪居士文集》卷二一

【笺注】

［一］屏处，隐藏，隐居。《新唐书·张濬传》：“虽自屏处，然朝廷得失，时时言之。”

［二］通好，关系密切，友好。《世说新语·言语》：“是仆与君奕世为通好也。”

［三］游旧，旧游，指往日交游的朋友。钦咏，挂念。

［四］门地，门第。前蜀韦庄《寄薛先辈》："不说文章与门地，自然毛骨是公卿。"

［五］使指，天子、朝廷的意旨命令。《史记·司马相如列传》："且因宣其使指，令百姓知天子之意。"

［六］致庆，表示庆贺。

［七］缱绻，结交，表达情意。

［八］弭节，停车，此有犹豫不前之意。

［九］勤，衷情，心意。

［一〇］无地，至极，不尽。

［一一］竟先有书信给我。

［一二］敦谕，劝勉晓谕。款悉，尽心周到。

［一三］感激的话就先说到这里。

［一四］其他的稍后会再告诉（您）。贡，示告，告诉。《易·系辞上传》："六爻之义，易以贡。"

与祝提举无党手简　四

拜别忽忽踰时[一]，系咏雅睠[二]，但深约结。累日方治行[三]，主于一见门下而北[四]，稍传按部[五]，将复经由，以故少留，仰俟瞻叩。遽先翰墨，委谕详尽，尤佩不忘之意。伏审乍冷，起居佳胜。百臆须款席可究[六]，不胜拳拳，谨具参问。《姑溪居士文集》卷二一

【笺注】

［一］忽忽，形容时间飞快流逝。踰时，时间过去。

［二］雅睠，优待，眷顾。睠，同"眷"。

［三］治行，整治行装。《汉书·郑当时传》："使视决河，自请治行五日。"

［四］主于，主要想着，打算。北，向北。

［五］按部，按照一定的步骤、顺序进行。

［六］百臆，许多种想法。

与祝提举无党手简　五

日者大旆经由，丞走行府[一]，窃承会食州中[二]。已而闻改辕北去[三]，竟不获一奉教督[四]。欿焉鄙怀[五]，跂咏不少间[六]。庚伏[七]，迩日不审尊体动止何似？瞻望棨戟[八]，有必可见之地未有其涯。向风，可胜约结。《姑溪居士文集》卷二一

【笺注】

［一］丞，通“承”。行府，官署名，宋代皇帝出征，则于所至处置，设知行府事或权知行府事。属官有行府推官、行府判官、行府通判等。

［二］会食，相聚进食。唐李肇《唐国史补》卷下：“宰相百僚会食都堂。”

［三］改辕，改变行车方向。《旧唐书·刘邺传》：“昨以尚书员外郎奉使至潞，旋承新命，改辕而东。”

［四］教督，教导督促。王安石《谢王供奉启》：“敢图恩私，先赐教督。”

［五］欿（kǎn），忧愁。鄙怀，谦称自己的心愿，心意。

［六］跂咏，即企咏，以吟咏寄托向往之情。

［七］庚伏，见《贺时相除少保》注［四五］。

［八］棨戟，见《任河中府万全县令转宣德郎谢漕使启》注［一三］。

与祝提举无党手简　六

准拟还自信州[一]，便道获款扆论[二]。不谓行李甚遽，但剧引咏相

继，便图上记。五月中感寒疾，已在必死之际。偶尔就安，然汗雨复作，淹回几五十日矣。今又惙惙气仅相属[三]，书问不时[四]，端系于此，亦必有以见谅。久闻府事婴拂[五]，虽一方蒙被德泽，其如方暑，小劳应接，不无自累也。达吾之所自信者以听之，固知无入而不自得也[六]。日期便道参近，倍深耸向[七]。《姑溪居士文集》卷二一

【笺注】

[一] 准拟，准备，打算。韩愈《北湖》："应留醒心处，准拟醉时来。"信州，今江西上饶。

[二] 悫论，忠诚之论。

[三] 惙惙（chuò），形容呼吸短促的样子。

[四] 不时，不及时。

[五] 婴拂，冒犯拂扰。婴，通"撄"，触犯。

[六] 无论到了什么境地都可以安然自得。语出《礼记·中庸》："君子无入而不自得焉。"

[七] 耸向，企向，向往。

与祝提举无党手简　七

某到太平四周年，第一年丧子妇[一]；第二年病悴[二]，涉春徂夏[三]，劣然脱死；第三年亡妻，子女相继见舍[四]；第四年初则癣疮被体，已而寒疾为苦。于其中间，人情不相当，靡所不有。自忝冒叙复[五]，便欲迤逦北归。日复一日，今幸苟生，势不容更住矣。辄不自外[六]，门下之旧，濒二十年，雅辱知怜，且非旦暮。于是如在井中，去死地间不容发[七]，引睇尺素[八]，何啻再造。故忘其僭易，上干使台[九]，暂借一宽舟，只至山阳，度往还无四十日，自不妨别差使。万一不在所绝，敢冀此月下旬或二十间得之，幸甚。先望贬付照牒[一〇]，仍得一宽洁差新者[一一]，一家并亡妻灵柩同载，不得不虑。皇悚皇

悚[一二]。《姑溪居士文集》卷二一

【笺注】

[一] 子妇，儿媳妇。《后汉书·何进传》："张让子妇，太后之妹也。"

[二] 病悴，病弱。

[三] 从春天到夏天。徂，到，往。

[四] 见舍，抛弃，此指舍弃自己离开人世。

[五] 叙复，获罪降职之官按后来的劳绩恢复职位。

[六] 自外，自视为外人，自行疏远。《史记·刺客列传》："光窃不自外，言足下于太子也。"

[七] 间不容发，比喻与灾祸相距极近或情势危急到极点。间，空隙。发，头发。枚乘《上书谏吴王》："其出不出，间不容发。"

[八] 引睇，遥望。

[九] 使台，御使台，此用以代称祝无党，以示恭敬。

[一〇] 照牒，宋代一种证明身份的官方文书。宋王明清《玉照新志》卷三："蔡元长时当国，闻之，遂下令，今后不得妄发照牒。"

[一一] 差新，较新。

[一二] 惶恐惶恐。

与祝提举无党手简　八

某贱累三房二十余口[一]，又有灵柩，先因唐钦叟处一舟[二]，般载不尽[三]，又唐舟年深疏漏，止可载辎重[四]。幸小子除服[五]，合得一舟，不得已上冒其请。笔下不能见，但目即举家如炉炭上(一)[六]，果蒙曲应，殆非平日可比。伏惟恩仁，俯契真切，悚息悚息[七]。《姑溪居士文集》卷二一

【校记】

（一）目：原作“月”，据四库本、《全宋文》改。

【笺注】

［一］贱累，谦称自己的妻子儿女。苏轼《与章子厚书》：“贱累皆在渠处，未知何日到此。”

［二］因，借。唐钦叟，人名。

［三］般载，用般载车装载。宋孟元老《东京梦华录》卷三：“东京般载车，大者曰‘太平’，上有箱无盖，箱如构栏而平，板壁前出两木，长二三尺许，驾车人在中间，两手扶捉鞭里驾之。”

［四］辎重，外出时携载的粮食等物资。

［五］除服，亦称“除丧”“脱服”。

［六］句谓生活艰危。

［七］悚息，书信中的套语，犹惶恐。苏轼《扬州上吕相书》：“奖饰过分，悚息之至。”

与祝提举无党手简　九

某五月初写下前启，相次得疾[一]，故修浼淹缓[二]，自取留滞之累。前启更不易，庶几见念，知其意非今日也。皇恐皇恐。《姑溪居士文集》卷二一

【笺注】

［一］相次，次第，相继。

［二］修浼，修书致诚。淹缓，迟缓，延缓。

与米元章手简[一]　一

八月八日，某某顿首再拜涟水使君元章公阁下[二]：伏自拜违，

行四年矣。书问不继，相远之势然也。到京见交游尚未遍，其见者道公动止与夫政事之在人口者[三]，十居八九，则知吾元章公有进[四]，而真不愧吾钦挹之素也。如何如何？秋高气清，迩日不审尊体何似？行有召命[五]，未间，千万加爱，谨奉状咨闻。《姑溪居士文集》卷二一

【笺注】

［一］米芾（1051—1107），字元章，湖北襄阳人，绍圣四年，任涟水军使。涟水军，汉襄贲县地，故城在今江苏涟水县北。隋改曰涟水，太平兴国三年（978）十二月升涟水县置涟水军，属淮南东路。

［二］阁下，对人的尊称，多用于书信中。唐赵璘《因话录》卷五："古者三公开阁，郡守比古之侯伯，亦有阁。所以世之书题有阁下之称。今又布衣相呼，尽曰阁下。"

［三］动止，行为，举止。《后汉书·张湛传》："（张湛）矜严好礼，动止有则。"

［四］元符二年乙卯（1099），米芾由涟水军使改任蔡河拨发运。

［五］召命，君主召见之命。

与米元章手简　二

某上启元章涟水使君节下：近委榷货[一][一]，遽当已尘浼[二]。京师自六月至九月，雨连昼夜不绝，气候已如冬月，不审淮上如何[三]？伏惟政成民乐，履此初寒，起居佳胜。南来者一口交誉，谓自过扬子渡[四]，行路无不咨嗟颂咏[五]。每道及公姓名，则以手加额上[六]，不谓至此。而犹未还召，其势亦不能久矣。更希善爱以对之。《姑溪居士文集》卷二一

【校记】

（一）榷：原作“推”，据四库本、《全宋文》改。

【笺注】

［一］榷货，专卖货物。

［二］尘浼，见《与何给事手简三》注［二］。

［三］淮上，扬州。

［四］扬子渡，扬子江的渡口，在江苏江都县南。

［五］行路，行路之人。《后汉书·范滂传》：“行路闻之，莫不流涕。”咨嗟，赞叹。《晋书·卫玠传》：“无不咨嗟，以为入微。”

［六］以手加额，把手放在额上，表示欢欣庆幸。

与米元章手简　三

某启：末路间关[一]，独得于公为多。不谓一别，便不蒙寸纸[二]，则平日眷眷，殆将委于草莽耶？抑将有待于我而然也[三]？近见子鲁曾公书[四]，道公学术高明[五]，政事亹亹[六]，挽之不断，企仰何及。涟漪古郡[七]，距我松楸才一水[八]，风化渐渍[九]，我亦公桑梓之民也[一〇]。未能辈父老申敬麾下[一一]，可胜耿耿。或未见忘，时赐书教。《姑溪居士文集》卷二一

【笺注】

［一］谓失意潦倒，人生艰辛崎岖。

［二］寸纸，短纸，借指信札。

［三］抑，或者。

［四］曾子鲁，生平不详。

［五］学术，学问，学识。何逊《赠族人秣陵兄弟》：“小子无学术，

丁宁困负薪。”

［六］亹亹，形容勤勉不倦的样子。《诗·大雅·崧高》：“亹亹申伯，王缵之事。”

［七］涟漪，水面被风吹起的波纹。《诗·魏风·伐檀》：“河水清且涟猗。”

［八］松楸，松树与楸树，墓地多植，因以代称坟墓。《旧五代史·梁书·赵犨传》：“祖先松楸，去郭数里。”

［九］渐渍，浸润，引申为渍染、感化。三国吴韦曜《博弈论》：“渐渍德义之渊。”

［一〇］桑梓，古代常在家屋旁栽种桑树和梓树，故代称家乡。语出《诗·小雅·小弁》：“维桑与梓，必恭敬止。”

［一一］辈，跟随。

与米元章手简 四

改月，伏惟起居佳胜。祭享伤感[一]，殆不容遣免[二]。以故先承降问[三]，兼辱元晖下顾[四]，敦叙稠重[五]，尤剧佩荷[六]。见命晚集，敬当祗赴。只是食素，不必具肉，幸甚。辄欲更求十数幅字，如此纸可用否？必欲得何色目乃入用[七]？先告示及[八]，当携往也。《姑溪居士文集》卷二一

【笺注】

［一］祭享，陈列祭品祀神供祖。《逸周书·周月》：“至于敬授民时，巡狩祭享，犹自夏焉。”

［二］遣免，排遣、免除。

［三］降问，敬辞，即下问。

［四］米友仁（1074—1153），字元晖，米芾长子，世称“小米”。下顾，敬辞，即来访。

［五］敦叙，劝勉。

［六］佩荷，佩服感激。

［七］色目，各类名目。

［八］示及，见示，告知，常用作书札中的敬语。苏轼《与李公择书》："示及新诗。"

与小米元晖手简

纳纸为请，别自一段因缘。恐两彩一赛[一]，辄烦过庭为了之[二]，仍早得之，甚幸。流落人间，乃是超世之物，不易得者，今日之遇也。挂念挂念。《姑溪居士文集》卷二一

【笺注】

［一］两彩一赛，原指一场竞赛之后有两人得彩，意谓双方棋逢对手，难分胜负，释家指辩论双方禅学境界不分高下。彩，赌博得胜。《临济录》："沩山问仰山：'黄檗入僧堂，意作么生？'仰山云：'两彩一赛。'"

［二］过庭，指承受父训或径指父训，亦喻长辈的教训。典出《论语·季氏》："鲤趋而过庭，曰：'学《诗》乎？'对曰：'未也。''不学《诗》，无以言。'鲤退而学《诗》。他日又独立，鲤趋而过庭，曰：'学《礼》乎？'对曰：'未也。''不学《礼》，无以立。'鲤退而学《礼》。"《后汉书·李膺传》："久废过庭，不闻善诱。"

与彭学士手简[一]　一

某启：久别教席[二]，仰咏不能已[三]。暑伏，舟行良苦，尊候起居何似？区区钦佩绪余，常有愿亲不足之怀。于是又将西去，瞻望数千里，未卜承侍之期[四]，临书黯然。敢冀委时自卫[五]，鄙诚千万，盖非

书所能尽，窃幸矜照。《姑溪居士文集》卷二一

【笺注】

［一］学士，原指在国学读书的学生，出自《周礼·春官·乐师》："帅学士而歌《彻》。"后泛指读书人。唐宋时亦指翰林侍读学士与侍讲学士，为皇帝讲论经史。彭学士，名字生平不详。

［二］教席，教授讲学时所坐之席，用以指代教授。

［三］仰咏，敬仰、颂扬。

［四］未卜，未知。承侍，侍奉。

［五］敢，谦辞，自言冒昧。冀，希望。委时，按时。

与彭学士手简 二

自承召命，日计行李，须郊外近见，遽领教墨[一]，深愧已后时矣[二]。将闻德诲咫尺，欣款可知[三]。《姑溪居士文集》卷二一

【笺注】

［一］教墨，对他人书信的敬称。苏轼《答杨济甫书》之一："某近领腊下教墨，感服眷厚。"

［二］后时，失时，不及时。韩愈《黄家贼事宜状》："争献谋计，惟恐后时。"

［三］欣款，欢欣殷勤。

与彭学士手简 三

两日少故，阻奉教席，瞻向盛德，义不少忘。恭惟从者无恙。承今日殿对[一]，遂即黼座问劳之际[二]，相慰渊衷伫望之久。方出局[三]，偶饯一旧僚出城[四]，明日当叩师几[五]。《姑溪居士文集》卷二一

【笺注】

［一］殿对，殿上回答皇帝亲问。

［二］黼座，见《代人贺正表》注［一四］。

［三］出局，离开官署。

［四］饯，设酒食送行。

［五］叩，叩拜。师几，犹教席。几，几案。

与彭学士手简 四

久不承师诲，虽再具书，而瞻仰拳拳，盖非纸墨可致者。其欲见之心，朝夕东引[一]。伏辱手教，曲记过存[二]。伏审赴召已次都邑[三]，霜寒，尊候起居万福。出局遂造席末[四]，区区谨俟侍坐[五]。《姑溪居士文集》卷二一

【笺注】

［一］东引，东向。

［二］过存，登门拜访。《后汉书·马援传》："援闲至河内，过存伯春。"

［三］赴召，应朝廷征召。次，宿。都邑，京城。

［四］造，造访。

［五］谨俟，恭谨地等待。侍坐，侍奉于座旁。《论语·先进》："子路、曾皙、冉有、公西华侍坐。"

与彭学士手简 五

孤苦待尽，久不得君子之教。虽余喘不复自理[一]，然向往之私，惟日北咏[二]。递至，忽辱手笔[三]，蔼然风义[四]，未忘罪罚[五]。而迁官之庆，有愧为问之独缓。比日复不审履胒何似[六]？恭惟庭闱康靖[七]，

眷聚均福。书成，尚在改岁。常格所拘，稍滞雄奋。古者治定功成之际[八]，玩心神明[九]，而沉敏之材，多后于躐等[一〇]。良务宽大，以伫类求[一一]。《姑溪居士文集》卷二一

【笺注】

［一］余喘，垂死时仅余的喘息，引申指余生、残生。

［二］北咏，北向而咏。因汴京在当涂北面，故称。

［三］手笔，亲笔信。王安石《与郭祥正太傅书》："比承手笔，尤剧欣慰。"

［四］蔼然，形容温和、和善的样子。《管子·侈靡》："蔼然若夏之静云。"风义，风范操守。《资治通鉴·梁武帝普通元年》："熙好文学，有风义，名士多与之游。"

［五］罪罚，因罪受罚之人，此为自称。

［六］履贶，履况。贶，通"况"。

［七］庭闱，内舍，多指父母居住处。杜甫《送韩十四江东省觐》："我已无家寻弟妹，君今何处访庭闱。"

［八］治定，政治安定。《礼记·乐记》："王者功成作乐，治定制礼。"

［九］玩心，言专心致志。《汉书·严助传》："玩心神明，秉执圣道。"

［一〇］躐等，逾越等级。《礼记·学记》："幼者听而弗问，学不躐等也。"

［一一］类求，依类推求。

与彭学士手简 六

今早讲罢，即诣直舍[一]，承驺卫已出[二]。晚尤毒热，伏惟尊候动止万福。少慕下风，比得亲侍将一月，切仰高明，钦戴无已[三]。会此

迁改[四]，遂失依赖。下情瞻恋[五]，何似可言。拘文非假[六]，不敢辄诣墙屏[七]，谨奉手启。《姑溪居士文集》卷二一

【笺注】

[一] 诣，到，旧时特指到尊长处。直舍，古代官员在禁中当值办事之处。韩愈《与华州李尚书书》："独宿直舍，无可告语。"

[二] 驺（zōu）卫，侍从。

[三] 钦戴，敬佩爱戴。刘禹锡《上门下裴相公启》："人所钦戴，久而愈宜。"

[四] 迁改，官职迁升。

[五] 下情，谦辞，指自己的心情或情况。王安石《谢孙龙图启》："瞻望门阑，下情无任。"

[六] 拘文，拘泥于成法。《后汉书·崔骃传》："俗人拘文牵古。"

[七] 墙屏，门墙，门下。韩愈《示儿》："跹跹媚学子，墙屏日有徒。"

与刘延仲手简[一]

前日遣问，承暂出，翘仰为怀。连日出城倦甚，适方见中间所惠简，寻失为答，悚仄悚仄[二]。秋暑，欣审侍奉万福。马以病足，见借马出入，亦必无用矣。他日望宿戒也[三]。一二日相见。有客才起，草草[四]。《姑溪居士文集》卷二一

【笺注】

[一] 刘延仲，生平不详。

[二] 亦作"悚侧"，惶恐不安。

[三] 宿戒，事先告诫。

[四] 即草草不尽，意为匆忙仓促，书不尽言。

与姚漕手简[一]　一

某皇恐上启运使户部节下[二]：低回仕路，常在光明中。地偏人微，无从瞻望。比承振采一道，而里舍所寓，适依庇睐[三]。欣慕所期，实均有众。首夏清和[四]，恭惟尊体动止万福。系咏门墙，未获通名将命[五]。尚冀衰迟，或在记录。不宣。《姑溪居士文集》卷二二

【笺注】

［一］姚漕，生平不详。漕，水陆转运使。

［二］节下，节下，尊称，犹麾下。

［三］庇睐，庇护青睐。

［四］清和，天气清明和暖。谢灵运《游赤石进帆海诗》："首夏犹清和，芳草亦未歇。"

［五］将命，奉命。《仪礼·聘礼》："将命于朝。"

与姚漕手简　二

屏处江上，忽二十年。畴昔难忘，常在钦挹。敏茂该洽[一]，表仪多中[二]，故省户使台[三]，继膺宠数。而势地既阻，无从修记，其知怀德[四]，固不少懈也。比多在坟山，失于承候[五]，今已在众人后矣，亦鄙分所应尔也。余尘未拂，尚幸按临[六]，得从宾客之末，乃所愿言[七]，庶几侍坐披悉[八]。《姑溪居士文集》卷二二

【笺注】

［一］敏茂，敏捷多才。

［二］中，正。

［三］省户，指门下、中书诸省。

［四］怀德，感念恩德。《论语·里仁》："君子怀德，小人怀土。"

［五］承候，奉侍问候。

［六］按临，巡视。

［七］愿言，形容思念殷切的样子。《诗·卫风·伯兮》："愿言思伯，甘心首疾。"

［八］披悉，详述。

与姚漕手简 三

退缩里巷，实依德庇[一]。眷言畴昔，蒙被有加。拳拳负荷之深，未易形容可究也。冬候未寒，日来尊候动止何似？委寄固重，而随地振采，下受其赐，上收其效。日耸褒显[二]，遂膺柄任[三]。非特一介私淑而然[四]，乃公论之所归也。引咏门墙，可量倾遡[五]。《姑溪居士文集》卷二二

【笺注】

［一］德庇，德泽恩惠的庇荫。

［二］日耸，出众，不凡。褒显，褒崇宣扬。

［三］柄任，重任。范仲淹《与韩魏公书》："惟祝正人早归柄任。"

［四］并不只是我私心爱戴您才说这样的话。

［五］倾遡，倾慕向往。

与姚漕手简 四

中间便人蒙枉教[一]，寻欲修叙[二]，而持书人已不见。差池重意之辱[三]，寄颜无地[四]。衰晚兀兀[五]，待尽而已。比闻暂总帅事[六]，辄期一见，以酬素志。苍颜白发，仰附后车之载[七]，或能上助仁者爱老念旧之乐。私庭无助[八]，凡米盐琐屑率身履之[九]，用是蹭蹬，向风何已！

故都可择之胜固多，乘时抑扬，不妨自达顺御，而超见绝韵，因以付之翰墨，足为一方无穷之美观也。苶焉衰旧[一〇]，实与荣焉。临笔倍增跂颂[一一]。《姑溪居士文集》卷二二

【笺注】

［一］枉教，敬辞，屈尊赐教。王安石《与李修撰书》："乃烦枉教，慰感何可复言。"

［二］寻，不久。

［三］差池，意外。唐李端《古别离》之一："后事忽差池，前期日空在。"

［四］脸面没有地方放，即无地自容。《晋书·蔡谟传》："惶惧战灼，寄颜无所。"

［五］兀兀，用心、劳苦的样子。韩愈《进学解》："恒兀兀以穷年。"

［六］总，统领，负责。

［七］后车，副车，侍从所乘的车。《诗·小雅·绵蛮》："命彼后车，谓之载之。"

［八］私庭，私家。左思《蜀都赋》："公擅山川，货殖私庭。"

［九］琐屑，指细小、琐碎的事情。身履，亲自去做。

［一〇］苶焉，形容精神颓丧的样子。

［一一］跂颂，同"祈颂"，祈祷、祝颂。

与姚漕手简　五

溧水县丞李宥者[一]，和文都尉家贤子弟也。和文乐义尚贤，天下学士大夫归之，其风流所暨，至今凛然。而宥不独有其家风，又能悉心政事，所可称美。幸托临属，前有改官状四纸矣，垂成之际，一举则其德倍于他。日伏望特达，俯践所请，不胜企祝。方此闲陋，不当率尔为

言[二]。其如久荷眷遇，亦以仰报也[三]。皇恐皇恐。《姑溪居士文集》卷二二

【笺注】

［一］溧水县，今南京市溧水区。

［二］率尔，直率。《晋书·胡贵嫔传》："帝每有顾问，不饰言辞，率尔而答，进退方雅。"

［三］仰报，报答。

与周漕手简[一]　一

某皇恐上启：委质后尘[二]，虽不能旦暮师承，然窃借光明，常如星日之下临也。不腆之役，久益加冗。冗故稍不获修记起居，系咏拳拳，当不待讲而后谅。冬候微暄，不审尔日尊履何如？早期数月间，获依门仞，荏苒不知所计，殆无以自名其况，尚冀未迁召间[三]，犹及俯慰[四]。《姑溪居士文集》卷二二

【笺注】

［一］周漕，生平不详。

［二］委质，委身。骆宾王《上司列太常伯启》："希委质于宣父。"

［三］迁召，官吏迁升时之召对。《后汉书·梁冀传》："百官迁召，皆先到冀门牒檄谢恩。"

［四］俯慰，俯存、安慰。

与周漕手简　二

某三月到此，稍为完葺蜗陋[一]。以涉夏大病，甫秋即入坟山，前旱后雨，似物理特有以见制，竟以工料不契，暂归以俟。春暖间承按部

经由，每过必见问，以至亲屈大旆，临顾蓬荜[二]，所以加惠衰晚。然常求比于古人，而苶焉何堪，未易负荷。高明一时人物，得一望已为遭遇，而委曲睠存之意有加无已，非今日之事也。临笔倍深依向。《姑溪居士文集》卷二二

【笺注】

［一］蜗陋，狭小简陋的居舍。

［二］“蓬门荜户”的省语，指穷人住的地方。《晋书·皇甫谧传赞》：“士安好逸，栖心蓬荜。”

与周漕手简　三

逼至节，方自坟山归，恭闻大旆经过才信宿[一]，失此参近，重以为慊(一)[二]。仅已而捧所坠教，存拊踰厚，紬绎增愧，退揆略无可采[三]，而盛德礼意日隆，定将何地可酬兹幸？向风惘然。《姑溪居士文集》卷二二

【校记】

（一）慊：原作“廑”，四库本作“僅”，据《全宋文》改。

【笺注】

［一］信宿，两三日。陶渊明《晋故征西大将军长史孟府君传》：“及归，遂止信宿。”

［二］慊（qiàn），恨，遗憾。

［三］退揆，退思。

与周漕手简　四

伏蒙亲寓别幅，留贶朋镈[一]。饮君子之德，而研味委意之宠[二]，如奉

款席，可胜钦戴。又复超世翰墨，文词之盛，璀璨溢目[三]。一时荣遇[四]，未易形容也。不敢别具公状为谢，深恃异睠[五]。《姑溪居士文集》卷二二

【笺注】

[一] 朋罇，双樽。

[二] 委意，倾心，属意。《三国志·魏志·胡质传》："仆委意于君，何以相辜如此?"

[三] 溢目，满目，目不暇接。《后汉书·延笃传》："焕烂兮其溢目也。"

[四] 荣遇，荣获君主知遇而显身朝廷。白居易《答故人》："见我昔荣遇，念我今蹉跎。"

[五] 异睠，特殊眷顾。

与和州太守曾延之少监手简[一]　一

某启：近遣专人，通问上谢，当浼铃下[二]。乍晴遂有春思，随时抑扬，想多胜趣。系咏雅眷[三]，尤极缱绻[四]。尔日复不审尊体动止何似？鄙陋还家滨一月[五]，爱民惜物之誉，日有钦向[六]。以荜门圭窦得之已如此[七]，则士论腾播[八]，组织于文字语言间[九]，窃谓君相已在紬绎矣[一〇]。入奉禁严，藻缋世德[一一]，是乃一时之盛事也。夙庇后尘，弥用击节。《姑溪居士文集》卷二二

【笺注】

[一] 和州，今安徽和县。曾延之，生平不详。少监，官职名，为监或正监的副手。

[二] 铃下，原指门卫、侍从，后用作对太守的敬称。

[三] 雅，敬辞。眷，通"睠"，顾念，关照。

［四］缱绻，情意深厚。

［五］滨，通“濒”，近。

［六］钦向，钦佩向往。

［七］荜门圭窦，亦作“荜门闺窦”，常用以喻指贫穷者的居室。筚门，荆竹编成的门；圭窦，上尖下方的圭形门洞。《礼记·儒行》：“荜门圭窦，蓬户翁牖。”

［八］腾播，传播。

［九］组织，此指造句构辞。《文心雕龙·原道》：“雕琢情性，组织辞令。”

［一〇］君相，国君的上宾，此指代太守。䌷绎，此指思考、考虑。

［一一］藻缋，修饰。世德，累世的功德。《诗·大雅·下武》：“王配于京，世德作求。”

与和州太守曾延之少监手简　二

某到家即欲作书，因冗琐遂已淹晚，前日方克展叙[一]，不识果有以见亮已否？游定父行欲申敬问[二]，适有少故，辄不暇及。其家人回(一)，具言佳客凭陵[三]，连日醉笑，竟使积阴廓彻[四]，万卉纷敷[五]，以成同乐之胜。独不得展转末轨[六]，但深引叹。占高南望，吾家山水实在樽俎间，能复指顾[七]，俯及衰旧[八]，而恨不得与之周旋否？向风耿耿。《姑溪居士文集》卷二二

【校记】

（一）其：原作“某”，据《全宋文》改。

【笺注】

［一］方克，才能。展叙，陈述，畅叙。

［二］游酢（1053—1123），建州建阳人，字定父（甫），世称鹿山先生，师事程颢、程颐，与谢良佐、吕大临、杨时并称“程门四先生”。

［三］凭陵，登临。唐唐彦谦《高平九日》：“云净南山紫翠浮，凭陵绝顶望悠悠。”

［四］廓彻，清除干净。

［五］纷敷，纷披，盛多的样子。汉王逸《九思·守志》：“桂树列兮纷敷。”

［六］展转，此犹跟随。

［七］指顾，手指目视，指点顾盼。

［八］衰旧，自称之谦辞。

与元祖庆法曹手简[一]　一

近闻行李之便，谓得从容明爽[二]，展尽系吝[三]。往见不遇，辱顾相失。晚节仅能一接语，遽惊操袂[四]，殆若有以主之，于今不自已也。既而遽图修记，道此不满[五]。荏苒不契，于是疾病乘之，几成蹭蹬。高义可怀，要须冰雪可鉴[六]。未间，与时御宜，以期绝诣。盖君子相忘于道术[七]，非咫尺低昂所计也[八]。《姑溪居士文集》卷二二

【笺注】

［一］法曹，掌司法的官吏。《新唐书·百官志》：“法曹，司法参军事，掌鞫狱丽法，督盗贼，知赃贿没入。”元亿，字祖庆，生平不详。

［二］明爽，开朗直爽。

［三］展尽，畅叙。

［四］操袂，原指献俘时持其右袂以防异心，后用以指献捷。《礼记·曲礼上》：“献民虏者操右袂。”白居易《太社观献捷》：“班师郊社内，操袂凯歌中。”

［五］不满，不足。

［六］要须，必定，总会。唐雍陶《感兴》："贫女貌非丑，要须缘嫁迟。"冰雪可鉴，形容光明磊落。

［七］相忘，彼此忘却。《庄子·大宗师》："不如相忘于江湖。"

［八］低昂，沉浮，谓随波逐流。

与元祖庆法曹手简　二

某自到贬所，即闻盛义秀粹，乐易应接[一]，无一罅可指[二]，固愿奉从容，仰借振采。数因所往还以间，舟车假道之际[三]，久未我与，可胜牢落[四]。异时投足治下[五]，私幸可以更仆承教[六]。初则适有所未暇，既而服食差爽[七]，稍谢通诣[八]。迄去仅一识面，追讼每日邑邑[九]。比舍策[一〇]，又复草草操袂[一一]，然所得度越所闻亦多矣。晚节何堪，定将邑邑。终不满抑，遂充足捆载以归耶？收之桑榆[一二]，敢昧欣跂。《姑溪居士文集》卷二二

【笺注】

［一］乐易，和乐平易。

［二］罅，缺漏。

［三］假道，经由，取道。

［四］牢落，寥落，失落。

［五］治下，所管辖的范围之内。苏轼《与滕达道书》之二一："若得请居常，则固当至治下搅挠公数月也。"

［六］更仆，形容多。曾巩《戏呈休文屯田》："已闻清论至更仆，更读新诗欲焚砚。"

［七］服食，衣着食物。差爽，失误，差错。徐陵《在吏部尚书答诸求官人书》："若今驿马差爽，便是乖信。"

［八］通诣，通问、拜访。

［九］追讼，回想、自责。邑邑，忧郁不乐的样子。《史记·淮南衡

山列传》："人生一世闲，安能邑邑如此！"

［一〇］舍策，即"舍策追羊"，放下手中书本去寻找丢失的羊，比喻发生错误以后，设法补救。典出《庄子·骈拇》："臧与穀二人相与牧羊，而俱亡其羊。问臧奚事，则挟策读书；问穀奚事，则博塞以游。"

［一一］操袂，此为表达殷勤问候之意。见《与元祖庆法曹手简一》注［四］。

［一二］即"失之东隅，收之桑榆"，意谓在某处先有所失，在另一处终有所得。亦指事犹未晚，尚可补救。《后汉书·冯异传》："赤眉破平，士吏劳苦，始虽垂翅回溪，终能奋翼黾池，可谓失之东隅，收之桑榆。"

与元祖庆法曹手简 三

某再启：相距才百里地，钦向既重，自当接武申叙。虽不能旦暮[一]，亦足资藉他日之好。目前纷扰，殆人情所不堪。加之衰病因仍[二]，常若有以制之，是宜取疏置远。而惠顾曲敦鼎来[三]，翰墨累幅展转，如奉勤恳[四]。揆非所据[五]，不知愧汗濡浃[六]。而景佩相先[七]，则君子之庭，不肖之迹可保其尚在也。更一月可以造请[八]，乃所愿言。糟粕不足以形容，不审终践所期已否[九]？《姑溪居士文集》卷二二

【笺注】

［一］旦暮，朝夕，犹谓整日。

［二］因仍，相继。元稹《告畬三阳神文》："饥馑因仍，盗贼仓卒。"

［三］惠顾，关心照顾。《左传·成公十三年》："君若惠顾诸侯，矜哀寡人。"鼎来，方来，正来。语出《汉书·匡衡传》："无说《诗》，匡鼎来。"

［四］勤恳，诚挚恳切。柳宗元《柳常侍行状》："词旨切直，意气

勤恳。”

［五］揆非，度非，想不是。

［六］愧汗，因羞愧而出的汗，形容羞愧至极。苏轼《答李方叔书》之十三：“承示谕，但有愧汗尔。”濡浃，沾润。

［七］景佩，景仰佩服。

［八］造请，登门晋见。《史记·酷吏列传》：“公卿相造请禹，禹终不报谢。”

［九］所期，期望。《梁书·王锡传》：“一日见二贤，实副所期。”

与元祖庆法曹手简　四

伏读别纸，具道尊府盛意[一]，并录示行状[二]，俾得纪次大门遗轨[三]。紬绎反覆，愧不能已。早时才卿崇班[四]，以雅素之过[五]，亦尝见及。衰退久废笔研[六]，加之巨题，岂敢辄当？具以是辞矣。于是君子过予，竟不许回避。虽已闻命，然乍病起，忽忽未完[七]，更望少宽，庶能牵课。高文懿学[八]，自可表扬先烈[九]，而乃问道于冥行[一〇]，借听于已聩[一一]，似是倒置。皇悚皇悚。《姑溪居士文集》卷二二

【笺注】

［一］尊府，对他人之父的敬称。韩愈《送湖南李正字序》：“李生之尊府，以侍御史管汴之盐铁。”

［二］行状，也称“状”或“行述”，叙述逝者世系、生平、生卒年月、籍贯、事迹的文章，常由逝者门生故吏或亲友撰述，留作撰写墓志或为史官提供立传的依据。

［三］大门，大族。元稹《卢头陀诗序》：“卢氏既为大门，族兄弟且贤豪。”遗轨，指前代或前人留传下来的规范准则。

［四］才卿，才子。崇班，高位。唐卢怀慎《奉和九日幸临渭亭登高应制得还字》：“无因酬大德，空此愧崇班。”

［五］雅素，平素，平生。

［六］研，同“砚”。

［七］完，痊愈。

［八］懿学，美好的学行。

［九］表扬，显扬。先烈，祖先的功业，亦指建有功业的先人。唐杜牧《唐故银青光禄大夫礼部尚书崔公行状》：“敢书先烈，达于执事。”

［一〇］冥行，夜间行路的人，此为自谦之辞。

［一一］借听，借别人的耳朵去听。韩愈《答陈生书》：“足下求速化之术，不于其人，乃以访愈，是所谓借听于聋，求道于盲。”聩，耳聋。

与元祖庆法曹手简　五

窃承受代非晚[一]，亦有意相过[二]。佩服盛义，岂所堪者？八月即在左右或前驾[三]，庶几犹及迎展[四]。尚幸迁就，无致相失也[五]。跂向跂向[六]。《姑溪居士文集》卷二二

【笺注】

［一］受代，任满由新官代替。

［二］相过，拜访。韩愈《长安交游者赠孟郊》：“亲朋相过时，亦各有以娱。”

［三］驾，对人的敬辞。

［四］迎展，迎接展叙。

［五］无致，无使。相失，互相错过。

［六］仰慕仰慕。

与龚平国手简[一]　一

一水系望，无异邻墙。投怀之欢，实托旧物[二]。固当乘间就展[三]，

与接武交驰，乃旷日持久，才一通问。其情固不如是，而表见所期[四]，渠得无所负耶？念之殆不容少自宽，而亦觊雅眷有以亮之。至于相惇勉[五]，谓糟粕之传不可以废，而加警焉，庶几翰墨间有一会面之慰也[六]。秋日旷爽，伏惟燕居优暇，动履清胜。老日不异平时，姑兀兀取给目前[七]，以待尽耳。尚冀摧颓或可支策[八]，遂有周旋披写之幸。未间，倍加保啬[九]。苟可以寓之形容者[一〇]，无惜猥及[一一]。《姑溪居士文集》卷二二

【笺注】

［一］龚平国，生平不详。

［二］旧物，旧时的信物，此有旧日情谊之意。

［三］就展，拜访。就，凑近，靠近。展，展叙。

［四］表见，记述，记载。《史记·五帝本纪》："顾弟弗深考，其所表见皆不虚。"

［五］惇勉，同"敦勉"，劝勉。《晋书·魏舒传》："帝手诏敦勉。"

［六］庶几，希望，但愿。《左传·襄公二十六年》："庶几赦余。"

［七］兀兀，昏沉的样子。

［八］摧颓，蹉跎，失意。曹植《浮萍篇》："何意今摧颓，旷若商与参。"支策，即枝策，持杖击节。语出《庄子·齐物论》："昭文之鼓琴也，师旷之枝策也，惠子之据梧也，三子之知，几乎皆其盛者也，故载之末年。"

［九］保啬，保重、爱惜。苏轼《与孙正孺书》："阔远无他嘱，惟倍万保啬而已。"

［一〇］形容，原指盛德的表现，借指盛德。韩愈《与凤翔邢尚书书》："天下之金石，不足颂阁下之形容矣。"

［一一］猥，谦辞，辱。

与龚平国手简 二

去岁蒙赐教[一]，寻具报[二]。比辱垂谕[三]，乃知今夏方到。定将何处濡滞然邪[四]？因是再枉手笔，累幅款尽[五]，如接更仆[六]。其为感浣[七]，可量缱绻。依田为生，一水旱便觉费力。不腆之托，二年沉没。今秋粗理，又复暴涨可虑。待哺嗷嗷[八]，不知所以为策。德门随遇为生计[九]，亦如我之窘。常日佳况少而猥念多[一〇]，岂造化别有所命欤？不然何特于我辈加甚也？古人未始以此自放[一一]，带经而锄[一二]，尚安知以彼辄易？政须吟哦妙悟，叩牛角而为之节，低徊稍休，则写之笔下，岂不绰绰然有余裕哉[一三]？茶焉□□奉将盖门下旧物也(一)[一四]。临笔不觉缕缕，自余非会晤不展。《姑溪居士文集》卷二二

【校记】

(一) 奉将：原缺，据《全宋文》补。

【笺注】

[一] 赐教，此为对来信的敬称。王安石《答陈推官启》："高明赐教，褒谕过情。"

[二] 具报，一一回复。

[三] 垂谕，教诲。垂，敬辞，用于别人对自己的行为。

[四] 濡滞，停留。《孟子·公孙丑下》："三宿而后出昼，是何濡滞也。"

[五] 款尽，此谓情意深厚。

[六] 更仆，此形容情意殷殷，连绵不断。

[七] 感浣，感激。

[八] 原指小鸟饥饿时叫着，等待母鸟来喂食，比喻饥饿时急于求

食的样子，此比喻处境极为困难，亟待救济。嗷嗷，哀鸣声。《诗·小雅·鸿雁》："鸿雁于飞，哀鸣嗷嗷。"宋穆修《上监判邢郎中书》："一家贫寄京师，薪米不给，老幼数口，嗷嗷待哺。"

［九］德门，此为对龚平国的敬称。

［一〇］猥念，即"委念"，指委曲。

［一一］自放，自我放纵。《新唐书·王琚传》："既失志，稍自放，不能遵法度。"

［一二］形容生活贫苦依然坚持读书学习。经，经书。锄，耕锄。典出《汉书·兒宽传》："（兒宽）贫无资用，尝为弟子都养。时行赁作，带经而锄，休息辄读诵，其精如此。"

［一三］绰绰，舒缓的样子。余裕，宽绰有余。《孟子·公孙丑下》："我无官守，我无言责也，则吾进退，岂不绰然有余裕哉？"

［一四］奉将，奉行。《尚书·胤征》："奉将天罚。"

与龚平国手简 三

别后虽再修驰[一]，鄙怀曾未披写，姑为目前所牵制而然，要亦终何补于系念哉！葛大川来[二]，闻为况稍详。细绎赐书，则情好有加而不已[三]，眷言欣慕。早朝于岁晚者，于是弥厚，重叹慕焉，何以仰对？老秋日来[四]，起居万福。大水弥亘东南[五]，依山占高，犹有幸免。独吾邦潴为一大湖，始则微茫木末[六]，今更不知所涯际。昔所谓稽天者[七]，其在是乎[八]！徙家坟寺[九]，已几一月。来之不早，衰病遂为阴湿气凭陵[一〇]，惙惙仅存视息[一一]，使不失故常[一二]，则别是一种境界。方其啸咏自适[一三]，过从不乏，颇复及此抢攘否[一四]？霜候可期，日念归鏊[一五]。盖周旋胜践，实出素计，要须还家，乃克自浣[一六]。大川忽相顾，山间粗得相温[一七]。回期甚迫，而方病瘁，加之翳晦[一八]，不我为地，作书如在梦寐中。所不到处与夫补叙失次[一九]，庶几矜照，亦恃大川必能详尽也。《姑溪居士文集》卷二二

【笺注】

［一］修驰，书信往来。

［二］葛大川，生平不详。以下人名“大川”，均为此人。

［三］情好，感情，交情。《三国志·蜀志·诸葛亮传》：“（先主）于是与亮情好日密。”

［四］老秋，深秋。

［五］弥亘，绵延。《后汉书·马防传》：“又大起第观，连阁临道，弥亘街路。”

［六］微茫，迷漫模糊。李白《梦游天姥吟留别》：“烟涛微茫信难求。”木末，树梢。屈原《九歌·湘君》：“搴芙蓉兮木末。”

［七］稽天，到达天际，形容气势浩大。稽，至。《庄子·逍遥游》：“大浸稽天而不溺。”

［八］大概就是这样吧。其，表推测语气。

［九］坟寺，为守护坟墓而建的寺院。

［一〇］凭陵，此有折磨之意。

［一一］惙惙，衰疲的样子。仅存视息，谓奄奄一息。

［一二］故常，惯例，习惯。

［一三］啸咏，歌咏。《晋书·阮孚传》：“正应端拱啸咏，以乐当年耳。”自适，悠然闲适而自得其乐。《庄子·骈拇》：“夫适人之适，而不自适其适。”

［一四］抢（chēng）攘，纷乱的样子。《汉书·贾谊传》：“本末舛逆，首尾衡决，国制抢攘。”

［一五］归壑，去世的委婉说法。

［一六］乃克，才能。自浣，自洗，自清。

［一七］相温，慰藉。

［一八］翳晦，晦暗不明。

［一九］失次，失常。刘禹锡《谢中书张相公启》：“昨者诏书始下，

惊惧失次。”

与龚平国手简 四

大川来，如获款奉。方尔咏思[一]，为慰可知。自藏云距采石才二十余里[二]，意念固不舍，以是滋不能已。但系累相仍，第一以老病故，殆似非人力也。阳泉早晚成行[三]，平日恨不能周览其胜。异时贤主人表发，又别是一段佳事，将为吾之别馆矣。彦发诸郎同之否[四]？历阳不异乡间[五]，邑人欣慕，颇承乐趣。较之陋邦，何啻千万里之远。老日所以杜门却扫[六]，讵得已哉！一出境，便是乐国，如独力家务，遽脱不容暂何！且以前者为计。有至半年未尝一通书，未论契好之厚，于人情端有是乎？因循苟且[七]，为患实大。不思不勉，定谁之过？庶几收之桑榆[八]，而不知我者，乃为好尔。左右还亮之否邪？《姑溪居士文集》卷二三

【笺注】

［一］方尔，正在。

［二］藏云，藏云山，位于今安徽当涂东部。清《太平府志》：“李之仪墓在藏云山女仙祠侧，旧有李之仪与胡文柔夫妇像。”以下山名“藏云”，均指此山。

［三］阳泉，位于今山西省东部。

［四］彦发，龚平国之子。

［五］历阳，今安徽和县。乡间，家乡，故里。阮籍《大人先生传》：“少称乡间，长闻邦国。”

［六］杜门却扫，见《闲居赋》注［二五］。

［七］守旧怠惰，敷衍应付。

［八］见《与元祖庆法曹手简二》注［一二］。

与龚平国手简 五

前日自坟山归，不虞驶足遽去[一]。急于具问，兼虑巢书恐迟[二]，又目前无可专委，邂逅假托，已而甚恐。或沉浮得报，虽幸遂，而反愧仓猝不谨肃，为有负也。彦质况味果尔[三]，固不易遣，得一气更自能而安矣。然巢君不可不延接[四]。其术似都不与平平者等。试邀致。任之字周士，记其的乃名医也[五]，到即想见。远近赴之不辍，且云向日黄县丞请来太平州者[六]，乃是其人。大川必留家而行庐江[七]，果有效否？盗贼充斥[八]，岂不防邪？柳集荷挂念[九]，可以转借及。幸甚幸甚。《姑溪居士文集》卷二三

【笺注】

［一］驶足，急足。《新唐书·刘晏传》："诸道巡院，皆募驶足，置驿相望。"

［二］巢书，指后文所提到的巢医书信。

［三］彦质，龚平国之子。况味，境况和情味。果尔，果真如此。

［四］延接，延请、接待。《后汉书·盖勋传》："帝方欲延接（盖）勋。"

［五］的，的确，确实。

［六］向日，往日，从前。

［七］庐江，今安徽庐江。

［八］充斥，众多。《左传·襄公三十一年》："寇盗充斥。"

［九］柳集，联系下文，当指唐代柳宗元《子厚集》。

与龚平国手简 六

咫尺[一]，不谓声问疏隔如是[二]，亦家难多故，一向不复自理。屡

欲渡江一见诸游旧，今尚未果。非徒无暇，亦自无况[三]。来教遽临，伏审迩来起居佳胜。邂逅三四[四]，遽督书，而来介云不可少待。仓猝为报，殊愧灭裂[五]，续当别驰附次[六]。《姑溪居士文集》卷二三

【笺注】

［一］形容非常近。

［二］疏隔，疏远隔绝。

［三］无况，无所成就。

［四］三四，表示为数不多。

［五］灭裂，指言行粗疏草率。《庄子·则阳》："芸而灭裂之，其实亦灭裂而报予。"

［六］附次，另外细说。

与龚平国手简　七

蒙寄佳篇，读之几不能释手。别后勇进一至是，自应超然绝诣，不作则已也。便速酬报未及，少须异日，不愧续貂[一]。知乘间必多佳制(一)，少日或得就览编缀[二]。既尝一脔，则九鼎之快，可得已邪？大川近病几不可救，今已无恙。质中高雅[三]，但贫不醒[四]，奈何！来贶已示之矣，必自有书去也。《姑溪居士文集》卷二三

【校记】

（一）知：原作"吹"，据四库本、《全宋文》改。

【笺注】

［一］续貂，谦称自己的续作不及原作。曾巩《寄留交代元子发》："倚玉讵应公论许，续貂还恐邑人非。"

［二］编缀，此指编排组合好的文章。

［三］质中，人名。

［四］不醒，不省，不悟。《史记·留侯世家》：“（张良）为他人言，皆不省。”

与龚平国手简　八

葛大川在历阳否？如在，可劝令归。自庐至无为一带[一]，盗贼蜂起，单独携家，徒纳命尔。且归，容有所处。《子厚集》略借[二]，并《世说》枕上遮眼[三]，可附胡君[四]。至水退，自可检讨[五]，即遣还次。《姑溪居士文集》卷二三

【笺注】

［一］庐，庐江。无为，今安徽无为。

［二］《子厚集》，柳宗元文集。

［三］《世说》，即《世说新语》。遮眼，遮人眼目，装模作样。苏轼《明日南禅和诗不到故重赋数珠篇以督之》：“看经聊尔耳，遮眼初不卷。”

［四］胡君，人名。

［五］检讨，查看，搜检。

与龚平国手简　九

前日归自先垅[一]，得坠刺[二]，乃承归舟甚遽[三]。初不计许速，怅然不知其控。信宿体况复何似？一水旱时，系望固劳，得见非及，而正尔抢攘，曾不得展意奉缱绻[四]，其怀讵可名邪[五]？尊叔母症候如何[六]？胡医果尽心门下[七]，然不问以一言，而坐待巢君[八]，可喜。今有书，可一往迎之，取道亦不远。匆匆修叙，嗣当申致次。《姑溪居士

文集》卷二三

【笺注】

[一] 先垅，祖先的坟墓。唐牟融《翁母些》："先垅每怀风木夜，画堂无复彩衣时。"

[二] 坠刺，名帖。

[三] 甚遽，很急，仓猝。

[四] 展意，畅意。缱绻，深情厚意。

[五] 怀，情意。名，说出。

[六] 症候，病情。

[七] 门下，对对方的尊称，犹阁下。

[八] 巢君，巢医。

与龚平国手简 一〇

自改岁后，无一日宁息[一]，厄会使然[二]，可量企仰。旧于门下不疏，不图顿尔阻绝[三]。自滩洲别后[四]，更无一点墨来，似可怪者。其诸眷爱生理如何[五]？彦发位必同居[六]，子弟各已长立任事否[七]？诸处田园既析，各有所系。仰计食口不少[八]，无甚余矣。所论昏姻事，必待郎位[九]，凡此尤当勉力也。踪迹出入，多在邻邑，或田亩间，才有闲即就见。《姑溪居士文集》卷二三

【笺注】

[一] 宁息，安宁，平静。

[二] 厄会，厄运。葛洪《神仙传·老子》："人生各有厄会。"

[三] 顿尔，突然。《世说新语·任诞》："卿非田横门人，何乃顿尔至致？"

［四］滩洲，地名。

［五］眷爱，家眷，眷属。苏轼《答程懿叔书》："人来辱书，喜知起居佳胜，眷爱各万福。"生理，身体。

［六］位，按兄弟位序。

［七］长立，长大自立。

［八］食口，家口。《商君书·垦令》："禄厚而税多，食口众者，败农者也。"

［九］郎位，指职居枢要的郎官之位。

与龚平国手简　一一

某皇恐妄作，姑奉教尔，岂足发扬高意[一]，但深尘浼之愧[二]。过烦和谐[三]，尤不遑。鱼目换珠[四]，信不虚矣。近著时望警策，老已无味。且又比来多病，家私多事，未成定居。每怀契厚，未尝不作恶[五]。若岁暮遂成汤泉之行[六]，则径可交驰，自是吾别馆也。不知仲永是远近服纪[七]？既作大字，便可作淘米涧、千客镬，一老不足道也[八]。呵呵[九]。自是可频上问，但只在此交驰，贵彼此稍简易而便，至祝至祝。《姑溪居士文集》卷二三

【笺注】

［一］岂足，哪能。发扬，宣扬。高意，高情厚意。

［二］尘浼，见《与何给事手简三》注［二］。

［三］过烦，过多烦扰。

［四］即鱼目混珠。汉魏伯阳《参同契》卷上："鱼目岂为珠，蓬蒿不成槚。"

［五］作恶，悒郁不快。《世说新语·言语》："中年伤于哀乐，与亲友别，辄作数日恶。"

［六］汤泉，地名，北宋置汤泉镇，属淮南路西路和州历阳郡乌

江县。

［七］仲永，人名。

［八］一老，老者，此为自称。王维《酬诸公见过》："仰厕群贤，皤然一老。"

［九］笑声。欧阳修《与王几道一通》："自古善吟者益精益穷，何不戒也。呵呵。"黄庭坚《与赵伯充帖》之四："且为标出，当使饱观俗笔者少改观耳。呵呵。"

与龚平国手简 一二

弥月雨如注[一]，营救不暇，治若鱼在钩[二]，禽在弋[三]，求脱于万一者，尚何及他哉！然念君不少忘也。忽被遣问，承舟人便道抑遂特来[四]，方时见及，感佩尤不知其据。雨复作，体履何似[五]？道绝，安得一面？谨先此问途，他伫款晤[六]。《姑溪居士文集》卷二三

【笺注】

［一］弥月，一整个月。

［二］治若，殆若，好像。治，通"殆"。

［三］弋，系有绳子的箭，用来射鸟。

［四］抑遂，此犹辗转。

［五］体履，身体和步履，指生活起居。

［六］款晤，会面晤谈。

与龚平国手简 一三

大川来，不惟得承履践，又得拭目佳句，得我矜式[一]，殆非小补。审昆仲朝夕讲贯于是[二]，甚惜不得投足后尘也。此事众人方谭之[三]，非豪杰岂易特立？钦跂。彦本诸郎颖秀不伦[四]，德门自应如是。诸坟

想不辍检校，不为水所及否？彦质竟失伉俪[五]，料不易处。彦酬已有美除否(一)[六]？当遂留京师。大川虽不作久计(二)，暂失过从，企向企向。自此相望差近[七]，便由采石僧坊展转(三)，似可朝还暮到(四)，颇投欣仰[八]。若唱酬竟成一编，亦非偶尔也(五)。《姑溪居士文集》卷二三

【校记】

（一）已：原作“也”，据《全宋文》改。

（二）作：原无，据《全宋文》补。

（三）僧：原作“增”，据《全宋文》改。

（四）到：原作“晚”，据《全宋文》改。

（五）“颇投”以下数句，原作“犹有待于来日，不审颇见亮否”，据《全宋文》改。《全宋文》：“按：原本‘犹有’二句连同其上之‘晚’字乃后《与龚平国手简一五》之文，错简在此。”

【笺注】

［一］矜式，楷模，此谓取法的对象。

［二］讲贯，讲习。贯，习。《国语·鲁语下》：“昼而讲贯，夕而习复。”

［三］谭，同“谈”。

［四］诸郎，年轻子弟。颖秀，聪明秀异。《晋书·谢尚传》：“（谢尚）开率颖秀，辨悟绝伦。”

［五］伉俪，妻子，配偶。

［六］彦酬，龚平国之子。美除，除授美官。

［七］差近，很近。

［八］欣仰，欣慕、仰佩。《魏书·崔僧渊传》：“士马强富，人神欣仰。”

与龚平国手简 一四(一)

一见洒然[一]，徐辄自愧。业已束装[二]，而盛意几成虚委[三]。不惟忽忽不满[四]。盖欲辍行则不可，遂操袂则非所安[五]。胸次抢攘[六]，殆不知所为控[七]。晦叔处文字[八]，尤未敢就请[九]，实未有此暇尔。以一力周遍无穷事，加之老日支离[一〇]，良自感叹。比欲精意作书[一一]，亦尔掣肘[一二]，少待则虑后时，定应促膝，乃克详谛[一三]。《姑溪居士文集》卷二三

【校记】

(一)《全宋文》："此篇与下篇，原作《与龚彦质手简》，据《永乐大典》及傅校调于此。"

【笺注】

[一] 洒然，潇洒、洒脱的样子。

[二] 业已，已经。《史记·司马相如列传》："相如欲谏，业已建之，不敢。"束装，收拾行装。

[三] 虚委，空托。

[四] 忽忽，失意的样子。《史记·韩长孺列传》："乃益东徙屯，意忽忽不乐。"

[五] 操袂，此谓表白内心的情意。见《与元祖庆法曹手简一》注[四]。

[六] 胸次，心里，心情。《庄子·田子方》："喜怒哀乐不入于胸次。"

[七] 控，申诉。

[八] 晦叔，生平不详。后有《与杨晦叔明叔兄弟手简》。文字，文

章，作文。

［九］就请，答应请求。

［一〇］支离，衰弱。

［一一］精意，专心一意。《国语·周语上》："精意以享，禋也。"作书，写作。

［一二］掣肘，拉着胳膊，比喻受干扰和阻挠。典出《吕氏春秋·具备》。

［一三］详谛，周详仔细。柳宗元《宣城县开国伯柳公行状》："处事详谛，无依违故纵之败。"

与龚平国手简 一五

投分最款[一]，所当旦暮[二]，而辄钮铻不契。声问不乏，特人能为我传道者[三]。亲炙之私[四]，要须不少间断。而讯详商榷[五]，远图向上为栖止，斯其志也，亦所欣慕尔。缱绻此念[六]，不谓得之而遽失之，追讼牵制，何以自赎？别后又复几日，乃就渡。比到役次[七]，遂病，幸免作殍尔[八]。逼节到家，特为时享与展埽坟墓[九]。邂逅雨不止，家居不自安。稍晴事竟，又趋役次。次第阅此月[一〇]，方克瞻叙[一一]。申致已晚(一)，犹有待于来日，不审颇见亮否？《姑溪居士文集》卷二三

【校记】

（一）《全宋文》："'申致已'原接《与龚彦质手简二》，两篇混为一篇，'晚'字以下原无。据《永乐大典》及傅校改补。"

【笺注】

［一］投分，投缘。《周书·史宁传》："申以投分之言，微托思归之意。"款，情意深厚。

［二］旦暮，早晚，喻短时间内。

［三］特人，专人。传道，转述。

［四］亲炙，谓亲身受到教益。《孟子·尽心下》：“而况于亲炙之者乎？”私，偏爱。

［五］讥详，规劝。

［六］缱绻，牢结。《左传·昭公二十五年》：“缱绻从公，无通内外。”

［七］役次，贬所。

［八］殍（piǎo），饿死的人。

［九］时享，亦作“时飨”，太庙四时的祭祀，古代帝王臣民都行时享之礼。《周礼·春官·大宗伯》：“以祠，春享先王；以禴，夏享先王；以尝，秋享先王；以烝，冬享先王。”《国语·周语上》：“日祭、月祀、时享、岁贡、终王，先王之训也。”

［一〇］次第，顷刻，转眼。白居易《观幻》：“次第花生眼，须臾烛遇风。”阅，经过。

［一一］瞻叙，瞻望倾叙。

又与吴医手简

一事僭易。龚平国承务以其叔母[一]，彦质阁中也[二]，欲得左右一过和州诊视。土医固阅遍，亦来太平就治不效，窃谓非高明不能起之[三]。和州距门下一宿之近，必不难于暂屈。医所以广阴德[四]，而龚氏贤族，切望不以有妨为阻，幸甚幸甚。《姑溪居士文集》卷二三

【笺注】

［一］《隋书·百官志下》：“废诸司员外郎，而每增置一曹郎，各为二员……寻又每减一郎，置承务郎一人，同员外之职。”后以“承务”为地主富豪的通称。

［二］阁中，家中。

［三］高明，对吴医的敬称。起，拯救。

［四］阴德，暗中做的有德于人的事。《淮南子·人间训》："有阴德者必有阳报。"

与龚彦质手简 一

比间舍舟[一]，非特有慰瞻识[二]；周旋诲晤[三]，实有得于桑榆[四]。不谓舍馆累日，竟不得一接语，再枉玉趾，及复出见，不能欲焉，此怀何以自控？前日以先亲讳日[五]，前期命舟，即坟垅饭僧[六]，经宿而后归，意谓终得少仰鄙素[七]。到家则闻已归，缱绻弗类，殆不知所负荷，不审久要颇矜察否[八]？日来体况复何似？目前粗理，径图面叙，惓惓之深，兹展其略。《姑溪居士文集》卷二三

【笺注】

［一］舍舟，离船上岸。

［二］瞻识，瞻仰的心意。

［三］诲晤，教诲晤谈。

［四］见《与元祖庆法曹手简二》注［一二］。

［五］先亲，亡母。

［六］饭僧，向和尚布施斋饭，以修善祈福。

［七］鄙素，谦辞，犹鄙陋。

［八］久要，旧交，久交。曹植《箜篌引》："久要不可忘，薄终义所尤。"

与龚彦质手简 二[一]

阁中差胜否[一]？胡医虽云然[二]，不可不广营治也[三]。巢、吴甚

工[四]，今有书与平国，一往迎之，自含山半日可到[五]，而含山来城中一昔尔。早时黄元明邀至[六]，取此途甚径[七]。为人极有理本[八]，学者须善遇之也[九]。孙子实有子，昔皆见之，今官守何处？《姑溪居士文集》卷二三

【校记】

（一）《全宋文》："此简原误接于'投分最款'一简（《与龚平国手简一五》）'申致已'三字后，据《永乐大典》改正。"

【笺注】

［一］差胜，病愈。差，同"瘥"。

［二］云然，这样说。

［三］营治，医治调理。韩愈《故幽州节度判官赠给事中清河张君墓志铭》："营治剧勤，皆自君手，不假之人。"

［四］巢、吴，巢医、吴医。工，擅长，善于。

［五］含山，今安徽含山。

［六］黄大临，字元明，生平不详。

［七］甚径，很直接，很便捷。

［八］理本，至治的根本。白居易《采诗以补察时政策》："圣王酌人之言，补己之过，所以立理本，导化源也。"

［九］善遇，善加礼遇，优待。《史记·孟尝君列传》："孟尝君客无所择，皆善遇之。"

与荣天和手简[一]　一

长至[二]，伏惟多享福庆。往来累月，皆不果通问，匆匆易久，别来之思，不暂已也。邂逅公倩[三]，得所寄书，蒙示录，感佩无已。农

家作劳[四]，不谓老境方得之。因劳知逸，深恨已晚也。蚤晚少休遂归[五]，首图展近次[六]。《姑溪居士文集》卷二三

【笺注】

[一] 荣天和，生平不可考。吴可《藏海诗话》："元祐间，荣天和先生客金陵，僦居清化市，为学馆，质库王四十郎、酒肆王念四郎、货角梳陈二叔皆在席下，余人不复能记。"

[二] 长至，夏至。夏至白昼最长，故称。《礼记·月令》："（仲夏之月）是月也，日长至，阴阳争，死生分。"

[三] 公倩，人名。

[四] 作劳，劳作，劳动。《尚书·盘庚上》："惰农自安，不昏作劳。"

[五] 蚤晚，或早或迟。蚤，通"早"。

[六] 展近，亲近。次，细说，详述。

与荣天和手简　二

晚来体况佳适[一]。昨日荷垂顾，为具疏简，非所以待吾老友。然晚日自是一种境界[二]，须得气味同者[三]，乃能倾泻。况的慭信厚[四]，昔所畏仰者哉？既忘其仪物之不至[五]，又辱尽量满引[六]，至不可勉而止，其为感佩，可胜言邪？方图旦谢[七]，专价被问[八]，一一钦领[九]。早暮得暇，无吝下访[一〇]。介还，草草。《姑溪居士文集》卷二三

【笺注】

[一] 佳适，安好。

[二] 晚日，夕阳，此指老年光阴。

[三] 气味，比喻意趣或情调。葛洪《自叙》："由其苦人而少气

味也。”

［四］的悫（què），的确。信厚，诚实敦厚。

［五］仪物，指用于礼仪的器物。《新五代史·四夷附录一》：“汉家仪物，其盛如此。”

［六］满引，斟满饮尽。《唐语林·补遗三》：“即命大白，满引而去。”

［七］旦谢，早晨表示感谢。

［八］专价，即专介。

［九］钦领，恭敬接受。

［一〇］下访，谦辞，称人来访。

与荣天和手简 三

霜暄[一]，伏惟起居佳胜。久不获款近，企仰为劳[二]，颇为猥冗撄拂[三]，致疏通问。方窃自愧，辱手示并枉佳句，读之耸然高绝，固以钦畏。而思道旧相博约[四]，是真相知，更得老先生表发敦勉，为其佽助，定在华显矣[五]，感叹无喻。不腆朝夕再当暂出，十月末归，庶几展尽。《姑溪居士文集》卷二三

【笺注】

［一］秋暖。

［二］形容非常想望。

［三］猥冗，烦琐，芜杂。欧阳修《太傅相公索聚星堂诗谨成》：“已恨语言多猥冗，况因杯杓正淋漓。”撄拂，烦扰。

［四］博约，指文章内容广博，言简意明。

［五］华显，显贵之位。

与荣天和手简 四

多日不展奉[一]，不忘瞻跂[二]。雨凉，伏惟起居佳胜。辱手示，感佩无已。连绵事绪[三]，殆不容拨遣[四]。甚欲稍从容[五]，竟尔相妨，良自愧叹。碑刻荷珍示，俟见思道问仔细。然衰退岂能自托于游戏之末[六]？但深愧负尔。《姑溪居士文集》卷二三

【笺注】

［一］展奉，敬辞，看望侍奉。《资治通鉴·晋穆帝永和七年》："今既获展奉，不可不尽所怀。"

［二］瞻跂，同"瞻企"。

［三］连绵，接连不断。事绪，纷繁的事务。

［四］拨遣，打发，排遣。

［五］从容，盘桓逗留。白行简《三梦记》："夜已久，恐不得从容。"

［六］自托，自己有所依托。《战国策·赵策四》："长安君何以自托于赵?"

与荣天和手简 五

多日不相问，窃知口疮作梗[一]，别无甚苦否？雨不止而终未沾足[二]，不审体气何似[三]？欲相招聚话少时，又恐未能常食[四]，甚跂渴也[五]。兼知新居完洁[六]，必称雅怀[七]，朝夕驰诣次[八]。《姑溪居士文集》卷二三

【笺注】

［一］作梗，从中阻挠、捣乱。

［二］沾足，谓雨水充足。宋江休复《江邻几杂志》卷一：“同州民谓沾足为烂雨。”

［三］体气，体质。

［四］常食，吃日常的食物。

［五］跂渴，羡慕、渴望。

［六］完洁，整洁。

［七］称，适合。雅怀，高雅的胸怀。《世说新语·容止》：“形貌既伟，雅怀有概。”

［八］驰诣，拜访。

与荣天和手简 六

大暑，伏惟起居佳胜。近辱令似垂顾[一]，后数日方知，即到寿宁探候[二]，已落晚，复牵迫[三]，不果一见，甚眷眷也。比来声问顿疏，殊以为怀。一二日暂出，二十日左右可归，亦当面叙乃行也。钦企钦企[四]。《姑溪居士文集》卷二三

【笺注】

［一］令似，即令嗣，尊称他人的儿子，也作令子、令郎。似，通“嗣”。

［二］寿宁，今福建寿宁。探候，看望问候。

［三］牵迫，紧迫。杜甫《望岳》：“牵迫限修途，未暇杖崇冈。”

［四］仰慕仰慕。曾巩《回傅权书》：“荒隅之中孤拙寡偶，钦企钦企。”

与荣天和手简 七

前日忽遽问途[一]，不得一就别[二]。暑中奔驰劳倦[三]，殊不知其

况。然颇有山水登览之胜，随地樽酒之乐，极奉思也[四]。昨晚还家，骨肉辈首及动静[五]。伏承日来体力佳健。病倦未能接人事[六]，未果上谒[七]，庶几见亮。比得刘孝嗣书委曲[八]，久不见其人，得书如与之款[九]，嵚崎磊落[一〇]，尤使人叹想不已。有间便当致报，幸相及也。吴思道到京必多日，得书否？不一不一[一一]。《姑溪居士文集》卷二四

【笺注】

［一］问途，上路。

［二］就别，见面告别。

［三］奔驰，奔走。

［四］奉思，思念。

［五］骨肉辈，比喻至亲，亲人。

［六］人事，人情事理。韩愈《题李生壁》："始相见，吾与之皆未冠，未通人事。"

［七］上谒，谓通名进见尊长。《史记·李斯列传》："丞相至宫门上谒。"

［八］刘孝嗣，生平不详。委曲，详述。鲍照《代升天行》："备闻十帝事，委曲两都情。"

［九］款，亲近。

［一〇］嵚崎，比喻品格卓异。磊落，正大光明。

［一一］不一，同"不一一"，不详细说。王羲之《问慰诸帖》上："足下知消息，今故遣问，使至具示之，力书不一一。"

与荣天和手简　八

初寒，伏惟起居佳胜。日者到家才二十日，竟未得一相见。抢攘从

委[一]，殆不容应接。虽尝过问[二]，然不敏之愧[三]，无以自控。村落间别是一种意味[四]，忽忽几不欲舍之而去，岂鹿豕之游[五]，天所赋邪？无由屈致晤语[六]，但深悁结[七]。《姑溪居士文集》卷二四

【笺注】

[一] 丛委，繁多，堆积。范仲淹《举欧阳修充经略掌书记状》："而或奏议上闻，军书丛委。"

[二] 过问，过访。

[三] 不敏，谦辞，犹不才。《论语·颜渊》："回虽不敏，请事斯语矣。"

[四] 村落，乡村，乡下。

[五] 鹿豕，鹿和猪，比喻山野无知之物。《孟子·尽心上》："舜之居深山之中，与木石居，与鹿豕游。"

[六] 无由，没有门径，没有办法。《仪礼·士相见礼》："某也愿见，无由达。"屈致，委屈招致。《三国志·蜀志·诸葛亮传》："此人可就见，不可屈致也。"晤语，见面交谈。《诗·陈风·东门之池》："彼美淑姬，可与晤语。"

[七] 悁（juàn）结，忧愁郁结。悁，忧愁，忧郁。

与荣天和手简 九

素不习田亩间事[一]，既来，顿觉有味。似是本来境界，亦不自知其然也。霜降风冷，岁物峥嵘[二]，又将一年矣。老人贪生，尤以为惧尔。食贫不易枝梧[三]，有求必应，固不可忽。高介不与流俗拘[四]，岂亦知非人所及。啜菽饮水[五]，当取以为乐而不厌。前世孟东野、贾阆仙辈[六]，盖亦如之。推而上之，信所乐非穷通也[七]。《姑溪居士文集》卷二四

【笺注】

［一］田亩间事，指农活。

［二］岁物，指草木，因其一岁一荣枯，故谓。李白《新林浦阻风寄友人》："岁物忽如此，我来定几时。"峥嵘，形容植物茂盛。

［三］食贫，指过贫苦的生活。《诗·卫风·氓》："自我徂尔，三岁食贫。"枝梧，支撑，支持。

［四］高介，高洁脱俗之士。

［五］饿了吃豆羹，渴了喝清水，形容生活清苦。《荀子·天论》："君子啜菽饮水，非愚也，是节然也。"

［六］孟东野、贾阆仙，即唐诗人孟郊、贾岛。

［七］穷通，困厄与显达。《庄子·让王》："古之得道者，穷亦乐，通亦乐，所乐非穷通也。"

与荣天和手简　一〇

思道向借去两画像，已取其一，东坡者[一]，欲烦天和为取之。千万留意，恐其偶不记见还尔。本欲作渠书为此事[二]，又恐已来。窃意天和居第不相远[三]，可以必得。虽其不在，亦可取。如取得，且留天和处，候不肖归，见及。专奉托[四]，幸挂念[五]。《姑溪居士文集》卷二四

【笺注】

［一］谓苏轼的画像。

［二］渠书，他书。

［三］居第，住宅。司马光《训俭示康》："治居第于封丘门内。"

［四］奉托，敬辞。

［五］幸，敬辞，表明对方的行为使自己感到幸运。《史记·廉颇蔺相如列传》："亦幸赦臣。"

与荣天和手简　一一

早寒，伏惟起居佳胜。前日登门，辄留刺，扰扰不自给，未能从容相款，极不满意也。辱手示，钦佩眷厚[一]。作字素非所工，又多事之际，恐累佳纸。姑俟旦夕投隙[二]，尚幸应命[三]，淹晚至愧[四]。介还，方起枕，草率，滋畏不一[五]。《姑溪居士文集》卷二四

【笺注】

［一］眷厚，爱重，器重。韩愈《与孟尚书书》："辱吾兄眷厚而不获承命。"

［二］投隙，乘隙，伺机。《列子·说符》："投隙抵时，应事无方。"

［三］应命，从命，遵命。

［四］淹晚，迟缓。

［五］滋畏，敬辞。

与荣天和手简　一二

霜寒，伏惟起居佳胜。累辱垂顾，牵迫未果修谢，愧咏不展[一]。蒙手示，具领厚意[二]。疏文极工，必有副本，姑留为矜式。苟不屑[三]，行当展翰之[四]，早晚上谒。《姑溪居士文集》卷二四

【笺注】

［一］愧咏，愧念。

［二］厚意，深厚的情意。

［三］不屑，认为不值得。

［四］行当，即将，将要。翰，笔墨。

与荣天和手简 一三

累承垂顾，至感[一]。日复一日，竟未得卜一胜处为终日之会[二]，未始忘怀也。蒙问并疏轴失契勘[三]，作字辄大(一)，更尔奉烦[四]，皇恐皇恐。谨复上纳，甚愧有玷高文也[五]。得暇祗谒[六]。《姑溪居士文集》卷二四

【校记】

（一）辄：原作“轧”，据四库本、《全宋文》改。

【笺注】

［一］至感，极感激。

［二］胜处，风景优美之地。《资治通鉴·唐太宗贞观十五年》：“吾雅好山水，此有胜处，吾欲观之。”

［三］契勘，考查、审核。

［四］奉烦，烦劳，相烦。

［五］有玷，有辱，此为谦辞。

［六］祗谒，拜见。

与荣天和手简 一四

多日不接语，每见吴思道即问动静。寒色，伏惟为况佳适。示谕愧感，初亦未知也。少年膺此重任，能尽瘁体国[一]，则亲党与荣焉[二]，畴昔固可观也。几日有太平之行？前此略相顾，幸甚。《姑溪居士文集》卷二四

【笺注】

［一］体国，体念国家。

［二］亲党，亲戚朋友。

与刘延仲手简[一]　一

雨甚，为况何似？异地得相邂逅，固为希有之事。而适此相妨，极不满意也。少间食罢，专遣人奉迎次[二]。有所干委，千万不外。《姑溪居士文集》卷二三

【笺注】

［一］刘延仲，生平不详。

［二］奉迎，敬辞，指出迎。

与刘延仲手简　二

某启：大雨蒸湿[一]，伏惟起居佳胜。累欲烦公作包钩鱼，煮江南羹，为一日语笑[二]。病齿大泻，已而道绝不可出，信佳事为不易得也。昨日领手帖，存问周至[三]，感激无已。颍昌已有报，得敕辞罢便行。闻公使短未竟，果了，可来作同官否[四]？《乳泉赋》等诸文，并望付来介[五]，阅毕即驰还。正本或不在[六]，即所传者尤佳，不敢留多日也。路通上谒次。企渴企渴[七]。《姑溪居士文集》卷二四

【笺注】

［一］蒸湿，热而潮湿。晋嵇含《南方草木状·抱香履》："夏月纳之，可御蒸湿之气。"

［二］语笑，谈笑。《南史·袁粲传》："主人出，语笑款然。"

［三］存问，慰问，问候。唐张籍《答刘竞》："昨日街西相近住，每来存问老夫身。"

［四］同官，同僚。《左传·文公七年》："同官为寮。"

［五］来介，来送信的人。

［六］书籍的正本，与副本相对而言。

［七］企盼渴望。

与刘延仲手简 三

大暑，伏惟侍奉起居万福。久不奉周旋，倾思固不能遣[一]。东归屡款禅林[二]，已而稍接巨载兄弟[三]，且获与诚父一往还[四]。独远君子[五]，念之常不自得。然西来相知道[六]，雍容湖山间，真风尘外人矣[七]。想像佳句，倍深耿耿。比得疾淹久，衰晚殆支持不能，惟仅脱死耳。外事废阻，殊不闻舟御已到。先枉手笔，佩荷慰怿可量[八]。鄙陋气劣[九]，多写字未得。累年愿见之怀，且非尺牍可具也[一〇]。敬俟上谒。《姑溪居士文集》卷二四

【笺注】

［一］倾思，无尽思念。遣，发泄，抒发。

［二］屡款，多次亲近。禅林，寺院。

［三］巨载，人名。以下人名"巨载"，均为此人。

［四］诚父，人名。

［五］君子，对刘延仲的敬称。

［六］知道，知悉。

［七］风尘外人，谓超凡脱俗。

［八］怿，欢喜。

［九］气劣，气力不足，谓体弱。

［一〇］尺牍，长一尺的木简，指代信札。《史记·扁鹊仓公列传

论》："缇萦通尺牍，父得以后宁。"

与刘延仲手简 四

比登门，不获见。累日方欲继之，特未暇也。示问甚宠[一]，感刻[二]。乍晴，侍奉佳胜。乱道上还[三]，一二日再奉见次[四]。《姑溪居士文集》卷二四

【笺注】

［一］示问，问候，表示问候的书信。韩愈《答魏博田仆射书》："使至，奉十一月十二日示问。"

［二］感刻，感激之情，铭刻于心。苏轼《与张元明书》之四："远辱专人惠书，辅以药物，极济所乏，衰疾有赖矣。感刻！感刻！"

［三］乱道，妄言，胡说，用以谦称自已的作品。欧阳修《答连职方书》："乱道《思颖诗》一卷，粗以见志，闲中可资一噱。"

［四］奉见，拜见。

与刘延仲手简 五

比幸经由，不得奉款晤少别，岂胜系仰[一]。霜晴，为贶如何？佳期定何日？无由进与席末，但深倾向。庶几回，辕获遂相尽[二]。《姑溪居士文集》卷二四

【笺注】

［一］系仰，思慕敬仰。徐陵《与释智顗书》："无由礼接，系仰何言。"

［二］辕，车驾，此为对对方的敬称。

与刘延仲手简 六

风埃，伏惟起居佳胜。到此日欲展近，牵迫殆不容出头[一]，初不谓至是也。瞻企拳拳，可胜道哉！蒙手示，具领勤厚[二]。三二日当前诣。才归，草率至愧。《姑溪居士文集》卷二四

【笺注】

［一］出头，摆脱困境。

［二］勤厚，犹勤重，爱重。

与刘延仲手简 七

早来欲诣见[一]，偶为宾客留连，比到一二处，不觉侵晚[二]，密阻鄙怀(一)，岂胜拳拳。夜归，辱手笔，恭审侍奉起居佳胜。约食固佩勤厚[三]，属二十一决成行[四]，尚有不得已人事，势须略遍，辍身不得[五]，遂失临宠之意，愧恨可知。旦夕当幸承晤[六]。灯下草率，至悚[七]。《姑溪居士文集》卷二三

【校记】

（一）怀：原无，据《全宋文》补。

【笺注】

［一］早来，早上，刚才。诣见，拜见。

［二］侵晚，夜晚，傍晚。

［三］约食，相约宴饮。

［四］二十一，即二十一日。决，一定。成行，准备起行，动身。《左传·襄公十年》："诸侯既有成行，必不战矣。"

［五］辍身，抽身。

［六］承晤，会面。

［七］犹惶恐。苏轼《与毅父宣德》："烦渎，至悚！至悚！"

与刘延仲手简 八

早来客在门，起又差晚[一]，索书拥至，对来使极灭裂[二]，惭负可胜言邪？少间不审起居何似？佳楮固已过厚[三]，二缶所缄纸极精[四]，但未知包藏如何耳，一笑一笑。家通或未写得，略告授去介[五]，少间便归纳次。尊公不敢率易上启[六]，望侍次申敬[七]。《姑溪居士文集》卷二四

【笺注】

［一］差晚，很晚。

［二］灭裂，谓言行粗疏草率。

［三］楮，见《回贺新及第启》注［一〇］。

［四］缄，封。

［五］去介，去送信的人。

［六］率易，轻率，随便。司空图《上谯公书》："非敢率易，并黩尊威。"

［七］侍次，稍后详细（倾诉）。

与刘延仲手简 九

风埃，承为贶甚佳，极慰瞻企。蒙问愧荷，便欲祇遣[一]，而客来不已，殆未能辍身，良眷眷也。马复自早出矣，少间暂遣所乘代步到左右[二]，如何？参寥、聪师并烦申叙[三]，甚欲相见，能少留见待否[四]？《姑溪居士文集》卷二四

【笺注】

［一］衹遣，专门遣问。

［二］代步，指可代步行的骡马等坐骑。

［三］参寥，僧道潜，号参寥，于潜（今浙江临安）人，与苏轼、秦观为诗友。聪师，高僧。烦，烦请。

［四］见待，等待（我）。见，助词，表示被动或对我如何。

与刘君秉手简[一]　一

拜别易得岁月，虽东西相望，然超世之韵，常在眉睫间。两附递上记，一次捧教笔[二]。自到京，一向藏缩[三]，遂不复与四方亲旧讲好[四]。然薄从东位诸君与承动静[五]，晚又得文思、子舍尤为详尽[六]。正初迄今日，幸迎谒，不谓迟回如此。比得寒疾四十余日，都不闻外事。忽披翰墨[七]，恍若梦寐相接。其为慰浣，可胜眷眷。大暑，恭审舍舟即安，尊履佳豫[八]。区区困劣[九]，两日来方作字成，勉强具报。才出，首当上谒次。《姑溪居士文集》卷二四

【笺注】

［一］刘君秉，生平不详。

［二］教笔，教诲之作。

［三］藏缩，不外出。

［四］讲好，修好。贾思勰《齐民要术·杂说》："讲好和礼，以笃恩纪。"

［五］薄，通"迫"，近。

［六］文思、子舍，人名。

［七］披，翻开，翻阅。翰墨，书信。

［八］佳豫，佳适。豫，安乐，舒适。

［九］困劣，虚弱。

与刘君秉手简　二

连日出城，入夜方到家。雨溽蒸热[一]，径就卧。欲见既未能自慰，而执笔之间，亦复不果。虽致问展叙，因兹不逮。蒙手笔，敬审尊体动止万福。昨夜拜赐已二鼓后[二]，不时具谢，悚悚[三]。一二日图奉款晤次，钦跂钦跂。《姑溪居士文集》卷二四

【笺注】

［一］溽，湿润，闷热。

［二］二鼓，二更，古代夜晚用鼓打更，故称。

［三］惶恐惶恐。

与赵仲强兄弟手简[一]　一

某启：蒸溽[二]，意况从而不佳，瞻思之勤，滋不能已。不审体况复何似？君求又有书附问[三]，今以小纸奉呈。如闻朝夕过巨载家，庶几获逢款晤。余迟相见具道。《姑溪居士文集》卷二四

【笺注】

［一］赵仲强，生平不详。以下“仲强”皆为此人。

［二］蒸溽，闷热潮湿。

［三］君求，人名。

与赵仲强兄弟手简　二

累日不闻动静，驰仰无喻[一]。晴色渐融，恭惟尊履万福。辱问勤恳，钦佩宠眷[二]，而辞藻烂然[三]，尤畏不可及也。投间修敬门下[四]，

入夜布叙[五]。草略[六]，皇恐。《姑溪居士文集》卷二四

【笺注】

［一］驰仰，向往仰慕。苏轼《与佛印》之四：“少闻謦欬，但深驰仰。”

［二］宠眷，宠爱关注。

［三］烂然，光明的样子。

［四］修敬，表示敬意。《晏子春秋·谏下十四》：“夫冠足以修敬。”

［五］布叙，陈述。

［六］草略，潦草疏略。

与赵仲强兄弟手简　三

久不交驰，方剧倾仰[一]，梦寐屡投[二]，可见于公厚薄也。方作书，欲浼左右[三]。忽叨翰墨，敦谕稠重[四]，可胜欣感[五]。兼知已赴朝谒[六]，饮食起居如常日，喜慰尤不能已[七]。然更宜过常持摄[八]，无忘前日之灼艾用医也[九]，不罪潜言[一〇]。区区本图此月一到京，雨不止，道路如江河，势须少待。骨肉辈未来，独处不无牢落，颇亦见念否？一笑一笑。《姑溪居士文集》卷二四

【笺注】

［一］倾仰，倾倒仰慕。薛用弱《集异记·徐佐卿》：“甚为道流之所倾仰。”

［二］投，亲近。

［三］浼，玷污，谦辞。

［四］稠重，情意深厚。

［五］欣感，欣喜感激。韩愈《贺太阳不亏状》：“欣感之诚，实倍

常品。”

［六］朝谒，入朝觐见。

［七］喜慰，欣慰。徐陵《为贞阳侯重与王太尉书》：“荀息之忠，良以喜慰。”

［八］过常，特别。持摄，摄养。王安石《贺凤翔陈学士启》：“愿臻持摄，前对宠光。”

［九］灼艾，中医疗法之一，燃烧艾绒熏灸人体一定的穴位。

［一〇］潜言，发自内心之言。

与赵仲强兄弟手简　四

日欲望门[一]，遽有行色，遂成钼铻。然二十七日犹幸一见，而中途雨大作乃已。累日尊履复何似？区区最荷垂恤，既不得旦暮亲近，为不足于是，又不得面别，黯然其何能已？九月十月之交，沿檄到京[二]，首图展奉次。余惟千万加爱，依恋依恋。《姑溪居士文集》卷二四

【笺注】

［一］望门，登门探望。

［二］沿檄，犹应召。檄，此指官府用以征召的文书。

与赵仲强兄弟手简　五

间色山和尚背子段一枚[一]，僭易上献。仲强绝韵资仕[二]，而又文采足以相辉，聊托雅好[三]。尚有绪余，偶索之未到。才至，即附便次。《姑溪居士文集》卷二四

【笺注】

［一］间色，杂色。背子段，纂料。背子，物背的衬托物，如纸背

子。段，通“碫”，石头。

［二］绝韵，超世绝俗。资仕，天资不凡。仕，通“士”，对人的美称。

［三］雅好，平素的爱好。汉张衡《西京赋》：“雅好博古，学乎旧史氏。”

与赵仲强兄弟手简 六

以东坡即世[一]，诸况不佳[二]。十许日来，方有生意[三]。书问稀阻[四]，端为此也。然别来三月，三梦追逐[五]，岂非高义相予之厚，有以致之？不然，别自有人见念[六]，故如此。又恐只是自家妄想也[七]，一笑一笑。仲南往京[八]，少味，舍公谁与周旋者？幸时温之[九]。不妙投欢赴醉之际[一〇]，沥洒见向[一一]。比窘迎新送旧[一二]，外方小官[一三]，况味甚恶。未暇周悉[一四]，续当别上问次[一五]。瞻企瞻企。《姑溪居士文集》卷二四

【笺注】

［一］即世，去世。《左传·成公十三年》：“无禄，献公即世。”

［二］诸况，各种情况（身体、心情）。

［三］生意，生机。

［四］稀阻，稀少、阻塞。

［五］追逐，跟随，追随。《后汉书·蓟子训传》：“其追逐观者常有千数。”

［六］见念，挂念、牵挂。

［七］自家，自己。

［八］仲南，仲强兄弟。

［九］时温，天暖。

［一〇］不妙，不好，谦辞。投欢，尽情欢乐。

［一一］沥酒，洒酒于地，表祝愿或起誓。

［一二］迎新送旧，送走卸任的官吏，迎接新来接替的官吏。《汉书·王嘉传》："吏或居官数月而退，送故迎新，交错道路。"

［一三］外方，外地，远方。《南齐书·王琨传》："外方小郡，当乞寒贱。"

［一四］未暇，没有时间顾及。张衡《东京赋》："作洛之制，我则未暇。"周悉，周到详尽。《魏书·太祖纪》："存问周悉，人得自尽。"

［一五］别上问，另外上书问候。

与赵仲强兄弟手简　七

仲强大慰[一]，必相见稍疏，闲忙有间[二]，故应如是。本欲作书，冗甚未及，极思渴[三]。亦作得数诗，录寄不暇矣，容后信也。江外酒如酽灰汁[四]，勉强濡唇[五]，必暴下如注。老来恐一饮便脱[六]，可无念乎？向才得一罇，似减正润风采[七]，一笑。《姑溪居士文集》卷二四

【笺注】

［一］大慰，感到特别的慰藉、欣慰。

［二］有间，有时。

［三］思渴，渴念。王安石《答蒋颖叔书》："阻阔未久，岂胜思渴。"

［四］此句意谓江南酒好像深色的洗衣水，形容色恶味薄。江外，江南，因在中原人看来，地在长江之外，故称。酽（yàn），颜色深。灰汁，植物灰浸泡过滤后所得之汁，可供洗濯用。北魏郦道元《水经注·赣水》："南城中有井，其水色半清半黄，黄者如灰汁。"

［五］意谓才喝一点儿。濡唇，润唇。

［六］脱，虚脱。

［七］正润，圆润。

与赵仲强兄弟手简　八

比以亲旧往来南北[一]，多至郊外留连，稍阻参问，亦苦乏人通记[二]。瞻企风义，鄙心不间毫发[三]。方图早晚修敬，泽之见过[四]，特荷存恤[五]。既非区区所素[六]，但皇恐不自胜。而高明或未亮者[七]，是将据我于炉炭之上也[八]。气候蒸湿，恭审清晨尊履佳裕。一二日径造门第[九]，所怀当候躬致[一〇]。《姑溪居士文集》卷二四

【笺注】

［一］以，因。亲旧，亲戚、旧友。

［二］通记，通问。

［三］鄙心，己心，谦辞。《战国策·魏策三》："臣愿以鄙心意公，公无以为罪。"不间毫发，没有一点儿隔阂。

［四］泽之，人名。

［五］存恤，慰问抚恤。《史记·楚世家》："存恤国中，修政教。"

［六］素，旧交。

［七］高明，对对方的敬称。

［八］据，放。炉炭之上，炉子炭火之上，比喻不堪忍受的危险境地。《晋书·宣帝纪》："军还，权遣使乞降，上表称臣，陈说天命。魏武帝曰：'此儿欲踞吾著炉炭上邪！'"

［九］径造，直接造访。门第，住宅。

［一〇］所怀，所想。《庄子·在宥》："尽其所怀，为天下配。"

与赵仲强兄弟手简　九

小诗特为戏耳，牵联为用[一]，自是无可做。搜索往还[二]，岂有他也？元确兄弟曲相符同[三]，此正是措大家常茶饭[四]。过蒙留念，惭悚

不胜[五]。所以得罪左右，但日欲登门而未及，并俟旦夕负荆次[六]。《姑溪居士文集》卷二五

【笺注】

［一］牵联，连带。韩愈《答元侍御书》：“足下与济父子俱宜牵联得书。”

［二］往还，此指双方往来的书信、诗文。

［三］元确，人名。曲相，敬辞。符同，附和，赞同。

［四］措大，指贫寒失意的读书人。唐李匡乂《资暇集》卷下：“代称士流为醋大，言其峭醋而冠四人之首。一说衣冠俨然，黎庶望之，有不可犯之色，犯必有验，比于醋而更验，故谓之焉。或云往有士人，贫居新郑之郊，以驴负醋巡邑而卖，复落魄不调。邑人指其醋驮而号之。新郑多衣冠所居，因总被斯号。亦云郑有醋沟，士流名家多居其州，沟之东尤多甲族。以甲乙叙之，故曰醋大。愚以为四说皆非也。醋宜作‘措’，正言其能举措大事而已。”

［五］惭悚，羞惭惶恐。《宋书·蔡廓传》：“致兹纷纭，伏增惭悚。”

［六］负荆，背着荆杖，形容主动向人认错赔罪。典出《史记·廉颇蔺相如列传》：“廉颇闻之，肉袒负荆，因宾客至蔺相如门谢罪。”

与赵仲强兄弟手简　一〇

月余不奉款席[一]，思仰未始置怀抱[二]。气候不定，尊履当复何似[三]？比苦脾疾，极无聊，加之亲旧问病者相继，势须且遍省视[四]，故辍身不得，深幸有以见亮也。亲庭必已归[五]。后圃阴合池[六]，而荷已离水。图书环绕，笔墨吟啸，参次而会[七]，又复绝世独立，相与抑扬胜致[八]。方是时，天下岂能仿佛藩篱[九]，高明亦岂知有天下事邪[一〇]？钦跂钦跂。尚阻周旋，不胜向往之深，谨具上问。《姑溪居士文集》卷二五

【笺注】

［一］不奉，不亲近，不奉陪。

［二］思仰，思念、景仰。置，弃，放弃。怀抱，心怀。

［三］意谓您身体还好吗？

［四］省视，探望。

［五］亲庭，父母。司马光《安之朝议哀辞》之一："朱衣老卿列，白首恋亲庭。"

［六］阴，树。合，覆盖。

［七］参次，不时。

［八］相与，共同，一道。陶渊明《移居》之一："奇文共欣赏，疑义相与析。"抑扬，称扬。封演《封氏闻见记·壁记》："褒美人材，抑扬阀阅。"胜致，高雅的情趣。《晋书·袁宏传》："（谢）尚倾率有胜致。"

［九］藩篱，境界。

［一〇］此句谓忘怀世事，超脱凡俗。

与赵仲强兄弟手简　一一

季秋霜冷，恭惟台候万福。雍容朝路[一]，孰不腰金佩玉[二]，煌煌交映[三]？然文章足以表见，议论足以稽考[四]，蔚为本支典刑[五]，而士大夫想望愿亲近而不可得[六]，则舍高明数公，复何人哉？流俗何堪，几三十年，为河间宾客矣[七]。咏怀畴昔，恨无术可以缩地[八]。尚觊闻望愈隆[九]，建旌分社[一〇]，永为帝室贤辅[一一]。《姑溪居士文集》卷二五

【笺注】

［一］朝路，指当朝显要。

［二］孰，谁，哪个。腰金，古代朝官的腰带，按品级镶以不同的金饰，品级高者以纯金制成，后因以泛指身居显要。唐岑文本《三元颂》："腰金鸣玉，执贽奉璋。"

［三］煌煌，形容明亮辉耀、光彩夺目的样子。《诗·陈风·东门之杨》："昏以为期，明星煌煌。"交映，互相映照、映衬。左思《蜀都赋》："金铺交映，玉题相晖。"

［四］议论，言论。稽考，核查。

［五］蔚为，形容盛大、壮观。本支，亦作"本枝"，指同一家族的嫡系和庶出子孙。《汉书·韦玄成传》："子孙本支，陈锡亡疆。"典刑，典范。刑，通"型"。

［六］想望，仰慕。《周书·李和传》："商洛父老莫不想望德音。"

［七］河间宾客，元祐八年（1093），李之仪四十五岁，入苏轼定州幕府，距其治平四年（1067）进士及第，共二十七年。

［八］见《上宰执手简五》注［一二］。

［九］觊，希望。闻望，声望，名望。葛洪《抱朴子·百里》："或父兄贵重，而子弟以闻望见选。"

［一〇］谓建功立业。建，竖立。旄，旗杆上装饰牦牛尾的旗子。《诗·小雅·出车》："设此旐矣，建彼旄矣。"分社，分土，指分封王侯。《史记·秦本纪》："宾客君臣有能出奇计强秦者，吾且尊官，与之分土。"

［一一］帝室，皇室，朝廷。《汉书·翟方进传》："天降威明，用宁帝室。"贤辅，贤明的辅相。《汉书·魏相传》："臣闻明主在上，贤辅在下，则君安虞而民和睦。"

与赵仲强兄弟手简　一二

相别不觉许久，书问旷三二年才一讲[一]，初意门下之迹已扫[二]，不谓记录不替毫发[三]，而书来亹亹有加[四]。风义久不传于世，枯卉可复再荣[五]？惟风义不衰，则乃有向荣之望。固知盛德所钟，亦自愧不振，一至是尔。高文丽句，顷获成诵。别后不得一历眼[六]，是不足训邪[七]？抑因循所玩也，衰苶或未见弃[八]，时丐笔吏传为异乡警策[九]，实假宠于我，为重狂狷[一〇]，或时有之。私居乏笔力[一一]，未果求教，徐图上浼。园亭之胜，幸一一疏示所因，或得附名咏歌之后，岂非至愿？《姑溪居士文集》卷二五

【笺注】

[一] 旷，荒废，耽误。一讲，一通。

[二] 初意，原本以为。迹，痕迹。扫，扫除。

[三] 不替毫发，一点儿也不松懈。

[四] 亹亹，言谈动人，使人不知疲倦。《后汉书·班固传论》："使读之者亹亹而不厌。"

[五] 枯卉，枯草。荣，茂盛。

[六] 历眼，过眼。

[七] 训，教导，教诲。

[八] 衰苶，衰弱疲倦。王安石《与耿天骘书》之一："岁月如流，日就衰苶。"

[九] 丐，经由。笔吏，指担任书写职务的官吏。

[一〇] 狂狷，狂妄褊急，此为谦辞。《汉书·刘辅传》："广开忠直之路，不罪狂狷之言。"

[一一] 笔力，指字、画、文章等在笔法上表现的气势和力量。《南齐书·王僧虔传》："孔琳之书，天然放纵，极有笔力。"

与赵仲强兄弟手简 一三

荒瘁流摈[一]，终乃几案间一物[二]，不谓一别便尔悬阻[三]。穷荒衰陋，无闻见，无商确[四]，无图籍可考，凡木枯株，但未死耳。每怀从

仲康、仲强谈笑绪余之末，剧饮狂笑[五]，间形吟赋[六]，初不计尚得生今日。缅怀一梦，可胜感叹！越寄缺甃间[七]，但以目前为遣免。异时纵得再奉余尘(一)，亦无顷昔人矣[八]。向风几至酸鼻。《姑溪居士文集》卷二五

【校记】

(一) 尘：原无，据《全宋文》补。

【笺注】

[一] 意谓流落放逐荒远，憔悴不堪。瘁，憔悴。摈，斥，弃。

[二] 此句谓自己不过是伏身书案操劳的一名小小的笔吏而已。

[三] 悬阻，远阻。

[四] 商确，商讨。

[五] 剧饮，痛饮，豪饮。

[六] 间形，偶尔作成。

[七] 越，失坠，坠落。

[八] 顷，通“倾”。

与赵仲强兄弟手简 一四

薛夫人尊候万福[一]。后来更有几明珠[二]？平日尝获瞻望者，计独蒙不弃青毡[三]，异时乐院，想多列屋而闲居[四]。但见思道、子椿诸君云[五]，丝竹未尝少辍[六]。德美才秀，而福与之俱，可咫尺轻有所仿佛哉[七]？子舍必多在官守[八]，令弟想各进擢矣。令婿学士恨未参识[九]，书局料不能久[一〇]，仲惇诸侄当已出仕[一一]。《姑溪居士文集》卷二五

【笺注】

［一］薛夫人，当为赵仲强之妻。

［二］明珠，喻指子女。

［三］青毡，喻旧物。《晋书·王献之传》："献之字子敬。……夜卧斋中，而有偷人入其室，盗物都尽。献之徐曰：'偷儿，青毡我家旧物，可特置之。'群偷惊走。"

［四］列屋，放置在屋中。韩愈《送李愿归盘谷序》："列屋而闲居。"

［五］储子椿，生平不详，姑溪隐士。以下文中"子椿"，皆为此人。

［六］丝竹，弦乐。刘禹锡《陋室铭》："无丝竹之乱耳。"

［七］咫尺，形容微不足道。轻，轻易。

［八］子舍，小房，偏室，借指儿子。富弼《韩国华神道碑》："教子舍悉用经术而济之以严。"

［九］参识，参见结识。

［一〇］书局，官府编书的机构。

［一一］出仕，出来做官。韩愈《送董邵南游河北序》："明天子在上，可以出而仕矣。"

与赵仲强兄弟手简　一五

衰莫沦落[一]，如在井中，奄奄未绝[二]，时于缺甃间望见青天白日[三]，心知其然，而无一援之而出者。故一得赐书，未尝不感慨梗塞，期尺索于可援。而杳无与应，终归之于造物，亦未能果尔一决也。岁云莫矣[四]，其怀抱可知[五]。比辱思道处脚力所传手笔[六]，惇谕亹亹，固已不胜负荷。而思道、子椿书中具道周旋记录，诚义有加而不已。反覆翰墨，䌷绎二君之传，但愕眙宛转[七]，无地自控，惟改易昔人诗语以写其忧云[八]："安得而黄鹄，携之置其傍？"[九]暑候已深，日来复不审台候起居何似？不腆之于门下，殆非苟然者。十年漂泊，亲戚朋友，号畴昔之厚者，或近在咫尺，或便道吾庐，尺纸之不通，与来略叙寒温，既见而不情之语如涌，至掉臂而不顾者[一〇]，往往而然。独吾仲强莹如冰玉[一一]，无一瑕可指，而凛凛见图，如一片天成地贡[一二]。以表表稽之[一三]，物理未易形容，似是佛语所谓“百千万亿劫，相因以至是”也[一四]。感激之深，笔次不觉缕缕。何时一奉促膝之款，向往滋剧。《姑溪居士文集》卷二五

【笺注】

［一］衰莫，迟暮，晚年。

［二］奄奄，形容气息微弱的样子。晋李密《陈情表》：“气息奄奄，人命危浅。”

［三］青天白日，大白天。韩愈《与崔群书》：“青天白日，奴隶亦知其清明。”

［四］云、矣，语助词。岁莫，年老。

［五］怀抱，心情。

［六］脚力，传递文书的差役。

［七］愕眙，亦作“愕怡”，惊视。班固《西都赋》：“虽轻迅与僄狡，犹愕眙而不能阶。”

［八］写，发抒。《诗·邶风·泉水》：“驾言出游，以写我忧。”

［九］为什么要一定要把志在高飞的黄鹄放置在身边呢？

［一〇］掉臂，甩动胳膊走开，表示不顾而去。《史记·孟尝君列传》：“日暮之后，过市朝者掉臂而不顾。”

［一一］莹如冰玉，喻人品高尚贞洁。

［一二］天成地贡，即天生如此，形容自然而然，毫不做作。

［一三］此句谓用标准来衡量。表，测量工具。表稽，考查、核查。

［一四］引语意谓受尽劫难，才有今天的结果。

与赵仲强兄弟手简　一六

清晨，伏惟起居佳胜。到此主于一拜见(一)，既不得从容，遂计余日，获尽鄙意[一]。昨日已具马将北去，遽报东坡丧舟来，亟往郊外致奠[二]，怆猝不即为问[三]，似于豫约钼铻，极不登所愿也[四]。只今且归，无缘再款门第，欿焉系恋，若不容自控。到颍昌时，得申致次。钦咏钦咏。《姑溪居士文集》卷二五

【校记】

（一）主：原作“至”，据《全宋文》改。

【笺注】

［一］鄙意，自己的心意，谦辞。

［二］见《上宰执手简三》注［一］。

［三］怆猝，悲怆、仓猝。为问，问讯。

［四］不登，不达成。

与赵仲强兄弟手简　一七

经宿[一]，恭惟尊候万福。少别，思咏不暂忘。于是得奉顷刻，固已甚慰，而未获倾尽，尤不能已。方图修记[二]，遽枉手笔，敦叙稠重，感服无已。朝夕再当祇造[三]。百冗[四]，具报草略，皇悚。钦跂钦跂。《姑溪居士文集》卷二五

【笺注】

［一］经宿，经过一夜。

［二］正打算修书问候。

［三］祇造，拜访。

［四］事多繁杂。百，形容多。

与赵仲强兄弟手简 一八

去冬了葬事，今年三月遂徙家太平。早时欲随援而出，今复再坠，岂造物者终使间间于此[一]，无复可出之期邪？抑困之至极，而讫有以副其必援也[二]。所冀无他，姑欲一至国门，与平日所厚如吾仲强一二人，倾倒数十日，遂别此生尔。怅然未得之间，可量缱绻[三]。方时炎酷，拂云之樗皆有超世之趣[四]。歌舞醉笑之余，自仿于垂世立教[五]，兴亡治乱，吟风咏月，抑扬顿挫之际[六]，为河间、东平所以为乐[七]，则尽矣[八]。至于平台赋就[九]，而邹阳、枚乘萧飒伛偻[一〇]，欲进而不可得，则不审尚能叹息以期之已否[一一]？三月末，才舍舟，便为暴下所乘[一二]，淹延四五十日[一三]，至灼艾方小康。今犹目昏耳重，不知所以为况[一四]。故作书意不联属，时有修改处，高明姑领其勤可也[一五]。钦跂钦跂。《姑溪居士文集》卷二五

【笺注】

［一］间间，谓无所事事。间，通“闲”。

［二］讫有，终有。副，符合。

［三］缱绻，此谓心思纠结。

［四］拂云，触到云，谓极高。《水经注·浊漳水》：“层甍反宇，飞檐拂云。”樗（chū），臭椿。

［五］立教，树立教化。唐孔颖达《尚书序》：“举其宏纲，撮其机要，足以垂世立教。”

［六］抑扬顿挫，形容声音的高低起伏。陆机《遂志赋·序》：“衍抑扬顿挫，怨之徒也。”

［七］刘德（前171　前130），汉景帝第二子，受封为河间王（今

河北献县）。他好儒学，致力于诗书整理，并曾下令修筑日华宫，置客馆二十余区，以待学士。东平，指刘苍（？—83），汉光武帝之子，受封为东平王（今山东东平）。《后汉书·东平宪王苍传》：“日者问东平王处家何等最乐，王言为善最乐。”南朝齐萧子显《上武帝请赠豫章王嶷启》：“东平乐于小善，河间悦于诗书。”

［八］尽矣，也就够了。《庄子·齐物论》：“至矣，尽矣，不可以加矣。”

［九］平台，古台名，在今河南商丘县东北。汉梁孝王筑，并曾与邹阳、枚乘等游于此。南朝齐萧子隆《山居序》：“西园多士，平台盛宾。”

［一〇］萧飒，（须发）稀疏，形容年迈。李白《飞龙引》：“下视瑶池见王母，蛾眉萧飒如秋霜。”伛偻，弯曲着身子，形容年老。《旧唐书·吴兢传》：“兢虽衰耗，犹希史职，而行步伛偻，李林甫以其年老不用。”

［一一］叹息，叹美，赞叹。《汉书·公孙弘传》：“见主父而叹息。”

［一二］暴下，腹泻。韩愈《病中赠张十八》：“中虚得暴下，避冷卧北窗。”

［一三］淹延，指疾病缠绵。

［一四］（个中情形）不知该怎样来形容。况，形容，描述。

［一五］勤，勤恳、殷勤。

与储子椿手简 一

雨不止，小居岑寂[一]，尤渴奉謦策。既难暂远，又不敢坐致车马，可胜钦系。忽辱手示，伏审乍冷，侍奉起居佳胜。今日本欲入城，以分付少干，未有人可托，势须一二日间可遂瞻奉[二]。山阳迁改日逼[三]，又凡百萃在一身[四]，念之如在风浪中，不知果能到岸已否？良可惧也。《姑溪居士文集》卷二五

【笺注】

[一] 小居，陋室。岑寂，寂寞，孤独冷清。唐彦谦《樊登见寄》："良夜最岑寂，旅况何萧条。"

[二] 瞻奉，恭敬侍奉。《南史·谢弘微传》："晨夕瞻奉，尽其诚敬。"

[三] 见《答李几仲司户书》注［三六］。

[四] 百萃，同"百悴"，多种疾病。

与储子椿手简 二

节前奉专人赐教，累纸稠重[一]，所以见求之义，有加畴昔。方时与金陵诸老作缘[二]，欲作报不暇[三]，及展转十许日[四]，才了此一段胜事[五]，以故留连。鄙诚似已缓矣，当在深照。逾月不雪，气候如初春，多作上壅咳唾、痞嗌赤目诸恙[六]，老境极不自得。不审履况当复何似？倾驰款悉，甚于兹时。如欲插羽翰，凌汗漫[七]，超出于形骸之外而不可得[八]，其所以亹亹于高明者[九]，可胜况哉！岁晚牢落，江山满前，促膝握手，历叙前人经行之旧，可慕可吊(一)[一〇]。遂将延挹相安，得亟逢此。遡风，倍增款慰。《姑溪居士文集》卷二五

【校记】

（一）吊：原作"慕"，据《全宋文》改。

【笺注】

[一] 累纸，接连许多张纸，多用于指书信。《世说新语·雅量》："修书累纸，意寄殷勤。"

[二] 诸老，诸位长老。作缘，结缘，此指做法会。

[三] 作报，作书回报，谓回信。

［四］展转，盘桓。蔡邕《饮马长城窟行》：“他乡各异县，展转不相见。”

［五］胜事，指寺、观中法会、斋醮等。

［六］上壅，呼吸壅阻。咳唾，咳嗽吐唾液。痞，中医指胸腹间气机阻塞不舒的一种自觉症状。嗌，咽喉窒塞，噎。赤目，指红眼病。

［七］凌，渡过，越过。汗漫，广大，漫无边际。《淮南子·俶真训》：“徙倚于汗漫之宇。”

［八］形骸，身体。《庄子·德充符》：“今子与我游于形骸之内，而子索我于形骸之外。”

［九］亹亹，形容委顺的样子。

［一〇］可吊，可叹，可念。

与储子椿手简　三

新阳固当一举酒，为君子之庆，咫尺不逮，我劳如何[一]！里闬正以兹时为胜遇[二]，尽醉过从[三]，彻交岁无虚日，不审能有此乐事否？客寓无一如所念者，姑念佛杜门，与佛乘兴作佳好(一)[四]。要是穷途[五]，究竟如是尔。每想像物外[六]，亟欲即之，常若有以絷之。亦意投怀深尽，或有得处，于我不间一毫发也。未间，时幸寄声，俯慰展转之怀[七]。《姑溪居士文集》卷二五

【校记】

（一）与佛：原无，据四库本、《全宋文》补。

【笺注】

［一］见《与金马部中玉手简七》注［二］。

［二］里闬（hàn），乡里。胜遇，胜事。

［三］过从，相交往的朋友。

［四］乘兴，乘一时兴会。

［五］要是，主要是，总归是。

［六］物外，世外，世俗之外。

［七］展转之怀，指反复思念之情。

与储子椿手简 四

睽奉忽忽踰月[一]，日有驰怀[二]。霜秋[三]，比想履中佳胜[四]。损书累幅，良愧见厚之意[五]。封畛非远[六]，时听声闻为慰也[七]。余惟事外[八]，自将复谢疏略。《姑溪居士文集》卷二五

【笺注】

［一］睽，别离。

［二］驰怀，驰念，谓想念远方之人。

［三］霜秋，深秋。

［四］履中，居中，家中，谓日常生活。

［五］见厚，看重，厚待。

［六］封畛（zhěn），疆界。

［七］声闻，亦作“声问”，音信。

［八］事外，尘世之外。《晋书·乐广传》：“广与王衍俱宅心事外。”

与储子椿手简 五

少别，瞻思不展。到此首幸款奉，然雨路牵率玉趾[一]，极不遑。昨日又烦迂顾，虽投分置此形迹，其如仰怀未易堪也。方得纸笔作谢，小童又出简诲[二]，寓意太重[三]，遂欲据我于炉炭之上邪[四]？皇悚皇悚。晚来承动履清胜，入城方得就见。拳拳之深，当候面奉。《姑溪居

士文集》卷二五

【笺注】

[一] 牵率，牵拘，牵缠。唐张楚《与达奚侍郎书》："加以物务牵率，形役徒劳。"

[二] 小童，即"小僮"。简诲，书诲。

[三] 寓意，推许。

[四] 见《与赵仲强兄弟手简八》注［八］。

与储子椿手简 六

高文读之耸然，岂出于诚意[一]，故尔条畅[二]。似是抑郁既伸，词源自然澎湃也[三]，钦叹而已[四]。某已令誊写，错了又改，故差迟尔[五]。更有一端，须相见熟议[六]。副本谨已什袭[七]。《姑溪居士文集》卷二五

【笺注】

[一] 诚意，心志真诚。语出《礼记·大学》："欲正其心者，先诚其意。"

[二] 条畅，通畅，畅达。《文心雕龙·书记》："故宜条畅以任气，优柔以怿怀。"

[三] 词源，词语来源。澎湃，此指文章气势雄壮浩大。

[四] 钦叹，嗟叹。吴兢《贞观政要·论仁义》："何尝不想见其人，废书钦叹。"

[五] 差迟，延迟。

[六] 熟议，仔细计议。

[七] 什袭，见《上时宰慰疏三》注［六］。

与储子椿手简 七

自当涂归，初不得一食顷休息[一]，长倩之所目击也[二]。所幸形迹相忘[三]，故得以仰依诚照[四]。其如疏略，一向不无可罪，亦庶几有以自遣。加之风波益可畏[五]，举动来于不测。本图归保故栖[六]，因而卜一作茧处[七]，今又钼铻，不免听其去来[八]，姑了一日为一日计尔。禀赋不厚，投老境界乃如此[九]，可叹可叹。长倩美才，既脱非横[一〇]，当益刻砺进修，率履古人不到之地，是交游之所恳测。不妨屏他事，粗进饘粥[一一]，以激志操。仕宦固可指日为期，要当自我知得为佳[一二]。至于报效知己，是亦为报，奚其为为报哉[一三]？千万深亮，无以语直见罪。《姑溪居士文集》卷二五

【笺注】

［一］食顷，吃一顿饭的工夫，形容时间很短。

［二］长倩，人名。

［三］形迹相忘，彼此不拘形迹，无所顾忌。

［四］仰依，景仰、依靠。诚照，真心关照。

［五］风波，风浪，比喻生活中所遭遇的不幸。

［六］故栖，原来栖息之处，喻旧职或家乡。曾巩《齐州谢到任表》："方指期于满岁，将垂翼于故栖。"

［七］卜，卜居。作茧处，如蚕作茧一样的藏身处。欧阳修《与王懿敏公》："深思一作茧处，未有去端尔。"

［八］意谓随它去吧，表示无可奈何。听，任凭。去来，离去。来，语助词。孟郊《古意》："去来年月多，苦愁改形容。"

［九］投老，垂老，临老。《后汉书·仇览传》："母守寡养孤，苦身投老。"

［一〇］非横，不测之祸，非常之祸。宋孙光宪《北梦琐言》卷六：

“公有出伦之才，为时辈妒忌，罹于非横。”

［一一］ 饘（zhān）粥，干饭。

［一二］ 要当，自当，应当。牟融《寄周诏州》：“功业要当垂永久，名利那得在须臾。”知得，知所获取。《易·乾》：“知得而不知丧。”

［一三］ 为什么非要做官才算报答呢？奚，疑问词，为何，为什么。其，代词，指前所言仕宦。为，是。为报，报答。《论语·为政》：“或谓孔子曰：‘子奚不为政？’子曰：‘《书》云：孝乎惟孝，友于兄弟。施于有政，是亦为政，奚其为为政？’”

与储子椿手简　八

二月更欲再过当涂，逐日事如蚕作茧[一]，愈缠愈缚，更须入汤乃脱[二]，其何以堪邪！故尔濡滞[三]，闷损闷损[四]。家居况味如何[五]？七日不举箸，十年不制衣，亦恐未为贫尔。一笑一笑。他须款致[六]。《姑溪居士文集》卷二五

【笺注】

［一］ 逐日，一天天，每天。如蚕作茧，谓事情如蚕作茧一样缠缚自己，不得脱身。

［二］ 汤，热水。脱，解脱。

［三］ 故尔，因此，所以。濡滞，迟滞。

［四］ 郁闷郁闷。

［五］ 家居，在家赋闲。

［六］ 其他未尽之语，留待以后细说。款致，款款致意。

与储子椿手简　九

近连奉书，稠重累纸，感佩无以为况[一]。伏审曲肱乐道[二]，与时御

宜[三]，慰忭何已。老倦疲于应接，数次掇拾，欲还庄居，因得展叙，尚为事夺[四]，瞻跂瞻跂。于是特枉专诲，亹亹见属，深畏不忘之宠。自非诚义相求，终当寓于可托之地，何以如此？苶焉不类[五]，但剧负荷。止候一二事竟，即图造请。才税鞅[六]，便遣人咨候矣。《姑溪居士文集》卷二五

【笺注】

［一］感激之情不知怎么来形容。

［二］曲肱乐道，即安贫乐道。曲肱，弯着胳膊作枕头。见《任河中府万全县令谢太守举启》注［一四］。

［三］变通趋时，趁着时机做适宜的事。《易·损》："损益盈虚，与时偕行。"

［四］夺，羁绊。

［五］不类，谦辞，犹不肖。

［六］税鞅，即税驾，解下驾车的马，停车休息。鞅，本指套在马颈或马腹上的皮带，此借指车马。

与储子椿手简　一〇

相别遽将七年，初谓即在华要[一]，岁阑尚尔[二]，得非固为静退邪[三]？重于一时邪？钦跂钦跂。桂玉淹回[四]，自亦难处，定复何可以补外[五]？都城住久，无适不宜，外官岂易仿佛[六]？特俸虽厚，亦不知其为是，乃不易酬对者。更希裕处[七]，期之必达而已。衰悴，旦暮人尔[八]，杳未有会晤之涯，临笔倍增依黯[九]。万一得再相见，实所翘跂。《姑溪居士文集》卷二六

【笺注】

［一］华要，显贵清要之职。《宋书·孔顗传》："记室之局，实惟

华要。”

［二］岁阑，岁暮。阑，尽。白居易《赠元稹》：“一为同心友，三及芳岁阑。”

［三］静退，恬淡谦逊，不竞名利。《韩非子·主道》：“人主之道，静退以为宝。”

［四］桂玉，即桂玉之地，指京师。宋戴埴《鼠璞·桂玉》：“马存字长游，谓子游京师，薪如束桂，米如裹玉，世以桂玉之地为京师。”淹回，此谓有才德而屈居下位。

［五］补外，谓京官调外地就职。曾巩《又祭亡妻晁氏文》：“今蒙恩补外，道出东南。”

［六］外官，地方官，与京官相对。《后汉书·孝章帝纪》：“今外官多旷。”

［七］裕处，指过得舒适。

［八］年迈之人，谓时日不多。

［九］依黯，感伤。苏轼《答宝月大师书》：“愈远乡里，曷胜依黯。”

与储子椿手简　一一

伏蒙别纸该贯[一]，弥识冰玉。但密迩玉色[二]，常闻天上语[三]。晚日岂不弹冠[四]，特如老病不调何[五]！宣城田例不复完[六]，良可惜，但无唱之者[七]。守令方时皆开爽通气[八]，类似自弃之尔。重禄固难常，有产则能常[九]，颇思之熟否？思永告归甚促[一〇]，殊不逮意[一一]，续别上记次。《姑溪居士文集》卷二六

【笺注】

［一］该贯，博通。

［二］密迩，很接近。《国语·吴语》：“孤以下密迩于天子，无所逃

罪。”玉色，对他人容颜的敬称，犹尊颜。

［三］天上语，形容言语不俗，对人深有启发。

［四］弹冠，弹去冠上的灰尘，整冠，此用以表示喜庆或敬肃等。苏轼《借前韵贺子由生第四孙斗老》：“今日散幽忧，弹冠及新沐。”

［五］年老多病，又能怎么样呢。特，又，加强反问语气。不调，不协调。

［六］宣城，今安徽宣城。例，照例。

［七］唱，同“倡”。

［八］守，守官。开爽，开通。通气，互通声气。

［九］产，田产，产业。

［一〇］思永，人名，当为受托带信之人。

［一一］逮意，达意。陆机《文赋》：“恒患意不称物，文不逮意。”

与储子椿手简　一二

昨日获奉厚眷，几至抵暮。从容绪言[一]，一一皆可人意。而置食精洁，备尽勤款[二]，超然远思，顿还旧观[三]。盖到此，未始有此况也。其为感慰，可胜道哉！晚归南寺，已失玉趾，似是无投足地，故不及。相待甚不遑，祇极怏怅[四]。方图上记，遽被翰墨并佳阕清诗词，度前人韵，至押倒老钝(一)[五]，遂当绝笔，珍佩何已。适为南僧约素饭，饭后或蒙迂步[六]，何幸如之，然未敢必也。《姑溪居士文集》卷二六

【校记】

（一）倒：原作“到”，据《全宋文》改。

【笺注】

［一］绪言，已发而未尽的言论。《庄子·渔父》：“曩者先生有绪言

而去。”

［二］勤款，殷勤诚恳。

［三］旧观，原先的印象、观感。《晋书·王羲之传》：“忽见足下答家兄书，焕若神明，顿还旧观。”

［四］怏怅，抱歉。

［五］老钝，老道。

［六］迂步，敬辞，犹枉驾、屈驾。

与储子椿手简　一三

前日承见顾，稍此阻阔（一）［一］，遂获周旋，感激不能无所慰也。偶腹疾作，不果款留［二］，至念之，示问尤佩勤恳。洞庭春色诗画［三］，在监酒赵供奉处［四］，可托少孙就取。此已无净本［五］，而游郭诸篇，亦不曾留。次第赵君卷中皆有［六］，或得少屈佳思，共成胜事，不为小补。旦夕上谒。《姑溪居士文集》卷二六

【校记】

（一）阔：原作“润”，据四库本、《全宋文》改。

【笺注】

［一］阻阔，阔别，久别。唐段成式《酉阳杂俎·语资》：“此席以后，便与卿少时阻阔。”

［二］款留，诚恳地挽留，谓殷勤留客。唐彦谦《索虾》：“于时同相访，数日承款留。”

［三］洞庭，即洞庭湖，古称云梦、九江和重湖，处于长江中游荆江南岸，因湖中洞庭山（即今君山）而得名。

［四］监酒，监督造酒的官吏。供奉，宋代职官名，用表品级，无

实际职掌。

［五］净本，誊清本，即手抄本。《梦溪笔谈》："馆阁新书净本有误书处，以雌黄涂之。"

［六］次第，光景，情形。

与储子椿手简 一四

时序摧感[一]，加之雨又溽不解[二]，老病相乘[三]，殊不知所遣免。忽披手字，并贶和篇[四]，隐然振起[五]，尤愧前日之妄作也，愧佩无已。伏审日来起居佳胜，倍慰瞻企。赐来辄私有之，将时出吟讽，以代良药。不免牵强笔墨，别录以致元发[六]，遂寄禹钦也。路通，首当上谒次。坐客草略[七]，皇恐皇恐。《姑溪居士文集》卷二六

【笺注】

［一］摧感，伤感。摧，悲痛，哀伤。

［二］不解，不消，不散。

［三］相乘，交互侵袭。

［四］贶，赠，赐。

［五］隐然，仿佛，好像。

［六］元发，生平不详。后有《与杨元发手简》。

［七］坐客，留客入席。李白《门有车马客行》："呼儿扫中堂，坐客论悲辛。"

与储子椿手简 一五

昨日承教甚新，警慰多矣。早来起居何似？湿热，意味尤不佳，玉趾所投，庶几意谕[一]。北观能不惮远否[二]？不尔[三]，当寻故步[四]。懒作字，不果及。元载、元发、明叔，望就约也[五]。《姑溪居士文集》卷

二六

【笺注】

［一］希望（您能）理解。

［二］北观，当为道观。

［三］不尔，不然。

［四］故步，旧踪，原路。

［五］元载，杨元发兄弟。明叔，生平不详。后有《与杨晦叔明叔兄弟手简》。

与储子椿手简 一六

昨日欲候门下，竟夜起不得，遂阻展近。乃知老境如是，甚可叹也。既审侍奉增庆，辱手示并和篇，咄咄见逼太甚[一]。东坡尝谓如我辈不劳逼[二]，而欧阳文忠公之和诗[三]，本是袭人后，而圣俞每度越十步外[四]，何邪？于是何止十步，盖千万里之远矣。因砖得玉[五]，又获珍藏之盛[六]，感刻感刻。少顷欲得就见。宿恶未殄[七]，修报极草略，皇恐皇恐。《姑溪居士文集》卷二六

【笺注】

［一］咄咄，此指储子椿的和诗高妙，给人压力。晋卫铄《与释某书》："卫有一弟子王逸少，甚能学卫真书，咄咄逼人。"

［二］如我辈，像我这样的人。不劳逼，用不着逼了。语出苏轼《答秦太虚书》："寄示诗文，皆超然胜绝，焉来逼人矣。如我辈，亦不劳逼也。"

［三］文忠，欧阳修谥号。

［四］梅尧臣（1002—1060），字圣俞，宣州宣城（今安徽宣城）人，世称宛陵先生。

［五］即抛砖引玉，指以自己的粗浅之作引出了对方高超的作品。

［六］盛，盛情。

［七］宿恶，此指旧疾。未殄，此谓没有痊愈。

与储子椿手简 一七

日者具问至略，亦谓事稍闲，可以巨细申叙。中春后[一]，幼稚辈例作寒壅[二]，无一日不用医。加之舟居不便，无复佳况，遂成蹭蹬，每以为念也。故人来，备闻履践之胜[三]，慰仰可知，浮沉闾巷[四]，人不我贵久矣。然改观生敬，侵寻以至于建旗坛上[五]，而一军皆惊[六]，则拥篲负弩[七]，可指日而见，钦向无已。家事渐宜区处，有归熟处，便是迷境，不可不豫制也。咫尺尚阻，面致糟粕之传，徒有愧于忉怛尔[八]。《姑溪居士文集》卷二六

【笺注】

［一］中春，即“仲春”，春季的第二个月。《周礼·天官·内宰》：“中春，诏后帅外内命妇，始蚕于北郊。”

［二］幼稚辈，小孩子们。陶渊明《归去来兮辞》序：“幼稚盈室，瓶无储粟。”例作，照例发作。寒壅，寒湿壅盛，呼吸不畅。

［三］履践，此指日常生活起居。

［四］闾巷，指乡里民间。《史记·韩信卢绾列传》：“陛下擢仆起闾巷。”

［五］侵寻，渐进。建旗坛上，指升坛拜将。

［六］《史记·淮阴侯列传》：“诸将皆喜，人人各自以为得大将。至拜大将，乃韩信也，一军皆惊。”

［七］拥篲负弩，形容受到极为尊贵的礼遇。拥篲，拿扫帚扫门，表示恭恭敬敬迎接宾客或长者。负弩，背着弓箭走在前面，表示极为尊敬。《史记·司马相如列传》：“（相如）至蜀，蜀太守以下郊迎，具令负

弩矢先驱。”

［八］切怛，啰嗦，唠叨。

与储子椿手简 一八

伏蒙就示长笺，为礼甚重，滋畏绵薄之难堪也。紬绎营缉，当于天圣已前[一]，景德而后[二]，求与先后者盛矣。盖八十余年，不复见此作矣。颇欲僶俛追逐[三]，此特无异爝火之于正午之日[四]，但复熟成诵，永为矜式，钦叹不足道也。就闻迁正学职[五]，虽于表发廓励为可喜[六]，然薄有简书之畏，得无拘缀[七]，应对稍劳否？不腆弊役[八]，更十许日即去此，续食西引[九]，不在淮上，即于国门迎见。千万以时加爱，前揖光大，倾跂倾跂。《姑溪居士文集》卷二六

【笺注】

［一］天圣（1023—1032），仁宗年号。

［二］景德（1004—1007），真宗年号。

［三］僶俛（mǐn miǎn），努力，勤奋。

［四］爝（jué）火，炬火，小火。《庄子·逍遥游》：“日月出矣，而爝火不息。”

［五］正学，官名。宋国子监置学正与学录，掌执行学规，考校训导。

［六］廓励，鼓励。

［七］拘缀，羁绊，牵制。王安石《回元少保书》之二：“山川相望，拘缀无缘造晤。”

［八］弊役，谦辞，指不足道的小事。

［九］续食，继食。西引，西向。刘向《九叹·远游》：“回朕车俾西引兮。”

与储子椿手简 一九

涉春扰扰，目前毕竟不知何事？故作书不果，欲一见馆下[一]，复不果，蹭蹬端可愧也[二]。而岂弟敦笃[三]，乐义而无求，盖未尝一日不在念也。渐暄，日来体力何似[四]？雨不止，终日顽坐[五]，求一投足地，犹豫之久，卒致迤逦[六]。自是老年境界如此，且亦牵率使然。以故相与搜写倾尽，尤不能已，方且图之。未间，倍希珍啬[七]。拨冗修附[八]，殊不尽意[九]。《姑溪居士文集》卷二六

【笺注】

[一] 馆下，犹阁下、门下。

[二] 蹭蹬，延迟、拖延。

[三] 岂弟，和乐平易。《诗·小雅·蓼萧》："既见君子，孔易岂弟。"敦笃，敦厚笃实。《左传·成公十三年》："勤礼莫如致敬，尽力莫如敦笃。"

[四] 体力，身体。晋张华《博物志》卷五："体力壮健，不复思食。"

[五] 顽坐，长时间地静坐不动。前蜀贯休《思匡山贾匡》："觅句唯顽坐，严霜打不知。"

[六] 迤逦，迟缓、拖延。

[七] 珍啬，爱惜，保重。

[八] 拨冗，于繁忙中抽出时间。修附，修书附问。

[九] 尽意，充分表达心意。《易·系辞上》："书不尽言，言不尽意。"

与储子椿手简 二〇

忝恩叙复[一]，方俟少间作书为附，不谓专委在门[二]，连幅璀

璨[三]，非止佩服重意，其警拔于我亦多矣。至于延誉过情，滋畏非据。来使不欲辄留，正纷扰中，附报不及[四]，想蒙加亮。日渐长，雨不作，乘兴门庭[五]，当使家老失声于骤到[六]，亦一段佳事也。如何?《姑溪居士文集》卷二六

【笺注】

［一］叙复，见《与祝提举无党手简七》注［五］。

［二］专委，特意派来送信的人。

［三］璀璨，形容极有文采。《西京杂记》卷六："文章璀璨，彪炳涣汗。"

［四］附，捎带。报，回信。

［五］此句谓可以在兴会所至时登门拜访。

［六］家老，家中的长者。《淮南子·览冥训》："家老羸弱，凄怆于内。"失声，不自主地发出声音，形容又惊又喜。

与储子椿手简 二一

流落中，君子周旋，常谓隔远，不能旦暮追逐，以投讲贯之乐。习闲易堕[一]，心虽不忘，而力辄不契[二]，奈得已且已何[三]！至是惟可付之形迹之外尔。春暖，或乘兴一到馆下亦未定。屡寻此味，祇恐才到不免纷纷，遂中辍[四]。更俟紬绎，豫求一可逃避处，然后向道注意[五]，吾友更希为我熟计之[六]。《姑溪居士文集》卷二六

【笺注】

［一］习闲，游手好闲。易堕，容易堕落，指荒废学业。

［二］不契，不合，此犹不及。

［三］得已且已，得过且过，没有长远打算。

［四］中辍，中止，中断。潘岳《笙赋》："舞既蹈而中辍。"

［五］注意，集中精神，一心一意。《史记·田敬仲完世家论》："非通人达才孰能注意焉。"

［六］熟计，周密地谋划。《战国策·齐策一》："是故愿大王熟计之。"

与储子椿手简　二二

新正已附见贺意，不觉又添一岁，毕竟成得何事？这下入，那下出，良可叹息。惟少年节物争新，别有一种争胜，难以语此尔，一笑一笑。撰述此来必多，不蒙开锦[一]，何邪？年来都不曾道得一句好言语，源浅固易涸，自是终不复津矣[二]，可胜怅然。《姑溪居士文集》卷二六

【笺注】

［一］开锦，打开锦绣（给别人欣赏）。锦，形容文章华美。

［二］津，充盈。

与储子椿手简　二三

块坐已如木石[一]，虽往来太平不乏，每到，未尝不叹息君子之不我俱也。京师久住，意况可乐处多。闻见所博，固不在言，而脚头所到，便可卒岁[二]。其如一时胜流[三]，如仲强之好客，闻复之多闻[四]，师道之勇于为善，津正虽未相识[五]，而其人不待见覆而知。引咏高躅[六]，可胜钦仰。《姑溪居士文集》卷二六

【笺注】

［一］块坐，独坐。木石，木头和石头，形容一动不动，比喻无知觉、无感情。

［二］卒岁，度过岁月。《诗·豳风·七月》："无衣无褐，何以

卒岁。”

［三］胜流，名流。《魏书·张纂传》：“雅有气尚，交结胜流。”

［四］闻复，人名。

［五］津正，人名。

［六］高躅，崇高的品行。唐牛僧孺《玄怪录·张佐》：“向慕先生高躅。”

与储子椿手简 二四

太夫人、贵眷暨诸凤雏[一]，常闻动静甚安，必时有书至左右，于全到必相见[二]。生事日进[三]，其术业则不待形容也[四]。思道今次大礼必命官[五]，且得了当[六]，不晚定作阁职[七]，曾为之得一佳梦，似兆兹事。作诗尤工，今更般挈[八]，知一向宁处故乡，未必可乐也。仲强书来，每钦叹高躅不已，斯人不易得也，频相见否？其学必富，其家必愈非前比。拆候书，便作附上，次第已作太平之行[九]，而此更甚迫，适相妨尔，非懈怠也。子苍未相识[一〇]，闻风甚久。太初况味如何[一一]？闻复在甚处居？皆欲作书，偶未暇。向蒙寄示数诗，辄和得，在思道书中，可取发一笑，年来无复好意[一二]，所向多败人美况者[一三]，不知再居太平后，将如何尔。所得葬地在藏云寺边，已用今冬举事[一四]，恨子椿不一见也。终为太平人，岂人力所能致哉？其如文物极盛之际[一五]，独留滞以老，岂非命邪？惟公等次第而进，与自得无异，尚冀事功表发[一六]，时容一击节称颂尔。《姑溪居士文集》卷二六

【笺注】

［一］太夫人，汉制列侯之母称太夫人，后来凡官僚豪绅的母亲不论在世与否，均称太夫人。贵眷，见《与金马部中玉手简六》注［一］。凤雏，喻年少而将有作为的人，此用以称呼对方的儿子。

［二］于全，人名。

［三］生事，行事。

［四］术业，学业。韩愈《师说》："术业有专攻。"不待形容，就不用说了，指可想而知。

［五］大礼，指朝廷祭祀天、地、鬼神等礼仪。

［六］了当，完毕，停当。

［七］不晚，早晚。阁职，馆阁之职，为武臣清要之选。

［八］般，同"搬"。挈，提。苏轼《与滕达道》："又有旧约，便当往见，而家无壮子弟，须却还般挈。"

［九］次第，犹接下来。

［一〇］子苍，当指韩驹（1080—1135）。

［一一］太初，人名。

［一二］好意，好的意况、趣味。

［一三］败，败坏。《晋书·王戎传》："俗物已复来败人意。"

［一四］举事，此谓举办葬事。

［一五］文物，文人，文士。骆宾王《夕次旧吴》："文物俄迁谢，英灵有盛衰。"

［一六］事功，功绩，功劳。《三国志·魏志·牵招传》："在辽东又有事功。"

与储子椿手简　二五

晚来起居佳胜。久别，遽尔瞻拂[一]，无异自天而下。老倦衰病之余，所以警慰亦多矣。逼行，未暇从容请叩，不能无邑邑。伏辱手示，感浣无已。信物并领[二]，单骑陆行，乃能周旋如此，但有悚愧[三]。冠梳之惠[四]，尤出厚意。俟归专达[五]，别图上谢次。藏云地须至奉浼玉趾[六]，非细事也，得一言乃定尔。千万以存没为念[七]，不可以已成为间[八]。果可用，就求一图子分明[九]，将寄女兄[一〇]。盖方时利害所同，独此兄尔，林甥其次也[一一]。才到家即具问，忙甚，不及展尽。《姑溪

居士文集》卷二六

【笺注】

［一］遽尔，骤然，突然。瞻拂，照拂，照顾。

［二］信物，此指书信与礼物。

［三］悚愧，惶恐惭愧。

［四］冠梳，宋代妇女的一种头饰。

［五］专达，专此奉达的略语。

［六］奉浼，委屈将就，敬辞。

［七］存没，同“存殁”，生死。

［八］已成，已经成为事实的事情。间，同“闲”，限制，约束。

［九］分明，辨明。

［一〇］女兄，姐姐。《说文解字》：“姊，女兄也。”

［一一］林甥，林姓外甥。

与储子椿手简 二六

别来两附书，一采石，一范尉[一]，想已呈彻[二]。久别幸见，而曾未得少慰展叙，可量眷眷。方暑，不审日来侍奉起居何似？乍归冗甚，加之病倦不贷，艰于应接，以劳思佚，翻愧骤远[三]，为不易堪也。一动又是一事，身虽寄此，而念常缱绻左右[四]，未能随遇即安，执笔汗下。《姑溪居士文集》卷二六

【笺注】

［一］范尉，与“采石”对，亦当为地名。

［二］呈彻，全部呈上。

［三］翻，反而，却。

[四] 缱绻，依恋。

与储子椿手简 二七

三有书，方谓并不见答[一]，兹必山水有可疑者[二]。忽披手示，慰感无已。渐热，伏审日来起居佳胜。乍归，应接必甚冗，已将阅月，当就绪矣。既不用入学，自省一半事；只是京师一头项却须经意[三]，恐放不下，则家食不能安也。治生进取[四]，明是两途[五]，且耕且战，特虚语耳[六]，想久在思虑。老倦，比来益窘，灼之数百壮[七]，犹未见功，次第发过或有验[八]。渐谋迁居，舟则已备多日矣。思奉周旋，以日为岁。未间，尤幸寄声。《姑溪居士文集》卷二六

【笺注】

[一] 方谓，正想着。

[二] 山水，此谓山水为阻。

[三] 头项，事项。

[四] 治生，经营家业，谋生计。

[五] 此句谓两者有明显的区别。

[六] 虚语，假话，空话。《列子·周穆王》："古之真人，其觉自忘，其寝不梦，几虚语哉。"

[七] 壮，艾炷灸时，每灸一个艾炷，称为一壮。

[八] 发过，发作过。

与储子椿手简 二八

霜寒，伏惟侍奉起居佳胜。一别五十日，道路离劳[一]，每想像友爱，以慰逆旅[二]。到此已信宿，而奔走所事，力不逮意，故交游间，未果申致。遽叨翰墨，拊谕周悉，钦谕至眷[三]，可量缱绻。只今迁灵

柩上岸，明日入山，势须事毕，乃果瞻叩。方时非远适所宜，尤当自爱，千万不须见临也。固愿从容展接于是，似未可如所私吝也。倾企倾企[四]。《姑溪居士文集》卷二六

【笺注】

[一] 离劳，遥远辛苦。

[二] 逆旅，旅居。

[三] 钦谕，教诲，谕示。

[四] 想望想望。

与储子椿手简 二九

太夫人尊体万福[一]，荆钗辄附起居[二]。上都风物[三]，似非人间世，不知板舆肯远适否[四]?《姑溪居士文集》卷二六

【笺注】

[一] 太夫人，见《与储子椿手简二四》注［一］。

[二] 荆钗，荆枝制作的髻钗，借指贫家妇女，此谦称自己的妻子。附起居，随信向太夫人致以问候。

[三] 上都，京都。

[四] 板舆，一种用人抬的代步工具，多为老人乘坐。潘岳《闲居赋》:“太夫人乃御板舆。”

与储子椿手简 三〇

稍还秋暑，为况何似？前日远遭讲鼓所逐[一]，定于《字说》无缘[二]，良可愧也。两日侦候出沐[三]，皆云且寓学中[四]，又云在宋家方养源时[五]，不敢干见[六]。盖吾曹每聚首[七]，必欢呼倾倒，不无汩乱美

意[八]，要稍疏远为佳。方图申叙，蒙手示，感服不已。定时何地可以奉周旋？恐须过试也[九]。二杨已上庄收刈，端坐极牢落[一〇]。《姑溪居士文集》卷二六

【笺注】

[一] 讲鼓，讲经说法时的鼓声。

[二]《宋史·王安石传》："（王安石）又作《字说》，多穿凿傅会。其流入于佛、老。一时学者，无敢不传习，主司纯用以取士，士莫得自名一说，先儒传注，一切废不用。"

[三] 侦候，探知。出沐，谓官吏归家休息。

[四] 学中，太学舍中。

[五] 养源，亦作"养原"，保养本源，涵养本性。《荀子·君道》："官人守数，君子养原。"

[六] 干见，求见，拜见。

[七] 吾曹，我辈，我等。《韩非子·外储说右上》："吾曹何爱不为公。"

[八] 汨乱，扰乱。

[九] 过试，此当指秋闱（乡试）过后。

[一〇] 端坐，此谓独坐。

与储子椿手简 三一

流落江湖，遂与鱼鸟相浮沉以老，而不知岁月之迁转。平日交游，恍如梦寐间得之，亦不复相期于显晦存亡之际[一]，况鸢鸿高举[二]，秀特超迈[三]，如吾兄等辈者邪？引咏畴昔，虽不暂忘，然声问无从可致。不图记录，特先翰墨之宠，申味雅眷[四]，略无一毫发低昂[五]。岁莫何堪[六]，益信金石之不渝也。感佩紬绎[七]，未易为据[八]。冬候苦寒，不审迩日台用起居何似[九]？杳未有瞻望之日，执笔可量悁邑[一〇]。《姑溪

居士文集》卷二六

【笺注】

［一］显晦，显达、落魄。

［二］鸢，鹰。鸿，大雁。高举，高飞。《楚辞·九辩》："凤愈飘翔而高举。"

［三］秀特，优异特出。范仲淹《段君墓表》："君风神秀特，人皆望而钦之。"

［四］申味，述说、回味。

［五］低昂，争高下，此谓小视，看不起。

［六］岁莫，晚年。莫，同"暮"。

［七］紬绎，此谓萦绕于心。

［八］不知怎么来表明。据，表明，证明。

［九］台用，犹台候。

［一〇］悁邑，忧郁。

与友人手简　一

正居运判屯田节下[一]：稍不获瞻近，村居随所役，不能无事，候间不讲[二]，遂尔蹭蹬。而高明之地，亦或有嫌于僭易也。麦雨不止，气候如腊中，恭惟行台丰豫[三]，庆侍万福。系望来音，日觊再款。促膝临笔[四]，可量眷眷。《姑溪居士文集》卷二六

【笺注】

［一］正居，人名。运判，官名，宋代始于转运使、发运使下设判官，职位略低于副使，称转运判官、发运判官，简称"运判"。详见高承《事物纪原·节钺帅漕·运判》。屯田，专司屯田的机构和官员。详

见《事物纪原·三省纲辖·屯田》。

[二] 候间，在此期间。不讲，不用。

[三] 行台，见《答监司启》注［五］。丰豫，舒服安逸。

[四] 临笔，谓执笔之际。

与友人手简 二

通判朝奉座下[一]：属心盛义，我方西而君子遽东，若故相回避者。以鄙念不舍，则今日从容参奉，喜慰可知。骤尔异地[二]，系吝尤不能已。寒日益加，不审履况复何似？舟车之冲[三]，圆方小大，理难吻合。而乃称颂赞仰，如出一口[四]，末路何堪。但击节之不暇，信乎高才博器，有以得之也。钦迟显擢，俯契瞻溯[五]。《姑溪居士文集》卷二六

【笺注】

[一] 通判，官名，见《回贺越州黄通判启》注［一］。朝奉，见《与吴朝奉手简》注［一］。座下，对尊者的敬称。宋王观国《学林·朕》："称尊者为座下、几下、席下、阁下。"

[二] 骤尔，突然。

[三] 冲，动。

[四] 像从一张嘴里说出来的，形容许多人说法一样。《韩非子·内储说下》："左右对曰'无有'，如出一口也。"

[五] 瞻溯，瞻仰追念。

与友人手简 三

别后累欲作书，所寓随分[一]，牵迫不能自裕[二]，到日已数日，愈

觉窘蹙[三]。其如相得虽晚[四]，而相期之意甚厚，不应在众人之末也。比已出闸[五]，风稍顺即渡江，荒僻无异逃空虚者，跫然之喜[六]，定将何日见投？但阔步可期。门庭日益峻矣，鱼鸟厮友[七]，遂终不得一见邪？亦或有邂逅之幸已否？兴言至此，倍深依悒[八]。更冀调护顺适[九]，以符念向。《姑溪居士文集》卷二六

【笺注】

[一] 随分，随便，就便。唐姚合《武功县中作》之八："只应随分过，已是错弥深。"

[二] 自裕，从容。

[三] 窘蹙，亦作"窘促"，困迫，局促。《世说新语·文学》："宏窘蹙无计。"

[四] 相得，彼此投合，比喻相处得很好。《史记·魏其武安侯列传》："相得欢甚。"

[五] 出闸，驰出闸口。

[六] 语出《庄子·徐无鬼》："夫逃虚空者，藜藋柱乎鼪鼬之迳，踉位其空，闻人足音跫然而喜矣，又况乎昆弟亲戚之謦欬其侧者乎!"跫（qióng），脚步声。

[七] 厮友，贫贱之交。

[八] 依悒，依恋、思念。

[九] 调护，调养护理。《颜氏家训·养生》："调护气息，慎节起卧。"

与友人手简 四

一面欢若平生[一]，加笾致勤[二]，以失于不豫[三]。计方在宿酲[四]，卒不获少飨珍洁[五]，而厚意之隆，则钦刻深矣[六]。方时坐间多可喜事，愧无一语以叙胜遇。庶几他日周旋，犹能披写追录，相为掀髯一笑

也[七]。《姑溪居士文集》卷二六

【笺注】

［一］平生，一生，此生。《陈书·徐陵传》：“岁月如流，平生几何？”

［二］加笾（biān），谓礼遇厚于常时。《左传·昭公六年》：“夏，季孙宿如晋，拜莒田也。晋侯享之，有加笾。”

［三］不豫，不事先预备。《礼记·中庸》：“凡事豫则立，不豫则废。”

［四］宿酲（chéng），宿醉。三国魏徐干《情诗》：“忧思连相属，中心如宿酲。”

［五］飨，同“享”。珍洁，指珍馐洁食。

［六］钦刻，铭刻，铭记。

［七］掀髯，笑时启口张须的样子，形容会心一笑。

与友人手简 五

鄜延之别三十年矣[一]，一时人物显晦存亡，炳然如昨日事。眷言英特[二]，自当超出时誉，为朝廷立不世之功，绍续元昆[三]。俯循弊箒之微，实借风彩。里舍摧颓，姑日复一日，苟玩时景[四]。势地相悬绝[五]，定应未死之日，犹及瞻望已否？《姑溪居士文集》卷二六

【笺注】

［一］鄜（fū）延，路名，庆历元年（1041）将陕西分作六路安抚司，鄜延路是其中之一，治所位于延安府（今陕西延安）。

［二］眷言，亦作“睠言”，回顾。言，词尾。陆机《赠尚书郎顾彦先》：“眷言怀桑梓，无乃将为鱼。”英特，才智超群。《晋书·宣帝纪》：

“君弟聪亮明允，刚断英特，非子所及也。”

［三］绍续，承嗣。元昆，长兄。

［四］时景，时节，犹光阴。

［五］悬绝，相差极远。刘禹锡《上中书李相公启》：“高卑邈殊，礼数悬绝。”

与友人手简 六

前日人回上记，比所遣还，审已呈浼。霜重快晴而不甚寒[一]，田家所共乐也，伏惟起居佳胜。再烦慰贶，勤厚累幅，如接款晤，感佩之深，固不在言也。老境赋分单弱[二]，得辛苦处便爽健[三]，一到家居温燠处[四]，百事丛萃[五]，痰病随之。瞻望咫尺，未有参奉之涯，可胜耿耿[六]。《姑溪居士文集》卷二六

【笺注】

［一］快晴，爽朗的晴天。

［二］赋分，资质，此指体质。单弱，谓身体瘦弱，不强壮。

［三］爽健，不舒适。爽，差。

［四］温燠（yù），温暖。白居易《浔阳三题·湓浦竹》：“浔阳十月天，天气仍温燠。”

［五］丛萃，聚集。徐干《中论·审大臣》：“真伪丛萃而不迷。”

［六］耿耿，形容因心中挂怀而不安的样子。

与友人手简 七

累月不闻动静，意必在易泰陶新[一]。往来应接，累年枯槁[二]，乍此畅茂[三]，良深慰喜。日来为况复何似？田间易得日过，一住路西几

两月[四]，殊非老年所堪。其如眼耳俱静，所乐处极多。要知有事无事，事多事少，全在人尔。仓廪既充，莫不出为金陵山水之游否？便道庶几瞻迎。《姑溪居士文集》卷二六

【笺注】

[一] 易泰陶新，意谓修心养性。易，和悦、平易。泰，舒适。陶，陶冶。

[二] 累年，接连多年。苏轼《与谢民师推官书》："坐废累年。"枯槁，草木枯萎，形容憔悴。司马相如《长门赋》："形枯槁而独居。"

[三] 畅茂，旺盛繁茂。《孟子·滕文公下》："草木畅茂，禽兽繁殖。"

[四] 路西，即路西庄，李之义田庄所在。几，接近。

与赵德麟手简[一] 一

伏审艺学昭显[二]，恩命殊特[三]，耸动宗藩[四]，超映士类[五]。素叨厚眷，闻报不胜欣跂。圣上雍睦族姓[六]，敦尚风教，以粹美明博之储，适契甚盛之际，定应建旄树纛[七]，疏恩大国[八]，使河间、东平不独见称于前世也[九]。尚冀老境未衰，得从执笔者之后，歌咏休明[一〇]，铺写伟观。临纸倍深驰仰。《姑溪居士文集》卷二七

【笺注】

[一] 赵令畤（1061—1134），初字景贶，苏轼为改字德麟。宋宗室，元祐六年（1091），签书颍州节度判官，有《侯鲭录》。

[二] 艺学，经学，文章典籍之学。

[三] 恩命，谓帝王颁发的诏命。

［四］宗藩，受天子分封的宗室诸侯。因其拱卫王室，犹如藩篱，故称。

［五］士类，文人、士大夫。

［六］雍睦，和睦。袁宏《后汉纪·桓帝纪》：“上下恬然，莫不雍睦。”

［七］建旄树纛，谓建功立业。

［八］疏恩，推恩。

［九］河间、东平，见《与赵仲强兄弟手简一八》注［七］。

［一〇］休明，用以赞美明君或盛世。《史记·秦始皇本纪》：“大义休明，垂于后世。”

与赵德麟手简　二

漂泊江山[一]，望中朝人物如在星斗间[二]，可见而不可亲，每自叹其沦落，而未能遽忘畴昔之念也。吴思道归，忽奉手教，惇谕勤恳，如接款晤。恭审朝谒之暇，上体异眷[三]，读书为文，日有胜趣，台候起居万福。感佩不忘，滋剧慰浣。于是老矣，特与公结一报身之缘尔[四]，安知异时不复再有相值之幸[五]？更蕲深讨不倦，忠义自许，周旋宠数，百岁高显，佛会中庶几一笑相属[六]。《姑溪居士文集》卷二七

【笺注】

［一］江山，江湖。

［二］中朝，朝廷，朝中。

［三］异眷，特别恩宠。

［四］报身，佛教用语，为三身之一。指以法身为因，经过修习而获得佛果之身。

［五］相值，相遇。

［六］佛会，礼佛诵经的法会。相属，向人敬酒表示敬意。苏轼《前赤壁赋》："举匏樽以相属。"

与彭丞手简 一

先人为门下客[一]，衰晚获拜恩地，荷先公委曲延挹[二]，别后屡欲再寻末轨，而僶俛一力，殆不知日月之行[三]，而鄙意不能自达也。于是遽闻巨创，适以营奉阡陇走山阳[四]，改旧即新，用去年三分之二在道路，与督役山间，欲暂辍以赴所哭之位，竟不暇及。亦不谓遂毕大事，矫首愧怍[五]，几不知所控诉。方图收之桑榆[六]，不谓略其所可责，而察其所不逮，敦谕稠重，伏读汗下。稍间庶几不失素期，执笔倍深摧哽。《姑溪居士文集》卷二七

【笺注】

［一］先人，称自己过世的父亲。《史记·仲尼弟子列传》："孤不幸，少失先人。"

［二］先公，称对方过世的父亲。

［三］日月之行，谓岁月流逝。

［四］营奉，施工营建。韩愈《顺宗实录五》："今又重劳营奉。"阡陇，田间高地，喻指坟茔。

［五］矫首，昂首，抬头。杜甫《又上后园山脚》："穷秋立日观，矫首望八荒。"愧怍，惭愧。曾巩《又祭亡妻晁氏文》："夙夜思惟，心颜愧怍。"

［六］收之桑榆，此指事犹未晚，尚可补救。

与彭丞手简 二

自去年正月得卜[一]，一向往来金陵、当涂，以理其务。凡目前可

应者之外[二]，略不及毫发[三]。此特绵弱无助所致，而不当于门下。今日之事辄缓，咄咄不敏[四]，知借面之无从尔[五]。曲蒙见索挽词(一)[六]，乃知并容，尚可搜求胸中以见也。然牵课终不能工，姑不敢不如来命尔[七]，愧恧愧恧[八]。《姑溪居士文集》卷二七

【校记】

(一) 索：原作“素”，据《全宋文》改。

【笺注】

[一] 得卜，得到吉祥的卜兆，此谓卜居金陵之事。

[二] 可应者，可以应急的人或物。

[三] 略，全，皆。

[四] 咄咄，感慨声。

[五] 借面，即借面吊丧。典出《后汉书·祢衡传》：“文若（荀彧字）可借面吊丧。”无从，找不到门径或头绪。

[六] 曲，敬辞。蒙，受。

[七] 不如，不从，不顺。《后汉书·周党传》：“不如臣言，伏虚妄之罪。”来命，对人来信的敬称。

[八] 愧恧（nǜ），惭愧。司马光《为庞相公让官表》：“是用夙宵愧恧，寤寐兢忧。”

与孙知县希鲁手简[一] 一

到此如归乡里，一番应接，殆不容少休。两辱宠临，尚未果再诣门下，鄙心固不自安[二]，然亦幸有以见亮也。向晚，恭惟起居佳胜。偶昨日饮酒过多，醒思支持不得，特荷遣诲[三]，寻失具谢，惭悚滋甚。少顷上谒，不胜拳拳。《姑溪居士文集》卷二七

【笺注】

［一］孙希鲁，当涂知县。

［二］自安，自己安心。《汉书·张禹传》：“禹与凤并领尚书，内不自安。”

［三］遣诲，遣书教诲。

与孙知县希鲁手简　二

往来亦屡矣[一]，尚未得一诣馆下。于是方欲事闲，稍慰鄙念，首辱遣问，继闻枉顾[二]，感佩缱绻，尤知盛意为难堪也。日来履况复何似？比以所事未就绪，未欲入城，更数日乃克申致。蹭蹬固非得已，想蒙深亮。《姑溪居士文集》卷二七

【笺注】

［一］屡，多次。

［二］枉顾，敬辞，屈尊看望。

与孙知县希鲁手简　三

微服到此[一]，初不计许久[二]，然不敢辄通问。日来伏惟起居佳胜。不图惠顾，特先翰墨，钦谕不忘，感服何已？无衣冠以见门下[三]，但深倾溯[四]。《姑溪居士文集》卷二七

【笺注】

［一］微服，便服。

［二］不计，不考虑。

［三］衣冠，与“微服”相对而言，指官服。

［四］倾溯，倾心思慕。

与孙知县希鲁手简　四

雨溽[一]，伏惟起居佳胜。比以凶类乘间[二]，愤恚未伸[三]，密阻瞻承[四]，不忘倾溯。适闻督狱九江[五]，戒行有日，度还辕犹在，一月后而北归之期近在旦暮，恐不获少待，仰奉绪余[六]，可量依邑。乍还，千万加爱，俟息肩别图上问[七]。《姑溪居士文集》卷二七

【笺注】

［一］溽，湿热。

［二］比以，近因。凶类，凶徒。《晋书·张重华传》：“必能折冲御侮，歼殄凶类。”

［三］愤恚，痛恨，怨恨。

［四］密阻，深阻。瞻承，看望问候。

［五］督狱，督案。九江，今江西九江。

［六］绪余，余绪，此犹余恩。

［七］息肩，卸去负担，指休息。范仲淹《与韩魏公书》：“俟息肩，则勉力赋诗。”

与孙知县希鲁手简　五

为别易久，蹭蹬不果具书[一]。日来伏惟动履佳胜。忽披手示，仰佩不忘，因循修报，后时汩没。目前事不觉荏苒，想未讶也。咫尺未即瞻承[二]，倍希加爱。《姑溪居士文集》卷二七

【笺注】

［一］具书，写信。

［二］未即，未能。

与孙知县希鲁手简　六

与君略同里闬，于过从滨四十年。异乡流落，得遂相见为喜。示既从容官守[一]，固无以累故人。然常情所吝者，可胜道哉？非意乘之[二]，几成秦人视越人肥瘠[三]，而彼善于此有之矣，方时亦足为高义也。老日尚可激昂，庶几倦途，犹能束胸以见[四]。临笔姑奉一笑。《姑溪居士文集》卷二七

【笺注】

［一］官守，官位职守、职责。《左传·昭公二十三年》："慎其官守。"

［二］非意，出乎意外。唐陈玄祐《离魂记》："宙非意所望，欣跃特甚。"

［三］秦，今陕西一带；越，今浙江一带；肥瘠：胖瘦。秦越两地相去遥远，比喻疏远隔膜，各不相关。韩愈《争臣论》："视政之得失，若越人视秦人之肥瘠，忽焉不加喜戚于其心。"

［四］束胸，扎裹胸部。典出《左传·僖公二十八年》："魏犨伤于胸。公欲杀之，而爱其材。使问，且视之，病，将杀之。魏犨束胸见使者。"

与孙知县希鲁手简　七

久不通问，伏惟动履清胜。庄居咫尺门仞，既不入州中[一]，遂不

得一瞻见，倾向固无已也。初计野外可以苟闲少日[二]，比益纷扰，殊不知其况。为时所弃固无恨，而私害亦倍费力，岂艰生不容少贷而然邪[三]？可叹可叹。尚冀投间，或奉一面。《姑溪居士文集》卷二七

【笺注】

［一］州，太平州。以下地名“州”，若不指明，均为太平州。

［二］苟闲，暂闲。

［三］贷，饶过，放过。

与孙知县希鲁手简　八

霜冷，伏惟动履清胜。往来治下，忽忽累月，但日与田夫樵老相与低回[一]，盎然不知身世之为果[二]，则仁者不扰之政[三]，何以上之[四]？数欲一见，面赞其然[五]，竟尔未暇，可量倾属。来问猥及，钦佩至意[六]。事固有不得而已者，无间巨细[七]，亦知恤隐有加[八]。乃尔僭冒[九]，无他，冀姑借威明以牵其来[一〇]。盖私力已竭矣，可愧可笑。他伫异时请叩。《姑溪居士文集》卷二七

【笺注】

［一］相与，相交。《易·大过·象》：“老夫女妻，过以相与也。”

［二］盎然，形容趣味浓厚的样子。

［三］不扰之政，即无为而治。

［四］上，比得上。

［五］面赞，当面赞颂。其然，如此。《论语·宪问》：“其然，岂其然乎？”

［六］至意，极诚挚的情意。《后汉书·孔融传》：“苦言至意，终身诵之。”

［七］无间，不分，无论。

［八］恤隐，怜悯。白居易《与崇文诏》：“宣朕恤隐之心，慰彼黎庶。”

［九］乃尔，如此。僭冒，不守本分，冒犯他人，此为谦辞。

［一〇］威明，此为对对方的敬称。

与成德余手简[一] 一

薄有人事之窘，阻奉起居（一）[二]，伏惟侍奉曼福[三]。辱简诲惠鲙[四]，其物备仰精制（二）[五]，感叹不已，其如穷日力以尽巧思，良未易当也[六]。什物且留[七]，续令持纳次，余俟旦夕占谢[八]。《姑溪居士文集》卷二七

【校记】

（一）阻：原缺，据《全宋文》补。

（二）其物：原缺，据《全宋文》补。

【笺注】

［一］成德余，名医，与王安石有交，生平不详。

［二］阻奉，阻止奉陪问候。

［三］曼福，绵绵福祉，大福。

［四］鲙，同“脍”，细切的鱼肉。

［五］备仰，敬慕。

［六］实不敢当啊。

［七］什物，日常生活用品。

［八］占谢，当面致词道谢。《南史·谢颢传》：“诣齐高帝自占谢，言辞清丽。”

与成德余手简 二

相违易久[一]，早时不得一具书，固非懈怠，特忽忽不少暇尔。眷言俛求之义[二]，鄙怀其可忘邪？于是再奉手笔，所以相与之意甚款[三]，佩服至情，可胜缱绻[四]。秋晚，日来体况复何如？相望咫尺，欲见杳未有期，庶几音驿之便，时叩深密[五]。两日风雨作寒，千万以时增卫，瞻跂瞻跂。《姑溪居士文集》卷二七

【笺注】

[一] 相违，分离。

[二] 俛求，俯求，屈尊。

[三] 款，诚。

[四] 不胜依恋。

[五] 深密，关系深厚密切。《北史·齐诸宦者传》："仓头始自家人，情寄深密。"

与成德余手简 三

相别几一年，系望馆第，才百余里，于是方款交驰，既窃自幸堕绪复振[一]，亦甚愧不逮也。来贶勤恳，尤佩深厚。伏审秋晚渐寒，日来起居佳胜。故都摇落之余[二]，高低远近，种种皆饱足人意。但恐厌饫习熟[三]，不复知难得为有负耳[四]。何时追逐笑咏，以极登览之胜？遡风可量眷眷。《姑溪居士文集》卷二七

【笺注】

[一] 堕绪，坠绪，比喻断绝、湮没。韩愈《进学解》："寻坠绪之茫茫。"

［二］摇落，凋残，零落。杜甫《谒先主庙》："如何对摇落，况乃久风尘。"

［三］厌饫，满足。习熟，习以为常，不以为奇。韩愈《平淮西碑》："习熟见闻，以为当然。"

［四］有负，享受。

与成德余手简　四

累欲作书，蹭蹬不果。胜义难忘，常在倾属。所示书累幅，谆厚如奉周旋。伏审涉冬以来，体力佳健，感佩愧仰，可胜鄙陋。一报缘中种种[一]，皆是虚假，一毫发低昂，六凿便不得休息[二]。且如德余美才好义，乃俯首人后，缀缀恐有所不逮[三]。则彼所以窘我者，定将何以寓之？兴言至此，但有叹息。而惟知为虚假，乃所以无入而不自得也[四]。何时参承，倍深耿耿。《姑溪居士文集》卷二七

【笺注】

［一］一报缘，指尘缘。

［二］六凿，指人的耳、目等六孔。《庄子·外物》："心无天游，则六凿相攘。"

［三］缀缀，相连缀的样子，指追随于后。《荀子·非十二子》："缀缀然，瞀瞀然，是子弟之容也。"

［四］见《与祝提举无党手简六》注［六］。

与成德余手简　五

至节不敢修敬勤祝[一]，远烦敦谕，惭负何已？前履新正，盛义感格[二]，对时交庆[三]，亦别当展叙次。衰晚于一报缘无几，虽得君子于末路，要是白首所期者，不能旦莫周尽[四]，可胜喟咏。适有少冗作记，

不究所怀，行图后便次[五]。《姑溪居士文集》卷二七

【笺注】

[一] 勤祝，诚挚祝贺。

[二] 感格，感动，感化。

[三] 对时，一整天。

[四] 周尽，周详。唐薛调《无双传》："词理哀切，叙述周尽。"

[五] 行，将。

与成德余手简 六

比奉累书，方知前日蹭蹬为可憾。至于美词妙翰[一]，资藉相予之意，则恨相得之晚。古人所以深叹而不已者，益信其有味也[二]。日用有余[三]，更当展转紬绎[四]，以极超诣。他时将听，额望不及[五]，岂敢辄恨于世习而已？自此当不乏交驰。介还遽索，不能尽，千万加爱。《姑溪居士文集》卷二七

【笺注】

[一] 妙翰，对他人书信的美称。

[二] 有味，有深意。

[三] 日用，日常，平时。有余，有暇，有空。

[四] 展转紬绎，此指致力于钻研学问。

[五] 额望，仰望。

与成德余手简 七

日者速欲具谢[一]，作书极草略。方图继之，以讼不敏[二]。随分日前，益拨益窘[三]，遂尔淹晚。专委遽及，愧佩眷勤[四]，滋负蹭蹬为可

责也。冬深苦寒，体况当复何似？屏居意味[五]，无异一日风霜翳路，只得画灰养火[六]，以寄余息。前所谓窘者，亦濒于强勉耳[七]，早晚一笑周旋。未间，时寓音驿，似不乏于糟粕之得也，如何如何？咫尺穷腊[八]，倍希保卫。《姑溪居士文集》卷二七

【笺注】

［一］具谢，具书为谢。

［二］讼，责。

［三］拨，治理。

［四］愧佩，对人钦佩，自愧不如。眷勤，谓深情厚意。

［五］屏居，隐居，屏客独居。王维《酬诸公见过》："屏居蓝田，薄地躬耕。"

［六］画灰，用棍在灰中拨动，形容百无聊赖。苏轼《寄馏合刷瓶与子由》："寄君东阁闲蒸栗，知我空堂坐画灰。"养火，不断给火加柴，使燃烧之火保持不灭。

［七］强勉，勉强支撑。

［八］穷腊，古时指农历十二月腊祭百神之日，后以指农历年底。杨凌《钟陵雪夜酬友人》："穷腊催年急，阳春怯和歌。"

与成德余手简 八

元章跋尾[一]，过承录示，至荷至荷[二]。必多得其字，盖数百年无此作矣，真可宝也。鄙陋出于一时盛意所临，故辄狂妄[三]，尚何足纪录？悚息悚息。《姑溪居士文集》卷二七

【笺注】

［一］跋尾，跋文。

［二］表示受人之惠，甚为感激。

［三］狂妄，谦辞。韩愈《潮州刺史谢上表》：“臣以狂妄戆愚，不识礼度。”

与成德余手简　九

比蒙手示，乃在区区所贡之前，钦认眷勤，可胜倾遡。方时故都盛丽，想时有登览追随之适。但以厌饫朝夕[一]，不以难得为有憾也。贬所褊陋[二]，略无与意等者，但愧处邑邑而已。颇见怀否[三]？《姑溪居士文集》卷二七

【笺注】

［一］厌饫，吃饱，比喻满足。

［二］褊陋，狭小偏僻。《孔丛子·连丛子上》：“下国褊陋，莫以虞心。”

［三］见怀，包容，宽容。

与成德余手简　一〇

顷蒙诏恩[一]，首被翰墨，为礼勤缛[二]。欲作报，非精意不能少展。而将一过故都，庶几促膝可以布叙。荏苒不契，遂滋淹晚，愧负常若有所失[三]。方且图之，遽复委贶[四]，有加不已，读之不觉汗下。于是不腆之罪，不知所文矣[五]。不审久要尚或见存已否[六]？雨不止，日来侍奉起居何似？瞻望舍馆，倍深约结。《姑溪居士文集》卷二七

【笺注】

［一］诏恩，天子赐予的恩惠。

［二］勤，诚恳。缛，优厚。

［三］愧负，羞惭负疚。苏轼《和陶诗拟古》：“倒裳起谢客，梦觉两愧负。”

［四］委贶，委托恩赐。

［五］文，文饰。

［六］久要，见《与龚彦质手简一》注［八］。

与无为杨彦济贡元手简[一]　一

早游门下，荷侍讲暨诸贵相厚[二]。流落异时，不能少自激昂，以投平昔眷言，追讼邑邑，不知所控。而墙仞具存[三]，近在咫尺，又复龙驹凤雏[四]，实相表发，不谓至今才能申叙。契照俯求[五]，尤愧先意之厚[六]。低回展转，殆将何言？春杪尚寒[七]，闲居进修，动履增胜。人物如是，岂勃窣可久者[八]？接武隆盛，指日可期，一介何堪，亦觊余光之旁振也[九]。连日衰病，支持不前，作记极草率，别图上门次。《姑溪居士文集》卷二八

【笺注】

［一］杨凑，字彦济，生平不详。贡元，升入京师国子监读书者为贡生，尊称为贡元。

［二］侍讲，侍讲学士的省称。暨，和，及。诸贵，诸位贵人。相厚，厚待。《后汉书·刘顺传》：“顺与光武同里闬，少相厚。”

［三］墙仞，喻贤者之门。见《与龚侍郎深之手简》注［二］。

［四］龙驹凤雏，比喻英俊秀颖的少年，此用以称呼对方之子。《晋书·陆云传》：“此儿若非龙驹，当是凤雏。”

［五］谓诚心关照。

［六］先意，先（我）一步表达心意。

［七］春杪（miǎo），春末。杪，树枝的细梢，用以指年月或四季的末尾。

［八］勃窣（sū），匍匐慢行，形容落魄。

［九］余光，多余之光，此指他人给予的恩惠福泽。典出《史记·樗里子甘茂列传》："臣闻贫人女与富人女会绩，贫人女曰：'我无以买烛，而子之烛光幸有余，子可分我余光，无损子明而得一斯便焉。'今臣困而君方使秦而当路矣。茂之妻子在焉，愿君以余光振之。"旁振，旁救。振，同"赈"，救济。

与无为杨彦济贡元手简　二

累年家私多故，今春以来，疾病相寻[一]，中间至有殇女之戚[二]。光日凭陵[三]，殆不知其可遣免。然时见子顾[四]，得闻美况，辄资以为慰。于是遽枉翰墨，惇谕稠重，如接讲席[五]。住太平十三四年，坟墓在焉，非不欲首丘以死[六]，而□辄抢攘。比已就宣城得数椽地[七]，距此无□宿。不晚将迁徙以之安，但门庭浸遥[八]，定知何日拔奉(一)？向风耿耿。《姑溪居士文集》卷二八

【校记】

（一）知：原缺，据四库本、《全宋文》补。

【笺注】

［一］相寻，相继。

［二］至有，更有。殇女，女儿夭折。戚，痛苦，悲哀。

［三］光日，时光、光阴。

［四］子顾，人名。

［五］讲席，高僧、儒师讲经讲学的席位，此用作对师长、学者的尊称。沈约《为齐竟陵王发讲疏》："置讲席于上邸，集名僧于帝畿。"

［六］首丘，喻归葬故乡。《楚辞·九章·哀郢》："鸟飞反故乡兮，

狐死必首丘。”

［七］椽（chuán），房屋间数的代称。

［八］浸遥，渐远。

与无为杨彦济贡元手简　三

比来密迩(一)，久不获修记，且因循自忽而然[一]。□□所遡[二]，但深约结。雨不止，秋物渐登[三]，图便为娱，其得于名理[四]，盖不赀矣[五]。履兹胜候[六]，惟动止万福。德门俊望[七]，不应淹恤如是之久[八]。时未我与[九]，得无怀宝迷邦之滞乎[一〇]？允而盛时[一一]，日耸超轶，实惓惓于倾耳以待也[一二]。《姑溪居士文集》卷二八

【校记】

（一）比来：原缺，据《全宋文》补。

【笺注】

［一］自忽，自己疏忽。

［二］遡，同“溯”，怀念。

［三］秋物，秋季作物。白居易《内乡村路作》：“渭村秋物应如此，枣赤梨红稻穗黄。”登，谷物成熟。

［四］名理，指魏晋及其后清谈家辨析事物名和理的是非同异。《晋书·范汪传》：“博学多通，善谈名理。”

［五］不赀（zī），同“不訾”，不思，有不考虑、不计较之意。

［六］胜候，好天气。

［七］俊望，才俊望族。

［八］淹恤，久遭忧患。《左传·襄公二十六年》：“君淹恤在外十二年矣。”

［九］时不我待。我与，即“与我”。语出《论语·阳货》：“日月逝矣，岁不我与。”

［一〇］怀宝迷邦，具有才德而让国家迷乱，指有才德而不出来为国家效力。语出《论语·阳货》：“怀其宝而迷其邦，可谓仁乎？”

［一一］允，极，大。盛时，盛年。曹植《箜篌引》：“盛时不可再，百年忽我遒。”

［一二］倾耳，侧着耳朵静听，指盼望听到佳音。

与无为杨彦济贡元手简　四

粗迹屏寄(一)[一]，盖常投跫然而喜(二)[二]。况德门俊望，岂容参承之缓邪(三)？蹭蹬不已(四)，其愧何以为耶(五)？如闻贡籍占先[三]，履兹胜概(六)[四]，得赴缋食田亩间(七)[五]，但日耸高明，少慰畴昔缱绻尔。自是其将不辄辍修驰(八)，庶几桑榆或在可录[六]。《姑溪居士文集》卷二八

【校记】

（一）粗迹：原缺，据《全宋文》补。

（二）喜：原作“善”，据《全宋文》改。

（三）岂：原缺，据《全宋文》补。

（四）不已：原缺，据《全宋文》补。

（五）耶：原缺，据《全宋文》补。

（六）履兹胜概：原缺，据《全宋文》补。

（七）“得”“亩”：原缺，据《全宋文》补。

（八）其：原缺，据《全宋文》补。

【笺注】

［一］粗迹，大道正理。《子华子·晏子》：“法也者，制世之粗迹

也。”屏寄，阻寄。

［二］见《与友人手简三》注［六］。

［三］贡籍，贡士名册。

［四］胜概，美景，美境。

［五］缋食，美食。缋，色彩鲜明。

［六］桑榆，见《覃恩谢时宰启》注［四］。

与无为杨彦济贡元手简　五

一住太平十年，虽久睽违（一）[一]，故门迟常在企颂[二]。异时先公官守才隔一水，适迁金陵居，未及相闻，已绝明晦[三]。兴言至是，何以为赎？岂虞仲氏过与[四]？特迂玉趾，使得䌷绎遗懿[五]，以信不朽。拙陋僶俛，方愧不逮，而来谕稠重，读之栗然汗下[六]。何时一奉周款[七]，临笔耿耿。《姑溪居士文集》卷二八

【校记】

（一）虽久睽违：原作“与□□□”，《全宋文》据《永乐大典》改补。

【笺注】

［一］睽违，分离。

［二］企颂，向往、称颂。

［三］明晦，明暗，晴阴。

［四］虞仲，姓。

［五］遗懿，指遗下的美德。柳宗元《虞鸣鹤诔》：“追烈遗懿，求诸后土。”

［六］栗然，恐惧的样子。栗，通“慄”。

［七］周款，亲密。

与无为杨彦济贡元手简　六

日者玉趾少留，获承款晤，遽别，不忘瞻跂。改岁尚寒，不审日来起居何似？春试必在高名[一]，相远[二]，闻之不时，尚阻庆问。其如久屈轩举[三]，似于德门俊望为未满[四]，兹其时矣[五]。得报，即图申叙。《姑溪居士文集》卷二八

【笺注】

［一］春试，宋代礼部试士，常在贡试次年的二月，殿试则在四月，于是有春试、秋贡之名。

［二］相距遥远。

［三］久屈，谓久居人下。《三国志·吴志·周瑜传》："（刘备）必非久屈为人用者。"轩举，高扬飞举。

［四］未满，不满足。

［五］其时，正当时，正是时候。

与无为杨彦济贡元手简　七

比承见谕，俾得诠次先君子遗懿[一]，钦奉雅厚，不敢以不敏辞。然拙陋不足以形容，深有愧于俯及也(一)。辄已录出，谨遣人上呈。如见子顾及圆首座(二)[二]，云欲趁清明纳圹[三]，不复自缓，幸加亮。《姑溪居士文集》卷二八

【校记】

（一）深：原缺，据《全宋文》补。

（二）如：原缺，据《全宋文》补。

【笺注】

［一］诠次，编撰。

［二］圆首座，即圆若虚。首座，寺庙里地位最高的僧人。

［三］纳圹（kuàng），起坟。圹，墓穴，亦指坟墓。

与无为杨彦济贡元手简 八

投分世眷[一]，差池不能旦莫相款，系怀畴昔，每以之为有负也。子顾适在比舍[二]，而姻娅所笃[三]，故时得咨叩为慰[四]。既践前列，想已具续食计[五]。咫尺未有再奉[六]，谆悉之期[七]，临笔耿耿。《姑溪居士文集》卷二八

【笺注】

［一］世眷，世代眷顾。

［二］比舍，邻舍，邻居。

［三］姻娅，姻亲。韩愈《为人求荐书》："辱居姻娅之后。"笃，亲厚。

［四］咨叩，咨询求教。

［五］续食，相继供给食物。

［六］奉，奉问，问候。

［七］谆悉，恳切详细。

与无为杨彦济贡元手简 九

愚疏无远识[一]，晚节又失周防[二]，自贻伊戚[三]，尚复何言[四]！常情之所共弃，分当埽轨门下[五]，乃蒙惇笃委问详谛[六]，叙承至义[七]，愈不知其所控也。一水图叩旧馆固不难，势辄未能，倍深引咏。渐有凉

思[八]，仰冀善卫。《姑溪居士文集》卷二八

【笺注】

[一] 愚，用于自称的谦辞。诸葛亮《出师表》："愚以为营中之事。"

[二] 周防，谨密防患。

[三] 比喻自寻烦恼、自招忧患。贻，遗留；伊，此。语出《诗·小雅·小明》："心之忧矣，自诒伊戚。"

[四] 还有什么可说的呢！

[五] 分当，理当。埽轨，扫除车轮经过的痕迹，比喻与外人断绝交往。《后汉书·杜密传》："闭门埽轨，无所干及。"

[六] 委问，问候、慰问。

[七] 叙承，承受。至义，高义、盛义。

[八] 凉思，寒意。

与无为杨彦济贡元手简　一〇

投分德门，盖濒五十年之旧[一]。师承友接[二]，实均上辈[三]。而晚又获见录于贤伯仲间[四]，方且镵刻澡濯[五]，以会器与[六]，不谓有此污辱，殆将见绝于契好矣。而乃爱有所志[七]，始卒不替[八]，永言深厚，滋剧愧荷。何日披承，临笔可量依邑。《姑溪居士文集》卷二八

【笺注】

[一] 濒，近。旧，故交。

[二] 谓亦师亦友。

[三] 均，同。上辈，前辈，族中的上一代人。

[四] 见录，系念、挂念。贤，敬辞。伯仲，兄弟。

［五］镵（chán）刻，铭刻。澡濯，洗澡，引申为洗刷、洗雪。

［六］器与，犹大器之才，对对方的敬称。

［七］而乃，连词，表示转折或另起话题。

［八］谓始终如一。

与韦深道居士手简[一]　一

累欲作书，率为事夺，驰情不少忘也。辱问勤款，如获奉周旋，欲焉鄙怀，尤为相尽[二]。冬暖气候，令人不爽[三]，不审尊候起居何似？老倦触绪支持[四]，咫尺又接新阳[五]，则一岁固无几矣。占晤未期[六]，报笔罔然不自胜[七]。尚冀不乏交驰，时有一促膝之慰也。《姑溪居士文集》卷二八

【笺注】

［一］居士，指旧时在家信道的人，此为文人雅士的自称。

［二］相尽，彼此畅所欲言，毫无保留。王安石《与孟逸秘校手书》之六："遇足下于此，最为相尽。"

［三］不爽，不舒服。

［四］触绪，触动心绪。唐令狐楚《为楼烦监杨大夫请朝觐表》："臣闻心孤者触绪而悲。"

［五］咫尺，形容很近。新阳，新年。

［六］占，估计。

［七］报笔，回信。不自胜，自己不能承受。三国魏钟繇《贺捷表》："奉闻嘉熹，喜不自胜。"

与韦深道居士手简　二

尊夫人寿考康宁[一]，贵眷万福[二]。令嗣力学进益[三]，且令一意读

书，先五经、子书、史书[四]，未必可便打套[五]。姑置科举而无心于进取[六]，自然本分学术见矣[七]。凡谓之流俗者，为外物所制尔[八]，学者果流俗所制哉？只要人道好，所向无不合，即流俗也。善者好之，不善者恶之，善者其今日所谓善乎[九]？学者审其是而已。孔子亦猎较[一〇]，随俗而不制于俗，亦何能辍我本分为学邪？更须择所与游师友，则正童子之命[一一]，不待讲而后知察。令嗣有美质深道，养不在外[一二]，而低回闾里，宜有报施[一三]。其身不在，则子孙其承之。《姑溪居士文集》卷二八

【笺注】

［一］尊夫人，对他人母亲的敬称。韩愈《贞曜先生墓志铭》："年几五十，始以尊夫人之命来集京师，从进士试。"

［二］贵眷，见《与金马部中玉手简六》注［一］。

［三］令嗣，对他人之子的敬称，如同称"令郎"。黄庭坚《答喻夫书》："向见令嗣，眉目明秀。"进益，指学识修养的进步。晋虞溥《江表传》："人长而进益。"

［四］五经，指儒家典籍《诗》《书》《礼》《易》《春秋》。子书，图书四部分类法的子部书籍。史书，图书四部分类法的史部书籍。

［五］打套，套用，形成固定模式。

［六］姑置，姑且放在一边（不去考虑）。无心，无意，指不刻意。进取，求取（功名）。

［七］本分，本来。

［八］外物，身外之物，如利欲功名。《庄子·外物》："外物不可必。"

［九］其，表示诘问，通"岂"，难道。

［一〇］猎较，争夺猎物，指和众随俗。《孟子·万章下》："孔子之仕于鲁也，鲁人猎较，孔子亦猎较。"

[一一] 童子，未成年的人。

[一二] 修养不在表面。

[一三] 报施，报答，赐予。《史记·伯夷列传》："天之报施善人。"

与韦深道居士手简 三

终日块坐，旋寻事遣免[一]，每有所属[二]，又辄懒惰不能葺[三]。岂付予之薄，不使预计有待，而常劫劫于仓卒临时之迫邪[四]？可叹亦可笑也。五书已如所命，偶失子，言之便皇悚皇悚。十纸偶忘之，得来谕，极负愧悚。即当收索鄙素，塞白为献也[五]。时人简帖[六]，亦未暇寻，坐右才有德素数番[七]，先上纳，他旋有旋持呈次(一)。他时得归，当践前约。虽未必汗君牛马[八]，亦可添助箧笥猥冗[九]，然其中未必无所得也。亲情施朝请[一〇]，结收此等物甚博[一一]，亦有可喜者。其子益求，君得好事，必常往还，曾就阅否？半月前，朝请君过此，出近得李西台三四纸甚佳[一二]。去古远，晋魏诸人笔墨已不复可得，唐人班班可录。世既不以此为事[一三]，故湮没不传。不妨随意所向，聊费舒卷[一四]，作遮眼度日计[一五]，何必一一精择邪？未即披承，不觉切切[一六]，仰投一促膝之叹[一七]。《姑溪居士文集》卷二八

【校记】

(一) 持：原作"特"，据《全宋文》改。

【笺注】

[一] 旋，立即，随即。

[二] 所属，所属意，此指作诗文。

[三] 葺，整理。

[四] 劫劫，犹汲汲。苏轼《醉僧图颂》："人生得坐且稳坐，劫劫

地走觅甚么。”

[五] 塞白，拼凑文字搪塞。

[六] 简帖，书信，书简。苏轼《与张元明书》：“适在院中，得王郎简帖如此。”

[七] 德素，人名。以下人名“德素”，皆指此人。

[八] 汗君牛马，谓牛马运书累得出汗，形容著述或藏书极多。柳宗元《陆文通墓表》：“其为书，处则充栋宇，出则汗牛马。”

[九] 箧笥（qiè sì），收藏文书或衣物的箱笼。《礼记·内则》：“不敢藏于夫之箧笥。”

[一〇] 亲情，亲戚。施，姓。朝请，官名，即奉朝请。

[一一] 此等物，即时人简帖。

[一二] 李建中（945—1013），字得中，京兆（今陕西西安）人，曾任西京留司御史台，故人称“李西台”。

[一三] 为事，当作重要的事，即看重。

[一四] 舒卷，舒展和卷缩，此指消遣。

[一五] 遮眼，谓遮人眼目，装模作样。

[一六] 切切，形容哀怨、忧伤的样子。唐韦夏卿《别张贾》：“切切别思缠，萧萧征骑烦。”

[一七] 仰投，盼望。

与韦深道居士手简　四

贵聚万福[一]。令兄安胜[二]，不及别书。墨四饼，皆自用者，敬以为献。鲁直近得永州[三]，丁注云四月末方离永[四]，六七月间可到南宜[五]。行亦甚缓，兼荒远，所到处如见古人，必少留连，相与作缘，为况极不失所也[六]。蒙问及，尤见风义有立[七]，敦笃诚意之尽也，钦企钦企。亦不烦多语人[八]。中间蒙相约乘兴，几时可以践言[九]？学制自县升州，不知须用入州学否？审然[一〇]，遂有数月过从之幸，于老人

非细事也。儿子到官已一月[一一]，骨肉辈荷存问，乍著锦衣，上盛眼昏[一二]，作字绝艰，恕不周悉。《姑溪居士文集》卷二八

【笺注】

[一] 贵聚，阖家。

[二] 安胜，平安，安好，书信中常用祝辞。唐李巽《请符载书》："夏首渐热，惟动履安胜。"

[三] 徽宗崇宁四年，黄庭坚由羁管宜州（今广西宜山县）转永州（今湖南永州），但未听宣令即卒于宜州。

[四] 丁注，字葆光，归安（今浙江湖州）人。熙宁六年（1073）进士，尝为试官，知永州。有《丁永州集》三卷，已佚。

[五] 南宜，宜州南部。

[六] 失所，失宜，失当。

[七] 立，树立。

[八] 烦多，繁琐冗杂。《汉书·刑法志》："今律令烦多而不约。"

[九] 践言，履行诺言。《礼记·曲礼上》："修身践言，谓之善行。"

[一〇] 审然，果然，确实是这样。

[一一] 到官，到任，上任。吴质《在元城与魏太子笺》："即以五日到官。"

[一二] 上盛，人体上部邪气盛。《黄帝内经·灵枢·卫气》："上盛则热痛。"

与韦深道居士手简　五

不通书已阅月，吉祥师见过[一]，意其归可以附记[二]，而遽行遂相失[三]，鄙诚未达，可胜阙溯[四]。专介被问，敬审雨甚作寒，侍奉起居佳胜。老倦搜索意味，欲自激昂，差得复失[五]，信不自然，竟尔龃龉[六]，可叹亦可为相知一笑也。何时瞻奉？千万保爱。介还，略具毫发，他伫后记。《姑溪居士文集》卷二八

【笺注】

［一］吉祥师，高僧。

［二］意，以为。附记，附书。

［三］遽行，急行。

［四］阙溯，遗憾。

［五］差得，略得。

［六］龃龉，抵触，不合。

与韦深道居士手简 六

相距甚迩，既阻瞻承，亦不异数千万里之远也。惟是雅睠有加[一]，尝得警慰，为甚幸尔。示谕得医稍迫，服食必已康复。初不与知，失于咨问[二]，皇恐。家学自是一种意味[三]，以美才过人，盖无入而不自得者[四]。想日有佳趣。州学尚用贡入否？犹冀资藉，时得从容也(一)。灯下作字殊草略，庶几见亮。《姑溪居士文集》卷二八

【校记】

（一）得：原无，据《全宋文》补。

【笺注】

［一］雅睠，眷顾。

［二］咨问，问候。欧阳修《与富文忠公书》之四："谨奉手启咨问。"

［三］家学，家族世代相传之学。苏轼《刘壮舆长官是是堂》："刘君有家学，三世道益孤。"

［四］见《与祝提举无党手简六》注［六］。

与韦深道居士手简　七

蒙示诸帖，除古人不可得而见，其诸皆故旧也[一]。生死流落，拊卷增感。少留披绎[二]，遂当题记岁月，续奉纳次[三]。闲中懒出，颇资是等物以消遣。独荷见契，而又亹亹不已，不止仰钦雅致，实亦荷戴良重[四]，笔为油所滞[五]，牵率不行，殊愧其略。《姑溪居士文集》卷二八

【笺注】

［一］故旧，故交，旧友。《论语·泰伯》："故旧不遗，则民不偷。"

［二］披绎，披阅寻绎，即细读。

［三］奉纳，敬还，退回。

［四］荷戴，感恩戴德。任昉《到大司马记室笺》："不胜荷戴屏营之情。"

［五］油，墨。滞，阻。

与孙肖之手简[一]　一

相别时不谓许久，计生理有经，则兹地乃舟从往来之便。而衰苶之家，实幸得之，不图一水便成弃物[二]，其所幸得者[三]，遽委诸草莽。眷言欣慕，无时少忘。秋冷，日来起居复何似？乘兴扁舟，固不在昔人之后，而剡溪雪夜[四]，其能兴尽而返乎？不相交驰，又将累月。以宾客辐凑之地[五]，且皆好义而来，谅不复一老系念。特衡门栖迟[六]，怀咏渠能已邪？属便并修诸书[七]，愧不逮意。《姑溪居士文集》卷二八

【笺注】

［一］孙惔，字肖之，约与李之仪、王铚等同时。

［二］一水，一水之隔。弃物，被丢弃之物，废物。杜甫《舟出江

陵南浦奉寄郑少尹审》："百年同弃物，万国尽穷途。"

［三］幸得，幸存。

［四］见《先状》注［三］。

［五］辐凑，同"辐辏"。见《上宰执手简一二》注［二］。

［六］此为赞美隐居者安贫乐道之辞。衡门，横木为门，指简陋的屋舍。栖迟，栖息，安身。语出《诗·陈风·衡门》："衡门之下，可以栖迟。"

［七］属便，为图方便。

与孙肖之手简 二

附画赞人行[一]，有书累月矣，犹未得报。元白来[二]，虽不承书[三]，凡所以愿得于左右者，种种皆满足人意。而又倡酬佳篇，璀璨震骇蒙鄙[四]，不谓尺寸之别(一)[五]，斫额于云霄之外[六]，钦叹警策，感慰可知。日来复不审不出里闬，动止何似？谢庭兰玉[七]，自有一种风气[八]。况峭崒磊砢[九]，卓然自表见乎？投分簪履之旧[一〇]，念每及之，不觉兀然拘株而神驰[一一]，乃在步武杖履之末。书所不能载者，元白必能具道加之。自是当声问稍密者，适得此可人，故足倚仗也。如何(二)？《姑溪居士文集》卷二八

【校记】

（一）别：原作"楮"，据《全宋文》改。

（二）如何：原无，据《全宋文》补。

【笺注】

［一］画赞，是以赞颂画像中的人物为主旨的一种文体。

［二］元白，人名。以下人名"元白"，均为此人。

［三］承书，指收到书信。

［四］璀璨，形容光彩夺目。震骇，震动，震惊。曹丕《与钟大理书》："邺骑既到，宝玦初至，捧匣跪发，五内震骇。"蒙鄙，愚昧鄙陋，此为谦辞。曹丕《与钟大理书》："猥以蒙鄙之姿，得睹希世之宝。"

［五］尺寸，形容距离很近。

［六］斫额，顶礼膜拜，佛家语，以示虔敬。《碧岩录》七十一："无人处斫额望汝。"

［七］比喻能光耀门庭的子侄。典出晋裴启《语林》："谢太傅问诸子侄曰：'子弟何预人事，而政欲使其佳？'诸人莫有言者，车骑答曰：'譬如芝兰玉树，欲使生于阶庭耳。'"

［八］风气，风味，风度。

［九］比喻豪放洒脱，超凡出众。嶒崒，高峻的样子。磊砢，高耸的样子。

［一〇］簪履，亦作"簪屦"，簪笄和鞋子，常以喻卑微旧臣。《魏书·于忠传》："皇太后以圣善临朝，衽席不遗，簪屦弗弃。"

［一一］兀然，忽然。株拘，即株枸，枯树根。神驰，神往。

与孙肖之手简　三

衰苶屏弃[一]，初不谓如堕井中，终无可与晤语者。杜门固足自遣[二]，然久别或有幽忧之病[三]。盖元白来，相聚累日，实不易得之事。寒拥辄间，于方款密之时[四]，似是有以见啬[五]，益叹奇蹇之不款也[六]。仪真固佳处[七]，而诸可人适在焉。累辰招延[八]，势辄见絷往[九]，但龉舌自恨[一〇]，今则噬脐何及矣[一一]。春夏乘兴扁舟[一二]，门庭之迹固在也。未间，时仰书诲[一三]。《姑溪居士文集》卷二八

【笺注】

［一］屏弃，废弃。

［二］自遣，自己排遣愁闷，宽慰自己。

［三］幽忧之病，过度忧劳而成疾。语出《庄子·让王》："我适有幽忧之病，方且治之。"

［四］款密，亲密，亲切。三国蜀许靖《与曹公书》："得所贻书，辞旨款密。"

［五］见啬，爱惜。

［六］奇蹇，命运不好。

［七］仪真，扬州。

［八］累辰，多次。招延，招请，延请。《史记·梁孝王世家》："招延四方豪杰。"

［九］綮往，前往。

［一〇］齰（zé）舌，咬啮舌头，表示不说话。《陈书·徐陵传》："忠孝之言，皆应齰舌。"

［一一］噬脐何及，像咬自己肚脐似的，够不着，比喻后悔也来不及。《左传·庄公六年》："若不早图，后君噬齐（脐），其及图之乎？"

［一二］见《先状》注［三］。

［一三］仰，盼望。

与孙肖之手简 四

暑后雨作，辄如初秋，日来体况复何似？久不奉来问[一]，初不知行李稍远，但翘系为劳[二]，亦不能无疑于见简也。忽被手示，谆谕有加，慰释兼之[三]，实畏见厚[四]。一堕井中，目前境界，一切如寒灰枯木[五]，间不能排遣，则追咏早日与前辈从容时[六]，资以自浣[七]，况真得前辈之风轨邪[八]？扁舟取疾，才一宿一日事。维之綮之[九]，其情奈何？便介如织[一〇]，不过烦一挥毫之顷尔[一一]，实我万全良药也。四月十八日。《姑溪居士文集》卷二九

【笺注】

［一］来问，来信。

［二］翘（qiáo）系，翘望、挂念。

［三］慰释，宽慰，宽解。《汉书·谷永传》：“慰释皇太后之忧愠。”

［四］畏，敬重。厚，厚爱。

［五］形容毫无生气。

［六］从容，周旋、往来。曾巩《金山寺水陆堂记》：“盖新者，余尝与之从容。”

［七］自浣，自我排遣、宽解。

［八］风轨，风度。《后汉书·独行传序》：“虽事非通圆，良其风轨有足怀者。”

［九］绊马足、系马缰，以示留客之意。语出《诗·小雅·白驹》：“皎皎白驹，食我场苗。絷之维之，以永今朝。”

［一〇］便介，书信。如织，形容多。

［一一］顷尔，片刻。

与孙肖之手简　五

别后日计宣城绪余，从者未忘，便道鸿飞冥冥[一]，杳不知所跂属[二]。中间元白周旋，亦相亲咫尺间事。虽慰才皮肤[三]，则我辈岂期于此者哉？老日不贷，近又为在事者私有所挟[四]，故来相逼咄咄，良可怪者。已决为宣城居，姑俟目前有间即上道，不审吾友韶田果相终始否[五]？审尔[六]，则地偏足以不偏，何幸如之！张君所附书已领，前书忘记修谢，甚愧。比来著述必多，幸乘间多录数首为模范。至于小册，竟未践言，何也？钦仰钦仰。《姑溪居士文集》卷二九

【笺注】

［一］鸿飞冥冥，大雁飞向远空，比喻远走高飞，不知所踪。语出扬雄《法言·问明》："鸿飞冥冥，弋人何篡焉?"

［二］跂属，企望。

［三］皮肤，表面，形容肤浅。

［四］在事者，管事的官员。

［五］终始，有始有终。唐贺兰进明《行路难》："人生结交在终始，莫以升沉中路分。"

［六］审尔，果真如此。葛洪《神仙传·壶公》："审尔大佳，勿语人也。"

与孙肖之手简 六

日者资福过委，辞不获免，失于先请[一]，绳墨而模斫[二]，有玷雅眷，负愧无量[三]，资福人物善胜，会中皆气类，想见别是一区处，尚阻拭目。遡风增吝。《姑溪居士文集》卷二九

【笺注】

［一］先请，率先请教。

［二］谓被束缚限制。

［三］无量，无法衡量。苏轼《副使启》："感佩于怀，愧作无量。"

与孙肖之手简 七

去言必在扬州(一)[一]，且安居，将复入浙[二]。新语想益工深，幸传寄。宣城天下佳处，只是盐法太严[三]，异时玉趾有妨尔，一笑。岑倅世旧尚在官[四]，幸为申意[五]，久别，未敢辄作书。其昆仲各安否?《姑溪居士文集》卷二九

【校记】

（一）去言：原作“去年”，据《永乐大典》《全宋文》改。

【笺注】

［一］李惁，字去言，生平不详。后文有《与李去言手简》。

［二］浙，江浙。

［三］盐法，此“盐”与李去言之“言”同音，故为李之仪戏言。

［四］岑倅，人名。世旧，世交旧谊。唐李嘉祐《送张惟俭秀才入举》：“以吾为世旧，怜尔继家风。”在官，在职为官。苏辙《为兄轼下狱上书》：“臣窃念轼居家在官，无大过恶。”

［五］申意，致意，表达情意。

与孙肖之手简　八

元白政兄尝作书[一]，专人留书后，一去月余方回，昏夜叩门，黎明戒途[二]，所以不及改限。未相见白，则愿见之勤，其如前纸。但恨力所不逮，迫于便速尔[三]。《姑溪居士文集》卷二九

【笺注】

［一］政兄，人名。以下“政兄”，亦指此人。

［二］戒途，亦作“戒涂”，出发，准备上路。《周书·文帝纪上》：“秣马戒途。”

［三］便速，方便、快速。

与孙肖之手简　九

昨日得不愚书[一]，方知阁中、令似今皆服药料[二]，忧怀相接[三]，不易谴免也。失于上问，悚仄悚仄。今次学中可住几日[四]？甚有促膝

事[五]，非笔下可见。深道向来书，可以密封示否？日近连有书去也。连脱二齿，极为之邑邑，都不晓其所自[六]。前蒙示及读渊明诗有味，乃是才业稍进尔。兼长者正宜深读陶诗也，此境界难入。如东坡笃好之，然所和只是其诗加闲放尔[七]，了无一点气格[八]。既知其味，方敢及之。有近诗杂文否？求数首，会明可申意[九]。《姑溪居士文集》卷二九

【笺注】

[一] 潘不愚，生平不详。以下人名"不愚"，皆为此人。

[二] 阁中，犹阁下。令似，即令嗣。似，通"嗣"。

[三] 忧怀，忧思。王充《论衡·对作》："圣主忧怀，诏书数至。"

[四] 学中，州学中。

[五] 促膝事，指需要见面密谈之事。

[六] 此句谓莫名其妙。

[七] 闲放，悠闲放任，闲散。《北齐书·崔季舒传》："季舒性爱声色，心在闲放。"

[八] 了无，全无。气格，气韵和风格。唐皎然《诗式》："语与兴驱，势逐情起，作不由意，气格自高。"

[九] 会明，及明，黎明。

与孙肖之手简 一〇

贵眷万福[一]。少尹公今在家[二]。将已入都下。权用未见也[三]。庆长闻已就吏部选[四]，头脑尖[五]，次第不作外官矣。向所家藏古墨，久未见寄及，试为督之。去言闻亦在仪真多日，欲作书，则闻入浙矣。许小册子，遂不寄来，何也？后信愿不食言。宣田尚可料理[六]，都不见说[七]。相从得两日，比旧差肥[八]，英爽愈逼人，可惜闲处放着[九]。寻常每欲作书，则巨细布之，临笔又省记不来，老态然也。奈何！《姑溪居士文集》卷二九

【笺注】

［一］贵眷，见《与金马部中玉手简六》注［一］。

［二］少尹，官名，为府尹佐官，唐置，从四品，宋沿置，但无实权。

［三］权用，人名。

［四］庆长，当为何庆长。

［五］此句谓才能出众、拔尖。

［六］宣田，宣城田产。

［七］见说，听说。李白《送友人入蜀》："见说蚕丛路，崎岖不易行。"

［八］比旧，比原来。差肥，略胖。

［九］闲处，谓在家闲居。曾巩《代人谢余侍郎启》："伏念某归而闲处，时所背驰。"

与孙肖之手简 一一

老境无一种如意处。肖之口占六七阕[一]，皆云游戏中语。虽一时形容，要是天尊地卑等语[二]，不是过也[三]。耸然击节[四]，如见绝韵[五]。而肖之每出[六]，一则如坛上之盟[七]，端不妄付[八]，与其得者[九]，亦如是也。日来触境形容想不乏[一〇]，苟加惠无聊[一一]，振起颓堕，得笔吏一大轴，何啻万金之赐邪？《姑溪居士文集》卷二九

【笺注】

［一］口占，指即兴随口赋诗作词。

［二］天尊地卑，语出《易传·系辞上》："天尊地卑，乾坤定矣。"

［三］不是过，即不过是，谓不超过这个。

［四］形容令人耸然动容，击节赞叹。

［五］绝韵，高韵。

［六］出，作出。

［七］坛上之盟，谓非常严谨，不可更改。

［八］端，确实，果真。妄付，妄作。

［九］得者，相得、相投合者。

［一〇］想，想来。

［一一］无聊，此为谦辞，意为“无聊之人”。

与李去言手简　一

二年不接款晤，薰然向人之不已者[一]，其可能一日而忘也？过从中屡获咨叩，多能道形迹间糟粕[二]，而超特绝拟[三]，如精金之在矿，美玉之未剖，曾未有略与钦承之素同者。惟德愈充，才愈高，韵加敷腴[四]，则姑领以自为慰耳。一向窘率[五]，无暇仰候行李。不图未遽疏绝[六]，特迂翰墨[七]，申绎展转[八]，殆犹蚕茧，读之恐其或断，佩服感刻，何以借况[九]！春暄，日来起居复何似？冗甚，颇留来人少待，而竟亦疏简，临笔倍深跂咏。《姑溪居士文集》卷二九

【笺注】

［一］薰然，形容温和、和顺的样子。《庄子·天下》：“薰然慈仁，谓之君子。”

［二］形迹，指行事为人。糟粕，不足之处，缺点。

［三］绝拟，无比，没有能够相比拟的。

［四］敷腴，喜悦之色。杜甫《遣怀》：“两公壮藻思，得我色敷腴。”

［五］窘率，窘迫、草率。

［六］未遽，没有就此。疏绝，疏远断绝。王充《论衡·非韩》：“则交党疏绝，耻辱至身。”

［七］迂，曲，枉。

［八］申绎，谓言语委曲。

［九］借况，形容、描述。

与李去言手简 二

晚暮何堪，交游如君子者无几。枉求之日固久，而相从之乐曾未得少款，念念常若有所负，而安之此况，良未艾也[一]。前日人行，嗣图占叙[二]，妄谓江上风月[三]，或有幸于藻饰，故延跂命途[四]，顷刻以之。比奉委教，乃审三径已葺而稍荒[五]，不免复为淮上之归。高兴盖无所不在[六]，不特拳拳未有以慰释，可量悁企[七]！暑候已凉，迩日复不审起居何似？老境勃窣，分从井蛙，以寄余日。扁舟访戴[八]，势或可期，但时间未能，向风滋不能已。《姑溪居士文集》卷二九

【笺注】

［一］未艾，未尽，未止。《诗·小雅·庭燎》："夜如何其，夜未艾。"

［二］占叙，述说。

［三］妄谓，妄论，妄言，此指胡乱吟诵、作诗。

［四］延跂，即延颈企踵，伸长脖子，抬起脚跟，形容急切盼望。扬雄《剧秦美新》："海外遐方，信延颈企踵。"命途，赶路。

［五］此句感叹物是人非。三径，指归隐。荒，荒芜。汉赵岐《三辅决录·逃名》："蒋诩归乡里，荆棘塞门，舍中有三径，不出，唯求仲、羊仲从之游。"陶渊明《归去来兮》："三径就荒，松菊犹存。"

［六］高兴，高雅的兴致。晋殷仲文《南州桓公九井作》："独有清秋日，能使高兴尽。"

［七］悁企，恳切企盼。

［八］见《先状》注［三］。

与李去言手简 三

吴中风物如人意处多[一]，但能摆落世境[二]，超出三界之外者[三]，或未免有常检拘碍之累[四]。素位而行[五]，正有望于高远，苟不必可免之怀(一)，则随地皆我有也。雕琢物象[六]，造化之所秘奥[七]，想见盈编溢轴[八]，遂富流传之盛。而吟哦击节，吴越之人似无复他语之间矣[九]。孤悴不堪[一〇]，惟剧钦企。故居之还，定在何日？设可度今岁，则秋来定获披奉；苟或差池[一一]，冀书问不我遐弃也[一二]。钦仰钦仰。《姑溪居士文集》卷二九

【校记】

(一) 自“超出三界之外者”至“之怀”原脱，据《全宋文》补。

【笺注】

[一] 吴，指今江苏南部和浙江北部一带。

[二] 摆落，摆脱。元稹《祭亡友文》：“呼吸风云，摆落尘腻。”世境，尘世、尘俗。

[三] 即超脱生死。三界，指欲界、色界、无色界。

[四] 常检，寻常的约束，指小节。《魏书·崔接传》：“放迈自高，不拘常检。”拘碍，束缚阻碍。何逊《刘博士等同顾不值》：“吾人少拘碍，得性便游逸。”

[五] 安于现在所处的地位，并努力做好应当做的事情。《礼记·中庸》：“君子素其位而行，不愿乎其外。”

[六] 谓刻画景物、风景。

[七] 秘奥，隐秘、深奥。

[八] 盈编溢轴，形容所作诗文极多。

［九］间，非议。《论语·泰伯》："禹，吾无间然矣。"

［一〇］孤悴，孤独憔悴。

［一一］苟或，假如，如果。《左传·昭公元年》："苟或知之，虽忧何害？"

［一二］遐弃，离弃。《诗·周南·汝坟》："既见君子，不我遐弃。"

与李去言手简 四

说禅作诗[一]，本无差别，但打得过者绝少[二]。久不见佳句，有便无惜大轴见寄[三]。洪觉范报应如此[四]，每令人短气[五]。闻已归，不知何在，得近信否？某人超迈不伦，落笔即在人上，间有底滞不排遣[六]，则想像其人，吟哦其妙语，以当良药，端如人以予推下胸鬲间[七]，别是一般境界也。其家维扬[八]，环堵翛然[九]，不妨挽留，相与卒岁，庶几到吴中因得扣尽[一〇]。孙肖之见在宣城，不免复来矣。野夫、公择皆平日师仰之地[一一]，诸郎豪贤，尚恨不能遍识。独某人因到扬州，曲蒙惇笃，久知投分款密，今复官守[一二]，适阶行道[一三]，想见超然物表[一四]，日有交相警策之胜，未即瞻叩，良可叹也。继此可以接武交驰，似亦不恶。但吾友无或轻动，实深引咏。香监侄惇朴有守[一五]，中甚耿耿[一六]，或相见，更望开发[一七]。《姑溪居士文集》卷二九

【笺注】

［一］说禅，谈禅论道。

［二］打得过，即打得通，使之融会贯通。

［三］大轴，大作。轴，指装成卷轴形的书、画。

［四］释德洪（1071—1128），一名惠洪，号觉范，筠州新昌（今江西宜丰）人。工诗，善画梅竹，有《石门文字禅》《冷斋夜话》等。报应，回音。司马光《抚纳西人诏意》："及移文诘问，曾无报应。"

［五］短气，灰心丧气。王羲之《桓公帖》："当今人物眇然而艰疾

若此，令人短气。”

［六］底滞，凝滞，郁结。

［七］胸鬲，亦作“胸膈”，指胸腹。鬲，膈膜。

［八］维扬，扬州。《尚书·禹贡》：“淮海维扬州。”

［九］形容室中空无所有，极为贫困。环堵，环着四堵墙。翛然，同萧然，萧条的样子。陶渊明《五柳先生传》：“环堵萧然，不蔽风日。”

［一〇］扣，同叩，拜访。

［一一］野夫、公择，皆为人名。公择，当为李公择，字元中，安徽桐城人，善书画，与黄庭坚交游甚密。

［一二］官守，官职。

［一三］阶，凭借。行道，实践自己的主张或所学。

［一四］物表，物外，世俗之外。

［一五］香监，人名。

［一六］中，内心。耿耿，诚信忠直。

［一七］开发，开导，启发。《北史·崔赡传》：“故劳卿朝夕游处，开发幼蒙。”

与杨元发手简 一

大暑，伏惟起居佳胜。初相别时，作一月计，指日如约。忽感寒疾，雨中汗垂绝于朝昏间(一)[一]，先辱书示，人回，不审曾及之否？于是再枉手笔，亦以病未间，寻失布谢[二]，惭负不能已，然必有以见亮。得舟便行，千万迟回，贵得追随少日，粗偿素念。作书多不暇周悉。《姑溪居士文集》卷二九

【校记】

（一）雨：原作“而”，据四库本、《全宋文》改。

【笺注】

［一］垂绝，接近危亡。

［二］布谢，安排回谢。

与杨元发手简 二

金陵住久，人情必渐熟，登览之盛，想所得为多，恨不获追随先后也。或少低徊舟来[一]，即在步武间，幸留念。《姑溪居士文集》卷二九

【笺注】

［一］低徊，徘徊，流连。此有等待之意。

与杨元发手简 三

大暑，日来侍奉，为况何似？人回，荷垂报[一]，意厚情亲，感刻无已。病后气未完[二]，又去此之意殊迫，过一日如一年。祝舟似许不许[三]，今再干之，更托密谕其人，得一只且般得起为幸，千万留意。仍为申意，不久相见，更不作书也。《姑溪居士文集》卷二九

【笺注】

［一］垂报，垂顾。

［二］气，气力。完，恢复。

［三］祝舟，祝家的船。在《与祝提举无党手简七》《与祝提举无党手简八》中，李之仪向祝无党借舟一用。

与杨元发手简 四

比三得书，所藉周悉[一]，钦谕[二]。岁晚顾鄙陋不足负荷[三]，而恩勤至此[四]，佢怀仰愈不自胜耳[五]。日来侍奉起居复何似？早来见元载

云，此月末当暂归，然不肖遂去此，审然，则正若相避，然或无别急，愿少留，过中秋，同为金陵月下笑也。急书不及详究，其诸可以意索得之。倾企倾企。《姑溪居士文集》卷二九

【笺注】

［一］藉，抚慰。

［二］此谓恭敬地接受教诲。

［三］顾，顾念。

［四］恩勤，殷勤。《诗·豳风·鸱鸮》："恩斯勤斯，鬻子之闵斯。"

［五］怀仰，仰慕。曾巩《上欧阳学士第二书》："不胜驰恋怀仰之至。"

与杨元发手简 五

每奉来问，如接款语[一]，久要乃尔[二]，其仰德宜如何哉[三]？舟已有涯[四]，实出厚义，缕缕笔下，固不可见，况无暇邪[五]？《姑溪居士文集》卷二九

【笺注】

［一］款语，亲切交谈。

［二］久要，见《与龚彦质手简一》注［八］。

［三］仰德，敬仰盛德。

［四］此指借舟的事情已有着落。

［五］无暇，即"无暇不及周悉"。

与杨元发手简 六

寒暄相乘，不审旅况何似？累到使舟，承谢客，比修问，辄云已

出。相从于此，乃是素期，不谓势地悬绝，一至此邪！瞻跂瞻跂。示教敦款[一]，尤佩过情。或辱少降崇高[二]，使得周旋步武[三]，不负平昔，岂胜欣慕。介还，具记草略，望贷诛戮[四]。《姑溪居士文集》卷二九

【笺注】

[一] 敦款，敦厚诚恳。

[二] 谓屈尊，纡尊降贵。

[三] 步武，脚步，此指跟随、追随。

[四] 千万恕罪。

与胡渊明手简[一] 一

改岁，恭惟起居佳胜。一别半年，间承意外，初则震骇，几失匕箸[二]。已而度必无虑者，所谓非其罪也[三]，当在是矣。断断之力[四]，无地可见毫发，徒有愧于雅眷。逼岁到家，首图参候[五]，以无人可出，遂至稍缓。比款第稍缓[六]，相失，亦蒙重顾，又阻披迎[七]。方欲早晚再诣左右，乃先翰墨，感愧。余非笔下可见，临纸增吝。《姑溪居士文集》卷二九

【笺注】

[一] 胡渊明，生平不详。

[二] 形容受惊失措。几失，几乎失落。匕箸，羹匙和筷子。《三国志·蜀志·先主传》："先主方食，失匕箸。"

[三] 非其罪，并不是他的罪过。语出《论语·公冶长》："虽在缧绁之中，非其罪也。"

[四] 断断，专诚守一。《尚书·秦誓》："如有一介臣，断断猗，无他伎。"

[五] 参候，问候。《周书·尉迟迥传》："每退朝参候起居，忧悴形

于容色。”

［六］款第，问候。

［七］披迎，迎接。

与胡渊明手简　二

晚暮未知税驾之地[一]，茫然殆不知所控[二]。偶得卜差[三]，便不免迁就，以投生游死葬之计。方奔走将一周岁，乃克窀穸[四]。非敢谓劳，特有幸于甫毕尔。当涂令何庆长似是天心见佐，而全付其助于斯人。不然，孰能极力见济，使无纤介可憾邪？庆长雅与君子相厚[五]，故及。别有一事，非促膝不究[六]，一二日专造门下。《姑溪居士文集》卷二九

【笺注】

［一］税驾，停车休息，引申为归宿。《史记·李斯列传》：“物极则衰，吾未知所税驾也。”

［二］不知所控，不知该怎么办。控，投。

［三］卜，占卜，此指占卜坟茔。差，差可，尚可。

［四］窀穸，见《上宰执手简一七》注［二］。

［五］雅，素，向来。

［六］不究，不能详尽。

与胡渊明手简　三

午刻[一]，伏惟起居佳胜。早来承宠访[二]，少奉周旋，感愧无喻。辱手示并诸帖[三]，背轴甚精，足见雅上地[四]。少留二三日，拜纳次[五]，方又有客，具报稽晚[六]，皇恐。《姑溪居士文集》卷二九

【笺注】

［一］正午，中午。

［二］宠访，称人来访的敬辞。苏轼《与黄敷言书》：“叠辱宠访，感慰兼集。”

［三］帖，书帖。

［四］雅上，高雅。

［五］拜纳，奉呈，敬上。

［六］稽晚，至迟。

与吴思道手简　一

改月，伏惟起居佳胜。久欲相款，到此遂获自慰，而累辱见顾，评诗论文，备尽相予之意[一]。既深开警[二]，又加知超然特立[三]，不愧所闻，为钦幸也[四]。方图造谢[五]，遽被书问，感佩无已。乍远，更祈善自保护。《姑溪居士文集》卷三〇

【笺注】

［一］相予，结交。

［二］开警，开悟警戒。

［三］谓志行高洁，不同流俗。

［四］钦幸，敬慕庆幸。

［五］造谢，登门致谢。

与吴思道手简　二

佳词尤长风味[一]，恨未得酬对也[二]。异时遇相知者，时一出[三]。碌碌辈妄自低昂[四]，适足取轻为累。其诸皆望如此，既荷见察，不罪僭易。《姑溪居士文集》卷三〇

【笺注】

［一］长，长于。风味，指特有的意味。

［二］酬对，此指唱酬、唱和。

［三］难得出现，形容不易见。

［四］碌碌辈，平庸之辈。

与吴思道手简 三

相别，遂见改岁。倦游落莫，求深夜论诗清话[一]，展转一时之胜，了不可得[二]。但常颂秀句[三]，以耸动吴越我辈中人尔。还家方数日，多事，未暇遍作书，所以具问稍缓。日来起居复何似？未获寻旧梦，以寄雅况[四]，区区徒知美才不即相会为可叹尔[五]。《姑溪居士文集》卷三〇

【笺注】

［一］清话，闲谈。陶渊明《与殷晋安别》："信宿酬清话，益复知为亲。"

［二］了不，全不。苏轼《送顾子敦奉使河朔》："十年卧江海，了不见愠喜。"

［三］秀句，优美的文句。钟嵘《诗品》卷中："奇章秀句，往往警遒。"

［四］雅况，指风雅之情。

［五］不即，不就，此有不能之意。

与吴思道手简 四

别后多在道路，故书问无从可致。还家见储子椿，则闻动止，亦审书问常往来，每荷存记[一]。便欲申叙，两经除席[二]，哀苦无况[三]，加

之在处疲曳[四]，稍休方觉，如在醉梦间，因而不逮，想见亮也。比来诗句必愈工，尝作小词否？不妨传寄，使颓惰得以击节振起也。故都春物渐侈[五]，登览之胜，不与他处等，定应不乏追随吟啸之适。陋邦老病[六]，无异冻蝇[七]，身世所值乃尔，故人当为我一叹也。《姑溪居士文集》卷三〇

【笺注】

[一] 存记，关注，挂念。苏轼《与黄洞秀才书》："人来辱书，甚荷存记。"

[二] 除席，免官。

[三] 无况，无限，无比。南朝梁简文帝《戏作谢惠连体十三韵》："眼前多无况，参差郁可望。"

[四] 在处，到处，处处。疲曳，劳苦困顿。

[五] 侈，茂盛，繁茂。

[六] 陋邦，指边远闭塞之地。

[七] 冻蝇，受冻的苍蝇，形容僵硬不洒脱。黄庭坚《题乐颜论后》："小字莫作痴冻蝇，乐颜论胜遗教经。"

与吴思道手简　五

近专遣人奉书，常浼左右。还家忽忽易久，然雨雪寒甚，意况不佳，甚思前日会聚从容之适也。于是遽枉书示[一]，佩服盛义甚厚。然不知前书何处留滞，犹未达，又恐今日所贶，偶不及尔。乍晴可喜，伏审侍奉起居万福。欲见未可得，音邮时有一接语之慰[二]，可无惮劳否？浸暖[三]，千万加爱。《姑溪居士文集》卷三〇

【笺注】

[一] 书示，书信。

[二] 音邮，书信。徐陵《又为贞阳侯答王太尉书》："临江总辔，企望音邮。"

[三] 渐暖。浸，逐渐。

与吴思道手简 六

相别将半年，一向道路[一]，然胜处必奉思也。到家，则为亡者作少佛事，随分牵迫，数日前方因使奉书。近来职事必多休暇，新诗佳阕想已盈箧，时幸流布[二]，使我得拭目为荣，何慰如之！逼节多故，作书殊草略，不尽鄙意，当俟后信。《姑溪居士文集》卷三〇

【笺注】

[一] 一直在路上。

[二] 流布，流传散布。《东观汉记·明德马皇后传》："太后诏书流布，咸称至德。"

与吴思道手简 七

春间寓书[一]，尔后疮疡寒疾，意外百色见窘[二]，几与兹世泯然[三]，况过从书问交驰之际哉？然好音未尝去耳[四]，怀思拳拳，略不间断，似非形迹所能疏密也。忽披手示，愧畏不已。伏审大暑侍奉佳胜，感浣滋甚。区区去此之念已久，荏苒至此，实自困耳。今已有涯，因幸便道，少逢会晤之慰，尤非细事。百冗，殊不逮念。《姑溪居士文集》卷三〇

【笺注】

[一] 寓书，寄信，传递书信。《左传·襄公二十四年》："子产寓书于子西以告宣子。"

[二] 百色，百般。

［三］泯然，消失。王安石《伤仲永》："泯然众人矣。"

［四］好音，好消息。《诗·桧风·匪风》："谁将西归，怀之好音。"

与吴思道手简 八

别来昏塞[一]，无一点佳况，每逢来者，道琢句愈工[二]，作字不辍，追袭某人，朝夕往还谈笑，恨不得从容其间，以奉胜致，但深慨叹。才解舟[三]，便获展奉，诸恳不复详尽[四]。《姑溪居士文集》卷三〇

【笺注】

［一］昏塞，昏愦闭塞。韩愈《与华州李尚书书》："懦弱昏塞，不能奋励出奇。"

［二］琢句，推敲诗文的字句。贯休《寄匡山纪公》："寄言无别事，琢句似终身。"

［三］解舟，解缆，指启程。

［四］诸恳，其余恳切之情。

与吴思道手简 九

近托杨元发奉书[一]，当彻左右[二]。相别忽复近一年，虽有瞻见之期[三]，蹭蹬辄未契，向风可量倾跂。秋高暑退，日来起居何似？更十许日可以面尽[四]，当幸披写。《姑溪居士文集》卷三〇

【笺注】

［一］奉书，致书，此谓捎带书信。

［二］彻，到达。

［三］瞻见，远望。司马光《答李夷白秘校书》："以是得瞻见符采，承接余论。"

［四］面恳，当面恳请。

与吴思道手简 一〇

鄙陋于作诗尤非所工，推借过重[一]，率尔冒渎[二]，不谓厚意遽勒之石[三]，茶焉非据[四]，反深奉玷之愧[五]。曲蒙摹印为寄，加之背轴精诣，愈增愧惕[六]。比来夜凉，灯火可亲，南禅款语，展转恍如到眼。舣舟得地[七]，庶几复有此幸也。冗甚，未暇周悉，瞻跂瞻跂。《姑溪居士文集》卷三〇

【笺注】

［一］推借，推许。

［二］冒渎，冒犯，亵渎。

［三］勒，刻。

［四］谓茫然不知所措，有受宠若惊之意。

［五］奉玷，亵渎，谦辞。

［六］愧惕，羞惭而知所戒惧。唐李朝威《柳毅传》："愧惕惭惧，不知所失。"

［七］舣舟，停船靠岸。得地，上岸。

与吴思道手简 一一

日者先蒙枉问[一]，告以图舟之策[二]，尤佩相予之厚。辄如所命，遂有可行之期，感刻。盖非急欲见我，岂如是？尤愧盛眷[三]，为不易当也，并俟面谢。《姑溪居士文集》卷三〇

【笺注】

［一］枉问，敬辞，承蒙问候。韩愈《与崔群书》："凡两度枉问，

寻承已达。”

［二］图舟，指借船之事。

［三］盛眷，盛情厚意。

与吴思道手简 一二

窃观笔力愈劲丽[一]，钦叹不已。新诗佳阕，想朝夕于是。咨请有期[二]，豫剧钦仰。《姑溪居士文集》卷三〇

【笺注】

［一］劲丽，雄劲秀丽。苏辙《太子少保赵公诗石记》：“公诗清新律切，笔迹劲丽。”

［二］咨请，咨询请教。

与吴思道手简 一三

累承宠顾[一]，牵迫未果，叩谢亦未能相从[二]，周旋邑邑，常以为怀也。乍冷，清晨伏惟起居佳胜。辱手示，感愧。容再叩之，续奉闻[三]，而事极毫末，但人各有所见也。徐弟尤荷展转[四]。《姑溪居士文集》卷三〇

【笺注】

［一］宠顾，称人对己关注、眷顾的敬辞。苏轼《答曾舍人启》：“过蒙宠顾，辱示华笺。”

［二］叩谢，登门拜谢。

［三］奉闻，敬辞，告知。

［四］弟，同“第”，次第。展转，此指详细申述。

与吴禹功主簿手简[一]　一

伏蒙宠寄诗编，读之忽忽，疑是贞元、元和间人。而抑扬顿挫，老眼为瞽[二]，而不知首之屡肯也。固非知音者，乃辱假借如此[三]，感刻。岂易披写，而珍藏为贵，当与吴家共图不朽。获承下风[四]，已复累年。早时周寓尺寸地，自可朝夕周旋，而滞留，今日遂有不及之叹。况瞻望数千百年后，论世而尚友哉[五]？收之桑榆[六]，仰赖俯应。适营葺，暑居，丛冗[七]，别当修染次[八]，瞻企瞻企[九]。《姑溪居士文集》卷三〇

【笺注】

[一] 吴禹功，生平不详。主簿，各级主官属下掌管文书的佐吏。

[二] 瞽（gǔ），盲，此指见识少。

[三] 假借，凭借，借助。

[四] 下风，比喻处于下位、卑位，此用作谦辞。

[五] 论世，了解时世。尚友，与古人交友。语出《孟子·万章下》："颂其诗，读其书，不知其人，可乎？是以论其世也。是尚友也。"

[六] 见《与彭丞手简一》注［六］。

[七] 谓事情琐碎繁杂。

[八] 修染，修书写信。染，染翰作书。范仲淹《与朱氏书》："八员外、五学究、大郎宅上，各计安吉，不及一一修染。"

[九] 翘足仰望，形容盼望、仰望。

与吴禹功主簿手简　二

相得殆累年矣，而漠然姑得于往来寒温间[一]，虽物色以谓必有过人者[二]，而披写投怀[三]，曾未得其一二也[四]。末路何堪，获定于交游之后，以其潦倒不振，知自爱仰而已，又不知高明所以见寓者何如哉？

方相接时，固平平不甚款密，别后缱绻，几不相舍，未知古人真能如是否？其见于传记简册中，则滋有愧于不逮也(一)。冰雪不渝[五]，更期晚节。《姑溪居士文集》卷三〇

【校记】

(一) 滋：原作“兹”，据四库本、《全宋文》改。

【笺注】

[一] 寒温，问候冷暖起居。

[二] 物色，形状，形貌，谓从外表来看。

[三] 投怀，谓博取欢心。

[四] 一二，一点点，少许。

[五] 谓节操高洁。

与吴禹功主簿手简 三

累日幸相接[一]，竟不得少奉眷勤。早来就别，复不得一见。罔然无以为况。向晚，履况何似？后当去此，庶几再来[二]，得以展叙。《姑溪居士文集》卷三〇

【笺注】

[一] 幸，有幸。

[二] 庶几，或许，有希望之意。

与吴禹功主簿手简 四

采石之遇，已成陈迹[一]，足为佳话。遂欲因之不辍交驰，投老何堪，尚乘习气之余[二]，获承超轶。不谓初书已复钼铻[三]，方且侦伺为

问[四]，以就䌷绎，来问灿然[五]，何异金篦之刮膜也[六]！已而赵君归，具能道动静，亦闻远涉冲冒[七]，尝移疾少日[八]。春物浸侈[九]，想见支颐吟讽[一〇]，日与融和为低昂[一一]。拭目他时，窃深企向。《姑溪居士文集》卷三〇

【笺注】

[一] 陈迹，旧迹。王羲之《兰亭集序》："俯仰之间，已为陈迹。"

[二] 习气，习惯，习性。苏轼《再和潜师》："东坡习气除未尽，时复长篇书小草。"

[三] 龃龉，此指因时机不合而拖延。

[四] 侦伺，窥探，伺望。

[五] 灿然，明白，显豁。董仲舒《春秋繁露·王道通三》："文理灿然而厚。"

[六] 金篦刮膜，同"金篦刮目"，比喻令人眼前一亮。《涅槃经》："如盲目人为治目，造诣良医，是时良医即以金篦决其眼膜。"

[七] 冲冒，顶着，冒着，此犹谓冲风冒雪。

[八] 移疾，移病，称病。《北史·高德正传》："德正甚忧惧，乃移疾，屏居佛寺。"

[九] 浸侈，渐繁，渐茂。

[一〇] 支颐，以手托着下巴。白居易《除夜》："薄晚支颐坐，中宵枕臂眠。"

[一一] 融和，和煦，暖和。

与吴禹功主簿手简　五

流落累年，邂逅官守所寓(一)，然一番抢攘，遽促异地，竟不能从容旦暮，念之殊不知其味也。论世尚友[一]，古人常想像于数千百年之后，所以见其倾慕(二)。金陵殆不容应接，日思复寻野舍之乐[二]，特未

暇辍身以往，咫尺胜晤，方且图之[三]。初暄，更希善爱。《姑溪居士文集》卷三〇

【校记】

（一）守：原无，据《全宋文》补。

（二）“倾慕”下原有“企”字，据《全宋文》删。

【笺注】

[一] 见《与吴禹功主簿手简一》注［五］。

[二] 野舍，村野房舍。

[三] 图之，谋划这件事。

与吴禹功主簿手简　六

过岁更图复去，因入城一瞻，见汩没眼前，殆不容拨置[一]，感叹不已。日来职事优简[二]，新政定须情通[三]。禄仕固不期，此要亦常情低昂，不得不尔也。金陵略无可喜处，穷目力只了得人事。俟少遣免，即在治下，庶几得以展叙也。一事势不得已，辄具公文，仍属赵彦强面致[四]。《姑溪居士文集》卷三〇

【笺注】

[一] 拨置，废置，搁置。陶渊明《还旧居》：“拨置且莫念，一觞聊可挥。”

[二] 优简，谓事少，有闲暇。

[三] 情通，从情理上说得通。

[四] 赵彦强，生平不详，后有《与赵彦强手简》。

与吴禹功主簿手简 七

近别，伏惟起居佳胜。三日太平居，三得展奉，固足以为感，而一日病不能兴[一]，一日登门不得见，二者皆可从容(一)，而势辄见夺，极不满意。别来瞻跂，尤不知所遣免。不审日来大暑(二)，履况何似？咫尺未即会晤，千万加爱。《姑溪居士文集》卷三〇

【校记】

（一）可：原无，据《全宋文》补。

（二）不审：原无，据《全宋文》补。

【笺注】

［一］兴，好转。

与吴禹功主簿手简 八

比价还[一]，便作书，适在纷扰中，叙意疏略，颇蒙俯察已否？忽忽遂涉暑候，早图登门，今则难于道路，定应未迁召间，能复见待乎？钦跂钦跂。专介枉教，如对燕晤[二]。恭审日来侍奉起居佳胜。佩服延挹，弥激向慕，其感不待言者。才高位下，前人所难，孰谓枳棘终能安鸾凤之栖耶[三]？瞻望轩展[四]，可量依向[五]。《姑溪居士文集》卷三〇

【笺注】

［一］价，同“介”，才，刚。

［二］燕晤，面见晤谈。燕，接近，亲近。

［三］枳棘，枳木与棘木，因其多刺而称恶木，用以比喻艰难险恶的环境。鸾凤，鸾鸟和凤凰，比喻贤俊之士。

［四］轩展，屋檐，代指门庭。

［五］依向，依恋、向往。

与吴禹功主簿手简　九

近蒙专委迫行辍忙为对[一]，深恃惇爱[二]，亦审被差考试[三]，今必已归。方春仍在，下车之始，政事一新，人情孚洽[四]，体况当复何如？相见无所不宜，坐膺多祉也[五]。才高器博，信所谓割鸡焉用牛刀。随遇低徊[六]，少时即有迁召，胡君遽归，不欲无书，其详俟后记。《姑溪居士文集》卷三〇

【笺注】

［一］迫行，迫于行程。辍忙，抽空。

［二］惇爱，深爱，厚爱。

［三］被差，领受差命。

［四］孚洽，使和洽悦服。

［五］坐，因为。

［六］犹随遇而安。

与吴禹功主簿手简　一〇

数月来家私窘蹙，哭泣未间，而疾病随之，治死营生，穷于一力，其劳弊抢攘，殆不堪命[一]，非笔下所可形容，惟见者知焉。顷辱慰问，以故未即为诉，想在深亮。比来应物养源[二]，发其绪余，已见于惊世绝俗之文。而捐其土苴[三]，使老安少怀[四]，凡托治下者，靡不得其所，钦慕有自来，于是尤剧倾遡。少日或得躬叙缱绻，向风不胜系吝。《姑溪居士文集》卷三〇

【笺注】

［一］几乎痛苦得活不下去。

［二］应物，顺应事物。《庄子·知北游》："其应物无方。"

［三］土苴（jū），渣滓，糟粕。《庄子·让王》："其土苴以治天下。"

［四］老安少怀，使老者安逸，使少者归附，形容使人民生活安定。语出《论语·公冶长》："老者安之，朋友信之，少者怀之。"

与吴禹功主簿手简　一一

不通问又复月余，时有人来，颇能道比日动止，殊慰驰仰。且审兼领理曹[一]，而推鞫甚多[二]，想劳区处。有才为累[三]，平昔所叹，必有以裕如也[四]。秋热，日来体况佳适。不晚或得会聚，其诸非面不悉[五]。《姑溪居士文集》卷三〇

【笺注】

［一］兼领，一并管领，兼任。理曹，司法官名，即法曹。

［二］推鞫（jū），亦作"推鞠"，审问。《隋书·裴蕴传》："帝付蕴推鞫之。"

［三］因为有才能而给自己带来麻烦。陈子昂《感遇》："多才信为累，叹息此珍禽。"

［四］裕如，自如。

［五］面，当面，见面。不悉，不尽，为书信结尾处套语。曹植《与吴季重书》："适对佳宾，口授不悉。"

与吴禹功主簿手简　一二

新醞爊鹅[一]，皆村居所未尝识，忝冒珍贶[二]，固不皇[三]，而贪得

忘愧[四]，辄已祗捧[五]。独未果一觊[六]，满饮大嚼[七]，挥毫疾于骤雨[八]，不胜系咏之至。《姑溪居士文集》卷三〇

【笺注】

［一］新醖（yùn），新酿的酒。爊（āo），把食物埋在灰火中煨熟，或用文火久煮。贾思勰《齐民要术》："草里泥封，塘灰中爊之。"

［二］忝冒，此有愧领之意。珍贶，厚赠，用作敬辞。苏轼《与朱康叔书》："双壶珍贶，一洗旅愁，幸甚幸甚。"

［三］不皇，同"不遑"，来不及。

［四］贪得，贪求。《文子·守平》："不贪得，不多积。"

［五］祗捧，恭敬地接受。

［六］一觊，一见。

［七］形容痛痛快快地吃喝。满饮，斟满而饮。大嚼，大口咬嚼。

［八］挥毫，书写或绘画，此指书写。杜甫《饮中八仙歌》："挥毫落纸如云烟。"疾于骤雨，形容才思敏捷，一挥而就。

与吴禹功主簿手简　一三

昨日专人归，上记当浼几下[一]。气候益暄，几有暑天意象，为况当复何似？稍开塞疏墐[二]，以遣经寒蔚滞之倦[三]，遂迎三伏，以故不无应接之劳。小间[四]，便图近次[五]。《姑溪居士文集》卷三一

【笺注】

［一］几下，对对方的敬称，犹阁下、门下。

［二］谓打开门窗通风透气。墐，用泥涂塞。《诗·豳风·七月》："穹窒熏鼠，塞向墐户。"

［三］蔚滞，郁积阻滞。蔚，通"郁"。

［四］小间，病稍愈。《南史·褚彦回传》："帝虽小间，犹怀身后虑。"

［五］近，亲近，指拜访。

与吴禹功主簿手简 一四

近作书偶失投彻之便[一]，初意已浮沉矣[二]。比审已归，则鄙怀当幸尘浼。方闯其然[三]，以冀申叙，遽被专委，情文兼尽[四]，固已不胜佩荷。而属辞雅丽[五]，挥染劲秀[六]，又得之矜式为多，感向拳拳，时未知所借况也。春寒不解，迩日恭惟尊履佳胜。蹄涔之迫[七]，乃能暂寓，而略无纤芥。可指以议者，九万里而图南[八]，渠不信于今日哉？窃寄下风，庶几一息可附也[九]，如何？《姑溪居士文集》卷三一

【笺注】

［一］此句谓最近通信不方便。

［二］浮沉，此谓几经辗转。

［三］闯，冒犯。

［四］情文，情思与文采。

［五］属辞，撰写诗文。

［六］挥染，挥笔作书画。

［七］蹄涔（cén），牛蹄印中的雨水，比喻空间、环境等狭小、局促。《淮南子·氾论训》："夫牛蹄之涔，不能生鳣鲔。"

［八］见《谢人寄诗并问诗中格目小纸》注［一一］。

［九］一息，最后一息。

与吴禹功主簿手简 一五

江上邂逅，谓得从容，少慰欣慕。遽闻还辕[一]，怅然不知其况，

岂牢落盛寒中，势不容少迁延邪[二]？寻欲作书，属风便径归，以故未果。改岁，伏惟动履清胜。雨雪相仍，春物颇遭抑勒[三]，一晴则不可遏矣。美才盛年，自是当日有佳趣。老人但眨得眼尔，可笑亦可叹也。系咏胜晤，倍深依仰。《姑溪居士文集》卷三一

【笺注】

［一］还辕，回车。司马相如《难蜀父老》："结轨还辕，东乡将报。"

［二］迁延，徘徊，逗留。

［三］抑勒，压制。范仲淹《奉乞罢陕西近里州军营田》："抑勒近邻人户分种。"

与吴禹功主簿手简　一六

晚得从玉趾之末，超轶绝尘，每自叹其不可及。而曲记爱忘[一]，不以暮齿为不类[二]，为有间。方且抑扬顿挫[三]，窃幸其先后[四]，不谓行色在望。一念所乘，但深怅仰[五]。改岁已复初暑，日来恭惟动止佳胜。引咏治下，同在江上，然顺风扬舲[六]，杳未有此便，临笔不知其况也。《姑溪居士文集》卷三一

【笺注】

［一］曲记爱忘，多加惦念。

［二］暮齿，暮年，晚年。谢灵运《石壁立招提精舍》："壮龄缓前期，颓年迫暮齿。"

［三］抑扬顿挫，此指情绪因激动而高低起伏。

［四］先后，追随前后。《楚辞·离骚》："忽奔走以先后兮，及前王之踵武。"

［五］怅仰，惆怅、向往。苏轼《与王荆公》："已别经宿，怅仰不可言。"

［六］扬舲（líng），扬帆。舲，有窗户的小船，泛指小船。

与吴禹功主簿手简　一七

别后即举葬事，用去岁一力酬对，腊尽方少休闲。承蹙屈弦歌之乐[一]，虽常格所拘，是亦一隅邂逅之福尔[二]。三月末徙家当涂，旋葺蜗陋，数月来才息肩，以故书问稍滞，固知牵制不获已，要亦在所矜照。专介坠问亹亹[三]，挽之不能断[四]，冰霜下移[五]，信乎相悦于我滋茂也[六]。感激愧佩，无物以喻。人品瑰爽[七]，似非鄙拙得以形容，要将击节众人之后，以承峻擢[八]。愈远，千万加爱。《姑溪居士文集》卷三一

【笺注】

［一］蹙屈，委屈，屈居。弦歌之乐，以琴瑟伴奏歌唱，用为出任邑令之典。见《任河中府万全县令谢太守举启》注［六］。

［二］邂逅，偶然、侥幸。王充《论衡·逢遇》："邂逅逢喜，遭合上意。"

［三］坠问，垂问，下问。

［四］形容情谊深厚绵长。

［五］冰霜，形容节操高洁。

［六］相悦，亦作"相说"，和睦、亲爱。《谷梁传·僖公元年》："吾二人不相说，士卒何罪？"滋茂，生长繁茂。

［七］瑰爽，瑰伟豪爽。

［八］峻擢，高升。苏轼《答王商彦书》："来岁科诏，伫闻峻擢。"

与吴禹功主簿手简　一八

前书曲蒙寄示诸文，䌷绎妙悟[一]，盛哉，文章久不到此矣！复熟不已[二]，几至成诵。于今只在几案间[三]，意有不能遣，则借以当珍剂。别后佳制，必已堆积，虽入秦府库，眩夺不自持，其如皆绝世之产也，安得一篇就皆击节于其侧邪？日来竭涸，不异眢井[四]，辱寄缣紬[五]，犹未有以塞责[六]。少须从容[七]，因以请教，然极有愧于瑰意也。《姑溪居士文集》卷三一

【笺注】

［一］䌷绎，谓婉转多思。

［二］熟，熟读。

［三］几案间，指从事处理公文、书信的工作。

［四］眢（yuān）井，废井，无水的井。《左传·宣公十二年》："目于眢井而拯之。"

［五］缣紬，细绢，以供书写的卷匹。

［六］塞责，敷衍。

［七］从容，宽缓。

与吴禹功主簿手简　一九

窃究盛文[一]，遂得周览。治下景物之胜，追逐吟笑，实出幸遇，而羽翰不传[二]，咫尺千里。春已去，凭陵节物[三]，想多翰墨之传[四]。继此日有乘便之望，亦当因之，或自鞭策也。《姑溪居士文集》卷三一

【笺注】

［一］盛文，对对方诗文的美称，犹雄文、宏文。

［二］羽翰，此指书信。

［三］凭陵，凭借，依仗。

［四］翰墨，原指笔墨，此指文章、书画。

与友人往还手简　一

希韩昨日承见访经宿[一]，尊候安胜，不及别启。会次幸展转[二]，异时可以联步相过[三]，并得奉教督，实为慰愿。狂斐得之一时，偶气类所钟。因窃藉之。以为诣教之地。而贱家鸡，贵野雉[四]，遂有所取于晚际。紬绎高妙，栗然汗下，庶侵寻末轨，以投自效。其诸更冀委曲掩覆，无至咄咄于太甚也，千万见察。《姑溪居士文集》卷三一

【笺注】

［一］丁希韩，生平不详，能诗。后有《题所和丁希韩诗后》《丁希韩圆砚铭》。

［二］会次，会面之时。展转，周旋、往来。

［三］联步，同行，相随而行。岑参《寄左省杜拾遗》："联步趋丹陛，分曹限紫微。"

［四］家鸡野雉，比喻书法的不同艺术风格。典出《南史·王僧虔传》："庾征西翼书，少时与右军齐名，右军后进，庾犹不分，在荆州与都下人书云：'小儿辈贱家鸡，皆学逸少书，须吾下当比之。'"

与友人往还手简　二

钦向有自来，每以相远，不得接武披承为眷眷[一]。于是时辱存顾[二]，遂获瞻拂，色夷而亲[三]，可畏而亲者其在是乎？别后资养之茂，重叹以为不可及也。累日大热，又客至不已，修谢后时，皇恐。早来伏惟起居佳胜。无缘趋谒[四]，想蒙加照[五]。继此尚得一再见否？未敢必

冀，倾跂无喻[六]。《姑溪居士文集》卷三一

【笺注】

［一］披承，侍奉。

［二］存顾，关心照顾。北魏高允《答宗钦书》："足下兼爱为心，每能存顾。"

［三］色夷，和颜悦色。

［四］趋谒，前往进见。《汉书·昌邑王刘髆传》："簪笔持牍趋谒。"

［五］加照，体察。

［六］倾跂，同"倾企"。

与友人往还手简　三

"春晖"前日误写为"迎春"，恶诗或未用[一]，可贬付修完[二]，以称题意，或参差亦不妨将错就错也[三]，一笑。向须《长春轩诗》，必是因花得名，转录奉呈。日来句屈俱达[四]，藻思低昂[五]，正当相与形容[六]。或已得录，无惜开警，延企延企[七]。《姑溪居士文集》卷三一

【笺注】

［一］恶诗，拙劣的诗作，此用以谦称自己的诗作。苏轼《与钱志仲书》："乌丝当用写道书一篇，非久纳上，恶诗不足录也。"

［二］贬付，增减。修完，补充完整。

［三］参差，差不多，谓马马虎虎。

［四］句屈，文句和文意。达，明白畅达。

［五］藻思，做文章的才思。陆机《文赋》："藻思绮合，清丽千眠。"低昂，指音节的高低起伏。《宋书·谢灵运传论》："欲使宫羽相变，低昂互节，若前有浮声，则后须切响。"

［六］相与，互相，交相。《韩非子·五蠹》："毁誉赏罚之所加者，相与悖缪也。"

［七］延企，即延颈企踵，形容极切盼望的样子。

与友人往还手简　四

昨日承书累幅，详缛未暇披绎[一]，而家间失望[二]，何止交遍见责[三]，不离于坐。再遣来人，亦于少室公处[四]，约客想已尘浼。晚来起居佳胜。青词漫辄注思[五]，元不知黄箓仪物所置与夫事之本末[六]，始如常醮[七]，叙致而已[八]。大匠不吝斧斤而檃括之[九]，良工之侧多曲木[一〇]，固有论次[一一]，得所模范，乃末学之幸也[一二]。遂即紬绎[一三]，谨录呈左右，以勤斫削[一四]。如前干猥琐[一五]，正在滚沸中[一六]。早得一出手，如中流失船，一壶千金也[一七]。《姑溪居士文集》卷三一

【笺注】

［一］详缛（rù），周详细密。

［二］家间，家里，家中。

［三］交遍，普遍。

［四］少室公，人名。

［五］青词，道教举行斋醮时献给上天的奏章祝文，一般为骈俪体。李肇《翰林志》："凡太清宫道观荐告词文用青藤纸，朱字，谓之青词。"漫，随意。辄，则。注思，集中精神思考。邵雍《首尾吟》："尧夫非是爱吟诗，诗是尧夫注思时。"

［六］黄箓，指道士所做道场。道士设坛祈祷，所用符箓，皆为黄色，故称。仪物，指用于礼仪的器物。

［七］常醮（jiào），通常的斋醮。

［八］叙致，叙述事理。《世说新语·识鉴》："（夷甫）叙致既快，事加有理。"

［九］大匠，手艺高明之木工，此用以称颂对方学艺超群。贾岛《即事》："心被通人见，文叨大匠称。"斧斤，斧子。檃括，原指矫正曲木的工具，揉曲叫檃，正方称括，此指矫正、改写。《文心雕龙·熔裁》："檃括情理，矫揉文采也。"

［一〇］良工，技艺高超的工匠。曲木，弯曲的树木。

［一一］论次，论定编次。

［一二］末学，谦辞，犹不才。

［一三］䌷绎，整理编次。

［一四］勤，劳。斫削，砍削，此比喻修饰文辞。

［一五］猥琐，谓水平不高，谦辞。

［一六］形容内心极度不安。滚沸，沸水。

［一七］比喻东西虽然轻微，用得到的时候便十分宝贵。壶，匏，一种瓜，形似葫芦，佩带在腰间可以渡河，南方称为腰舟。语出《鹖冠子·学问》："中河失船，一壶千金。"

与友人往还手简　五

天气昏重[一]，老倦从而浸剧[二]，愿见甚至[三]，而不能勉强，良眷眷也。晚来不审为况何似？诸帖辄跋其后[四]，数日不暇及，遂尔淹回，想未见讶。德素名书也，不可不使之出一只眼[五]。丁希韩行笔有定力[六]，殆进而不已者，可示之。因问老人之语[七]，颇适理否[八]？余俟面承。《姑溪居士文集》卷三一

【笺注】

［一］昏重，阴沉。

［二］浸剧，渐渐加剧。

［三］甚至，至极。《搜神记》卷二："谢尚所乘马忽死，忧恼甚至。"

［四］跋，写在书籍、文章或书画作品的后面。

［五］出一只眼，形容另眼相看。

［六］定力，形容沉稳有力。

［七］老人，自称。

［八］适理，合适、恰当。北齐刘昼《新论·适才》：“至于适理排难，其揆一也。”

与友人往还手简　六

秋物登衍[一]，追随正为胜日[二]，罪垢不拟污人，遂尔屏处。眷言游旧，可胜跂仰[三]。不审履况复何似？诗不欲违厚命[四]，奉一笑足矣，不必参次成篇也[五]。尚冀邂逅瞻近，少浣勤恳[六]。《姑溪居士文集》卷三一

【笺注】

［一］登衍，丰收。《后汉书·明帝纪》：“昔岁五谷登衍，今兹蚕麦善收。”

［二］胜日，指亲友相聚或风光美好的日子。《晋书·卫玠传》：“遇有胜日，亲友时请一言。”

［三］跂仰，钦仰想慕。

［四］厚命，重命，看重。

［五］参次，即参差，此指好坏混杂。

［六］浣，慰。

与友人往还手简　七

晚来起居何似？数次勉强起枕，辄如在磨上，欲候见，遂不果。跂咏胜致，但深缱绻。前篇和纳并元发、明叔所赋，得之皆盛作也[一]。

老者不度德，不量力[二]，但有附骥尾之幸尔[三]。乱道，来日录上。《姑溪居士文集》卷三一

【笺注】

［一］盛作，大作。《旧唐书·袁朗传》："尝制千字诗，当时以为盛作。"

［二］度德量力，衡量自己的德行是否能够服人，估计自己的能力是否能够胜任。《左传·隐公十一年》："度德而处之，量力而行之。"

［三］附骥尾，指蚊蝇附在马的尾巴上，可以远行千里，比喻仰仗别人而成名，常作谦辞。《史记·伯夷列传》："伯夷、叔齐虽贤，得夫子而名益彰。颜渊虽笃学，附骥尾而行益显。"

与友人往还手简　八

湿热不解，早来起居佳胜。昨日幸获款晤，超然胜致，警慰多矣。方图上问，辱手示，铭佩增甚，见委敬悉。恶札岂足为用[一]，特不敢不遵禀尔。溪堂佳词，铺写精诣，兼咄咄于一时[二]，景物无毫发不尽[三]，不独宛转高妙[四]，攀援莫及，复唤索所遗，亦不容措手。勉投匠手，以丐斤削[五]，甚愧狂率[六]。少间[七]，元发家能俯同否[八]？《姑溪居士文集》卷三一

【笺注】

［一］恶札，拙劣的书法或文笔，此用为谦辞。

［二］咄咄，此形容气势盛大。

［三］谓描写细致。

［四］宛转，含蓄曲折。钟嵘《诗品》卷中："范诗清便宛转，如流风回雪。"

［五］斤削，以斧砍削，用为请人修改诗文的敬辞。唐冯贽《云仙

杂记·石斧欲斫断诗手》："兵曹使我呈父，加斤削也。"

［六］狂率，狂妄轻率，此为谦辞。范仲淹《谢降官知耀州表》："屡由狂率，自取贬放。"

［七］少间，亦作"少闲"，稍稍空闲。《礼记·曲礼上》："少间，愿有复也。"

［八］俯同，敬辞，屈驾，劳驾。

与友人往还手简　九

老倦素不工诗，又久不作，特与衲子辈代口鼓为戏尔[一]。不谓流传，仰玷匠者[二]，更烦注思俯同，借宠粃糠[三]，皇恐无地。陋闳顿有此获[四]，真一时盛遇也。诗固难工，得来尤以为屠龙而不复振起[五]，钦承高远，非止区区蒙被。他伫面尽[六]。《姑溪居士文集》卷三一

【笺注】

［一］衲（nà）子，出家人。黄庭坚《送密老住五峰》："水边林下逢衲子，南北东西古道场。"口鼓，口号。

［二］仰玷，谓玷污，谦辞。苏轼《与滕达道四十五首》之五："舍弟仰玷辟书，荷恩至深。"匠者，工匠，此指文学修为高超之人。

［三］粃糠，对自己诗作的谦称。

［四］陋闳，陋户，谦辞。

［五］屠龙，指高超的技艺或高超而无用的技艺。《庄子·列御寇》："朱泙漫学屠龙于支离益，单千金之家，三年技成而无所用其巧。"

［六］面尽，当面详尽叙说。

与友人往还手简　一〇

早来起居佳胜。昨日过辱相求[一]，遂获从容勤恳，可胜愧佩。昨

日睥睨[二]，曾不得一出气[三]，竟至污渎珍藏[四]，皇恐不已。细思误用字处，须著改正，如“蚪”作“科”，“隶”作“颖”之类，辄望从旁注出，庶几掩恶也。“集贤学士如堵墙，观我落笔中书堂”[五]，以气吞之尔[六]。胜人之语尚尔，脱错区区[七]，如衰惫何！一二日再上一面，无限胜事，而彦国不起[八]，令人气短[九]。《姑溪居士文集》卷三一

【笺注】

[一] 过辱，谦辞，谓承蒙过访。

[二] 睥睨，窥视，此谓不敢正眼看。《颜氏家训·诫兵》：“睥睨宫阃，幸灾乐祸。”

[三] 一出气，谦辞，谓一开口。

[四] 污渎，亵渎，此用为谦辞。

[五] 语出杜甫《莫相疑行》。

[六] 气吞，一口气吞下，形容气势很大。

[七] 脱错，脱字、错字。

[八] 彦国，人名。不起，不能起来，指生病不能痊愈。《战国策·秦策一》：“孝公行之八年，疾且不起。”

[九] 气短，郁闷。

与友人往还手简　一一

昨日承宠顾，偶未食，不果款留清晤[一]，良眷眷也。经昔体况复何似？佳句凭陵[二]，殆不容出手，特不敢坐享连城之瑞尔[三]。虽不工，重以气类，尤觉牵强。值饭数僧[四]，未获奉候起居，悚及[五]。然勿广为诗，一则掩恶，二则不欲知为尚敢作文字也。《姑溪居士文集》卷三一

【笺注】

［一］清晤，清谈。

［二］凭陵，凌驾，超越。

［三］连城之瑞，无价之宝。

［四］谓向僧人施饭。

［五］惶恐。

与友人往还手简　一二

久不获展近，瞻仰无谕。初暄，伏惟起居佳胜。蒙手示，烂然满纸，读之汗下，但钦叹畏仰之不暇。盖文章之盛，久不到此矣。衰陋虽不足以击节，然管中之窥，犹及一斑之幸也[一]。其梗概若有所辩诉者，不谓流言一至于是，可怪可怪。果辱久要[二]，敢望安织不动，使立而后起者有愧于地下，不胜愿慕之至[三]。旦夕奉谒[四]，方有客，恕草略。《姑溪居士文集》卷三一

【笺注】

［一］见《答人求所为诗文书》注［一五］。

［二］久要，见《与龚彦质手简一》注［八］。

［三］愿慕，思慕。

［四］奉谒，拜见。

与友人往还手简　一三

晴日，伏惟起居佳胜。竹轩薄有意味[一]，或乘间过此焚香，试一种新茶，遂得接胜晤，适所欣幸。《姑溪居士文集》卷三一

【笺注】

［一］意味，情趣。

与友人往还手简　一四

钦慰乡评[一]，尝谓早时疏略，似有以主之，末路周旋，岂无深念[二]？故求田问舍[三]，所占于此为多，亦有以见亮也。更数日，当暂归。冬初复来，获遂登门上谒次。地接阛阓[四]，而深闲自居[五]。每想见泾渭内分[六]，而光尘无间[七]，非有本者，岂能如是？钦仰何已！《姑溪居士文集》卷三一

【笺注】

［一］钦慰，欣慰。

［二］深念，深思。

［三］求田问舍，多方购买田地，到处问询屋价。《三国志·魏书·陈登传》："君有国士之名，今天下大乱，帝主失所，望君忧国忘家，有救世之意，而君求田问舍，言无可采，是元龙所讳也，何缘当与君语？"

［四］阛阓（huán huì），街市，街道。左思《魏都赋》："设阛阓以襟带。"

［五］深闲，深隐闲居。

［六］泾渭内分，心中是非分明。

［七］光尘，世俗。《晋书·文苑传论》："彦伯未能混迹光尘，而屈乎卑位。"无间，无扰。

与友人往还手简　一五

多日不展奉，伏惟起居佳胜。梅花将盛，尝约景修(一)[一]，或能展转，雅旧一来[二]，同寻兰皋余味[三]。会上元龃龉[四]，而花亦未全拆，

方伫朝夕申致，乃承暂入试闱[五]，不知何日定可出，尚欲与花相期，迁就高明临贶也[六]。率易咨禀[七]。《姑溪居士文集》卷三一

【校记】

（一）约：原缺，据四库本、《全宋文》补。

【笺注】

［一］赵景修，生平不详。以下人名“景修”，均为此人。

［二］雅旧，故旧。北齐魏收《上启》：“考之雅旧，咸乖实录。”

［三］兰皋，长兰草的涯岸。《楚辞·离骚》：“步余马于兰皋兮。”

［四］会，值，正赶上。上元，元宵节。龃龉，此谓未能如约。

［五］试闱，科举时代的考场。

［六］临贶，光临。

［七］咨禀，请教、禀告。陶渊明《卿大夫孝传赞·孔子》：“游夏之徒，常咨禀焉。”

与友人往还手简　一六

改月，伏惟君子休有多祉[一]。昨日灼艾，中书赐教[二]，并示近制雄文[三]，呻吟方窘，遂得超然别在境界。信矣，文章与造化争功也！前人已有两篇记曾过眼[四]，似不能藩篱[五]。是等格律，尤为难工，非屈原、宋玉，未易与风雅争衡[六]。汉儒颇尽心于此[七]，要之止是一时所尚。晋魏已后，则无足论也。李白数篇，奔注汪洋[八]，自成一家。不若退之、子厚[九]，仅埒西汉[一〇]。近时欧阳文忠公《秋声》[一一]，乃规摹李白，其实则与刘梦得、杜牧之相先后者[一二]。东坡自以前后《赤壁》为得意[一三]，不知驰骋[一四]，前人当在，是何步武[一五]？闻击节高妙，因幸垂教。《姑溪居士文集》卷三一

【笺注】

［一］休有，即休休有容，形容君子宽容而有气量。《尚书·秦誓》："其心休休焉，其如有容。"

［二］中书，中书舍人的省称。

［三］雄文，气势雄健的诗文，常用为对他人诗文的美称。

［四］过眼，过目。宋李清臣《钦圣宪肃皇后哀册文》："诸书过眼，疑微洞析。"

［五］藩篱，限制。

［六］风雅，指《诗经》中的《国风》和《大雅》《小雅》，亦用以指代《诗经》。班固《东都赋》："临之以王制，考之以风雅。"争衡，争强斗胜，比试高低。皎然《读张曲江集》："后辈惊失步，前修敢争衡。"

［七］汉儒，汉代的儒学之士。

［八］形容诗文气势雄壮。奔注，奔流灌注。

［九］退之、子厚，韩愈、柳宗元。

［一〇］埒（liè），等同，相比。

［一一］《秋声》，即欧阳修《秋声赋》。

［一二］刘梦得、杜牧之，刘禹锡、杜牧。相先后，差不多。

［一三］《赤壁》，即《赤壁赋》。

［一四］驰骋，形容得意。曾巩《洪渥传》："久之，乃得官，官不自驰骋。"

［一五］步武，此喻模仿、效法。

与友人往还手简　一七

承手示，恭审晚来起居佳胜。蒙开谕曾门之盛[一]，涣然冰释[二]。自是天圣七年[三]，因久废此举，再下诏申之，而先考定进卷乃召[四]，自此始耳。咸平二年[五]，是真庙第一次科场[六]，陈尧咨榜也[七]。天圣七年下诏，次年系王拱宸榜[八]。制蒙所中，何泳是太常博士[九]，应贤良方正科[一〇]；富弼是布衣[一一]，应茂才异等科[一二]。弼第一，泳第二。此间无文字可考，既可疑，须改动入头处也(一)。如何如何？不知曾门进卷是何等文字？曾与不曾先考定乃召？更烦见教。拙语切不惜斤斧[一三]，一出则掩覆不及，乃所望于匠手也。后日早访及，千万千万[一四]。《姑溪居士文集》卷三一

【校记】

（一）入：原作“人”，据《全宋文》改。

【笺注】

［一］开谕，晓示。曾门，曾祖。唐杨休烈《比丘尼惠源志铭》：“曾门梁孝明皇帝。”

［二］涣然，像冰块消融流散一样，形容以往的误会、疑虑、隔阂等一下子完全消除。《老子》第十五章：“涣兮若冰之将释。”晋杜预《春秋（左氏传）序》：“涣然冰释，怡然理顺。”

［三］仁宗天圣七年（1029）。

［四］进卷，呈文，奏章。

［五］真宗咸平二年（999）。

［六］真庙，即真宗。

［七］陈尧咨（970—1034），字嘉谟，阆州阆中（今四川阆中）人，真宗咸平三年（1000）庚子科状元。

［八］王拱宸，又作王拱辰（1012—1085），原名王拱寿，字君贶，开封府咸平（今河南通许）人，天圣八年（1030）举进士第一。

［九］太常博士，太常寺掌管祭祀之事的官员。

［一〇］贤良方正，汉代选拔官员的科目之一，始于汉文帝二年（前178）。

［一一］富弼（1004—1083），字彦国，洛阳人。天圣八年，富弼举

茂才异等，历授将作监丞、直集贤院、知谏院等职。布衣，平民百姓。汉桓宽《盐铁论·散不足》：“古者庶人耋老而后衣丝，其余则麻枲而已，故命曰布衣。”

［一二］茂才，又作茂材，是汉代的另一种察举常科，西汉时原作秀才，到东汉时因避光武帝刘秀的讳而改为茂才。

［一三］拙语，谦辞，犹拙作。切，恳请。

［一四］务必，表示恳切叮咛。元稹《莺莺传》卷上：“千万珍重，珍重千万。”

与友人往还手简　一八

蒙枉佳句佳作，固所钦仰，而愈和愈高，至于长短抑扬，罔然景叹[一]，未易仿佛其命意也[二]。急遣回介[三]，徐当牵课，次第恐未尽，真成疲驽之于騄骥也[四]。野外虽耳静，亦目前事，随分规处[五]。艰生如盐车之足[六]，定跧于服劳之下矣[七]，良有愧于胜游[八]。欲到芜湖逾年，迄兹未契，更须相见，得少暂辍，即附骥尾[九]。《姑溪居士文集》卷三一

【笺注】

［一］景叹，景仰、赞叹。

［二］命意，寓意，主旨。

［三］回介，回去送信的人。

［四］疲驽，衰老的劣等马，此为谦辞，言愚钝无能。騄骥，骏马。

［五］谓随遇而安。规处，规划安排。

［六］盐车，运载盐的车子，喻贤才屈沉于下。《战国策·楚策四》：“夫骥之齿至矣，服盐车而上太行。蹄申膝折，尾湛胕溃，漉汁洒地，白汗交流，中阪迁延，负辕不能上。”

［七］服劳，服事效劳。

［八］胜游，快意地游览。韩愈《秋字》："莫以宜春远，江山多胜游。"

［九］附骥尾，此指追随左右。

与友人往还手简　一九

鱼轩必已无恙[一]，尊候亦计复常。韦深道、潘不愚、李文郁，各写书，不及致，平时相见否？东表近得少款[二]，必到家矣。气类斗别[三]，学莫便乎近其人[四]，信矣，诗人之美也。深道千斛[五]，有甚次第，莫似猕猴赚鳄鱼否[六]？万一舟行之便，自青山到敝庄亦不远[七]，一相见了，入城路不甚迂，非所敢望也。火瓜细者[八]，城中无卖者，得一百条已上，趁时收藏，敢奉浼否？猥事非所以累交游[九]，难得此便，只是须来取钱，虽微末，要须适理尔，非疏外也。《姑溪居士文集》卷三一

【笺注】

［一］鱼轩，人名。

［二］东表，人名。

［三］气类，气质。斗别，突然有很大不同。斗，同"陡"。

［四］为学之道，再没有比接近良师更便捷的了。语出《荀子·劝学》："方其人之习君子之说，则尊以遍矣，周于世矣。故曰：学莫便乎近其人。"

［五］千斛，即"千斛米"，喻指为身后留名而行贿索贿。典出《晋书·陈寿传》："或云丁仪、丁廙有盛名于魏，（陈）寿谓其子曰：'可觅千斛米见与，当为尊公作佳传。'丁不与之，竟不为立传。"黄庭坚《次韵王炳之惠玉版纸》："愿公进德使见书，不敢求公米千斛。"

［六］赚，骗。

［七］青山，亦名青林山，位于今安徽当涂东南。以下山名"青

山”，均指此山。

［八］火瓜，一种食用菜瓜。

［九］累，烦劳，麻烦。

与翟给事公逊手简[一]　一

皇恐上启知府给事台坐[二]：不获瞻望，逾二十年，德业日新[三]，誉望日隆。而衰迟流落，愈窘愈下。势地敻绝，情虽欲通，其可得乎？间承出膺藩服[四]，近在咫尺，终不敢辄修记室之问。其如畴昔之念，固不舍光明，亦妄意气类之犹在也[五]。秋晚浸寒，日来恭惟台候起居万福。道义紬绎[六]，体用宏博，方时岂有居其右者[七]？抑扬消长[八]，自与造物者冥契[九]，而佥允所期[一〇]，天人其远哉！日耸降制[一一]，益迈伊、周之蕴[一二]；上符圣学[一三]，永为斯文之助[一四]。《姑溪居士文集》卷三二

【笺注】

［一］翟公逊，生平不详。南宋郭彖《睽车志》卷三：“翟公逊大参汝文镇会稽。”给事，见《与何给事手简一》注［一］。

［二］台坐，对人的尊称，犹台下。

［三］德业，德行与功业。《后汉书·杨震传》：“自震至彪，四世太尉，德业相继。”日新，日日更新。《易·系辞上》：“富有之谓大业，日新之谓盛德。”

［四］藩服，古九服之一。古代分王畿以外之地为九服，其封国区域离王畿最远的称“藩服”。《周礼·夏官·职方氏》：“乃辨九服之邦国，……又其外方五百里为甸服，又其外方五百里曰藩服。”

［五］妄意，臆测、妄想。《庄子·胠箧》：“夫妄意室中之藏，圣也。”

［六］紬绎，抽绎，寻绎。

［七］其右，其上。因古人以右为尊，故称。

［八］消长，指盛衰。

［九］冥契，默契，暗相投合。

［一〇］佥允，公允。

［一一］降制，诏命。

［一二］迈，超越。伊、周，伊尹、周公。

［一三］圣学，圣人之学。

［一四］斯文，礼乐教化。《论语·子罕》："天之将丧斯文也。"

与翟给事公逊手简　二

皇恐上启知府钤辖给事台坐[一]：久欲申候记室[二]，踯躅不自果[三]。衰晚沦废，讵敢晞光畴昔[四]，端恐有玷美玉。末路狂僭[五]，固知得度[六]，未遽摈绝[七]，故妄意一叹之及。遂辱专委，备形悬恻[八]。醯鸡覆发[九]，未论大全，为未始见。追说展转，不能自已。霜候浸寒，恭审台候起居万福。窃承前驱，已成一代人物；耸动所过[一〇]，即幸从邦人后。瞻望道次[一一]，分慰不易得之遇，亦意破甑敝帚[一二]，犹获一顾之宠也[一三]。《姑溪居士文集》卷三二

【笺注】

［一］钤（qián）辖，宋武官名，兵马钤辖，以朝官及诸司使以上充任，官高资深的称都钤辖、都钤辖使和副都钤辖，官低资浅的称钤辖和副钤辖。有知州兼安抚使、经略安抚使，又兼路分钤辖的，也有知州兼州钤辖的。

［二］申候，问候。

［三］不自果，谓未能做到。

［四］讵敢，岂敢，怎敢。韩愈《谢自然诗》："观者徒倾骇，踯躅讵敢前。"晞光，沐浴于阳光，喻沐受恩惠。陆云《赠顾先彦》之四：

“晞光赖润，亦在斯须。”

［五］狂僭，狂妄僭越。《后汉书·蔡邕传论》：“匡导既申，狂僭屡革。”

［六］得度，合乎法度。

［七］摈绝，排斥弃绝。

［八］备形，详尽。

［九］喻见识浅陋。典出《庄子·田子方》：“丘之于道也，其犹醯鸡与！微夫子之发吾覆也，吾不知天地之大全也。”醯鸡，醋瓮中的蠛蠓（miè méng），一种小虫（古人以为是酒醋上的白霉变成），瓮有盖子盖着，不见天日，一旦揭去盖子，它就见到天了。

［一〇］所过，所经过的道路。

［一一］道次，路旁。《后汉书·郭伋传》：“有童儿数百，各骑竹马，道次迎拜。”

［一二］喻不值一顾。甑（zèng），古代蒸饭的一种炊具。

［一三］一顾，一看，喻受人引举称扬或提携知遇。谢朓《和王主簿怨情》：“生平一顾重，宿昔千金贱。”

与翟给事公逊手简　三

款承旦暮[一]，既已龤舌，妄计便道参近，犹幸桑榆之得[二]。加之帅幕鼎盛，较旧镇不远一两驿，自是窃借光明。时得修叙，盖非苟然而然也。但虑席未及暖[三]，宣命已在门矣[四]。来使促归甚迫，殊愧疏略。《姑溪居士文集》卷三二

【笺注】

［一］款承，奉陪。

［二］见《与元祖庆法曹手简二》注［一二］。

［三］连坐席还没有来得及坐热就起来了，形容很忙，多坐一会儿

的时间都没有。《世说新语·德行》："武王式商容之间，席不暇暖。"

［四］宣命，皇帝的诏命。

与翟给事公逊手简　四

每到田间邂逅，地当旧镇往来之侧，时能引睇，如望星日。初计锋车或寻吴中前日之路[一]，又窃觊幸舟行，便道于此，乃心徘徊，几不知所堪。已而闻淮西择帅[二]，就烦开府[三]，则遂有必得亲近之幸。赐教果如所期，岂胜欣跂！钦伫侍坐[四]，并叙缱绻。《姑溪居士文集》卷三二

【笺注】

［一］锋车，见《答监司启》注［一七］。

［二］淮西，即淮右，宋在苏北和江淮设淮南东路和淮南西路，淮南东路又称淮左，淮南西路称淮右。

［三］开府，成立府署，选置僚属。

［四］钦伫，敬仰想望。《隋书·炀帝纪上》："常想前风，载怀钦伫。"

与翟给事公逊手简　五

某欲为宣城之居者累年矣，亦营得数椽地[一]。方议迁徙，而承被命，远近莫不见庆。此特他人妄意尔，亦未知门下余尘，尚容拥篲已否[二]？久须声问稍通，乃期款晤，然后俯慰依投之幸，忽忽易成蹭蹬。窃谓素所钦挹，遂委诸草莽，竟兹犹豫，实未尝斯须忘念也。近黄大临元明出所予书中，获奉批诲，则不腆所昧，盖剪剪之吝[三]，亦歆焉追讼，未知所以借况。方图问道，遽闻被召。殆似有以司之[四]，终不得仰承旦莫。其如一介之私，讵应怀之没齿[五]？故辄低徊笔下，庶几省

察。《姑溪居士文集》卷三二

【笺注】

［一］数掾地，数间房屋之地。

［二］拥篲，见《与储子椿手简一七》注［七］。

［三］剪剪，齐整的样子。

［四］司，控制，主导。

［五］没齿，终身。《论语·宪问》："饭疏食，没齿无怨言。"

与翟给事公逊手简　六

伏蒙宠寄佳醞[一]，大府上樽[二]，岂寒乡所应得？祗服盛意[三]，倍深荣感。不敢别具公书上，谢想荷矜炤[四]。《姑溪居士文集》卷三二

【笺注】

［一］佳醞，佳酿，美酒。

［二］大府，公府，官府。上樽，同"上尊"，祭祀或燕饮时放在上位的酒杯。《礼记·少仪》："尊者，以酌者之左为上尊。"

［三］祗服，敬谨奉行，此意为恭领。

［四］矜炤，同"矜照"。

与翟给事公逊手简　七

太夫人恭惟尊候万福[一]，贵叙均庆[二]。伯寿冗未及书[三]，已赴官镇江否[四]？英伟之姿，宏远之识，钦叹不已。近见和韩子苍诸诗[五]，并评史六论，笔势纵横，如洪河决九衢[六]，老惫慊然[七]，知莫追也。今几孙矣？僭易及之。《姑溪居士文集》卷三二

【笺注】

［一］太夫人，见《与储子椿手简二四》注［一］。

［二］贵叙，贵府。

［三］伯寿，人名。

［四］镇江，今江苏镇江。

［五］韩驹（1080—1135），字子苍，号牟阳，陵阳仙井（今四川仁寿）人。政和初，赐进士出身，除秘书省正字，有《陵阳集》四卷。

［六］形容气势雄壮。九衢，纵横交叉的大道。

［七］老惫，年老体衰。慊（qiè）然，不满足的样子。《旧唐书·吴通玄传》："凡中旨撰述，非通玄之笔，无不慊然。"

与杨晦叔明叔兄弟手简　一

别后累承书，所以钦承岁晚，固知冰雪不渝。初不许庆侍遽归[一]，前此乡人无有见告者，久之方闻，已愧申叙之缓。首蒙晦叔坠教，乃审行李在青山，有专人在此，叩之，云已归，嗣图上记，窃恐未见，而以书于礼为简，含糊至今[二]，未始忘也。晦叔、简中，代承见及，固不出于雅意[三]，然亦感愧无喻。雪寒，伏惟侍奉万福。还家当叩门，第不胜惓惓，辄有所违，而致其曲[四]，亦投分有来[五]，不应小文自梏也。《姑溪居士文集》卷三二

【笺注】

［一］庆侍，即庆侍郎。

［二］含糊，拖延。

［三］雅意，敬辞，称对方的情意。

［四］曲，内情。

［五］有来，有自来，有缘由。

与杨晦叔明叔兄弟手简 二

位中贵眷万福[一]。郎娘今几人[二]？想皆成立矣[三]。别后相远，书不以时。或闻已为蕲、黄间居[四]，初亦窃疑。比承舍舟，乃信所闻之妄。里中每复往还，如载发[五]，见之亦有时。十三四年居此，日益退缩苟安，似是老味自应尔也[六]。见仲既归[七]，可以复理故辙[八]，不审门庭之迹犹在否？《姑溪居士文集》卷三二

【笺注】

［一］位中，家中，对人的敬称。贵眷，见《与金马部中玉手简六》注［一］。

［二］郎娘，儿女。

［三］成立，成人，成长自立。

［四］或闻，听说。蕲，今湖北蕲春。

［五］载发，人名。

［六］老味，老年意味。应尔，本应如此。

［七］见仲，人名。

［八］复理故辙，意谓恢复来往。

与杨晦叔明叔兄弟手简 三

去夏徂秋，一向窘于异地，涉冬寒甚，雪至五六尺，今犹未减重裘[一]，颇于杜门为宜。然春事不无所妨[二]，亦不知节物之来去，眷怀参倍之际[三]，只著意江梅[四]，至数十阕不已，醉笑扶携，几无虚日。今则如一断梦，时时卷轴间得之，未始不引叹直视也。日来交游惟有君俞尔，元载数步地，累月不一相见。元发往高邮未归[五]，其诸藐如路人[六]，似亦不足怪也。笔次偶及之[七]。《姑溪居士文集》卷三二

【笺注】

［一］重裘，厚毛皮衣。贾谊《新书·谕诚》："重裘而立，犹憯然有寒气。"

［二］春事，春耕之事。《管子·幼官》："地气发，戒春事。"

［三］眷怀，关怀、思念。参倍，多倍。参，同"三"。

［四］著意，有意，用心。江梅，一种野生梅花，又称野梅。

［五］高邮，今江苏高邮。

［六］其诸，其他的（人）。

［七］及之，谈到这些。

与杨晦叔明叔兄弟手简　四

脾气作梗[一]，忽忽少况，且去矣，不应阻阔如是，但有愧跂[二]。独处必甚宽凉幽寂，颇得趋于白云瓯中否[三]？晚来复何似？顷借书数种已多时，偶打叠方检足[四]，谨归书馆。因循荷罪，蒙见察甚幸。《姑溪居士文集》卷三二

【笺注】

［一］脾气，脾脏之气。

［二］愧跂，愧仰。

［三］瓯（ōu），杯，盅。

［四］打叠，收拾。宋刘昌诗《芦蒲笔记·打字》："收拾为打叠，又曰打迸。"

与杨晦叔明叔兄弟手简　五

异乡邂逅，实我雅契[一]，见似人而喜，固已知所归向，而明爽敏

茂，动辄与意等[二]，则拳拳相与之心，宜如何哉！方将岁晚周旋，不谓遽尔阻阔。恋别踌躇，或未见其戚，而别后罔然，殆不知其所况也[三]。累约明叔图便作记[四]，竟先遣问，所以拊循之厚，尤极感愧。日来渐成安居计，惟无入而不自得[五]，又复寮寀多可人[六]，则况味日佳，当过所期远甚。何时少话离索[七]？方暑，千万加爱。《姑溪居士文集》卷三二

【笺注】

［一］雅契，十分契合。杨炯《送并州旻上人诗》序："刘真长之远致，雅契高风。"

［二］动辄，动不动就，常常。与意等，与心意相合。

［三］几乎不知道怎么形容。

［四］图便，顺便。作记，此指写信。

［五］见《与祝提举无党手简六》注［六］。

［六］寮寀，同"寮采"，原指官舍，此借指同僚。

［七］离索，此谓离别之情。

与杨晦叔明叔兄弟手简　六

前日不谓郊外少留，甚恨不得与饯客之末[一]，尤为不足[二]。日日暑雨不解，山满下汙，宛转数尺地，生意从可知已[三]。虽元载、元发、明叔相见动十许日[四]，其诸悉已阻绝。老味益衰，可胜缱绻。台下涉吴中[五]，气象风物饮食，当不与此同日语。美才在事所倚[六]，宜应接少暇，然亦不废过从吟啸之适已否[七]？胡茂恭，我辈人也，闲居中必蒙顾恤，更为周尽，甚幸。《姑溪居士文集》卷三二

【笺注】

［一］饯客，饯别的宾客。

［二］不足，不满意，不尽意。杜甫《久雨期王将军不至》：“锐头将军来何迟，令我心中苦不足。”

［三］生意，境遇，情况。杜甫《追酬故高蜀州人日见寄》序：“老病怀旧，生意可知。”

［四］动，常常。

［五］台下，对人的尊称。

［六］在事，居官任事。《东观汉记·冯勤传》：“在事精勤，遂见亲识。”

［七］不废，不妨碍。吟啸之适，指登览吟咏之乐。

与杨晦叔明叔兄弟手简 七

衰陋沦落[一]，实得钦承于弛担之初[二]；回旋淹久[三]，所以惇隆资藉[四]，日盛一日。晚节出处岨峿[五]，迹虽如是[六]，而拳拳不少间断[七]。然相从则当无旷日[八]，既别则音驿继修。此常情之所必致，其如理有适会[九]，事无偏吝[一〇]，故吾党元不在形骸之内[一一]。是以论世尚友[一二]，非崎岖尺寸之窘可据[一三]。窃计畴昔，傥能见委而不腆弊志[一四]，亦幸粗伸于今日也[一五]。尔来家居，不异老蚕，渐图缠结，以报作茧[一六]。顾一报缘中，其得亦已多。惟溺惑者不谋其正，而务进取，是役定应究竟之谓何邪？何时促膝握手，以快击节？向风倍深依仰。《姑溪居士文集》卷三二

【笺注】

［一］衰陋，年老鄙陋，谦辞。

［二］弛担，放下担子，息肩。

［三］回旋，周旋。

［四］惇隆，厚重。

［五］晚节，晚年。出处，此指行动。

［六］迹，行迹，表现。

［七］拳拳，眷爱、依恋。刘向《列女传·魏芒慈母》："虽不吾爱，拳拳若亲。"

［八］旷日，闲暇。

［九］适会，适应，融洽。《文心雕龙·章句》："随变适会，莫有定准。"

［一〇］偏吝，偏私吝啬。《宋书·周续之传》："心无偏吝，真高士也。"

［一一］吾党，吾辈，吾侪。贾岛《石门陂留辞从叔謩》："何时临涧柳，吾党共来攀。"形骸，此喻指世俗礼节。

［一二］见《与吴禹功主簿手简一》注［五］。

［一三］崎岖，困厄。

［一四］弊志，卑微的心愿。

［一五］粗伸，略述。

［一六］报，求，图。

与杨晦叔明叔兄弟手简　八

别后纷纭，终冒宽典[一]，实出至幸。老境得安田亩，饱食杜门，不废图史之奉[二]，更复何求？但交游浸疏[三]，间欲披写，则难其地[四]。以故平日之怀，尤为系吝。中间或传瑞鹤翔集[五]，昭示美政[六]。前日三异[七]，与夫凤皇来下[八]，乃表见于旷久，圣日所期，想已上报，将有不次之命矣[九]。积累之效，因表见于斯时也。钦企钦企。伫承腾布[一〇]，别图驰庆次[一一]。《姑溪居士文集》卷三二

【笺注】

［一］宽典，宽大的法令。刘禹锡《谢上连州刺史表》："伏赖陛下至仁，特从宽典。"

［二］图史，图书和史籍，泛指书籍。

［三］浸疏，渐渐疏远。

［四］谓因地处所限。

［五］翔集，众鸟飞翔而后群集于一处。语出《论语·乡党》："色斯举矣，翔而后集。"范仲淹《岳阳楼记》："沙鸥翔集，锦鳞游泳。"

［六］美政，德政。《楚辞·离骚》："既莫足与为美政兮。"

［七］异，灵异。

［八］与夫，用于句中，表舒缓语气。来下，来临，降临。《诗·大雅·凫鹥》："公尸燕饮，福禄来下。"

［九］不次，不依寻常次序，即超擢、破格。

［一〇］腾布，传播散布。《新唐书·颜真卿传》："于是中人等腾布中外。"

［一一］驰庆，驰书庆贺。

与杨晦叔明叔兄弟手简　九

蹄涔苟生[一]，仅知所得之况。欲强分寸，则劳甚于登天。室远心存，居常自叹，且恨无术以缩地也[二]。申记不忘，书问过委，岂冥有所符？故是念虽数千万里，常如一堂之上邪？佩荷之深，不讲可谅。岁晏凝冰[三]，日来侍奉起居万福。如君尚尔，殆不容一毫发于置力[四]。益励壮图，行被超擢。《姑溪居士文集》卷三二

【笺注】

［一］蹄涔，见《与吴禹功主簿手简一四》注［七］。

［二］见《上宰执手简五》注［一二］。

［三］岁晏，一年将尽的时候。白居易《观刈麦》："吏禄三百石，岁晏有余粮。"凝冰，凝结成冰，形容天气寒冷。《庄子·在宥》："其热焦火，其寒凝冰。"

［四］置力，尽力，致力。《左传·昭公三十一年》："贪冒之民将置力焉。"

与杨晦叔明叔兄弟手简　一〇

顷每得书，如奉更仆[一]。窃计岁月，谓受代已多日，始辄疑其缓，乃有传者云，结姻蕲、黄间名族[二]，遂留家矣。方图审谛修驰[三]，不虞舟御已届[四]，来者亦不乏，略不及之，其不敏则殆不知所控也。忽披手示，大纸谨字，推辈见严[五]，荼焉何堪，祗佩惟愧[六]。其惓惓所素遽落第二，则几若自据于炉炭之上矣[七]。日来舍馆已定否？百怀非展晤莫究[八]。老懒久废裁削，具报疏率，皇恐滋甚。《姑溪居士文集》卷三二

【笺注】

［一］更仆，见《与龚平国手简二》注［六］。

［二］蕲，蕲春。黄，今湖北黄冈。

［三］审谛，详备，周备。班固《白虎通·封禅》："亭亭者，制度审谛，道德著明也。"

［四］不虞，不料。

［五］推辈，论资排辈，有推重之意。

［六］祗佩，恭敬佩服。

［七］见《与赵仲强兄弟手简八》注［八］。

［八］百怀，各种思绪。莫究，不能详尽。

与杨晦叔明叔兄弟手简　一一

久别且相远，驰情固不忘，而书问不能相袭于其中。间亦屡获枉诲，因而得以申叙，自非委曲见示，岂得交修相尽款承[一]？岁晚，何

以为控[二]？盛寒，伏惟侍奉起居佳胜。野舍低徊辄累月，缺甃僶俛，姑以寂寞自康尔[三]。还家首幸披展[四]，介还，聊布其略。《姑溪居士文集》卷三二

【笺注】

[一] 交修，交往、修问。

[二] 控，控制，此有调理之意。

[三] 自康，自安，自乐。

[四] 披展，披诚展拜，拜见。魏征《为李密檄荥守郇王庆文》："早挹芳猷，未谐披展。"

与杨晦叔明叔兄弟手简　一二

浸冷，恭惟尊履万福。艰生不能他委，殆类一日不作，一日不得食。食之固无所得，其如不得而弃之何？自审营奉极力，正是交游任实之时[一]，而独窘于牵制，惭负已不赀。曲蒙招延，滋畏深厚。二十日正在滚沸之际[二]，殆尺寸不容稍远[三]。恭候引缓[四]，以至前一日皆当趋诣[五]，临川则素忘也[六]，想辱深亮。《姑溪居士文集》卷三二

【笺注】

[一] 任实，富足。

[二] 滚沸，此形容极为危急的境地。

[三] 尺寸，此谓短时间内。

[四] 引缓，招请。

[五] 趋诣，上门拜访。

[六] 临川，人名。素忘，素交，旧交。

与杨晦叔明叔兄弟手简 一三

少别未及书问，适无便，故亦不虞还轩人遽也[一]。偶乍自庄上归，目前如蝟毛然[二]，邂逅参承，未遑继修谒[三]。方切颂之[四]，忽拔手示，钦认增感。晦寒[五]，恭惟起居佳胜。早晚再图瞻近。介还，草率皇恐。《姑溪居士文集》卷三二

【笺注】

[一] 还轩，回车。《隋书·虞绰传》："反旆还轩，遵林并壑。"

[二] 蝟毛，形容事情如刺猬的毛一般繁杂棘手。秦观《怀李公择学士次韵》："灵崖泺水堪行乐，时事纷纷剧蝟毛。"

[三] 修谒，进见。《周书·柳霞传》："梁西昌侯深藻镇雍州，霞时年十二，以民礼修谒。"

[四] 颂，念。

[五] 阴冷。

与俞秘校手简[一]

自去冬南去，即不与他事相接。比归亦不复可得，不审涉春有以自乐否？成书杳不得[二]，期程已有序[三]，何日可西上？公所谓信道笃而自知明者[四]，淹回岁晚，不失为扬子云[五]，更祈自厚[六]，以永终誉。新诗宠及，益见作者之高兴。坐汩尘坌[七]，徒能讽咏之无穷也。感服自余，频寄声问。《姑溪居士文集》卷三二

【笺注】

[一] 秘校，指秘书省校书郎。

[二] 成书，完整的书信。

［三］期程，时间和路程。张说《蜀道后期》：“客心争日月，来往预期程。”

［四］笃，深厚，坚定。自知明，对自己有充分的自信。语出韩愈《伯夷颂》：“信道笃而自知明者也。”

［五］不失为，还可以算得上。扬子云，汉辞赋家扬雄（前53—18），字子云。

［六］自厚，善自珍重。

［七］汩，沉没。尘坌（bèn），尘俗。唐吕岩《七言》之四：“药就功成身羽化，更抛尘坌出凡流。”

与彦文侍禁手简[一]

久别，遂此瞻近，恍然畴昔，顿还旧观。流落异方，謦欬兹可涯邪？早来再候舟次[二]，窃承在禅[三]，比就展，复相失，怏咏尤不能已。湿热晚来，伏惟起居佳胜。曛夕具记竦赧[四]，姑报重意之辱，他伫躬致。《姑溪居士文集》卷三二

【笺注】

［一］侍禁，职官名，有文武之分，职在侍值禁中，故称。宋内侍官阶，有左侍禁、右侍禁，均为宫禁中侍奉之官。

［二］舟次，船停泊之所，码头。

［三］在禅，礼佛。

［四］曛，暮，昏暗。竦赧，肃敬、羞惭。

与主簿秘校手简　一

早与君详游，与承高明为可畏。契阔淹久[一]，参近遂尔不逮，鄙怀常若有所负也。于是获奉余庇三月矣，尚未果申致，少叙畴昔。来问

遽临，滋愧其晚。寒候，恭惟尊体动止万福。美才乃勃窣不耀，要地不得为无罪[二]。行有知者，径席显用[三]，岂碌碌常格可限哉？未间，千万加爱。《姑溪居士文集》卷三二

【笺注】

[一] 契阔，久别。

[二] 要地，显要的地位。《新唐书·房玄龄传》：“玄龄身处要地，不吝权。”

[三] 径席，直升。显用，重用。

与主簿秘校手简　二

鄙拙再依余庇，方谓未有参承之便，遽兹邂逅[一]，慰忭可知。于其既别，复欲作书申叙，又蒙光枉翰墨，惭负谆勤[二]，益深不逮之责。更书定何时，可能知新正否？区区止候事稍就绪，敬当公檄治下[三]。纷然满前，裁极草略，千万矜察。《姑溪居士文集》卷三二

【笺注】

[一] 遽兹，突然在此。

[二] 谆勤，诚恳、殷勤。

[三] 公檄，上公文。

与霍子惠迪手简[一]　一

栖迟江上[二]，滨三年矣。罪垢未洗，不敢辄自齿于一时贤士大夫之间[三]。眷怀好义之勤，固无毫发间断。德誉蔼然[四]，每恨相从之晚。于是遽先翰墨，所以推借甚宠。而仰求见予之自，似是传闻，不能无过，亦或奉告者率多溢词也[五]。钦佩盛意，但深恐悚。岁杪苦寒[六]，

比日不审燕居体况何似？瞻望绝百余里，杳未有款近之期，遡风可胜跂咏。介还甚速，殊不尽鄙怀，尚觊嗣音。《姑溪居士文集》卷三三

【笺注】

［一］霍迪，字子惠，生平不详。

［二］栖迟，淹留。《后汉书·冯衍传下》："久栖迟于小官，不得舒其所怀。"

［三］齿，列。《左传·隐公十一年》："不敢与诸任齿。"

［四］德誉，美好的声誉。韩愈《知名箴》："赫然千载，德誉愈尊。"

［五］率多，大多。溢词，溢美之词。

［六］岁杪，年底，岁末。

与霍子惠迪手简　二

儿童时道金陵，周览胜致[一]，怅然如与古人晤语。方时□□才半日舣舟之顷[二]，而今日不异掌握间[三]。人存地灵，苟得从容指顾之余，则可慕可款，可笑可悯，班班实同所寓。窃承无复世顾[四]，一意文词翰墨间，日与云烟鱼鸟追逐后先，因而自托于组织款咏之际[五]。想像超轶，尤恨羽翰之不我借也。《姑溪居士文集》卷三三

【笺注】

［一］胜致，优美的景致。唐虚中《赠秀才》："筠阳多胜致，夫子纵游遨。"

［二］顷，顷刻，形容时间短。

［三］掌握，手掌，手中。《列子·汤问》："正度乎胸臆之中，而执节乎掌握之间。"

［四］世顾，关注世事。

［五］组织，此指诗文的造句构辞。

与霍子惠迪手简 三

蒙谕作字，固好之，而终不能仿佛。来贶凌轹[一]，遂获紬绎妙趣，真我师法也。近日米芾元章可与贞元、元和间人相上下[二]，颇得其讲贯否？尔后可以时复交驰，盖不待相见而后深契也。表德音书下论[三]，庶几见录于游从之末，以托久要[四]，愧企愧企。《姑溪居士文集》卷三三

【笺注】

［一］凌轹，亦作"凌跞"，超越，压倒。钟嵘《诗品·总论》："固已含跨刘郭，凌跞潘左。"

［二］上下，匹敌，差不多。韩愈《与冯宿论文书》："有张籍者，……其文与（李）翱相上下。"

［三］《颜氏家训·风操》："古者，名以正体，字以表德。"后因以"表德"指人之表字或别号。李商隐《杂纂》："呼儿孙表德。"音书，音讯，书信。

［四］久要，见《与龚彦质手简一》注［八］。

与霍子惠迪手简 四

眷聚无恙，容易上问[一]。金陵诸禅老多奇者，必常过从相乐。故人李正夫子无咎[二]，美爽克肖医中成德余[三]，无一点尘埃[四]，近得之于一舟往来间尔。触类以求[五]，则胜气无所不在[六]。何时相与周旋物色[七]。以投謦遇[八]？临笔眷眷。《姑溪居士文集》卷三三

【笺注】

［一］容易，轻率，草率，谦辞。

［二］李正，人名。夫子，老师。

［三］美爽，美才爽朗。克肖，相似。韩愈《平淮西碑》："天以唐克肖其德。"

［四］形容超凡脱俗。

［五］触类，接触相类事物。《易·系辞上》："引而伸之，触类而长之。"

［六］胜气，不平凡的气质、气度。

［七］物色，风物、景色。

［八］警遇，鞭策、宠遇。

与霍子惠迪手简 五

钦慕高远，咫尺未得奉殷勤，披写相尽。欲焉此怀，惟付之有，而内诉所乘[一]，则未易如是也。三月被问，四月张君佐出所予别纸[二]，遂温前所赐，始欲展转叙致；既而势可以出入，亟图一见门下，亹亹之念[三]，期必一售[四]。不谓皆在不可，形迹未忘，吾罪多矣。窃应扫轨[五]，眷分从谢绝[六]。专介忽领来贶，擢发不足以书其罪[七]，则所谓多者，曾何足以名之邪？系咏宽博[八]，临笔语塞。《姑溪居士文集》卷三三

【笺注】

［一］内诉，指内心矛盾。

［二］张君佐，生平不详。

［三］亹亹，形容情意连绵不绝。

［四］售，出，谓倾诉。

［五］扫轨，扫除车轮痕迹，比喻隔绝人事。《后汉书·杜密传》：

“同郡刘胜，亦自蜀郡告归乡里，闭门扫轨，无所干及。”

［六］眷分，眷念。贾岛《投庞少尹》：“庞公相识元和岁，眷分依依直至今。”

［七］擢发，即擢发难数，拔下全部头发也难以数清，形容罪行很多。擢，拔。《史记·范雎列传》：“擢贾之发，以续贾之罪，尚未足。”

［八］宽博，宽宏大量。《南史·谢弘微传》：“弘微性宽博，无喜愠。”

与霍子惠迪手简　六

凡此诸况，德余书中略见梗概。比来病困，意味殊恶。累日用医，今早方出。应接稍须完养，或得一践素期，是乃畴昔之所欣愿也。贡书蚤晚如著令[一]，一方得人之盛，固不能先高明。颖者先出[二]，不独古人之贤。力疾具问极灭裂[三]。寒暄不常，倍希保啬。《姑溪居士文集》卷三三

【笺注】

［一］贡书，州府呈报给礼部的参加会试的举人名册。著（zhuó）令，下令，责成。李白《酬殷明佐见赠五云裘歌》：“故人赠我我不违，著令山水含清晖。”

［二］颖者，才能出众之人。典出《史记·平原君虞卿列传》：“臣乃今日请处囊中耳。使遂蚤得处囊中，乃颖脱而出，非特其末见而已。”

［三］力疾，勉强支撑病体。《三国志·魏志·曹爽传》：“臣辄力疾，将兵屯洛水浮桥，伺察非常。”灭裂，谓粗疏草率。

与霍子惠迪手简　七

蒙委谕书墓榜[一]，强所不能，实愧有玷先烈[二]。寻写下，再阅之，

不甚满意，因循未能再作，便当牵率奉命[三]。后时之罪，庶几宽假。《姑溪居士文集》卷三三

【笺注】

［一］委谕，托付。墓榜，碑文。

［二］先烈，先祖。

［三］牵率，草率。南朝宋谢瞻《答灵运》："牵率酬嘉藻，长揖愧吾生。"

与王君瑞手简[一] 一

久闻乐义尽养[二]，为乡里之所钦挹。因名自激，已有瞻承晚矣之负。于是首辱枉顾，顾所得何从致之？过听不遗，但有愧向[三]。不图方有所役，势不得展叙绸缪[四]，申绎加贶[五]。歉焉自疚，殆不知所吝惜。别来起居复何似？非晚登门，款布感遇[六]。未间，更期以时善卫。《姑溪居士文集》卷三三

【笺注】

［一］王君瑞，生平不详。

［二］乐义尽养，犹乐善好施。

［三］愧向，愧疚。

［四］绸缪，形容情意殷切。汉李陵《与苏武诗》之二："独有盈觞酒，与子结绸缪。"

［五］加贶，来信。

［六］款布，细述。

与王君瑞手简 二

一水不为远，不谓今日才得识面。又复匆遽[一]，不能粗申所怀，

仰愧屈临[二]，殆不知所吝惜[三]。尚幸不晚登闻[四]，庶或详尽[五]。燕寿胜缘[六]，得结高义，何慰如之！但拙陋不足以形容[七]，仅得不虚来命尔，皇恐皇恐。《姑溪居士文集》卷三三

【笺注】

[一] 匆遽，匆忙急促。裴铏《传奇·崔炜》："何必匆遽，幸且淹驻。"

[二] 屈临，屈驾，敬辞。苏轼《与范梦得》："郊外路远，不当更烦屈临。"

[三] 吝惜，顾惜，爱惜。

[四] 登闻，上达。《尚书·酒诰》："弗惟德馨香，祀登闻于天。"

[五] 庶或，或许，也许。《后汉书·和帝纪》："若上下同心，庶或有瘳。"

[六] 燕寿，高寿。胜缘，善缘。南朝梁武帝《游钟山大爱敬寺》："驾言追善友，回舆寻胜缘。"

[七] 拙陋，谦辞，意为拙作。

与王君瑞手简 三

闻风久矣，一水独瞻见之晚，系怀可知。晚来就况佳适，承在邸中，未果候谒[一]。来日早望访及，家飧容易(一)[二]。《姑溪居士文集》卷三三

【校记】

(一) 家飧：原缺，据《全宋文》补。容：原作"吝"，据《全宋文》改。

【笺注】

[一] 候谒，拜谒。

[二] 家飧，家食。

与王君瑞手简　四

久不相闻，昨日邂逅尊翁[一]，方知已参告[二]。辱手示，伏审晚来为况佳胜。诗阕遂蒙开发，老来易得齿软，欲勉强少乘其味，辄不能，谨归上。异时或得击节绪余，庶几一脔知鼎也[三]。出沐可以相见否？《姑溪居士文集》卷三三

【笺注】

[一] 尊翁，对他人之父的敬称。

[二] 参告，指官吏休假期间参与政事。

[三] 一脔知鼎，尝一块肉，而知一鼎之味，比喻从已知的一部分可以推知全部。语出《吕氏春秋·察今》："尝一脔肉，而知一镬之味，一鼎之调。"

与董无求手简[一]　一

自夏徂秋，竞传行李将归迎侍[二]，朝夕伺问，觊得一瞻奉。间被来报，乃审势地崇峻，不容自辍[三]，以便所私[四]。虽选任为可喜[五]，而遂阻面叙，可胜系吝。盛寒，日来起居复何似？履历如是，无异乘长风，破万里浪[六]，虽欲少却，其可得哉！更蕲重爱[七]，前对异数。新正不果为寿，倍深祝咏。《姑溪居士文集》卷三三

【笺注】

[一] 董无求，生平不详。

［二］竞，竞相。行李，此指载行李的车驾、舟船。

［三］自辍，自行停车（船）。

［四］便，便道，顺便。所私，朋友。

［五］选任，主铨选之职，指任职吏部。

［六］语出《南史·宗悫传》：“宗悫字元干，南阳涅阳人也。叔父少文高尚不仕，悫年少，问其所志，悫答曰：‘愿乘长风破万里浪。’”

［七］重爱，保重爱惜。

与董无求手简 二

累年江上相从，每见未尝不叹息久之。风骨非尘埃中人[一]，而留滞许久[二]。果兹进擢，其慰浣可以咫尺论邪？尊夫人贵眷既到[三]，必遂安居京师。乍到，不无与意参差处[四]，半年已后方有。况顷所备谙[五]，不然安得一坐十七八年也？拙陋平平人，复其味[六]，犹如此，况美才朝夕要近[七]，恩数之来[八]，将不可遏，则未易先后形容。荷相知之深，惟恨山不高尔。太平丁君[九]，文学行义之士，必去相见，敢望委曲为应[一〇]。《姑溪居士文集》卷三三

【笺注】

［一］尘埃中人，世俗之人。

［二］留滞，此指身处困境。《楚辞·东方朔》：“年既已过太半兮，然埳轲而留滞。”

［三］尊夫人，见《与韦深道居士手简二》注［一］。贵眷，见《与金马部中玉手简六》注［一］。

［四］参差，矛盾、冲突。《庄子·秋水》：“无一而行，与道参差。”

［五］备谙，熟悉，精通。

［六］复，回想。

［七］要近，显要而接近皇帝。沈约《奏弹孔稚珪违制启假事》：

“稚珪历奉朝班，频登要近。”

［八］恩数，指朝廷赐予的封号等级。

［九］丁君，人名。

［一〇］应，照应。

与董无求手简　三

里巷落莫，久不修驰。中间思道、子椿继至，奉手笔，礼重意勤[一]，弥佩。岁晚，寻图申叙，而家私疾病相仍，生计漂溺[二]，一力酬对，其能收所裕以究愿布之怀邪[三]？缱绻不舍，我劳如何[四]！日来乐职奉亲，履况何似？美誉益隆，遂将阔步华要，为一时之所歆艳。茶焉何堪，剧增钦系。《姑溪居士文集》卷三三

【笺注】

［一］谓礼数周到，情意深厚。

［二］漂溺，淹没，此形容生活困难。

［三］愿布，愿意布施。

［四］见《与金马部中玉手简七》注［二］。

与董无求手简　四

比会二公，备承际遇之盛。平日固奉期如此[一]，屡曾面闻矣，然自此超特，乃其基渐也[二]。神和气秀，表里如一，自是二三地位[三]，更宜静以待之。近闻修建合官之地[四]，稀阔盛典[五]，主人为妙选[六]，想已在延辟[七]。续书驰庆次。《姑溪居士文集》卷三三

【笺注】

［一］奉期，遵守约定。

［二］基渐，逐渐培养。

［三］二三，第二或第三，指不确定。

［四］合宫，见《上少傅相公启》注［三二］。

［五］稀阔，稀少，罕见。

［六］妙选，指出色的人物。

［七］延辟，征召。

与董无求手简 五

比得佳篇，钦叹不知其已。想今又更超邈[一]，资养有来，宜其一出便在人上也。别稿有余，无吝开发。为别易久，蹭蹬不获奉问[二]。每过比邻，见壁间字，如获接奉，以故怀思不少忘也。秋高，日来起居何似？为禄不屑冗琐[三]，古人固以是踔厉自起[四]，取功名，致高远。奉期非咫尺，更希加爱，俯契勤祷[五]。《姑溪居士文集》卷三三

【笺注】

［一］超邈，高远的样子。蔡邕《文范先生陈仲弓铭》：“超邈其犹，莫与方轨。”

［二］奉问，侍奉问候。《汉书·哀帝纪》：“臣愿且得留国邸，旦夕奉问起居。”

［三］为禄，做官。

［四］踔（chuō）厉，奋发。

［五］勤祷，诚恳祝祷。

与董无求手简 六

比有去此之期[一]，日计瞻晤[二]，得以自慰。专介忽辱惠书，礼数过厚，感愧无已。行笔非复昔日，几自成一家之学矣。窃幸周旋以

博[三]。冗甚，恕草草。《姑溪居士文集》卷三三

【笺注】

[一] 期，打算。

[二] 瞻晤，会见。

[三] 博，通晓。

与董无求手简 七

久以多事，不果通问。眷言雅好，不忘钦挹。间承恩数优异，但有欣慕。而常情所当先者，朝夕是怀，竟亦逮拨[一]。其归行路，或在见亮，况畴昔之所蒙者邪[二]？庚伏弥日，雍容美践，居兴增胜初路之翼。方屡振以乘远举[三]，故九万里而图南[四]，将所额不可望矣。鱼鸟间无以自寄其生，特于是时，借传闻以投庆慰。向风罔然挥汗[五]，殊不谨肃。《姑溪居士文集》卷三三

【笺注】

[一] 逮拨，搁置。拨，废弃。

[二] 蒙者，蒙受恩惠者。

[三] 远举，高飞，远扬。

[四] 见《谢人寄诗并问诗中格目小纸》注［一一］。

[五] 挥汗，形容惭愧。

与董无求手简 八

伏承继被宠数，遂膺简在[一]，是有以致之，适兹相值尔，钦仰钦仰。久以多事，寻失修庆，悚息。都下既久，况味不与外方等。盛年正

宜奋勉，以席亨运[二]，况共事皆气类也。非晚，果成北去，定获款近。大暑未暇周急[三]，思企思企[四]。《姑溪居士文集》卷三三

【笺注】

[一] 谓担当重任。

[二] 席，凭借，倚仗。《汉书·刘向传》："吕产、吕禄席太后之宠。"亨运，亨通的世运，此谓太平盛世。南朝宋谢庄《为朝臣与雍州刺史袁顗书》："复身奉维新，命承亨运，缓带谈笑，击壤圣世。"

[三] 周急，考虑周全。

[四] 想念想念。王安石《与孙侔书》："思企思企，千万自爱。"

与董无求手简　九

诸君倡和诗[一]，犹未得披览[二]，不谓衰朽亦在记录，实为欣幸也。或蒙不鄙，得尽余稿，岂非至愿！《姑溪居士文集》卷三三

【笺注】

[一] 倡和，指以诗词相酬答。

[二] 披览，翻阅，展读。徐陵《玉台新咏序》："不籍篇章，无由披览。"

与何知县庆长手简[一]　一

衰晚流落[二]，实门下旧物。钦咏超特，固知典刑所钟[三]，而参承之幸不谓蹉跎以至今日。仰佩存录[四]，不独有慰畴昔，而至诚俯格，似非一报缘中而能致者。每一念及，未始不愕眙自失。求其因而不可得，必至归于如是也(一)。少别，恭惟尊候起居佳胜。高才远器[五]，正

论自有所归。惟是未即旦暮亲依，可量倾遡。瞻望款席，倍深缱绻。《姑溪居士文集》卷三三

【校记】

（一）至：原作“必”，据四库本、《全宋文》改。

【笺注】

［一］何庆长，当涂知县。

［二］衰晚，暮年。

［三］典刑，常刑。《尚书·舜典》：“象以典刑。”

［四］存录，记录，此谓还被您记着。

［五］远器，远大的器度。《新唐书·房琯传》：“琯有远器。”

与何知县庆长手简　二

孤苦孱露[一]，强颜世轨，操二十年迁奉之心，窃高素深，足茧髀消[二]，而坐增感叹[三]，亦已屡矣。不因天假之便[四]，实钟盛义。自得卜至于就窆[五]，殆无一毫发可憾。而周旋委曲，多先鄙意而为之地。虽已累形[六]，遭遇不可忘之诚。然与言每及，必雪涕徬徨而不已。仰惟泉下积累之厚[七]，其必有兆于杰敏[八]。在其他事，固不可易以负荷，况大事成就之如此邪？归语家人，无问幼贱，莫不手加额上，嗟叹相劳。凡所闻皆谓度越数千百年，岂复有斯人也(一)？行当刻石，以昭不朽。执笔可胜系吝。《姑溪居士文集》卷三三

【校记】

（一）斯：原作“断”，据四库本、《全宋文》改。

【笺注】

［一］孱露，末路。孱，卑微。露，通“路”。

［二］形容奔走辛劳。足茧，脚上生出茧子；髀（bì）消，大腿上的肉消失了。

［三］坐增，徒增。

［四］天假之便，上天给予的方便，指难得的好机会。《旧五代史·周书·太祖纪一》：“今岩脱至此，天假其便，得伸臣心。”

［五］就窆（biǎn），下葬。窆，墓穴。

［六］累形，谓使身体劳累。《庄子·让王》：“虽贫贱不以利累形。”

［七］泉下，黄泉之下，此指先人。积累，此指积福。

［八］杰敏，此为对对方的敬称。

与何知县庆长手简 三

逼岁到家，即欲遣人修谢。以去此差久[一]，一番酬对，不容少自辍[二]，荏苒稽缓[三]，惭悚无已。大礼后，日有余暇，府政必在迁召之次[四]。虽邦人重惜其去，然势恐不能复借以留。审如是，则回避之嫌，可以遂寝[五]。私淑恩眷，于是不得而兼。亦冀近承大冯德泽所被[六]，而远依小冯陶冶之赐也[七]。不胜朝夕跂颂之至。《姑溪居士文集》卷三三

【笺注】

［一］差久，很久。

［二］自辍，自止，犹抽身。

［三］稽缓，迟延。《宋书·王僧绰传》：“臣谓唯宜速断，不可稽缓。”

［四］府政，指何知县。次，列。

［五］寝，息，止。

［六］大冯，即大冯君，汉冯野王。《汉书·冯奉世传》："吏民嘉美野王、立相代为太守，歌之曰：'大冯君、小冯君，兄弟继踵相因循，聪明贤知惠吏民，政如鲁、卫德化钧，周公、康叔犹二君。'"后因以"大冯"称誉他人之兄。

［七］小冯，即小冯君，汉冯立，详见上注。冯奉世子冯野王、冯立兄弟先后为上郡太守，皆居职公廉，时人称之为大、小冯君。后用"小冯"称誉他人之弟。释惠洪《鲁直弟稚川作屋峰顶名云巢》："惭愧君家小冯君，自是河东真鸑鷟。"

与洪觉范手简

新正，伏惟道履增胜[一]。世境所期，敢伸善颂[二]。逼节，自太平葬事归，奉九月中所寄书，恭审相府有谓[三]，复见本来之相。过烦委谕，固非所堪，而致庆常短，未免辄乘末轨[四]。要之亦是幻中一事，似可喜也。书未得间，邂逅入京之便，尝草略布叙，窃计发封不能无疑尔。日来为况复何似？自是稍安家居，日得通问次。瞻跂之勤，临纸尤不能已。《姑溪居士文集》卷三四

【笺注】

［一］道履，生活起居。

［二］善颂，即善颂善祷，善于颂扬，善于祝祷，指能在颂扬之时进行适当规劝。《礼记·檀弓下》："北面再拜稽首。君子谓之善颂善祷。"

［三］有谓，有言。《庄子·齐物论》："今我则已有谓矣，而未知吾所谓之其果有谓乎，其果无谓乎？"

［四］谓免不了落在人后。

与明祖印手简[一] 一

十年于此，欲一到山中，向尔蹭蹬[二]，况本分人在焉[三]，其可辄自缓邪？以所期于日前，犹有其数，则妙晤周旋，岂人自得而计也(一)？每念及之，罔然不忘其味。穷腊[四]，气候将变，庶几春物烂发，获从候虫时鸟飞鸣跳跃，以乘物外之乐。前履新正，不敢以俗礼自勉，伏惟对时受庆。《姑溪居士文集》卷三四

【校记】

(一) 自：原作“事”，据《全宋文》改。

【笺注】

[一] 明祖印，高僧。

[二] 向尔，一直。

[三] 本分人，指职务在身的人。本分，本身分内的。

[四] 原指农历十二月腊祭百神之日，后以指农历年底。

与明祖印手简 二

不相见，动逾数月。世路间如蜂窠蚁垤[一]，扰扰自营之不暇，虽道德高风不忘依咏，而随念有所形容，则未尝不临纸见夺[二]，浩然感叹之不已也。岁杪盛寒，恭惟起居胜常。老境又添一岁轮回，亦是一事。安得明空软火，从容霜日，以承解脱警策之晤？系仰拳拳，非笔下可究。适有田间之行，殊愧疏略。《姑溪居士文集》卷三四

【笺注】

[一] 蚁垤（dié），蚁封，蚁窝。

［二］见夺，此指不知该怎么写。

与明祖印手简 三

劬劳之日[一]，伏蒙示遗，专委经疏、寿香、时果[二]，曲形赞祝[三]，衰晚何堪，岂足辱记录之如是！至于亲寓翰墨，展转资藉，祇奉增畏，未知何以为称也[四]。感激滋甚。或云故事当屈轩从一到州中[五]，审然，遂得一面为慰。书所不能载者，当幸披拂以竟[六]。《姑溪居士文集》卷三四

【笺注】

［一］劬（qú）劳，劳苦、苦累。《后汉书·胡广传》："臣等窃以为广在尚书，劬劳日久。"

［二］委，送给。经疏，经论注释书的通称，又作义疏。时果，应时的水果。

［三］曲形，不实，谦辞。

［四］何以为称，为什么受到如此盛赞。

［五］屈轩从，犹屈驾。轩从，车驾与随从。

［六］披拂，拨开，此指尽情（倾诉）。

与明祖印手简 四

送石楠人回[一]，奉书计已尘浼。渐有寒色，山中之乐如何？伏惟所履佳胜。暂过湖州[二]，十日为归期，迤逦图诣左右次[三]。逼行，草率至愧。《姑溪居士文集》卷三四

【笺注】

［一］石楠，中药名，为蔷薇科植物石楠根和叶，用于祛风止痛。

［二］湖州，今浙江湖州。

［三］图诣，打算拜访。

与明祖印手简　五

晚来承访，别匆遽，不获宽论[一]。入夜欲再奉晤[二]，雨大作，跬步亦艰[三]，殊怅仰也。伏惟起居佳胜。来日必不行，当幸披展。繁昌雪五寸[四]，如到彼，小缶分珍压瘴疫[五]，乃一良药也。浼渎为愧[六]。《姑溪居士文集》卷三四

【笺注】

［一］宽论，从容谈论。

［二］奉晤，拜访。

［三］跬步，举步，迈步。苏轼《灵壁张氏园亭记》："跬步市朝之上。"

［四］繁昌，今安徽繁昌。

［五］缶，一种大肚小口儿的盛酒瓦器。

［六］浼渎，玷污、亵渎，此用作谦辞。司马光《答陈监簿书》："是敢辄自陈叙，浼渎聪明。"

与资福堂头手简[一]　一

顷蒙专介枉教，巨轴累张，率皆相期过情之语。虽剪焉弗类[二]，未易为据[三]，而钦承勤腆[四]，祇佩为愧。道场日盛，学者至奔走天下，而化蓁莽为兜率内宫[五]，是苟然者邪？作礼未涯[六]，日剧系咏。《姑溪居士文集》卷三四

【笺注】

［一］资福，寺名。堂头，僧寺住持。

［二］剪焉，狭隘，浅薄。剪，通“翦”。

［三］不堪倚重，即不敢当。

［四］勤腆，勤恳深厚。腆，善。

［五］蓁莽，杂乱丛生的草木。兜率内宫，梵语，天宫。

［六］作礼，施礼，行礼。梁简文帝《六根忏文》：“忏悔已竟，诚心作礼。”

与资福堂头手简　二

伏闻一时胜流，多会席下[一]，固知有以摄受[二]。而因缘至此，更复何求？晋人彤弓㫜矢[三]，不为有矣[四]，讵不谅哉！钦叹钦叹。衰病涉秋。稍能扶持。但举动未免须人。故作客不无过虑[五]。须更少日，粗涉安健。即图一展奉次。时不可失，业根奈何[六]！《姑溪居士文集》卷三四

【笺注】

［一］席下，讲席之下。

［二］摄受，佛教语，谓佛以慈悲心收取和护持众生。梁简文帝《大爱敬寺刹下铭》：“随方摄受，孰能弘济。”

［三］彤弓，漆成红色的弓，朱漆弓，古时天子用以赐有功的诸侯或大臣使专征伐。《尚书·文侯之命》：“彤弓一，彤矢百。”㫜（lú）矢，卢矢，黑色箭。

［四］有，占有，拥有。

［五］过虑，多加考虑。

［六］业根，佛教用语，罪恶。业，业障。

与资福堂头手简　三

麻纸之贶[一]，继枉厚意，然亦何用？藉手之过[二]，又不敢不留，皇恐

皇恐。碑文背轴为奇，庄严其饰，而复修以多本，感刻感刻。茶匙乃钵囊旧物[三]，亦闻久而未识，此则尤为珍惠也[四]。《姑溪居士文集》卷三四

【笺注】

［一］麻纸，此指用麻纸写成的书法。

［二］藉手，借助，借人之手以为己助。

［三］钵囊，僧人盛放钵盂的袋子。

［四］珍惠，惠赠，厚赐。苏轼《与孙叔静书》："烧羊蒙珍惠，下逮童孺矣。"

与珪首座手简 一

流落穷远，几闻足音而喜[一]。高义鼎来，已出度外，而示出定相，不觉汗下。从容促膝，初不谓所得乃如是之富，其为欣幸，未易咫尺可论。别后日期作书，因循未逮。专介遽至，累幅相先，紬绎眷勤，可量铭佩。恭审涉夏以来动履清胜。裁报稽迟[二]，负愧何已，想必谅其懈怠也。《姑溪居士文集》卷三四

【笺注】

［一］见《与友人手简三》注［六］。

［二］裁报，回报。稽迟，迟延。

与珪首座手简 二

钦承以正坐元本分会中[一]，须其人当此位，但极耸叹[二]。政兄日夕会聚，其乐可涯。以主人之贤，而诸高德遂同一席下[三]，而又有一时人物常与往还，地当要冲[四]，户外之屦填委[五]，信心所广，是亦垂手方便[六]。渐冷，稍安，佗伫面款。《姑溪居士文集》卷三四

【笺注】

［一］本分，本职。

［二］耸叹，肃然赞叹。《梁书·张充传》："霸山之氓，伫衣车而耸叹。"

［三］高德，高僧大德。

［四］要冲，交通要道，形胜之地。《后汉书·傅燮传》："今凉州天下要冲，国家藩卫。"

［五］屦，鞋。填委，堆积。

［六］垂手，下垂双手，表示容易。

与珪首座手简　三

日者不间巨浸[一]，一苇见临[二]，特意所隆，怀德滋重。至于超出世表[三]，实相期于翰墨中，则佛法人事，一时俱了。眷言欣慕，十日犹恨促别之遽也。别来欲作书，偶将有所适，故未暇及。尚尔蹭蹬，驰情可涯。日来体况复何似？咫尺定将再有周旋之幸已否？遡风耿耿。《姑溪居士文集》卷三四

【笺注】

［一］巨浸，大江。

［二］一苇，小船。《诗·卫风·河广》："谁谓河广，一苇杭之。"

［三］世表，尘世之外。苏轼《与范元长书》之八："其超然世表，如仙佛之所云必矣。"

与珪首座手简　四

落莫弗类，缺甃生涯，苟为日复一日事耳。鼎然相顾，遂得一快意于谈笑文字之间，久无是境界矣，其慰忭宜如何哉！别后有雨雪，悬知

必届华藏[一]，欲图修叙而不及。到家在何时？斩新福地[二]，得吾人数君子相与表发，天其成就此地，将邂逅崛起，慰人望之深邪！家居为况不佳，何时一笑？周旋有间，频冀流问。《姑溪居士文集》卷三四

【笺注】

［一］悬知，料想。庾信《山斋》："遥想山中店，悬知春酒浓。"华藏，此指寺庙。

［二］斩新，崭新，全新。

与珪首座手简 五

昨日不堪款，然雪中无聊，所得亦多矣。早来为况何如？以病作，都不曾周旋，更俟齿疾稍瘳也[一]。少间且过此吃面，比之天宁䬴似差胜耳[二]，一笑。睡不着，和得张敏叔诗[三]，漫录呈。冷金乃此纸也[四]，未砑白者尤佳[五]，乃小白者[六]，但不精耳。少间面奉。《姑溪居士文集》卷三四

【笺注】

［一］瘳（chōu），病愈。

［二］天宁，寺名。䬴（zuò），麦粥。

［三］张景修，字敏叔，常州人。治平四年进士，哲宗元祐末为饶州浮梁令，后两为宪漕，五典郡符，大观中，官至祠部郎中，年七十余卒。工诗词，有《张祠部集》。

［四］冷金，笺纸上泥金称"冷金"。米芾《书史》："王羲之《玉润帖》是唐人冷金纸上双钩摹出。"

［五］砑（yà），打磨使发亮。

［六］小白，微白。

与政书记平叔手简[一]

秋渐凉，伏惟起居清胜。中间专人至，蒙惠书，并见寄与少冯佳篇[二]，感激厚意，无任愧服[三]。适以失一二十余岁孙子，追念不能已，正在哀荒中[四]，不能为答。其后疾病相寻，饮食顿减，加之遂涉暑候，奄奄如泉下人[五]。亟欲牵强载叙，终不能如意。但引睇倾怀，惭负不暂释尔，计亦有以亮之。与世相忘久矣，独得于世外诸人不能舍去。然信众佛事，因而体究归宿，乃是素计，亦觉境界颇熟。非一世所习，而业报缠绕[六]，堕此机阱，竟至不复出头。然不出头间，辄时自忏悔，作来世解脱之念。其于妄言绮语[七]，游戏所得，姑用以排遣，岂足为文，又何名诗？不图流落，为作者之所收采。如高明即叩作者之域，何啻所愿望不及，端如刘梦得序灵彻诗[八]，而录其“经来白马寺，僧到赤乌年”及“青蝇为弔客，黄犬附家书”之句也[九]。未与元白相见时，得吾友已详，元白来即加详，滋恨未即周旋也。要之，我辈相投固不待见，见亦有其时，得一念常在，足以为慰。资福日来愈盛[一〇]，来者无不赞叹。修建渐完备，此亦世间事，无足低昂[一一]，惟不易得者。诸上善人俱会一处，想像斯语，今达斯地，苟病少间[一二]，挐舟一诣[一三]，便在目前。但不使作谢灵运[一四]，幸甚。《姑溪居士文集》卷三四

【笺注】

［一］政平叔，生平不详。书记，从事公文、书记工作的人。

［二］少冯，人名。

［三］无任，敬辞，犹不胜。张九龄《请御注及疏施行状》：“无任忻戴忭跃之至。”

［四］哀荒，凄清，悲凉。

［五］形容体力精神不济。

［六］业报，佛教语，业因与果报，指由有漏之善、不善业因所招感的苦乐果报。

［七］绮语，花言巧语。梁武帝《答菩提树颂手敕》："但所言国美，皆非事实，不无绮语过也。"

［八］灵彻，即灵澈（746—816），字源澄，越州会稽（今绍兴）人。云门寺律僧，驻锡衡岳寺。有《律宗引源》。与刘禹锡、刘长卿、吕温交往甚密。

［九］刘禹锡作有《澈上人文集纪》一文："释子工为诗尚矣。……上人生于会稽，本汤氏子。聪察嗜学，不肯为凡夫。因辞父兄出家，号灵澈，字源澄。虽受经论，一心好篇章。……至如《芙蓉园新寺》诗云：'经来白马寺，僧到赤乌年。'《谪汀州》云：'青蝇为吊客，黄耳寄家书。'可谓入作者阃域，岂独雄于诗僧间邪？"

［一〇］资福，即资福寺。

［一一］低昂，谓因此而争得高下。

［一二］少间，病稍好一些。枚乘《七发》："伏闻太子玉体不安，亦少间乎？"

［一三］拏（ná）舟，撑船。拏，同"拿"。

［一四］谢灵运（385—433），南北朝刘宋时诗人，善作山水诗。

与崇因钦长老手简[一]　一

张子伟来[二]，意斯人雅涉丛林[三]，又久在金陵，必能深款妙晤[四]。比叩之，辄云未始相及，固已重叹。潜德不耀[五]，高出流辈，窃谓如此，正宜抑扬末法[六]。绍兴祖今闲中[七]，但自咄咄[八]，辱来示[九]，方审果契私念。正论所归，讵可回跂于必以力胜者邪[一〇]？滋畏得之已晚，而不果先事一致鄙勤也[一一]。雄辨坚力，济之以垂手不倦[一二]，相见会下[一三]，不异觉城东际[一四]，真一时盛事也。未果修敬香火，尤剧系咏。《姑溪居士文集》卷三四

【笺注】

［一］崇因，寺名。长老，住持。宋善卿《祖庭事苑·释名谶辨·长老》："今禅宗住持之者，必呼长老。"

［二］张子伟，生平不详。

［三］丛林，佛教僧众聚居的处所，即寺院。《大智度论》卷三："譬如大树丛聚，是名为林。"

［四］深款妙晤，指亲近长谈。

［五］潜德，不为人知的美德。汉刘歆《遂初赋》："处幽潜德，含圣神兮。"不耀，不张扬。

［六］末法，佛教语，指佛法的衰微时期。《隋书·经籍志四》："然佛所说，我灭度后，正法五百年，像法一千年，末法三千年，其义如此。"

［七］绍兴祖，高僧。

［八］咄咄，形容气势逼人。

［九］来示，来信。

［一〇］讵可，岂可，怎可。回跂，企望。

［一一］先事，先行其事。《礼记·坊记》："欲民之先事而后禄也。"鄙勤，谦辞，犹鄙意。

［一二］垂手，表示恭敬。

［一三］会下，犹门下、会中、会里。

［一四］觉城，指印度摩揭陀国伽耶城（Gaya），为佛陀成正觉之都城。

与崇因钦长老手简　二

屏处淹及阅岁[一]，初失咨承[二]，致先宠问，虽重愧不敏，而世外高风尤及。跂颂久之，方克具记。疏懒固不可录，亦方时往来常检以脱略[三]，然惭负眷勤，未能遽至忘念也[四]。专介被手墨，亹亹数幅，殆无一字虚设。冰雪不渝，倍深耸慕[五]。大暑，敬审日来道味增胜[六]。咫尺未有周旋之期，临笔耿耿。《姑溪居士文集》卷三四

【笺注】

［一］淹及，久及。阅岁，经过一年。

［二］咨承，问候。

［三］脱略，脱去，省略。刘知几《史通·杂说上》："但班氏脱略，故世莫知之。"

［四］忘念，入神，精神专注。《梁书·王筠传》："叹服吟研，周流忘念。"

［五］耸慕，敬重仰慕。刘禹锡《太师崔公神道碑》："士林耸慕，皆自痛其不及。"

［六］道味，佛道教义之真意。唐崔融《报李少府书》："夕饱儒珍，朝充道味。"

与崇因钦长老手简　三

到此数与天禧通殷勤[一]，亦常及丛林畴昔[二]，其报甚悉。何为辄遗吾兄，虽不敏之责不可逃，然天禧亦当分一半。伏读来示，栗然汗下。金陵佳处，想日有胜践。未果杖履周旋，庶几翰墨尘迹[三]，时有一笑之地，如何如何？《姑溪居士文集》卷三四

【笺注】

［一］天禧，高僧。通殷勤，倾诉恳切深厚的友谊，即通问。

［二］丛林，见《与崇因钦长老手简一》注［三］。

［三］翰墨尘迹，指在书信上写明行迹。

与崇因钦长老手简 四

麻纸、新绵、御米，皆珍物也。见遇如此，被赐增感。乍出世，应接处多，荷烦致厚过宠[一]，愧戢愧戢[二]。《姑溪居士文集》卷三四

【笺注】

[一] 荷烦，麻烦。致厚，给予厚赐。

[二] 惭愧惭愧。

与天宁辩老手简[一]

别后累作书，才一奉来贶。然常闻动静，知山居甚优裕。计书来不过如是，而拳拳所系，亦在此也。伏审迩来体况休胜[二]。老境不异平时，报缘讵可逃哉？姑兀兀待尽而已。乘兴即遂瞻叩，未间，糠粃形容，不妨一面之慰。《姑溪居士文集》卷三四

【笺注】

[一] 辩老，天宁寺住持。后有《请辩老再住天宁疏》。

[二] 休胜，佳胜。休，吉庆。

与吉祥聪老手简[一]

相别又复许日，扶病还家[二]，至路西[三]，奉寄人所贶书，存问勤恳，非慈悯故，岂能如是？伏审起居康胜。春事舟车往来。正当盛时，钦承遵化。而藏轮声不少[四]，辄亦福慧双修[五]，人事自相应耳。过节，或得瞻奉。《姑溪居士文集》卷三四

【笺注】

[一] 聪老，吉祥寺住持。

[二] 扶病，抱病。语出《礼记·问丧》："身病体羸，以杖扶病也。"

[三] 路西，见《与友人手简七》注 [四]。

[四] 藏轮，佛教语，即佛法正轮。

[五] 福慧，福德与智慧。唐玄奘《大唐西域记·窣禄勤那国》："贵艺学，尚福慧。"

与资福慈爱深禅师手简 一

伏承暂归，不得暇奉侍。然本求脱离生死，于道如是，乃本分用心也。禅师书中亦颇赞叹精进[一]，甚善甚善。永至又承书[二]，遂审体力佳健。如闻非晚游历，更宜子细。只是此事何须紧峭草鞋[三]，若疑情已脱，直下便是道场，所不易得者，师资之地耳[四]。无由会晤，倾系倾系[五]。《姑溪居士文集》卷三四

【笺注】

[一] 精进，佛教语，做勤，即努力向善向上。

[二] 永至，长至，指夏至。夏至白昼最长，故称。

[三] 紧峭，紧凑。

[四] 师资，从师，效法。《魏书·乐志》："且燧人不师资而习火。"

[五] 挂念挂念。

与资福慈爱深禅师手简 二

瞻望门地，不忘归向。慈光所临[一]，随处蒙庇。秋高，伏惟起居住胜。欲见未可得，障碍自窘，遡风增叹。《姑溪居士文集》卷三四

【笺注】

[一] 慈光，指诸佛、菩萨大慈之光辉。

与王乐道工部手简[一] 一

皇恐上启乐道知府钤辖工部[二]：盛暑，恭惟铃阁燕休尊体[三]，动止万福。流落衰绪，窃借光明，苟安气类之末；尚窘异地，未有亲依之幸。眷言欣慕，实在畴昔，而强毅笃实，上极坟典[四]；旁综该载[五]，如探肘后物。亹亹符契，以达于论辨参决之际[六]。虽刘向、扬雄号为深博[七]，度长挈大[八]，其在下风亦久矣。顾所期之如是，乃一识面，犹不可得，则蹇薄何堪[九]。分同腐草以死。兴言至此，怅然不知门第越在数千里之外也。何时竟席，鄙志向往，尤不能已。《姑溪居士后集》卷一六

【笺注】

[一] 王莘，字乐道，汝阴（今安徽阜阳）人，王铚之父，尝从欧阳修学。事见《宋元学案补遗》卷四。工部，六部之一，掌山泽、屯田、工匠、诸司公廨纸笔墨之事。

[二] 钤辖，节制管辖。

[三] 铃阁，亦作"铃閤"，指长官办公之所。燕休，闲居，休息。

[四] 坟典，原为三坟、五典的并称，后转为古代典籍的通称。葛洪《抱朴子·遐览》："先生既穷观坟典，又兼综奇秘。"

[五] 该载，详载。该，同"赅"，完备。

[六] 参决，参与决策。《魏书·李欣传》："欣既宠于显祖，参决军国大议。"

[七] 刘向（约前77—前6），原名更生，字子政，祖籍沛郡（今属江苏徐州）人，西汉经学、目录学、文学家。

［八］亦作度长絜大，比量长短大小，以便找出差距。絜大，用绳子量物体周围的长度。贾谊《过秦论》：“试使山东之国与陈涉度长絜大，比权量力，则不可同年而语矣。”

［九］蹇薄，驽钝浅薄。白居易《初授拾遗》：“况予蹇薄者，宠至不自意。”

与王乐道工部手简　二

自获通问记室[一]，遂欲接武申叙，时冀参承之慰。家难之际，养生所资，萃于一力，而得哺之急，举在太平[二]。奔走饥寒之水火，不知风涛鞍马之劳者[三]，累年于兹，用是素计不复少振[四]。渐复所期，但深愧讼。专介戾止[五]，恭被翰墨之赐，敦厚深密，真有意于推挽[六]，殆将进于交游之后。感复缱绻，但有其愧，而未知所负荷也。庶几附骥尾[七]，托腾骧之便[八]，万世之下，不失附见之幸。临笔倍剧倾溯。《姑溪居士后集》卷一六

【笺注】

［一］记室，见《上宰执手简一》注［四］。

［二］举，全，都。

［三］风涛鞍马，形容水上陆地奔走之劳。

［四］用是，因此。柳宗元《答吴武陵非国语书》：“恒恐后世之知言者，用是诟病。”

［五］戾止，到来。止，语气词。《诗·周颂·有瞽》：“我客戾止，永观厥成。”

［六］推挽，引荐。韩愈《柳子厚墓志铭》：“既退，又无相知有气力得位者推挽。”

［七］附骥尾，见《与友人往还手简七》注［三］。

［八］腾骧，飞腾，奔腾，引申为地位上升，宦途得意。司马光

《和吴冲卿崇文宿直睹壁上题名见寄并寄邵不疑》："冲卿居京邑，青云正腾骧。"

与王乐道工部手简 三

碌碌既不得申记府之问[一]，日幸迁召，舟行便道，获承款席。伏读来诲[二]，乃审受代不晚，径由陆装，以趋陛对(一)[三]。此志又阻，其怀可知。婆娑鱼鸟之乡[四]，今已老矣，杳未有参见之涯，归之报地，尤剧喟咏。然物有必至[五]，亦有时而不可已，则安知君子之庭，无不肖之迹耶？向风罔然，病者之侧语其次，复修染，简率之甚[六]，千万加亮。《姑溪居士后集》卷一六

【校记】

（一）陛对：原作"对陛"，据四库本、《全宋文》改。

【笺注】

［一］碌碌，形容烦忙劳苦的样子。牟融《游报本寺》："自笑微躯长碌碌，几时来此学无还。"记府，原指收藏文书史策的府署，此为尊称，犹记室。

［二］来诲，对对方来信的敬称。

［三］陛对，在朝廷殿堂上应对皇帝的询问。

［四］婆娑，盘桓，逗留。三国魏杜挚《赠毌丘俭》："骐骥马不试，婆娑槽枥间。"

［五］即"物有必至，事有固然"，指万物有必然的终结，世事有其常理。语出《史记·孟尝君列传》。

［六］简率，简略草率。苏轼《答钱济明书》："蒙令子惠书，回答简率。"

与王乐道工部手简 四

积衅蒙罚，祸延长子。老境孤露[一]，尤觉其酷。日者闻其补吏节下，不独驱策是依，而动容周旋[二]，得所矜式。求之昔人，不待易地，而剧被至教[三]，其幸遇岂易得哉？旁暨衰晚[四]，资其寓禄之便，钦承旦暮，则归颂见畀之德，日有羽翰不传之望。一旦失之，其味当不待讲而后喻。行阅岁矣，至今一念及之，不觉酸鼻。而天性之感，乃其一也。伏蒙哀恻，别纸慰藉，仰衔勤款，哀毒滋甚[五]。孤遗逼岁方归[六]，碎小满前[七]，生意不绝如线。七八日来，又次孙得疾甚危。上报殊不逮意，可量愧叹。《姑溪居士后集》卷一六

【笺注】

[一] 孤露，指幼年丧父或父母双亡。嵇康《与山巨源绝交书》：“少加孤露，母兄见骄。”

[二] 见《与金马部中玉手简一一》注［八］。

[三] 至教，至道，极其高明的道理和见解。《庄子·渔父》：“无所得闻至教，敢不虚心。”

[四] 旁暨，旁及，兼及。

[五] 哀毒，悲哀痛苦之情。毒，痛苦。王羲之《丧乱帖》：“虽即修复，未获奔驰，哀毒益深，奈何奈何。”

[六] 孤遗，原指无父母的子女，此指长子遗下的儿女。

[七] 碎小，自称家人儿女。

与王乐道工部手简 五

伏承目疾颇为梗[一]，乃平日讨阅之过[二]。中年已后，理自应尔，然最难药[三]。而北人嗜面食，江上卑湿[四]，不得如是。老拙比

苦之，固无平日之过，特忧患悲恼所乘，仅分三四分物，日虞其非也。若稍近北，当差胜[五]。椒与附子、青盐三物尤佳[六]，尝试之否？又巴戟、枸杞、菊花[七]，亦古法也。想已得之。《姑溪居士后集》卷一六

【笺注】

[一] 梗，妨碍。

[二] 讨阅，讨究核阅，此指读书过劳。

[三] 药，医治。

[四] 卑湿，地势低下潮湿。

[五] 差胜，稍微超过。

[六] 附子，中药名，为毛茛科植物乌头子根，味辛、甘，性大热，有回阳救逆、补火助阳、散寒止痛等功效。青盐，盐的一种，多产于西南、西北各地的盐井、盐池之中，大而青白，故称。

[七] 巴戟，中药名，即巴戟天，为茜草科植物巴戟天的干燥根，具有补肾阳、强筋骨、祛风湿之功效。

与王乐道工部手简　六

久庀后尘[一]，尚未得一从披写抑扬之奉。然炳如星日，常在归仰。而沧溟之所纳[二]，山岳之所容，一介之微，获与栖托，亦不在众人之后也。翦焉异地[三]，日咄咄见逼，则相期之素，定有周旋之遇已否？将来日是图，遂委于后缘所害也。怅然此怀，何以为况？春寒未解，日来燕居尊履何似？造物者固有付予，所得者自有定分，而君子出处乃系于一时之低昂，要皆不在人尔。窃计裕处有经，日有美况。何时一笑，以了已往未来之事？向风可量依邑。《姑溪居士后集》卷一六

【笺注】

［一］庇，通“庇”。

［二］沧溟，大海。

［三］翦焉，狭隘，浅薄。

与王乐道工部手简　七

自承归阙[一]，遂还旧物，屡欲修驰，匆匆不逮。久之闻伦类中有所异同[二]，以至动握翻覆[三]，卒至投杼之疑[四]。初不谓然，既而果不我诳，辄为之失声愕眙，罔然无以为言也。逮性之相见[五]，乃审超视廓容[六]，略不以毫发经意，薄禄里居[七]，拥书自娱，凛焉一方之所矜式。钦慕有来，于是尤剧向往。扰扰目前。有亹亹黄卷中事[八]，要之是非曲直在我，则不妨稽合取舍[九]，使千万世之往，断于一致，而因以垂不朽之劝沮[一〇]，讵不乐哉？未有击节承教之幸，执笔增吝[一一]。《姑溪居士后集》卷一六

【笺注】

［一］归阙，回归朝廷。唐于鹄《赠李太守》：“归阙功成后，随车有野人。”

［二］伦类，流辈。唐方干《偶作》：“若于岩洞求伦类，今古疏愚似我多。”

［三］翻覆，反覆无常，变化不定。陆机《君子行》：“休咎相乘蹑，翻覆若波澜。”

［四］投杼之疑，比喻因没有事实依据的谣言所造成的疑虑。见《任河中府万全县令谢太守举启》注［三〇］。

［五］王铚，字性之，自号汝阴老民。高宗建炎四年（1130）为权枢密院编修官，绍兴四年（1134）主管台州崇道观，九年为湖南安抚司

参议官。

［六］超视廓容，形容眼光远大、心胸宽广。

［七］里居，乡居，辞官返乡居住。

［八］黄卷，佛经。因佛家写书用黄纸，故称。

［九］稽合，考校。《东观汉记·明帝纪》："帝尤垂意经学，删定拟议，稽合图谶。"

［一〇］劝沮，劝阻。《韩非子·八经》："明诽誉以劝沮。"

［一一］句中有省略，谓希望您多保重。

与王乐道工部手简　八

去夏意外骤来，以至他州就对[一]，阅岁不得安居。实因自贻，然其说亦甚长。一触吏议，不无流传，震骇嗟惋闵笑之及其于门下，则玷况多矣。本不作窃禄计，今遂一意田亩间，依稀优悠卒岁之适[二]。锱铢上下[三]，愈觉命轻而恩重也。但参侍益不可期，其念宜何如哉？尚冀糟粕形容[四]，不间邮驿[五]，高明颇谓然否？《姑溪居士后集》卷一六

【笺注】

［一］就对，核对、查验。

［二］优悠，悠闲。《诗·小雅·采菽》："优哉游哉，聊以卒岁。"

［三］锱铢，比喻极微小。

［四］糟粕形容，谓自己微不足道的言辞。

［五］邮驿，此指代书信。

与王乐道工部手简　九

比遂高志，想只安汝阴旧居，或谓将徙安□□墓之寄，即吾家也。要之，首丘之义[一]，终不可忘尔。文周翰暂相从[二]，必甚款。赵德麟

亦闻生事稍不如旧[三]，复有出仕意，审能否？第恐未易出也。叔弼止此[四]，叩天何及？盛德之后乃尔，其竟有所负耶？当在其后人也。彦立、明君爽蔚有典型[五]，不相见十六年，必甚进，更在闾里先达君子勉成之尔[六]。自余故家风范固不乏[七]，每悠相见其胜也[八]。《姑溪居士后集》卷一六

【笺注】

［一］首丘，此指怀念故乡。

［二］文周翰，人名。

［三］生事，生计。白居易《观稼》："停杯问生事，夫种妻儿获。"

［四］欧阳棐（1047—1113），字叔弼，欧阳修子，治平四年进士乙科，历知襄、潞、蔡州。后以坐党籍废十余年。

［五］彦立、明君，皆人名。爽蔚，爽朗出色。

［六］先达，有德行学问的前辈。《后汉书·朱晖传》："晖以堪先达，举手未敢对。"

［七］故家，世家大族。《孟子·公孙丑上》："纣之去武丁，未久也。其故家遗俗，流风善政，犹有存者。"

［八］悠，思。

与王乐道工部手简　一〇

性之德愈修，学愈进，词笔其绪余[一]，而自可与前辈并驱争先矣。钟庆所贻[二]，与夫德履相践[三]，固无可议。特为高山流水，下倍增仰，而万里必知其穷尽者也。过此一相见，遂约为宣城游。腊前已为之具行，而辄为日前一事见止。闻侍下暂欲其归[四]，将复来此。比亦决为宣城居，日幸其相款也。侍下固不乏人，然水土相辉，更能掇慰[五]，公衮之同[六]，亦自不恶，而淑私拳拳，于是为重。《姑溪居士后集》卷一六

【笺注】

［一］词笔，指赋诗作文的才能。

［二］钟庆，积福。《旧唐书·后妃传下》："识者以为汾阳社稷之功未泯，复钟庆于懿安焉。"

［三］德履，德行。江淹《王光禄为征南湘州诏》："德履淹邃，识局详正。"

［四］侍下，指对方的父母。

［五］掇慰，抚慰。

［六］公衮，即王铚岳父曾纡（1073—1135），江西临川南丰人，曾布第四子。以下人名"公衮"，亦为此人。

与王乐道工部手简　一一

得罪固荷宽典，亦无足道者。特介于一二非类[一]，适在居处之地，用是或与酝酿，或接便观皇[二]，以儌其陋[三]。初不谓人中乃有是等辈。然后福何可得，而辄乘势以逞[四]，非我厄会同，未应至此。见力图他徙[五]，以避其秽。度性之必能详悉。佩服情炤，因寄一叹。《姑溪居士后集》卷一六

【笺注】

［一］非类，身份、门第等不相类的人。

［二］接便，顺便。

［三］儌，激发，激励。

［四］逞，实现（意愿）。

［五］见力，指量力。

与王性之手简　一

六年南北[一]，声问虽不乏于耳，然志同气合，亦不待旦暮谆谆乃

能详悉。其如人各有所怀，非促膝握手，是非可否之往来，则渠激励增益，相投于莫逆之遇耶[二]？以故邑邑，左右常若有所负。不图便道遽叨少款，计所愿得于别后者，固未能自慰，但一见豁然[三]，如泻积水于千仞之上[四]，而注之广莫野[五]，殆将何人以遏之？则其为欣幸，可胜道哉！既别，则遂欲作书，事至辄新，势不免改观以对，适尔未及[六]，盖非获已。专介被问，恭审日来起居佳胜。钦佩缱绻，未易咫尺形容，畴昔之所期者，徒有愧于难堪也。引咏惓惓，临笔倍深约结。《姑溪居士后集》卷一六

【笺注】

［一］南北，指南北分离。

［二］莫逆，指彼此志同道合，交谊深厚。《庄子·大宗师》：“四人相视而笑，莫逆于心，遂相与为友。”

［三］豁然，形容开悟的样子。《颜氏家训·勉学》：“积年凝滞，豁然雾解。”

［四］千仞，此指极高之山。

［五］广莫野，见《与俞叔通教授手简四》注［五］。

［六］适尔，偶尔。

与王性之手简　二

罪垢自污，有玷游旧。恩典过厚，获老丘园[一]，余生几何，未易负荷也。但适有值一方之任事者[二]，早不测其著意，一旦借此以逞，几破我家。固彼不类既有意[三]，又平日一嚬一笑皆在他人，则尔后不得不虑，其势殆不容一日安。此徙居之心正如烈火，顺风而来逼，又况冰玉欣慕之素耶[四]？虽委一亲戚，至之初，甚慨然，比再遣人来，决有报，若犹豫，止候粗得一蔽风雨处，即命途矣。愿亲之切，以日为岁。《姑溪居士后集》卷一六

【笺注】

［一］丘园，家园，乡村。《易·贲·六五》:“贲于丘园，束帛戋戋。”

［二］任事，任职理事。《南史·何尚之传》:“尚之既任事，上待之愈隆。”

［三］不类，不善。《诗·大雅·瞻卬》:“不吊不祥，威仪不类。”

［四］冰玉，“冰清玉润”的省称，代称岳父和女婿，此用以称曾纡、王铚翁婿。苏轼《与王定国书》:“知今日会两壻，清虚阴森，正好剧饮，坐无狂客，冰玉相对，得无少澹否?”壻，同“婿”。

与王性之手简 三

改岁已两月，尚未及一通问，不惟疏怠可愧，而蹭蹬自窘，不应于左右如是。向往之私，兹剧缱绻。雨甚加寒，日来恭惟动履清胜。目前事尤如蝟毛[一]，然一力支持，惟知勉强以对，而参承之计，以故差池[二]，深有负于眷遇之素也。其诸非会晤不展，临纸倍增咏。《姑溪居士后集》卷一六

【笺注】

［一］蝟毛，见《与杨晦叔明叔兄弟手简一三》注［二］。

［二］差池，疏忽。

与王性之手简 四

比奉问已三四日，尚未知果得尘控已否[一]。专介遽被手笔，委论勤款，如接更仆[二]，衰茶何堪[三]？晚得陪胜游，遂蒙相期，若昔之投分。始终不渝，犹金石交[四]。而每谓不足以负荷，乃于是真若他心通者。得非诚意密契，冥冥自有以符之也[五]？佩服之深，滋畏山压，继而增盐来[六]，亦闻公衮近信。高明行李，既获豫知，而公衮亦旦夕可

以相见，喜慰固不能胜，而策之甚疏[七]，亦不为愧也。《姑溪居士后集》卷一六

【笺注】

［一］谓不知道自己的书信对方收到没有。

［二］更仆，见《与龚平国手简二》注［六］。

［三］衰苶，此为自称之谦辞，即衰疲之人。

［四］谓交谊深厚，如金石一样坚固。《汉书·韩信传》："今足下自以为与汉王为金石交，然终为汉王所禽矣。"

［五］冥冥，命中。符，应验。

［六］增盐，当为人名。

［七］策，书信。

与王性之手简 五

自有迁居之意，宣城胜丽，梦寐不舍，尤尽见樽俎谈笑，挥毫凌铄[一]，朝夕云烟杳蔼之间[二]，而又人物相先后，不减东晋盛时。未论得见之为荣遇，而一念所及，恍如仙去。方且力自策勉，冀得于一两月中，不图高明骤有行色[三]，岂衰蹇不类，造物者固不与之全耶？良自感叹。《姑溪居士后集》卷一六

【笺注】

［一］凌铄，亦作"凌跞""凌轹"，超越，压倒。

［二］杳蔼，形容云雾缥缈的样子。唐韩翃《题荐福寺衡岳暕师房》："晚送门人出，钟声杳霭间。"

［三］因王铚政和四年（1114）初过当涂时，曾约与李之仪在宣城卜邻，李之仪便于该年冬天准备移居，却为事羁绊，而年底王铚之父又召铚回汝阴。

与王性之手简 六

比得之公衮，乃审促归甚至坚确[一]。虽妄意必从此来，而所闻程约近在半月。日间公衮亦云，此月十二三日可复过此，日夕企伫[二]，杳不得耗。窃谓宜兴金陵别有捷径[三]，恐公衮由之以归，而性之亦从此往矣。亟作书并上尊府书[四]，将专遣人特达。邂逅泾县有归便颇的[五]，即以委之，定能不沉坠否？拳拳系吝之私，兹可量已。《姑溪居士后集》卷一六

【笺注】

[一] 促归，指王铚之父催促铚归汝阴之事。坚确，坚定。《韩非子·外储说左上》："言而拂难坚确，非功也。"

[二] 企伫，踮起脚来等待，表示急切盼望。王安石《答蔡天启书》："何时南来？日以企伫。"

[三] 宜兴，今江苏宜兴。

[四] 尊府，见《与元祖庆法曹手简四》注 [一]。

[五] 泾县，今安徽泾县。

与王性之手简 七

伏蒙宠示近诗，开缄已如暗室得灯[一]。已而申绎讽咏，端若骤出沸鼎中，而清风四来，醍醐甘露，相继沾沃也[二]。钦承有自来，至此尤觉逸驾愈远[三]，而高步岌岌云霄之上矣[四]。追逐瞻望，其何能及？击节之余，益数胜流，周旋妙晤，日有相契，景向妍咏[五]，尤不能已。此亦以俗谛拨置不遣[六]，辄时时自投偪俛。方呻吟时[七]，似有可意处，殆录出则反令人作恶。固愿求教匠手，特以老倦，胜染极艰[八]，徒有愧于忧忘也。《姑溪居士后集》卷一六

【笺注】

［一］开缄，开拆（信函等）。李白《久别离》：“况有锦字书，开缄使人嗟。”

［二］沾沃，滋润、灌溉。

［三］逸驾，奔驰的车驾，比喻才能出众。

［四］高步，阔步，大步。左思《咏史》之五：“被褐出阊阖，高步追许由。”岌岌（jí），形容高耸的样子。《楚辞·离骚》：“高余冠之岌岌兮。”

［五］景向，同“景响”，如影随形，如响应声。《楚辞·九章·悲回风》：“入景响而无应兮。”

［六］俗谛，佛教语，浅易的道理，又称“世谛”“世俗谛”，与“真谛”相对。

［七］呻吟，曼声而吟，指诵读、吟咏。王充《论衡·案书》：“刘子政玩弄《左氏》，童仆妻子皆呻吟之。”

［八］胜染，修染。

与王性之手简 八

叔弼云亡，固当致弔[一]。而彦立平日尤厚，德麟雅好，亦愿详细作书。周翰中间得一书未答，蔡致君父子不止当作书[二]，亦作答。数书须稍情意铺叙，力辄不逮，更俟乘行李未到间，试勉强也。《姑溪居士后集》卷一六

【笺注】

［一］致弔，吊唁。

［二］蔡致君，大梁夷门（今河南开封东北）人，隐居读书，尤喜藏书，编有《蔡氏藏书目》三卷，苏过为之作序。

与王性之手简 九

不作书咨候已复踰月，日计命途，遂参武周旋之胜[一]，竟为猥琐凭凌[二]，而其势无异拔山，行止非吾所能及[三]，良自喟叹。公衮暮夜过门，如梦寐间。青都紫府羽衣玉简之接[四]，所谓得才数十语，亹亹沦肌浃髓[五]，靡不使人心醉。亦无异宝笈珠囊中所纪，而斗觉云烟蓊蔚而来拥[六]。老境何堪，是殆一报缘地，鼎焉遽有所期遇也。侵寻所自来，固无功行可资[七]，特吾性之极力挽引，乃兹妙契。其为感幸，但深未易负荷之愧尔。以故尤恨杖履回旋，几俎雍容[八]，可与同而辄自窘也。春物烂发，故都登揽，是时桓、谢风流[九]，沈、杜雅致[一〇]，参决先后，以奉吟笑。日来为况当复何似？或闻朝夕遂还侍下[一一]，得是信，罔然几不知所遣。既而又闻涉秋复来，则收之桑榆[一二]，犹有后缘之托。尚冀行李顺途，庶谐一面之慰。《姑溪居士后集》卷一六

【笺注】

［一］参武，追随。

［二］凭凌，同“凭陵”，侵扰，羁绊。

［三］行止，行步止息，犹言动和静。《孟子·梁惠王下》：“行，或使之；止，或尼之。行止，非人所能也。”

［四］羽衣，羽毛织成的衣服，神仙之衣。

［五］沦肌浃髓，浸透了肌肉和骨髓，比喻感受深刻。沦，浸。浃，湿透。《淮南子·原道训》：“不浸于肌肤，不浃于骨髓。”

［六］蓊（wěng）蔚，浓密，密集。

［七］功行，功绩和德行。韩愈《科斗书后记》：“天下之欲铭述其先人功行。”

［八］俎，即樽俎，指陪侍宴席。

[九] 桓、谢，东晋名士桓温、谢安。

[一〇] 沈、杜，南朝梁沈约、杜子伟。

[一一] 侍下，见《与王乐道工部手简一〇》注［四］。

[一二] 见《与元祖庆法曹手简二》注［一二］。

与王性之手简 一〇

卜居初荷委曲，势须身到，乃契高义。比既差池，姑俟及门，方能披写。遂日幸一日，亦不虞蹭蹬至是也。公衮来，一席间，十之三四在是事[一]，缱绻细绎[二]，无不饱足人意。使其自履之[三]，亦未能必尔[四]。于是又知先为之容，非咫尺可以喻感[五]。月终或出月[六]，度可以成行。是时行李必已远矣，绪余参期[七]，豫深留滞之叹。既归侍下[八]，涉暑未必能遽还，定无摇落之初，必有近耗，或遂过此，犹及面叙。《姑溪居士后集》卷一七

【笺注】

[一] 是事，指迁居之事。

[二] 指安排细致周到。

[三] 自履，亲自去做。

[四] 必，一定（做好）。

[五] 喻感，表达情感。

[六] 出月，出了本月，即下月。

[七] 参期，期望。

[八] 侍下，见《与王乐道工部手简一〇》注［四］。

与王性之手简 一一

去腊已问途[一]，为路西田讼[二]，特见及，遂遭挽絷[三]，迄今未见

其归。非身与之对，则不无噬脐之虑[四]，是乃如拔山者尔。咏怀登高临远，晦明杳蔼之与俱；而穷探力取[五]，秘奥幽深之必索，又复人物所同，莫非气类之胜。付畀薄厚，固系于人，似是一毫发不容妄得也。每念及之，但嗟惜自悼而已。其倾倒追逐，已成一方极则之事。异时犹击节以乘其后，或能僶俛次第[六]，以副都人流传之托[七]，是老境之幸也，如何？《姑溪居士后集》卷一七

【笺注】

[一] 去腊，去年腊月。问途，此谓打算上路。

[二] 路西，见《与友人手简七》注［四］。

[三] 挽縶，羁绊。

[四] 噬脐，因遭受极大损失而后悔不及。

[五] 穷探，极力探求。

[六] 次第，规模。

[七] 都人，京都之人。班固《西都赋》："都人士女，殊异乎五方。"

与王性之手简　一二

日者税鞅[一]，适幸密迩舍馆，曲记不遗[二]，屡枉存顾。薰然相予之意[三]，欢若平生[四]。虚往实归[五]，所得于抑扬间亦多矣。少别，遽复改岁，江上晚寒，不审日来侍奉起居何似？盛义不可忘，特未有旦暮参承之地。瞻望门庭，倍深驰遡[六]。《姑溪居士后集》卷一七

【笺注】

[一] 税鞅，见《与储子椿手简九》注［六］。

[二] 曲记，详细记载。

［三］薰然，形容温和、和顺的样子。

［四］平生，旧交。苏洵《与欧阳内翰第三书》："年近五十始识阁下，倾盖晤语，便若平生。"

［五］见《贺王宪解元启》注［二九］。

［六］驰遡，同"驰溯"，表示对对方的景仰思慕。

与王性之手简 一三

倾向门下[一]，非一朝夕。衰颓不类，分从所无。闻以老瞻咏，一时人物，如隔世外，君子何缘得之？乃先存顾周旋[二]，礼意之厚，遂欲收之，以托气类。感遇固无以自名，其如应接不暇，无异放舟剡溪[三]，一何峭崒透邃[四]、千里万路之多耶！愈叩愈无尽，庶几桑榆[五]，终在末轨。《姑溪居士后集》卷一七

【笺注】

［一］倾向，亦作"倾乡"，向往，钦慕。欧阳修《与吴正献公书》："乃情倾向，岂胜区区。"

［二］周旋，照顾，周济。《三国志·魏志·臧洪传》："望主人之旗鼓，感故友之周旋。"

［三］放舟，开船，行船。放舟剡溪，见《先状》注［三］。

［四］峭崒，高峻。透邃，深邃。

［五］见《覃恩谢时宰启》注［四］。

与王性之手简 一四

顷得高文，几至成诵。常谓德与俱进，每叹奔轶绝尘[一]，不可得而企及矣[二]。傥辱未忘，尽畀副本，使得谛咏矜式[三]。其眷契成就之

赐[四]，虽老矣，犹知兴起也[五]。自到江上，笔研几废，纵有之，不足逸匠手。姑俟编录，以投至鉴[六]，庶蒙不屑教诲[七]，或有以上副也[八]。《姑溪居士后集》卷一七

【笺注】

［一］奔轶绝尘，形容跑得极快。轶，同“逸”。绝尘，脚不沾尘土。《庄子·田子方》：“夫子奔逸绝尘，而回瞠若乎其后矣。”

［二］没有希望达到，形容远远赶不上。企及，赶上，及得上。唐柳冕《答衢州郑使君》：“不可企而及之者性也。”

［三］谛咏，玩味吟咏。

［四］眷契，眷顾关爱。

［五］兴起，（因感动而）奋起。《孟子·尽心下》：“奋乎百世之上，百世之下，闻者莫不兴起也。”

［六］至鉴，指极高的鉴赏能力。晋卫铄《与释某书》：“仰凭至鉴，大不可言。”

［七］不屑，不介意。《后汉书·马廖传》：“尽心纳忠，不屑毁誉。”

［八］副，交付，付与。

与王性之手简　一五

向自当涂归[一]，道逢令兄，方知行李留滞东阳[二]。寻欲专遣人咨候，闲中无得力，竟尔鉏铻。遂约少回归轩，且复不契[三]，念之殊不自堪。蒋山清老归来[四]，犹未得一见。然闻前日酌客赋诗[五]，累日甚恨矣，此况于今犹诵之(一)。近著想已满箧，固未敢率易有请。万一流传一二，使得咀嚼[六]，以涤沉滓，似未峻阻也[七]。老倦下笔，往往不复如昔。虽伎止于此，终当誊出，以幸指教。曾诗亦未检得[八]，并须别营专便次。见亮见亮。《姑溪居士后集》卷一七

【校记】

(一) 犹：原缺，据四库本、《全宋文》补。

【笺注】

[一] 向，以前。

[二] 东阳，今浙江东阳。

[三] 不契，此指所约不能成行。

[四] 蒋山，即钟山，又名紫金山，在南京市东北。汉末有秣陵尉蒋子文逐盗卒于此，三国吴孙权为立庙于钟山，因改称蒋山。清老，当为俞澹。

[五] 酌客，宴客。

[六] 咀嚼，反复体会，玩味。

[七] 峻阻，险阻，此有困难之意。

[八] 曾诗，当指曾纡的诗作。

与王性之手简 一六

比幸披展，适以秋成，急于寇盗之至，曾未得博采力索，少慰钦慕。别来罔然，复追讼何及。车马留东阳几时，先约王元均父子[一]，俟归途之便一报，当遣人屈致，以幸庄居。累日之款[二]，竟不相副[三]，良自感叹。村落间了目前事，尤不少辍，欲作书咨候，不止无便，亦无斯须好况。竟辱枉教，而不腆弊志，遂落第二，其愧何以为控？稠重十余幅，字字皆警策，不谓晚节有此胜遇。但无以仰对[四]，滋不遑尔。乍归，又当改岁。人事如蝟毛然[五]，未果详悉具报，续当驰谢次。《姑溪居士后集》卷一七

【笺注】

[一] 王元均，生平不详。

［二］款，殷切期盼。

［三］相副，相符，指与打算相合。

［四］仰对，面对，此有回报之意。

［五］蛸毛，见《与杨晦叔明叔兄弟手简一三》注［二］。

与王性之手简 一七

日俟私故少休[一]，一寻访戴之兴[二]，因以识荆州之面[三]。春晚可期，未应有是幸会已否[四]？金陵无名废日，尤非老境所堪，但迟暮可虞求田问舍，不无荏苒为妨。欿然此怀，一念及之，不觉汗下。恭惟定省之余[五]，图史环拥[六]，从容古人感慨之际，旁揖胜丽[七]，以永佳趣。虽江山不足以契雅怀，然上游之据，皆当日名流，登览之余，陈迹班班可纪者，按籍与俱[八]，其味宜如何哉！尚阻追随，临笔倍深依向。《姑溪居士后集》卷一七

【笺注】

［一］私故，私事的原因。

［二］见《先状》注［三］。

［三］见《贺人转官启》注［一三］。

［四］未应，未知。

［五］定省，子女早晚向亲长问安，此指侍奉双亲。《礼记·曲礼上》："凡为人子之礼，冬温而夏凊，昏定而晨省。"

［六］周围都是图书，谓嗜书好学。

［七］揖，接。

［八］按籍，按照记录。

与王性之手简 一八

久不通书，固非得已。当舟车会通之地，而藐然情不接于上下[一]。

以不接之一身，而应日生无穷之事变，加之衰疲忧患之余，其得一出入息，为可休安而乐者耶(一)？坐跂胜晤[二]，但时时击节赏叹，而宣心写妙[三]，不能回于笔下。此非常情之所及，仅自知而叹感尔，高明渠得而谅哉？忽披手示，累幅恩勤，方营医夺死[四]，号嗷哀祈之际[五]，申纸一阅[六]，洒然不知烈日流汗，窘蹙之在我也。紬绎所命[七]，愧不自容。其降意俯求[八]，固知虚以受其来[九]，若谷若不足[一〇]，皆未易况之。而施之非据，祇剧惭衄[一一]。大暑，不审日来定省讲习之余[一二]，起居何似？病者偶不死，今犹在衽席间[一三]。太平举葬，咫尺用工，又复秋收。是时非身履之，皆不能济。行李在问，念一到其地，无复修驰之暇，草略申叙，仰冀矜炤。执笔不觉气长一丈[一四]。《姑溪居士后集》卷一七

【校记】

(一) 安：原作“耶”，据四库本、《全宋文》改。

【笺注】

[一] 藐然，茫然。藐，通“邈”。不接，不应酬，不往来。

[二] 坐跂，企盼。

[三] 宣心，舒心。写妙，描绘传神。苏轼《次韵答王定国》：“每得君诗如得书，宣心写妙书不如。”

[四] 营医夺死，谓求医救命。

[五] 号嗷（jiào），号叫，号呼。

[六] 申纸，指书信。

[七] 紬绎，细致婉转。

[八] 降意，降心相从，屈意。

[九]《易·咸·象》：“君子以虚受人。”

[一〇]《老子》第四十一章：“上德若谷，大白若辱，广德若

不足。”

［一一］惭衄（nǜ），惭愧、羞愧。衄，辱。

［一二］讲习，研讨学习。《易·兑》：“君子以朋友讲习。”

［一三］衽席，亦作“袵席”，卧席。《韩诗外传》卷二：“执巾栉，振衽席。”

［一四］形容备受鼓舞。

与王性之手简　一九

伏蒙宠示所集六一翁遗文[一]，并蔡君书与其编次东坡老南迁后诗文总目[二]，且俾附名其后，及序其前[三]，皆巨题也[四]。固当以不敏求免，然二公不可忘也。每得其绪余之传，无异自天而下[五]，况探索讨论，超出物表，非豪杰之勇，畴克尔尔[六]？辄勉强索课[七]，录呈左右，为用则不可，但此遇不易得，其高明之贶其可虚耶？所留背轴素纸，适兹纷扰，未敢下笔。俟至宣城，或能乘兴。亦恐斤斧不弃，未为定稿也。别集三册、总目册、背轴一卷[八]，同元帕护附来介持纳[九]，幸祝至[一〇]。《姑溪居士后集》卷一七

【笺注】

［一］六一翁，对六一居士欧阳修的敬称。

［二］蔡君，即蔡致君。编次，编辑整理。南迁，被贬谪、流放到南方。绍圣四年，苏轼谪儋州（今海南儋县），元符三年（1100）四月遇赦北归。

［三］序，作序。

［四］巨题，大作。

［五］自天而下，比喻出于意外。

［六］尔尔，如此。《南齐书·豫章文献王传》：“而臣自处之，体不宜尔尔。”

［七］索课，即牵课。

［八］别集，同总集相对，指收录个人作品的诗文集。

［九］元，原。帕护，指包裹书画的布套。

［一〇］希望能够顺利送达。

与王性之手简　二〇

投分高明，每作书即欲巨细布之[一]，以故尤不得间。于抢攘之地，仰佩见赐，倍深愧叹。诗轴日置几案间，不自得则必一一历目，擿其成诵者呻吟以自宽[二]。非特为我矜式，实一时之良药也。比来撰述必已充牣箧椟[三]，以超轶绝尘之资，而当贤父兄之间，一举足便有数千万之远[四]。况山水之胜，天下卓绝之境，适为朝夕之助耶！早时妄意亡儿之养，获奉周旋，虽癃疲已废[五]，尚意因见而悟。如有借于丰草长林[六]，或少振于跻攀腾跃之便尔。适兹见嗇，每念及之，但深蔚结[七]，似非人力所能致也。何时一面，向风耿耿。《姑溪居士后集》卷一七

【笺注】

［一］巨细布之，指事情不分大小，都一一详述。

［二］擿（tī），挑出。

［三］充牣，充足，丰足。箧椟，竹箱与木柜。

［四］举足，提脚，跨步。《礼记·曲礼下》：“行不举足，车轮曳踵。”

［五］癃（lóng）疲，年老衰弱多病。《史记·平原君列传》：“臣不幸，有疲癃之疾。”

［六］丰草长林，茂草高林，指隐逸之地。杜甫《进三大礼赋表》：“与麋鹿同群而处，浪迹于陛下丰草长林。”

［七］蔚结，郁结。

与王性之手简 二一

适方修记左右，耑使被问[一]，垂谕周渥[二]，感刻未易借况。伏审雨寒起居佳胜。衰废久矣，分同腐草。一旦顿回生意，则退之所以推誉侯喜之语[三]，兹复得之，其佩服尤非所据[四]。少顷钦仲(一)，降屈尊严，以快占叙(二)。《姑溪居士后集》卷一七

【校记】

（一）仲：疑当作“仰”。

（二）尊严、以快：原缺，据四库本、《全宋文》补。

【笺注】

［一］耑使，专使。耑，同“专”。

［二］周渥，情意殷勤。

［三］侯喜，韩愈友人。韩愈有《送侯喜》《赠侯喜》等诗。

［四］非所据，此谓不敢当。

与王性之手简 二二

天气未定，于渡江□□□□里，此固不可不避就。而私淑之怀[一]，似物理有以见怜，故适投雅意所命也[二]，慰幸慰幸。见征拙语，实畏巨题，又诸作者截断路口[三]，殆寸步不容进。更俟牵课，然亦未敢自必于可以拈出尔[四]。惶悚惶悚。《姑溪居士后集》卷一七

【笺注】

［一］私淑，见《贺时相除少保》注［四四］。

［二］适投，正合。

［三］截断路口，犹截断众流，指识见超群、语中要旨。

［四］自必，自己坚信，自以为必然。

与王性之手简 二三

累枉教翰，愧不自堪。不独光明顿回蔀屋[一]，而组缋彩错[二]，纵横照烂[三]，寒乡未始有此也，慰幸何已！少间，恭惟起居佳胜。见征拙陋，属思几不联接[四]，重惟推借之重，不退避，辄牵课上呈，姑奉一笑，不必留也。余容面致。《姑溪居士后集》卷一七

【笺注】

［一］蔀（bù）屋，草席盖顶之屋，泛指贫家幽暗简陋之屋。王安石《寄道光大师》："秋雨漫漫夜复朝，可嗟蔀屋望重霄。"

［二］组缋，丝织品上的彩色刺绣或绘饰。唐刘轲《三传指要序》："此所谓去经纬而从组缋者矣。"彩错，色彩交错。

［三］照烂，灿烂。司马相如《子虚赋》："众色炫耀，照烂龙鳞。"

［四］属思，构思。韩愈《和崔舍人咏月》："属思摛霞锦，追欢罄缥缾。"

与王性之手简 二四

早来欲作记，恐遂行，姑遣人闯问[一]。已而知尚迁延，亟且缱绻，必未获浼彻[二]。遽被翰墨，委诲谆密，尤畏俯求之重，而衰苶未易为据也。雨势未已，道路艰梗[三]，恐人力有所不能胜，更须留宿以俟也。然黄山亦自虚旷[四]。早来伏惟体况清适。方图僦所肩舆以奉佳趣[五]，庶接临分少款，以慰不能遣，忽报田间所积微米[六]，水上被冲注，穷饿之水火，不免辍以赴之。厄会凡皆类此，似是造物者必欲见乘[七]，讵可力胜耶？向风不觉气长一丈[八]。《姑溪居士后集》卷一七

【笺注】

［一］闯问，闯到门上去问候。

［二］浼彻，谦辞，指对方收到自己的书信。

［三］艰梗，艰难险阻。王安石《游土山示蔡天启秘校》："外实备艰梗，中仍费调燮。"

［四］黄山，山名，位于今安徽黄山市境内。虚旷，空旷辽阔。

［五］僦（jiù），租赁。肩舆，轿子，人以肩举之而行。

［六］微米，少量粮食。

［七］见乘，乘隙，乘机。

［八］形容备受鼓舞。

与王性之手简　二五

破甑敝帚[一]，畴复见录？委曲终不忘，则定将何施可以为报？家间至于重复，豫计是行，似厄会已极矣。不然，安得平生所愿，一时际遇，并得之如是也？坟山石刻打未足[二]，方欲理之，止有三本，并罗氏表同浼哲匠[三]，余者续附呈次。遣叙非所工[四]，正赖诋诃[五]，不妨笔次有以不及也。钦企钦企。《姑溪居士后集》卷一七

【笺注】

［一］谦辞，称自己乃不值一顾之人。甑，锅。

［二］打，拓印。

［三］罗氏表，为罗氏所作表章。哲匠，技艺高超的工匠，此称赞对方有高超才艺。杜甫《赠特进汝阳王二十韵》："学业醇儒富，辞华哲匠能。"

［四］遣叙，铺叙。

［五］诋诃（hē），亦作"诋呵"，诋毁、呵责，此有指教之意。

与王性之手简　二六

向以见征跋尾，仓卒以奉来贶。不谓刻石为宠，又烦背轴见及。展玩愧悚[一]，尤佩勤眷。郡首守记[二]，前已得之，该载详尽，实一方之幸。紫烟之作[三]，真大手笔也[四]。父子翰墨相先，异日想见丰采[五]，岂小补哉？然题名正患如吏文[六]，在处不免俗韵[七]。刘贡父《太学直讲记》以为脱洒[八]，今日又高一着，可胜嗟咏。《姑溪居士后集》卷一七

【笺注】

［一］展玩，仔细地观看。展，审视，察看。

［二］郡首守，太守。

［三］紫烟，指王性之诗作。

［四］大手笔，称赞王性之诗作文辞不凡、气魄宏大之语。

［五］想见，推想而知。《史记·孔子世家论》："余读孔氏书，想见其为人。"

［六］题名，题跋。吏文，官府文牍。

［七］俗韵，世俗的情趣。陶渊明《归园田居》："少无适俗韵，性本爱丘山。"

［八］刘攽（1023—1089），字贡夫，一作贡父、赣父，号公非。临江新喻（今江西新余）人，庆历进士，历任曹州、兖州、亳州、蔡州知州，官至中书舍人。助司马光纂修《资治通鉴》，著有《东汉刊误》等。脱洒，洒脱，超脱。

与王性之手简　二七

衰迟，久欲为门下客，差池不契，竟兹淹晚。不谓爱下之余[一]，

遽叨赏遇[二]。虽桑榆何堪[三]，犹幸振起之光，窃借以老也。日者迁徙所择，实主于幸义为多[四]。尚尔牵制，盖未始顷刻辄忘于怀。艰生固已弗类，而厄会见乘，初不计物理凭陵[五]，乃至于是！天其或者饥饿空乏[六]，使平日妄迷之误，澡雪殆尽[七]。而遂将旦暮亲依，变瓦砾为黄金则未定□□定能不愧器就之赐否耶[八]？愿见之怀，日以为岁。《姑溪居士后集》卷一七

【笺注】

［一］下，谦辞，在下。

［二］遽叨，突然承受。苏轼《谢监司启二首》之二："遽叨荣问，徒益厚颜。"

［三］见《覃恩谢时宰启》注［四］。

［四］幸义，恩幸与盛义。

［五］凭陵，欺侮，侵犯。

［六］空乏，使困穷、贫穷。《孟子·告子下》："饿其体肤，空乏其身。"

［七］澡雪，洗涤。《魏书·释老志》："其为教也，咸蠲去邪累，澡雪心神。"

［八］变瓦砾为黄金，谓脱胎换骨。器就，成就。

与韦深道手简

辱书借米，虽李侯之义不减昔人，而鲁公之拙则亦久矣[一]。方时艰食[二]，远近所同，非若藩镇廪饩之余[三]，得借已出望外，兼蒙专遣津置[四]，尤佩厚意。共审渐暄，日来体力佳健。独力酬对，其来如雨雹，其理如蝟毛[五]，须少就序，即在左右，盖无时不奉思也。《姑溪居士后集》卷一七

【笺注】

［一］此二句典出颜真卿《与李太保帖》（又名《乞米帖》）："拙于生事，举家食粥，来已数月，今又罄竭，祗益忧煎。"

［二］艰食，粮食匮乏。《尚书·益稷》："暨稷播，奏庶艰食鲜食。"

［三］廪饩，由公家供给的粮食。

［四］专遣津置，专门派人用船送来。

［五］蝟毛，见《与杨晦叔明叔兄弟手简一三》注［二］。

与赵彦强手简 一

相别逾年，初不知行李所税[一]，不得数具问[二]，至深倾驰[三]。忽辱垂顾，尤愧不逮。然遂获奉晤语，有足慰者。晚来履况何似？切承暂寓客邸，无缘抵造[四]，想蒙加察[五]。未行，因出入，无吝见访耳。《姑溪居士后集》卷一七

【笺注】

［一］税，息，止。

［二］数，详细。

［三］倾驰，倾慕向往。

［四］抵造，登门拜访。

［五］加察，理解，谅解。

与赵彦强手简 二

方作书，披手示周尽[一]，无复遗意，而语妙句秀，钦叹不能已，其感慰不待言也。湖阴佳处，人物尤胜。三年欲一投足，竟未可得。比来无一毫发系念，径思问道[二]，辄为病留，良可叹者。闻仲权、仲常

兄弟馆置甚厚[三]，彦强可人处固多，甚不恶也。力疾修附，未暇详悉，幸加察。《姑溪居士后集》卷一七

【笺注】

[一] 指意思详尽。

[二] 径思，一心想着。

[三] 仲权、仲常，皆为人名。馆置，招待。

与赵彦强手简 三

别后日觊轩盖[一]，迟回所期，不忘倾遡。自四月末即病，奄奄如九泉下人。欲作一书，亦复不果，然亦未尝辱寄声。出处既异，虽在咫尺，盖与数千里不少间也[二]，念之尤不能已。大暑，不审日来起居何似？或谓已成久居计，随遇即安。要是乐处为不易得，所以去闾里，近坟墓，不屑羁旅，傥在此耶[三]？何时遂获周旋，向风耿耿。《姑溪居士后集》卷一七

【笺注】

[一] 日觊，每天希望（看见）。轩盖，车盖，代指车驾。

[二] 不少间，差不多。

[三] 大概正是由于这样的原因吧。

与石端若兄弟手简[一] 一

沦落不类下士[二]，若与之比；而卓然仪容，乃独收录，遂得从容教饰[三]。得者皆言意之表[四]，佩服荣幸，固不待缕缕。盖已期于必相亮久矣[五]，于是方图申庆，愧无以藉手。而大轴雄文[六]，遽兹俯暨，礼意之隆，已不胜其荷戴。而属词典丽[七]，盛哉，久不见此体制[八]，

真燕、许绪余[九]，常、扬而降[一〇]，以至杨、刘、晏、宋[一一]，皆不足道也。得我矜式，滋有衰老后时之叹，更当紬绎，以游十驾[一二]。《姑溪居士后集》卷一八

【笺注】

[一] 石端若，生平不详。

[二] 下士，才德差的人。《老子》第四十一章："下士闻道，大笑之。"

[三] 教饰，修饰。

[四] 言意，言语和意旨。表，表象。《吕氏春秋·离谓》："夫辞者，意之表也。"

[五] 相亮，相见。

[六] 大轴雄文，对别人书画、诗文作品的美称。

[七] 属词，遣词造句，即写作。《旧唐书·薛登传》："有梁荐士，雅爱属词。"

[八] 体制，诗文书画等的体裁、格调。嵇康《琴赋》序："其体制风流，莫不相袭。"

[九] 燕、许，指唐文学家张说、苏颋。张说封燕国公，苏袭封许国公。《新唐书·苏颋传》："（苏颋）自景龙后，与张说以文章显，称望略等，故时号'燕许大手笔'。"

[一〇] 常，东晋史学家常璩（约291—361）。扬，扬雄。

[一一] 杨、刘、晏、宋，指杨亿、刘筠、晏殊、宋祁。

[一二] 谦称自己为驽马。十驾，马驾车走十天的路程。语出《荀子·劝学》："驽马十驾，功在不舍。"

与石端若兄弟手简　二

久闻谒告归[一]，跂首而望[二]，何啻以日为岁。忽承舍舟[三]，无异

自天而下。亟图就展，以涉冬徂春奔走，乍还家，又一番目前事，倥偬辄未暇[四]。及作书申叙，亦索于纷扰之际，曾未获详细。差池未蒙委报，向往之深，于是不觉犹豫。方周旋岁计，酬对远近，横来之间[五]，欲款门第与再具书，皆复不逮。惟是拳拳，滋不能已。忽枉专教，恭审日来体力佳健。偶亡孙小祥[六]，津置骨肉往金陵作佛事[七]，修布殊不逮意，仰觊加亮[八]。《姑溪居士后集》卷一八

【笺注】

[一] 谒告，告假。宋王谠《唐语林·补遗三》："（崔）沆乃谒告，携即时替沆官。"

[二] 跂首，举踵延颈，比喻盼望之切。苏洵《与欧阳内翰第三书》："思欲跂首望见君子之门庭，不可得也。"

[三] 承，得知。

[四] 倥偬，事情纷繁迫促，忙乱。南朝齐孔稚圭《北山移文》："牒诉倥偬装其怀。"

[五] 横来，突来，谓各种事情不断突然出现，令人措手不及。

[六] 小祥，周年祭。

[七] 津置，用船送去安置。

[八] 希望见谅。

与石端若兄弟手简　三

比者观光稍款[一]，方礼成乐作之际[二]，想得于古人着意命驾处为多[三]。博我未闻，方切跂咏，而乃牵制如此，可胜怅仰。间审已具舟，特如亲膝，遂复相远，我劳如何[四]！衰茶止候月初家人辈归，即左右矣[五]。曩愿致于笔下者[六]，笔下亦安能仿佛？《姑溪居士后集》卷一八

【笺注】

［一］款，投合，融洽。

［二］礼成乐作，指太平盛世。

［三］着意，用心。命驾，命人驾车马，谓立即动身。《左传·哀公十一年》："退，命驾而行。"

［四］见《与金马部中玉手简七》注［二］。

［五］到您跟前问安。

［六］曩（nǎng），从前。

与石端若兄弟手简　四

不相问，未始许久。目前易成因循，不独高明然也。其如老病杜门，无时不奉思。以奉思故，笔次不得无望望[一]。来问遽贻，如获款近。特达出于盛意，资畏责己[二]，反轻约也[三]。伏审日来动履清胜。或云不晚赴燕，设若在田间[四]，必相失；如在月末，当幸迎候。《姑溪居士后集》卷一八

【笺注】

［一］望望，形容急切盼望的样子。杜甫《洗兵马》："田家望望惜雨干，布谷处处催春种。"

［二］资，因此，由此。

［三］轻约，减少，减轻。

［四］设若，假如。

与石端若兄弟手简　五

适奉先所枉书教，罪戾叨复为冒昧[一]，然迹犹在赭衣中[二]，而俪句褒予过甚，伏读汗下。虽朋友之义，以知心为喜，其如忝焉何堪？未

易负荷，谨留以永家传。续当奉课上报次[三]，不意礼意隆厚，非君子推借逾重，畴克尔尔？并图为谢，有愧倚马[四]，辄先布其略。《姑溪居士后集》卷一八

【笺注】

[一] 罪戾，罪愆。《国语·晋语四》："余，罪戾之人也。"

[二] 赭（zhě）衣，囚衣。因以赤土染成赭色，故称。

[三] 奉课，完成。

[四] 倚马，比喻文思敏捷，下笔成章。《世说新语·文学》："桓宣武北征，袁虎时从，被责免官，会须露布文，唤袁倚马前令作，手不辍笔，俄得七纸，殊可观。"

与石端若兄弟手简　六

大轴贲耀[一]，似一旦跻我于云霄之外矣。末路有此幸遇，岂造物者怜其困踬之甚[二]，故特有以振之耶？至于亲寓美翰，济以异国精楮[三]，异数优渥，倍深惭衄。别容黾俛紬绎[四]，惟其不能[五]，故复见于此。《姑溪居士后集》卷一八

【笺注】

[一] 大轴，犹雄文。贲耀，光耀，荣耀。

[二] 困踬，窘迫，受挫。王安石《祭欧阳文忠公文》："虽迍邅困踬，窜斥流离，而终不可掩。"

[三] 异国，异域。精楮，良纸。

[四] 紬绎，仔细寻思、琢磨。

[五] 惟其，正因为。

与石端若兄弟手简 七

晚暑，起居何似？习仪罢必无事[一]。比孙铭督迫[二]，亦幸得于玉趾之便，辄往，望那工夫一阅[三]。恐有不稳处[四]，幸一一见教[五]，无相疏薄也[六]。更有一事请益[七]，先大门举制策在何年[八]？是时先进所业用举者否[九]？然国史中则天圣七年特下诏，用举者先进策论各二十五篇[一〇]，命从官考定而后召试[一一]。又记得曾读先大门集，中已有进策论。此间无文字可检，所见止是阁试六论并御试策尔[一二]，无惜开晓[一三]。明出必早，幸过此早饭而去，亦贵少款也。阅毕，并周诗见及[一四]。《姑溪居士后集》卷一八

【笺注】

［一］习仪，演习礼仪。韩愈《董公行状》："凡将大朝会，当事者既受命，皆先日习仪。"

［二］孙铭，为亡孙所作铭辞。

［三］那工夫，那时候。一阅，一见。

［四］不稳处，不妥当之处。

［五］幸，希望。

［六］疏薄，疏远淡薄。王充《论衡·累害》："友同心恩笃，异心疏薄。"

［七］请益，请教。《礼记·曲礼》："请业则起，请益则起。"

［八］大门，祖父。贺铸《庆湖遗老集·自序》："大门总伯道坰牧之正。"制策，科举考试科目之一。苏轼《策别七》："国家取人，有制策，有进士，有明经，有词科，有任子，有府史杂流。"

［九］是时，当时。先进，首先进呈。所业，所作。

［一〇］策论，指议论当前政治问题、向朝廷献策的文章。

［一一］召试，皇帝召见面试。

［一二］阁试，内阁考试。御试，帝王于宫殿内考试贡举之士。

［一三］开晓，开示，开导使明白。

［一四］周诗，即《诗经》，因其为周代诗歌，故称。韩愈《荐士》："周诗三百篇，雅丽理训诰。"

与石端若兄弟手简　八

昨者承示佳纸，便当奉命。为家中几案更移，未有下笔处，又恶字不相对，不免为物所夺。欲少待修造定叠作之，自使人送去也。必不敢蹭蹬，兼欲作书谢不遇尔，幸察。孙铭而蒙斤斧，望贬付，欲遣其仆也，亦待换了人头处。如何如何？见教见教。曾门是真庙第一次策试[一]，只不记得甚年也[二]。钱子高《谢制举启》云："章圣临轩，先臣首中；睿明出震，季氏登科。两朝之间相继者父子，一门之内并进者兄弟。"[三]以此可见尔，得先志可考也。《姑溪居士后集》卷一八

【笺注】

［一］真庙，即真宗。

［二］甚年，哪一年。

［三］钱彦远（994—1050），字子高，钱塘（今浙江杭州）人。钱易子，以荫补太庙斋郎，迁大理寺丞。景祐五年（1038）进士，以殿中丞为御史台推直官。历通判明州、知润州，迁起居舍人、知谏院。

与石端若兄弟手简　九

今日得久若书并置到海物[一]，书中不说归，早晚定来。但闻已请长假，则遂不复再至。都下恐是少躁，未应如是，必有家书到左右。专人何日回？切令至取报。《柯山铭》《独乐亭记》偶作得，皆不满意。然不敢拈出。方欲附去，而从者适来，谨上呈，敢望斤斧付还也。恐须全

篇不入用，尤幸谅告，则可以别作求教，乃见益也[二]。至祝至祝。《姑溪居士后集》卷一八

【笺注】

[一] 久若，石端若兄弟。海物，海鱼等海产物品。《尚书·禹贡》："厥贡盐絺，海物惟错。"

[二] 见益，增益。

与石端若兄弟手简 一〇

眷聚万福，亲庭必常得书[一]。久若尚在京，何多日矣？若虚遂权作安主亦佳，何必去住自缚也？佳篇警策，但愧糠粃之在前[二]，亦续再和奉呈次，卢居悚感[三]，便望与等度。施子良约月末到[四]，亦不出宣城湖阴也。日来金陵人连有专人相挽，方犹豫，岂可失吾友哉？次第宣城，不成周王二居[五]，到遂为湖阴老矣。但恐居成，而昆仲超在显途，顿失依附。僦直宜酌中[六]，盖未修筑间，日月尚久，盍图其难继也？《姑溪居士后集》卷一八

【笺注】

[一] 亲庭，见《与赵仲强兄弟手简一〇》注［五］。

[二] 糠粃，犹糟粕，此谦辞自己的诗作。

[三] 卢居，家居。卢，通"庐"。悚感，形容肃然起敬。

[四] 施子良，人名。

[五] 周王，今宣城宣州区周王镇。

[六] 僦直，赁金。酌中，折中，适中。《新唐书·长孙无忌传赞》："文皇题品，信谓酌中。"

与石端若兄弟手简　一一

少间声问，伏惟起居佳胜。衰陋叨蒙过辱见庆，形容谆实[一]，祗佩增畏。辄忘其鄙，而图效管窥之报[二]。遽叨过委，愈重不腆之负，悚息滋甚。职务薄遽上阻[三]，披承系咏，尤不能已。后日投箸便可行[四]，且何惜顷刻也？《姑溪居士后集》卷一八

【笺注】

［一］谆实，恳切实诚。

［二］管窥，自谦之辞，形容见识狭隘，如从管中窥物。

［三］职务，公务。薄遽，急迫。《汉书·严助传》："王居远，事薄遽，不与王同其计。"

［四］放下筷子就能起行，形容非常方便。

与石端若兄弟手简　一二

今日偶食新姜，发动小肠气[一]，适方小间，遂方得答不遇书。托人粘纸作圆封未竟间，辱手示，感愧不已。又获和篇，押韵至此，古人未知能到已否？东坡每于此尤留意，恨其人不得击节惊叹也。更俟庄间聊作青唇一笑[二]。明日千万访及，吃饭了去。《姑溪居士后集》卷一八

【笺注】

［一］发动，发作。《后汉书·华佗传》："后十八岁，疾当发动。"小肠气，疝气。

［二］青唇，黑色的嘴唇，形容丑陋的容貌。宋王辟之《渑水燕谈录·杂录》："元丰中，高丽使朴寅亮至明州，象山尉张中以诗送之，寅亮答诗序有'花面艳吹，愧邻妇青唇之敛；桑间陋曲，续郢人白雪之

音’之语。有司劾：中小官，不当外交夷使。奏上，神宗顾左右‘青唇’何事，皆不能对。乃以问赵元老，元老奏：‘不经之语，不敢以闻。’神宗再谕之，元老诵《太平广记》云：‘有睹邻夫见其妇吹火，赠诗云：吹火朱唇敛，添薪玉腕斜。遥看烟里面，恰似雾中花。其妇告其夫曰：君岂不能学也。夫曰：汝当吹火，吾亦效之。夫乃为诗云：吹火青唇敛，添薪墨腕斜。遥看烟里面，恰似鸠盘荼。’”

与友人往还手简　一

衰陋过目，延予不然之灰[一]，乃有亘天之焰[二]，殆非人力所能致也。乱道漫写出时，自为笑，岂足浼渎？更荷诸作者拂拭[三]，皇恐皇恐。自非吾人[四]，未易至是。近到庄上，亦有十来首，随遇随应之语，未曾录上，深恐散失遗忘。乱道册子，不敢不纳，便告付还，候录毕，再求诸君子指教也。孙铭亦在其数，元稿再上呈。其专人已行，报不愚书。更欲入一小纸，望速付及。腹痛未全止，殊草草。不愚诗未暇读，续附纳也。册子与一卷并领，只未收周诗尔[五]。得在箧中，他日可读也。《姑溪居士后集》卷一八

【笺注】

［一］不然之灰，死灰，形容灰心失意。刘禹锡《酬杨司业巨源见寄》：“莫道专城管云雨，其如心似不然灰。”

［二］亘天，连天。

［三］拂拭，指教。

［四］吾人，我辈，此有自己人之意。

［五］周诗，见《与石端若兄弟手简七》注［一四］。

与友人往还手简　二

雨意未已，辄有寒色，适非其令[一]，但嗜睡尔，美况从可知也。

尺牍骤临，如接超然之袂[二]，岂梦寐中来耶？欣激可知矣[三]。伏审已视职事[四]，晚来起居佳胜。早晚可以瞻奉驰情，兹不能控。介还，草率展布[五]，既谢先辱[六]，且及不豫知之愧。《姑溪居士后集》卷一八

【笺注】

［一］令，时令。

［二］超然之袂，形容离尘脱俗之风姿。

［三］欣激，欢喜激动。

［四］视职事，即视事，指就职治事。《后汉书·张衡传》："视事三年，上书乞骸骨。"

［五］展布，陈述。《左传·哀公二十年》："使陪臣敢展布之。"

［六］先辱，谦辞，谓承蒙您先修书给我。

与友人往还手简　三

早来承手示，侑以佳句，如淮阴用兵，多多益善[一]。至其背水而阵[二]，则真所谓变化若神。忽然雷轰雹散[三]，章邯之军不足破也[四]。钦叹钦叹。方尔牵课，偶一病[五]，获告殂[六]，不免申官检责[七]。适方小休，和诗遂成。倚间晚来体况何似[八]？早晚得以瞻奉，倾企倾企。《姑溪居士后集》卷一八

【笺注】

［一］典出《史记·淮阴侯列传》："上问曰：'如我能将几何？'信曰：'陛下不过能将十万。'上曰：'于君何如？'曰：'臣多多而益善耳。'"

［二］典出《史记·淮阴侯列传》："信乃使万人先行，出，背水陈。赵军望见而大笑。"

［三］雷轰雹散，形容声势猛烈，行动迅速。

［四］章邯（？—前205），秦上将军，擅用兵。

［五］指有人生病。

［六］告殂（cú），死亡。柳宗元《龙城录·上帝追摄王远知易总》："一日告殂，遗言尸赴东流湍水中。"

［七］申官，报官。检责，检查。韩愈《应所在典贴良人男女等状》："臣往任袁州刺史，日检责州界内。"

［八］倚闾，靠着里巷的门等候，形容殷切盼望。典出《战国策·齐策六》："女朝出而晚来，则吾倚门而望，女暮出而不还，则吾倚闾而望。"

与友人往还手简 四

晚来起居佳胜。今早几似寒潮所薄，急作燥剂[一]，进方少许，遽奉来诲，慰感无已。诗句殊不类累和之后，自是停畜有余[二]，用之不匮尔。却劫追逐[三]，多见其不知量也。必多近著，不妨开发衰困[四]，实深企向。白醪甚契欣仰[五]，初不知有法如此。方患元白似用数果，录以为况，何幸如之！更先沾溉[六]，尤不恶，顿尔垂涎，早晚可过也，一笑。《姑溪居士后集》卷一八

【笺注】

［一］燥剂，用以治疗燥证的方剂。

［二］停畜，积蓄，储蓄。

［三］形容勉强追赶。

［四］衰困，自称之谦辞。

［五］白醪（láo），糯米甜酒。

［六］沾溉，沾濡浇灌，此指饮酒。

与友人往还手简　五

天气殊可畏，如物萦罥，每承遗贶[一]，真发吾覆[二]，欣佩可知。伏审晚来起居佳胜。来韵益工[三]，未易击节，鼯技亦穷矣[四]，遂欲稍归地分也[五]，一笑一笑。然蹈海纵帆[六]，亦将有“去将何之”之返[七]，如何？白繆钦荷[八]。定应芜湖去此远近，恨缩地无术也[九]。客去方能作答，愧不时遣。《姑溪居士后集》卷一八

【笺注】

［一］遗贶，指对方来信。

［二］发吾覆，揭除蔽障，即启发。语出《庄子·田子方》：“微夫子之发吾覆也，吾不知天地之大全也。”

［三］来韵，指对方所寄诗作。

［四］鼯技，比喻浅薄的才能。《颜氏家训·省事》：“鼫鼠五能，不成伎术。”

［五］归地分，仆伏于地，表示非常佩服。

［六］蹈海纵帆，指扬帆出海。

［七］去将何之，要到哪里去呢？形容茫然无措。

［八］钦荷，恭受。

［九］见《上宰执手简五》注［一二］。

与友人往还手简　六

雨意未解[一]，履况何似？连日为儿女畏怖[二]，不欲辄去，千万保爱。《姑溪居士后集》卷一八

【笺注】

［一］未解，未消，未散。

［二］畏怖，担心、忧虑。

又与悟长老手简[一]

霜寒，伏惟动履清胜。自承爱请[二]，固知必由州中乃行，伺候既到即通问，遽先垂顾，感愧无已。行李定能几日上道？无缘谒者诣，但深依向。颍昌境界纯熟，风范与南方绝不同[三]，正是一行道为人处也。勉旃[四]，永为一方作福之主[五]。与诸上人相会[六]，幸一一致声[七]，作书不及矣。来春夏间，或得瞻礼[八]。《姑溪居士后集》卷一八

【笺注】

［一］悟长老，隐静寺住持。后有《请悟老住隐静疏》。

［二］爱请，邀请。

［三］风范，风气。

［四］勉旃（zhān），努力。旃，语助词，为之焉的合音字。《汉书·杨恽传》："方当盛汉之隆，愿勉旃，毋多谈。"

［五］作福，赐福。《尚书·洪范》："惟辟作福。"

［六］上人，对长老僧人的尊称。

［七］致声，问候。

［八］瞻礼，参见拜会。

与崇因长老手简[一]

屏处不多与人往还，唯是世外高流[二]，不废钦揖[三]，况大善知识[四]，为一时前辈者！常恨不能一一作礼，不图幸遇，象驾联步[五]，至于十三人之盛，而老师实为上首[六]，未谙得名之应，其巍巍堂堂，真所谓星中之日也。别来蹭蹬[七]，未果申叙缱绻。遽勤专委，特枉翰墨，谕意甚稠[八]，岂胜感戴！信后复不审体况何似？前履新正，更祈

法寿遐远[九]，永为四众饶益[一〇]。适作数处报书[一一]，未暇详悉。别所解免，遂命僧持诵为祷，且致厌胜[一二]，以祛其惑。连得二篇，发药多矣[一三]。牵课艰拙，又尔抢攘，须至作隔年还债之计也，呵呵。来篇益妙，钦降不已[一四]。《姑溪居士后集》卷一八

【笺注】

［一］崇因长老，当为住持钦。

［二］高流，指才识出众的人物。

［三］钦揖，恭敬拜访。

［四］善知识，正直而有德行，能教导正道之好人，即善友。

［五］象驾，象王之驾，喻指佛法。徐陵《东阳双林寺傅大士碑》："龙乡思其烧照，象驾乏其流通。"

［六］老师，对僧侣的尊称。上首，首位，魁首。白居易《三教论衡·问道士》："道门扬弘元法师，道心精微，真学奥秘，为仙列上首。"

［七］蹭蹬，谓生活艰难。

［八］谕意，示意，问候。稠，情意深厚。

［九］法寿，寿龄。遐远，久远。《汉书·刘歆传》："汉兴，去圣帝明王遐远。"

［一〇］四众，大众。饶益，福利。《敦煌变文汇录·譬喻经变文》："无一念饶益之心，只是万般损害。"

［一一］谓写了寄往几个地方的多封书信。

［一二］厌胜，一种避邪祈吉之术，即用法术诅咒或祈祷以达到制胜所厌恶的人物或魔怪的目的。《汉书·匈奴传下》："上以太岁厌胜所在，舍之上林苑蒲陶宫。"

［一三］发药，此谓对方书信可以当药石之效。

［一四］钦降，佩服。

与承天长老手简[一] 一

早时属望[二]，固知在处必得相逢。累兹见契，自是因地有自来[三]，殆非众人所到也。既深慰幸，亦以修信行不为无力尔[四]。别便当作书申叙，初则偶为事夺，次则家难遽及，蹭蹬。眷缘缱绻，倍剧叙系[五]。眷晚，日来不审接物利生[六]，体况何似？门如市，心如水[七]，此是古人境界，后来亦有拈者。要是真能如此，不知谁肯承当已否？稽首光明[八]，可量归向。《姑溪居士后集》卷一八

【笺注】

[一] 承天长老，承天寺住持。

[二] 属望，期望。《后汉书·李固传》："天下喁喁，属望风政。"

[三] 因地，因果。

[四] 信行，佛教语，谓钝根之人依他生解，依信而行。

[五] 叙系，挂念。

[六] 接物，与人交往。《汉书·司马迁传》："教以慎于接物，推贤进士为务。"利生，利益众生。唐慧能《坛经·付嘱品》："说法利生三十七载。"

[七] 形容心境清明。语出《汉书·郑崇传》："（赵昌）知其见疏，因奏崇与宗族通，疑有奸，请治。上责崇曰：'君门如市人，何以欲禁切主上？'崇对曰：'臣门如市，臣心如水。愿得考覆。'"

[八] 稽首，叩拜。《国语·晋语》："宣子拜稽首焉。"光明，对对方的敬称。

与承天长老手简 二

伏承惠顾，特以专介坠问。长笺短幅，似于三门外见我定夺[一]，

是何心行也[二]？谛味周旋，且游乎方广之内[三]，既愧，且深感激。贬所固无足道，但烦恼遽来，无力量可以负荷，徒有慊于道炤尔[四]。尚冀因风，不忘发药[五]。渐暄，门随分扰扰，甚攀企也[六]。回禄足遽[七]，神于我辈家似非其地，然不至疏失惊恐否？方薄用祓除[八]，诵经呪以慰安之[九]。早晚少休，当期款奉，不一。《姑溪居士后集》卷一八

【笺注】

［一］三门，比喻人品形成的三种途径。扬雄《法言·修身》："天下有三门：由于情欲，入自禽门；由于礼义，入自人门；由于独智，入自圣门。"

［二］心行，谓心施仁德而不表露于外。

［三］方广，原指大乘经典教义的通称，因其言富、其理正，故名。此借指佛教。

［四］慊，通"惬"，快心，解脱。道炤，道照，道光普照。

［五］发药，见《与崇因长老手简》注［一三］。

［六］攀企，期望向往。

［七］回禄，传说中的火神，此指火灾。《左传·昭公十八年》："郊人助祝史除于国北，禳火于玄冥、回禄。"

［八］祓除，除灾去邪之祭。《周礼·春官·女巫》："掌岁时祓除衅俗。"

［九］经呪（zhòu），经咒，指佛教的经文与咒文。

与承天长老手简 三

稍疏相问，驰系可知[一]。晚来起居佳胜。昨日蒙枉佳句，方作报，老革云少故[二]，急归不相待。寻遣一借兵，持拙语并简[三]，徒手而回，云传语谢简更不答，固深疑之。自早其人不来，因宿留至今，不先咨

叩。得报，果前所陈不达。今辄再录上呈，过蒙委谕，悚[四]。《姑溪居士后集》卷一八

【笺注】

[一] 驰系，犹驰念。苏轼《与袁彦方书》："承足疾未平，不胜驰系。"

[二] 老革，老兵，用为责骂之词。《三国志·蜀志·彭羕传》："老革荒悖，可复道邪!"

[三] 简，简帖。

[四] 悚敬，犹惶恐。

与承天长老手简 四

适来附所遣持问[一]，并押昨日通问者去[二]，对会沉失[三]，方愧纷扰，亟沐垂谕，并枉和篇，皆青都紫府之语[四]，尤愧非据，寄颜无所。伏审晚来起居佳胜。幼稚辈一起一倒[五]，极无况[六]，其谢疏略，想蒙深炤[七]。《姑溪居士后集》卷一八

【笺注】

[一] 问，书信。

[二] 押，随，附。

[三] 对会，会面的机会。沉失，消失。

[四] 谓对方诗句超尘脱俗，如天上语。

[五] 一起一倒，一个病好了，另一个又病倒了。

[六] 无况，指令人心绪烦乱。

[七] 深炤，即深照，见察。

与承天长老手简　五

晚来为况佳适，幼稚辈恐怖追念[一]，缘疑相染，殆不知图上记次。《姑溪居士后集》卷一八

【笺注】

［一］恐怖，此有惶恐之意。

命　驾　帖[一]

之仪特蒙命驾相期，此特出于风义周旋，视古人一时美趣，为不难到。则剡溪访戴[二]，不独前日之胜可纪也，钦企钦企。家山自是天下佳处[三]，永嘉之后[四]，人物典刑，多萃于此。曲直是非，虽未能一贯，要之陈迹班班可采，不妨投兹空旷[五]，相与扶携指顾，笑语相接，亦不恶。特未果接武后尘，徒有愧羡。之仪再拜。《宝真斋法书赞》卷一七

【笺注】

［一］帖（tiè），书疏。

［二］见《先状》注［三］。

［三］家山，故乡。钱起《送李栖桐道举擢第还乡省侍》："莲舟同宿浦，柳岸向家山。"

［四］晋怀帝永嘉年间（307—312）发生战乱，朝廷南迁，定都建康（今南京），史称东晋。

［五］空旷，指广阔的地方。韩愈《岳阳楼别窦司直》："犹疑帝轩辕，张乐就空旷。"

神仙帖

鲁直五月已到南宜[一]，传得诗阕，如神仙中语[二]。而凄恻感人，一讽咏之，为之出涕[三]。彼已与世龃龉[四]，惟幸其不死，多作得好言语，使知好脍炙相资[五]，其他非可念者[六]。之仪。《宝真斋法书赞》卷一七

【笺注】

[一] 南宜，宜州城南。崇宁二年十一月，黄庭坚以幸灾谤国之罪除名羁管宜州（今广西宜山县），三年五月十八日至宜州贬所，四年九月三十日卒。

[二] 神仙中语，形容黄庭坚诗作不同凡俗。

[三] 出涕，因伤心而流眼泪。《易·离·六五》："出涕沱若。"

[四] 龃龉，不相投合，抵触。韩愈《答窦秀才书》："又不通时事，而与世多龃龉。"

[五] 知好，知己好友。脍炙，比喻美好的诗文为人称赞。司马光《司马温公诗话·寇莱公诗》："（寇准诗）为人脍炙。"相资，相互慰藉。

[六] 可念，可虑。

别纸帖

之仪再启：伏读别纸，延予加重[一]，深畏非据。顷自稍远[二]，一向杜门，时到田亩间与村老周旋外[三]，块坐而已。高谊素所景仰，裹粮而趋[四]，固所欣愿，况近在数十里地邪。便当掇置[五]，以图倾尽。不愚早晚可回，闻其妇家已有代期[六]，何犹迁延也？丁君闻好事鄙语[七]，出于展转应副[八]，过烦奖予，皇恐皇恐。叔党定肯书否[九]？果得之，足以借重也[一〇]。乍到，过从必未间。又端若将远别[一一]，得无

应接稍劳否[一二]？之仪再启。《六艺之一录》卷三九四

【笺注】

［一］延，推许。

［二］顷，近来。

［三］村老，村中父老。白居易《宿紫阁山北村》："村老见予喜，为予开一罇。"

［四］裹粮，即裹糇粮，指携带熟食干粮，以备远行。

［五］掇置，收拾。

［六］妇家，妻子的娘家。《后汉书·东夷传·高句骊》："其昏姻皆就妇家，生子长大，然后将还。"代期，受代之期。

［七］好事，好者者。鄙语，此指不实之言语。

［八］应副，应对，酬应。

［九］苏过（1072—1124），字叔党，苏轼第三子，以荫任右承务郎。轼帅定武、谪岭南，他随行侍奉，后历监太原府税、知郾城县、权通判中山府。善诗文书画，人称"小坡"，有《斜川集》。

［一〇］借重，用作请人帮忙的敬辞。

［一一］端若，即石端若。

［一二］得无，表示推测语气，怎能不。

瞻近帖[一]

之仪再拜启：自汴隈瞻近，遽复累年。一曾相书海上，不辱报，匆匆不敢嗣音。而旧德相求，庶几未在弃黜。故役投满[二]，谓得还，遂见□右，又尔维絷[三]，其味可知。美绩在人固久，显部回翔[四]，讵得为终岁计[五]？归历严近[六]，勤向尤属[七]。晚春，更觊善卫，前对光宠[八]。之仪再启。《书画鉴影》卷一一

【笺注】

［一］此帖一名《汴隄帖》。

［二］故役，旧职。投，临。

［三］维絷，羁留。

［四］显部，显官。回翔，指任职或施展才干。《唐语林·政事上》：“西川是宰相回翔地。”

［五］讵得，岂能，怎能。

［六］严近，接近尊位。

［七］勤向，恳切向往。

［八］光宠，恩典，宠幸。《后汉书·贾复传》：“时邓太后临朝，光宠最盛。”

附录一 人名索引

Z

附录二　地名索引

K

L

Q

R

S

Y